Alexey Pehov
Dunkler Orden

PIPER

Zu diesem Buch

Nach einem verhängnisvollen Kampf bleibt Ludwig van Normayenn tödlich verwundet zurück. Nur die Zauberkräfte der Herrin Sophia können ihn jetzt noch retten. Und die Verletzung hat schwerwiegende Folgen: In jeder Vollmondnacht wird Ludwig fortan zur begehrten Beute zahlreicher dunkler Kreaturen. Als Seelenfänger war Ludwig jahrelang auf der Jagd nach ruhelosen Seelen, denn er besitzt die Fähigkeit, diese Anderswesen aufspüren und vernichten zu können. Nun muss Ludwig alles daran setzen, am Leben zu bleiben und die Menschen vor einer neuen Bedrohung zu schützen. Doch seine Feinde sind ihm dicht auf den Fersen, und sie haben es nicht nur auf ihn, sondern auch auf seinen schwarzen Dolch abgesehen ...

Alexey Pehov, geboren 1978 in Moskau, studierte Medizin. Seine wahre Leidenschaft gilt jedoch dem Schreiben von Fantasy- und Science-Fiction-Romanen. Er ist neben Sergej Lukianenko der erfolgreichste fantastische Schriftsteller Russlands. »Die Chroniken von Siala« wurden zu millionenfach verkauften, mit mehreren Preisen ausgezeichneten Bestsellern. Zuletzt erschien im Piper Verlag sein Roman »Das Siegel von Rapgar«. Gemeinsam mit seiner Ehefrau, die ebenfalls Schriftstellerin ist, lebt Pehov in Moskau.

Alexey Pehov

DUNKLER ORDEN

von Christiane Pöhlmann

Mit einer Karte

PIPER

Entdecke die Welt der Piper Fantasy:

Piper ✦ Fantasy.de

Von Alexey Pehov liegen im Piper Verlag vor:
Die Chroniken von Siala (Serie)
Die Chroniken von Hara (Serie)
Schwarzer Dolch. Chroniken der Seelenfänger 1
Dunkler Orden. Chroniken der Seelenfänger 2
Goldenes Feuer. Chroniken der Seelenfänger 3
Glühendes Tor. Chroniken der Seelenfänger 4
Dunkeljäger
Schattendieb
Das Siegel von Rapgar

MIX
Papier aus verantwor-
tungsvollen Quellen
FSC
www.fsc.org   FSC® C083411

Ungekürzte Taschenbuchausgabe
November 2018
ISBN 978-3-492-28191-1
© Alexey Pehov 2011
Titel der Russischen Originalausgabe: »Autodafe« bei AL'FA-KNIGA,
Moskau 2011
© Piper Verlag GmbH, München 2016
Umschlaggestaltung und -abbildung: www.buerosued.de
Karte: Vladimir Bondar nach einer Vorlage von Alexey Pehov
Satz: Kösel Media GmbH, Krugzell
Gesetzt aus der Minion
Druck und Bindung: CPI books GmbH, Leck
Printed in the EU

1

Der Dunkelwald

An meine Eltern hatte ich kaum Erinnerungen. Nicht daran, wie sie aussahen, nicht daran, wie ihre Stimmen klangen. Worüber sie lachten, wovon sie träumten – ich weiß es nicht.

Das Einzige, woran ich mich erinnerte, war das Wiegenlied, das meine Mutter mir vorsang, damals, bevor ich ins Waisenhaus kam. Auf einem Tisch mit einer weißen Spitzendecke darüber stand eine Wachskerze, die ein sanftes Licht spendete. Die Flamme spiegelte sich in dem kleinen Fenster, durch das die verschneite Straße zu sehen war. Im Ofen prasselte Feuer, das für wohlige Wärme sorgte. Bereits einschlummernd, lauschte ich dem Lied meiner Mutter.

Seitdem waren wer weiß wie viele Jahre vergangen. Trotzdem träumte ich häufig von diesem Lied, wachte jedoch jedes Mal auf, bevor meine Mutter es zu Ende gesungen hatte. Danach lag ich stets wach, starrte an die Decke irgendeines Zimmers in irgendeiner Schenke oder auf die niedrig hängenden Äste von Ahornbäumen samt den Sternen am Himmel und versuchte, mich an das ganze Lied zu erinnern. Doch mein Gedächtnis kannte kein Erbarmen, stellte mir den Rest des Textes nie zur Verfügung, geschweige denn die Stimme meiner Mutter.

Als ich Apostel einmal gestand, wie sehr ich mich an den

Schluss des Liedes und die Stimme meiner Mutter zu erinnern wünschte, hatte er bloß die Schultern gezuckt und gemurmelt, alle Menschen würden ihre Kindheit irgendwann vergessen.

Aber warum erinnerte ich mich dann an die verschneite Straße und die Kerze auf dem Tisch? Warum erinnerte ich mich an das von Grauen gezeichnete Gesicht unserer Nachbarin, als die ersten Menschen in Ardenau vom Justirfieber erfasst wurden. An die unter Schnee begrabenen Leichen, den Aufstand, Schießereien und gehenkte Menschen. Nur an den vollständigen Text des Wiegenliedes und die Art, wie meine Mutter gestorben war, erinnerte ich mich eben nicht.

Zu der Zeit, als ich die Beichte noch für recht bedeutsam hielt und sie folglich regelmäßig ablegte, hatte mir ein Kirchenmann einmal gesagt, Gott würde mich auf diese Weise auf die Probe stellen. Meine Demut solle dann im Paradiese vergolten werden, wo mir Engel besagtes Wiegenlied vorsingen würden. Aber in dem Punkt waren sich die Herren der Kirche ja durch die Bank einig: Im Jenseits würde sich alles glücklich fügen, weshalb man hienieden jedes Leid ertragen müsse – und bloß nicht vergessen dürfe, den Ablass zu entrichten.

Doch als Scheuch mich damals im Frühjahr auf der schmutzigen Landstraße geschultert hatte, mein Blut zu Boden getropft und ich fest davon überzeugt gewesen war zu sterben, da hatte ich keine Lieder gehört. Überhaupt nichts hatte ich da gehört. Keine Stimmen, keine Harfen. Mir war auch weder der Duft von Feldblumen oder Obstbäumen noch Schwefelgestank aufgefallen. Ich hatte irgendwo zwischen Himmel und Hölle gebaumelt, gefangen im Dunkel des Vergessens, und nicht einmal mehr gewusst, wer ich war, geschweige denn, wie das Wiegenlied in meiner Kindheit endete.

Irgendwann hatte mich Schlaf überwältigt, unendlich süßer Schlaf. Am liebsten hätte ich, gebettet in warme Schwanenfedern, ewig weitergeschlafen. Damit ich an nichts mehr denken musste. In diesem Zustand, weder tot noch lebendig, hatte ich mir eine Schwäche erlaubt, die ich mir seit Jahren versagt hatte: Ich hatte mein Schicksal in fremde Hände gelegt.

Hatte mich aufgegeben, auch nicht mehr an all diejenigen gedacht, denen ich etwas bedeutete. Sämtliche Entscheidungen über mein Leben hatte jemand anders getroffen ...

Es war tief in der Nacht, bis zur Morgendämmerung schien es noch eine Ewigkeit hin zu sein. Allein der Gedanke, je wieder hinauf in die strahlende Sonne zu blicken, nahm sich absurd aus. Ich lag auf dem Rücken, unmittelbar auf dem erstaunlich warmen, wenn auch etwas rauen Boden, der gleichmäßig unter mir atmete. Dicht über mir zogen Sterne dahin. Kalte Sterne, die an die unablässig schlagenden Herzen von Menschen erinnerten. Und die sich allem gegenüber gleichgültig zeigten.

Völlig ungerührt.

Ich starrte wie gebannt auf sie, bis mir irgendwann die Augen tränten, bis mir ein messerscharfer Schmerz in die Hand fuhr und in meiner Brust eine Flamme explodierte, die sich im Nu zu einem wahren Feuersturm auswuchs. Meine Eingeweide verwandelten sich in Kohle, mein Blut in flüssiges Feuer, das durch die Adern brauste. Die Sterne drehten sich wie irr und büßten ihre klaren Linien ein. In meiner unmittelbaren Nähe fauchte es. Als ich mich abstützen und aufstehen wollte, spürte ich die kalte Haut eines Drachen unter mir. Außerdem verhinderten Stricke, mit denen ich gefesselt war, dass ich meinen Plan in die Tat umsetzte. Immerhin gewannen die Sterne ihre alte Gestalt zurück, wurden wieder zu den kalten Gebilden, als die ich sie kannte. Und auch der Drache gab Ruhe.

Eine Frau mit silbrigen Augen beugte sich über mich, legte mir ihre eisige Hand auf die Stirn und sah mich eindringlich an.

»Alles wird gut«, versicherte sie lächelnd.

»Bin ich denn nicht tot?«, stellte ich mit letzter Kraft die dümmste aller denkbaren Frage.

»Nein, Ludwig, das bist du nicht. Aber schlaf lieber weiter, denn die Zeit aufzuwachen ist noch nicht gekommen. Noch bist du zu schwach«, flüsterte die Frau. »Vertraue Brandbart, er bringt uns nach Hause. Dort kommst du wieder zu Kräften.«

»In mir drin …«, hauchte ich, »da brennt alles.«

»Schlafe nur! Es wird alles gut.«

Sie presste mir ihre schlanken Finger gegen die Schläfen. Die silbrigen Augen entfernten sich, die pumpenden Herzen der Sterne erloschen.

»Bei allen heiligen Duckmäusern! Dieser Teufelsspuk jagt mir einfach eine Heidenangst ein! Was also haben wir hier verloren?!« Apostel hockte auf dem Rand des mit Heilwasser gefüllten Beckens und hatte, wie ich im Licht der durch die Luft schwebenden Waldglüher bestens erkennen konnte, so ziemlich das miesepetrigste Gesicht aufgesetzt, zu dem er imstande war. Und das wollte einiges heißen.

»Du machst dir doch bloß Sorgen um Scheuch«, erwiderte ich gelassen, während mich, obwohl ich ausgestreckt im Becken lag, ein stechender Schmerz in der Seite plagte.

»So weit kommt's noch, dass ich mir um den Herrn Vogelschreck Sorgen mache. Aber das letzte Mal, als ich ihn gesehen habe, da war er von Kopf bis Fuß mit deinem Blut beschmiert und hatte ein wahnsinniges Funkeln in den Augen. Ich muss dir nicht sagen, welche Rolle Blut bei allen möglichen Ritualen in der dunklen Magie spielt. Um es einmal drastisch auszudrücken: Unser Animatus dürfte da in jeder Hinsicht Blut geleckt haben.«

»Nur hat er mir damals nicht ein Härchen gekrümmt«, hielt ich dagegen.

»Als ob du der Einzige wärst, den er aufschlitzen kann«, knurrte Apostel. »Außerdem hast du ohnehin schon genug Löcher im Körper gehabt. Weshalb hätte er also noch seine Sichel zücken sollen? Wenn ich an all die Wunden denke, ist mir schleierhaft, wieso du damals nicht deinen letzten Atemzug getan hast. Im Übrigen warte ich immer noch auf ein Dankeschön dafür, dass wir dir das Leben gerettet haben!«

»Danke schön«, sagte ich brav. »Und nun hör auf, dir Sorgen zu machen.«

»Wie stellst du dir das denn bitte vor?! Jetzt ist Ende April. Im März haben wir dich gefunden. Damit haben wir fast einen Monat nichts mehr von Scheuch gehört. Sobald damals Hilfe gekommen ist, hat er sich verdrückt. Dabei hatte ich ihn doch inständig gebeten, bei uns zu bleiben!«

»Ehrlich gesagt, hätte ich beim Anblick eines schwarzen Drachen wohl auch Fersengeld gegeben.«

»Aber Scheuch streift jetzt völlig unbeaufsichtigt auf dem Festland umher, während wir hier auf dieser Insel festsitzen.«

»Im Unterschied zu mir kannst du jederzeit von hier verschwinden«, rief ich ihm in Erinnerung. »Wenn du willst, besteige das nächste Schiff und mach dich auf die Suche nach Scheuch.«

Er wischte sich bedächtig das Blut ab, das unablässig aus seiner eingeschlagenen Schläfe strömte.

»Ich soll dich hier auf dieser Teufelsinsel allein lassen?! Wo es mehr böse Geister gibt als bei jedem Hexensabbat in der Christenwelt? Glaub mir, Ludwig, an manchen Tagen würde ich nichts lieber tun als das. Aber Scheuch würde ja eh nicht auf mich hören. Bekanntlich hält er es doch für unter seiner Würde, mit mir auch nur ein Wort zu wechseln. Deshalb werde ich ihn kaum davon überzeugen können, mich zu dir zurückzubegleiten.«

»Er wird schon von selbst kommen, sobald er sein Roggenfeld satthat. So, wie ich ihn mit Blut getränkt habe, muss er in den nächsten Monaten wohl auch nicht auf Nahrungssuche gehen. Seinetwegen brauchst du dir also keine Gedanken zu machen.«

»Dein Wort in Gottes Ohr, Ludwig! Bleibt jedoch die Tatsache, dass auf dieser vermaledeiten Insel in jedem Baum und jedem Strauch irgendein Teufelsspross haust! Wie dir nicht entgangen sein dürfte, haben diese Kreaturen wenig mit guten Christen gemein.«

»Gute Christen triffst du ausschließlich im Paradies oder bei den Predigten von Dorfpriestern. Mitunter frage ich mich sogar, ob es in unserer Welt überhaupt noch gute Menschen gibt, mögen sie nun Christen sein oder nicht.«

»Der Markgraf muss dir ja tüchtig eins über den Schädel gezogen haben, als er dich gefangen gehalten hat«, ätzte meine gute alte, ruhelose Seele. »Anders kann ich mir den Unsinn, den du von dir gibst, nämlich nicht erklären. Gute Menschen trifft man an jeder Ecke. Wenn du mir nicht glaubst, sieh halt in den Spiegel!«

Ich brach in schallendes Gelächter aus.

»Spar dir deine Ironie, mein Freund«, rief ich Apostel dann zur Ordnung.

»Ich werde dir deine düstere Sicht großherzig verzeihen, schließlich kannst du bereits im nächsten Augenblick zu deinen Vorvätern abberufen werden.«

»Du verstehst es, einem Mann Hoffnung einzuflößen«, knurrte ich, denn ich verspürte nicht den geringsten Wunsch, ein so heikles Thema wie meine körperliche Verfassung zu erörtern.

»Nichts leichter und lieber als das«, parierte Apostel. »Ich werde beim Herrn ein gutes Wort für dich einlegen, damit er dich nicht vor der Zeit in seine paradiesischen Gefilde ruft. Unserem Scheuch wollen wir einstweilen sein Vergnügen gönnen. Soll er ruhig ein paar Angehörige des Ordens der Gerechtigkeit aufschlitzen. Diesen Dreckskerl – mag der Herr mir verzeihen, dass ich seine Schöpfung einmal nicht preise –, dem du deinen Aufenthalt in Burg Fleckenstein zu verdanken hast, hat Scheuch jedenfalls aufs Schönste zerhäckselt.«

»Mir ist schon seit geraumer Zeit aufgefallen, dass Scheuch eine besondere Vorliebe für die Ordensmitglieder hegt, wenn er seine Sichel zum Einsatz bringt«, gestand ich. »Allerdings habe ich nicht die geringste Ahnung, worauf sie zurückgeht.«

»Wenn du mich fragst, sitzt ihm die Sichel ja grundsätzlich recht locker. Aber lassen wir das«, sagte er, um dann anzukündigen: »Ich schlendere mal ein wenig runter zum Strand.«

Apostel konnte sich wie ein Kind über das kalte stählerne Meer, das Krachen der Wellen und die Brandung freuen, weshalb er mitunter tagelang am Strand entlangstreifte. Sobald er mich verlassen hatte, schaute ich nachdenklich zu den Waldglühern hoch, die über dem blauen nach Tannen duftendem Wasser schwebten.

Nach einer Weile verwandelten sie sich von gelben Lichtpunkten in hellgrüne und erloschen, worauf die ohnehin dunkle Nacht noch undurchdringlicher anmutete, während die Sterne ungleich heller zu strahlen schienen.

Als ich eine Bewegung in meinem Rücken wahrnahm, sah ich über die Schulter zu den kohlschwarzen Silhouetten der Bäume zurück. Das Blut rauschte mir in den Ohren, in meinen Adern loderte ein Feuer auf, das mein Fleisch schmolz. Kurz entschlossen tauchte ich unter Wasser, um diesen Brand zu löschen.

Als ich wieder auftauchte, kroch aus dem Wald eine riesige silbrige Schlange heran. Kurz vor dem Becken hielt sie inne, damit sich unsere Blicke kreuzen konnten, danach glitt sie geschmeidig ins Wasser. Es war ein gigantisches Reptil, weshalb der geschuppte Körper sich noch immer nicht vollständig aus dem Wald herausgeschlängelt hatte, obwohl der dreieckige Schlangenkopf längst vor meiner Nase aufragte. Das Tier zischte, ließ die gespaltene Zunge hervorschnellen, riss das Maul auf und rammte mir die Zähne in die Schulter.

Stünde dieser Schlange der Sinn danach, könnte sie mir mit einem einzigen Biss den Arm abtrennen. Ach was, sie könnte jedem Ochsen die Knochen zermalmen. Insofern musste ich mich glücklich schätzen, dass sie in mir keine Beute sah.

Ihr Gift drang wie geschmolzenes Metall in mein ohnehin verseuchtes Blut und brachte es noch stärker zum Brodeln. In meiner Brust brach ein Feuersturm los, der mich bei lebendigem Leibe zu verbrennen drohte.

Der Schmerz ließ mich stöhnen. Wahrscheinlich wäre ich untergegangen, hätte ich mich nicht an dem kräftigen Schlangenkörper festklammern können. Meine Arme um den Leib des Tieres geschlungen, schnappte ich nach Luft. Behutsam, ja, geradezu zärtlich wand sich das Reptil um mich.

»Es geht schon wieder«, versicherte ich, sobald der Anfall überstanden war.

Sofort gab Sophia mich frei, hielt sich aber bereit, mich jederzeit zu packen, sollte ich doch untergehen.

»Wirklich?«, fragte sie nach und sah mir fest in die Augen.

»Bestimmt.« Es kostete mich gewaltige Anstrengung, meine Stimme fest klingen zu lassen. »Ich bin wohlauf.«

Ich lehnte mich gegen den Beckenrand und wartete darauf, dass das Gift in meine Muskeln eindrang.

»Deine Genesung nimmt längst nicht den Verlauf, den sie nehmen sollte«, stellte Sophia mit einem schweren Seufzer fest. »Das Gift der Oculla und meine ... meine Medizin liefern sich in deinem Körper einen unerbittlichen Kampf. Das nächste Mal sollte ich dir deswegen wohl eine geringere Dosis zukommen lassen.«

»Besser nicht, sonst hocke ich noch bis zum Jüngsten Gericht hier«, widersprach ich. »Das kann ich mir aber nicht leisten, denn auf mich wartet ein Haufen Arbeit.«

Das klang weitaus gröber als beabsichtigt.

»Tut mir leid, Sophia«, entschuldigte ich mich deshalb sofort. »Deine ... deine Medizin hilft natürlich. Trotzdem lässt sich wohl niemand gern Schlangenzähne in den Körper rammen.«

Die Worte entlockten ihr ein glockenhelles Lachen. Abermals schwebten die Waldglüher heran und kreisten über unseren Köpfen.

»Glaub mir, Ludwig, diese Art der Behandlung gefällt niemandem.«

Über ihre nackte Haut rannen Wassertropfen. Ich achtete strikt darauf, ihr ausschließlich ins Gesicht zu sehen. Sie lächelte, als hätte sie meine Gedanken gelesen, und wrang die nassen, glitzernden Haare aus.

»Wann werde ich wieder ganz der Alte sein?«, fragte ich leise.

»Ich weiß, dass die Behandlung schmerzhaft ist, aber wie ich bereits gesagt habe, ist dein Zustand weit schlimmer, als ich angenommen habe. Noch mindestens zwei Wochen, würde ich daher meinen.«

Ich stieß einen Fluch aus. Wunderbar. Damit würde ich diese Insel erst Mitte Mai wieder verlassen.

»Ich will ganz gewiss nicht behaupten, dass ich deiner Gesellschaft überdrüssig wäre, schon gar nicht, wenn du nicht gerade meine Krankenschwester spielst«, versicherte ich und erntete die Andeutung eines Lächelns. »Aber ich bin ein Seelenfänger, ich habe mich um …«

»Deine dunklen Seelen müssen halt noch etwas auf dich warten.«

»Das kannst du doch nicht ernst meinen!«

»Jetzt hör mir mal zu!« Zum ersten Mal, seit wir uns kannten, erhob sie in meiner Gegenwart die Stimme. »Die Bruderschaft wird schon noch ein Weilchen ohne dich auskommen. Das hat sie vor deiner Zeit ganz gut geschafft, das wird sie auch jetzt hinkriegen. Du wirst exakt so lange in den Genuss meiner Gastfreundschaft kommen, wie ich es sage, und mich erst verlassen, wenn ich – und nur ich! – es dir erlaube. Falls du dich nicht daran hältst, kommst du vielleicht von unserer Insel weg – dann aber auch sehr schnell ums Leben! Habe ich mich klar genug ausgedrückt?«

»Ja, hast du.«

»Sehr schön«, erwiderte sie nun wieder in dem sanften Ton, den ich von ihr kannte. »Denn wir müssen dein Blut reinigen. Früher oder später wird mein Gift das der Oculla zersetzen. Du wirst selbst als Erster merken, wenn es so weit ist.«

»Tut mir leid, dass ich immer wieder vergesse, dass mit dieser Sache nicht zu spaßen ist. Wir Seelenfänger sind halt einfach nicht daran gewöhnt, krank zu sein.«

»Du bist auch nicht krank, sondern von einer Oculla verletzt worden. Wenn du nur die üblichen Wunden davongetragen hättest, dann würde das Waldwasser sie in wenigen Stunden heilen. Aber deine Wunden sind noch immer besorgniserregend.«

In diesem Moment stieß irgendwo im Wald ein Uhu einen lauten und durchdringenden Schrei aus.

»Für mich wird es Zeit«, sagte Sophia. »Bis nachher, Ludwig!«

»Bis nachher, Sophia!«

»Ach ja, ich habe gehört, dass Zif frech zu dir war. Wenn er es zu doll treibt, darfst du ihm gern eins hinter die Löffel geben.«

Zif hatte mir gestern irgendein Mistzeug in den Tee gegeben, das mich eine geschlagene Stunde hatte sabbern lassen. Zum unsagbaren Vergnügen dieses Burschen, versteht sich, der aus sicherem Abstand schallend über mich gelacht hatte.

»Das werd ich machen«, versicherte ich.

Sophia schwamm zum Beckenrand, stützte sich mit beiden Händen daran ab und zog sich hoch. Obwohl sie nackt war, zeigte sie keinerlei Befangenheit, als sie ihr Gewand aus dem Gras hob.

»Guervo hat noch ein Anliegen an dich«, teilte sie mir mit.

»Mhm.«

Sophia lächelte mir noch einmal zu, dann wurde sie vom Dunkel der Nacht geschluckt.

Trotzdem sah ich ihr noch lange nach.

»Glaubst du eigentlich«, wandte ich mich dann an Apostel, »sie merkt nicht, wie du sie begaffst, du alter Lustmolch?«

Meine gute alte, ruhelose Seele knurrte etwas in ihrem Versteck, dann verschwand auch sie.

Nach dem Biss schmerzte mein Arm furchtbar. Die Oculla, die mir in Burg Fleckenstein so zugesetzt hatte, war nicht gerade knickrig gewesen, als es darum ging, meinen Körper mit Gift vollzupumpen. Vielleicht hätten Reliquien uns im Kampf gegen das Gift dieser dunklen Seele gute Dienste geleistet, doch die waren auf der Insel ebenso wenig aufzutreiben wie ein Drache im Rathaus von Ardenau.

Allerdings barg der Dunkelwald auf diesem Eiland am westlichen Ende der Welt ein noch stärkeres Gegengift. Dafür musste ich Sophia und ihrer Magie dankbar sein. Im Grunde machte meine Genesung auch ganz gute Fortschritte, schließlich brauchte ich das Bett schon lange nicht mehr zu hüten.

Da der eisige Nachtwind mich frösteln ließ, zog ich mich rasch an. Die Waldglüher waren fast alle wieder davongeflogen, nur einer war geblieben und sorgte dafür, dass ich nicht völlig im Dunkeln dastand.

Nachdem ich auch noch den Gürtel mit meinem schwarzen Dolch angelegt hatte, schlenderte ich einen mit perlmuttfarbenen Muscheln gesäumten Weg zu Guervos Haus entlang. Der Waldglüher schwebte unmittelbar hinter mir, eine Fürsorge, für die ich ihm äußerst dankbar war, wäre es doch kein Vergnügen, durch die Finsternis zu tapsen. Grob gesprochen hätte es dabei zu gewissen Missverständnissen zwischen mir und der hiesigen Bevölkerung kommen können. Einmal war mir das schon passiert, da hatten mich ein paar Rugarus mit ihrer Nachtmahlzeit verwechselt und beinahe in Hacksteaks verwandelt. Diese Anderswesen waren nämlich völlig nachtblind.

Deshalb achtete ich inzwischen darauf, nie allein unterwegs zu sein. Nachts begleitete mich ein Waldglüher, tagsüber Zif, ein echter Kauz, der sich bei Guervo durchschmarotzte. Ob er irgendeine Aufgabe hatte, war mir nach wie vor ein Rätsel. Er schlief unterm Dach, futterte wie ein Scheunendrescher und fing wegen jeder Kleinigkeit Streit an. Ich an Guervos Stelle hätte diesen nichtsnutzigen Spitzbuben längst achtkantig rausgeworfen.

Erst vor ein paar Tagen war mir mal wieder die Hutschnur geplatzt, als Zif darüber gejammert hatte, dass am Fleisch Salz fehle. Da hatte ich ihm in aller Deutlichkeit ausgemalt, was ein Kirchenmann auf dem Festland mit einem wie ihm anstellen würde: Mit Weihwasser übergießen würde er ihn, auf den Scheiterhaufen werfen oder den Schlägermönchen vom Caliquerorden überlassen.

»Dann kann ich ja nur von Glück sagen, dass ich bei Guervo gelandet bin«, hatte er daraufhin völlig unbekümmert erwidert.

»Das Fleisch ist zwar echt zähe Kost, aber solltest du es nicht wollen, würde ich mich deiner Portion erbarmen.«

Auf dieser weitläufigen Insel, die so groß war wie das Fürstentum Vierwalden oder das Königreich Broberger, konnte sich der alte Zif in der Tat sicher fühlen, denn im Dunkelwald richtete die Magie der Kirchenleute nichts aus. Selbst wenn der Heilige Vater samt seiner ganzen heiligen Gefolgschaft oder die Apostel des Herrn persönlich einmal im Dunkelwald auftauchen würden, wären sie außerstande, auch nur den harmlosesten Zauber zu wirken. Ob es ihnen schmeckte oder nicht – sie würden sich durch nichts mehr von gewöhnlichen Menschen unterscheiden.

Dennoch hatte die Kirche wiederholt versucht, auch im Dunkelwald Fuß zu fassen, war aber mit diesen grandiosen Plänen jedes Mal fulminant gescheitert. Dem Heiligen Stuhl wurde derart eingeheizt, dass er fürderhin darauf verzichtete, auf dieser Insel zu landen. Die Zauberer, Hexen und Anderswesen, die in diesen düsteren Wäldern hausten, hatten nämlich einen ganz unbestreitbaren Vorteil auf ihrer Seite: Ihre Magie klappte hier noch. Ganz hervorragend sogar.

Die Kirche erklärte den Dunkelwald daraufhin zu einem verfluchten Gebiet und verbot es allen Menschen der aufgeklärten Welt unter Androhung der Exkommunikation, diese Insel zu besuchen. Der Dunkelwald, dieses letzte Bollwerk alter Magie, hatte damit fast achthundert Jahre lang seine Ruhe. Hier überdauerte eine ursprüngliche Kraft, die von der Kirche nicht gebilligt wurde, hier tummelten sich die letzten Anderswesen, die früher auch auf dem Festland anzutreffen gewesen waren und dort Seite an Seite mit den Menschen gelebt hatten.

Es hatten angeblich auch immer wieder Menschen versucht, auf die Insel zu fliehen, bedauernswerte Zeitgenossen, die hier vor der Inquisition Schutz suchen wollten, ehe ihnen der Prozess wegen Zauberei, dem Besitz verbotener Bücher, Leichenöffnung zum Zwecke anatomischer Studien, Verbreitung alter heidnischer Lehren oder der Vivisektion von Fröschen auf Grundlage chagzhidischer Lehrwerke gemacht wurde. Sie wurden jedoch nur selten mit offenen Armen empfangen, meist wies man sie trotz inständiger Bitten, doch bleiben zu dürfen, ab.

Ich hatte Sophia einmal danach gefragt, wer eigentlich entscheide, ob man auf der Insel bleiben dürfe oder sie wieder verlassen müsse.

»Der Dunkelwald selbst«, hatte sie geantwortet. »Sein Herz. Wir halten uns stets an seine Entscheidung.«

»Was ist mit mir? Hat über mich auch der Dunkelwald entschieden?«

»Einigen wir uns darauf, dass du mein persönlicher Gast bist«, hatte sie erwidert. »Weil mir so gut gefallen hat, wie du auf dem Ball beim Hexensabbat das Tanzbein geschwungen hast.«

Deutlicher hätte sie mir nicht zu verstehen geben können, dass sie über das Thema eigentlich nicht reden wollte…

»Quten Abend, qute Nacht, von Requen bequacht«, trällerte eine alte Kröte mit einem Hut aus feiner Spitze und rosafarbener Hemdbrust. Diese possierliche Kreatur hatte ich schon öfters im Wald getroffen, sodass wir mittlerweile als gute Bekannte gelten durften.

»Vielen Dank für die Warnung!«

Meine Bekannte nickte mir hoheitsvoll zu, ließ die Zunge hervorschnellen und erhaschte einen großen Nachtkäfer, den sie rasch in ihrem Maul barg.

Vom Hauptweg zweigten zwar etliche schmale Pfade ab, die ich jedoch tunlichst mied. Solange ich mich in Sophias oder Guervos Waldabschnitt aufhielt, durfte ich mich weitgehend sicher fühlen. Die *Hinterwäldler* außerhalb dieses Bereichs könnten aber durchaus auf die Idee kommen, mir das Fell zu gerben.

Denn Menschen mochte man auf dieser Insel nicht besonders. Man duldete sie, mehr aber auch nicht.

Daher wurde es selbst auf dem Hauptweg gelegentlich brenzlig. Gerade kam mir beispielsweise ein Geschöpf auf vier zweig-

artigen Pfoten entgegen, das sich eine Art Katzenfell überge-
worfen hatte. Es stierte mich mit roten Augen an, dann wanderte
sein Blick weiter zu dem Waldglüher. Die Kreatur stieß einen
lauten Rülpser aus, klaubte mit einer ihrer Pfoten in ihrem Sabbermaul herum, offenbar auf der Suche nach etwas, seufzte enttäuscht und verschwand wieder hinter den Bäumen. Erst jetzt
bemerkte ich, dass dieses Geschöpf einen Fuchs mit eingeschla-
genem Schädel am Schwanz gepackt hielt und hinter sich herzog, dabei eine blutige Spur zurücklassend.

An der nächsten Abzweigung hatten sich unter der alten Kiefer ein paar Pickler versammelt, dünne Burschen mit zottigem
Bart, in dem sich mehr Perlen fanden als Flöhe auf einem Straßenköter. Sie klärten gerade, wer morgen die Tannenzapfen einsammeln solle. Als einer dieser hageren Wichte mich entdeckte,
lüpfte er höflich den aus einem Pilz geschnitzten Hut. Ich nickte
ihm zu, obwohl wir uns zum ersten Mal begegneten. Der Rest
der Bande war inzwischen bereits damit beschäftigt herauszufinden, wer von ihnen den längsten Bart hatte, ein Unternehmen, das ihre ungeteilte Aufmerksamkeit verlangte.

Vorbei an einem plätschernden Bach gelangte ich zu einem
schmalen Waldfluss mit erstaunlich schneller Strömung. Die
Weiden am Ufer neigten ihre Zweige weit über das Wasser. In
ihnen schaukelten morgens gern Aquinen, flinke junge Frauen
mit Haifischzähnen, denen es unermessliches Vergnügen bereitete, die Trunkler zu einem Wettschwimmen durch den Fluss
herauszufordern. Zuweilen versuchten die Aquinen, mich in ihr
gefährliches Spiel miteinzubeziehen, ein Wunsch, den ich ihnen
zu ihrem Bedauern nicht erfüllte. Aber wie wollte ich – ein einfacher Mensch ohne Schwimmflossen – denn bitte mit diesen
Wesen mithalten?!

Jetzt am Abend hatte es sich jedoch niemand in den Zweigen
gemütlich gemacht, sodass einzig der Wind und das dahinströ-
mende Wasser sie bewegten. Allerdings huschten überall Waldglüher hin und her. Tagsüber verkrochen sie sich gern in Guervos Herd, sobald sich aber die Nacht herabsenkte, streiften sie
durch die Gegend.

Ein Dutzend dieser Funken stürzte mir mit lustigem Geflacker entgegen. Nur zu gern hätten sie mich von meinem Weg gelockt.

»Die alte Kröte hat mir verraten, dass es bald regnet«, teilte ich ihnen mit. »Passt also auf, dass ihr nicht erlöscht.«

Als Nächstes kam ich zu einer windschiefen, halb eingefallenen Hütte, die an eine tote Weide gebaut war. Darin lebte irgendein Hutzelwesen, von dem ich mich möglichst fernhielt, denn jedes Mal, wenn es mich bemerkte, stimmte es ein Gezeter an, das durch den ganzen Wald hallte. Im Übrigen besaß diese Kreatur grundsätzlich einen recht sonderbaren Charakter und pflegte allerlei Grillen. Beispielsweise die, Schädel auf den Zaun vor der Hütte zu spießen oder Fensterläden und die Tür mit menschlicher Haut zu bespannen.

Selbst der Waldglüher in meiner Begleitung dämpfte sein Licht, als ich mich am Vorgarten vorbeischlich. In diesem wuchsen Kräuter, die das Bewusstsein eines Menschen vernebelten, aber auch Menschenköpfe, die lautlos den Mund aufsperrten und mit ihren blinden Augen rollten. Als Apostel dieses Beet das erste Mal gesehen hatte, war ihm derart schlecht geworden, dass er stehenden Fußes kehrtgemacht hatte und erst nach drei Tagen wieder aufgetaucht war.

»Ludwig!«, rief mich jemand, sobald ich den Abschnitt mit den Eichen erreicht hatte.

Die alte Stimme kam aus einer Baumkrone. Ich legte den Kopf in den Nacken und spähte in das Blattwerk hinauf.

»Was ist?«, fragte ich.

»Kannst du mir einen Bernstein besorgen?«

»Warum suchst du nicht selbst danach?«

»Weil ich nicht zum Meer gehen kann. Aber ich brauche den Stein wirklich dringend. Besorgst du mir einen? Niemand sonst will mir helfen. Es spricht nicht einmal jemand mit mir.«

»Gut, wenn ich einen Bernstein finde, bringe ich ihn dir mit«, versprach ich.

Die alte Agathana war ein harmloses Geschöpf, auch wenn

bei ihr im Oberstübchen nicht alles stimmte. Sie lebte völlig zurückgezogen auf ihrem Baum, vermutlich in einem großen Astloch, und legte ungeheuren Wert darauf, dass niemand sie zu Gesicht bekam.

Hinter ihrem Baum begann Guervos Revier, das dieser, wie ich von Sophia wusste, eigenhändig angelegt hatte, indem er aus anderen Teilen des Walds Eicheln herangeschafft und hier in den Boden gesteckt hatte. Daraus waren längst mächtige Bäume entstanden. Sein Spitzdachhäuschen konnte man nur sehen, wenn Guervo es einem erlaubte. Das Gleiche galt übrigens für die Grotte mit dem kristallklaren Wasserfall, in die Sophia sich gern zurückzog.

Auf den Stufen vorm Haus schlummerte, in ein Bärenfell gehüllt, Zif. Da ihm der Mund ein wenig offen stand, wirkte sein ohnehin grobes Gesicht noch abstoßender. Als ich an ihm vorbeiging, stieß er einen lauten Schnarcher aus, öffnete eines seiner roten Augen, grummelte einen Fluch, drehte sich auf die andere Seite und zog sich das Fell über den Kopf.

Bei Guervo selbst handelte es sich um einen Viengo, also ein Anderswesen, über das man gern Freundlichkeiten à la »Wer einen Viengo beklaut, den kostet es die Haut« oder »Haust übers Ohr du einen Viengo, drischt im Nu er dich zu Stroh!« zu berichten wusste. Diese Weisheiten waren nicht ganz aus der Luft gegriffen, denn Viengos taten sich gern durch Angriffsfreude und Blutrünstigkeit hervor. Von Guervo konnte ich dergleichen jedoch nicht behaupten, er hatte sich mir stets von seiner freundlichen Seite gezeigt, ruhig und zurückhaltend und immer mit einem Lächeln auf den Lippen. Auch hatte ich nie gesehen, dass er seine Tiergestalt annahm, was diese Anderswesen nämlich konnten.

Als ich jetzt ins Haus eintrat, saß Guervo auf einem Holzklotz, der ihm als Sessel diente, vor dem Kamin und las in der Heiligen Schrift.

»Guten Abend, Ludwig!«, begrüßte er mich strahlend. »Tut mir leid, dass ich dich so spät noch mit einem Anliegen behellige. Ich hoffe, es kommt dir nicht allzu ungelegen?«

»Bestimmt nicht«, versicherte ich.

Sophia hatte uns einander erst hier auf der Insel vorgestellt, doch begegnet war mir Guervo bereits vorher. Sogar auf dem Festland, genauer beim Ball der Hexen in Burg Cobnac. Und einen Viengo vergaß man nicht so schnell, schließlich lief einem nicht jeden Tag ein Wesen mit Hirschhörnern über den Weg. Das Geweih sollte ja über erstaunliche Heilfähigkeiten verfügen. Menschen kamen an die Dinger aber kaum heran. Um es ganz unmissverständlich zu sagen: Es war wesentlich einfacher, in die Höhle eines hungrigen Bären zu krauchen, als einen Viengo zu erlegen. In der Regel tauschten Jäger und Gejagter nämlich schon nach kürzester Zeit die Rollen – und der erbeutete Menschenkopf fand Verwendung als Zierrat im Heim des Viengo.

Nebenbei bemerkt blickte Guervo voll Stolz auf eine stattliche Sammlung: Eine ganze Wand in der Diele war mit Menschenschädeln behangen, ein etwas gewöhnungsbedürftiger Anblick, der meiner Meinung nach so gar nicht zu der sonstigen anheimelnden Einrichtung passen wollte. Doch Apostel hatte behauptet, Scheuch würde den Gegensatz sicher zu schätzen wissen.

»Was hältst du von einem kleinen Spaziergang, mein *ajergo?*«, fragte er mich, wobei er mir die Ehre zuteilwerden ließ, mich in seiner Sprache als Freund anzusprechen.

»Jetzt gleich?«, wollte ich wissen.

»Wenn du es einrichten könntest«, antwortete er lächelnd. Doch seine Augen blickten sehr ernst drein.

»Gut«, willigte ich ein. »Soll mir recht sein.«

»Hervorragend!«

Er legte ein Lesezeichen in die Bibel und erhob sich. Nun überragte er mich um einen Kopf. Seine aus Moos und Flechten gefertigte Latzhose verwandelte sich prompt in einen Umhang, während sein Hirschgeweih, das bis eben noch ein silbernes Licht gespendet hatte, zunächst verblasste, dann erlosch.

»Es ist nicht weit«, beruhigte mich Guervo. »So etwas hast du gewiss noch nie gesehen.«

»Jetzt machst du mich wirklich neugierig.«

Guervo nahm einen gewaltigen Bogen aus goldschimmerndem Holz an sich, spannte ihn mit einiger Anstrengung und warf sich einen Köcher über die Schulter, in dem lange, befiederte Pfeile steckten.

»Dann lass uns aufbrechen!«

Zif wachte abermals auf und bedachte uns mit einem finsteren Blick.

»Mitten in der Nacht noch draußen rumzustreifen!«, grummelte er. »Ratzen solltet ihr! Hat jemand was dagegen, wenn ich jetzt ins Haus umziehe?«

»Wag es ja nicht, dich in meinem Bett aufs Ohr zu hauen!«, erwiderte Guervo. »Du kannst es dir vor dem Kamin gemütlich machen. Und du bleibst hier!«

Die letzten Worte galten dem Waldglüher, der mich eben hierher begleitet hatte.

Sobald wir Agathanas Baum erreicht hatten – sie bat mich bei der Gelegenheit gleich abermals, ihr einen Bernstein zu besorgen –, verließ Guervo den Pfad und schlug sich in den Wald.

Er bewegte sich lautlos und geschmeidig wie ein Gespenst, sodass er nicht einmal mit dem riesigen Geweih an Ästen hängen blieb. In Stärke und Entschlossenheit stand er einem Edelhirsch in nichts nach. Aus Rücksicht auf mich verlangsamte er aber bald seinen Schritt und blieb immer wieder stehen, damit ich zu ihm aufschließen konnte.

Nach einer Weile hatten sich meine Augen endlich an die Dunkelheit gewöhnt, sodass ich nun Schatten zu unterscheiden oder Einzelheiten zu erkennen vermochte. Um uns herum schimmerten zahllose bläuliche Farne. Auf einer Lichtung versanken meine Füße in weichem Moos, das einen angenehmen Duft verströmte. Jahrhundertealte Bäume waren von Bartflechten bewachsen, die von Faltern mit flammend gelben Flügeln und von funkelnden Glühwürmchen umschwirrt wurden.

Irgendwo in der Dunkelheit verströmten alte Baumstümpfe ein kaltes, fahlgrünes Licht, und immer wieder blitzten in den Zweigen die roten Augen der hiesigen Bewohner auf. Einmal schoss auch ein geflügelter Schatten mit unverhältnismäßig großem Kopf und langem Hals lautlos über uns hinweg.

In den Baumkronen raschelte der Wind, Nachtvögel gaben ihre klagenden Schreie von sich, in der Ferne erklang ein Weinen, das an das Lachen von Hyänen erinnerte. Zahllose Wesen huschten durchs Unterholz, flohen über Wurzeln, kicherten in den Ästen, keuchten im Gebüsch und brachen sich knackend ihren Weg. Ruhig war es in diesen Wäldern selbst nachts nicht.

Unser Erscheinen sorgte selbstverständlich für weiteren Aufruhr. Wir schreckten einige Wesen auf, die dann unter mürrischem Gefiepe davonstürzten. Eine Art zitronengelber Riesentausendfüßler mit leuchtenden Beinchen und Barthaaren krabbelte geschwind über einen alten Baumstamm davon. Was wohl geschähe, wenn der Bursche jemandem in den Ausschnitt schlüpfte?

Einmal wandte sich ein Wesen in einer mir unbekannten Sprache an Guervo, der zu meiner Überraschung in ausgesprochen scharfem Ton antwortete. Als ich ihn darauf ansprach, um was es gegangen sei, erklärte er mir: »Er hätte dich gern mit mir geteilt, *ajergo*.«

»Bitte?!«

»Er hat dich für mein Abendbrot gehalten und deshalb um ein wenig Fleisch gebeten. Ich kann diesen Nichtsnutz und Hungerleider partout nicht ausstehen. Dieser Wald bietet genug Nahrung für uns alle, aber der Bursche ist einfach zu faul, seine Höhle zu verlassen und auf die Jagd zu gehen.«

Schon schälte sich ein weiteres Wesen aus der Dunkelheit, eine hochaufgeschossene Gestalt, die mich anknurrte. Ein Blick von Guervo genügte jedoch, und das Geschöpf presste ein »Oh, Verzeihung!« heraus und verschwand wieder, bevor ich auch nur in Panik geraten konnte.

»Du bist wahrlich ein König des Waldes«, bemerkte ich.

»Das ist ein alter Bekannter«, erwiderte Guervo lächelnd. »Da er nicht besonders gut sieht, unterläuft ihm immer wieder mal ein Fehler bei der Wahl seines Essens. Vermutlich ist dir der Schreck in die Glieder gefahren. Aber keine Sorge, wenn wir wieder zu Hause sind, gibt es für uns beide erst einmal einen kräftigen Schluck Glühwürmchenwein.«

»Klingt verlockend«, murmelte ich. »Aber ich will nicht hoffen, dass er tatsächlich aus Glühwürmchen gemacht wird …«

»Ganz bestimmt nicht.«

Je weiter wir liefen, desto stärker roch es nach Salz und Meer, während der Duft von Tannennadeln, Blättern, Moos, feuchtem Wald, Pilzen und bitteren Beeren immer stärker in den Hintergrund gedrängt wurde. Irgendwann hörte ich das erste Krachen.

Kurz darauf gelangten wir ans offene Meer. Am Ufer pfiff ein eisiger Wind. Die Brandung toste. Wir standen auf einem Granitfelsen. Der Weg hinunter zum Wasser stellte eine gewisse Herausforderung dar.

»Müssen wir da runter?«, fragte ich Guervo etwas kleinlaut.

»Nein«, antwortete dieser lächelnd und deutete auf einen schmalen Spalt in der Wand aus Weißdornsträuchern. »Wir müssen hier entlang.«

Guervo führte mich in eine Schlucht, in der ich mich nur noch tastend vorwärtsbewegen konnte.

»Pass auf, wo du hintrittst, *ajergo*«, warnte er mich.

Die Schlucht mit einem kleinen Bach darin zog sich am Ufer entlang. Obwohl die Felsen immer höher wurden, konnten wir das Krachen der Wellen nach wie vor deutlich hören. Guervo bewegte sich unverändert geschickt und behände vorwärts, ich dagegen war mittlerweile rechtschaffen müde, obendrein plagte mich die Wunde in meiner Seite. Meine miserable Verfassung blieb Guervo nicht lange verborgen, sodass er mir erst einmal eine kurze Verschnaufpause gönnte. Neugierig sah ich mich um. Am anderen Ende der Schlucht erhob sich ein kohlschwarzer Hügel.

Plötzlich ließ ein tiefes Brüllen die Erde beben. Mir sträubten sich unweigerlich die Nackenhaare. Sofort griff ich nach meinem Dolch.

Und dann setzte sich der Hügel in Bewegung. Mit der Geschmeidigkeit einer Schlange drehte er sich zu uns um. Ein langer Schwanenhals mit einem gewaltigen Kopf schob sich aus dem Steinmassiv. Violette Augen funkelten uns zornig an.

»Ganz ruhig, Brandbart«, sprach Guervo das Wesen an. »Erkennst du mich denn nicht?«

Brandbart, der vermutlich den halben Marktplatz in Ardenau einnehmen würde, erinnerte mit seiner glänzenden schwarzen Farbe ein wenig an einen Aal, wenn auch an einen, über dessen Nacken sich ein gezackter Kamm zog. Flügel fehlten ihm – was ihn freilich, wie ich aus eigener Erfahrung wusste, nicht daran hinderte, sich in die Lüfte aufzuschwingen.

Brandbart linste begehrlich zu mir herüber, seufzte schwer und zog den Kopf etwas zurück, damit wir uns ihm nähern konnten.

»Danke schön, dass du mich in den Dunkelwald gebracht hast«, wandte ich mich an den Drachen. »Sophia hat mir gesagt, dass ich ohne deine Hilfe gestorben wäre.«

Brandbart kniff die Augen zusammen, stieß eine Fontäne himbeerroter Funken aus den Nüstern und gab mit feiner Stimme ein paar Worte von sich.

»Er sagt, dass du dich jederzeit für diese Gefälligkeit erkenntlich zeigen kannst«, teilte mir Guervo mit.

»Wie das?«

»Ganz einfach, *ajergo*. Siehst du das da drüben?«

»Ich traue meinen Augen nicht«, flüsterte ich.

»Das darfst du getrost.«

Zwanzig Meter vor mir lagen in einem Steinkreis sechs bernsteinfarbene Eier, die etwa die Größe eines Menschen hatten. In ihnen schien eine Flamme zu züngeln.

»Sie sind wunderschön«, stieß ich ergriffen aus.

»Aber leider werden aus ihnen keine kleinen Drachen schlüpfen. Kurz bevor es so weit ist, geht das Gelege ein.«

Brandbart stieß abermals etwas in seiner Sprache aus. Guervo hob beschwichtigend die Hand und sprach leise auf ihn ein.

»In ein paar Tagen werden die Eier zerstört werden«, erklärte er mir dann. »Etwas entzieht ihnen das Feuer des Lebens, sodass nur die Schale übrig bleibt. Anfangs haben wir vermutet, es stecke Magie oder ein Fluch dahinter. Aber wir sind auf keinen Hinweis gestoßen, der diese Überlegung bestätigt hätte. Sophia und ich befürchten nun, eine dunkle Seele habe hier ihre Finger im Spiel.«

Dieser Gedanke überraschte mich. Dunkle Seelen scherten sich eigentlich nicht um Drachen, Wölfe oder Feldmäuse. Ihr ganzes Sinnen und Trachten galt Menschen, ihrer wichtigsten Nahrungsquelle.

»Deshalb hat Brandbart mich also in den Dunkelwald gebracht«, sagte ich. »Wie viele Gelege hat er schon verloren?«

»Etliche.«

»Warum habt ihr dann erst jetzt einen Seelenfänger zu Hilfe geholt?«

»Weil es nicht immer einfach ist, Menschen zu uns einzuladen, *ajergo*.«

»Die Flamme in den Eiern erlischt immer in der Nacht, bevor die Drachen schlüpfen würden? Nie früher?«

»Richtig.«

»Hat schon mal jemand versucht, die Eier von der Insel fortzubringen? Nach Neuhort, wo kein Fremder einen Fuß hinsetzen darf? Oder nach Rowalien, wo es keine dunklen Seelen gibt?«

»Das geht leider nicht. Die Zeiten der Vergangenheit sind vorbei, heute können Drachen ausschließlich im Dunkelwald ausgebrütet werden, denn nur hier gibt es die Magie, die sie zum Leben und Wachsen benötigen. Hätte eure Kirche nicht alle heiligen Bäume, aus denen Hexen und Zauberer ihre Kraft beziehen, auf dem Festland gefällt, sähe die Sache anders aus. Was hältst du von unserer Vermutung, dahinter stecke eine dunkle Seele?«

»Um dir diese Frage zu beantworten, müsste ich näher an das Gelege herantreten und mir die Eier genau ansehen.«

Brandbart stieß eine Rauchwolke aus und fauchte wütend.

»Das verstehe ich auch ohne deine Hilfe«, brummte ich. »Sollte ich den Schatz des Herrn Drachen anfassen, macht er Kleinholz aus mir.«

Guervo rang sich ein entschuldigendes Lächeln ab. Schritt für Schritt näherte ich mich unter Brandbarts misstrauischem Blick dem Gelege. Der Drache schob seinen Kopf über mich und brutzelte mich fast mit seinem heißen Atem.

»Wenn du auf meine Hilfe hoffst, dann solltest du mich wenigstens einen Blick auf die Eier werfen lassen«, sagte ich ihm – was mir glatt einen weiteren finsteren Blick eintrug. »Guervo, besteht die Schale der Eier wirklich aus Bernstein?«

»Kennst du etwa die Sage nicht, dass es sich bei dem Bernstein im Meer um Splitter der Schalen von Dracheneiern handelt?«

»Aber das ist nur eine Sage«, entgegnete ich, während ich versuchte, Hinweise auf eine ruhelose Seele zu entdecken. »Ich brauche Tatsachen. Also – ist das Bernstein?«

»Ja. Und zwar richtiger Bernstein, nicht das erbärmliche Zeug aus Bäumen. Warum ist das für dich so bedeutsam?«

Brandbart lauschte unserem Gespräch aufmerksam.

»Weil manche ruhelosen Seelen nicht nur von Blut angelockt werden, sondern auch von seltenen Materialien. Von Gräsern oder Gestein. Einige Seelen sind auch ganz erpicht auf Bernstein. Allerdings sind sie völlig harmlos und fügen niemandem Schaden zu. An diesen Eiern kann ich im Übrigen keinen Hinweis darauf feststellen, dass eine dunkle Seele hier ihren Schabernack treibt. Ich habe eine Figur gewirkt. Das ist Magie von uns Seelenfängern. Sie würde es mir verraten, wenn eine dunkle Seele in der Nähe wäre. Das ist aber nicht der Fall.«

»Dann trügt deine Magie. Irgendeine dunkle Seele verhindert, dass diese Drachen ausgebrütet werden. Deshalb brauchen wir ja auch deine Hilfe.«

Mein Blick wanderte zwischen Guervo und Brandbart hin und her.

»Natürlich werde ich euch helfen«, setzte ich vorsichtig an. »Versprechen kann ich aber nichts.«

Vom Meer waren schon vor einiger Zeit Wolken herangezogen, jetzt setzte feiner Nieselregen ein. Genau wie die alte Kröte es vorausgesagt hatte.

»Wir sollten uns besser auf den Rückweg machen«, murmelte Guervo. »Die weiteren Einzelheiten besprechen wir bei einem Becher Glühwürmchenwein.«

»Ich könnte eine Figur wirken, die das Gelege schützt. Wenn wirklich eine dunkle Seele ihre Finger im Spiel hat, würde sie damit von den Eiern ferngehalten. Dafür müsste ich jetzt aber meinen Dolch ziehen.«

Ich sah den Drachen fragend an. Dieser seufzte und trat einen winzigen Schritt zurück.

»Wenn Brandbart das Gelege bewacht«, wandte ich mich an Guervo, »wo steckt dann eigentlich die Mutter?«

»Sie hält sich so lange in der Luft auf, bis die Jungen geschlüpft sind. Wenn sie denn schlüpfen …«

»Ich werde tun, was in meinen Kräften steht, damit das geschieht.«

Bei dem Glühwürmchenwein handelte es sich um grünen Rebensaft. Er funkelte in den feinen Kristallgläsern geradezu und schmeckte leicht nach Pfefferminz. Guervo und ich sprachen dem Getränk begeistert zu. Dabei erzählte mir der Viengo mehr über das Schicksal der Gelege.

Inzwischen schüttete es wie aus Eimern. Zif, der neugierig einen Fuß vor die Tür gesetzt hatte, kam bis auf die Knochen durchnässt wieder herein. Dabei stank er derart nach nassem Fell, dass Guervo ihn bat, sich erst einmal zu waschen, ehe er es sich vorm Kamin gemütlich machte. Das lehnte dieser Nichtsnutz jedoch kategorisch ab. Stattdessen verzog er sich auf den Dachboden und haute sich dort aufs Ohr.

Ich wäre eigentlich auch ganz gern schlafen gegangen, beschloss aber, auf Sophia zu warten, um zu hören, was sie zu dem Tod der Drachenjungen meinte.

Als sie endlich Guervos Haus betrat, trug sie den Geruch von Zedernharz herein. Ihr kurzes silbernes Obergewand klebte an ihrem schlanken Körper. Guervo gab noch etwas Holz ins Kaminfeuer und holte warme Kleidung. Sobald Sophia sich umgezogen und im Sessel Platz genommen hatte, öffnete er eine neue Flasche Wein.

»Dass du deine Gewohnheiten aber auch nie änderst, *vaelja*«, knurrte Guervo, milderte seine Worte jedoch, indem er Sophia höflich mit dem Titel Sehende ansprach. »Sobald es regnet, musst du draußen herumstreifen.«

»Weil der Regen meine Gabe als Seherin wegspült, mein Freund. Deshalb kann ich in solchen Momenten völlig allein mit mir sein. Für mich sind das die kostbarsten Augenblicke, die ich mir nur denken kann. Hast du Ludwig das Gelege gezeigt?«

»Ja.«

»Hast du ihm auch gesagt, dass wir mit jedem Drachen, der stirbt, schwächer werden?«

»Nein.«

»Die Drachen lebten schon im Dunkelwald, als es hier noch keine Menschen gab«, erklärte mir Sophia daraufhin. »Sie sind ein Teil der Magie, die du in dieser Welt findest. Sobald einer von ihnen stirbt, nimmt auch unser Können ab. Gibt es erst einmal überhaupt keine Drachen mehr, wird die Menschen nichts daran hindern, unsere Insel zu erobern. Wenn ich aber eines nicht will, dann dass die Männer der Kirche bei uns landen. Dann würden sie unsere Magie auch hier auslöschen, ganz genau wie auf dem Festland. Aber der Dunkelwald ist die letzte Zufluchtsstätte für Geschöpfe wie mich. Deshalb müssen diese Küken schlüpfen. Die Zahl der schwarzen Drachen in dieser Welt ist ohnehin schon beängstigend klein.«

»Ich habe Guervo diese Frage schon gestellt, jetzt wiederhole ich sie: Warum habt ihr nicht schon früher einen Seelenfänger um Hilfe gebeten?«

»Aber das haben wir! Die Bruderschaft hat uns jedoch abgewiesen.«

»Bitte? Die Magister haben sich geweigert, eine dunkle Seele auszulöschen?«

»Sie wollten die Beziehungen zum Heiligen Stuhl nicht aufs Spiel setzen. Angesichts all der Probleme mit dem Orden der

Gerechtigkeit kann deine Bruderschaft getrost auf Schwierigkeiten mit den Kirchenleuten verzichten.«

»Und dass sie nichts von meinem Aufenthalt hier weiß, kommt euch ganz gelegen, um es einmal so auszudrücken…«

»Dir aber auch«, erwiderte Guervo mit freundlichem Lächeln. »Denn wenn irgendjemand auf dem Festland davon erführe, hättest du vermutlich keine einzige ruhige Minute mehr. Man würde dir zusetzen, um herauszubekommen, was du hier gesehen hast, mit wem du gesprochen hast und mit welchem bösen Geist du dich vergnügt hast. So aber kommt niemand auf die Idee, dich mit unnötigen Fragen zu belästigen.«

»Welch rührende Sorge«, bemerkte ich grinsend. »Aber natürlich helfe ich euch. Es ist das Mindeste, was ich tun kann, um mich dafür erkenntlich zu zeigen, dass ihr mir das Leben gerettet und mich so gastfreundlich bei euch aufgenommen habt. Zunächst müssen wir jedoch unbedingt klären, ob wirklich eine dunkle Seele dahintersteckt. Diese Kreaturen tauchen ja nur auf, wenn ein Mensch stirbt. Aber seit ich auf der Insel bin, habe ich keinen einzigen Menschen zu Gesicht bekommen.«

»Du hast dich nur noch nicht gründlich umgesehen, *ajergo*. Zwei Stunden von hier entfernt gibt es ein Dorf von Victen.«

»Von einem solchen Volk habe ich noch nie gehört.«

»Es sind Barbaren, die eigentlich auf den Wolfsinseln leben«, teilte Guervo mir mit. »Als ihr Land vor etwa einhundert Jahren vom Justirfieber heimgesucht wurde, haben sie bei uns Zuflucht gesucht. Die Seuche hatten übrigens Händler aus Neuhort zu ihnen gebracht.«

»Jetzt, wo du es sagst, erinnere ich mich daran«, murmelte ich gedankenversunken. »Ist das Dorf der einzige Ort auf der Insel, wo Menschen leben?«

»Am Westufer schon. Im Osten gibt es aber noch weitere Dörfer. Bis zu ihnen bräuchtest du allerdings etliche Tage.«

»Dann sollte ich diesem Dorf wohl tatsächlich einen Besuch abstatten und feststellen, ob es dort dunkle Seelen gibt.«

»Keine gute Idee, denn dort zieht man dir bei lebendigem

Leib die Haut von den Knochen. In diesem Dorf hat man für Fremde nämlich nichts übrig.«

»Das hat man nirgends. Verrate mir also lieber, wie ich dort hinkomme!«

»Zif dulden sie«, warf Sophia ein. »Mehr noch, sie verehren ihn sogar.«

»Stimmt«, bestätigte Guervo. »Offenbar ähnelt er ihrem Gott der Fruchtbarkeit und Ausschweifung, ein Umstand, den sich unserer Pfiffikus nur zu gut zunutze macht.«

»Bisher hat sich Zif nicht gerade zuvorkommend mir gegenüber verhalten«, setzte ich vorsichtig an. »Sollte er sich jetzt aber für mich verwenden ...«

»Oh, das wird er. Zif kennt mich genau. Wenn dir irgendein Unheil widerfahren sollte, würde ich sehr böse werden.«

»Dann kann ich mir ja in dem tröstlichen Wissen, dass du Zif tüchtig die Leviten liest, von den Victen das Fell gerben lassen.«

»Wir müssen uns auf Zif verlassen, eine andere Möglichkeit sehe ich nicht.«

»Wisst ihr zufällig, ob die Victen noch eine Rechnung mit den Drachen offenhaben?«

»Du hast doch Brandbart gesehen! Welcher Mensch sollte mit ihm noch eine Rechnung offenhaben?!«

»Hat er sie vielleicht irgendwie gegen sich aufgebracht?«

»Menschen interessieren ihn nicht, jedenfalls nicht, solange sie sich von seinem Gelege fernhalten. Meine Hand würde ich für ihn allerdings nicht ins Feuer legen. Deshalb werde ich ihn fragen, ob es Spannungen zwischen ihm und den Victen gibt.«

»Das Ganze gefällt mir nicht«, stieß ich müde aus. »Sophia, du kannst doch in die Zukunft blicken ...«

»Nicht, wenn Drachen im Spiel sind«, fiel sie mir ins Wort. »Denn sie können selbst in die Zukunft sehen. Auch meine Magie hilft mir bei diesen Geschöpfen nicht weiter. Was auch immer ich versucht habe, um denjenigen zu finden, der die Gelege zerstört, ist gescheitert. Deshalb sind diese Eier, die du heute gesehen hast, nach wie vor in Gefahr. Selbst als ich mich unter den illustren Gästen des Balls in Burg Cobnac umgehört habe, konnte mir niemand etwas Aufschlussreiches sagen. Nicht einmal die alten Hexen oder Universitätsgelehrten wissen etwas. Deshalb ruht all unsere Hoffnung auf dir. Vielleicht findest du ja etwas heraus ...«

Sophia versuchte zwar, ihre Verzweiflung und ihren Schmerz vor mir zu verbergen, doch das wollte ihr nicht so recht glücken. Guervo war ihr in dieser Disziplin weit überlegen.

»Obwohl es zahllose dunkle Seelen gibt, habe ich noch nie von einer Art gehört, die Drachen oder ihren Gelegen Schaden zugefügt hätte«, hielt ich fest. »Ich verspreche euch aber zu tun, was in meinen Kräften steht, um dieses Rätsel zu lösen. Wenn wirklich eine dunkle Seele dahintersteckt, komme ich ihr auf die Spur.«

Ich wurde auf höchst unangenehme Art und Weise aus dem Schlaf gerissen: Jemand trat mir ohne viel Federlesens in die Rippen. Und zwar mit voller Wucht. Bevor Zif zum nächsten Tritt ausholen konnte, packte ich schlaftrunken sein Bein und zog es zur Seite, sodass Zif mit dem Hinterkopf auf dem Boden aufschlug.

»Du Mistkerl!«, keifte er.

»Auch dir einen wunderschönen Morgen«, knurrte ich und rieb mir durch das Hemd die schmerzende Seite. »Du hast wirklich eine unverwechselbare Art, Menschen zu wecken. Hast du dir mal überlegt, was geschieht, wenn du jemanden aus dem Schlaf trittst, der nicht so gutherzig ist wie ich? Glaub mir, für manch einen wäre es höchst reizvoll, dir einen Dolch in deinen Wanst zu bohren!«

»Du hast es gerade nötig! Statt mir dankbar zu sein, dass ich dir weder einen Giftmolch noch ein Hornissennest ins Bett gesteckt habe, quittierst du einen freundschaftlichen Knuff damit, dass du mich zu Boden schmeißt! Was meinst du denn, was mir jetzt für eine Beule wächst?! Und nun raus aus den Federn, Seelenfänger! Je eher wir unseren Auftrag erledigt haben, desto schneller bin ich dich wieder los.« Nach diesen Worten stapfte Zif aus meinem Zimmer, sich dabei wütend unter der Achsel kratzend.

Bei Zif handelte es sich um einen Beelzegeist, ein Anderswesen, das häufig mit Teufeln verwechselt wurde. Meiner Ansicht nach ging das allerdings auf den bekannten Kupferstich *Die Teufel bringen einen Mörder in ihre Küche, um ihn im Ofen zu schmoren* zurück, bei dem der Künstler einen der Teufel durch einen Beelzegeist ersetzt hatte. Wie auch immer, die Folge davon war, dass diese Kreaturen auf dem Festland vollständig ausgerottet worden waren.

Zifs Erscheinung war zugegebenermaßen bestens geeignet, jeden gottesfürchtigen Menschen in Angst und Schrecken zu versetzen: Hufe an den Füßen, dicke befellte Schenkel, ein lederner Lendenschurz, rosafarbener Rattenschwanz und ein behaarter Bauch, bekrallte Finger, ein fratzenhaftes Gesicht mit einem gewaltigen Zinken, runden gelben Augen und kleinen Hörnern, die aus der störrischen Mähne herausragten. Hinzu kam sein hinterhältiges Wesen. Das Einzige, was ihm zum echten Teufel noch fehlte, war eine Mistgabel, mit der er einen armen Sünder in der Pfanne wendete, damit er auch ja von allen Seiten schön knusprig wurde.

»Du hättest mich ruhig warnen können«, knurrte ich Apostel an.

»Oh, keine Sorge, das hätte ich getan, wenn dir ernsthaft Gefahr von dem Burschen gedroht hätte«, versicherte er. »Aber Zif will doch nur ein wenig Spaß haben. Bei der Gelegenheit! Hab ich dir eigentlich schon erzählt, dass die meisten Bewohner dieser Insel gar nicht gut auf dich zu sprechen sind? Als Guervo Zif gebeten hat, dich zu begleiten, wollte dieser erst ablehnen. Aber da hättest du den Viengo mal hören sollen!«

»Damit wäre auch geklärt, welche Laus Zif heute morgen über die Leber gelaufen ist«, murmelte ich. »Und was ist mit dir? Warum schaust du so finster drein und verpestest mit deiner Stinklaune die Luft eine Meile gegen den Wind? Gibt es ein bestimmtes Wesen, das deinen Groll erregt hat?«

»Durchaus«, antwortete meine ruhelose Seele mit schwerem Seufzer. »Das gibt es. Dich nämlich.«

»Womit habe ich dich denn verärgert, während ich süß und selig geschlafen habe?«

»Damit, dass du zugestimmt hast, dieses Drachengelege zu retten.«

»Wenn Brandbart mich nicht hergebracht hätte, wäre ich vermutlich irgendwo im Süden Vierwaldens verblutet.«

»Und geworfen wurde der große Drache, die alte Schlange, genannt der Teufel und der Satan, der den ganzen Erdkreis verführt«, parierte Apostel mal wieder mit einem Spruch aus den heiligen Büchern, »geworfen wurde er auf die Erde, und seine Engel wurden mit ihm geworfen.«

»Erspar mir diesen Unsinn!« Ich schnallte den Gürtel um und rückte die Scheide zurecht. »Du weißt ganz genau, dass Drachen nicht mit dem Satan im Bunde stehen. Der Höllenfürst verfolgt seine Ziele, die Drachen ihre, beide verbindet nichts. Und mit Sicherheit werde ich nicht in der Hölle landen, weil ich meine Arbeit erledige und eine dunkle Seele auslösche.«

»Pass lieber auf, dass du nicht selbst ausgelöscht wirst. Jeden Abend leidest du in diesem verfluchten Heilwasser Höllenqualen. Dein Blut ist inzwischen voller Gift. Wer weiß, ob du dadurch nicht irgendeinen bleibenden Schaden davongetragen hast. Deshalb solltest du, wenn du mich fragst, so schnell wie möglich von hier weg. Du würdest doch unterwegs nicht schlappmachen, oder?«

»Ich fürchte, genau das würde ich. Außerdem würde ich Sophia damit kränken.«

»Eine etwaige Kränkung dieser Dame ist nun wahrlich das Letzte, was mich schert«, grummelte Apostel und ließ sich aufs Bett fallen. »Kränkungen von Hexen kümmern mich grundsätzlich nicht. Aber gut, dein Wille ist dein Himmelreich, schließlich geht es hier um deine Seele. Aber erwarte von mir keine Hilfe, wenn dich dieser Drache aus lauter Dankbarkeit zusammen mit deinem wunderbaren Dolch verschmaust.«

Kopfschüttelnd verließ ich das Zimmer. Apostel hatte sich

heute wahrlich selbst übertroffen, was seine Miesepetrigkeit anging. Seit wir vor zwei Jahren wegen eines Hochwassers im Frühling in Hungien festgesteckt hatten, hatte ich bei ihm nicht mehr eine solche Stinklaune erlebt. Damals hatte sein einziges Vergnügen darin bestanden, auf einem Dach zu hocken und den Leichen nachzusehen, die aus frischen Gräbern gespült wurden und an ihm vorbeitrieben.

»Mit wem palaverst du da, Seelenfänger?«, wollte Zif wissen, der es sich auf Guervos Holzklotzsessel gemütlich gemacht hatte.

Der Viengo musste das Haus also schon verlassen haben, sonst hätte sich der Beelzegeist nie so ungezwungen herumgelümmelt.

»Mit meiner ruhelosen Seele.«

»Guervo hat dir Frühstück gemacht. Und er hat mich gebeten, dich zum Dorf dieser Victen zu bringen. Also, trödle nicht rum, ich hab keine Lust, den ganzen Tag mit dir zu verplempern.«

»Geht das vielleicht auch etwas freundlicher?«

Daraufhin verzog er bloß das Gesicht, schnappte sich eine Scheibe Roggenbrot, stopfte sie sich in den Mund und beobachtete kauend, wie ich mich an den Tisch setzte und mich über das Essen hermachte.

Apostel war immer noch nicht aus meinem Zimmer gekommen. Aber gut, wenn er nicht mitwollte, war das seine Entscheidung.

Nach dem Regen in der letzten Nacht hing ein satter Geruch von feuchter Erde und jungem Grün in der Luft. Die Wiese war noch nass, von den Blättern der Bäume fielen die letzten Tropfen. Die grauen Regenwolken waren allerdings längst weit über das Meer gezogen.

»Mieses Wetter!«, knurrte Zif. »Da stinkt mein Fell wieder den ganzen Tag.«

»Wasch dich halt!«

»Heißes Wasser und Seife kann ich nicht ausstehen, davon brennen mir die Augen.«

»Sophia hat gesagt, wir bräuchten zwei Stunden.«

»Mit dir brauchen wir mindestens drei.«

»Warum das?«

»Weil ich mit dir nicht durch den Wald laufen kann. Das wäre nämlich, als ob ich an einem Hundezwinger vorbeigehe und ein rohes Stück Fleisch an einer Schnur hinter mir herziehe. Im besten Fall würden die Biester bei der Schnur haltmachen, im schlimmsten knabbern sie mir auch noch die Hand an. Guervo hat in seinem Teil das Sagen, nicht aber im ganzen Dunkelwald. Außerdem kommt man im Wald mit einem Menschen sowieso nur langsam voran. Inzwischen würde ich ja alt und grau werden, während meine Kinder heranwachsen und die ersten Enkel das Licht der Welt erblicken …«

»Du hast doch gar keine Kinder.«

»Ich hätte welche, wenn ich nicht ständig auf dich aufpassen müsste. Aber was soll ich machen, wo Guervo mich darum gebeten hat …«

»Du hättest ihm den Wunsch ja abschlagen können.«

»Leider nicht, ich schulde ihm nämlich noch einen kleinen Gefallen. Er hat mich mal aus dem Sabbermaul von irgendeinem Mistvieh gezogen, dafür hat er noch was bei mir gut. Deshalb bringe ich dich zu den Victen. Und da du wie ein Blinder durch den Wald tapsen würdest, spazieren wir besser am Meer entlang. Das geht schneller.« Dann wanderte sein Blick zu meinem Dolch. »Hast du noch was Solideres als diesen Zahnstocher dabei?«, fragte Zif mit einem Blick auf meinen Dolch.

»Nein.«

»Na, das lässt sich ändern.«

Er ging noch einmal ins Haus und kam mit einem langen Schwert aus dem letzten Jahrhundert zurück. Der Griff war aufwendig gearbeitet, die Klinge übermäßig breit.

»Hier«, sagte er und hielt mir die Stichwaffe hin.

»Wo hast du denn dieses uralte Ding her?«

»Das stammt von einem Jäger, der zu gern Guervos Geweih an sich gebracht hätte. Stattdessen hängt jetzt allerdings sein

Dez an Guervos Wand. Zweite Reihe, dritter Schädel von links, wenn ich mich nicht täusche.«

»Wäre es nicht etwas unklug, bei den Victen mit diesem Ungetüm aufzutauchen?«`

»Meiner Ansicht nach wäre nur eins unklug: ohne Schwert bei ihnen aufzutauchen.«

»Dann sieh zu, dass du etwas Passenderes für mich findest!«

»Glaubst du etwa, Guervo hat im Keller eine Waffenkammer?«, entgegnete Zif. »Echt! Er kann auf Klingen nun wirklich verzichten! Dieses Schwert habe ich ins Haus gebracht.«

»Dann darfst du es jetzt auch tragen.«

»Zum Teufel mit dir, Seelenfänger, dann tauch doch mit deiner Stricknadel bei den Victen auf. In dem Fall mach dich aber darauf gefasst, dass sie dich auslachen und mit dem Finger auf dich zeigen. Vermutlich fordern sie dich auch auf, die Hosen runterzulassen, damit sie sich überzeugen können, dass sie tatsächlich einen Kerl vor sich haben, kein Weibsbild. Tu ihnen also den Gefallen und befriedige ihre Neugier, sonst reden sie kein Wort mit dir.«

»Nun mach mal halblang«, entgegnete ich lachend. »Die Victen halten dich für einen Gott, dem sie fruchtbaren Boden und eine gute Ernte zu verdanken haben. Wenn du sie darum bittest, mit mir zu reden, dann tun sie das auch.«

»Weißt du was?«, knurrte Zif. »Du gehst mir jetzt schon auf die Nerven! Wie also soll ich da die nächsten Stunden mit dir überstehen?«

Nach diesen Worten warf er das Schwert auf die Stufen vorm Haus und stapfte entschlossenen Schrittes los, ohne sich auch nur einmal nach mir umzusehen.

Das Meer lag ruhig wie ein müder Riese da, der sich in einer schweren Schlacht verausgabt hatte. Das graue, noch frühlingshaft kalte Wasser hatte sich weit vom Ufer zurückgezogen und umspülte nur noch einige pilzförmige Felsen am Horizont. Vor uns sahen wir nur von braunen Algen durchzogenen Schlamm.

Darin tat sich jedoch einiges. In Pfützen dümpelten Fische, auf die nun etliche Wesen aus den Wäldern und anliegenden Bergen Jagd machten. Dicke Krabben brachten sich unter panischem Geklapper ihrer Scheren in schmalen Ritzen in Sicherheit. Ein paar Kreaturen, die aussahen wie Waschbären, denen man statt des Fells versehentlich purpurrotes und grünes Gefieder verpasst hatte, versuchten unter lautem Gekicher die armen Krabben mit Stöcken wieder aus ihren Verstecken zu locken.

Schmächtige türkisfarbene Wesen in rosafarbenen und grünen spitzen Muscheln nutzten die Gelegenheit, um ungezwungen miteinander zu plaudern und Duftstäbchen zu rauchen. Als wir recht nahe an einer dieser offenen Schalen vorbeikamen, duckte sich der Bewohner sofort, schrie uns wütend etwas in seiner Sprache hinterher und klappte sein Dach zu.

»Klappe, du Muschelhauser!«, zischte Zif, der offenbar verstanden hatte, was der Bursche uns an den Kopf geworfen hatte. Wütend trat er mit dem Huf ein Loch in die perlmuttfarbene Muschel. »Wenn ich das noch mal höre, schleppe ich dich vom Wasser weg und werf dich den Ameisen zum Fraß vor, du Meeresgewürm!«

Aus der Muschel kam kein Ton mehr. Auch in den benachbarten Schalen warf man vorsichtshalber die Duftstäbchen weg, um sich in die Behausung zurückzuziehen.

»Was für eine Brut!«, stieß Zif aus, spuckte auf eine Muschel, sammelte die rauchenden Duftstäbchen ein und steckte sie mit dem glühenden Ende in den feuchten Sand.

Damit schien sein Rachedurst gestillt zu sein, was ihn jedoch nicht daran hinderte, eine noch größere Stinklaune zu verbreiten als bisher.

»Und zugleich!« Eine Horde von Springnagern versuchte ein ledriges Wesen zurück ins Meer zu schleppen. Dieses gab sich alle Mühe, auch aus eigener Kraft auf das rettende Nass zuzukriechen, damit seine Retter es wenigstens etwas leichter hatten, kam jedoch nicht das winzigste Stückchen vorwärts.

»He!«, schrie uns einer der Springnager zu. »Helft uns mal!«

Ich nahm natürlich an, Zif würde ihm eine Abfuhr erteilen, die sich gewaschen hatte.

»Komm, lass uns mal sehen, ob wir diesen Brocken nicht irgendwie vom Fleck bewegen können«, wandte er sich jedoch zu meiner Überraschung an mich. »Ohne Wasser geht er ein.« Dann wandte er sich einigen pferdgroßen Kreaturen zu, die an riesige Heuschrecken erinnerten und im Schlamm miteinander spielten. »He, ihr! Schluss mit lustig, eure Hilfe wird gebraucht!«

Die riesigen Insekten mit den Facettenaugen trotteten auf uns zu, um den gestrandeten Unglückswurm wieder ins Wasser zu ziehen. Zif, die Springnager und ich halfen, indem wir ihn von hinten anschoben.

Der Meeresbewohner schnaufte schwer und führte ständig den Namen der Gottesmutter im Munde, was die Springnager derart kichern ließ, dass sie auf den Rücken fielen und wild mit den rosafarbenen Pfoten klatschten. Ihr Gelächter war derart ansteckend, dass auch ich irgendwann losprustete.

Dergleichen sah man bestimmt nicht alle Tage: ein Mensch, umgeben von sonderbaren Wesen, die vor Anstrengung schnaufend einen Meeresbewohner zurück ins Wasser bugsieren wollten, der die ganze Zeit das *Ave Maria* herunterbetete. Ich konnte von Glück sagen, dass Apostel nicht mitgekommen war. Das alte Lästermaul hätte sich einige spitze Bemerkungen kaum verkneifen können.

»Hör auf zu wiehern!«, fuhr mich Zif nun an, dem der Schweiß über die Stirn rann. »Sonst tut es mir am Ende noch leid, dass ich dich nicht durch den Wald geführt habe!«

Wir brauchten ewig, um den grauen Riesen auch nur zwanzig Yard vorwärtszubewegen, selbst nachdem wir weitere Helfer hinzugezogen hatten.

»Das reicht!«, erklärte Zif nach einer Weile und klatschte dem geretteten Meeresbewohner gegen die Seite. »Hier kannst du auf die Flut warten.«

»Danke, phhff, schön«, antwortete der graue Berg.

Wir ließen ihn in Gesellschaft der Springnager zurück, die immer noch unter einem allgemeinen Lachanfall litten.

»Geht es bei denen immer so lustig zu?«, wollte ich von Zif wissen.

»Mhm. Und jetzt leg einen Zahn zu!« Dann zeigte er auf eine spinnenartige Kreatur. »Der da komm lieber nicht zu nahe. Die ist völlig verrückt, außerdem hat sie Hunger.«

Das pelzige giftgrüne Wesen stakte ziellos am Strand entlang. Aus ihrem Rücken ragte der Oberkörper einer Hexe mit wirrem Haar und unverhältnismäßig langen Armen heraus, deren Blick nichts Gutes verhieß.

Die Sumpfhexe starrte uns hinterher, tat uns aber nichts. Nach einer Weile kroch sie auf das ferne Wasser zu, wobei sie unterwegs riesige grellrote Seesterne in ihre Tasche sammelte.

Schließlich ließen wir dieses buntscheckige Völkchen hinter uns, sodass uns nur noch Möwen umschwirrten, die sich unter lautem Gekreisch Gefechte um ans Ufer gespülte Fische lieferten.

Inzwischen waren wir so lange unterwegs, dass sich die Schmerzen in meiner Seite zurückmeldeten. Irgendwann bereitete mir jeder Schritt Mühe.

»Ich brauche eine Rast«, erklärte ich Zif, die Hand gegen meine Wunde gepresst.

»Wieso krauchst du in dieser hundsmiserablen Verfassung überhaupt durch die Gegend?«, giftete Zif, nachdem ich mich in den dunkelgelben Sand, der ein wenig an Sägemehl erinnerte, hatte plumpsen lassen. »Statt mit dunklen Seelen Haschen zu spielen, solltest du zu Hause Blümchen gießen. Im Übrigen würde ich dich bitten, nicht zu krepieren, denn in dem Fall stünde mir ein äußerst unangenehmes Gespräch mit Sophia bevor.«

»Das ist natürlich ein triftiger Grund für mich weiterzuleben«, murmelte ich, während ich beobachtete, wie ein Fuchs durch einen Strauch huschte. »Was mich erstaunt, ist, dass dir das Wort *bitten* geläufig ist.«

»Stell dir vor, ich kenne auch noch das Wort *danken*«, konterte Zif und bohrte in seinem Ohr herum. »Aber weil ich euch

Menschen nicht nacheifere, brüste ich mich nicht ständig mit meinem Wissen.«

»Hab Dank für diese Offenheit.«

»Ich bitte dich, ist mir doch ein Vergnügen. Sag mir, wenn du weitermarschieren kannst. Das Dorf liegt gleich hinter dem Felsen da. Es ist also nicht mehr weit.«

Ich sah auf die Wellen, die nun immer größer wurden. Das Meer, das bis eben noch ruhig dagelegen hatte, geriet langsam wieder in Bewegung. Die Flut setzte ein.

Allmählich ließ auch der Schmerz nach.

Ich fuhr mit der Hand über den kalten Sand. Meine Finger blieben an einem kleinen orangeroten Stein mit honigfarbener Maserung hängen.

»Sieh mal«, sagte ich zu Zif.

»Von dem Zeug findest du hier mehr als genug«, meinte dieser jedoch bloß abfällig. »Das Meer spuckt ständig Bernstein aus, man muss bloß ein bisschen im Sand buddeln.«

»Nach Ansicht der Hexen besitzt Bernstein magische Fähigkeiten.«

»Verkehrst du etwa mit Hexen?«

»Stell dir vor, das tue ich.«

»Wohl mit der, die Sophia gebeten hat, dir zu helfen?«

»Was du nicht alles weißt.«

»Ich halte meine Ohren nun mal gern offen«, gestand Zif ohne jede Verlegenheit. »Da erfährst du immer so allerlei.«

»Dann könntest du mir vielleicht einiges über die Victen erzählen?«

»Das sind Wilde«, spie er aus. »Blutdürstige Barbaren. Die sind hier eingefallen und haben versucht, uns ihre Ordnung aufzudrücken, aber denen haben wir gezeigt, wer hier Herr im Hause ist. Was ist das bloß mit euch Menschen, dass ihr ständig das Sagen haben wollt, obwohl ihr nicht viel mehr könnt, als mit einem Schwert herumzufuchteln?«

»Zurück zu den Victen! Haben sie sich inzwischen mit den Regeln abgefunden, die im Dunkelwald gelten?«

»Da sie sich noch ein Weilchen ihres Lebens erfreuen wollten, haben sie natürlich Ruhe gegeben. Oder zumindest so getan, als ob. Auf alle Fälle wagen sie sich nicht tief in den Wald vor und lassen die Einheimischen in Frieden. Täten sie das nicht, würde die Geschichte wohl übel für sie ausgehen. Heute verbringen sie ihre Tage daher hauptsächlich damit, gegen ihre Artgenossen auf den Wolfsinseln zu kämpfen.«

Ich stand wieder auf, klopfte meine Hosen ab und bedeutete Zif mit einem Nicken, dass wir weitergehen könnten.

»Besuchst du ihr Dorf oft?«, wollte ich wissen.

»Nicht so häufig, wie ich gern würde. Inzwischen argwöhnen diese Burschen nämlich, dass ich vielleicht gar kein Gott bin«, erklärte Zif etwas kleinlaut. »Noch freuen sie sich ja, mich zu sehen, aber ein Festmahl kriege ich nicht mehr. Und auch keine Jungfrauen.«

»Gibt es unter den Victen Menschen mit der Gabe? Kann von ihnen jemand ruhelose Seelen ausmachen?«

»Nicht, dass ich wüsste. Aber ich gebe gern zu, dass mich dort in erster Linie der Schnaps und das gute Essen anziehen. Und natürlich die Weiber. Deshalb habe ich mich bisher einfach noch nie um etwaige Spinner gekümmert.«

»Was ist mit Hexen und Zauberern?«

»Also das ist eine längere Geschichte. Als die Victen hier gelandet sind, haben sie im Ufergebiet mehrere Dörfer aufgebaut und sind in ganzen Scharen in die Wälder gezogen. Als sie die magischen Bäume gefällt haben, mussten wir ihnen ja irgendwie zu verstehen geben, dass es so nicht geht. Die Zauberer und Hexen dieser Barbaren haben das nicht gerade gut überstanden, und den Verlust konnten die Victen bis heute nicht wettmachen. Seitdem gibt es keine mehr. Ihr Anführer hebt zwar jedes Jahr sein Weinhorn, um die Götter um die Geburt eines neuen Zauberers zu bitten, aber offenbar haben die Herren keine Lust, die Gebete dieses Barbaren zu erhören.«

»Ihr Gott der Fruchtbarkeit – das bist doch du! Wäre es da nicht deine erste Pflicht, für eine neue Generation von Zauberern zu sorgen?«

»Was meinst du denn, warum ich in ihrer Gunst so gesunken

bin? Ihr Anführer gibt mir doch glatt die Schuld daran, dass sie noch keinen neuen Zauberer haben. Sollen sie doch zum Teufel gehen, diese Victen! Tun sie ja auch eigentlich schon. Wenn jemand ihren Anführer bloß mal schief ansieht, murksen sie ihn ab. Auf diese Weise haben sie sich selbst schon fast ausgerottet. Dabei fällt mir was ein, was ich schon immer mal einen von euch Seelenfängern fragen wollte. Eure Kirchenmänner behaupten ja, eine dunkle Seele entsteht nur, wenn man zu Lebzeiten schwere Sünden auf sich geladen und nicht gebeichtet hat. Stimmt das?«

»Du bist dir also nicht zu fein, einen Blick in die Abhandlungen der Kirchenmänner zu werfen ...«

»Wenn Guervo sie mal auf dem Tisch vergisst, nein, dann bin ich das nicht. Also – was sagen die Seelenfänger nun zu diesen Fragen?«

»Warum willst du das unbedingt wissen?«

»Weil ich von Natur aus neugierig bin.«

»Dann lass dir gesagt sein, dass ich deinen Wissensdurst nicht stillen kann.«

»Soll das ein Witz sein?«

»In gewisser Weise hat die Kirche recht«, holte ich mit einem Seufzer aus. »Wenn jemand zahlreiche schwere Sünden auf sich geladen und nicht gebeichtet hat, kann eine dunkle Seele entstehen. Aber niemand weiß, welche genau. Warum wir es also bei gleichen Gegebenheiten mal mit einer Fleischvertilgerin zu tun haben, mal mit einem Gaukelbold, wird dir niemand erklären können.«

»Hat eure Bruderschaft diese Frage denn nie näher untersucht?«

»Die Bruderschaft hat genug um die Ohren, denn es gibt leider nur wenige Seelenfänger. Deshalb können wir uns nicht auch noch mit theoretischen Problemen beschäftigen.«

»Aber die Theorie ist die Grundlage jeder Praxis.«

»Ich wette eine Dukate, dass du diese Worte von Guervo aufgeschnappt hast.«

»Warum sollte ich mich bitte schön auf eine Wette mit dir

einlassen? Noch dazu auf eine, die ich verliere? Übrigens sind wir da.«

Noch machte das Dorf der Victen keinen besonderen Eindruck auf mich, ein Provinznest, wie es sie im Osten Solias ebenso gab wie in den Wäldern Neuhorts. Ein grauer Palisadenzaun, über dem Dächer in derselben tristen Farbe aufragten. Ein hoher Wachtturm, der durch die Abwesenheit von Posten glänzte.

»Da hast du dir für deinen Auftritt als Gott aber ein ganz feines Plätzchen ausgesucht«, rieb ich ihm unter die Nase.

»Es ist gerade niemand da. Die Krieger sind rüber zu den Wolfsinseln geschippert, um dort gegen ihre Stammesgenossen zu kämpfen und denen die Frauen zu klauen. Aber wenn sie zurückkommen, bringen sie erst mal ein paar Feinde als Opfer dar und veranstalten ein großes Festmahl. Dann fließt den ganzen Herbst und einen Teil des Winters über der Schnaps. Allerlei Schabernack gibt's dann auch. Irgendjemandem wird mit Sicherheit die Hütte angezündet. Und ein anderer Glückspilz darf sich mit einem hungrigen Bären auseinandersetzen.«

»Klingt wirklich verlockend. Wie viele Menschen sind jetzt noch im Dorf?«

»Etwa achtzig. Wieso?«

»Weil du dir spielend eine dunkle Seele anlachst, wenn du ein Menschenopfer bringst. Wo werden diese Opfer dargebracht?«

»Gegenüber vom Haus ihres Anführers.«

Diese Stelle sollte ich mir als Erstes ansehen. Der Altar musste bereits Unmengen von Blut aufgenommen haben. Bei ihm könnte es sich also gut und gern um einen Animatus handeln. Oder es schwirrten in seiner Nähe irgendwelche nicht gerade freundlichen Seelen herum.

»Was ist mit Todesfällen?«

»Hier kratzt jedes Jahr irgendjemand ab«, antwortete Zif kichernd. »Sie besaufen sich und dann zieht einer von denen seinem Kumpan mit dem Hammer eins über den Schädel. Oder rammt ihm das Messer in den Bauch, weil er beim Würfelspielen verloren hat.«

»Ich meine außergewöhnliche Todesfälle!«

»Hältst du die, die ich eben aufgezählt habe, etwa für normal?!«, knurrte Zif. »Was meinst du denn, wie oft die hier morgens irgendeinen Hewart, Sohn des Bewart, mit aufgeschlitzter Kehle in einer nach Bitterbier stinkenden Blutlache finden, und niemand weiß, wie der Bursche gestorben ist. Abends saufen sie noch fröhlich, morgens reiten sie dann auf dem geflügelten Pferd in die Prunkhallen ihrer Vorväter ein.«

Die ersten Victen, die uns begegneten, waren verschmutzte Kinder, die Krieg spielten. Sie hatten einen Jungen an einen Pfahl gebunden und zerschnitten ihm die Kleidung. Recht wirklichkeitsnah, würde ich meinen. Blieb zu hoffen, dass sie dem Kleinen nicht auch noch bei lebendigem Leib die Haut abzogen.

Als sie uns bemerkten, warfen sie ihre kleinen Lanzen und Bögen weg und stürmten in den Wald. Nur ihr gefesselter Freund blieb vor Angst schlotternd zurück.

Zif ging zu dem Gefangenen hinüber und musterte ihn eindringlich.

»Die alte Sumpfhexe«, wandte er sich dann an mich, »hat mir für einen lebenden Jungen viel Gold versprochen. Wollen wir ihr diesen Rotzlöffel vielleicht mitbringen? Sie hat schon lange kein Menschenfleisch mehr verschmaust.«

Der Knabe, der diese Worte durchaus verstanden hatte, jammerte daraufhin zu Zifs Vergnügen nur noch lauter.

»Erschrick den Kleinen nicht so«, bat ich.

»Gut. Aber losbinden werden wir ihn auch nicht. Wir wissen ja gar nicht, ob die Spielregeln das erlauben.«

Nun traten weitere Victen auf die Straße, meist Frauen, aber auch einige kräftige Männer sowie etliche Jünglinge. Sie alle trugen Kleidung aus einem groben Stoff, dazu jedoch Schmuck aus Gold, der aus ihren Überfällen stammte. Es schien lange her, dass die wirren Haare mit Wasser in Berührung gekommen waren. Alle Erwachsenen hatten sich unter dem linken Auge eine Sonne aufgemalt. Unser Anblick schien sie nicht gerade zu entzücken.

»Lass dich durch nichts aus der Ruhe bringen«, schärfte mir Zif ein – ein Rat, den er sich selbst hätte hinter die Ohren schreiben sollen.

Die mürrisch dreinblickende Menge kam uns nun mit Beilen, Messern, Schwertern und Lanzen in der Hand entgegen. Ein Zurück gab es damit für uns nicht mehr.

»Wirst du hier immer so freundlich in Empfang genommen?«, wollte ich von Zif wissen.

»Eigentlich nicht. Aber bisher bin ich ja auch immer allein hergekommen. Zurzeit haben die da das Sagen.«

Drei stiernackige Krieger mit blondem, zu Zöpfen geflochtenem Haar und dichten Bärten traten vor. Sie funkelten uns wütend an. Zu ihrer Kleidung gehörte zusätzlich noch ein Bärenfell. Jeder der Männer hatte ein Messer in einer Scheide am Gürtel baumeln sowie einen großen Rundschild und ein Breitschwert geschultert. Würde man die Burschen in anständige Uniformen stecken, einen Säbel oder eine Arkebuse in die Hand drücken, würden sich vermutlich die Anwerber jeder Armee auf dem Festland die Finger nach ihnen lecken, denn solche Kraftbolzen schätzte man auf dem Schlachtfeld. Hinter ihren kräftigen Rücken war man schließlich vor den Kugeln und Armbrustbolzen des Gegners sicher.

»Der links ist der jüngste Sohn von ihrem Anführer, zu dem musst du besonders freundlich sein.«

»Wo ist ihr Anführer?«

»Sitzt du eigentlich auf deinen Ohren?! Ich hab dir doch gesagt, dass alle Männer losgezogen sind, um den Wolfsinseln einen kleinen Besuch abzustatten.«

Bei dem Sohn des Anführers handelte es sich um den stärksten, entschlossensten und hässlichsten des Trios. Die kleinen flinken Augen und seine ganze Haltung ließen mich ahnen, dass er trotz seines Gewichts recht behände war.

»Ich grüße dich, Zif, der du die Gabe des Lebens in dir trägst«, ergriff er das Wort. »Warum hast du eine Fremde mit zu uns gebracht? Sie ist hier nicht willkommen.«

»Auch ich grüße dich, Kior, Sohn des Varott. Deine Augen

haben dir leider einen Streich gespielt. Diese Fremde ist mein Freund. Und sie ist ein Mann.«

»Ein Mann?«, spie Kior aus. »Warum trägt er dann keine Waffe, sondern nur diese komische Stricknadel?! Solche Klingen führen Frauen. Kein Krieger würde sich mit der Schande besudeln, eine solche Klinge in die Hand zu nehmen.«

Zif warf mir einen beredten Blick zu. Ja, gut, ich hatte es verstanden: Ich hätte auf ihn hören und das schwere Schwert mitschleppen sollen. Im Übrigen erstaunten die Worte des Victen mich jedoch nicht. Eine solche Einstellung kannte ich von den Menschen aus dem Osten Solias. Auch dort zeigte man sich ähnlich engstirnig, wenn es um Waffen und Männer ging.

»Mir reicht meine komische Stricknadel vollauf«, mischte ich mich nun in das Gespräch ein. »Denn selbst mit ihr bin ich dir ebenbürtig, Victe. Wenn nicht gar überlegen.«

Zif hätte fast der Schlag getroffen. Der Victe stapfte mit finsterster Miene auf mich zu.

»Sag mal, meine Schöne«, sprach mich der Mann in der Mitte nun an, »reißt du das Maul nicht ziemlich weit auf? Vor allem für jemanden, den wir nicht zu uns gebeten haben. Aber ich schleife dich gern bei den Haaren wieder zum Dorf hinaus. So verfahren wir hier nämlich mit widerspenstigen Weibern.«

Er streckte bereits seine Pranke nach mir aus, doch ich packte bloß geschwind Zeige- und Mittelfinger und drehte sie in einer Weise herum, die ich mir bei den Söldnern aus den südlichen Regionen der Pholotischen Republik abgeschaut hatte. Es war ein vorzüglicher Trick, um jeden grimmigen Bären zu zähmen.

Zur Ehre des Victen sei jedoch angemerkt, dass er weder jammerte noch schrie. Mit fest zusammengebissenen Zähnen stellte er sich lediglich auf Zehenspitzen, um den Druck auf seine Finger etwas zu lindern.

»Wie du siehst«, säuselte ich, »sind mitunter überhaupt keine Waffen nötig. Können wir damit den Austausch von Freundlichkeiten beenden?«

»Das können wir, Fremder«, erklärte Kior, dem die Erniedrigung des Mannes ein gewisses Vergnügen zu bereiten schien.

»Brich Bigur also die Finger oder lass ihn los.«

Sobald ich diesen Bigur wieder freigegeben hatte, wich er auf Befehl Kiors zurück, die Hand unter die Achsel gesteckt und nicht gerade freundlich vor sich hin murmelnd.

»Was will der Fremde hier bei uns, Zif?«, wollte Kior wissen.

»Er sucht böse Geister.«

»Soll das heißen, dass er ein Zauberer ist?«

»Ich bin kein Zauberer.«

»Überlass Zif das Reden, Fremder! Er lügt wenigstens nicht.«

Dem könnte ich natürlich widersprechen, indem ich darauf hinwies, dass mir selten ein größerer Lügenbold untergekommen sei als Zif. In dem Fall hielt ich es jedoch für geboten, meine Meinung nicht lauthals kundzutun.

»Er ist kein Zauberer, Kior. Er ist ein Seelenfänger.«

Unter den übrigen Dorfbewohnern kam leises Gemurmel auf. Einige besaßen sogar so viel Anstand, bei dieser Eröffnung ihre Waffen zu senken.

Kior dagegen tastete meinen Körper daraufhin geradezu vom Kopf bis zu den Zehen mit den Augen ab. In ihnen lag ein recht zweifelnder Ausdruck.

»In den Sagen heißt es, dass Seelenfänger groß wie Bergriesen, stark wie drei Büffel und wütend wie Höhlenbären sind«, sagte der Victe. »Außerdem sollen sie schwarze Umhänge tragen, die sie unsichtbar machen. Du siehst mir nicht aus wie ein Seelenfänger, Fremder. Eher wie ein ganz gewöhnlicher Mensch.«

»Er hat aber den Dolch mit Saphirknauf«, hielt Zif dagegen. »Du weißt doch, dass die Klingen der Seelenfänger aus dem Dunkel selbst geformt werden. Komm schon, Ludwig, zeig ihm deine Waffe!«

Daraufhin zog ich meinen Dolch blank. Die Victen verschlangen ihn förmlich mit ihren Blicken. Ob sie glaubten, die Klinge würde mir gleich aus der Hand springen und sie ins Grab treiben? Es dauerte eine geraume Zeit, bis Kior endlich

nickte und damit anerkannte, dass ich tatsächlich ein Seelenfänger war.

»Wir haben von Menschen wie dir gehört«, fuhr er nun ru-
hig fort. »Ihr lebt aber nicht hier auf der Insel, sondern auf dem
Festland, wo meine Brüder für ihren Glauben an die wahren
Götter verbrannt werden. Was also willst du bei uns?«

»Im Wald sind böse Geister aufgetaucht, die gern Menschen
verschmausen und die deshalb auch euch heimsuchen könnten.«

»*Ich*«, riss Zif das Ruder wieder an sich, »habe den Kämpfer
gegen das Dunkel gebeten, euch gegen diese Geister zu schützen.«

»Als ob wir auf den Schutz von diesem Burschen angewiesen
wären«, brummte Bigur, der mir noch immer wegen der
Schmerzen in seiner Hand zürnte.

»Du willst uns also helfen, Fremder. Aber was verlangst du
dafür? Wie viele Frauen und wie viele Goldstücke?«

Es wäre ein großer Fehler, nun keine Forderungen zu stellen.
Menschen wie die Victen glaubten nicht an Selbstlosigkeit oder
das Gebot der Nächstenliebe. Solche Dinge weckten sofort ihr
Misstrauen.

»Wenn es im Dorf tatsächlich dunkle Seelen gibt, zahlst du
mir für jede zehn Goldstücke.«

»Das ist viel!«

»Dieser Preis entspricht exakt dem Wert meiner Arbeit.«

»Woher soll ich überhaupt wissen, ob du mich nicht anlügst
und mir Gold für eine Handvoll Luft abknüpfst – schließlich
sehe ich die Seelen ja nicht!«

»Glaub mir, du wirst wissen, ob ich lüge oder nicht.«

»Ich gebe dir fünf Goldstücke, mehr nicht, das schwöre ich
bei meiner Mannesehre!«

»Du gibst mir zehn, Kior, Sohn des Varott. Sonst mache ich
auf dem Absatz kehrt. Dann können die Gespenster deine Mannesehre gleich heute Nacht noch anknabbern.«

»Jetzt glaube ich dir, Fremder«, erklärte Kior unter schallendem Gelächter. »Gut, du sollst dein Gold erhalten. Mein Vater

hat mir das Wohl der Menschen im Dorf anvertraut, deshalb bin ich für ihr Leben verantwortlich. Was muss ich tun?«

»Ich muss mir das ganze Dorf ansehen und ein paar Bilder auf den Boden malen. Außerdem muss ich den Ort überprüfen, an dem eure Feinde von den Wolfsinseln geopfert werden.«

»Einverstanden, ich zeige dir den Ort«, willigte Kior nach kurzem Zögern ein. »Aber wenn du irgendeinen üblen Hintergedanken hegst, dann ist mir völlig einerlei, dass du einen Dolch führst, der aus dem Dunkel selbst geformt ist, dann gerbe ich dir das Fell.«

»Nur kommt dann meine Seele zurück und rammt dir die Zähne in den Hals. Spar dir diese Drohungen also, Kior, Sohn des Varott.«

»Hätte Zif dich nicht hergebracht, hätten wir dich längst auf einen Pfahl gepfropft, Fremder«, ließ der dritte Krieger im Bunde fallen, der bisher noch kein Wort gesagt hatte. »Wir mögen die Menschen vom Festland nicht, diese Kriechtiere vorm Kreuz!«

»Und ihr verzieht euch jetzt wieder«, wandte sich Kior an die versammelte Menge. »Bewirtet Zif!«

Die Menschen verliefen sich so schnell, als hätten sie einzig auf diesen Befehl gewartet. Eine junge Frau trat jedoch vor. Ihre Hand- und Fußgelenke wurden von zahllosen Goldreifen umspannt. Offenbar hatte sie sich sogar gewaschen, denn sie sah selbst in ihrem sackleinenen Kleid wesentlich hübscher aus als die anderen Frauen. Sie streckte dem Beelzegeist mit beiden Händen einen Korb entgegen, in dem ein Brot, geräuchertes Fleisch und eine irdene Flasche lagen.

»Sieht so aus, als ob ich erst mal ein Weilchen beschäftigt bin, Seelenfänger«, raunte mir Zif zu, während seine Augen bereits begehrlich über die Frau wanderten. »Du kommst doch auch ohne mich zurecht, oder?«

»Falls sie mir den Kopf abhacken, gehe ich davon aus, dass du Sophia sagst, wo du in dem Moment gesteckt hast.«

Er hielt meine Worte offenbar für einen gelungenen Witz, denn er bleckte bloß die Zähne, legte sich den rosafarbenen

Schwanz über den Unterarm und folgte der Frau, beseelt von dem Gedanken, in den Genuss der hiesigen Gastfreundschaft zu kommen. Ich brach in Begleitung der drei kräftigen Victen zu einem Rundgang durchs Dorf auf. Zwei von ihnen flankierten mich links und rechts, Bigur schnaufte wie ein Wisent hinterher.

An verschiedenen Stellen wirkte ich über dem Boden Figuren, um festzustellen, ob sich in der Nähe eine dunkle Seele herumtrieb. Danach spuckte jedes Mal einer der Victen aus und verwischte den Sand mit dem bloßen Fuß, damit meine Magie auch ja niemandem im Dorf Schaden zufügte.

Den Opferaltar am Westtor des Dorfs machte ich schon von Weitem aus. Bei ihm handelte es sich um einen flachen grauen Stein, von dem weder Regen noch Schnee je das Blut abwaschen würde. Ein Animatus hatte sich zwar noch nicht darin eingenistet, doch so eifrig wie hier geopfert wurde dürfte das nur noch eine Frage der Zeit sein.

»Wartet hier«, sagte ich zu den drei Victen.

»Warum sollten wir das?«, fragte Kior empört zurück.

»Weil es am Stein gefährlich ist. Dort treiben sich böse Geister herum«, log ich, ohne mit der Wimper zu zucken. »Aber wenn ihr wollt, könnt ihr mich natürlich gern trotzdem begleiten. Wenn sie alles Blut aus euch herausschlürfen, sind sie abgelenkt, das würde mir die Arbeit enorm erleichtern.«

»Ich zahle dir nicht Unmengen von Gold, um dir die Arbeit auch noch leicht zu machen, Seelenfänger. Sieh also zu, wie du ohne uns zurechtkommst, beim Donner!«

Sobald ich mich von ihnen abgewandt hatte, gönnte ich mir ein breites Grinsen und zog den Dolch. Die drei Victen machten es sich auf den Stufen vor einem Haus auf der gegenüberliegenden Straßenseite bequem und beobachteten mich misstrauisch.

Neben dem Altar hockte ein Alter mit einer Adlernase und grauem Zottelbart. Ich nickte ihm zur Begrüßung zu. Diese ruhelose Seele würde ich nicht fortjagen. Ein Blick genügte nämlich, um zu erkennen, was für einen Sturkopf ich vor mir hatte. Nachdem er ausgespuckt und nachgedacht hatte, erwiderte er immerhin mein Nicken.

»Verstehst du meine Sprache?«, fragte ich, während ich vor dem Altar eine Figur wirkte.

»Ein wenig«, antwortete er, um kurz darauf zu fragen: »Was wird denn das für ein Bärenarsch?«

»Diese Figur tut dir nichts.«

»Behauptest du! Aber du bist ein Fremder, noch dazu einer ohne Schwert. Wieso hat man dich überhaupt ins Dorf gelassen?! Aber kein Wunder, hier hausen jetzt ja nur noch verflohte Köter – und der mit den meisten Flöhen ist ausgerechnet mein Enkel! Und dann natürlich die Weiber! Als ich noch ein junger Kerl war, haben wir jeden Fremden auf einen Pfahl gepfropft. Und die Frauen haben ihm die Haut von den Knochen gezogen, um daraus Armbänder herzustellen. Aber heute sind die Männer zu nichts mehr zu gebrauchen und die Weiber wollen nur noch Gold. Weshalb hat man dich also reingelassen?! Was hast du ihnen da für ein Lügenmärchen vorgeträllert?«

»Ich bin mit Zif gekommen.«

»Oh«, brachte der Alte etwas enttäuscht hervor. »Dieser fette Lustmolch. Wenn du mich fragst, ist das nur ein mieser Wicht, aber kein Gott. Ich hätte dich also trotzdem nicht reingelassen.«

»Dann hab ich ja Glück, dass du inzwischen nichts mehr zu melden hast.«

»Bei allen Göttern, das kannst du laut sagen! Ich hätte dir deinen Schädel gleich da an diesem Stein eingeschlagen und dein Hirn an die Möwen verfüttert.«

Da diesem zänkischen Alten der Mund nie stillstand, hatte er Gelegenheit, mir noch weitere tausend Todesarten auszumalen, während ich die Figur beendete.

Endlich nahm der Stein eine opaleszierende Farbe an und gab einen kristallklaren Ton von sich. Kior und seine beiden Kumpane kamen sofort herbeigeeilt und starrten entsetzt auf ihren Altar.

»Wahrscheinlich wirst du jetzt behaupten«, brummte Kior,

als der Altar wieder seinen alten Zustand angenommen hatte, »dass ich dir jetzt zehn Goldstücke schulde, weil du eine dunkle Seele vernichtet hast, oder? Glaubst du etwa, du kannst mich mit so ein bisschen Gefunkel überzeugen? Mich – der ich von klein auf daran gewöhnt bin, dass Waldglüher durch die Luft fliegen und Bäume leuchten?«

»Das war eine reine Vorsichtsmaßnahme. In eurem Dorf wird jetzt keine Kreatur auftauchen, die euch drei zusammen mit allen Frauen und Kindern in einer einzigen Nacht verschlingt«, erwiderte ich bloß. »Dafür verlange ich nichts.«

»Bei uns im Dorf gibt es keine Geister, also hör endlich auf, hier mit deiner Magie herumzufuhrwerken, sonst hacke ich dir beide Hände ab.«

»Das würde Zif aber sehr betrüben. Wahrscheinlich entzieht er euch dann seine Gunst. Abgesehen davon gibt es hier durchaus Geister, wenn auch keine dunklen Seelen.«

»Ach ja?«

»Ach ja! Der alte Mann behauptet, dein Großvater zu sein.«

»Für wie dumm hältst du mich eigentlich?! Mein Großvater ist vor zehn Jahren auf offener See untergegangen! Seine Leiche wurde nie gefunden.«

»Du beschränkter Hundearsch!«, stieß der Alte aus, wobei ihm bei jedem Wort Algen aus dem Mund fielen. »Ich hab mich besoffen und bin kurz vor der Küste über Bord gegangen. Irgendwie hab ich's dann an Land geschafft, sogar als Toter!«

»Mit ruhelosen Seelen ist selten gut Kirschen essen«, wandte ich mich wieder an Kior. »Deshalb lüge ich nie, wenn es um sie geht.«

»Wenn mein Großvater hier ist«, erwiderte Kior, »dann soll er mir verraten, wo er den Beutel mit dem Gold versteckt hat, den er meinem Vater vererben wollte! Den haben wir nämlich nirgends gefunden!«

»Dieses Schafshirn! Genau wie sein Vater, der mein Sohn ist, hat er nur Stroh im Kopf. Soll ihn doch der nächste Degenfisch samt Eingeweiden verputzen!«, polterte der Alte und reckte seine Faust in die Höhe. »'ne Abreibung hat der Bursche verdient, aber kein Gold! Dem müssen die Würmer noch das letzte bisschen von seinem Hirn weggemümmelt haben, wenn er glaubt, ich würde ein Wort über dieses Gold in Anwesenheit dieser Hornochsen von seinen Freunden sagen! Was glotzt du so, Fremder?! Sag ihm das!«

Die Bitte erfüllte ich nur zu gern.

»Mein Vorfahr muss wirklich hier sein!«, platzte Kior unter schallendem Gelächter heraus. »Sein Schandmaul ist unverwechselbar! Dann verzieht euch mal, Freunde! Ich muss kurz etwas mit meinem Großvater besprechen.«

Die beiden Victen setzten zwar ein mürrisches Gesicht auf, trotteten aber gehorsam außer Hörweite.

»Pass auf, Seelenfänger«, sagte Kior. »Du presst den Großpapa jetzt gegen die Wand und kitzelst ihn ein bisschen mit deiner Stricknadel. Entweder verrät er dir, wo das Gold ist, oder du bläst ihm endgültig das Licht aus. Mir passt sowieso nicht, dass irgendein unsichtbares Wesen durch mein Dorf streift. Wenn er mir verrät, wo der Schatz versteckt ist, kriegst du zehn Goldstücke. Allerdings unter der Bedingung, dass mein Vater nichts davon erfährt. Wenn du dem erzählst, dass ich das Gold habe, bist du deinen Kopf los. Mit Zif würde ich das schon irgendwie klären. Dem geb ich fünf Weiber und roll ihm ein ganzes Fass Dünnbier an, dann ist ihm völlig einerlei, ob du tot bist oder nicht.«

»Vielleicht war ich mit meinen Worten etwas voreilig«, mischte sich nun der Großvater selbst ein. »Mein Enkel scheint doch noch etwas Grips im Kopf zu haben, könnte glatt noch was aus ihm werden. Falls er endlich seinen älteren Bruder ausschaltet. Sag ihm, dass der Topf in einer der Scheißgruben hinter meinem alten Haus versteckt ist.«

»In welcher von beiden?«, wollte Kior wissen, nachdem ich ihm die Worte übermittelt hatte.

»Sag ihm, dass ich das leider vergessen habe!«, bat der Alte mit einem Grinsen, das breiter nicht hätte sein können.

»Du mieses Gekröse!«, knallte Kior seinem für ihn unsichtbaren Vorfahr an den Kopf.

»In der Hinsicht schlägst du ganz nach mir.«

»Also gut«, stieß der Victe mit einem Seufzer aus. »Ich sehe nach.«

»Und wo bleiben meine zehn Goldstücke?«

»Die kriegst du nur, wenn der Topf in der Grube ist. Ist er das nicht, breche ich dir den Hals.«

Offenbar gehörte es bei den Victen zum guten Ton, ständig jemandem zu drohen.

»Hätte ich gewusst, dass er den Mumm aufbringt, dich abzumurksen«, spie der gute Herr Großvater aus, »hätte ich gelogen.«

»Hätte ich von einem braven Mann wie dir auch nicht anders erwartet.«

Daraufhin spuckte er bloß weitere Algen aus und stapfte davon. Als ich meinen Rundgang durchs Dorf fortsetzte, ließen mich die Menschen sogar in ihre Häuser eintreten. Eine dunkle Seele entdeckte ich jedoch nirgends. Deshalb ging ich ans Ufer zurück, wo der Alte saß und etwas von dem vermaledeiten Wasser murmelte, in dem er ertrunken war.

Aus dem noch eher flachen Wasser ragte ein weißer Felsbrocken heraus, auf dem zwei Kinder saßen. Mit einem Mal sprangen sie in die tosenden Wellen.

»Haben sie diesen Spaß schon lange für sich entdeckt?«, wollte ich von dem Alten wissen.

»Keine Ahnung, ich sehe sie ja erst, seit ich selbst auch tot bin. Aber als ich noch ein kleiner Junge war, habe ich mitgespielt. Dem Jungen, der als Letzter gesprungen ist, habe ich mal den ganzen Mund mit Matsch gestopft.«

Anscheinend war der Alte schon als Knabe ein echter Mistkerl gewesen.

»Was ist mit diesen Kindern geschehen?«

»Sie sind auch ertrunken.«

»Gibt es im Dorf auch dunkle Seelen?«

»Willst du sie vernichten?«, fragte er mich mit mürrischem Gesicht. »Etwas Manneskraft könntest du ja brauchen!«

Na klar, etwas anderes als meine Manneskraft hatte ich natürlich nicht im Sinn! Apostel hätte mich begleiten sollen. Was er hier noch alles über mich gelernt hätte …

»Wenn es dunkle Seelen im Dorf gibt, möchte ich sie gern auslöschen.«

»Wenn es diese Drecksbiester in meinem Dorf geben würde, hätte ich ihnen längst den Hintern versohlt und sie auf Nimmerwiedersehen davongejagt!«

»Die Bewohner des Waldes glauben aber, dass sich hier eine dunkle Seele herumtreibt.«

»Dann frag die nach den Burschen, nicht mich! Aber eins lass dir vorher noch gesagt sein. Die Waldbewohner erzählen den größten Mumpitz! Ach, wie blutdürstig diese dunklen Seelen doch sind, die haben es ja einzig und allein darauf abgesehen, Menschen zu verschmausen! Ach herrjechen, ach herrjechen!«

Da mir dieser Alte offenbar tatsächlich nicht weiterhelfen konnte, wollte ich zurück ins Dorf gehen.

»Was stellt diese dunkle Seele denn an?«, erkundigte sich der Alte dann aber doch noch.

»Sie tötet die Drachenküken.«

Diese Antwort ließ ihn die nächsten Minuten wiehern.

»Gibt es einen Grund für diesen Lachanfall?«, wollte ich wissen.

»Du stellst Fragen! Dieses fliegende Untier kriegt endlich das, was es verdient! Nach all den Kriegern, die es schon getötet hat! Aber jetzt ist die Reihe an ihm, blutige Tränen zu vergießen!«

»Der Drache hat jemanden umgebracht?«

»*Jemanden?!* Als mein Volk an diesem verfluchten Ufer an Land gegangen ist, da haben sich ein paar Krieger in den Wald aufgemacht, um die Königseiche zu fällen. Ausnahmslos alle von ihnen hat dieses Untier verbrutzelt! Nicht ein Mann ist zurückgekehrt!«

»Wo ist das geschehen?«

»Im Wald eben. Und jetzt zieh Leine, Fremder, du gehst mir langsam auf den Sack!«

Da dies umgekehrt nicht minder galt, verabschiedete ich mich nur zu gern von der ruhelosen Seele. Immerhin hatte der Ausflug in dieses gottverlassene Dorf einen neuen Hinweis gebracht.

Hätten mich Sophias starke Hände nicht über Wasser gehalten, wäre ich längst untergegangen. Schmerz versengte meinen ganzen Körper. Das Gift trübte meinen Verstand. Und da ich alles dreifach sah, konnte ich die Waldglüher am Himmel schon gar nicht mehr zählen.

Als ich mich wieder einigermaßen unter Kontrolle hatte, vermochte ich sogar den Atem Sophias an meiner Wange wahrzunehmen. Ihre heiße Haut verbrannte mich kaum weniger als das Gift, auch wenn dieses Feuer von gänzlich anderer Art war. Ich atmete tief durch.

»Es geht schon wieder«, versicherte ich ihr.

»Wem willst du hier eigentlich etwas vormachen, Ludwig?«, fragte sie in strengem Ton. Trotzdem ließ sie mich los.

Ich schaffte es gerade noch, mich an den Rand des Beckens zu klammern. Sophia behielt mich fest im Auge, bis sie sich ganz sicher war, dass ich nicht ertrinken würde.

»Ich weiß, dass du nur mein Bestes willst«, sagte ich. »Aber deine Behandlungsmethoden grenzen an Folter.«

»Du wirst es schon überstehen«, erwiderte sie sanft. »Du wirst nicht vor deiner Zeit von uns gehen und sogar noch die Tage genießen, die du dir durch die Vernichtung dunkler Seelen verdient hast. Jedenfalls solange dich nicht vorher eine weitere dunkle Kreatur erledigt.«

»Ich werde mein Möglichstes tun, um das zu verhindern.«

»Es wäre das Mindeste, was du tun könntest, um meiner Arbeit einen gewissen Respekt zu erweisen. Bleib noch ein Weilchen im Becken, das Wasser tut deinen Wunden wohl. Mein Gift bereitet dir zwar Schmerzen, aber es hilft dir auch. Darüber hinaus brauchst du in Zukunft keine Angst mehr vor anderen Giften zu haben.«

Das hatte sie mir bereits einmal erklärt. Aber die Möglichkeit, an einem mit Faulapfel versetzten Wein zu sterben, hatte mir nie Kopfschmerzen bereitet – ganz im Gegensatz zu der, einer übereifrigen dunklen Seele in die Hände zu fallen. Beschweren würde ich mich selbstverständlich dennoch nicht. Wer wusste denn schon, ob es mir nicht eines Tages das Leben retten würde, Gift gegenüber unempfindlich zu sein.

»Ich würde dich gern noch etwas fragen«, sagte ich zu Sophia, als sie sich anschickte, mich allein zu lassen.

»Ich kann mir schon vorstellen, worum es geht«, erwiderte sie mit einem schweren Seufzer.

»Meinst du nicht, dass ich wissen sollte, was genau mir die Oculla angetan hat?«

»Es würde sehr lange dauern, dir all das zu erklären. Und dies ist hier auch nicht der richtige Ort dafür.«

»Weil man über diese delikaten Fragen nicht spricht, wenn jemand nackt in einem Becken mit Heilwasser liegt? Hör doch mit dem Unsinn auf! Früher oder später wirst du mir diese Fragen ohnehin beantworten müssen.«

Sie seufzte erneut, schöpfte mit der Hand etwas Wasser und ließ es nachdenklich ins Becken zurückfließen. Topasene Lichtflecke huschten über ihr prachtvolles Gesicht.

»Würdest du mir zunächst sagen, was mit Seelenfängern geschieht, die von einem Ocullus verletzt werden?«

»Glücklicherweise bekommen wir es nicht so oft mit diesen Kreaturen zu tun«, antwortete ich. »Die Kehrseite ist, dass wir nur sehr wenig über sie wissen. Ich selbst kenne nur Geschichten von Seelenfängern, die einen Oculullus besiegt haben oder im Kampf gegen ihn gestorben sind. Von Verletzten habe ich noch nie gehört.«

»Weil die Verletzungen, die dir ein Oculullus zufügt, tödlich sind. Das Blut wird dadurch nämlich zu stark mit Dunkel angereichert. Du bist der erste Seelenfänger seit sehr langer Zeit, der eine solche Verletzung überlebt hat. Aber selbst meine Kräfte und das Heilwasser des Dunkelwalds reichten nicht aus, dich uneingeschränkt wiederherzustellen. Auf dich ist ein Schatten gefallen, der nicht mehr fortkrauchen wird. Das Einzige, was wir tun können, ist, dafür zu sorgen, dass er sich in sich zusammenzieht, bis nur noch ein winziger Fleck zurückbleibt.«

»Was heißt das für mich?«

»Danach habe ich Guervo bereits gefragt«, antwortete Sophia nach einer Weile. »Er ist ja weitaus älter als ich und hat in den letzten Jahrhunderten bereits mancherlei erlebt. Du wirst wohl mit einigen Unannehmlichkeiten rechnen müssen.«

Ich sah sie mit gerunzelter Stirn an.

»Der Schatten wird das Dunkel meist abschrecken, zuweilen wird er es aber auch anziehen. Nicht immer und nicht überall, aber du solltest diese Möglichkeit im Hinterkopf behalten.«

»Das heißt«, machte ich mir rasch einen Reim auf ihre etwas vagen Andeutungen, »alle möglichen Kreaturen werden mich entweder für ihresgleichen halten oder aber als ihre Beute betrachten?«

»Im Grunde bist du durch meine Magie weitgehend geschützt. Nur in Vollmondnächten wird das Dunkel leider sein Auge begehrlich auf dich richten.«

»Klingt trotzdem besser als der Tod auf Scheuchs Schultern«, hielt ich fest. »Danke, dass du mir endlich die Wahrheit gesagt hast.«

»Das ist noch nicht die ganze Wahrheit«, entgegnete Sophia. »Eins musst du noch wissen. Die Heilmagie der Kirche, aber auch die Reliquien eurer Heiligen, werden bei dir nun nichts mehr ausrichten können.«

»Wenn jemand davon erfährt, dass ein Gebet bei mir nicht länger wirkt, dürften die Kirchenleute einige Fragen an mich haben. Obendrein dürfte mich dann die Inquisition einbestellen. Ich werde diesen Hunden nicht beweisen können, dass in mir kein böser Geist haust. Und meinem Wort werden sie vermutlich keinen Glauben schenken.«

»Ich weiß, Ludwig, aber das kann ich wirklich nicht ändern, so leid es mir tut.«

»Halten wir also fest: In Zukunft brauche ich kein Gift mehr zu fürchten, allerdings wird mich auch kein Kirchenmann mehr heilen können, was möglicherweise bedeutet, dass ich auf dem Scheiterhaufen lande. Und bei Vollmond dürften sich einige dunkle Kreaturen für mich interessieren. Alles in allem überwiegen damit leider die Nachteile.«

»Die Hauptsache ist doch, dass du noch am Leben bist«, bemerkte Sophia mit einem aufmunternden Lächeln. »Ich gehe schon einmal zu Guervo, aber bleib du ruhig noch ein wenig im Wasser. Nachher besprechen wir drei dann, was du im Dorf der Victen erfahren hast.«

Daraufhin stieg sie aus dem Becken und verschwand, nackt, wie sie war, im Wald.

»Bei allen Aposteln«, ließ sich Apostel aus den Sträuchern vernehmen. »Jede Wette, dass sie sich gleich in eine Schlange verwandelt! Denn das ist ihre eigentliche Natur!«

»Ach ja?«, entgegnete ich. »Verschlingst du sie deshalb ständig mit Blicken?«

Daraufhin spielte Apostel mal wieder die beleidigte Unschuld.

»Ich gucke sie mir nur an«, gab er nach einer Weile zu, »weil mir noch nie ein derart schöner Mensch über den Weg gelaufen ist.«

»Sie ist kein Mensch.«

»Sie ist die reinste Teufelin, möge Gott mir meine Wort verzeihen«, polterte er. »Aber das ändert nichts an der Tatsache, dass sie bildschön ist und ich es mitunter bedaure, alt und tot zu sein.«

»Kann ich mir vorstellen.«

»Ich habe gehört, worüber ihr geredet habt«, wechselte er das Thema, wobei er sich mal wieder das nie versiegende Blut von der Schläfe wischte. »Mich beunruhigt das Dunkel, das sich in dir eingenistet hat, auch wenn es nur ein winziger Krumen sein soll.«

Darauf erwiderte ich nichts.

»Ludwig?«, fragte Apostel, als ich aus dem Becken stieg und mich abtrocknete.

»Ja?«

»Was hast du vor, wenn du wieder auf dem Festland bist?«
Die Frage überraschte mich nicht.

»Darüber zerbreche ich mir den Kopf, wenn es so weit ist. Sophia lässt mich aber erst gehen, wenn ich wieder völlig bei Kräften bin. Vermutlich wartet auf dem Festland jede Menge Arbeit auf mich. Ich kann mir nämlich nicht vorstellen, dass die Zahl der dunklen Seelen inzwischen geringer geworden ist.«

»Was ist mit der Bruderschaft?«

»Was soll schon mit ihr sein?«

»Sie hat keinen Finger gerührt, um dich zu retten. Als ich damals zu den Magistern geeilt bin, haben sie mich letztlich kurzerhand vor die Tür gesetzt.«

»Ich weiß«, murmelte ich, während ich mein Hemd zuknöpfte. »Und das verzeihe ich ihnen auch nicht. Aber ich werde sie deswegen auch nicht als meine Feinde betrachten. Denn Seelenfänger lassen ihre Kollegen nicht im Stich. Das wurde mir bereits in der ersten Stunde meiner Ausbildung eingebläut und das glaube ich auch. Wenn mir damals niemand zu Hilfe gekommen ist, wird es triftige Gründe dafür gegeben haben.«

»Ich glaube, Wilhelm hätte sofort etwas unternommen. Oder auch Joseph. Aber die beiden habe ich nicht getroffen. Nur deine Hexe, aber die hat ...«

»Hör auf, sie so zu nennen.«

»Gut, ausnahmsweise will ich sie einmal bei ihrem Namen nennen. Aber nur heute«, lenkte Apostel ein. »Gertrude hat sich also sofort mit Sophia in Verbindung gesetzt und dich auf diese Weise gerettet. Dafür gebührt ihr in der Tat Ruhm und Ehre.«

Das stimmte. Vermutlich hatte mir Gertrude aber geholfen, ohne dass die anderen Magister etwas davon wussten.

»Warum habt ihr mir bisher eigentlich alle verschwiegen, dass Brandbart Menschen getötet hat?«, wollte ich von Guervo und Sophia wissen, als wir alle bei dem Viengo zusammensaßen.

»Weil wir das selbst nicht gewusst haben und Brandbart von sich aus nicht viel darüber spricht«, antwortete Sophia. »Die Auseinandersetzung mit den Victen hat vor langer Zeit stattgefunden. Damals versuchten diese Menschen unsere Reliquien zu zerstören. Da mussten wir sie aufhalten.«

»Mit dem Ergebnis, dass sie dem Drachen übelwollen.«

»Falsch«, erklärte Guervo, dessen Latzhose von Morgentau glitzerte. »Ich habe gerade mit Brandbart gesprochen. Er schwört, dass er diese Menschen nicht getötet hat.«

»Aber wer war es dann?«

»Der Dunkelwald selbst. Und die Wesen, die in ihm leben.«

»Das ist für dich, Ludwig«, sagte Sophia, die aufgestanden war und mir einen Becher mit einem Kräutertee geholt hatte. »Trink das!«

Als ich an dem etwas bitteren Sud nippte, achtete ich strikt darauf, dass mir die Gesichtszüge nicht entglitten.

»Du hättest ihm einen Wein anbieten sollen«, sagte Zif, der vorm Kamin auf dem Boden saß. »Und ich hätte auch nichts gegen einen guten Tropfen.«

»Gleich bekommt hier jemand einen ganzen Krug Heiltrank eingeflößt«, drohte ihm Sophia.

»Womit habe ich diese Strafe schon wieder verdient?«, empörte sich Zif.

»Mit deinen klugen Ratschlägen«, bot ihm Sophia Paroli. Dann wandte sie sich wieder an Guervo. »Was hat Brandbart dir noch gesagt?«

»Dass sich eine große Einheit von Victen in den Wäldern verirrt hat und dabei zum Dampfenden Bach gelangt ist.«

Bei diesen Worten stieß Zif einen Pfiff aus, während Sophia die Augenbrauen finster zusammenzog.

»Wir sollten schon nicht zu diesem Gewässer vordringen«, stellte sie schließlich fest. »Von Menschen ganz zu schweigen.«

»Richtig«, bestätigte Guervo. »Außerdem bleibt die Frage, warum dunkle Seelen Brandbarts Gelege vernichten, wenn er mit dem Tod der Victen nichts zu tun hat. Was meinst du dazu, *ajergo?*«

»Bevor ich diese Frage beantworte, würde ich mir gern den Ort ansehen, an dem die Victen gestorben sind.«

»Ich müsste kurz mit Guervo unter vier Augen sprechen«, teilte Sophia Zif und mir mit.

»Dann vertrete ich mir mal kurz die Füße«, erklärte ich, stellte den leeren Becher ab und ging zur Tür.

»Ich werd mir die Mühe gar nicht erst machen«, brummte Zif. »Selbst an der Tür kann ich alles hören. Warum sollte ich da also rausgehen? Außerdem bin ich kein kleiner Junge mehr.«

Wie die drei diese Frage klärten, bekam ich nicht mehr mit, denn da hatte ich das Haus schon verlassen. Obwohl der Sommer allmählich nahte, war es wegen der Nähe zum Meer morgens noch recht frisch.

Ein milchiger Dunstschleier hing über dem frischen Gras. In den Zweigen der Bäume erloschen im Licht der aufgehenden Sonne nach und nach die Waldglüher. Tagsüber schliefen sie, erst mit Einbruch der Abenddämmerung entzündeten sie sich dann wieder. Obwohl Apostel mir hoch und heilig versprochen hatte bei Guervo zu bleiben, entdeckte ich ihn nirgends. In der letzten Zeit geisterte meine ruhelose Seele zu gern wie ein echtes Gespenst durch die Gegend …

Um mir die Zeit zu vertreiben, machte ich mich auf, Apostel in der näheren Umgebung zu suchen. Doch auch im Eichenwäldchen fand ich ihn nicht. In diesem Teil des Walds war der Morgennebel besonders dicht. Anmutig und gleichzeitig ziemlich täppisch tanzten Wraslinge in ihm, Geschöpfe, die ebenso kräftig wie zart anmuteten. Es lag mir selbstverständlich fern, sie zu erschrecken, doch bei meinem Anblick lösten sie sich unter verärgertem Gezische auf wie Nebel.

»Bist du am Strand gewesen, Ludwig?«, fragte mich Agathana von ihrem Baum aus.

»Das bin ich.«

»Hast du mir vielleicht zufällig …« Sie verstummte, holte tief Luft und fuhr fort: »… einen Bernstein mitgebracht?«

»Das habe ich«, sagte ich und holte den Stein aus meiner Tasche.

Es folgte ein derart langes Schweigen, dass ich schon glaubte, sie würde nie wieder ein Wort von sich geben.

»Was möchtest du dafür haben?«, fragte Agathana dann aber doch mit einem aufgeregten Zittern in der Stimme. »Ich habe eine Eule und ein Schultertuch, ein ganz wunderbares Stück, das aus dem Fell von Schafen der Wolfsinseln gemacht ist. Außerdem könnte ich dir noch zwei Glasperlen anbieten, eine himmelblaue und eine blutrote. Sie gehörten früher meinen Enkeln.«

»Ich habe dir den Bernstein als Geschenk mitgebracht«, sagte ich, denn auf die Schätze der alten Frau konnte ich getrost verzichten.

»Dann danke ich dir von Herzen, Ludwig«, erwiderte sie. »Du bist besser als all die anderen, die ich darum gebeten habe, mir wenigstens einen winzigen Splitter mitzubringen. Legst du den Bernstein bitte unter den Baum?«

Ich erfüllte ihr auch diesen Wunsch und legte meine Gabe neben eine knorrige Wurzel. Danach kehrte ich zu Guervos Haus zurück. Dort gab es nur eine einzige Veränderung: Zif stand inzwischen vor der Tür, ein Ohr ans Holz gepresst. Als er mich sah, verzog er das Gesicht.

»Ist nicht das Geringste zu hören«, brummte er. »Sophia hat das Haus mit Zaubern umgeben, sodass kein Wort herausdringt.«

»Nachdem sie dich vorher rausgeworfen hat?«

»Etwas in der Art.«

»Was hat es mit dem Dampfenden Bach auf sich?«

Der Beelzegeist griff nach seinem rosafarbenen Rattenschwanz und knabberte daran, erwischte einen Floh und grübelte angestrengt darüber nach, ob er mich in das Geheimnis einweihen sollte.

»Daſ iſt ein Ort«, erklärte er mir schließlich mit dem Schwanz im Mund, »an dem meiſt Böſeſ hervorquillt.«

»Verrätst du mir weitere Einzelheiten?«

»Ich bin da nie gewesen«, fuhr er mich an, nachdem er den besabberten Schwanz ausgespuckt hatte. »Der ganze Wald weiß, dass die Wesen, die dort hausen, keine Fremden mögen. Nur dumme Menschen begeben sich zum Bach. Ihr solltet da besser nicht hin, selbst wenn da hundert dunkle Seelen leben. Kein Drachengelege ist es wert, dass jemand sein Leben aufs Spiel setzt, denn selbst wenn die Drachen aussterben, wird es im Dunkelwald noch ein Weilchen Magie geben. Ist mir also völlig schnurz, ob die Biester verrecken oder nicht.«

»Weil du ja selbst dann noch von den Victen dein Essen und eine dralle Dorfschönheit kriegst.«

»Ich bin einfach zu feige, um zum Dampfenden Bach zu gehen«, gab er zu.

»Aha! Ich habe schon seit Längerem vermutet, dass dein Mut nur ausreicht, friedlich schlummernden Menschen mit dem Huf in die Seite zu treten.«

»Einen Griesgram wie dich bringt man natürlich selbst mit den drolligsten Scherzen nicht zum Lachen!«

In diesem Augenblick traten Guervo und Sophia vor die Tür. In den Bogen des Waldkönigs war die Sehne bereits eingelegt. Sophia lächelte mich zuversichtlich an und lenkte ihre Schritte hinters Haus.

»Sie kommt gleich wieder, *ajergo,* dann brechen wir auf, wenn du nichts dagegen hast.«

»Ihr wisst ja nicht, worauf ihr euch da einlasst!«, polterte Zif. »Euch haben sie doch das Hirn weggepustet! Der Seelenfänger ist sich ja noch nicht mal sicher, ob ihr da auf einen Hinweis stoßt.«

»Versuchen müssen wir es trotzdem.«

»Und Sophia ist bereit, sich auf diese Sache einzulassen?! Hat sie den Verstand verloren?! Wie könnt ihr bloß euer Leben riskieren, nur weil die vage Aussicht besteht, dort die dunkle Seele zu finden, die Brandbart um seine Brut bringt! Was für ein Gewese wegen einer elenden Eidechse!«

»Was regst du dich eigentlich so auf? Es verlangt niemand von dir, uns zu begleiten.«

»Ich rege mich auf, weil ich mir Sorgen um euch mache! Hast du schon vergessen, was mit Siaver geschehen ist?! Seit seinem

Besuch am Dampfenden Bach gibt es einfach keinen Siaver mehr! Und Phial? Der Bursche hat die ganze Küste in Angst und Schrecken versetzt! Auf zwei Pfoten ist er zurückgekrochen gekommen, die übrigen vier hat er am Bach eingebüßt. Selbst Jahre später ist er nicht mit der Sprache rausgerückt, was damals am Bach passiert ist! Es ist Wahnsinn, zu diesem Tümpel zu gehen! Wenn ihr unbedingt sterben wollt, denke ich mir für euch eine angenehmere Möglichkeit aus, vom Leben Abschied zu nehmen!«

»Sophia wird ja bei uns sein, und ihr kann niemand etwas anhaben. Außerdem steht unsere Entscheidung fest, Zif. Es sei denn, der Seelenfänger hat doch etwas einzuwenden ...«

»Wenn die Entscheidung steht«, sagte ich bloß, »dann steht sie.«

Zif unterdrückte den nächsten Gefühlsausbruch, spuckte missbilligend aus und setzte erneut seine ganze Überredungskunst daran, Guervo von diesem Vorhaben abzubringen.

Als Sophia zurückkehrte, stand die Sonne bereits über den Bäumen. In ihrer Begleitung befanden sich nun zwei Wesen, die auf den ersten Blick wie Menschen aussahen. Ihre schönen Gesichter waren jedoch mit schwarzen und roten Flecken gesprenkelt, und ihre in einem fort zuckenden Ohren erinnerten an die eines Luchses. Die beiden Unbekannten sprachen mit seltsam kehligen Knacklauten miteinander.

»Das sind Hainrubim«, stellte mir Sophia die beiden vor. »Ihr nennt sie Höllenförster.«

Von diesen Anderswesen hatte ich in der Tat schon gehört. Ich wusste allerdings nur, dass sie hervorragende Jäger und Fährtenleser waren. Die Hainrubim führten Geschöpfe mit sich, die mich an Wasserflöhe denken ließen. Schmale graugrüne Körper mit Dutzenden von langen, feinen Füßen, verkümmerte Flügel und ein Kopf mit unzähligen türkisfarbenen Augen und mehreren Bärten.

Während ich diese seltsamen Kreaturen beäugte, verschwand Sophia noch einmal im Haus. Als sie wieder heraustrat, trug sie statt des Kleides einen dunkelbraunen Schutzanzug aus weichem, von Moos überzogenem Gewebe. Auf ihrem Rücken hing an einem breiten Riemen ein kurzer, aus drei ineinander verflochtenen Zweigen angefertigter Stock, von dessen Enden grellrosa Blumen herabbaumelten.

»Von mir aus können wir aufbrechen«, teilte Guervo ihr mit.

»Ludwig, du reitest mit mir«, wandte sich Sophia an mich und saß leichtfüßig auf einem der Flöhe auf.

Die Wölbung des Chitinpanzers ahmte einen Sattel nach. Nachdem ich aufgesessen war, bildete sich über dem Panzer eine klebrige Maße, die mich fest an das Tier schmiedete. Selbst als ich zuckte und ruckelte, konnte ich mich nicht mehr in den Steigbügeln aufrichten.

»Was soll das denn?«, rief ich empört.

»Das ist nur zu deiner Sicherheit, Ludwig«, beruhigte mich Sophia, die ihr glänzendes Haar zu einem Zopf zusammenband, damit es ihr während des Ritts nicht in die Augen wehte. »Du würdest sonst womöglich runterfallen.«

»Dieser Ritt kommt nämlich einer Bootsfahrt auf stürmischer See gleich«, giftete Zif. »Pass bloß auf, dass du dir nicht auf die Zunge beißt und dein Frühstück bei dir behältst.« Dann wandte er sich an Guervo. »Hör mal, ich hab mir Folgendes überlegt. Solltet ihr rein zufällig nicht zurückkommen, hättest du dann etwas dagegen, wenn ich dein Haus übernehme?«

»Darüber brauchst du dir nun gewiss nicht den Kopf zu zerbrechen«, erwiderte Guervo sanft. »Ich komme nämlich zurück.«

Ich hörte noch, wie der Beelzegeist etwas murmelte, als Sophia unserem Pferdchen die Fersen in die Flanken rammte. Sofort verschwamm die Lichtung vor meinen Augen und Bäume schossen an uns vorbei.

Die seltsamen Flohpferde preschten unglaublich schnell dahin. Ihre zahllosen schmalen Beine bewegten sich derart rasant, dass sie zu einer einzigen, wenn auch unscharfen Wolke zu verschwimmen schienen. Muss ich noch erwähnen, dass die Tiere kein einziges Mal an einer Wurzel oder einem Ast hängen blieben, geschweige denn, dass sie strauchelten? Stets setzten sie geschickt über Baumstümpfe, Sträucher und umgekippte Bäume hinweg.

Einmal sprangen wir über einen schmalen Bach und scheuchten dabei einige grellorange Vögel auf, die sich aus dem Gras erhoben und mit schillernden Flügeln in die Luft aufstiegen, ein wahres Feuerwerk an Farben, ganz wie an den Festtagen in Saron.

Mächtige Eichen, dichte Tannen und endlose, von der Frühlingssonne geflutete Lichtungen wurden von Seen mit grünlich funkelndem Wasser, Steinwüsten mit nur spärlichen Sträuchern abgelöst. Bis dann wieder Nadelwälder folgten.

Alles in allem wurde ich bei dem Ritt zwar ordentlich durchgeschüttelt, nach Zifs Schwarzmalerei hatte ich es mir aber weitaus schlimmer vorgestellt.

Als wir in der Nähe eines kleinen Wasserfalls, der sich von einem Basaltfelsen in zwei Becken ergoss, eine kurze Rast einlegten, tränkten die Höllenförster unsere Pferdchen sofort, damit sie anschließend mit unverminderter Geschwindigkeit weiterstürmen konnten.

Schließlich erreichten wir einen Abschnitt mit Laubbäumen, deren Stämme mit grau-grünem Moos überzogen waren. Die Äste mit den dunklen Blättern bildeten ein derart dichtes Dach, dass kaum ein Sonnenstrahl zu uns vordrang. Fast hätte man meinen können, die Abenddämmerung wäre bereits angebrochen. Die Erde war unter einem dicken Teppich aus verfaultem Laub begraben, dessen Geruch uns verfolgte, bis wir endlich zu einer Lichtung aus grauem Gras gelangten. Alles Leben schien von diesem Ort gewichen zu sein.

Guervo saß ab und befahl seinem Tier, sich hinzulegen. Er nahm den Bogen in die Hand und spähte zum anderen Ende der Lichtung, wo hinter Bäumen die Spitzen blassblauer, spitzer Felsen aufragten. Die beiden Hainrubim zogen sich umgehend in den Wald zurück.

»Sie geben uns Bescheid, wenn Gefahr droht«, teilte mir Sophia mit. »Versuche, das Wasser nicht zu berühren.«

Der Bach, der offenbar irgendwo in den Bergen entsprang,

durchzog die ganze Lichtung. Sein Boden war blutrot, über dem Wasser stieg Dampf auf.

»Die Victen sind irgendwo hier gestorben«, brachte Sophia in gepresstem Ton heraus. Offenbar setzte ihr die Gegend zu. Ich selbst nahm allerdings keinerlei Bedrohung wahr. »Aber wo genau?«

»Das werden wir gleich wissen«, sagte ich und fing an, eine Figur zu wirken. »Guervo, ist in deiner Flasche noch Wasser?«

»Ja.«

»Dann gieß es bitte aus, wenn ich dich darum bitte.«

Die Figur war recht schlicht. Sobald ich mit dem Dolch den letzten Punkt gesetzt hatte, nickte ich Guervo zu. Das Wasser bildete sofort eine große Kugel, die gar nicht daran dachte, zu Boden zu fallen, sondern durch die Luft auf ein nur ihr bekanntes Ziel zusteuerte, dabei einen Schweif aus feinen Tropfen nach sich ziehend.

»Wir müssen da lang«, sagte ich.

Das trockene Gras knisterte unter unseren Füßen. Immer wieder lösten sich von den Halmen kleine graue Flocken, die tot und leblos wie Asche waren.

»Es war hier«, rief ich fast am gegenüberliegenden Ende der Lichtung.

Zwischen dem Gras ragten Knochen aus dem Boden.

»Ich habe zwei Neuigkeiten für euch«, teilte ich meinen beiden Gefährten mit. »Es gibt auf dieser Lichtung tatsächlich eine dunkle Seele. Aber sie hat nichts mit dem Drachen zu tun.«

»Warum das nicht?«

»Wir nennen diese Kreaturen Anker. Sie können sich von dem Ort, an dem sie gestorben sind, höchstens hundert Schritt entfernen. Bis zu Brandbarts Zuhause käme diese Kreatur niemals.«

»Vielleicht gibt es aber doch noch andere…«, murmelte Sophia.

»Vielleicht. Aber erst mal werde ich jetzt diese auslöschen. Glaubt mir, es tut mir aufrichtig leid, dass die Menschen anderen sogar nach ihrem Tod noch Unannehmlichkeiten bereiten.

Ihr wartet besser hier auf mich, denn ihr könnt mir bei dieser Arbeit nicht helfen.«

Ich lief ein paar Schritte auf die dunkle Seele zu, einen breitschultrigen Mann, der genauso auf dieser Lichtung erstarrt war wie einst Scheuch auf seinem Roggenfeld. Doch noch bevor ich sie erreicht hatte, wandte ich mich zu Sophia zurück. Sie runzelte angespannt die Stirn.

»Die Knöpfe an deinem Anzug sind doch aus Silber, oder?«, fragte ich sie.

»Ja. Brauchst du sie?«

»Wenn du einen oder zwei entbehren könntest.«

Sie trennte mit dem Dolch die beiden oberen Knöpfe ihres Schutzanzugs ab.

»Fang!«

Guervo beobachtete mein Tun mit einem Grinsen. Als ich weiterging, flüsterte er Sophia etwas ins Ohr, woraufhin sie ihn allerdings anfuhr.

Glücklicherweise waren Anker äußerst behäbige Geschöpfe. In der Schule der Seelenfänger wurden sie gern eingesetzt, damit Anfänger an diesen Kreaturen den Umgang mit dem Dolch üben konnten. Es gab schlicht und ergreifend keinen geeigneteren Gegner, um erste Erfahrungen zu sammeln.

Hinzu kam noch, dass Anker furchtbar schlecht sahen und ihr Gegenüber erst bemerkten, wenn es direkt vor ihrer Nase stand. Dennoch wirkte ich meine Figur in sicherem Abstand und lenkte die Aufmerksamkeit dieser ruhelosen Seele erst auf mich, als mein Werk beendet war. Schwerfällig drehte sie sich zu mir um, trottete auf mich los und fuchtelte mit der kolossalen Faust, um mir einen Schlag anzudrohen. Ein Sprung zur Seite genügte, um diese Kreatur vollends zu verwirren: Der Anker begriff einfach nicht, wohin ich verschwunden war, und erstarrte mitten in der Bewegung.

Dann lud ich einen Knopf mit Magie auf und verwandelte ihn auf diese Weise in ein Zeichen, das ich dem Anker zuwarf. Das Silber hinterließ in der Luft eine gut sichtbare Spur, sodass der Anker, vorsichtig einen Fuß vor den anderen setzend, weitermarschierte. Da er den Blick fest auf mich gerichtet hielt, bemerkte er die Figur, in die er gleich treten würde, natürlich nicht.

Sobald die Falle zuschnappte, fiel die dunkle Seele auf den Rücken und stieß mit hoher Stimme einen Schrei aus. Ihre Kraft sickerte in den Boden, das Gras um sie herum nahm zunächst eine gelbe, dann eine grüne Farbe an.

Der Anker war nun derart geschwächt, dass ich ihm den Dolch völlig gefahrlos in die Seite rammen konnte. Die letzte Kraft der Seele strömte in meine Klinge. Ich fiel auf die Knie, hielt den Dolch aber fest umklammert. In meinen Ohren dröhnte es, was diesmal jedoch verhängnisvoll war, denn ich bekam nicht mit, was sich auf der Lichtung tat.

Ein Hainrubim kam auf einem der Flöhe aus dem Wald gesprengt und preschte über die Lichtung auf uns zu. Uns drei ließ sofort stutzen, dass er allein war. Im Wald schwoll ein entsetzlicher Lärm an, eine Art Brüllen oder Knacken, vielleicht auch das Donnern eines gewaltigen Steinschlags.

Guervo feuerte einen ersten Pfeil ab, der in hohem Bogen zu den Bäumen flog. Ein paar Sekunden lang erhellte eine silbrige Explosion die Umgebung. Sobald ihr Licht erlosch, feuerte der Viengo den nächsten Pfeil ab. Sein Lächeln hatte sich nun aus seinem Gesicht verkrochen, seine Lippen waren zu einer schmalen Linie zusammengepresst, Schweißtropfen rannen über seine Schläfen. Gegen wen er eigentlich kämpfte, war mir ebenso ein Rätsel wie die Art der Magie, die er wirkte. Sie schien ihn jedoch völlig auszulaugen.

Die silbernen Explosionen folgten in wahnwitziger Geschwindigkeit aufeinander. Unterdessen kam Sophia auf mich zugeeilt und packte meine Hand.

»Weg hier!«, verlangte sie.

Wir rannten so schnell wir konnten durch den seltsamen bläulichen Dunst, der über dem Boden waberte, zu den Reittieren. Doch schon schmatzte hinter uns etwas, erfasste uns eine Luftwelle, riss uns in die Höhe, presste uns dann aber kopfüber zu Boden.

Noch im Liegen sah ich, wie um unsere Flohpferde herum die Luft flirrte. Einige seltsame Geschöpfe schälten sich aus ihr heraus. Sie schienen aus unbehauenen Steinen, abgeknickten Zweigen und blutigen Fleischbrocken zusammengesetzt und durch den blauen Dunst, der nun unaufhaltsam auf die Lichtung wogte, miteinander verbunden.

Ich half Sophia aufzustehen, gleichzeitig stürzte Guervo auf uns zu und brachte sich mit einem gewaltigen Satz vor uns in Stellung, um uns gegen die nächste Luftwelle abzuschirmen.

»Sophia!«, schrie er. »Gegen das, was da vom Felsen kommt, bin ich machtlos!«

In der Tat rückte da eine Kreatur von beeindruckender Größe heran, deren auf einem langen Hals sitzender Kopf weit über den Wipfeln aufragte.

»Kann man diesen Koloss töten?«, wollte ich wissen.

»Ein Mensch bestimmt nicht«, antwortete mir Guervo. »Sophia – was ist mit dir?«

»Ich werde es versuchen«, erklärte sie und löste ihr Haar. Sofort liefen silberne Funken darüber. »Dann musst du aber die Lithophagen übernehmen, die gerade aus dem Dunst kommen! Sie werden sich Ludwig schnappen wollen.«

Es folgte eine silberne Explosion, die mich fast erblinden ließ. Ganz kurz schloss ich die Augen. Als ich sie wieder öffnete, klaffte an der Stelle, an der bis eben noch Sophia gestanden hatte, eine Lücke. Dafür verschwand der Schwanz einer gewaltigen Schlange im Gras.

Guervo gab bereits Pfeil um Pfeil auf diese seltsamen Geschöpfe ab, die Sophia Lithophagen genannt hatte. Bei jedem Treffer flogen Späne, kleine Steine und blutiges Fleisch durch die Luft, wölkte Dampf auf.

Hinter uns krachte und knirschte es, bis ein markerschütterndes Geschrei alles übertönte. Der Koloss hatte sich durch den Wald gekämpft. Unter seinen Füßen bebte die Erde. Und natürlich fingen auch meine treulosen Knie schon wieder an zu zittern. Eine unerklärliche, widerwärtige Angst erfasste mich, die mir das Blut in den Adern gefrieren ließ, meinen Verstand vernebelte und alle Luft aus meinen Lungen presste. Entsetzt begriff ich, dass ich gleich ersticken würde.

Doch da bohrten sich Guervos Finger in meine Schulter. Sobald er mich gepackt hatte und schüttelte, wich das lähmende Grauen von mir.

»Du darfst keine Angst haben, *ajergo*.«

Sein Köcher war mittlerweile geleert, doch zwei Lithophagen schlingerten nach wie vor auf uns zu. Einen nahm sich der Hainrubim vor, indem er auf dem Flohpferd um ihn herumgaloppierte und mit einer kurzen Axt fuchtelte. Den anderen trennten jedoch nur noch vierzig Schritte von uns.

»Wenn du wüsstest, wie das, was jetzt kommt, mich anwidert«, stöhnte Guervo. »Danach leide ich immer unter entsetzlichen Kopfschmerzen. Halte bitte mal kurz meinen Bogen!«

Sein Gesicht verschwamm, warf Blasen, seine Augen krochen in die Höhlen zurück, und die Nase verlängerte sich. Gebannt starrte ich auf das riesige Wesen, das nun vor mir stand. Ein golden schimmernder, kräftiger Hirsch mit elegantem Hals und einem lanzenspitzen Geweih.

Guervo scharrte mit dem Huf im Boden, stieß einen kehligen Laut aus, senkte den Kopf mit der breiten Stirn und ging zum Angriff über. Gleich darauf donnerte es derart laut, dass ich auf die Knie fiel und mir die Ohren zuhielt. Ich hatte den Eindruck, jemand hätte mir ein Brett über den Schädel gezogen und ich dadurch völlig die Orientierung verloren.

Guervo hatte sich bereits wieder zurückverwandelt, als er mich rüttelte, damit ich wieder zu mir kam. Eine flammend heiße Windböe verbrannte mir die Haut.

Auf die Schulter des Viengo gestützt, stand ich auf. Über meinen Rücken floss Blut, meine Beine drohten jederzeit nachzugeben. Ohne Guervo wäre ich längst wieder umgekippt. Und ohne ihn und Sophia wäre ich mittlerweile schon ein toter Mann.

»Hol mich doch der Teufel!«, stieß ich benommen aus. Ich meinte, nach dem Schlag unter Sinnestäuschungen zu leiden.

Den Bach, dem der Ort seinen Namen verdankte, gab es nicht mehr. Er war schlicht und ergreifend verdampft. Dafür ragte mitten auf der Lichtung ein Hügel auf. Er war entstanden, als die Erde am Waldrand abgerutscht war und dabei etliche Bäume mit sich gerissen hatte. Was meinen Blick aber geradezu fesselte, war eine silbrige Windhose, ein gewaltiger Trichter, der alles Gras und den ganzen Boden in sich einsaugte. In dem Luftgebilde zuckten Blitze. Bei jeder Explosion ließ sich der Umriss jenes schrecklichen Giganten erkennen, gegen den Sophia nach wie vor kämpfte.

Sie wirkte einen Zauber von außerordentlicher Kraft. Einen dunklen, sehr alten Zauber, den ich nicht kannte. Jeder Inquisitor hätte bei seinem Anblick vermutlich einen Tobsuchtsanfall bekommen. Und jeder brave Kirchenmann hätte mit Freuden ein paar Goldstücke springen lassen, nur um etwas Reisig auf den brennenden Scheiterhaufen zu werfen, auf dem Sophia ihr Ende finden sollte. Denn den offiziellen Verlautbarungen der Kirche zufolge waren zu dieser Art von Magie nur Erzengel imstande – aber ganz gewiss keine Frau aus dem Dunkelwald.

Guervo bedeutete mir, mich wieder zu setzen. Erst jetzt sah ich, dass er die linke Hand gegen die Brust presste. Durch seine Finger sickerte Blut.

»Das ist halb so wild«, versicherte er, als er meinen Blick auffing. »Mach dir deswegen keine Sorgen, *ajergo*. Die Wunde wird in wenigen Minuten verheilt sein. Ich hoffe, Sophia muss sich mit dieser Kreatur nicht mehr allzu lange herumplagen. Ich will nämlich nicht, dass am Ende noch Biester auftauchen, die wirklich schauerlich sind.«

»Was sollte noch schauerlicher sein als dieser Koloss?«, murmelte ich.

»Glaub mir, *ajergo*, in diesen Bergen hausen Kreaturen, die Dinge mit dir anzustellen wissen, neben denen sich sämtliche Höllenstrafen wie ein Klaps auf den Allerwertesten ausnehmen.«

Die Windhose drehte sich nun langsamer, außerdem in die entgegengesetzte Richtung. Kurz darauf löste sie sich ganz auf.

Die Blitze zuckten nicht mehr, der blaue Dunst verzog sich. Nur ein trockener Grashalm segelte noch durch die Luft. Das Fleisch des Giganten verwandelte sich im Nu in einen Baum mit sehr rauer Rinde.

Guervo nahm die Hand von der Wunde und starrte leicht zweifelnd auf seine blutbeschmierten Finger. Schließlich zog er ein Spitzentaschentuch heraus, wischte sich das Blut ab und warf es weg.

»Wir müssen Sophia helfen«, sagte er. »Ich glaube, sie kann sich kaum noch auf den Beinen halten. Wir sollten sie so schnell wie möglich von hier fortbringen.«

»Hab ich es nicht gleich gesagt?! Aber auf mich hört ja niemand!«, höhnte Zif, der einen feuchten Lappen ausdrückte und dem unter heftigsten Kopfschmerzen leidenden Guervo auf die Stirn presste. »Und was habt ihr jetzt erreicht? Von dem fragwürdigen Vergnügen, sich ein paar Beulen und blaue Flecken einzuhandeln, einmal abgesehen?«,

»Keif hier nicht so herum«, bat der Viengo. »Ich habe dir erlaubt, bei uns zu bleiben, aber ich habe dir nicht erlaubt, so zu keifen.«

»Ich kann auch gern ein Liedchen anstimmen.«

»In dem Fall würde ich Brandbart bitten, dich zu fressen. Weil dir in deiner ganzen Sturköpfigkeit mit höflichen Bitten einfach nicht beizukommen ist.«

Ich hörte nur mit halbem Ohr auf das Gezänk der beiden, denn ich überprüfte zum wiederholten Mal das aufwendige Geflecht von Figuren, an dem ich mehrere Stunden schwer geschuftet hatte. Inzwischen war es tiefe Nacht, doch dank der herbeigerufenen Waldglüher war es um uns herum taghell.

Uns alle beschäftigte nur ein Gedanke: Heute Nacht musste die dunkle Seele auftauchen, wenn sie auch dieses Gelege vernichten wollte. Guervo hatte bereits mehrfach versichert, dass sie längst überfällig war, leuchtete die Magie in den Eiern doch mit jeder Stunde heller.

»Wie lange dauert es noch, bis die Küken schlüpfen?«, fragte ich Sophia.

Sie saß auf einem hohen Stein und streichelte Brandbarts riesigen Schädel. Die lilafarbenen Augen des Drachen wanderten voller Hass über jeden Stein und jeden Baum, hinter dem sich derjenige verstecken konnte, der seine Nachkommen töten wollte.

»Sobald der Morgen anbricht, ist alles überstanden«, antwortete Sophia mir, ehe sie sich wieder an den Drachen wandte: »Glaub mir, Brandbart, es wird alles gut, das verspreche ich dir. Dieses Mal wird alles gut.«

Sophia schmiegte die Stirn gegen die glänzende schwarze Haut des Drachen, der daraufhin schwer seufzte, dann aber den Kopf neben die Seherin legte, um zu zeigen, wie aufrichtig er sich um Geduld bemühte.

Als Apostel sich zu uns gesellte, spannte ich gerade am äußersten Rand der Schlucht einen goldenen Alarmfaden. Meine ruhelose Seele folgte tatsächlich meinen Anweisungen, als er grummelnd über die Falle stieg.

»Bei Jesus Christus, Ludwig, wie viel Haken muss ich denn noch schlagen, um zu dir zu gelangen?! Hier wimmelt es ja stärker von Figuren als in irgendeinem Fürstentum von Söldnern, die es sich auf fremde Kosten gut gehen lassen. Wen willst du eigentlich einfangen? Satan persönlich?«

»Wie oft habe ich dir schon gesagt, dass man bestimmte Namen bei Nacht besser nicht ausspricht?! Was, wenn dich besagter Herr hört und mal in Erfahrung bringen will, was du von ihm möchtest?!«

»Ich bin seit Langem tot, wer also soll mich schon hören? Außerdem bin ich nur gekommen, um dir zu sagen, dass ich die gesamte Gegend abgeklappert habe. Wenn es hier eine dunkle Seele gibt, dann ist sie unsichtbar. Ich würde Scheuchs Strohhut verwetten, dass es hier noch nie eine gegeben hat. Willst du dich da noch lange rumdrücken?«

»Ja, schon.«

»Dann gestatte mir, dass ich mich zurückziehe. Ich schlendere runter zum Meer, denn dieser Echse traue ich nicht ganz. Nachher verweigert man mir womöglich noch den Eintritt ins Paradies, nur weil ich die Sünde begangen habe, mich nicht von ihr fernzuhalten.«

»Nur scheinst du gar nicht so erpicht darauf, ins Paradies zu gelangen, sonst wärst du ja wohl längst dahin aufgebrochen.«

»Oh, ich will einfach nichts überstürzen. Ins Paradies schaffe ich es jederzeit, aber vermutlich wäre mir dann der Weg zurück abgeschnitten. Mach's also einstweilen gut.«

Daraufhin zog er ab, wobei er sorgsam darauf achtete, ja nicht auf eine Figur zu treten. Ich wartete ab, bis er verschwunden war, überzeugte mich noch einmal, dass die Sicherheitsstreifen nicht beschädigt waren, und lenkte meine Schritte zu Guervo und Zif. Der Viengo lag mit geschlossenen Augen da, aber wenigstens war das Lächeln in sein Gesicht zurückgekehrt.

»Gibt es einen Grund zur Freude?«, erkundigte ich mich.

»O ja, *ajergo*, den gibt es. Und mit jedem Augenblick, der vergeht, haben wir größeren Anlass zur Freude.«

»Wenn deine Hoffnung mal nicht in letzter Sekunde noch platzt«, knurrte Zif, der kurz davor war, den Kampf gegen die Müdigkeit zu verlieren. Ein paarmal war er schon auf seine zottelige Seite gekippt. »Hast du die dunkle Seele endlich entdeckt, Seelenfänger?«

»Nein.«

»Die Kreatur hätte aber längst auftauchen müssen. Das war in all den Jahren so. Wo bleibt sie bloß diesmal?«

»Das weiß ich nicht.«

»Ein schöner Seelenfänger bist du. Oder hat sie vielleicht vor dir Angst?«

»Das glaube ich nicht.«

»Du tust ja gerade so, als würdest du Sehnsucht nach ihr haben«, bemerkte Guervo, ohne die Augen zu öffnen. »Halt lieber den Mund, meine Kopfschmerzen wollen nämlich einfach nicht weggehen.«

»Warum musstest du auch unbedingt zum Dampfenden Bach reiten?!«, giftete Zif, umfasste dann aber immerhin seine

Schenkel, trug eine finstere Miene zur Schau, schob die Unterlippe vor – und hielt endlich den Mund.

Fünf Minuten später war er eingeschlafen und schnarchte leise. Als Guervo das Geräusch hörte, öffnete er ein Auge, um sich zu überzeugen, dass ich das Geschehen im Blick behielt. Trotz all seiner großspurigen Versicherungen hatte der Kampf am Dampfenden Bach ihm zugesetzt. Kein Wunder, denn selbst Sophia hatte nach unserer Rückkehr ein Bad im Heilwasser des Dunkelwalds nehmen müssen.

Nach einer Stunde hielt Brandbart es nicht mehr aus, verließ Sophia und begab sich zu seinem Nest, wo er sich in unzähligen Ringen um die Eier zusammenrollte. Als ich meine Figuren ein weiteres Mal überprüfte, war er jedoch so liebenswürdig, das Ende seines stachligen Schwanzes einzuziehen.

Bis zum Tagesanbruch fehlte nun wirklich nicht mehr viel. Sophia saß nach wie vor auf dem kalten Stein. Obwohl sie nur ein hauchzartes Kleid trug, schien ihr die nächtliche Kälte nichts auszumachen. Auch den Wind, der vom Meer kam und mit ihrem offenen, glänzenden Haar spielte, nahm sie nicht wahr.

Schweigend setzte ich mich zu ihr und legte ihr meine Jacke über die Schultern. Sie löste kurz ihren besorgten Blick vom bereits aufklarenden Himmel im Osten und lächelte mich an.

»Wieso können die Küken diesmal schlüpfen, Ludwig?«

»Ziehst du da nicht etwas voreilige Schlüsse?«

»Nein. Mein Gefühl sagt mir, dass die Gefahr vorüber ist«, erwiderte sie. »Du kannst die Stimme des Windes nicht hören, mir jedoch flüstert er zu, dass sich im Dunkelwald etwas verändert hat. Ob wir das deiner Anwesenheit zu verdanken haben? So viele Jahre lang sind die Gelege immer einige Stunden vor Tagesanbruch vernichtet worden. Diesmal jedoch spüre ich die Magie, die von den ungeborenen Drachen ausgeht. Mit diesen Küken ist alles in Ordnung. In weniger als einer halben Stunde wird selbst ein starker dunkler Zauber ihnen nichts mehr anhaben können. Sie werden nichts und niemanden fürchten müssen.«

»Das würde mich freuen«, erwiderte ich. »Was ich dich noch fragen wollte ...«

»Warum dich der Dunkelwald auf die Insel gelassen hat?« Ihre Augen verrieten mir die Antwort nicht.

»Manchmal vergesse ich, dass du meine Gedanken lesen kannst. Genau. Warum duldet der Dunkelwald mich?«

»Weil du letztlich einer von uns bist. Abgesehen davon hat Gertrude mich gebeten, dir zu helfen. Diesen Gefallen habe ich ihr gern getan. Genauer gesagt, ich habe damit eine alte Schuld ihr gegenüber beglichen. Aber selbst wenn sie nicht bestanden hätte, wäre ich Gertrude gern behilflich gewesen. Bei Brandbart sieht die Sache etwas anders aus. Wäre er nicht in derart großer Sorge um seine Küken gewesen, hätte er nie zugestimmt, dich auf seinem Rücken zu tragen. Drachen mögen euch Menschen aus den unterschiedlichsten Gründen nämlich nicht besonders.«

»Das glaube ich gern. Selbst wenn es sich hart anhört, aber es muss Schicksal gewesen sein. Denn ohne Brandbart hättest du viel länger zu mir gebraucht. Und bevor du mir hättest helfen können, wäre ich vermutlich schon tot gewesen. So aber habe ich überlebt, weil jemand Brandbarts Küken umbringt und er die Hilfe eines Seelenfängers benötigt.«

»Offenbar hast du es immer noch nicht begriffen.«

»Bitte?«

»Und die ruhelose Seele in deiner Begleitung hat dir auch kein Sterbenswörtchen gesagt ...«

»Du kannst Apostel sehen?«

»Er steckt in deinen Gedanken. Allem Anschein nach ist er äußerst zurückhaltend. Erinnerst du dich noch an die Prophezeiung auf dem Hexenball?«

»Natürlich. Ich soll den Gehenkten am Kreuzweg meiden, denn er bringt mir Unglück. Die Mauern aus Schnee, denn sie nehmen mir jede Fluchtmöglichkeit. Und das Licht, das aus dem Dunkel kommt, denn es ist mein Tod. Als ich der Oculla entkommen war, bin ich auf ein Licht zugekrochen. Dort hast du mich gefunden.«

»Und leider habe ich mit meiner Prophezeiung recht gehabt, Ludwig. Du bist gestorben.«

Ich lächelte höflich – bis mein Lächeln von meinen Lippen kroch, weil ich begriff, dass sie sich keinen Scherz erlaubt hatte.

»Was heißt das – ich bin gestorben?«

»Als ich zu dir kam, warst du schon tot … Das Gift der Oculla, der Blutverlust und all die Wunden – das hätte niemand überlebt.«

»Ich aber schon. Denn ich lebe doch. Oder etwa nicht?«

»Nur dank Brandbart. Die Magie der Drachen gilt als stärkste Heilungsmagie. Und ihr Menschen seid wie Uhren. Wenn der Mechanismus erst vor kurzer Zeit versagt hat, gelingt es mit ein wenig Glück, euch noch einmal aufzuziehen. Wir hatten dieses Glück, auch wenn ich nicht darauf zu hoffen gewagt habe. Schon im Flug bist du wieder zu dir gekommen, tief in der Nacht.«

»Was man so alles über sich erfährt«, stieß ich aus. »Ich erinnere mich an nichts mehr. Weder an die Hölle noch an das Paradies oder meinen Tod. Für mich ist es, als wäre ich eingeschlafen und wieder aufgewacht. Halte mich nicht für zynisch, aber ich bin froh, dass der Drache Hilfe brauchte, sonst läge ich vermutlich längst unter der Erde. Was bedeutet diese Auferstehung nun für mich?«

Das Wort gefiel mir im Zusammenhang mit mir nicht, aber es traf den Nagel vermutlich auf den Kopf.

»Nichts, außer dass du eine zweite Chance bekommen hast. Nutze sie und lebe diesmal länger.«

Die Eröffnung verwirrte mich. Man muss sich ja schließlich nicht jeden Tag damit auseinandersetzen, gerade gestorben und wiederauferstanden zu sein. Selbst ich verdaute das nicht ohne Weiteres.

»Es geht los«, rief Sophia angesichts der verblassenden Sterne. »Es geht los, Ludwig!«

Sie packte mich bei der Hand und zog mich, der ich noch immer meinen Gedanken nachhing, hinter sich her. Dreißig

Schritt vorm Gelege hielt sie an. Guervo war bereits dort, beugte sich vor und beobachtete zusammen mit Brandbart, wie die bernsteinfarbene Schale des ersten Dracheneis platzte, sobald Sonnenstrahlen darauf fielen.

Ein Netz feiner Risse bildete sich auf der glatten Oberfläche, dann sprang das Ei mit einem Knall auf. Ein orangefarbener Klumpen eines kalten magischen Feuers stieg in die Luft auf und zerfloss zu einem perlmuttfarbenen Regenbogen über der Schlucht. In der bernsteinfarbenen Schale bewegte sich ein kleines schwarzes und purpurrotes Wesen mit Schwanenhals und raubtierhaftem Kopf. Ein winziger Brandbart, freilich mit dem Unterschied, dass das Küken kaum zu erkennende Flügel hatte. Das Drachenjunge stieß ein fragendes Husten aus, woraufhin der kräftige Herr Papa den Kopf hochreckte und die gesamte Umgebung mit einem Triumphschrei davon in Kenntnis setzte, dass im Dunkelwald endlich wieder ein Drache geboren worden war.

Wir kehrten erst mittags zu Guervos Haus zurück. Unmittelbar hinter mir trottete Zif, der in einem fort darüber meckerte, dass ihn niemand geweckt hatte, als das erste Drachenküken aus dem Ei geschlüpft war. Um das ganze Vergnügen hätten wir ihn gebracht!

Apostel saß auf den Stufen vor dem Haus. Als er den Beelzegeist erblickte, verzog er das Gesicht und wünschte Zif zum Teufel. Dieser überhörte die Empfehlung natürlich und trat ins Haus ein, wobei er verkündete, ihn werde jetzt niemand daran hindern, einen kräftigen Schluck aus der Flasche mit dem Glühwürmchenwein zu trinken. Mir bot er nichts davon an, aber ich hatte auch kein Bedürfnis nach einem Schluck, dazu war ich viel zu müde.

Ich setzte mich neben Apostel und atmete tief durch.

»Das waren schwere Tage. Ich bin froh, dass diese ganze Geschichte nun hinter uns liegt.«

»Und ich erst«, versicherte Apostel. »Ich habe gehört, wie

diese Höllenschlange herumgebrüllt hat. Ihre teuflischen Nachkommen haben es also auf die Welt geschafft?«

»Ganz genau.«

»Diesmal ist also keine dunkle Seele aufgetaucht?«

»Offen gestanden glaube ich, dass sich niemals irgendeine dunkle Kreatur in der Nähe des Nests herumgetrieben hat. Sonst hätte mir wenigstens eine Figur einen Hinweis auf sie gegeben.«

»Dann werden wir wohl nie erfahren, was der Grund dafür war, dass die anderen Küken gestorben sind«, sagte er. »Mir hängt dieser Wald wirklich zum Hals raus. Ich will nach Hause, will endlich wieder Stadtluft schnuppern und Tausende von Menschen um mich herum haben. Ich will hübschen Witwen ins Fenster gucken und all das Diebesgesindel ausschimpfen.«

»Was sie aber nicht hören werden …«

»Ja und? Glaubst du, es wäre besser, wenn sie das hören würden? Wenn ich noch am Leben wäre, würden sie sofort ihre ungewaschenen Hände sprechen lassen. Schließlich kann niemand es leiden, wenn ihm die Leviten gelesen werden.«

»Du bist noch immer ein Pragmatiker, wie er im Buche steht.«

»Man tut sein Bestes«, bemerkte er grinsend. »He, Ludwig! Wo willst du jetzt schon wieder hin?!«

»Mir ist gerade aufgegangen, was es heißt, dass ich Seelen hören kann und andere nicht.«

»Ach, schon? Und was soll das da? Was zeichnest du da? Bei allen heiligen Märtyrern, was bitte ist jetzt wieder in dich gefahren?«

Ich kümmerte mich jedoch nicht weiter um Apostel, sondern wirkte im Nu eine Figur. Sie zeigte natürlich zu allererst auf den grummelnden Apostel. Deshalb musste ich die Kraftströme neu anordnen, damit sie mir das gewünschte Ziel anzeige.

»Wohin willst du?!«

»Ich muss jemandem einen Besuch abstatten«, brummte ich bloß. »Und es ist nicht nötig, dass du mich begleitest.«

»Tja, wenn meine Begleitung nicht erwünscht ist«, schnappte

Apostel sofort ein. »Und das nach allem, was ich für dich getan habe! Nachdem ich dir gerade eben erst noch meine geheimsten Wünsche anvertraut habe!«

»Apropos *geheim*«, ergriff ich die Gelegenheit gleich beim Schopfe. »Wieso hast du alter Geheimniskrämer mir eigentlich nicht verraten, dass ich eine Zeit lang tot gewesen bin?!«

Als er daraufhin wie ein begossener Pudel dreinschaute, zog ich kurzerhand ab.

Der Baum war in so wunderbares Sonnenlicht getaucht, dass ich mich am liebsten unter ihn gelegt hätte und eingeschlafen wäre.

»Ich weiß, dass du da bist«, rief ich zur Krone hinauf. »Kommst du runter, oder soll ich zu dir raufkommen?«

»Komm rauf!«

Es war nicht schwer, den Baum zu erklimmen. In der Eichenrinde gab es nämlich zahlreiche Vorsprünge. Sie bildeten fast eine Art Leiter. Auf den breiten Ästen des Wipfels hätten bequem mehrere Menschen schlafen können. Neben einem riesigen Astloch sprangen munter einige junge Backenhörnchen herum. Als sie mich sahen, hielten sie kurz in ihrem Treiben inne, ehe sie bei meinem Anblick unter wütendem Gefiepe davonhuschten.

Agathana, ein altes Hutzelweibchen mit zottligem, farblosem Haar, in einem verblichenen Leinenhemd, einem warmen Schal und Glasperlen um den dürren Hals, saß vor dem Eingang zu ihrer Höhle und hielt das Gesicht in die Sonne, die ihr Licht wie ein nie versiegender Wasserfall durch ein Loch im Wipfel goss. Hingebungsvoll betrachtete die Alte den kleinen Bernstein.

»Ich danke dir, Ludwig«, sagte sie. »Ich habe so lange darum gebetet, aber niemals hat mir jemand einen bringen wollen.«

Ich warf einen raschen Blick ins Astloch. Im Halbdunkel machte ich die mumifizierten Überreste der armen Alten aus.

»Sie konnten dich nicht hören«, erwiderte ich in sanftem Ton. »Menschen hören nicht, worum die Toten sie bitten, Agathana.«

»Aber ich bin doch nicht tot«, widersprach sie mit einem Blick, in dem nackter Wahnsinn lag. »Die haben mich einfach nicht gehört.«

Ich hatte eine dunkle Seele gesucht und sie nicht gefunden – weil ich eine lichte hätte suchen müssen. Doch auf den Gedanken war ich nicht mal gekommen, denn lichte Seelen fügen Menschen keinen Schaden zu. Aber leider hieß das nicht, dass sie nicht etwas anrichten konnten, das sich für andere Wesen als schädlich herausstellte. Für Wesen, die ihnen sehr ähnlich waren. Magische Wesen beispielsweise. Wie hatte ich das übersehen können? Diese Blindheit würde ich mir nie verzeihen.

Agathana hatte mir selbst erzählt, dass sie nicht zum Strand gehen konnte. Nun sah ich natürlich, dass sie ein Anker war. Als sie darum gebeten hatte, ihr einen Bernstein zu bringen, hatte ihre Bitte niemand gehört. Und als sie vor Jahren hierhergekommen war, hatte sie darum gebeten, in Ruhe gelassen zu werden. Sie wollte mit niemandem sprechen, sie wollte niemanden sehen. Diesen Wunsch hatte man ihr, wie Sophia mir erst vor ein paar Tagen erzählt hatte, gern erfüllt. Deshalb aber hatte man gar nicht mitbekommen, dass Agathana gestorben und an ihrer Stelle eine ruhelose Seele entstanden war.

»Du bist eine von den Victen. Warum haben sie dich aus dem Dorf gejagt, Agathana?«

»Mich hat niemand verjagt, ich bin freiwillig gegangen«, sagte sie mit traurigem Gesichtsausdruck. »Denn ich konnte dort nicht mehr leben. Nach allem, was geschehen war.«

»Und was war geschehen?«

Sie schüttelte den Kopf und presste den Bernstein fest in ihrer Faust zusammen. Tränen rannen über ihre faltendurchfurchten Wangen.

»Die Kinder«, schluchzte sie dann. »Ich habe auf sie aufgepasst. Für etwas anderes war ich da schon nicht mehr zu gebrauchen. Sie haben nicht auf mich gehört, sind weggelaufen und haben sich versteckt. Ich war zu alt, um noch mit ihnen Schritt halten zu können. Ich war einfach schon zu alt. Viel zu alt.«

Keine ruhelose Seele entsteht ohne Grund. Die dunklen werden von ihren Sünden und ihren Mordgelüsten in dieser Welt gehalten, die lichten von ihrem Gewissen oder dem Wunsch, etwas wiedergutzumachen.

»Ich habe nur noch ihre Glasperlen«, flüsterte sie. »Eine himmelblaue und eine blutrote. Sie liegen da im Astloch. Wenn du willst, sieh sie dir ruhig an. Es würde mich sogar freuen.«

»Hast du mir nicht gesagt, die Kugeln würden deinen Enkelkindern gehören? Was ist mit ihnen geschehen, Agathana?«

Sie brach in Tränen aus. Ich atmete tief durch. Auch mir bereitete dieses Gespräch keine Freude.

»Ich habe ihnen verboten, von dem Felsen zu springen. Sie sollten zurückkommen. Nach Hause. Aber ich war schon eine alte Frau, und niemand hat auf mich gehört. Sie haben mich gebeten, ihnen Bernsteine zu schenken. Da bin ich losgegangen und habe die Steine gesucht, aber in der Zwischenzeit haben sie sich versteckt. Diese dummen kleinen Kinder. Ich bin weit gegangen, um die Steine zu suchen, denn ich wollte ihnen eine Freude machen, aber nirgends im Sand war einer. Und die Kinder saßen versteckt in dieser Grotte. Bis dann das Wasser zurückkam.«

Ich schluckte, denn ich wusste nun, was geschehen war. Die ruhelosen Seelen der Kinder, die auf dem Felsen beim Dorf der Victen gespielt hatten …

»Ich bin zu spät gekommen. Hab sie nicht gerettet. Alles ist meine Schuld.«

»Das stimmt nicht. Denn du konntest nicht wissen, was geschieht.«

»Ich habe einfach keinen Bernstein gefunden, deswegen habe ich immer weiter gesucht, statt umzukehren. Ich habe nichts gefunden und bin zu spät gekommen. Danach habe ich das Dorf verlassen. Das Meer hat mich um den Verstand gebracht. Der Mann mit dem Geweih hat mich hier leben lassen. Es ist ein guter Mann. Ich habe darum gebeten, dass man mich in Ruhe lässt. Seitdem konnte ich nicht mehr von hier weg. Ich kann nicht zum Meer zurückkehren. Und niemand, den ich gefragt habe, wollte mir helfen.«

»Dir hat niemand geholfen, weil du tot bist, Agathana. Deshalb hat dich auch niemand gehört. Und weil du als Tote an diesen Baum gefesselt bist, kannst du nicht von hier weg.«

Vermutlich ließen ihr die Fesseln nur in der Nacht, wenn die Drachenküken schlüpfen sollten und ihre Magie durch den Wald strömte, etwas mehr Spielraum. Der Zauber der Anderswesen konnte nämlich auch auf ruhelose Seelen wirken.

»Was hat sich der Drache zuschulden kommen lassen?«, fragte ich in sanftem Ton. »Warum bist du zu ihm gegangen?«

»Er soll sich etwas zuschulden kommen lassen haben?«, fragte Agathana erstaunt zurück. »Aber er ist doch ein gutes Wesen. Manchmal kann ich meinen Baum verlassen. Nachts. Aber das muss er mir erlauben. Deshalb brauche ich ihn. Und bei ihm gibt es Bernstein. Den muss ich meinen Enkelkindern bringen, sie warten doch so darauf. Aber ich bin zu alt. Und zu dumm. Ich habe lange gesucht, aber ich kann keine großen Steine mehr tragen. Deshalb hab ich sie jetzt alle in der Schlucht gelassen.«

Sie wusste nicht einmal, was sie angerichtet hatte, denn in ihrem Wahn hatte sie die Dracheneier mit Bernstein verwechselt. Eine ruhelose Seele, die nur einen Wunsch hatte: dass sie und ihre Enkel lebten. Und dann waren durch ihre Berührung auch noch die ungeborenen Drachenküken gestorben.

»Dann habe ich einen Bernstein bekommen, aber ich kann trotzdem nicht zu meinen Enkeln. Der verfluchte Baum lässt mich nicht gehen. Kannst du ihn fällen, Ludwig?«

Agathana sah mich voller Hoffnung an.

Ich konnte diese ruhelose Seele nicht auslöschen. Trotz ihres Wahnsinns war sie ein lichtes Geschöpf. Unser Kodex billigte es nicht, eine lichte Seele auszulöschen, es sei denn, diese bat darum. Das hatte Agathana nicht getan. Wenn die Bruderschaft meinen Dolch überprüfen würde, dann würde sie bemerken, dass mit diesem lichten Korn im Metall etwas nicht stimmte.

Nur würde sich dann niemand dafür interessieren, unter welchen Umständen die lichte Kraft in meine Klinge gelangt war. Löschte ich Agathana aus, würde ich mir damit mein eigenes Grab ausheben. Abgesehen davon, war ich mir sicher, dass Agathana niemandem schaden würde.

»Ich werde dir helfen, aber auf eine andere Art und Weise«, versprach ich. »Dann wirst du auch deine Enkel wiedersehen.«

In dem Astloch war es feucht. Über das Bett zogen sich Ranken, von der Decke hingen orangefarbene Blüten. Der Leichengeruch war fast überhaupt nicht wahrzunehmen. Ich beugte mich über den Körper, und mit einer einzigen Bewegung kappte ich den kaum erkennbaren Faden, der die Gebeine mit der ruhelosen Seele verband.

»Das war's«, teilte ich Agathana mit.

»Das war's«, wiederholte sie, stand auf und zupfte mit zitternden Fingern ihr Schultertuch zurecht. »Kann ich jetzt zu ihnen?«

»Aber sicher. Wann immer du willst.«

»Ich danke dir, Ludwig. Du bist besser als all die anderen zusammen. Ich bringe den Kindern jetzt den Bernstein. Sie haben mich so darum gebeten ...«

Der Wind fegte übers Meer, die Wellen fauchten und jagten aufgebäumt wie durchgehende Pferde ans Ufer. Ich stand nahe am Wasser, manchmal traf mich etwas Gischt.

Sophia saß ganz in meiner Nähe. Wir beide starrten schweigend auf die Wellen und lauschten dem Gekreisch der Möwen, die immer wieder zum Wasser hinunterschossen.

»Wie konnten wir das übersehen?«, fragte sie mich. »All unsere Magie und Stärke ist an einer halb wahnsinnigen Alten gescheitert, die vor langer Zeit zu uns gekommen ist.«

»Mach dir keine Vorwürfe, Sophia, euch trifft keine Schuld. Agathana selbst hat euch darum gebeten, in Ruhe gelassen zu werden. Ihr habt nur ihren Wunsch erfüllt.«

»Für uns ist seit ihrer Ankunft im Grunde nicht viel Zeit

vergangen. Wir ... wir haben vergessen, dass ihr Menschen so schnell sterbt. Dabei hätte mir doch auffallen müssen, dass Agathana bereits vor vielen Jahren zu uns gekommen ist. Aber mir ist einfach nicht in den Sinn gekommen, dass ihre Zeit abgelaufen war. Ich habe immer angenommen, dass sie uns wieder verlassen hat. Auch die Waldglüher oder die kleinen Tiere haben mir nichts von ihrem Tod berichtet.«

»Wenn einer hätte stutzen müssen, dann ich. Aber leider führt mich auch meine Gabe manchmal in die Irre. Die Stimmen der Lebenden und der Toten unterscheiden sich nämlich durch nichts voneinander. Allein vom Klang her kann ich nicht bestimmen, wer mit mir spricht. Sonst wäre das Leben viel einfacher.«

Apostel, der etwas abseits saß, zog die Schultern hoch, als würde eine eisige Böe ihn streifen.

»Du hast mir immer noch nicht verraten, warum sie diesmal das Gelege nicht angerührt hat.«

»Dann will ich es dir jetzt verraten.«

Ich trat noch etwas näher ans Wasser und grub im feuchten Sand. Schon nach kurzer Zeit fand ich, was ich suchte, und kehrte zu Sophia zurück. Auf ihren offenen Handteller legte ich einen warmen Bernstein.

Ein Totengebet

Nach den Frühlingsfluten führte die Viora zwar noch immer mehr Wasser als sonst, dies strömte jedoch längst nicht mehr so ungestüm dahin wie noch vor wenigen Wochen. Das Boot glitt vielmehr wie ein Schwan über das spiegelglatte Band des Flusses. Der Fährmann legte sich gewaltig in die Ruder und verkniff sich sogar das übliche Gemurre und Gezeter. Gegen den Preis einer Silbermünze aus Progance blieben wir verschont von Lamentos darüber, dass es noch viel zu früh war, man bei diesem verfluchten Nebel ja die Hand vor den Augen nicht sah, man bei diesem Wetter keinen Hund vor die Tür jagte und der Himmel ganz bestimmt demnächst seine Schleusen öffnen würde, dass er – also der Fährmann – ein kranker Zeitgenosse sei, folglich dringend einen Schnaps bräuchte und, und, und.

Ich saß am Bug und stierte in die Nebelschwaden. Durch sie konnte ich bereits das Ufer mit Basouen, der nördlichsten Stadt Lagonieges, ausmachen. Das benachbarte Progance würde ich tunlichst meiden, hatte man uns Seelenfänger in diesem Land doch zum Abschuss freigegeben.

Apostel spielte am Heck den erfahrenen Seebären. Nachdem er eine geistliche Hymne schief wie stets geschmettert hatte, erteilte er dem Fährmann unablässig Kommandos, völlig ungerührt davon, dass dieser ihn gar nicht hörte.

»Und eins! Und zwei!«, befahl er. »He, du Schnarchsack, bisschen beherzter an den Rudern! Bei dem Geld, das du uns abgeknöpft hast, kannst du dich gefälligst etwas in die Riemen legen, du alter Gierschlund!«

Seit wir den Dunkelwald verlassen hatten, war er in Hochform und stets kurz davor, ein Freudentänzchen aufzuführen. So glücklich hatte ich ihn das letzte Mal an jenem Tag erlebt, da wir seine sterbliche Hülle beerdigt und die Fürbitte für seine unsterbliche Seele bezahlt hatten.

»Riechst du das auch, Ludwig?«, fragte er mich mit dem glückseligen Lächeln eines Klosternarren. Für ebenden – oder zumindest für jemanden, in dessen Oberstübchen es nicht mit rechten Dingen zuging – würde mich freilich der Bootsmann halten, wenn ich mich auf ein Gespräch mit Apostel einließe. »Diesen berauschenden Duft der Freiheit, meine ich.«

Dass mir irgendein Freiheitsgeruch in die Nase stieg, konnte ich nicht gerade behaupten. Dass es nach Schweinen stank schon eher, denn am linken Flussufer zogen sich etliche Ställe hin. Wie nicht anders zu erwarten, kam der Wind aus dieser Richtung. Doch über solch profane Kleinigkeiten sah Apostel heute großzügig hinweg. Ja, ihn störte nicht einmal der Fuselgeruch, mit dem unser Bootsmann die Luft verpestete.

Kurz vorm Ufer fuhren wir an einem heruntergekommenen Kutter vorbei, auf dem zwei Fischer gerade die Netze einholten. Ein dritter Mann stand mit der Armbrust im Anschlag da, für den Fall, dass sich ein Trünkler im Netz fand oder irgendein Anderswesen Einspruch gegen den Fischfang erhob. Letzteres hielt ich für äußerst unwahrscheinlich. Wer würde wegen ein paar kümmerlicher Rotaugen und Barsche schon ein Fass aufmachen?

»Betet halt, dann fangt ihr auch mehr!«, rief Apostel den Fischern zu. »Denn mit Gottes Namen im Mund, läuft in deinem Leben alles rund!«

Am Ufer ließen sich nun deutlich das junge Riedgras, ein

Graureiher, ein paar Pfähle zum Anlegen, ein auf einer Landzunge gelegenes Dorf mit etwa zwanzig Häusern und der Rathausturm von Basouen ausmachen.

Ein Hirte trieb drei Kühe zum Wasser, von denen eine bis ins Ried stapfte, in dem sie sich offenbar so wohlfühlte, dass sie gar keine Anstalten mehr machte zurückzukehren. Die Frauen des Dorfs wuschen ihre Wäsche. An einer Anlegestelle wartete man bereits auf mich.

Scheuch sah furchteinflößend wie eh und je aus. Er saß auf dem Steg, ließ die Beine über dem Wasser baumeln und spielte mit seiner rasiermesserscharfen Sichel. Wie immer machte er ein mürrisches Gesicht und grinste verschlagen in sich hinein. Als sich unsere Blicke kreuzten, nickte er mir nach sekundenkurzem Zögern zu.

Ich erwiderte den Gruß mit derselben Geste.

»He, Strohkopf!«, rief Apostel. »Wo hast du bloß die ganze Zeit gesteckt?!«

Scheuch zuckte daraufhin nur die Achseln, was Apostel selbstredend bis ins Mark verletzte.

Neben Scheuch stand, auf die Brüstung gestützt, eine blondhaarige Frau in weißen Reithosen mit roten Generalsstreifen, Spitzenhemd und Weste. Das keck aufgesetzte Barett mit der purpurnen Fasanenfeder ließ sie noch verführerischer wirken, während das litavische Florett ihre Kühnheit unterstrich. Wie immer betörte mich ihr Anblick. Als sie mir freudestrahlend zuwinkte, schmolz ich dahin. Alles wie gehabt.

»Heilige Mutter Gottes!«, stieß Apostel aus. »Was für eine Ehrengarde! Ein Animatus und eine Hexe! Dergleichen habe ich noch nie erlebt. Aber wenigstens wären wir damit wieder alle beisammen!«

Sobald wir den Steg erreichten, klammerte sich der Fährmann mit beiden Händen an einen verrosteten Bügel, damit das Boot ruhig lag, während ich ausstieg.

»Da wärn wir, Euer Gnaden«, teilte er mir mit. »Basouen, ganz wie gewünscht.«

Ich stellte meine Reisetasche auf dem Steg ab und schloss

Gertrude in die Arme. Ihr Hals verströmte jenen feinen Hyazinthenduft, den ich in den letzten Monaten fast vergessen hatte.

»Schluss jetzt, Ludwig!«, platzte Apostel irgendwann die Hutschnur. Wenn es nach ihm gegangen wäre, hätten Gertrude und ich uns stets eiskalt geben müssen. »Sofern ihr keinen Wert darauf legt, dass ich vor Neid platze, sucht euch für euer Gegrabbel gefälligst ein Eckchen, wo ich euch nicht sehe!«

Mit einem schweren Seufzer löste sich Gertrude von mir. Ich hätte schwören können, dass in ihren Augen Tränen standen.

»Du ahnst ja nicht, wie froh ich bin, dich wiederzusehen, mein holdes Blauauge«, gestand sie leise, hakte sich bei mir ein und wandte sich an Apostel: »In den nächsten Stunden können wir auf deine Gesellschaft getrost verzichten. Lass dir doch von Scheuch erzählen, was er in der Zwischenzeit alles erlebt hat.« Dann drehte sie sich wieder mir zu. »Und du kommst jetzt mit mir, denn wir haben einiges miteinander zu besprechen ...«

Mit einer nach meinem Dafürhalten völlig überzogenen Gründlichkeit betrachtete Gertrude die Narben, die mir die Oculla zur Erinnerung hinterlassen hatte. Mit ihrem warmen Finger fuhr Gertrude über die breiten weißen Linien und zog die Augenbrauen finster zusammen. Dann nahm sie ihre Halskette ab, an der ein in Silber gefasster Amethyst hing.

»Umschließe den Anhänger mit beiden Händen«, verlangte sie.

Sobald ich das getan hatte, wirkte sie einen Zauber, der ein Piken in meinen Fingerspitzen auslöste. Nachdem sie mir den Stein wieder abgenommen hatte, ging sie zum Fenster, um den Anhänger im Sonnenlicht zu betrachten. Ich weidete mich derweil an ihrem Anblick, ließen die Sonnenstrahlen den Stoff ihres Kleides doch so durchsichtig wie Meerwasser werden.

»Was ist?«, fragte sie, da sie meinen Blick spürte.

»Du bist wunderschön.«

»Danke«, gab sie zurück. »Sophia ist wirklich unschlagbar.«

»Ach ja?«

»O ja«, beteuerte Gertrude, legte den Stein auf den Tisch und kehrte zum Bett zurück. »Sie hat etwas vollbracht, das nicht einmal eine Starga mit ihrer Heilmagie zustande gebracht hätte. Das ist eine hervorragende Arbeit, geradezu ein Kunstwerk. Aber wenn es um die Heilkunst geht, kann ihr einfach niemand das Wasser reichen.«

Ob sie wusste, welchen Preis ich für meine Heilung gezahlt hatte? Hatte sie den kleinen Krumen Dunkel bemerkt, der nun in mir lebte? Wenn ja, gut. Wenn nicht, auch gut.

»Wie fühlst du dich denn?«, wollte sie wissen.

»Diese Frage stellt mir bereits Apostel jeden Tag. Glaub mir, es ist alles in Ordnung, und ich kann mich wieder frisch ans Werk machen.«

»Bestens, denn in deiner Abwesenheit hat sich eine Menge angehäuft, sodass die Bruderschaft deine Erfahrung und dein Können dringend braucht.«

»Du redest schon wie eine Magistra.«

»Das bin ich schließlich auch, und manche Dinge eignest du dir recht schnell an«, erwiderte sie leicht ungehalten. »Doch zurück zur Sache. Im Frühjahr sind unzählige dunkle Seelen aufgetaucht, darunter auch Kreaturen, mit denen wir es noch nie zuvor zu tun hatten. Es fehlt daher hinten und vorn an Seelenfängern. In Ardenau triffst du im Grunde nur noch die Lehrer und Schüler an, selbst die Magister ziehen zurzeit durch die Lande. In Schossien treiben weiß das Dunkel was für Kreaturen ihr Unwesen, in Tschergien und im Olsker Königreich tobt Krieg, weshalb dort erst recht dunkle Seelen ins Kraut schießen. Mittlerweile dringen sie bereits in die Nachbarländer vor, obwohl es in denen bislang nur zu kleineren Gemetzeln und noch nicht zum Krieg gekommen ist. Wenn die Zahl der dunklen Seelen aber weiter in diesem Maße zunimmt, müssen wir Mitte des Sommers womöglich gar den Orden der Gerechtigkeit um Hilfe bitten. Deshalb begebe ich mich auch zum Heiligen Stuhl nach Litavien. Ich hoffe inständig, er kann die Ordensmitglieder an die Kandare nehmen und ihnen einschärfen, dass sämtliche Rivalitäten zwischen uns zumindest vorübergehend hintangestellt werden müssen.«

»Aber warum …?«

»Warum ich dann noch hier bin?«

»Mhm.«

»Weil ich dich sehen wollte, mein holdes Blauauge«, antwortete sie freiheraus. »Denn ob du es glaubst oder nicht, selbst Hexen vermissen gelegentlich jemanden. Abgesehen davon, haben wir wirklich etwas Wichtiges miteinander zu besprechen.«

»Ich bin ganz Ohr.«

»Der Heilige Stuhl will wissen, was es mit dem Markgrafen Valentin und seiner Sammlung schwarzer Dolche auf sich hat. Deswegen hat er sich bereits mit der Bruderschaft in Verbindung gesetzt. Man erwartet dich so bald wie möglich in Livetta.«

»Muss ich wirklich bei denen vorstellig werden?«»

»Ich fürchte, ja. Momentan hast du noch einen Auftrag zu erledigen, aber früher oder später wirst du dich den Fragen des Heiligen Stuhls stellen müssen. Deshalb musst du mir nach getaner Arbeit folgen. Im Übrigen dürfte vermutlich bei meiner Ankunft in Livetta das Konklave seine Entscheidung getroffen haben. Dann haben wir endlich einen neuen Heiligen Vater.«

Bereits vor knapp einem Jahr waren erste Gerüchte aufgekommen, dass der alte Pontifex schwer krank war. Man hatte angenommen, er würde schon vor dem diesjährigen Osterfest sterben, doch er hatte diese Feierlichkeiten gerade noch überlebt. Nach seinem Tod war sein Fingerring, der ungeheure Magie gespeichert hatte, mit einem heiligen Hammer auf dem Grab von Petrus zerschlagen worden. Doch als der Heilige Vater noch im Sterben gelegen hatte, waren einige Dummköpfe nicht von dem Gedanken abzubringen gewesen, es könnte noch ein Wunder geschehen – der kränkelnde Alte mithin genesen –, während klügere Köpfe bereits Bündnisse schmiedeten und Bestechungsgelder zahlten. Wie der Zufall es wollte, waren in dieser Zeit dann auch einige unliebsame Menschen gestorben.

Das Ende vom Lied war dann jedoch, dass das Konklave selbst nach rund drei Wochen noch keine Einigung erzielt hatte.

Es tobte ein Kampf zwischen dem Kardinal aus Litavien, einem Schützling des verblichenen Heiligen Vaters, und dem Kardinal aus Barburg, den eine Reihe von Ländern aus dem Norden unterstützten und bei dem es sich um Gertrudes Großonkel handelte. Da sich die Kirchenmänner partout nicht zu einigen vermochten, darbten sie mittlerweile bei Wasser und Brot. Denn so wollten es die Regeln: Wenn das Konklave nicht binnen drei Tagen einen neuen Heiligen Vater gewählt hatte, wurde den Kardinälen die Essensration um die Hälfte gekürzt. Stritten sie nach elf Tagen noch immer, gab's nur noch besagte karge Kost, diese obendrein dargereicht in einem stickigen Raum, der bestens verrammelt und verriegelt war. Trotzdem dachten diese siebzigjährigen Sturköpfe gar nicht daran, sich ins Benehmen zu setzen, sondern schickten sich an, bis zum letzten Atemzug um die Macht zu kämpfen.

»Ich würde nicht davon ausgehen, dass das Konklave bei deiner Ankunft in Livetta bereits zu einer Einigung gelangt ist«, sagte ich. »Um Benedict X. zu wählen, waren damals immerhin acht Monate und sechsundzwanzig Tage nötig.«

»Ja, ja, ja, und bei Alexander XII. waren es drei Jahre, sieben Monate und vier Tage. Sechs Kardinäle haben das Zeitliche gesegnet, ehe die Türen der Kapelle wieder geöffnet wurden. Aber diese Wahl liegt dreißig Jahre zurück, inzwischen hat sich manches geändert. Heute lässt sich niemand mehr so lange einkerkern. Und zwar schlicht und ergreifend deshalb nicht, weil in dieser Zeit nicht eine Münze in sein Säckelchen wandert, er weder aus Besitzungen der Kirchen noch von weltlichen Herrschern irgendwelche Einkünfte bezieht. Zeit ist mithin Geld. Deshalb ist es meiner Ansicht nach nur noch eine Frage von Tagen oder höchstens von einer Woche, bis sich die Kardinäle einigen.«

»Und du begibst dich also nach Livetta, um im Namen der Bruderschaft den neuen Heiligen Vater anzuerkennen?«

»Richtig. Wenn man meinen Großonkel wählt, wird er uns Seelenfänger hinter sich haben, während die Ordensangehörigen wohl eher nicht auf seiner Seite stehen werden.«

»Hast du mal daran gedacht, was geschieht, wenn er Kardinal bleibt?«

»Keine Sorge, das bleibt er nicht. Wenn es sein muss, würde mein Großonkel seine Gegner mit bloßen Händen erwürgen, nur damit am Ende sein Name über den Platz des Heiligen Petrus erschallt«, erwiderte sie grinsend. »Denn mit der Kirche kann es so nicht weitergehen. In den letzten zwanzig Jahren hat sie im Osten spürbar an Einfluss verloren. Ketzerische Wellen drohen uns vollends fortzuspülen. Mein Onkel wäre aber der rechte Mann, um das Ruder herumzureißen.«

»Du hältst viel von ihm ...«

»Genau wie von dir. Ihr beide seid euch in gewisser Weise ähnlich, auch wenn er fast vierzig Jahre älter ist als du. Sobald du in Livetta eintriffst, müsst ihr euch unbedingt kennenlernen.«

Ich lächelte, verschwieg ihr aber, dass sich mein Wunsch, den Heiligen Vater zu treffen – auch wenn er hundertmal Gertrudes geliebter Großonkel war – in Grenzen hielt.

»Im Übrigen willst du vermutlich wissen, warum die Bruderschaft dir nicht zu Hilfe geeilt ist, als Markgraf Valentin dich gefangen gehalten hat«, wechselte Gertrude das Thema. »Stell mir also deine Frage, ich bin bereit, sie dir zu beantworten.«

Seufzend fuhr ich mir durchs Haar, das in den letzten Monaten ordentlich gewachsen war, und sah Gertrude forschend an.

»Dann fang doch mal damit an«, erwiderte ich schließlich, »was geschehen ist, nachdem du von Apostel meine Geschichte gehört hattest.«

»Da war ich erst seit Kurzem wieder in Ardenau. Sobald Apostel zu mir kam, habe ich den Rat einberufen, also die Magister, die sich zu dem Zeitpunkt in der Stadt aufhielten, denn die Bruderschaft lässt ihre Angehörigen niemals im Stich. Das ist eine unverbrüchliche Regel. Da kann sich ein Seelenfänger noch so viel zuschulden kommen lassen.«

»Nur ist mir niemand zu Hilfe geeilt ...«

»Richtig. Seit acht Jahren haben wir in Valentins Land nämlich leider genauso wenig zu sagen wie in Progance. Niemand in der Markgrafschaft unterstützt uns, offiziell dürfen wir dort gar nicht in Erscheinung treten.«

»Ich habe nicht vergessen, dass wir angehalten wurden, dem Markgrafen nicht auf die Füße zu treten. Aber das kann doch nicht bedeuten, dass man ihm einfach die Einkerkerung eines Seelenfängers durchgehen lässt!«

»Ehrlich gesagt, ist alles noch viel vertrackter. Angefangen hat es damit, dass uns Gerüchte über eine dunkle Seele, die in den Kellern von Burg Fleckenstein lebt, zu Ohren gekommen sind. Selbstverständlich wollte die Bruderschaft jemanden dorthin schicken. Doch bevor es dazu kam, trat die Kirche mit der Bitte an uns heran, von einem Besuch beim Markgrafen abzusehen. Wobei *Bitte* noch höchst wohlwollend ausgedrückt ist.«

Ich schnaufte bloß.

»Schon seltsam«, brachte ich nach einer Weile heraus. »Weshalb sollte die Kirche auf den Markgrafen angewiesen sein?«

»Keine Ahnung, denn der Heilige Stuhl verfolgt seine eigenen Ziele. Uns wurde lediglich mitgeteilt, dass wir auf Burg Fleckenstein nichts zu suchen haben.«

»Und da nickt die Bruderschaft dann brav und hält sich vom Markgrafen fern ...«

Einen Vorwurf konnte ich der Bruderschaft deswegen allerdings nicht machen, denn es wäre Wahnsinn, sich mit der Kirche anzulegen. Wir haben bereits genügend Probleme mit dem Orden der Gerechtigkeit, da können wir auf weitere getrost verzichten, vor allem da uns dieser Gegner spielend in den Boden treten könnte.

»Wir haben dennoch als Erstes den Oberinquisitor von Ardenau gebeten, uns zu erlauben, ausnahmsweise gegen den Markgrafen vorzugehen.«

»Und dieser Mann«, hakte ich erstaunt nach, »hat allen Ernstes die Macht zu entscheiden, was die Bruderschaft darf und was nicht?«

»Natürlich hat er uns eigentlich nichts zu sagen. Aber er verfügt über gute Verbindungen zum Heiligen Stuhl. Doch leider kam von dort eben ein klares und endgültiges Nein. Der Inquisitor hat unseren Verlust bedauert, sich ansonsten jedoch von seiner unerbittlichen Seite gezeigt. Trotzdem haben wir noch einige Seelenfänger ausgeschickt. Diese wurden jedoch von Mönchen des Caliquerordens höflich – oder vielmehr: ausgesprochen unhöflich – darum gebeten, doch bitte sämtliche Dummheiten zu unterlassen. Wer auch immer sich von uns Seelenfängern in Ardenau befand, wurde scharf im Auge behalten. Man hat sogar Briefe an uns abgefangen. Damit waren uns praktisch die Hände gebunden, denn ohne Unterstützung von offizieller Seite konnten wir Burg Fleckenstein nicht stürmen. Dafür braucht man schließlich eine regelrechte Streitmacht. Aber auch da haben wir den Kopf noch nicht in den Sand gesteckt, sondern über Mittelsmänner Söldner angeheuert. Glaub mir, die Bruderschaft hat weder Kosten noch Mühen gescheut und die besten Männern angeworben, die sogar schon Gefangene aus den Kerkern der Inquisition, aus einsamen Bergklöstern und den finsteren Verliesen von Fürsten herausgeholt haben. Aber selbst sie sind nicht bis zum Markgrafen vorgedrungen, irgendwo in der Nähe der Burg verliert sich ihre Spur derart abrupt, als hätte der Teufel sie geradenwegs zu sich in die Hölle geholt.«

»Der werte Herr Markgraf selbst ist der Hölle entsprungen. Er meuchelt, hat versucht, den Bischof – oh, verzeih mir, inzwischen ist der gute Mann ja Kardinal – Urban umzubringen, macht mit dem Orden der Gerechtigkeit gemeinsame Sache, hat Hunderte von Leichen im Keller und verhöhnt uns Seelenfänger. Ich bin froh, dass er inzwischen elend in der Hölle schmort, und hoffe bloß, dass niemand so schnell das Jüngste Gericht einberuft, damit dieser Dreckskerl ja lange leiden muss. Abgesehen davon, bin ich dir wirklich dankbar, dass du am Ende Sophia hinzugezogen hast.«

»Noch bevor wir uns mit dem Oberinquisitor von Ardenau in Verbindung gesetzt haben, habe ich ihr ein Schreiben geschickt. Deshalb war sie von Anfang an im Bilde.«

Dass Sophia trotzdem zu spät gekommen war, verschwieg ich Gertrude. Das brauchte sie nun wirklich nicht zu wissen.

»Hat sie dir eigentlich noch etwas gesagt?«, fragte sie nun aber.

»Was meinst du damit?«, spielte ich den Unwissenden.

»Das weißt du doch ganz genau! Hat sie dir eine Prophezeiung mit auf den Weg gegeben?«

»Irgendeinen Humbug«, antwortete ich leichthin. »Darüber brauchst du dir nicht den Kopf zu zerbrechen.«

»Ludwig van Normayenn!«, fuhr Gertrude mich an. »Du rückst jetzt auf der Stelle mit der Sprache raus!«

»Es ging noch nicht einmal darum, dass ich irgendwas fürchten oder mich vor etwas in Acht nehmen soll«, brummte ich, »sondern bloß darum, dass sie mich nicht mehr in der Weise sieht wie bisher.«

»Schon von der Anlegestelle aus habe ich die Reste ihrer Magie in deinem Blut wahrgenommen. Dadurch ist der Blick auf deine Zukunft versperrt. Hoffen wir also, dass du wirklich nichts zu befürchten hast.«

»Hast du denn Grund, um mein Leben zu fürchten?«, hakte ich nach. »Einen triftigen Grund, meine ich.«

»Als ob dir nicht klar ist, dass ich mir ständig Sorgen um dich mache«, erwiderte sie und beugte sich über mich. »Nur Wilhelm bringt es fertig, sich noch regelmäßiger in Schwierigkeiten zu bringen als du.«

»Wilhelms Leichtsinn ist legendär. Weißt du, wo er sich zurzeit aufhält?«

»Angeblich im Süden, in Disculta. Und eh ich's vergesse: Karl lebt noch.«

»Endlich mal eine gute Nachricht! Ich hatte nämlich schon befürchtet, dass ihm die Flucht aus Burg Fleckenstein nicht geglückt ist. Hat er euch noch etwas über die Anlage berichten können?«

»Oh, er war ein sprudelnder Quell des Wissens.« Dann fuhr sie zur Tür herum. »He! Was sind denn das für Manieren?!«

Die Tür war völlig unvermittelt aufgerissen worden. Meine Hand verschwand sofort unter dem Kopfkissen, wo mein Dolch lag. Gertrude wirkte vorsichtshalber einen Zauber. Der Mann, der ohne anzuklopfen bei uns eingedrungen war, gab uns mit strahlendem Lächeln zu verstehen, dass er unbewaffnet sei.

»Was für eine Freude, euch zu sehen!«, rief er.

Er war nicht sehr groß und fast so schmächtig wie ein junges Mädchen. Seine Bewegungen bestachen durch eine außergewöhnliche Eleganz. Unter einem Hut funkelten in einem offenen Gesicht haselnussbraune Augen hervor. Er wurde, wie ich nur zu gut wusste, häufig für einen Jüngling gehalten – und wenn er angetrunken war, tatsächlich auch für ein Mädchen in Männerkleidung. Ein völlig falscher Eindruck, denn Rance war vier Jahre älter als ich – und alles andere als eine junge Dame. Mit der Klinge in der Hand schon gar nicht.

»Hat dir noch nie jemand beigebracht anzuklopfen?«, knurrte ich.

»Ich dachte, das hätte ich«, beteuerte er scheinheilig. »Und da die Tür nicht abgeschlossen war …«

»Ich schwöre es bei meiner Gabe«, fiel Gertrude ihm ins Wort. »Sie war abgeschlossen!«

»Na gut, ich geb's zu: Dieses Schloss stellt wirklich kein Hindernis für mich dar. Und ihr hättet mal eure Gesichter sehen sollen! … Autsch!«, fauchte er Gertrude an. »Das tut weh!«

Rance sprang wie von der Tarantel gestochen zurück und sah Gertrude finster an.

»Mach, dass du wegkommst«, zischte sie. »Sonst werde ich richtig böse und verwandle dich in eine Kröte!«

Das war kein Scherz, wie unser Rance nur zu genau wusste, weshalb er sich denn auch, nach wie vor strahlend, im Korridor in Sicherheit brachte.

»Und schließ die Tür!«, rief Gertrude ihm hinterher.

Rance' grinsendes Gesicht tauchte noch einmal kurz auf, dann fiel die Tür mit einem Knall ins Schloss.

»Du hättest mich warnen sollen, dass ich mit ihm zusammenarbeiten muss«, bemerkte ich. »Das ist nämlich nicht gerade ein Anlass zur Freude, wenn ich ehrlich sein soll.«

»Als ob ihr nicht bestens zueinanderpassen würdet!«

»Aber das tun wir ganz und gar nicht! Er geht nie Kompromisse ein und ist für meinen Geschmack wirklich grausam.«

»Du musst aber zugeben, dass er ein recht passabler Seelenfänger ist. Du könntest es viel schlechter treffen. Nachdem Rance bereits eingetroffen ist, sollte ich nun allerdings schleunigst aufbrechen, selbst wenn ich liebend gern noch länger bei dir geblieben wäre.«

»Unsere Zeit war zwar kurz – aber unvergleichlich«, erwiderte ich munter, obwohl auch ich eigentlich noch nicht von Gertrude Abschied nehmen wollte. Dafür hatte ich mich in all den Wochen viel zu sehr nach ihr gesehnt. Trotzdem versuchte ich, mir die Enttäuschung nicht anmerken zu lassen.

Gertrude knöpfte mit traurigem Lächeln ihr Hemd zu. »Was für einen Auftrag ihr zwei genau habt, weiß ich nicht, aber ich befürchte das Schlimmste«, gab sie zu. »Immerhin ist Progance in der Nähe. Falls ihr zwei die Grenze überschreitet, sieh dich ja vor. Wenn du als Seelenfänger enttarnt wirst, ergeht es dir dort weit schlimmer als im Verlies des Markgrafen Valentin.«

»Ich werde vorsichtig sein, darauf kannst du dich verlassen.«

»Dann steht meiner ungetrübten Nachtruhe ja nichts im Wege«, versuchte sie zu scherzen und band ihre Stiefel zu. »Ich habe dir übrigens ein Geschenk mitgebracht. Guck mal in meine Tasche. In das vordere Fach.«

Ich erfüllte ihre Bitte und entnahm ihm ein zusammengefaltetes purpurrotes Tuch.

»Was ist das?«

»Falte es auseinander!«

Ich entdeckte einen Ring, der aus drei flach gehämmerten Strängen von weißem, rotem und gelbem Gold gefertigt war. Die bildeten eine schlichte Spirale. In die Stränge waren Brennnesseln, Rauten und Bärentrauben eingraviert.

»Danke. Er sieht genau aus wie der alte«, sagte ich. »Es tut mir leid, dass ich ihn nicht mehr habe, aber irgendwann hole ich ihn mir ganz bestimmt von diesem Walter zurück.«

»Sofern ich diesen Herrn nicht vor dir finde!«

Auch wenn Gertrude bei diesen Worten die Lippen zu einem

Lächeln verzog, hatte Valentins Zauberer keinen Grund, dies für einen Spaß zu halten, denn Gertrude brannte in ihrer Rachsucht ebenso wie ich darauf, sich den guten Mann vorzuknöpfen.

Ich streifte den Ring auf den Finger der linken Hand. Ganz kurz erstrahlten die Brennnesseln.

»Das hat es früher aber nicht gegeben«, sagte ich und sah Gertrude fragend an.

»Du hast dich verändert, und das spürt der Ring. Nun passt er sich an dein neues Wesen an. Eine Kleinigkeit habe ich allerdings auch verändert.«

»Und welche?«

»Ich werde jetzt immer wissen, wo du dich aufhältst. Du hast doch nichts dagegen, oder?«

»Ganz im Gegenteil.«

»Begleitest du mich noch nach unten?«, fragte sie und hielt mir ihren Arm hin.

Gertrude war längst hinter der Straßenbiegung verschwunden, doch ich starrte ihr noch immer unverwandt nach, ihre Abschiedsworte im Ohr.

»Gib auf dich acht, mein holdes Blauauge«, hatte sie verlangt. »Bitte gib auf dich acht!«

Sobald sie davongesprengt war, war meine Laune in den Keller gesunken. Düstere Gedanken gingen mir durch den Kopf. Außerdem hatte ich nicht die geringste Ahnung, wann wir uns wiedersehen würden.

»Sei nicht traurig, Ludwig. Du triffst deine Hexe bestimmt bald wieder.«

Apostel saß auf dem Zaun, den Kopf auf dem dünnen Hals vorgestreckt, und erinnerte frappant an einen Greif oder Aasgeier.

»Wie geht es Scheuch?«, fragte ich, während ich den letzten Duft von Hyazinthen, der noch in der Luft hing, tief in mich einsog.

»Der ist noch immer ganz der Alte. Ein unleidliches Wesen, dem alle Manieren fehlen. Er hat mich nicht einmal begrüßt, weshalb ich ihn kurzerhand zum Teufel gewünscht habe. Daraufhin ist er wohl zu Rance.«

»Verflucht!«, stieß ich aus. »Warum hast du mir das nicht gleich gesagt?!«

»Hätte ich das tun sollen?«

Ich stürmte geradezu in die Herberge hinein. Im Speiseraum war kein einziger Gast, sondern nur eine Magd, die gerade frische Tischdecken auflegte. Mit einem überraschten Aufschrei wich sie vor mir zurück. Andernfalls hätte ich sie vermutlich auch umgerissen. Da ich nicht wusste, welches Zimmer meinem Kollegen zugewiesen worden war, stürmte ich mit einem lang gezogenen »Rance!« auf den Lippen die Treppe hoch.

Hinter der ersten Tür erklang ein bestätigendes Brummen. Ich fiel ins Zimmer ein.

Rance lag bäuchlings am Boden, den Kopf in seinen Hut mit der Straußenfeder gepresst. Auf seinem Rücken thronte Scheuch, völlig ungerührt von dem wilden Gezappel, das sein Opfer unter ihm veranstaltete, um wieder auf die Beine zu kommen.

Erleichtert atmete ich durch. Mein Animatus hatte seine Sichel nicht sprechen lassen. Außerdem schien er sich diesen Sitzplatz eher um des Vergnügens willen erobert zu haben, nicht um den Seelenfänger zu töten.

»Könntest du bitte von dem Mann herunterkommen?«, bat ich ihn in möglichst gelassenem Ton.

Scheuch drehte nachdenklich den Kopf herum. Seine Schultern sackten nach unten, dann stand er – wenn auch sichtlich ungern – auf.

»Was für ein schwerer Hundesohn!«, ächzte Rance etwas überrascht. Sein gerötetes Gesicht nahm bereits wieder seine natürliche Farbe an. »Würdest du mir freundlicherweise mal den Wein reichen? Du kannst dir vorher selbst was eingießen, mir aber gib dann die Flasche!«

Er setzte an und nahm einige kräftige Schlucke, wobei sein spitzer Adamsapfel heftig auf und ab sprang.

»Nächstes Mal hast du nicht so leichtes Spiel, Strohkopf«, drohte er Scheuch an, nachdem er sich die Lippen mit dem Handrücken abgewischt hatte. »Ich kann's kaum abwarten, dein dummes Gesicht zu sehen, wenn ich dir einen brennenden Holzscheit in den fetten Wanst treibe!«

Scheuch stieß ein lautloses Lachen aus und bedachte ihn mit einer Geste, die nicht gerade stubenrein war. Nach dieser pantomimischen Glanzleistung fiel er in tiefe Grübelei, wiederholte dann aber besagte Geste auch bei Apostel. Mein guter Herr Vogelschreck schien in Hochstimmung.

»Ein dunkler Animatus, der imstande ist, seinen Gegenstand zu verlassen und eigenständig durch die Gegend zu streifen. Eine solche Kreatur ist mir das letzte Mal in Saron begegnet. In deiner Gesellschaft hätte ich so ein Wesen nun ganz bestimmt nicht vermutet. Bleibt die Frage, warum du mir den Burschen auf den Hals gehetzt hast.«

»Du glaubst doch nicht ernsthaft, dass ich dahinterstecke«, entgegnete ich. »Scheuch ist aus freien Stücken bei dir hereingeschneit. Offenbar wollte er dich gern kennenlernen.«

Rance stand auf und trat an den Animatus heran, um voller Neugier das dämliche Grinsen seines Peinigers zu betrachten.

»Wie hast du den Burschen bloß gezähmt?«, wollte er dann von mir wissen.

»Wir haben eine klare Vereinbarung.«

»Die Bruderschaft würde erwarten, dass ich sie darüber unterrichte, wen du so alles zu deinen Freunden zählst.«

»Und? Wirst du ihren Erwartungen gerecht?«

»Wir sollen uns ja nur dann von Animati fernhalten«, entgegnete er, hob seinen zerknautschten Hut auf und schüttelte ihn aus, »wenn sie in ihrem Blutdurst völlig den Verstand verloren haben. Dieser Kerl hier scheint mir seine Sinne noch einigermaßen beisammenzuhaben, schließlich hat er mir die Kehle nicht aufgeschlitzt. Deshalb sieh also selbst zu, wie du mit ihm fertigwirst. Im Übrigen haben wir wichtigere Dinge miteinander zu besprechen.«

»Nur zu!«

»Ja wohl nicht hier! Nicht bei meinem Verfolgungswahn! Die Wände hier haben mit Sicherheit Ohren, lass uns also besser einen Spaziergang am Fluss machen.«

Diese Geheimniskrämerei wollte mir schon mal gar nicht schmecken.

Wir suchten uns einen verlassenen Steg und setzten uns auf die Planken. Rance stellte die mittlerweile halb geleerte Weinflasche zwischen uns. Apostel, der eine unüberwindliche Vorliebe für Geheimnisse aller Art hegte, drückte sich in unserer Nähe herum und tat so, als würde er sich am Anblick des Flusses erfreuen. Scheuch, dem Geheimnisse völlig schnurz waren, erschreckte lieber im Riedgras einen Reiher.

»Wir müssen nach Progance, Ludwig.«

»Warum überrascht mich das jetzt nicht?«

»So schlimm ist das nun auch wieder nicht«, hielt Rance dagegen. Aber er stammte ja auch aus diesem vermaledeiten Land. »Uns wird schon nichts passieren.«

»Das kannst du mir gern noch einmal sagen, wenn mich ein Hüter der Lauterkeit zur Vierteilung schleift. Was um alles in der Welt haben wir bitte in Progance verloren?«

»Wir sollen der Universität von Sawran einen Besuch abstatten. Und du willst mir doch nicht weismachen, dass dich die Freuden des studentischen Lebens, eingestaubte Bücher und ein paar gelehrte Professoren nicht locken können! Bestimmt hast du doch schon dein ganzes Leben lang davon geträumt, diesen Tempel des Wissens einmal zu betreten.«

»Für mich ist es etwas spät, um noch akademische Weihen zu erlangen.«

»Das sollst du ja auch gar nicht. Aber Miriam wünscht, dass du ihr dort etwas besorgst.«

»Dann weiß ich ja wenigstens, bei wem ich mich für diese Reise zu bedanken habe«, murmelte ich. »Wie liebenswürdig von ihr, sich an mich zu erinnern.«

»Du warst doch ihr Schüler, oder?«

»Das ist lange her. Warum hat sie dich noch hinzugezogen?«

»Das hat sie gar nicht«, antwortete Rance freiheraus und schleuderte die leere Weinflasche anschließend in Scheuchs Richtung. Dieser fuhr jedoch völlig unerschüttert kurz mit seiner Sichel durch die Luft und zerhackte das Glas in zahllose Splitter, verübelte Rance den Flaschenwurf in keiner Weise und trottete unverdrossen weiter durchs Ried. »Vielmehr habe ich darum gebeten, dich begleiten zu dürfen.«

»Leidest du etwa unter Heimweh?«

»In Progance hat man mich genauso fest ins Herz geschlossen wie jeden anderen Seelenfänger«, gab er grinsend zu. »Aber das heißt noch lange nicht, dass ich mein Heimatland auch verabscheue. Davon abgesehen, kenne ich die Stadt bestens, meine Anwesenheit dürfte also von Vorteil sein.«

»Ohne Frage. Trotzdem verstehe ich nicht, warum du mir deine Hilfe förmlich aufdrängst. Wir waren ja schließlich nie besonders dicke Freunde.«

»Stell dir vor, Ludwig van Normayenn, dabei geht es nicht um dich«, gab er zurück. »Ich verfolge meine ureigenen Ziele.«

Ich tauschte einen beredten Blick mit Apostel.

»Und was genau sollen wir für Miriam tun?«

»Du weißt doch, dass die Archive der Bruderschaft vor langer Zeit in dem Gelände lagen, auf dem dann später die Universität von Sawran erbaut worden ist?«

»Ich weiß, dass es dort früher eine Burg gab und sich in dieser die Magister versammelt haben. Von Archiven habe ich aber noch nie etwas gehört.«

»Wie auch immer … Jedenfalls sind die meisten Schriftstücke vernichtet worden, nachdem man die Seelenfänger aus Progance vertrieben hatte. Ein weiterer Teil der Bestände ist in die Königliche Bibliothek eingegangen, zudem hat sich der Heilige Stuhl einiges unter den Nagel gerissen. Aber das sogenannte Achte Gemach, also das Geheimarchiv der Bruderschaft, muss diese Wechselfälle der Geschichte überstanden haben, wurde es doch nie entdeckt. Die einstige Burg ist schon vor langer Zeit dem Erdboden gleichgemacht worden, damit sich in Progance ja niemand mehr an die Bruderschaft erinnert. An ihrer Stelle wurde dann die Universität errichtet – und zwar unmittelbar über den alten Kellern. Mit anderen Worten: unmittelbar über dem Achten Gemach. Aus diesem Raum sollen wir ein Buch bergen.«

»Ist das alles nicht ein etwas gewagtes Unternehmen?«, fragte ich. »Wir haben keine stichhaltigen Hinweise an der Hand, dass jenes Geheimarchiv nicht längst entdeckt wurde, das musst du zugeben. Und selbst wenn es nicht gefunden worden ist, dürften die Bücher in all den Jahren längst zu Staub zerfallen sein. Feuchtigkeit und Ratten sind mitunter weit grausamer als Menschen ...«

»Miriam ist sich sicher, dass niemand das Archiv entdeckt hat.«

»Aber Miriam sitzt gemütlich in Ardenau, während wir uns jetzt nach Progance begeben sollen. Weiß sie wirklich, was sie da von uns verlangt?! Hat sie daran gedacht, dass die Keller umgebaut worden sein könnten? Vielleicht wurden neue Wände eingezogen oder neue unterirdische Gewölbe ausgehoben? Ganz zu schweigen davon, dass sämtliche alten Türen womöglich vermauert worden sind ...«

Daraufhin zog Rance eine Schnur, die er um den Hals trug, aus dem Ausschnitt seines Hemdes hervor. An ihr hing eine schwere Silbermünze, deren eine Seite einen Adler zeigte. Eine alte Arbeit, geprägt noch in Zeiten, da sich Seelenfänger in Progance so wohlfühlen durften wie ein Fisch im Wasser.

»Das ist der Schlüssel für die Tür zum Achten Gemach. Falls es noch existiert, holen wir uns das Buch. Falls nicht, kehren wir unverrichteter Dinge nach Ardenau zurück.«

»War das Archiv groß?«, erkundigte ich mich. »Und wonach genau suchen wir?«

»Nach einer Schwarte, die in rotes Leder gebunden ist. Der Titel ist in Silberprägung ausgeführt, außerdem ist das Buch mit einem Schloss gesichert.«

Ich zuckte lediglich die Achseln.

Wir beide wussten ganz genau, dass der Erfolg dieses mysteriösen Unternehmens von zahlreichen Wenns abhing. Wenn die Beschreibung des Buchs stimmte. Wenn es noch nicht verloren gegangen war. Wenn das Archiv überhaupt noch existierte. Wenn wir es überhaupt fanden …

»Ihr wollt euch also ohne jede Hoffnung auf Erfolg auf unbekanntes Terrain vorwagen«, hielt Apostel fest. »Ihr vertraut einzig auf euer Glück, und dies in einem Land, wo euch jeder mit größtem Vergnügen das Licht ausbläst, wenn er dahinterkommt, dass ihr Seelenfänger seid.«

»Exakt«, hielt Rance in aufgeräumten Ton fest. »Aber wenn die Pflicht ruft …«

»Unsere Pflicht besteht darin, dunkle Seelen zu vernichten«, widersprach ich, »nicht aber darin, die Launen einer Magistra zu befriedigen.«

»Dass du generell nicht gut auf die Magister zu sprechen bist, weiß jeder«, parierte Rance. »Wenn du mich also partout nicht begleiten willst, erledige ich den Auftrag eben allein. Dann musst du dich allerdings mit Miriam auseinandersetzen.«

Apostel verzog das Gesicht und murmelte mal wieder irgendeinen Spruch aus den heiligen Büchern, woraufhin Rance ihn glatt bat, seinen Sermon anderswo abzulassen.

»Was ist jetzt?«, wandte er sich dann wieder an mich. »Bist du dabei oder nicht?«

»Das bin ich«, traf ich meine Entscheidung. »Ich kann dich doch nicht allein in dieses wilde Land ziehen lassen.«

Der Posten an der Grenze nach Progance sowie die Poststation waren in beklagenswertem Zustand, denn diese Straße nutzte heute kaum noch jemand.

Verwunderlich war das nicht. Nachdem Progance uns Seelenfänger für vogelfrei erklärt hatte, mussten der Orden der Gerechtigkeit und die Hüter der Lauterkeit unsere Arbeit erledigen – woran sie selbstverständlich kläglich scheiterten. Die Folge davon war, dass dunkle Seelen in dieser Region ein unbekümmertes Leben führten und sich so manchen Reisenden schmecken ließen. Wer immer es konnte, mied Progance also und reiste nun über Udallen hoch in den Norden. Beispielsweise nach Albaland.

»Wer seid ihr?«, ratterte der diensthabende Korporal, der eine vor Fettflecken starrende Uniform trug. »Wohin wollt ihr, woher kommt ihr?«

Wir waren wie Söldner aus dem südlichen Obernau gekleidet, mit kurzen, gelb und braun gestreiften Hosen über Strumpfhosen in leuchtendem Himbeerrot, einem dunkel lilafarbenen Chaperon auf dem Kopf und Lederwämsern, auf die farbige Bänder von unterschiedlicher Länge gestickt waren.

»Hast du keine Augen im Kopf?«, fuhr Rance den Mann an.

»Doch. Ich weiß nur nicht, was irgendwelche Söldner hier verloren haben. Bei uns in Progance gibt es keinen Krieg.«

»Wir folgen einem Ruf des Herzogs von Avon. Er braucht wohl noch ein paar erfahrene Männer.«

Der Korporal maß Rance in seiner bunten Kleidung, die einer Frau besser zu Gesichte gestanden hätte, mit einem abfälligen Blick. Wie man in diesem Aufzug ein Schwert in die Hand nehmen konnte, schien ihm ein Rätsel.

»Hast du Papiere?«

Ich reichte ihm ein Schriftstück, welches das Wappen des Herzogs trug und mit einem echten Siegel versehen war – wie auch immer die Bruderschaft dieses aufgetrieben hatte. Der Korporal betrachtete das Siegel, pulte vorsichtig mit dem Fingernagel des Zeigefingers am Lack und gab mir das Schreiben zurück.

»Du siehst aus wie jemand aus Albaland, Mann. Euch mag man bei uns nicht gerade.«

»Ich stamme aus Westburgon«, erklärte ich mit vorgetäuschtem Akzent. »Da kann man die Dreckschweine aus Albaland auch nicht leiden.«

»Fünf Kupferlinge«, verlangte der Mann. »Dann lass ich euch durch.«

Für die paar Münzen würde er sich mit Sicherheit Wein kaufen. Da sie jedoch kein zu hoher Preis waren, fingen wir gar nicht erst an zu feilschen. Rance bewegte lautlos die Lippen, als er dem Mann die Münzen auf den feisten Handteller abzählte.

»Ihr solltet besser eine andere Straße nehmen«, empfahl uns der Korporal zum Abschied, während er seinen kleinen Zusatzlohn einsteckte. »Auf dieser sind seit dem letzten Herbst ein paar unschöne Dinge im Gange.«

»Wir lassen uns so schnell von nichts und niemandem Angst einjagen.«

Der Grenzposten rümpfte nur die Nase, verkniff sich aber jede Erwiderung. Wenn wir unbedingt so dumm sein wollten, bitte.

Wir ritten den ganzen Tag über die verlassene Straße, die miserabler kaum hätte sein können. Die meisten Brücken über Schluchten, Bäche und kleine Flüsse waren eingestürzt, sodass wir die Pferde häufig durch Furten führen mussten.

»In diesem Jahr muss es im Frühling gewaltiges Hochwasser gegeben haben«, bemerkte Rance, der Scheuch beobachtete, als wir gerade wieder einen Fluss durchquerten. Der Herr Vogelschreck hatte im Unterschied zu uns nicht die geringste Sorge, sich die Füße nass zu machen. »Ich kann mich nicht erinnern, wann wir das letzte Mal einen Winter mit so viel Schnee gehabt haben.«

Apostel murmelte zustimmend.

»Ich habe gehört, was der Markgraf dir angetan hat«, wechselte Rance das Thema. »Er wurde übrigens auf dem Boden seines Schlafzimmers gefunden. Jemand hat ihn wie ein Schwein abgestochen. Ein verdienter Tod für einen Seelenfängermörder.« Sobald Rance das Ufer erreicht hatte, zog er seinen Stiefel vom Fuß und goss das Wasser aus. »Meine Hochachtung hast du jedenfalls. Die Widerlinge von Kirchenleuten werden noch dafür bezahlen, dass sie sich geweigert haben uns zu helfen.«

Obwohl Rance äußerlich so sanft wirkte, war er ein unerbittlicher und rachsüchtiger Mann. Das wusste ich noch aus den Tagen, da wir in Ardenau gemeinsam die Schule der Seelenfänger besucht hatten. Damals hatte ich genau deswegen seine

Gesellschaft gemieden und mich lieber umgänglicheren Seelenfängern angeschlossen.

»Du hast Glück, dass wir allein sind«, erwiderte ich, während ich mein störrisches Pferd weiterzog. »Sonst würde vielleicht jemand diese Worte der Inquisition stecken.«

»Oh«, stieß er schließlich vergnügt aus, den Blick seiner haselnussbraunen Augen fest auf mich gerichtet, »die Herren der Inquisition haben mir bereits öfter Fragen gestellt. Ich konnte sie jedoch jedes Mal davon überzeugen, dass ich ein rechtschaffener Christenmensch bin. Aber letzten Endes willst du mir ja wohl nicht widersprechen, oder? Ich meine, die Burschen wussten genau, was im Gange war! Etliche Seelenfänger dürften jahrelang in den Kellern des Markgrafen dahinvegetiert haben – aber die Inquisition hat uns nie ein Sterbenswörtchen davon mitgeteilt, geschweige denn, dass sie etwas unternommen hätte, um einen von uns zu retten.«

»Bleibt die Frage, warum sie sich so verhalten hat.«

»Das kann ich dir leider auch nicht sagen.«

Ob die Kirche auch gewusst hatte, dass der Markgraf eine Sammlung von schwarzen Dolchen aufgebaut hatte? Und ob sie ahnte, was er damit vorhatte? War diesen Männern klar, wie inbrünstig der Markgraf an sein Vorhaben geglaubt hatte? Dass er mit der in den Dolchen gespeicherten Kraft Unsterblichkeit erlangen wollte?

Fragen, auf die auch ich keine Antwort wusste …

Am Abend des zweiten Tages war uns noch immer niemand auf dieser Straße begegnet. Die Gehöfte, an denen wir vorbeikamen, schienen alle vor langer Zeit verlassen worden zu sein.

»Diese dreimal verfluchten Breitärsche!«, spie Rance aus. »Dieses verdammte Eselsgewürm! Sieh dir mal an, was sie aus meinem Land gemacht haben! Schau dir doch bloß mal den Boden und die Felder an! Hier war die Ernte immer besser als in jeder anderen Provinz! Und dann der Wein! Was für Trauben es hier gegeben hat! Praller als jede Beere, die du in Cavazere pflückst! Und heute?! Alles den Bach runtergegangen! Und das nur, weil diese Bockshirne uns nicht ins Land lassen. Die Menschen humpeln, gestützt auf den Bettelstab, davon. Warum fällt diesen unverbesserlichen Sturköpfen einfach nichts Besseres ein, als uns zu verleumden?! Wenn sie dann wenigstens dunkle Seelen vernichten könnten! Aber sieh dich mal um! Du hast den Eindruck, das Justirfieber hätte hier gewütet und alle Menschen dahingerafft. Dabei ...«

Er machte nur noch eine wegwerfende Handbewegung und verfluchte ein letztes Mal jene Dumpfbacken, die sich mit der Bruderschaft überworfen hatten.

Die Menschen hatten die Gegend tatsächlich allesamt verlassen, obwohl das nach meinem Dafürhalten nicht unbedingt nötig gewesen wäre, schließlich war uns bisher nicht eine einzige dunkle Seele über den Weg gelaufen.

Allerdings hatten sich hier Anderswesen breitgemacht.

So entdeckten wir auf einem Feld einen Glimmerich, einen Verwandten des Schwelers, der im Unterschied zu diesem jedoch nur bei Vollmondnächten über seine Feuermagie gebot. Er schrie wie ein Uhu und winkte uns mit seinen vier schwarzen Pfoten zu sich. Aus Erdhöhlen krochen fünf Scirri heraus, um in einer Mühle einen schweren Mahlstein zu stehlen, den sie kaum fortzuschleifen vermochten, weshalb sie wild fluchten. Ein zotteliger Feuerzig schlug sein Wasser in den Büschen ab. Weitere Vertreter unterschiedlichster Anderswesen dürfen hier getrost unerwähnt bleiben.

Am Mittag des dritten Tages sprengte ein ausgewachsener Keiler auf die Straße, dessen Hauer und Augen türkisfarben leuchteten. Auf seinem Rücken hockte ein nacktes Mädchen von geradezu widerwärtigem Aussehen, klapperdürr und mit rasiertem Schädel, den offenbar eine Musketenkugel mit einem Loch verschönert hatte. Über der Wunde stieg dunkelblauer Rauch auf, aus den Mundwinkeln sickerte in einem fort schwarzes Blut.

»Eine Blickzard, hol sie doch der Beelzebub«, zischte Rance, während er über den Kopf der Reiterin in die Ferne spähte.

»Was willst du?«, fragte ich das Anderswesen und zog die Pistole aus der Satteltasche.

Genau wie Rance achtete ich darauf, das Mädchen nicht direkt anzublicken, denn Blickzards brauchte man bloß einmal in die Augen zu schauen, und schon drückten diese Biester einem ihren Willen auf.

»Alle Menschen sind weg«, antwortete das Mädchen und krallte sich mit den kleinen Händen in das Fell des Wildschweins. »Jetzt ist das mein Land. Mein Feld. Mein Wald. Die Länder meiner Vorfahren sind endlich wieder frei von dem widerlichen Menschengeschmeiß.«

»Dann soll es doch auch so bleiben«, bemerkte Rance gelassen, folgte aber meinem Beispiel und holte ebenfalls die Pistole heraus. »Lass uns einfach in Ruhe weiterreiten, du und deine Länder interessieren uns nämlich nicht die Bohne.«

»Du weißt doch, wer wir sind«, sagte ich.

»Ja! Dunkelmörder!«

»Dann solltest du auch wissen«, ergriff Rance wieder das Wort, »dass wir uns im Unterschied zu gewöhnlichen Menschen nicht einfach ergeben. Troll dich also lieber, bevor es zu spät ist.«

»Verflucht sollt ihr Menschen sein! Wenn ihr endlich verreckt, gehört alles mir. Das Land, das Wasser und der Himmel!«

Immerhin machte sie keine Anstalten, sich mit uns anzulegen, sondern gab ihrem Keiler den Befehl, sich in den Wald zurückzuziehen.

»Wir hätten diese Göre trotzdem erschießen sollen«, spie Rance aus, als die Gefahr gebannt war.

»Das Mädchen hätten wir ja noch in die Hölle schicken können – aber was hätten wir mit dem Keiler gemacht? Um ihn zu erlegen sind gute Lanzen nötig, keine Dolche. In einem Kampf hätte dieser Bursche unsere Pferde mit Sicherheit getötet, und wenn das Glück auf seiner Seite gewesen wäre, hätten wir auch dran glauben müssen. Zum Teufel also mit ihr!«

Im Grunde waren wir glimpflich davongekommen. Blickzards gehörten nämlich zu den angriffslustigsten Anderswesen.

In Menschen sahen sie in der Regel ein schmackhaftes Abendbrot, das sie im Übrigen am liebsten verschmausten, wenn das Fleisch noch zappelte. Und mit ihrer Unterwerfungsmagie schafften sie es nur zu gut, den Happen auch auf den Teller zu befördern.

»Du hast ja recht«, gab Rance zu. »Reiten wir also weiter, bevor diese Schreckensgöre in ihrem Hass auf uns Menschen jede Vorsicht vergisst.«

Abermals trafen wir auf verlassene Dörfer, aufgegebene Weinberge und Obstgärten.

»Kennst du diesen Hof?«, wollte ich von Rance wissen, als er irgendwann ohne zu zögern auf einen Brunnen zusteuerte.

»Ziemlich gut sogar«, bejahte er. »Wir sollten hier übernachten.«

»Es dämmert doch erst in zwei Stunden.«

»Vor uns liegen einige unangenehmere Abschnitte. Die würde ich lieber bei Tageslicht hinter mich bringen, nicht in der Dämmerung oder gar bei Nacht.«

»Weil du dann womöglich nicht mit den dunklen Seelen fertig wirst?«, mischte sich Apostel ein, der bis eben auf den Grund des Brunnens gespäht hatte, an dem öliges Wasser stand.

»Stimmt, du geschwätziger Kerl, genau diese Befürchtung habe ich!«

»Dann rasten wir hier«, erklärte ich mich mit dem Vorschlag einverstanden. »Das Haus ist wie geschaffen für uns. Es scheint nicht baufällig, außerdem hat der Hof ein Tor, das wir nachts abschließen können.«

»Sieh dich mal im Haus um«, erwiderte Rance. »Ich schließe derweil ab und wirke noch eine Figur zu unserem Schutz.«

In der düsteren Diele war eine Sitzbank umgerissen worden, im einzigen Zimmer hatten Spinnen in den Ecken ihre Netze gespannt. Die muffige Luft durchsetzte ein Geruch von verfaulten Zwiebeln. Die Fenster waren eingeschlagen, das alte Bett in der Mitte durchgebrochen, der Tisch umgekippt. Entweder hatten die einstigen Bewohner das Haus völlig überstürzt verlassen, oder wir waren nicht die ersten Gäste.

Dass die Kellerluke offen stand, ließ mich sofort aufmerken. Ich spähte in die undurchdringliche Finsternis hinunter. Obwohl ich eine Weile angespannt lauschte, vernahm ich weder ein Rascheln noch sonst ein Geräusch. Scheuch, der das Haus zusammen mit mir betreten und sich sofort an eine Überprüfung aller Tonkrüge gemacht hatte, gesellte sich nun wieder zu mir. Nach kurzer Überlegung sprang er hinunter in den Keller, erforschte ihn, riss dabei polternd allerlei um und kam enttäuscht wieder nach oben gekraxelt. Da war also niemand. Umso besser. Ich klappte die Luke zu und verschloss sie mit dem Riegel, schleppte die Bank aus der Diele heran und stellte sie hochkant auf die Luke, indem ich das eine Ende unter der niedrigen Decke verkantete. Sollte dort unten doch jemand hausen, dürfte er nun nicht mehr zu uns hochgelangen.

»Das wär auch erledigt«, teilte Rance mir mit, der aus der Scheune etwas Reisig mitgebracht hatte.

Während er das Feuer im Herd entfachte, breitete ich meinen wollenen Umhang auf dem Boden aus und packte den Proviant aus. Scheuch nahm sich mittlerweile den Dachboden vor und schreckte dort die Mäuse sowie kleinere Anderswesen auf.

Als es dämmerte, kam auch Apostel zum Hof und spähte mit mürrischer Miene durchs Fenster.

»Ich wäre fast in eure Figur getreten«, beschwerte er sich bei mir. »Warum hast du mich nicht vor dem Ding gewarnt, Ludwig?!«

»Diese Figur hat dir kein einziges Härchen gekrümmt«, antwortete Rance an meiner Stelle. »Sonst könntest du uns jetzt nämlich nicht mit deiner Stinklaune kommen!«

»Und euch auch nicht mitteilen, dass mir eine dunkle Seele über den Weg gelaufen ist!«

»Wo das?«, wollte ich wissen.

»Auf der Straße. Sie ist dort aufgetaucht, sobald ihr zu diesem Hof abgebogen seid.«

»Ist sie uns hierher gefolgt?«

»Nein.«

»Dann zum Teufel mit ihr!«, bemerkte Rance. »Ihretwegen werde ich jetzt nicht noch mal aus dem Haus gehen.«

Während wir aßen, verfinsterte sich Rance' Gesicht zunehmend. Obendrein setzte ihm Müdigkeit zu, sodass ich den sonst so aufgeräumten Kerl kaum wiedererkannte. Apostel kauerte vor dem Herd, wobei er mit dem Kopf allerdings fast in den Flammen verschwand, beobachtete das Feuer und brabbelte etwas aus der Schrift des Johannes vor sich hin, dies jedoch derart leise, dass ich die einzelnen Wörter kaum unterscheiden konnte.

In der Ferne heulten Wölfe. Ich trat noch einmal aus dem Haus, um nach den Pferden zu sehen und sie zu beruhigen. Die Wölfe würden nicht herkommen, denn der Sommer stand vor der Tür, sodass sie überall Nahrung fanden.

Der Hof lag in tiefer Finsternis, weshalb ich zunächst meinte, außer mir wäre hier niemand. Doch dann blitzten neben dem Eingang zur Scheune kleine gelbe Augen auf.

»Mensch«, sprach mich das unbekannte und offenbar nicht gerade große Wesen mit furchtbarem Akzent an. »Soll ich auf die Pferdchen aufpassen?«

»Dann lass mich vorher erst mal einen Blick auf dich werfen.«

Mit offenkundigem Missfallen trat mein Gegenüber aus dem Schatten heraus. Vor mir stand ein Anderswesen, genauer gesagt ein Hausgeist, der vielleicht so groß wie ein Schnürstiefel war. Auf seinem Hals saß ein äußerst grotesker Kopf mit dem Gesicht eines Affen und gelbem Fell.

»Kannst du das denn?«, fragte ich ihn.

»Früher haben hier auch Menschen gewohnt«, antwortete er. »Da habe ich immer aufgepasst. Aber jetzt sind alle weg, und ich stehe ohne Arbeit da.«

»Was verlangst du für deine Dienste?«

»Ein Stück Brot würde mir schon schmecken«, antwortete der Hausgeist schüchtern. »Das habe ich lange nicht mehr gegessen.«

Ich ging ins Haus, schnappte mir etwas Brot, schnitt auch

noch etwas von der Räucherwurst und dem Käse ab und kehrte in den Hof zurück.

»Vielen Dank«, sagte der Hausgeist, als er seine Bezahlung entgegennahm. Damit dürfte er die nächste Woche mehr als genug zu essen haben. »Ich werde gut aufpassen.«

»Hast du ein Anderswesen für dich einnehmen wollen?«, wollte Rance wissen, als ich wieder zu ihm kam.

»Ja, einen Hausgeist. Er will auf die Pferde aufpassen.«

Rance nickte nur.

»Wie wollen wir überhaupt in die Universität gelangen?«, erkundigte ich mich nun.

»Das wird ein Kinderspiel. Wesentlich schwieriger dürfte es dagegen sein, sich in den Kellern zurechtzufinden und die Wände abzuklopfen. Damit könnten wir Aufmerksamkeit erregen. Die beiden ältesten Gebäude liegen im Park. In ihnen beginnen wir mit unserer Suche.«

»Das ist ein kreuzdämlicher Plan«, bemerkte Apostel.

»Einen anderen haben wir aber nicht.«

»Wunderbar«, murmelte ich und rieb mir die Augen. »Wie also verschaffen wir uns Zutritt zur Universität?«

»Ich bin kein schlechter Fechter, deshalb wurde ich als Meister für die unteren Jahrgänge angenommen. Und auch für dich haben wir etwas.«

»Aber ihr wisst, dass ihr dann die Hüter der Lauterkeit an den Hacken habt?«, warf Apostel schon wieder ein, wobei er den Kopf wie eine Krähe von einem zum anderen riss. Es hätte nicht viel gefehlt, und er hätte auch noch mit den Flügeln geschlagen, um uns zu erschrecken.

»Nun übertreib mal nicht«, widersprach ich. »Wenn die Hüter der Lauterkeit jeden Seelenfänger schnappen würden, der nach Progance kommt, wäre die Bruderschaft längst untergegangen.«

»Aber einige kriegen sie.«

»Deshalb sollten wir auch keinen Fehler machen.«

»Du sagst es«, warf Rance ein.

Er holte eine Pfeife aus seiner Tasche und schnürte den

Tabakbeutel auf. Genau in diesem Moment kam Scheuch vom Dachboden. Rance sah mit zusammengekniffenen Augen zu ihm hinüber, grinste dann aber.

»He, Strohkopf!«, rief er.

Sobald Scheuch sich umdrehte, verwandelte Rance den Tabak in magische Zeichen, die er gegen meinen Animatus schleuderte. Es kam zu einer dunkelvioletten Explosion, die Scheuch im ersten Schreck zurückweichen ließ.

Die Zeichen blendeten ihn jedoch nur wenige Sekunden, obwohl sie ihn eigentlich hätten umreißen und taub machen müssen. Doch auch das reichte Rance. Er stürzte auf Scheuch zu, entwand ihm die Sichel und presste ihm deren spitzes Ende an den Hals.

»Heilige Maria der sieben Schmerzen!«, stieß Apostel aus. »Ludwig! Tu was!«

Ich sah jedoch keinen Grund mich einzumischen, zumal Scheuch die Angelegenheit durchaus gelassen nahm.

»Damit sind wir quitt, Kumpel«, erklärte Rance nach einer Weile grinsend und gab Scheuch die Sichel zurück.

Wenn mich nicht alles täuschte, musste mein Animatus auch grinsen. Er streckte die Hand nach Rance aus, sah im letzten Moment jedoch davon ab, ihm gönnerhaft die Schulter zu tätscheln, und nahm nur seine Sichel wieder an sich, um sie hinter den Gürtel zu stecken. Anschließend sprang er lautlos zum Fenster hinaus.

»Was war das?«, fragte ich, als ich mich auf dem Umhang ausstreckte.

»Ich habe unsere Beziehung geklärt«, antwortete Rance. »Und wie du selbst gesehen hast, ist mir das nicht schlecht gelungen.«

»Du meinst, weil Scheuch dir nicht die Eingeweide herausgerissen hat, als dein schwarzer Dolch noch tief unten in deiner Satteltasche vergraben war?«

»Ja hast du denn angenommen, ich verzeihe ihm, wie er auf mir gethront hat und mir damit einige der unangenehmsten Minuten meines Lebens bereitet hat?! Nein, soll er ruhig wissen, dass ich keine Gnade kenne. Nicht einmal gegenüber einem Animatus.«

Rance zündete sich eine Pfeife an, während ich noch etwas wie »Ach ja, typisch« murmelte. Das stimmte, denn wenn Rance einmal den Kürzeren gezogen hatte, gab er nicht eher Ruhe, als bis er es seinem Gegner heimgezahlt hatte. Mitunter erinnerte er mich daher an die bissfreudigen Yomer aus Neuhort. Wenn man diese einmal trat, konnte man sich danach ihnen gegenüber noch so umgänglich zeigen, sie würden auf ihre Stunde warten und einem dann das Bein abreißen.

»Beim nächsten Mal wird er dich mit dem Kopf nach unten aufhängen«, bemerkte Apostel, der sich in eine Ecke zurückgezogen hatte. »Darauf kannst du Gift nehmen!«

Doch auch diese Warnung bekümmerte Rance nicht, der völlig sorglos eine ganze Wolke bitteren Qualms zur Decke schickte.

Am nächsten Morgen erwachte ich noch vor Tagesanbruch, als die Welt voll von satten Gerüchen war und überall Tau glitzerte. Das Haus lag noch im Dämmerlicht, die Gegenstände glichen dunklen Gespenstern, und nur das Fenster hob sich als klares Quadrat gegen den Himmel ab, den bereits die ersten Sonnenstrahlen durchzogen.

Als ich mich auf den Ellbogen hochstemmte, fiel mein Blick auf Apostel, der vor dem erloschenen Feuer saß. Er sah mir kurz in die Augen und schüttelte den Kopf.

Rance schlief noch, eingehüllt in eine Decke. Ich stand leise auf, um ihn nicht zu wecken, warf mir die Jacke über die Schulter, schnappte mir meine Stiefel und trat vors Haus.

Scheuch saß auf den Stufen vor der Tür und schärfte hingebungsvoll seine Sichel. Er drehte sich nicht einmal nach mir um. Sobald ich mir die Schuhe angezogen hatte, ging ich zu den Pferden hinüber. Sie hatten bereits Futter und Wasser bekommen und waren frisch gestriegelt worden. Der Hausgeist hatte sich seinen Lohn redlich verdient. Da ich ihn nirgends entdeckte, sagte ich in der Hoffnung, er würde mich hören, laut

»Danke!«, und kehrte zum Haus zurück. Scheuch schärfte nach wie vor seine Sichel, rückte nun aber zur Seite, damit ich mich neben ihn auf die Treppe setzen konnte. Gemeinsam begrüßten wir beide einen der letzten heraufziehenden Frühlingstage.

Ich genoss die frische Morgenluft und atmete aus voller Brust all die Gerüche ein, die der Wind von den blühenden Feldern herantrug. Sobald ich den Schlaf endgültig von mir abgeschüttelt hatte, fing ich an, ein Lied zu summen, was Scheuch dazu brachte, mich mit großen Augen anzustarren. In unserem Trio trug eigentlich Apostel den Ehrentitel des misstönenden Meistersingers. Offenbar war ich aber gerade dabei, ihm die Lorbeeren streitig zu machen …

Wir saßen noch ein Weilchen da, bis der Tag vollends heraufgezogen war. Ich sang, Scheuch schliff.

Klirr, klirr, klirr!, fuhr der graue Wetzstein immer wieder über die ohnehin schon scharfe Schneide.

Nach Burg Fleckenstein hatte der Animatus sich ausgiebig an meinem Blut gelabt, sodass er niemanden angegriffen hatte, während ich im Dunkelwald gewesen war.

»Ich möchte dir danken«, ergriff ich das Wort. »Dafür, dass du mich damals gerettet hast.«

Scheuch stellte das Schärfen seiner Sichel ein und nickte würdevoll. Offenbar hörte er diesen Dank gern. Ich konnte nur hoffen, dass er für seine guten Dienste nicht irgendwann meine Seele oder eine ähnlich banale Sache von mir verlangen würde.

Kaum hatten wir das Dorf hinter uns gelassen, prasselte der Regen los. Als die ersten Tropfen vom Himmel fielen, verließ Scheuch die Straße und suchte unter einem Baum mit ausladender Krone Schutz. Mit seinem ganzen Gebaren gab er uns zu verstehen, dass er sich erst wieder vom Fleck rühren würde, wenn das Unwetter abgezogen war.

»He!«, rief Apostel, durch den die Tropfen einfach hindurchfielen, ihm noch zu. »Du kannst doch überhaupt nicht durchweichen, du Dämlack!«

Doch Scheuch zog den Hut nur noch tiefer in die Stirn.

»Zum Teufel mit dir! So was Verzärteltes aber auch! Warum tut er das, Ludwig?«

»Weil Regen Animati schwächt. Er spült die Kraft aus ihnen heraus und treibt sie mit dem Wasser in den Boden.«

»Aber bisher hat Scheuch sich doch auch nie ums Wetter geschert. Im letzten Herbst hat er auf Regen glatt gepfiffen.«

»In den letzten Tagen macht er ohnehin einen schwachen Eindruck. Er hat nicht mehr viel Kraft. Bald muss er zurück auf sein Roggenfeld.«

»Mach dir seinetwegen keine Sorgen«, beruhigte Rance nun Apostel. »Der Herr Strohkopf wird uns schon einholen.«

»Ich soll mir Sorgen machen?! So weit kommt's noch! Die Gesellschaft von Scheuch ist schließlich in etwa so vergnüglich wie die einer jungen Nonne, die partout ihr Gelübde nicht brechen will.«

Bei diesem Vergleich grinste Rance in sich hinein, öffnete seine Satteltasche und holte einen langen Umhang heraus. Ich folgte seinem Beispiel.

Apostel stimmte den österlichen Choral *Christus resurgens* an.

»Damit bist du ein bisschen spät dran« zog Rance ihn auf. »Die Feierlichkeiten liegen längst hinter uns.«

Doch der gute alte Schreihals hätte sein Lied ohnehin nicht zu Ende bringen können. Der Himmel riss seine Schleusen nun derart auf, dass Apostel zum Fluchen überging, selbst wenn er der Einzige von uns war, dem der Regen überhaupt nichts anzuhaben vermochte.

In den nächsten Stunden sahen wir auf aufgeweichten Feldern drei dunkle Seelen. Die erste stürzte davon, kaum dass sie begriff, wer wir waren. Die beiden anderen legten jedoch exakt das gegenteilige Verhalten an den Tag und kamen auf uns zugeprescht, sodass wir sie mit einem Zeichen verjagen mussten. Sollte ein Seelenfänger je seine Lebenszeit aufstocken wollen, konnte ich ihm einen kleinen Abstecher nach Progance nur wärmstens empfehlen.

Der nicht enden wollende Regen war so entnervend wie Apostel an seinen schlimmsten Tagen. Ich träumte nur noch von einem Dach über dem Kopf und einem Wein, der mich von innen wärmte. Ständig rief ich mir in Erinnerung, dass der Sommer ja bereits vor der Tür stand und es bis zum nächsten Herbst, der uns jetzt zu umgeben schien, eigentlich noch sehr weit hin war.

Da die Straße völlig aufgeweicht war, ermüdeten die Pferde schnell, sodass wir nur schlecht vorankamen. Irgendwann richtete sich Rance in den Steigbügeln auf, wischte sich das Wasser aus dem Gesicht, das ihm trotz der Kapuze unablässig in die Augen lief, und sah sich aufmerksam um.

»Ich versteh nicht, warum die Tiere so nervös sind.«

»Ist mir auch schon aufgefallen«, erwiderte ich.

Die graue Regenwand vor uns und der über die Felder wabernde Nebel bescherten uns leider eine miserable Sicht. Einen ausgedehnten Moment lang meinte ich trotzdem, auf der Straße wäre jemand.

»Apostel, sieh dich doch mal um«, bat ich meine ruhelose Seele, als mein Pferd ein weiteres Mal verängstigt schnaubte und leicht scheute.

»Ganz bestimmt nicht!«, rief der alte Feigling. »Wenn du in dieser Gegend erst mal anfängst dich umzusehen, triffst du am Ende mit Sicherheit Satan persönlich. Vor allem bei diesem Wetter! Diese verdammten Froschfresser haben das Land derart heruntergewirtschaftet, dass heute hinter jedem Baumstumpf eine dunkle Seele haust!«

»Falls ich dich daran erinnern darf«, bemerkte Rance in geradezu gelangweiltem Ton, »gehöre auch ich zu diesen *verdammten Froschfressern!*«

»Falls du nun annimmst, dass ich meine Worte bedaure, bist du gewaltig auf dem Holzweg! Und hingehen und mich umsehen werde ich auch nirgends, damit du's nur weißt!«

»Warum schleppst du dieses Subjekt bloß mit dir rum?«, wandte sich Rance an mich. »Selbst meine durchlöcherten Stiefel taugen noch mehr als dieser Maulheld.«

Ich bat Apostel, uns wenigstens mit seinen zornigen Tiraden zu verschonen, da wir bereits genug Probleme hatten.

»Solange die Pferde noch mitmachen«, wandte ich mich dann an Rance, »sollten wir weiterreiten.«

»Sehe ich auch so. Dein Scheuch hat recht, dass er sich nicht durchweichen lässt. Dieser verfluchte Regen kann noch Stunden anhalten. Bis zu Konstantins Kriegern brauchen wir bei dem Wetter noch mindestens sechs Stunden. Diese Denkmäler würde ich aber gern erreichen, solange es noch hell ist.«

Er ritt voraus und wirkte dabei mit der linken Hand ein Zeichen, das wie der Buchstabe G aussah und ein bronzefarbenes Licht ausstrahlte.

Wir kamen an einem weiteren Dorf mit verfallenen Häusern, einem finsteren Waldstück und einem reißenden Bach vorbei. Unser Weg brachte uns immer höher in den Norden. Die Pferde trabten mal völlig ruhig einher, mal scheuten sie.

»Mir gefällt das alles nicht«, wiederholte Apostel immer wieder. »Überhaupt nicht!«

Der musste gerade jammern! Als ob er sich nicht die geringsten Sorgen um sein Wohlbefinden machen musste. Oder besser gesagt: gar keine.

Rance und ich wirkten unterdessen ein Zeichen nach dem nächsten. Als ich drei spitzkeglige Symbole vollendet hatte, unterzog Rance sie einer eingehenden Betrachtung.

»Das ist mal was Neues.« In seiner Stimme lag tatsächlich ein Hauch von Anerkennung. »Keine schlechte Idee.«

»Das habe ich mir bei einer Oculla abgeguckt.«

»Karl hat uns erzählt, was ihr erlebt hat. Für einige junge Seelenfänger seid ihr zwei inzwischen echte Helden.«

»Wir haben nicht mehr gemacht, als ein paar Monate in den Verliesen des Markgrafen Valentin dahinzugammeln«, entgegnete ich. »Aber Karl dürfte das wohl etwas anders dargestellt haben, oder?«

»Glaub mir«, antwortete Rance mit schallendem Lachen, »der Junge hat sich mächtig ins Zeug gelegt. Aber ich würde gern wissen, was in der Burg wirklich geschehen ist.«

»Ich will deine Neugier mit Freuden bei erstbester Gelegenheit stillen. Als solche würde ich mir beispielsweise einen Tisch mit ein paar Flaschen Wein und einem Teller voller Froschschenkel drauf vorstellen.«

»Zum Teufel mit den Fröschen! Wir werden uns ein schönes Stück Fleisch in Granatapfelsoße spendieren, Spinat mit Sahne und Weinbergschnecken, die mit Käse und Wiesenkräutern gefüllt sind.«

»Einverstanden. Bleibt die Kleinigkeit, dass wir erst einmal zu einem ordentlichen Wirtshaus gelangen müssen.«

»Schluss jetzt mit den Schwärmereien übers Essen, denn sonst stirbt mein Magen noch an Sehnsucht danach. Zurück zu deinen Abenteuern. Tut mir aufrichtig leid, dass man den Orden nicht drankriegen kann. Die Magister können dem Fürsten von Vierwalden noch so viele Beschwerdeschreiben schicken, sie werden nichts erreichen. Denn sie haben keine Beweise, sondern nur dein Wort und das von Karl.«

»Was ich nicht verstehe, ist, dass der Orden so tut, als hätte er keinen Verlust erlitten. Als ob dieser Herr mit dem purpurroten Chaperon, der mich zusammen mit dem Zauberer Walters gesehen hat, gar nicht zu ihm gehören würde.«

»Diesen Herrn hat eben bisher niemand ausfindig gemacht!«

Kein Wunder! Nachdem Scheuch ihn sich vorgenommen hatte, dürfte von dem werten Herrn kaum etwas übrig geblieben sein.

»Immerhin konnten wir dem Orden ein paar Steine in den Weg legen. Angeblich hat er in verschiedenen Ländern mittlerweile echte Schwierigkeiten, weil die weltlichen Machthaber ihm nicht mehr die nötige Unterstützung angedeihen lassen und ihm nicht länger mit Gold und Silber unter die Arme greifen. Die Fürsten, Könige und Bürgermeister wollen sich nicht mit der Kirche anlegen, die ihrerseits die Geschichte mit Bischof Urban nicht vergessen hat. Das hat ja auch nicht gerade ein gutes Licht auf den Orden geworfen.

»Im Grunde hat das Ganze auch Vorteile«, murmelte ich. »Wenn Karl und ich keine glaubwürdigen Zeugen abgeben, will uns vermutlich auch niemand mehr das Licht ausblasen.«

»Sag mal«, raunte Rance, »was mich brennend interessiert: Wo hast du eigentlich die ganze Zeit gesteckt, nachdem du aus Burg Fleckenstein geflohen bist?«

Bis auf Gertrude wusste niemand, dass ich mich im Dunkelwald aufgehalten hatte, denn ich hatte nicht die Absicht, das an jeder Ecke lauthals kundzutun. Deshalb sah ich Rance nur eindringlich an.

»Wenn du nicht willst, behalt's ruhig für dich, es geht mich ja eigentlich nichts an«, versicherte er sofort. »Was ist denn jetzt schon wieder?!«

Die Pferde weigerten sich plötzlich strikt, noch einen Schritt weiterzugehen, und zitterten wie Espenlaub. Ich saß sofort ab und schleuderte eine Figur in die Pfütze vor uns. Prompt schossen allerlei Wesen mit tiefem Geheul aus dem Wasser heraus.

»Diese kleinen Plagegeister können den Pferden nicht diese Angst eingejagt haben«, bemerkte Rance nachdenklich. »Denn so leicht kriegen diese Tiere keine Panik. Aber jetzt sieh sie dir doch bloß mal an!«

Die Pferde bebten inzwischen am ganzen Körper, aus ihren Mäulern trat Schaum, in ihren Augen lag nackter Wahnsinn.

»Wir müssen sie hierlassen.«

»Das wäre dumm«, widersprach Rance.

»Dann versuch doch mal, sie zum Weiterlaufen zu bringen. Ich wette, dass sie entweder ihre Hufe auf deinem Kopf sprechen lassen oder im vollen Galopp davonpreschen.«

»Sollen wir etwa zu Fuß weitermarschieren?«

»Wir können schon froh sein, wenn wir nicht aufgehalten werden.«

»Hast ja recht.«

Er trat vorsichtig an sein Pferd heran und nahm ihm die Satteltasche ab. Ich folgte seinem Beispiel, während Apostel schon wieder meckerte.

»Du solltest vielleicht besser ein Weilchen verschwinden«,

riet ich ihm. »Sonst kriegst du noch was ab, wenn es zu einer Auseinandersetzung kommt.«

Ich musste ihn nicht zweimal bitten. Er nickte fassungslos und verschwand hinter der Wand aus Regen und Nebel.

»Da drüben ist irgendeine Mauer«, sagte Rance, der bereits ein kurzes Stück vorausgegangen war. »Verschanzen wir uns erst mal da.«

Bei der Mauer handelte es sich um die Überreste der Einfriedung eines Gartens, in dem heute nur noch verwilderte Birnbäume standen. Rance stellte seine Satteltasche ab und legte den Umhang darauf, schränkte dieser ihn doch zu sehr in seinen Bewegungen ein.

»Ich sichere uns ab«, kündigte er an. »Gib mir derweil Rückendeckung!«

Rance wirkte in geradezu beneidenswerter Weise Figuren, die ruhelose Seelen schwächten und unserem Schutz dienten. Ihm unterlief dabei auch nicht der geringste Fehler. Im Schlamm kniend, zeichnete er für das Auge eines gewöhnlichen Menschen nicht sichtbare Linien.

»In meiner Tasche ist ein Beutel«, sagte er, ohne sich zu mir umzudrehen. »Nimm dir am besten ein paar Goldstücke raus.«

Geld hatte auf die meisten dunklen Kreaturen eine verhängnisvolle Wirkung, da all diese ruhelosen Seelen einmal Menschen waren und daher die Scheiben aus Silber, Gold und Kupfer zu schätzen wussten. Der Wunsch, eine Dukate oder einen Florin zu besitzen, war selbst bei den Toten noch so stark, dass wir diese Stücke mit Magie aufladen und als Zeichen gegen dunkle Seelen einsetzen konnten, eine Möglichkeit, die wir auch häufig nutzen. Einige gierige Seelenfänger vertraten allerdings die Ansicht, es sei Verschwendung, ein Vermögen auszugeben, nur um mit einer dunklen Kreatur fertig zu werden.

Ich gehörte nicht zu ihnen. Es war töricht, auf einem Sack voll Gold zu sitzen, wenn sich der Tod an dich anschlich.

Ich steckte mir die Münzen in die Tasche, wobei ich die ganze Zeit die Gegend im Auge behielt, die Hand am Griff des Dolchs.

»Wie sieht's aus?«, erkundigte sich Rance, während er Figur um Figur wirkte.

»Sag mir lieber, wie's bei dir aussieht!«

»Ich brauch noch ein paar Minuten. Aber noch ist ja alles ruhig, oder?«

»Ja. Du hast nur zwei Zuschauer: den Regen und den Nebel.«

»Hoffen wir, dass es auch so bleibt.«

In diesem Augenblick wurde der Nebel jedoch zerrissen und vier Ritter in schwerer Rüstung stapften auf die Straße. Jeder trug einen eingedellten Helm mit Kamm auf dem Kopf, in ihren Händen hielten sie Schilde und Waffen. Drei von ihnen rannten zu Fuß, der vierte jagte ihnen auf einem Wesen hinterher, das aussah wie ein Pferd, dem man die Haut abgezogen hatte.

In anderen Ländern hätte ich mich über derart überholte Gestalten gewundert, aber Progance war noch immer die Heimstatt aller, die vor hundert oder zweihundert Jahren gestorben waren.

»Wir kriegen Besuch!«, warnte ich Rance, der jedoch nicht einmal den Kopf hob.

»Den musst du übernehmen«, zischte er. »Ich darf meine Arbeit jetzt nicht unterbrechen.«

Der Reiter trieb sein Pferd an ihnen vorbei und senkte die Lanze. Er hatte also ganz entschieden nicht die Absicht, mit mir über das Wetter zu plaudern. Seine Gefährten rannten ihm mit etwas ungelenken Bewegungen hinterher. Die hiesigen Hüter der Lauterkeit gehörten meiner Ansicht nach schon allein deswegen an den nächsten Baum, weil sie in ihrem Land irgendwelche Widerlinge wüten ließen, die mit heruntergeklapptem Visier und wild funkelnden Augen Jagd auf Menschen machten.

Jeder Geizkragen dieser Welt hätte nun wohl bittere Tränen geweint, denn ich warf dem Reiter gleich sechs Münzen gegen die gepanzerte Brust und den behelmten Kopf. Er stürzte, kurz bevor er mich erreichte, sodass ich ihm mühelos den Dolch zwischen die Platten des Harnischs rammen konnte. Die Klinge nahm die dunkle Kraft auf. Eine unsichtbare Flamme riss sich von meinen Händen los und hüllte die drei anderen Ritter ein. Die ruhelose Seele an der Spitze des Trios bekam die Hauptwucht des Schlags ab, fiel und verbrannte. Der zweite Mann konnte sich jedoch mit seinem Schild schützen, sodass nur der Helmbusch aus schäbigen Federn Feuer fing. Der dritte Ritter war der kräftigste im Bunde. Er trug einen verrosteten Morgenstern in der Hand und stapfte in unveränderter Entschlossenheit auf mich zu.

Die Ritter weiter mit Münzen zu bewerfen oder sie mit Zeichen zu schwächen, hätte vermutlich zu lange gedauert. Womöglich hätte Rance in dieser Zeit einen Schlag mit dem Morgenstern kassiert.

Deshalb zog ich meine geliebte goldene Schnur aus der Luft und peitschte damit auf den Helm des vordersten Ritters ein. Durch die Lichtexplosion wurde er derart geblendet, dass er zwar noch zum Schlag ausholte, sein Ziel – also mich – dann jedoch verfehlte.

Dafür rammte mir einer seiner beiden Kumpane den Schild unters Kinn. Ich parierte, indem ich mit der Schnur nach seinen Beinen ausholte. Sobald sie sich um die Unterschenkel des Burschen gewickelt hatte, zog ich ihn zu mir. Er verlor das Gleichgewicht, ich ließ die Figur der Entkräftung, die ich mir eigentlich für den Kraftprotz hätte aufsparen sollen, auf ihn niederprasseln und erledigte ihn mit dem Dolch. In der Zeit war dieser blinde Morgensternschwinger Rance allerdings gefährlich nahe gekommen.

Kurz entschlossen sprang ich den Riesen von hinten an und riss ihm mit einem Krallenzeichen den Panzer auf. Die ruhelose Seele schrie entsetzlich. Auch ihr Schicksal besiegelte ich mit meinem schwarzen Dolch. Die Kraft, die in meine Klinge sickerte, ließ mich schwanken. Ich atmete tief durch und eilte zu dem letzten Ritter. Er brannte zwar noch immer, kroch aber stur auf mich zu.

»Fertig!«, rief Rance in diesem Moment.

Ich machte auf dem Absatz kehrt und eilte in den Schutz der von ihm gewirkten Figuren. Gerade noch rechtzeitig, denn zwei weitere Dutzend dieser grotesken Ritter schälten sich nun aus Nebel und Regen.

»Das ist ja eine wahre Streitmacht«, bemerkte ich.

Rance schleuderte mit unverhohlenem Vergnügen das Zeichen mit dem Buchstaben G in diese Horde. Es schlug eine gewaltige Bresche in die Reihen der dunklen Seelen.

»Wie es aussieht, können wir beide hier reiche Ernte einfahren«, stieß er begeistert aus. »Was ist? Wollen wir um eine Flasche Wein wetten, dass ich mehr von den Biestern erledige als du?«

Ich grinste in mich hinein, ging aber mit keinem Wort auf die Herausforderung ein, sondern griff entschlossen eine der vorderen Seelen mit einem Zeichen an.

Endlich hörte es auf zu regnen. Allerdings hingen die Wolken nach wie vor sehr tief. Rance spuckte Blut und wischte sich die Lippen immer wieder mit einem vormals weißen Tuch ab. Ich lag auf dem nassen kalten Boden und schaute in den grauen Himmel hinauf, der sich langsam über mir drehte. Der Schmerz in der Seite, den ich schon vergessen geglaubt hatte, meldete sich zurück. Ich hätte zu gern etwas Milch getrunken, denn nichts sonst half mir in diesem Zustand so gut.

Apostel war zu uns zurückgekehrt und saß am Rand eines gewaltigen Trichters, an dessen Boden bereits Wasser stand. Überall stieg Rauch auf, der schlimmer als ein Fass mit verfaultem Sauerkohl im Keller irgendeiner lausigen Schenke stank.

»Du hast lange genug da rumgelegen«, erklärte Rance. »Lass uns von hier verschwinden, bevor noch irgendeine dunkle Seele auftaucht.«

Nach den toten Rittern hatten uns noch ein paar Kreaturen beehrt, mit denen wir beinah nicht fertig geworden wären. Als ich mich auf alle viere hochrappelte, verfluchte ich die ganze Welt, die sich nach wie vor gnadenlos um mich drehte. Rance warf mir eine Flasche zu, die ich jedoch nicht aufzufangen vermochte. Stattdessen traf sie mich schmerzlich am Finger.

»Das ist ein Kräuteraufguss«, teilte er mir mit. »Eine Waldhexe hat ihn hergestellt. Trink einen Schluck davon!«

Mit zitternden Fingern schraubte ich die Flasche auf, setzte sie an meine Lippen und nahm einen Schluck – den ich beinah wieder ausgespuckt hätte. Und zwar gleich zusammen mit meinem Magen. Das Zeug schmeckte gallebitter. Tränen traten mir in die Augen.

»Du Hundesohn«, zischte ich. »Du hättest mich vor diesem Gesöff warnen müssen!«

Rance nahm mir die Flasche wieder ab und schnupperte daran.

»Stimmt schon, ist ein übles Gebräu«, räumte er ein. »Aber es hilft doch, oder?«

Ich winkte nur ab.

»Ach nee, wen haben wir denn da?«, rief Rance und warf das blutverschmierte Tuch in den Trichter. »Dein Freund hat sich tatsächlich mal als nützlich erwiesen.«

Scheuch führte die Pferde am Zügel zu uns.

»Zu jeder anderen Zeit hätte ich ja angemerkt, dass der Tag, an dem du Scheuch getroffen hast, gesegnet war«, grummelte Apostel. »Aber heute habe ich mein gesamtes religiöses Pulver bereits verschossen!«

»Das hast du gut gemacht, Strohkopf«, sagte Rance und nahm Scheuch die Zügel ab. »Geh davon aus, dass du unsere Haut gerettet hast. Ludwig, hol die Taschen! Und dann nichts wie weg von hier! Wenn wir einen Zahn zulegen, sind wir noch heute Abend bei Konstantins Kriegern.«

»Das wäre immerhin mal eine schöne Abwechslung.«

»Stört es dich eigentlich nicht«, giftete Apostel, »dass er dich ständig herumkommandiert?«

»Sobald ich mich beleidigt fühle, werde ich es dich wissen lassen.« Dann wandte ich mich an Scheuch: »Hast du schon von diesen Kriegern gehört?«

Er ließ sich viel Zeit, ehe er nickte.

»Kommst du an ihnen vorbei?«

Diesmal ließ er sich mit der Antwort noch länger Zeit.

Schließlich schüttelte er den Kopf. Das hatte ich befürchtet: Diese Werke, geschaffen von den ersten Seelenfängern, stellten für Scheuch eine allzu harte Nuss dar.

»Dann kehre besser um! Wenn du dich uns wieder anschließen willst, stoße über Burgon oder den Norden Udallens zu uns. Du wirst spüren, wo die Kraft von Konstantins Kriegern nicht mehr hinreicht und du durchkommst.«

Daraufhin drehte Scheuch sich um und stapfte ohne ein Wort des Abschieds davon.

»Ludwig!«, empörte sich Apostel. »Lässt du ihn etwa schon wieder völlig unbeaufsichtigt durch die Gegend streifen?!«

»Konstantins Krieger würden ihn nicht durchlassen.«

»Was ist dann mit mir?«, wollte Apostel wissen. »Komme ich an ihnen vorbei?«

»In dir steckt nichts Dunkles.«

»Trotzdem ist mir nicht ganz wohl dabei. Was, wenn sie mich direkten Weges ins Paradies befördern? Was soll ich dann den Erzengeln sagen, Heilige Jungfrau Maria steh mir bei!«

»Bescheidenheit wird dich bestimmt nicht ins Grab bringen«, brachte Rance lachend hervor. »Glaub mir, Konstantins Krieger befördern dich nichts ins Paradies. Wäre das der Fall, würden die ruhelosen Seelen vermutlich bei ihnen Schlange stehen.«

Apostel brummte daraufhin natürlich noch etwas, um das letzte Wort zu behalten, folgte uns aber trotzdem. Nichts anderes hatte ich vermutet. Einsamkeit war seine Sache nicht.

Wir erreichten die Krieger mit der ersten Abenddämmerung. Durch die nach dem Regen noch feuchte Luft schwirrten Mücken.

»Da wären wir«, stieß Rance erleichtert aus. »Na, was sagt ihr zu dem Geschenk, das Konstantin seiner geliebten Tochter gemacht hat?«

»Wie?«, hakte Apostel nach. »Wieso hat er ihr irgendwelche Krieger geschenkt?«

»Aus welchem Loch stammst du denn, dass du diese Sage nicht kennst?«, fragte Rance verwundert.

»Wage es ja nicht, mein Dorf als Loch zu bezeichnen. Das hat es nämlich weitaus weniger verdient, als dein verteufeltes Land sämtliche Strafen des Himmels.«

»Nun mach mal halblang«, rief ich Apostel zur Ordnung. »Und zu deiner Aufklärung: Konstantins Tochter Lidia hatte angeblich große Angst vor dunklen Seelen. Sie war die Einzige in der Familie, die diese Geschöpfe nicht sehen konnte. Deshalb wurden die Krieger geschaffen. Sie hinderten sämtliche dunklen Seelen daran, in die Gegend, in der Lidia lebte, vorzudringen.«

»Vielleicht hat man euch Seelenfänger ja auch deswegen aus dem Land gejagt? Wegen der Krieger gibt es für euch hier ja eh nichts zu tun.«

»Unwahrscheinlich, denn Progance umfasst ja nicht nur die beiden nördlichen Provinzen, die von den Kriegern geschützt werden. Außerdem reicht ein Blick auf die Statuen, um zu erkennen, dass man diesen Werken nicht gerade mit Achtung begegnete.«

»Auf die Statuen?!«, fragte Apostel und kniff die Augen zusammen, als wäre er halb blind. »Welche Statuen denn bitte?!«

»Die vor deiner Nase!«, spie Rance wütend aus.

Apostel starrte verständnislos in den leeren Raum.

»Soll ja wohl ein Scherz sein«, murrte er dann.

»Nein, Apostel, das ist kein Scherz. Früher haben sich mehrere Tausend Statuen in einer langen Kette von hier bis zum Meer hingezogen. Aber heute ist von ihnen nichts mehr übrig. Sie wurden zerstört, nachdem die Bruderschaft aus Progance vertrieben worden war. Die Hüter der Lauterkeit, der neue König und all die anderen Narren haben sie einfach zertrümmert.«

»Und trotzdem können selbst heute hier keine dunklen Seelen durch?«

»Die Statuen wurden zerstört, nicht aber die Kraft, die in ihnen gespeichert war. Konstantins Krieger waren lediglich ein Symbol«, erklärte Rance. »Genauer gesagt *das* Symbol dieser verteufelten Welt. Aber nachdem wir den letzten König aus dem Geschlecht der Ersten, also einen direkten Nachfahren Konstantins, nicht haben retten können, wurden die Seelenfänger für vogelfrei erklärt. Selbst die Erinnerung an sie sollte ausgelöscht werden. Das führte zur Zerstörung der Statuen.«

Nach allem, was ich wusste, hatten die Statuen jeweils fünf Leagues auseinandergestanden. Das reichte völlig, um jede dunkle Seele aufzuhalten. Damals wie heute.

Nachdem wir diese unsichtbare Kette, die früher als eines der Weltwunder galt, hinter uns gelassen hatten, mussten wir noch durch einen düsteren Wald reiten, dann sahen wir endlich die Lichter einer kleineren Stadt vor uns.

»Gepriesen seien alle heiligen Märtyrer, dass sie euch Dummköpfe beschützt haben«, stieß Apostel aus. »Es gab Augenblicke, da habe ich schon befürchtet, dass wir unser Ziel nie erreichen.«

»Das ist Cusergue«, teilte Rance uns mit. »Freu dich schon mal auf ein außerordentliches Abendessen, Ludwig!«

Rance hatte nicht zu viel versprochen. Und nach der eher frugalen Kost, mit der wir uns in den letzten Tagen begnügen mussten, galt das erst recht. Selbst Apostel zeigte sich entzückt, als auf dem Tisch einige Flaschen des hervorragenden jungen Chablis standen, zu dem man uns zunächst eine große Schüssel mit Weinbergschnecken, danach Lammfleisch mit Thymian, Knoblauch und Minze und eine Flache Clos de Vougeot brachte. Rance gab sich höchst aufgeräumt und schwatzte in einem fort, lachte schallend und fiel gerade deshalb überhaupt nicht auf. Wir mimten ja immer noch Söldner, unsere schwarzen Dolche hatten wir gut versteckt. Die Einheimischen am Nachbartisch warfen uns ein paar befremdete Blicke zu, ließen uns ansonsten aber in Ruhe.

Nachdem wir auch die letzte Flasche geköpft hatten, tauchten jedoch ungebetene Gäste auf.

»Hab ich's doch gewusst«, zischte Rance und funkelte unheilverkündend mit den Augen.

Die beiden Männer trugen an Ketten Plaketten, die sie als Angehörige der Stadtwache auswiesen. Sie begleiteten einen Mann fortgeschrittenen Alters in einem weiß-gelben Talar, dessen Brust unübersehbar eine Stickerei in Form einer Eule zierte.

Ein Hüter der Lauterkeit. Mit ausgesuchter Höflichkeit bat er uns um unsere Papiere. Nachdem er das Siegel und die Unterschrift aufmerksam studiert hatte, entschuldigte er sich für die Unannehmlichkeiten und wünschte uns noch einen angenehmen Abend.

Wie bescheiden und freundlich sich dieser Herr doch gab, dessen vordringlichste Aufgabe es war, Menschen wie uns zu schnappen und zur Vierteilung abzuliefern. Rance lud ihn und die beiden Soldaten in seiner Begleitung sogar allen Ernstes ein, Platz zu nehmen. Wir leerten eine weitere Flasche Wein miteinander und tranken auf die Freundschaft zwischen Söldnern, Angehörigen der Stadtwache und jenen vortrefflichen Herren, die unermüdlich widerwärtige Seelenfänger einfingen.

Als wir uns trennten, durften wir als beste Freunde gelten. Kaum hatten sie die Schenke verlassen, spie Rance, immer noch ein strahlendes Lächeln auf den Lippen, jedoch aus: »Ich kann dir gar nicht sagen, wie gern ich ihm meinen schwarzen Dolch ins Ohr getrieben hätte.«

Er sprach sogar noch fast klar.

»Nur liegt dein Dolch oben in unserem Zimmer.«

»Deswegen lebt dieses Geschmeiß ja auch noch«, entgegnete Rance unter schallendem Gelächter. »Puh! Ich glaube, für heute habe ich wirklich genug Wein getrunken!«

Wir gingen hinauf in unser Zimmer. Rance ließ sich aufs Bett fallen, ohne sich überhaupt auszuziehen, umschlang sein Kopfkissen und schlief auf der Stelle mit glückseligem Lächeln ein.

»Man könnte glatt grün vor Neid werden«, erklärte Apostel, der sich auf meinem Bett ausstreckte. »Wenn mir das doch bloß auch gegeben wäre.«

»Räum erst mal mein Bett«, forderte ich ihn auf, als ich mir die Stiefel auszog. »Das würde ich wirklich sehr zu schätzen wissen.«

»Das ist mal wieder typisch für dich!«

»Ich kann nicht im Stehen schlafen.«

»Dafür kannst du dich auf höchst zwielichtige Geschichten

einlassen«, konterte er. »Glaub mir, dieser Rance führt irgendwas im Schilde.«

»Apostel«, meldete sich dieser daraufhin mit verschlafener Stimme zu Wort, »glaub du mir, wenn du noch am Leben wärst, würde ich dich glatt zu unseren Feinden schicken, damit du Zwietracht unter ihnen säst.«

»Ich kenne die Menschen!«

»Und aufgrund dieser untrüglichen Menschenkenntnis hast du dann einen Vertreter der Spezies derart dicht an dich herangelassen, dass er dir den Schädel einschlagen konnte«, hielt Rance dagegen und drehte sich um. »Und jetzt Schluss damit! Unser Schicksal liegt in der Hand Gottes, er allein entscheidet, was aus uns wird. Sei daher so freundlich und halte einfach die Schnauze. Wir müssen morgen früh raus!«

Wir verließen die Stadt noch vor Tagesanbruch. Rance war weit vor mir aufgestanden, munter und unternehmungslustig wie eh und je, hatte den Wirt geweckt und ihn dazu gebracht, uns ein Frühstück zuzubereiten. In der nächsten Stadt verkauften wir unsere Pferde, auch wenn man gerade erst die Marktstände aufbaute. Dort erstanden wir auch neue Kleidung, die erheblich unauffälliger war. Anschließend warteten wir auf eine Kutsche, mit der wir nach Barat fuhren, um von dort aus über Meobecq, La Bara, Freta und Breve immer weiter nach Norden zu gelangen.

Progance war ein wunderschönes Land mit unzähligen Feldern, Wiesen, sanften Hügeln und herrlichen Flüssen. Es verströmte einen Duft von Weite und unterschied sich stark von seinen Nachbarn, allesamt finstere Fürstentümer mit noch düstereren Wäldern. Es war ein herrliches Fleckchen Erde, freundlich und aufgeschlossen. Nur Seelenfänger konnte man hier eben nicht leiden. Ein paarmal begegneten uns noch Hüter der Lauterkeit, weithin erkennbar an ihren Talaren mit den aufgestickten Eulen, aber sie beachteten uns nicht weiter. Wir sie übrigens auch nicht.

In Claire-du-Bua trennten Rance und ich uns. Zuvor stattete er mich noch mit ein paar Schriftstücken und Empfehlungsschreiben sowie einer größeren Summe Geldes aus, dann ritt er weiter, während ich vier Tage abwartete, ehe ich ihm folgte. Am frühen Morgen erreichte ich dann die Mauern Rougiers. Da ging gerade die Sonne mit rosafarbenen Flammen über der Hauptstadt von Progance auf.

»Bist du schon einmal hier gewesen?«, fragte Apostel, der sich neugierig umsah.

»Nein. Ich bin ein paarmal in der Nähe gewesen, habe Rougier aber leider noch nie einen Besuch abstatten können.«

»Wollen wir dann ein wenig durch die Stadt schlendern?«

»Du wirst auf meine Gesellschaft verzichten müssen, denn ich will lieber kein unnötiges Risiko eingehen. In Rougier ist die Stadtwache höchst misstrauisch. Wenn sie mein Gepäck untersucht und den Dolch findet, lande ich auf der Folterbank.«

Die Kutsche kam inzwischen herangefahren. Ich brauchte eine Viertelstunde bis zu der Stadt, in der die Universität, das Kloster Saint-Clair-Marey, in dem man einen Splitter aus dem Sargdeckel des Herrn bewundern konnte, und der von Rugarus wimmelnde Königliche Wald lagen.

Mich umgab eine Stille, als wäre ich irgendwo in der tiefsten Provinz. Apostel malte mir in den schillerndsten Farben aus, wie gut ihm diese Idylle gefalle und wie froh er darüber sei, dass alle Freudenhäuser in einer einzigen Straße lägen, nicht wie im verrückten Ardenau, wo die Bordelle über die ganze Stadt verteilt seien, weshalb man nie finde, was man suche, selbst wenn man schon hundert Jahre dort lebe. Als ausgemachter Faulpelz, wie Apostel es nun einmal war, legte er eben nicht gern weite Wege zurück, um einen schönen Anblick zu genießen.

Die ersten Herbergen ließ ich völlig außer Acht, denn in ihnen wurde man recht scharf kontrolliert. Abgesehen davon, konnte ich bei einem längeren Aufenthalt getrost darauf verzichten, über einem Saal voll lärmender Gäste zu schlafen. Stattdessen nahm ich ein Zimmer in einem privaten Haus, wo alles sauber und gepflegt war, wo vor den Fenstern freundliche Gardinen hingen und man auf eine ruhige Gasse hinausblickte.

Die Wirtin, eine derart junge und derart hübsche Frau, dass Apostel sie förmlich mit Blicken verschlang, störte sich nicht im Geringsten daran, dass ich wie ein Mann aus Albaland aussah. Sie teilte mir noch mit, dass sie nach den hiesigen Gesetzen die Stadtwache über meinen Aufenthalt bei ihr in Kenntnis setzen müsse.

»Das ist aber nicht weiter schlimm, Monsieur«, versicherte sie lächelnd. »Deshalb braucht Ihr Euch keine Sorgen zu machen.«

»Das tue ich ja auch gar nicht«, erwiderte ich lächelnd. »Gesetz ist schließlich Gesetz.«

»Werdet Ihr lange in unserer Stadt bleiben?«

»Das kann ich leider noch nicht sagen. Ich arbeite an einem Vortrag, dafür muss ich in die Bibliothek der hiesigen Universität.«

»Der Herr ist ein Gelehrter? Welch Ehre!«, rief sie begeistert. »In unserer Universität gibt es sehr viele Bücher. Sagt man jedenfalls.«

Dann verließ sie mich. Apostel sah der schlanken Gestalt noch lange nach.

»Was war das übrigens gerade für ein Unsinn?«, fragte er nebenbei. »Was für einen Vortrag willst du denn halten?«

»Ja, weißt du denn nicht, dass ich an einem Vortrag zur Runensymbolik der drei Urgewalten im Zeichen des Merkurs aus Sicht der theologischen Lehre arbeite?«

»Das ist Ketzerei, wie sie im Buche steht! Hast du jetzt völlig den Verstand verloren?!«

»Das ist überhaupt keine Ketzerei, sondern ein respektables wissenschaftliches Thema. Im Übrigen habe ich die Erlaubnis der Kirche, mich mit dieser Problematik zu befassen. Damit werde ich auch ohne Schwierigkeiten Zutritt zur Bibliothek erhalten.«

»Und da?«

»Von da aus will ich mich mit dem Gelände vertraut machen, bis ich mich in der Universität auskenne wie in meiner Westentasche.«

»Bei allen heiligen Märtyrern! Aber du willst jetzt nicht behaupten, dass du erst über alten Büchern hockst, bevor du mit der Suche nach dem Archiv anfängst!«

»Ein paar Tage werde ich das wohl schon hin und wieder tun«, erwiderte ich und überprüfte derweil rasch die Dielen. An der Wand entdeckte ich eine lockere, die ich sogleich herausnahm, um darunter meinen in einen Lappen eingewickelten Dolch zu verstecken. Dann verschloss ich das Loch wieder und stellte das Bett so, dass es mit einem Bein auf meinem Geheimversteck stand. »Im Übrigen hoffe ich, dass Rance schon etwas herausgefunden hat.«

»Wach auf, Ludwig! Der Bursche verbringt seine Zeit doch nur in Bordellen oder Bierstuben. Ich kann nur noch mal wiederholen: Mit dem stimmt was nicht. Wie der schon guckt! Als ob er ständig irgendwas ausheckt!«

»Wenn du jetzt schon einen Menschen verdächtigst, nur weil er sich auch mal ein paar kluge Gedanken durch den Kopf gehen lässt, übertriffst du dich wirklich selbst«, schnaubte ich. »Wirklich, Apostel, du wirst mit jedem Tag sonderbarer.«

»Und du willst mir weismachen, dass du an den Erfolg eurer Sache glaubst«

»Das tu ich«, erwiderte ich, ohne mit der Wimper zu zucken.

Daraufhin brach Apostel in schallendes Gelächter aus und trug mir anschließend glatt das Gleichnis vom Lügner vor, wobei er das Wort *Lügner* durch meinen Namen ersetzte.

Ich besorgte mir erst einmal einige Würstchen, Roggenbrot und eine Flasche Bier, beobachtete dabei, wie man auf dem großen Marktplatz der Stadt eine Tribüne für irgendwelche Feierlichkeiten aufbaute, und lauschte den Gesprächen um mich herum.

Ruhelose Seelen begegneten mir keine, offenbar gab es sie hier tatsächlich nicht. Studenten und Einheimische schienen die Stadt nach ihrem Tod auf der Stelle zu verlassen.

Die Universität setzte sich aus mehreren alten, dunklen Ziegelbauten zusammen. Das ganze Gelände säumte eine Mauer. Ich machte auch einige mächtige Ahornbäume mit ausladender Krone aus. Rance hatte mir erzählt, dass es noch einen weitläufigen Park und sogar einen kleineren See gebe. Studenten begegneten mir kaum, entweder hörten sie gerade ihre Vorlesungen, oder aber sie strömten noch gar nicht zu diesem Hort des Wissen. Nur eine kleine Gruppe junger Männer hielt auf das weit offen stehende Tor zu, an dem bereits einige weitere Kommilitonen auf sie warteten.

Der König hatte der Universität etliche Privilegien eingeräumt. Dazu gehörte auch, dass längst nicht jeder das Gelände betreten durfte. Im Grunde handelte es sich bei ihr also um einen eigenen kleinen Staat innerhalb der Stadt, der mit eigenen Gesetzen, Regeln, Traditionen und einer jahrhundertealten Geschichte aufwartete.

Da ich erst einen Fuß in die Universität setzen wollte, nachdem ich Rance getroffen hatte, begab ich mich zum Kloster Saint-Clair-Marey, wo wir uns verabredet hatten.

Dafür musste ich durch schmale, ungepflasterte Gassen mit einigen Wirtsstuben höchst fragwürdigen Aussehens laufen. Ich kam an einem alten Steinbrunnen und einer verschlafenen Straßendirne vorbei, die auf den Stufen vor einem heruntergekommenen Haus hockte. In den Fenstern standen Töpfe mit verwelkten Geranien. Madame warf mir einen müden Blick hinterher und fütterte weiter die Tauben mit Brotkrumen.

Der gut gestampfte Weg, der aufs Kloster zuführte, war dagegen recht breit. Zahllose Pilger kamen und gingen. An ihnen sprengten Reiter in kostbarer Kleidung vorbei. Karren brachten Essen für die Mönche. Dieses Kloster war das reichste im ganzen Land – und daher auch das größte und prächtigste.

Als Albaland in Progance eingefallen war, hatte eine Truppe auch vor dem soliden Tor von Saint-Clair-Marey gestanden. Es war jedoch keinem der Soldaten in den Sinn gekommen, in das Kloster einzudringen und es zu plündern. Gold indes hätte es dort genug gegeben.

Meine Landsleute waren auch damals keine Engel, auf Schwierigkeiten war jedoch niemand erpicht. Die Soldaten glaubten an den gleichen Gott wie die Menschen in Progance, waren also keine Ketzer aus dem Osten. Deshalb hatte ihr Befehlshaber auch nur einen Wunsch: einmal die Reliquien zu berühren, die hier aufbewahrt wurden. Damit hatte er sich als echter Christenmensch offenbart, genau wie seine Männer. Dass er den Splitter aus dem Sargdeckel des Herrn anfassen durfte, sollte ihm dann allerdings auch nichts nutzen, denn nur wenige Stunden später traf ihn eine Kugel. Doch wie der Feldkaplan versicherte, sei er ungeachtet all seiner früheren Sünden sofort ins Paradies eingegangen.

Meiner Ansicht nach dürfte sich die Geschichte in Wahrheit jedoch etwas anders abgespielt haben. Saint-Clair-Marey war nur deshalb geschont worden, weil auf seinen Mauern Mönche des Caliquerordens und magiekundige Geistliche standen. Selbst die größten Tausendsassas würden sich nicht mit solchen Gegnern anlegen. Aber gut, ich war und blieb ein ausgemachter Skeptiker. Wer also lieber glauben wollte, dass die Soldaten nur die Reliquien berühren, sich aber keineswegs an den Goldschätzen vergreifen wollten, der mag das auch weiterhin tun. Schaden würde es schon nicht.

Vor dem Kloster erstreckte sich ein Park mit einer kleinen Kirche, die von der Stadt unterhalten wurde. Zu ihr gehörte auch ein Friedhof, auf dem die rechtschaffensten Mönche beerdigt worden waren. Weiter hinten zogen sich Wege entlang, die zu ausgedehnten Spaziergängen einluden, außerdem war dort ein Feld abgesteckt, auf dem allerlei Ballspiele veranstaltet wurden. Einige Mönche in dunkelbrauner Kutte beschnitten gerade Büsche, einer schlummerte unter einem Baum, einen Strohhut übers Gesicht gestülpt.

Der Park folgte der Südmauer des Klosters. Er verströmte noch immer den Duft der gerade verblühten Traubenkirsche. Ich schlenderte einen Weg entlang, bis ich zu einer Bank kam, die neben einem Tisch für Würfelspiele stand. Auf ihr ließ ich mich nieder und holte den frisch erstandenen Proviant heraus.

Rance war noch nirgends zu sehen. Da ich aber hungrig war, beschloss ich, mir in aller Ruhe dieses späte Frühstück zu gönnen.

Vierzig Minuten nach der vereinbarten Zeit tauchte Rance dann endlich auf. Da hatte ich mir bereits Sorgen um ihn gemacht.

»Wie war die Reise?«, erkundigte er sich sofort.

»Warum kommst du so spät?« wollte ich wissen.

»Ich bin in die Kirche gegangen, um die heiligen Sakramente zu empfangen.«

Obwohl Rance sich nicht immer tadellos verhielt, war er ein recht gläubiger Mann, das wusste ich. Deshalb achtete er darauf, einmal in der Woche zur Beichte zu gehen.

»Ich hoffe, du hast deinem Beichtvater nicht anvertraut, wer du eigentlich bist.«

»Keine Sorge, so aufrichtig war ich denn doch nicht«, antwortete er grinsend. »Hast du eine einigermaßen passable Unterkunft gefunden?«

»Ja, ich habe ein Zimmer in der Seidengasse genommen.«

»Haben die Hüter der Lauterkeit dich schon überprüft?«

»Bisher noch nicht. Dich?«

»Ja. Sie haben sogar meine Tasche durchsucht, als ich in die Universität gekommen bin. Den schwarzen Dolch hatte ich natürlich vorher vergraben. Jetzt bin ich als Fechtlehrer eingestellt und bilde einundzwanzig täppische Nichtsnutze aus. Von denen hat überhaupt nur ein Viertel eine vage Vorstellung davon, wie man eine Klinge hält.«

»Hast du schon etwas herausgefunden?«

»Das Archiv liegt in einem der beiden ältesten Gebäude der Universität, also im Park. Dort treibt sich immer allerlei Volk herum. Von dem ursprünglichen Haus steht nur noch eine Mauer. Die habe ich mir mal angesehen. Einen Zugang zu Kellergewölben habe ich allerdings nicht entdecken können, nach dem müssen wir wohl graben.«

»Womit wir aber sofort unnötige Aufmerksamkeit auf uns ziehen würden.«

»Exakt! Deshalb bin ich auch in dem anderen Gebäude gewesen, das jetzt als Speicher dient. Manchmal nutzen es heute auch Menschen, die sich für die Sterne interessieren. Aber auch dort konnte ich bislang nicht in den Keller gelangen.«

»Warum das nicht?«

»Weil der Zugang vermauert ist.«

»Ja wunderbar. Dann lass uns nach Ardenau zurückkehren. Soll Miriam doch mit einem Brecheisen bewaffnet herkommen und den Boden aufreißen.«

»Ich fürchte, so einfach ist das nicht«, hielt Rance dagegen.

»Ach ja, bevor ich es vergesse: Du solltest das Asioviertel meiden. Dort treibt sich nachts irgendeine Mistkreatur herum, die völlig wild auf frisches Blut ist. Deshalb wurden die Patrouillen da verstärkt. Als Fremder könntest du da leicht in Verdacht geraten.« Nach diesen Worten erhob er sich. »Und nun mach's gut, Ludwig.«

»Du auch, Rance«, erwiderte ich, während ich vor meinem inneren Auge bereits sah, wie ich erst Stunden über Büchern brütete, dann das Brecheisen schwang …

»Ich hasse ihn!«, geiferte Apostel, sobald Rance außer Hörweite war. »Dieser Hundsfott, der Herr möge mir meine Worte verzeihen! Wie schafft die Erde es nur, sich nicht unter seinen Füßen aufzutun?! Was für ein Lügenbold!«

»Spar dir deine Tiraden!«, brummte ich. »Sie helfen uns nämlich nicht weiter.«

»Gib diese Sache auf, Ludwig!«

»Das kann ich nicht«, meinte ich seufzend. »Denn zum einen will ich die Magister nicht schon wieder gegen mich aufbringen, das wäre binnen eines Jahres wirklich zu gewagt. Zum anderen ist Miriam nicht für Launenhaftigkeit bekannt. Wenn sie dieses Buch haben möchte, muss es wirklich wichtig sein.«

»Du kannst sie doch überhaupt nicht ausstehen!«

»Trotzdem ist und bleibt sie eine Frau mit scharfem Verstand.«

Ich schnappte mir meine Jacke von der Bank und ging zu meiner Unterkunft zurück.

Die Wirtin setzte mich lächelnd davon in Kenntnis, dass in meinem Zimmer Besuch auf mich warten würde. Man musste keine Geistesgröße sein, um zu wissen, um wen es sich dabei handelte.

Ein Mann mit dem Gesicht eines Gelehrten saß auf dem Stuhl und untersuchte eingehend meine Papiere. All die Empfehlungsschreiben und sonstigen Unterlagen. Sein Gehilfe, ein groß gewachsener, breitschultriger Albino, durchstöberte meine Tasche. Ein dritter Bursche, ein schwarzhaariger und nicht ganz so kräftiger Kerl, türmte die Münzen, die er gefunden hatte, zu Säulen auf.

Alle drei trugen Talare mit einer aufgestickten Eule. Damit waren auch die letzten Zweifel ausgeräumt, um wen es sich bei ihnen handelte. Das Trio hatte jedoch noch einen vierten Gast mitgebracht, eine an ein Tischbein gefesselte dunkle Seele. Obwohl sie bereits den Großteil ihrer Kraft eingebüßt hatte, durfte ich sie keinesfalls unterschätzen.

»Habe ich den Herren etwa erlaubt, in meinen Sachen zu wühlen?«, ergriff ich das Wort. »Lasst das sofort bleiben!«

»Das ist recht kühn gesprochen für einen Bücherwurm«, bemerkte der Albino, fügte sich dann aber dem Befehl seines Vorgesetzten und stellte meine Tasche ab.

»Menschen, die nicht über die Gabe verfügen, haben von uns nichts zu befürchten, Andry«, ermahnte ihn der Mann am Tisch. Gleichzeitig legte er meine Papiere zur Seite. »Vergebt meinem Gehilfen seine rüden Worte, Monsieur Lohmann. Ich bin ... Onkel Rosset, der Vorgesetzte dieser beiden Herren und oberster Hüter der Lauterkeit in diesem Viertel. Werdet Ihr lange in unserem hübschen Städtchen weilen?«

»Ich hoffe, dass ich meine Angelegenheit binnen eines Monats erledigen kann.«

»Ich habe mir die Liste von Büchern angesehen, die Ihr erstellt habt. Sie ist durchaus außergewöhnlich. Arbeitet Ihr an einem Vortrag, den Ihr in der Universität von Ardenau halten wollt?«

»Ja.«

»Ihr seid aus Albaland?«, wollte Andry wissen.

»Nein, aus Westburgon.«

»Aber häufig in Albaland zu Gast?«

»Richtig. Ist das ein Verbrechen?«

»Nein. Verkehrt Ihr auch mit Seelenfängern?«

»Bisher hatte ich dazu noch keinen Anlass. Meine Interessen sind etwas anders gelagert.«

»Nehmt doch bitte Platz! Wie sieht denn das aus, wenn ich sitze, der Herr des Zimmers indessen steht?«, bat Onkel Rosset und wies auf einen Stuhl. Neben ihm lauerte die dunkle Seele.

Ohne jeden Widerspruch ließ ich mich darauf plumpsen. Prompt schob die dunkle Seele auf einen Befehl Rossets ihr aufgerissenes Maul an mein Bein heran. Selbstverständlich erzitterte ich nicht und sah nicht nach unten, sondern beantwortete weiterhin mit der gebotenen Höflichkeit alle Fragen, denn das Trio behielt mich fest im Auge. Onkel Rosset versuchte sogar recht unverhohlen, in meinen Augen abzulesen, ob ich die dunkle Kreatur, die mir schon in der nächsten Sekunde den Fuß abhacken konnte, wahrnahm oder nicht.

Pah! Als ob ein gewöhnlicher Mann, ein schlichter Gelehrter, irgendwelche *Geschöpfe* sehen könnte! Oder auch hören. Denn Rosset befahl der dunklen Seele gerade, unter meinem Stuhl ein kleines Geheul anzustimmen.

Damit, dass ich selbst bei diesen Wimmertönen nicht zusammenzuckte, bereitete ich den drei Herren eine herbe Enttäuschung. Nachdem sie mir noch ein paar Fragen gestellt hatten, verließen sie mich mit der Bitte, einmal in der Woche bei ihnen vorstellig zu werden.

Als Apostel bei seiner Rückkehr hörte, mit wem ich das Vergnügen gehabt hatte, wäre er beinah ein zweites Mal gestorben.

»Nicht eine Stunde kann man dich allein lassen! Heilige Jungfrau Maria! Was haben die hier gewollt?! Mit Sicherheit bist du enttarnt, Ludwig!«

»Nun mach mal halblang! Ich bin überhaupt nicht enttarnt. So wird das in dieser Stadt einfach gehandhabt.«

»Was hast du jetzt vor?«

»Dafür sorgen, dass diese Herren mir nicht noch einmal auf die Pelle rücken. Zum Beispiel wäre es nicht gerade hilfreich, wenn sie dich in meiner Nähe erwischen.«

»Das ist die völlig falsche Antwort, Ludwig, und das weißt du! Die richtige wäre übrigens gewesen: Ich packe meine Sachen und verschwinde von hier.«

»Das ist der völlig falsche Rat, Apostel, und das weißt du.«

»Ludwig! Du tätest gut daran, diesen Rat zu befolgen. Was, wenn die Hüter der Lauterkeit dich im Auge behalten?! Wenn sie nur darauf lauern, dass du sie zu irgendwelchen Spießgesellen von dir führst? Oder zumindest zu Rance.«

»Ich weiß, was ich tue, Apostel. Ich darf mich von diesen Kerlen nicht einschüchtern lassen, sondern muss mich so verhalten, als ginge von ihnen nicht die geringste Gefahr für mich aus. Deshalb werde ich meine Tage völlig unbeschwert in der Bibliothek verbringen. Wenn sie mir tatsächlich folgen sollten, dürfte ihnen das in kürzester Zeit zum Hals raushängen.«

»Wenn du schon so ein Sturkopf bist, dann mach wenigstens diesem Nichtsnutz Rance Feuer unterm Hintern. Er soll dieses Buch finden, damit ihr endlich von hier wegkommt! Die Hüter der Lauterkeit haben eine viel zu feine Nase! Die wittern Seelenfänger eine League gegen den Wind!«

»In dem Fall hätten sie mich längst mitgenommen.«

Er winkte nur mit einer Miene ab, als wäre bei mir wirklich Hopfen und Malz verloren.

Die nächsten Tage lebte ich mehr oder weniger in der Universität von Sawran, vergrub mich in Büchern, machte Aufzeichnungen und traf mich nicht ein einziges Mal mit Rance.

Apostel berichtete mir, dass mein Partner, wenn er nicht gerade Fechtunterricht erteilte, wie ein Irrer durch die Stadt eilte und sich erst am späten Abend wieder den Dingen widmete, mit denen er doch jede freie Minute hätte zubringen müssen.

Da ich Apostels Vorbehalte gegen Rance kannte, nahm ich an, er übertreibe. Dennoch sprach ich Rance darauf an, sobald sich die Gelegenheit ergab.

145

»Hör mal, Ludwig«, erwiderte er barsch, »womit ich meine Zeit ausfülle, wenn ich nicht gerade irgendwelchen Tollpatschen das Fechten beibringe, geht dich einen feuchten Kehricht an.«

»Unter anderen Umständen würde ich dir vorbehaltlos zustimmen. Aber in zwei Tagen muss ich bei den Hütern erscheinen. Weiß der Teufel, wie das ausgeht. Deshalb zählt jede Stunde. Wenn wir unseren Auftrag bis dahin bereits erledigt hätten, käme mir das also äußerst gelegen.«

»Wir sind auf dem besten Wege dahin«, versicherte er. »Vor allem wenn du eifrig Brecheisen und Spitzhacke schwingst.«

Daraufhin brachte er mich zu einem alten Gebäude in der Universität, das aus dunklen, schlecht gebrannten Ziegelsteinen errichtet worden war. Es schien fest mit dem Boden verwachsen. Mit dem graubraunen Laub aus dem letzten Herbst auf dem Spitzdach wirkte es wie aus der Zeit gehoben.

»Dieses Haus liegt über der einstigen Burg der Bruderschaft, die allerdings wesentlich größer war«, erklärte Rance und deutete auf die Bäume. »Wenn die Keller noch erhalten sind, dann sind wir sozusagen schon eine ganze Weile über ihnen gelaufen.«

»Wird das Gebäude noch genutzt?«

»Mittwochs und freitags schon, ansonsten nicht.«

Obwohl der ganze Bau recht verfallen wirkte, war die Tür funkelnagelneu. Das Schloss ebenfalls. Rance zog einen Schlüssel aus seiner Weste und gab ihn mir.

»Öffnest du mal!«

»Ich frage lieber gar nicht erst, wie du an den Schlüssel gekommen bist«, murmelte ich, während ich aufschloss und in den schummrigen Flur eintrat, in dem es recht muffig roch.

»Das ist eine Nachbildung. Es vermisst also niemand seinen Schlüssel. Wir müssen nach rechts. Sei vorsichtig, diese Kisten, die vor der Wand aufgestapelt sind, können jederzeit auf dich drauf fallen. Komm ihnen also besser nicht zu nahe, sonst ziehen wir dich erst wieder unter ihnen hervor, wenn das Jüngste Gericht tagt.«

In einer dunklen Ecke stand eine Öllampe, die Rance nun anzündete.

»Es hat mich einige Mühe gekostet, den Eingang zum Keller zu finden. Dafür habe ich Stunden im Archiv der Universität zugebracht und mir alte Baupläne angesehen. Für dieses Gebäude hier waren Litavier verantwortlich, die ihr Tun in bewundernswerter Weise festgehalten haben. Meine Landsleute sollten sich ruhig ein Beispiel an ihnen nehmen.«

Rance führte mich zu einer Tür am anderen Ende, riss sie auf und betrat als Erster den dahinterliegenden Raum. Er war mit Säcken vollgestellt.

»Ich habe gegraben, wann immer es ging«, sagte Rance und stellte die Lampe auf den Boden. »Das Ergebnis siehst du hier.«

»Wie viel fehlt wohl noch bis zum Keller?«, wollte ich mit einem Blick in die von Rance geschaffene Grube wissen.

»Keine Ahnung. Brecheisen und Spitzhacke stehen jedenfalls ganz zu deiner Verfügung. Du kannst bis zum Einbruch der Dunkelheit arbeiten, bis dahin hat auch die Bibliothek ihre Tore geöffnet. Länger solltest du jedoch nicht hierbleiben, denn dann könnte man dir beim Verlassen des Geländes unangenehme Fragen stellen. Wo ist eigentlich Apostel?«

»Keine Ahnung.«

»Schade! Er könnte sonst Wache schieben und dich warnen, wenn du unangenehmen Besuch erhältst.«

Die nächsten beiden Tagen wechselten wir uns an der Hacke ab und schleppten zerschlagene Ziegel ins Nachbarzimmer. Abends fiel ich nur noch ins Bett und hörte mir kraftlos Apostels Meinung zu unserem Tun an.

Schließlich kam aber doch die Stunde, da der letzte Stein beseitigt war und ich das verhasste Brecheisen endlich fallen lassen konnte.

Ich nahm die Laterne und hielt sie in das entstandene Loch hinein. Unter mir lag ein schmaler Raum voller Gerümpel, der ziemlich muffig roch. Die Wände waren verputzt, Türen entdeckte ich keine. Ich beschloss, den nächsten Schritt erst mit Rance abzustimmen, und verließ das alte Gebäude.

Im Fechtsaal fand ich ihn jedoch nicht, was mich zum ersten Mal stutzig werden ließ, denn eigentlich sollte er heute Unterricht erteilen. Außerdem hatte ich nicht die geringste Vorstellung, wo er sich stattdessen rumtreiben könnte. Da es sinnlos gewesen wäre, im Fechtsaal auf ihn zu warten, verzog ich mich in die Bibliothek, um mal wieder den Gelehrten zu mimen. Notfalls würde mich Rance hier rasch finden.

Nach einer Stunde tauchte er endlich auf, zeigte sich mir aber nur kurz und verschwand dann wieder, ohne mich angesprochen zu haben. Ich wartete ein paar Minuten, stellte dann das Tintenfass weg, faltete meine Blätter, steckte sie in die Tasche und ging in den Park. Rance machte einen aufgelösten und müden Eindruck.

»Wir haben einiges zu besprechen«, sagte er.

»Völlig richtig. Ich bin nämlich mit der Graberei fertig.«

»Wunderbar!«, rief er aus, und seine Müdigkeit war wie weggeblasen. »Dann lass uns diesen Auftrag zu Ende bringen! Hast du schon einen Blick in den Keller geworfen?«

»Nur so weit, um zu erkennen, dass wir ein Seil brauchen.«

»Das liegt längst bereit. Also los, frisch ans Werk!«

Das Seil wartete in einem der Säcke auf uns. Rance band es an einen Balken, der aus der Wand herausragte und warf die Spitzhacke durchs Loch in den Keller. Anschließend ließ er sich am Seil hinunter und fing schon mal an, die Wände nach einem Hohlraum abzuklopfen.

»Nächstes Mal besorge ich uns Schießpulver«, brummte ich.

»Es wäre auf alle Fälle besser als ein Brecheisen«, stimmte Rance zu. »Aber hier ist nicht mehr viel Arbeit nötig. Pass auf!«

Er holte aus und rammte die Hacke mit aller Kraft in die Wand.

Seite an Seite sorgten wir dann für einen Durchbruch, der groß genug war, damit wir durchkriechen konnten. Wir gelangten in einen Gang, der stark abfiel. Ich drehte den Docht der Laterne so weit wie möglich heraus. Am Ende des Gangs wartete bereits das nächste Hindernis in Form einer Bretterwand auf uns. Wir griffen erneut zu unseren Werkzeugen und spalteten das morsche Holz.

Dahinter lagen weitere kalte Räume. In ihnen zog es wie Hechtsuppe. Die steinernen Decken waren völlig verrußt. Eine Fackel hatte hier allerdings schon seit Jahrhunderten niemand mehr entzündet. Überall hatten sich die Wurzeln der Bäume im Park ihren Weg durch das Gemäuer gebahnt. Der Anblick war ein wenig schauerlich.

»Wenn mich nicht alles täuscht, befinden wir uns jetzt unter dem Hundetor«, meinte Rance und sah sich um. »Das heißt, wir müssen nach links, zum Dolchturm. In seinen Kellern war das Archiv untergebracht.«

Er ging voraus. Das Echo unserer Schritte hallte dumpf von den Wänden wider. Zum Glück war der Gang nicht verschüttet. Den Dolchturm erkannten wir, indem wir das Fundament mit einer Skizze verglichen, die Rance besorgt hatte.

Die gerippten Säulen, um die sich Baumwurzeln schlangen, wuchsen förmlich aus dem Boden heraus und verschwanden dann in der Gewölbedecke. Dort gab es auch noch Überreste einer schmalen Treppe. Im Boden lag dicht vor einer Wand ein Schacht, der senkrecht in die Tiefe führte.

»Das ist ein Notbrunnen«, erklärte ich.

»Stimmt. Wir müssen die Wand untersuchen, da gibt es irgendwo einen Schlitz, der gerade groß genug für eine Münze ist.«

Er zog die Kette mit der Silbermünze aus seinem Hemdabschnitt, nahm sie ab und machte sich daran, die Wand rechts des Brunnens abzusuchen. Da wir nur eine Laterne hatten, mussten wir zwei Runden im Raum drehen, ehe ich endlich den Schlitz ertastete, der sich etwa auf meiner Kopfhöhe befand.

»Ich hab ihn!«, rief ich.

»Bestens«, sagte Rance und reichte mir die Münze.

Ich schob sie in die Aussparung. Mit einem widerwärtigen Quietschen glitt die Mauer zur Seite.

»Es geht doch nichts über eine schöne Schatzsuche!«, stieß

Rance begeistert aus und betrat den quadratischen Raum mit den Wänden aus weißen Steinblöcken. »Vor allem wenn dir dabei keine Gefahr droht.«

Wir gingen weiter und fanden schließlich, was wir gesucht hatten. Das Geheimarchiv der Seelenfänger war in einem derart engen Raum untergebracht, dass er eher die Bezeichnung Hundehütte verdient hätte. Das einzige Regal darin drohte ihn fast zu sprengen. Die Bücher waren zerschlissen, die Einbände hatten sich im Laufe der Jahre allesamt gelöst.

»Die Zeit kennt einfach kein Erbarmen«, murmelte ich.

Recht schnell entdeckten wir das Buch mit dem roten Ledereinband und der Silbereinlage, die inzwischen jedoch schwarz angelaufen war. Es war recht groß und besser als die übrigen Werke erhalten, wenn auch der Schnitt bereits so vergilbt war, dass seine Farbe als dunkelbraun gelten musste. Ich reichte es Rance.

»Der Beschreibung nach müsste es das sein«, sagte ich.

»Ziemlich schwer«, bemerkte er und wog es in der Hand. »Das kommt mir irgendwie seltsam vor. Und dann noch mit einem Schloss …« Er holte ein Stilett heraus. »Ich hoffe, Miriam wird mir das verzeihen.«

»Du kannst ja jederzeit behaupten, dass es bereits offen war, als wir es gefunden haben.«

Indem er sein Stilett als Hebel ansetzte, knackte er das silberne Bügelschloss und schlug das Buch auf.

»Das nenn ich mal einen Schmöker!«, stieß er aus.

Das Buch war in der Tat außergewöhnlich. Irgendein Vandale hatte in die alten Seiten ein Loch geschnitten und damit ein Geheimversteck geschaffen. Im Grunde war also bloß noch der Einband des Buchs erhalten, der Text war durch die Beschädigung viel zu zerstückelt, als dass er als solcher noch brauchbar gewesen wäre. In der Kuhle lag ein kleiner Dolch.

Rance nahm ihn an sich und betrachtete ihn eingehend. Nach einer Weile reichte er ihn mit verständnislosem Blick an mich weiter.

Die Klinge hatte eine dunkle Schneide und erinnerte an unsere schwarzen Dolche. Allerdings endete der Griff in einem merkwürdigen schwarzen Stein. Wenn an seiner Stelle ein Saphir gesessen hätte, wäre ich mir sicher gewesen, die Klinge eines Seelenfängers vor mir zu haben. Der dunkle Stein sprach indes gegen diese Vermutung. In seinem schwarzen Herzen bewegte sich langsam etwas hin und her, das wie Nebel oder Milch aussah.

»Ich hab nicht die geringste Vorstellung, was es mit diesem Ding auf sich hat«, gestand ich, als ich Rance die Klinge zurückgab. »Nimm sie an dich, sollen sich die Magister damit beschäftigen.«

»Mhm«, brummte er nur, legte die Klinge zurück ins Buch und verstaute dieses in seiner Tasche. »Und jetzt lass uns von hier verschwinden. Die Feuchtigkeit hier unten bekommt meinen Knochen nämlich gar nicht.«

Als wir aus dem kalten Keller herauskamen, wartete Apostel bereits an dem Loch im Boden auf uns. Sobald er uns sah, stieß er vor Erleichterung einen Seufzer aus.

»Was ist?«, überrumpelte er uns sofort mit Fragen. »Habt ihr diesen dämlichen Auftrag endlich erledigt? Können wir diese vermaledeite Stadt nun verlassen? Wäre höchste Zeit…«

»Wir müssen nur noch packen«, antwortete ich.

»*Du* musst packen«, stellte Rance da zu meiner Überraschung klar. »Ich habe hier noch was zu erledigen.«

»Und was?«, fragte ich erstaunt zurück. »Wir haben das Buch doch!«

»Hugo Lefevre ist in der Stadt«, teilte er mir mit. »Ich habe ihn gestern Abend gesehen. Mit ihm hab ich noch ein Wörtchen zu reden.«

Mir war nicht auf Anhieb klar, von wem er sprach. Als es mir endlich aufging, wusste ich auch, wie das Gespräch enden würde.

»Deshalb wolltest du also bei diesem Auftrag dabei sein«, sagte ich. »Aber es wäre unklug, noch länger in der Stadt zu bleiben. Wir müssen weg, bevor jemand das Loch im Boden entdeckt und uns auf die Schliche kommt!«

»Das kann ich nicht. Dazu träume ich schon viel zu lange davon, diesen Wurm zu zertreten.«

»Aber das ist ein Verbrechen!«, empörte sich Apostel.

»O nein«, widersprach Rance, »das ist Gerechtigkeit!«

»Ludwig...«, wandte sich Apostel an mich.

»Ist es nicht Sache des Herrn, Mörder zu bestrafen?«, knurrte Rance.

»Falls du es nicht begriffen hast, will ich es gern noch einmal wiederholen«, geiferte Apostel. »Der Herr bestraft Sünder, wenn ihre Zeit gekommen ist. Niemand von ihnen wird dann lange vor dem Tor zu seinem Reich herumlungern, sondern geradenwegs in den höllischen Backofen befördert. Wenn dir das hilft, dann geh davon aus, dass der Erzengel Michael diesem Lefevre einen gewaltigen Tritt in den Allerwertesten verpasst, sodass er, an den Wolken vorbeistürzend, unmittelbar unter dem dornenbesetzten Mühlstein des Satans landet.«

»Du bist das größte Lästermaul von Priester, das mir je begegnet ist«, bemerkte Rance kopfschüttelnd. »Schlimmer als alle Ketzer Vitils zusammen.«

»Ich werde in Zukunft öfter für dich beten.«

»Nur wird der Herr deine Gebete nicht erhören.«

»Als ob du mehr erreichen würdest!«, konterte Apostel und drehte sich erneut mir zu. »Du musst ihn davon abhalten, Ludwig!«

Was erwartete er bloß von mir? Ich kannte Rance. Er würde nie im Leben auf mich hören.

»Willst du mich etwa aufhalten?«, fragte Rance denn auch grinsend und sah mich herausfordernd an.

»Das würde mir eh nicht gelingen.«

»Ich wusste, dass du ein kluger Kopf bist, Ludwig. Und ich schwöre es, dass ich mit diesem Lefevre nur mache, was er auch mit meinem Bruder gemacht hat.«

»Du lädst Sünde auf dich«, ließ Apostel nicht locker.

»Zerbrich dir darüber nicht den Kopf!«

»Was ist mit deiner unsterblichen Seele?«

»Glaubst du daran, dass sie unsterblich ist?«, parierte Rance und sah ihn finster an. »Wenn es so ist, dann werden mich die Erzengel sofort ins Paradies einlassen, kaum dass ich Lefevre das Herz aus der Brust geschnitten habe. Denn nicht jeder ist zu einer solch gerechten Tat imstande. Gerechtigkeit walten zu lassen, ist eine Frage der Ehre. Es ist eine Pflicht der Seelenfänger, die wir nicht auf Söldner abwälzen dürfen. Geschmeiß wie Lefevre muss wissen, dass es früher oder später für sein Tun die Rechnung zu zahlen hat. Notfalls würde ich diesen Mistkerl sogar aus dem Grab ziehen und seine Gebeine in ungeweihter Erde verbuddeln. Denn niemand hat das Recht, einen Seelenfänger zu töten.«

»Sein Leben liegt in Gottes Hand«, beharrte Apostel, »nicht in deiner.«

»Ach ja? Und was ist mit all den Richtern, Inquisitoren und Henkern, Fürsten, Bürgermeistern, Generälen und was weiß ich noch mit wem? Hängen die etwa an Strippen, die Gott in Händen hält?« Dann drehte er sich mir zu. »Ich werde dich nicht begleiten. Nimm du daher das Buch für Miriam an dich, denn du lässt Progance schneller hinter dir als ich. Bei dir ist die Klinge deshalb in sichereren Händen.«

»Ich verlasse dich jetzt nicht«, erklärte ich. »Wir brechen gemeinsam auf, das ist viel sicherer.«

»Sicherer!«, höhnte Apostel. »Nachdem du bei einem Mord mitgemischt hast und euch die halbe Stadt deswegen sucht!«

Rance machte eine derart energische Handbewegung, als wollte er Apostel wie eine lästige Mücke abwehren.

»Wieso willst du bleiben?«, wollte er dann von mir wissen.

»Jemand muss dir doch Rückendeckung geben«, antwortete ich. »Außerdem lassen Seelenfänger einander nicht im Stich.«

Während ich nach Hause eilte, schwieg Apostel hartnäckig – womit er sich beredter gab als mit jedem langen Vortrag.

»Du weißt, wie Rance' Bruder ums Leben gekommen ist?«, strich ich schließlich die Segel.

»Fängst du also schon an, über den Tod nachzudenken? Hast

du endlich begriffen, worauf du dich da einlässt?«, giftete er, fügte dann aber in sachlicherem Ton hinzu: »Nein, das weiß ich nicht.«

»Er war ein Jahr jünger als ich und mit zwei jungen Seelenfängern im Grenzgebiet von Progance unterwegs. Das war kurz nachdem er die Schule in Ardenau abgeschlossen hatte. Die drei jungen Burschen haben kein Hehl daraus gemacht, dass sie Seelenfänger waren, was sich als überaus leichtsinnig herausstellen sollte, obwohl die Herberge, in der sie Quartier genommen hatten, noch in Albaland lag. Irgendwelche Söldner haben aber einen Streit mit ihnen angefangen, der in eine Schlägerei ausartete, genauer gesagt in ein blutiges Gemetzel. Die beiden anderen Seelenfänger wurden noch in der Herberge getötet, aber Rance' Bruder wurde hinausgeschleift und … kurz und gut, es war eine hässliche Geschichte. Für diejenigen, die ihnen das angetan hatten, endete sie freilich noch schlimmer.«

»Wurden sie verurteilt?«

»So kann man es ausdrücken. Die Bruderschaft hat sich den Wirt der Herberge vorgeknöpft, bevor die Stadtwache ihn aufhängen konnte. Und da hat er die Namen der Mörder ausgespuckt. In den nächsten Jahren haben die Seelenfänger alle, die an diesen Morden beteiligt waren, grausam zur Strecke gebracht. Grausam und ohne jedes Mitleid. Rance ist jedes Mal dabei gewesen. Angeblich hat er die Burschen getötet. Den Kopf der Bande hatte man jedoch bis heute nicht ausfindig machen können.«

»Das gibt Rance dennoch nicht das Recht, diesen Lefevre zu ermorden. Und du solltest dich da unbedingt raushalten.«

»Ich lasse Rance nicht im Stich. Das würde ich mir nie verzeihen.«

»Aber jemandem das Leben zu nehmen, das kannst du dir verzeihen, ja? Du bist kein Mörder, Ludwig. Blutrache gehört nicht zu deinen Gepflogenheiten.«

»Nicht?«, fragte ich nur. Daraufhin beschloss Apostel, sich in Schweigen zu hüllen.

Die Abenddämmerung hatte sich bereits herabgesenkt, die Straßen waren leer, denn in diesem Teil der Stadt ging man früh zu Bett. Die Studenten frönten in der Regel in den nördlichen Stadtteilen ihrem Vergnügen, wo sie die ganze Nacht tranken und ihre Lieder grölten. Während ich schnellen Schrittes meinen Weg zurücklegte, sah ich mich aufmerksam nach allen Seiten um, da ich mir ein Bild über mögliche Fluchtwege verschaffen wollte.

Nachdem ich in mein Zimmer zurückgekehrt war, hatte ich den unter der Diele versteckten Dolch an mich genommen, auch das Geld sowie den Umhang eingepackt und der freundlich lächelnden Wirtin erklärt, dass ich erst spät zurückkommen würde.

Rance wartete am Flussufer auf mich und führte mich ohne ein Wort zu sagen zu den nahe einer Mühle gelegenen Lagerhallen der Filzhändler. Die Sonne war fast untergegangen, die Felder jenseits des Flusses wurden bereits von der Abenddämmerung geschluckt.

»Bist du sicher, dass es der richtige Mann ist?«, fragte ich ihn.

»Was glaubst du eigentlich, womit ich meine Zeit in den letzten Tagen verbracht habe?«, erwiderte er mit einem Grinsen, das mir nicht gerade gefiel. »Ich irre mich nicht. Also überlasse ihn mir!«

Die Lagerhalle war nicht abgeschlossen. Vier kräftige Männer, bei denen es sich der Kleidung nach zu urteilen, um Hilfsarbeiter handelte, schnitten im Licht von mehreren Laternen mit großen scharfen Messern den Filz, rollten ihn und luden ihn auf einen Karren. Als wir uns ihnen näherten, stellten alle wie auf Befehl ihr Tun ein und sahen uns ebenso mürrisch wie neugierig an.

»Ich suche Monsieur Lefevre«, erklärte Rance.

»Was willst du von ihm?«, fragte einer der vier, ein gedrungener älterer Mann mit trüben Augen.

Rance knöpfte einen Beutel von seinem Gürtel und schwenkte ihn so, dass ein unverwechselbares Klirren zu hören war.

»Ein Freund hat Spielschulden bei ihm und mich gebeten, ihm das Geld zu geben. Wenn er nicht hier ist, komme ich später wieder.«

»Lass das Geld hier, wir geben es Lefevre«, schlug der Mann vor.

»Daraus wird nichts. Diese Münzen gebe ich einzig und allein dem Monsieur. Schließlich will ich mir keine Schwierigkeiten einbrocken.«

Er machte ein paar Schritte auf die Männer zu, wobei er immer noch mit den Münzen im Beutel klimperte.

»Es tut mir leid … Monsieur«, sagte der Mann mit den trüben Augen. »Aber einen Lefevre haben wir hier nicht.«

»Wenn du mich fragst, siehst du ihm ausgesprochen ähnlich«, erwiderte Rance. »Jedenfalls wenn ich der Beschreibung meines Freundes trauen darf. Hugo Lefevre, vor Jahren mal Kommandant von ein paar Söldnern. Hat damals drei Seelenfänger ermordet. Alle anderen Söldner haben für ihre Taten schon bezahlt. Fehlst nur noch du.«

Lefevre schleuderte sein Messer ohne jede Vorwarnung gegen Rance, der jedoch in letzter Sekunde noch wegsprang und gleichzeitig einem der Arbeiter, der sich auf ihn stürzen wollte, den schweren Beutel mit den Münzen ins Gesicht schmiss. Die Lippe des Mannes platzte sofort. Mir rückte ein glatzköpfiger Kraftbolzen auf die Pelle, der meine ganze Aufmerksamkeit in Anspruch nahm. Das Beil in seiner Hand war nämlich rasiermesserscharf, außerdem wusste er es so schnell zu führen, dass ich erhebliche Mühe hatte, ihm das Gesicht aufzuschlitzen. Sobald er zurückwich, ging ich zum Angriff über und trieb ihm die Klinge in den Bauch.

Rance hatte in der Zwischenzeit zwei Kerle mit ihren eigenen Degen erledigt und war verschwunden, um Lefevre, dem letzten Mörder seines Bruders, nachzusetzen. Ich holte ihn erst am Fluss ein, wo er wilde Flüche zum Himmel hochschickte. Der Bursche war ihm entkommen.

»Den erwische ich noch!« Tobsucht ließ seine Augen funkeln. »Und wenn es das Letzte ist, was ich in meinem Leben tue! Ich erledige diesen Auswurf! Nur deshalb bin ich hierher-gekommen. Solange er noch lebt, ist mein Bruder nicht ge-rächt!«

»Und du hast darüber völlig den Verstand verloren. Du hat-test deine Möglichkeit, aber du konntest sie nicht nutzen. Des-halb brechen wir jetzt sofort auf! Bevor der Dreckskerl noch zwei und zwei zusammenzählt und den Hütern der Lauterkeit steckt, dass zwei Seelenfänger in der Stadt sind.«

»Ich reite nirgendwohin!«

»Ich habe keine Zeit, dich zu überreden« sagte ich und machte ein paar Schritte auf ihn zu.

»Spar dir bitte jede Drohung, Ludwig«, erwiderte er und riss den Degen hoch. »Denn die Klinge weiß ich erheblich geschick-ter zu führen als du.«

»Tu nichts, was du später bereust. Und komm jetzt endlich zur Vernunft!«, bat ich ihn, allerdings ohne noch weiter auf ihn zuzugehen. »Wir müssen das Buch nach Ardenau bringen.«

Er sah mich finster an, senkte die Waffe und atmete tief durch.

»Du hast einmal gesagt«, zischte er immer noch wütend, »dass ich keine Kompromisse eingehe. Jetzt biete ich dir einen Kompromiss an. Ich finde Lefevre allein. Das ist sowieso meine Rache, da brauche ich dich nicht. Nimm du also das Buch und verschwinde!« Daraufhin warf er mir die Tasche zu.

Mich nach allen Seiten umschauend, eilte ich die Straßen hin-unter. Die Tasche mit dem Buch hing über meiner Schulter. Wie um alles in der Welt sollte ich die Stadt jetzt noch unbemerkt verlassen?

»Es kommt noch so weit, dass wir unseren eigenen Schatten fürchten«, bemerkte Apostel.

Ich antwortete nicht.

»Vermutlich wäre es doch besser gewesen, wenn ihr die Stadt zusammen verlassen hättet.«

»Das denke ich auch. Aber Rance war auf beiden Ohren taub.«

Als ich dann nur noch einen Steinwurf vom Stadttor entfernt war, wurde ich eingeholt.

Zwei Schatten tauchten aus dem Dunkel auf und versperrten mir rechter Hand den Weg, einer zeigte sich zu meiner Linken, ein weiterer atmete schwer in meinem Rücken. Ich stürzte mich auf den nach Schweiß stinkenden Kerl hinter mir und trieb ihm den Dolch in die Brust. Als der Kerl mir vor die Füße fiel, zog ich seinen Säbel aus der Scheide. Den weiteren Kampf würde ich mit zwei Klingen austragen.

Die übrigen Schatten zögerten, ihren Angriff fortzusetzen.

»Wir brauchen ihn lebend!«, rief einer von ihnen. »Hat jemand ein Netz?!«

Mit einem kühnen Sprung entkam ich diesem Netz, das aus der Finsternis in meine Richtung geworfen worden war. Großer Dank also für diese Warnung, sie kam gerade rechtzeitig. Während ich bereits davonstürmte, saugte sich das Netz wie ein Krake an dem bereits verströmten Blut fest.

»Verflucht!«

Zwei Burschen eilten mir nach, behinderten sich aber gegenseitig, sodass ihr Angriff missglückte. Mit meinem Dolch wehrte ich die Keule, die mir über den Schädel gezogen werden sollte, mühelos ab und schlitzte dem einen Burschen die Kehle mit dem Säbel auf.

Erneut stieß jemand einen Fluch aus. Diesmal erkannte ich die Stimme des Albino. Die beiden noch überlebenden Hüter der Lauterkeit nahmen mich in die Zange. Als ich dem einen gegen das Bein trat, verfehlte ich mein Ziel und rutschte auf dem blutbeschmierten Pflaster aus. Diesen Fehler machten sich meine Gegner sofort zunutze. Ein kräftiger Tritt beförderte mich rücklings zu Boden. Massive Pranken umfassten mein rechtes Handgelenk, sodass ich den Säbel nicht mehr einsetzen konnte.

»Ich hab ihn!«

Blind stieß ich mit dem Dolch nach ihm. Erfolgreich. Mit einem entsetzten Aufschrei fiel der Mann auf mich. Ich rammte ihm die Klinge noch mehrmals in den Rücken.

Dann aber traf der Stiefel des Albino meinen Kopf und unterband meine Angriffe.

»Holt den Toten von ihm runter!«

Damit wurde ich zwar von der Last auf meiner Brust befreit, doch nun hagelte es Tritte. Mir blieb nichts anderes übrig, als die Zähne zusammenzubeißen und sie über mich ergehen zu lassen.

»Genug!«, schrie eine bekannte Stimme. »Das reicht! Bringt ihn weg!«

»Gut, Onkel Rosset. Gib mir mal das Netz, du Schwachhirn!«

»Nehmt den Karren! Ach was für ein herrlicher Tag!«

Und dann wurde ich fortgekarrt.

Binnen eines halben Jahres war ich damit zum zweiten Mal wie ein Kaninchen in die Falle getappt und durfte mein Dasein als Gefangener fristen. Nur die Kerkermeister hatten gewechselt. An die Stelle des Zauberers Walter und des Markgrafen Valentin waren die Hüter der Lauterkeit getreten.

Mein eines Auge war völlig zugeschwollen, meine Rippen schmerzten entsetzlich, meine Lippen waren aufgeschlagen. Dazu kam der Durst. Man hatte mir eiserne Handfesseln angelegt, von denen eine Kette zu einem Ring in der Decke führte. Nie im Leben würde ich mich daraus befreien können.

Der runde, fensterlose Raum war groß und kalt. Aber natürlich dachte niemand daran, ein Feuer in dem Kohlebecken in der Ecke anzuzünden. Auf dem wuchtigen Holztisch brannten einige Kerzen. Diesem Tisch galt meine ungeteilte Aufmerksamkeit, fanden sich auf ihm doch Unmengen vergilbter Schriftrollen, etliche Kolben, schmale Glasgefäße mit Flüssigkeiten in den unterschiedlichsten Farben und ein Mörser mit einem kupferroten Pulver. In einem Glasbehältnis schwamm eine glupschäugige Kreatur. Ewas weiter hinten gab es ein zweites Kohlebecken und einen kleinen Schmelzofen. Von der Decke hing ein ausgestopftes Krokodil herab, auf dem Schrank thronte der Schädel eines Angshees.

Ohne jede Frage beschäftigte man sich in diesen Gemäuern mit Alchemie, vielleicht sogar mit etwas noch Widerwärtigerem. Inmitten all dieser hübschen Utensilien machte ich auch meine Tasche aus. Das Buch lag daneben. Immerhin hatten sie es noch nicht näher untersucht, weil sie voll und ganz von meinem schwarzen Dolch in Anspruch genommen waren. Auch er lag jetzt auf dem Tisch – und war damit unerreichbar für mich.

Ich zerrte vierzig Minuten lang an den Ketten, bevor der Albino und der schwarzhaarige Kerl erschienen.

»Pech gehabt, Seelenfänger«, meinte Schwarzhaar grinsend.

Ich verkniff mir jede Erwiderung.

»Du wirst den Mund schon noch aufmachen«, fuhr er frohgemut fort. »Spätestens, wenn wir deine Hacken rösten. Das wird eine lustige Nacht. Morgen früh bringen wir dich dann zu den älteren Hütern. Sie möchten natürlich auch ihr Vergnügen mit dir haben.«

»Das bringt nichts«, sagte der Albino, dem nicht entgangen war, dass ich abermals an den Ketten zerrte. »Die reißt du nicht durch, Seelenfänger.«

»Das müsst ihr erst mal beweisen – dass ich ein Seelenfänger bin.«

»Wir haben deinen schwarzen Dolch entdeckt, du Wurm!«

»Den habe ich irgendwo unterwegs gefunden.«

»Blödsinn! Das ist dein Dolch – und der sagt uns, dass du ein Seelenfänger bist!«

In dieser Sekunde kam Lefevre herein.

»Monsieur Lefevre hat seinem Land einen unschätzbaren Dienst erwiesen, als er uns auf dich aufmerksam gemacht hat«, verkündete Schwarzhaar voller Glückseligkeit. »Dir wird der Prozess gemacht, Seelenfänger, danach wirst du auf dem Marktplatz gerädert. In unserem aufgeklärten Land halten sich nämlich alle ans Gesetz. Das hindert mich freilich nicht daran, deine Hacken noch zu rösten, bevor das Gericht zusammentritt.«

Die drei fingen herzhaft an zu lachen. Lefevre nahm meinen Dolch an sich, trat dicht an mich heran und näherte die Spitze der Klinge meinem rechten Auge. Ich drehte den Kopf nicht weg.

»Angst kennst du wohl gar nicht?«, höhnte er. »Aber gut. Die Seelenfänger damals in der Herberge waren auch keine Feiglinge. Und wo sind sie jetzt? Sobald die Hüter der Lauterkeit deinen feinen Freund gefunden haben, geht der Spaß los. Ich werde mir nicht eine Sekunde davon entgehen lassen.« Dann wandte er sich an Albino und Schwarzhaar. »Wollt ihr Wein?«

»Dumme Frage«, erwiderte Albino, der sich gegen die Tischkante gelehnt hatte.

Lefevre nickte mir noch einmal zu und verließ den Raum.

Ich richtete den Blick wieder auf meine Kerkermeister. Offenbar hatten sie den Befehl, mich vorerst nicht anzurühren, sodass sie mir nur blutrünstige Blicke zuwarfen. Nach einer Weile verloren sie jedes Interesse an mir und entfachten tatsächlich ein Feuer im zweiten Kohlebecken.

Diese Tätigkeit nahm sie derart in Anspruch, dass sie gar nicht bemerkten, wie jemand den Raum betrat. Ich hätte vor Erleichterung fast laut gejauchzt, biss mir aber noch rechtzeitig auf die Zunge. Rance pirschte sich an den Albino heran und trieb ihm den Säbel mit einer derartigen Wucht in den Rücken, dass die Spitze an der Brust wieder herauskam.

Schwarzhaar fiel vor Überraschung glatt von der Kiste, auf der er Platz genommen hatte, schrie, versuchte noch, Rance abzuwehren, war dann aber im Nu tot.

Als Rance meine Handfesseln sah, ging er zum Tisch.

»Ich will doch hoffen, dass sie den Schlüssel hiergelassen haben.«

»Beeil dich, wir kriegen nämlich gleich Besuch.«

»Im Grunde haben wir noch Glück im Unglück«, meinte er, während er die Behältnisse, Papiere und Zähne irgendeines Tiers vom Tisch fegte. »Du bist in keinem Kerker, sondern bloß in einem Haus mit Keller. Es war ein Kinderspiel, hier reinzukommen, und es wird ein ebensolches Kinderspiel sein, wieder herauszukommen. Bis auf die beiden Schafsköpfe gab es keine Wachen.«

»Weil alle dich suchen.«

»Umso besser.«

Das Gefäß mit der widerwärtigen Kreatur landete ebenfalls auf dem Boden.

»Verflucht!«, schrie Rance. »Wo haben die nur diesen dämlichen Schlüssel versteckt?!«

»Sieh mal in den Taschen von den beiden Toten nach«, riet ich ihm. Ich sollte recht behalten. Der Schlüssel fand sich bei Schwarzhaar. Nun konnte mich Rance endlich von meinen Fesseln befreien.

»Ich bin froh, dass du gekommen bist.«

»Es war immerhin meine Sturköpfigkeit, die dich überhaupt in diesen Keller gebracht hat«, entgegnete Rance, der bereits das Buch in die Tasche stopfte und mir meinen schwarzen Dolch zuwarf. »Und jetzt nichts wie weg hier, bevor es zu spät ist. Kannst du gehen?«

»Ja.«

Er rannte den Gang hinunter und stürmte die Treppe hoch ins Erdgeschoss. Sie führte in einen Wohnraum.

»Das ist so leicht, als ob du einem Kind einen Bonbon stibitzt«, verkündete Rance und riss die Haustür auf.

Die breite Klinge bohrte sich ihm noch im selben Atemzug in die Brust. Zusammengekrümmt torkelte er rückwärts gegen die Wand, eine Hand auf die Wunde gepresst. Lefevre schleuderte eine Weinflasche auf mich, kam ins Haus und hielt grinsend auf mich zu. Erst als der Dolch des verletzten Rance' sich in seinen Unterschenkel bohrte, wich die Häme aus seinem Gesicht, und der Mann jaulte auf.

Doch da war ich schon bei ihm und rammte ihm meine Faust ins Gesicht, fing seine Hand ab und drehte sie herum. Obwohl in meinen Rippen nackter Schmerz explodierte, gelang es mir, Lefevre zu Boden zu werfen. Dort versenkte Rance seinen Dolch im Hals des Söldners.

»Das war's«, sagte mein Partner grinsend, wobei Blut aus seinem Mund sickerte. »Endlich!«

»Lass mich mal deine Verletzung sehen.«

»Nicht nötig«, wiegelte er ab. »Brich du lieber gleich nach Ardenau auf. Und vergiss die Tasche nicht.« Er verschluckte sich am Blut und hustete. »Wir haben uns hervorragend ergänzt, findest du nicht auch?«

Ich nickte bloß, während ich zusah, wie Rance, der sturste, rachsüchtigste und unerbittlichste Seelenfänger, den ich kannte, sein Leben aushauchte.

»Tu mir noch einen Gefallen, Ludwig.«

»Welchen auch immer du willst.«

Er schloss die Augen. Das Blut schoss stoßweise aus seiner Wunde. Nach einer Weile sah er mich wieder an.

»Sprich das Totengebet für mich.«

»Ich bin kein Priester.«

»Das spielt doch keine Rolle.«

Daraufhin bekreuzigte ich mich.

»*De profundis clamavi ad te, Domine; Domine, exaudi vocem meam*«, hob ich an. »Aus der Tiefe rufe ich, Herr, zu dir: Herr, höre meine Stimme!«

Jasseines, die erste Stadt hinter der Grenze von Progance im nordwestlichen Udallan, empfing mich mit unaufhörlichem Regen. Apostel blickte mürrisch auf die dichte Wolkendecke und schüttelte verzagt den Kopf.

»Seit einer Woche nichts als Regen. Bis du nach Livetta kommst, hast du dich selbst in Wasser verwandelt.«

Ich stieg aus der Kutsche, warf den Schlag zu und begab mich zu einem Gebäude, das mit dem Schild *Fabien Clement & Söhne* auf sich aufmerksam machte. Da ich nicht unbedingt einen passablen Eindruck machte – mein Gesicht zierten nach wie vor einige hübsche Veilchen – begegneten mir die Türsteher mit äußerstem Misstrauen. Das änderte sich erst, als sie herausgefunden hatten, wer ich war.

»Herr van Normayenn, welch Vergnügen«, begrüßte mich der grauhaarige, völlig unscheinbare Mann hinterm Ladentisch. »Wie können wir Euch zu Diensten sein?«

Ich zog das in rotes Leder gebundene Buch aus meiner Tasche.

»Ich würde Euch bitten, dieses Buch schnellstmöglich jemandem zukommen zu lassen. Ginge das?«

»Aber sicher. Das heißt, sofern Euch der Preis, den wir dafür verlangen, nicht abschreckt«, antwortete er und griff bereits nach Tintenfass und Feder. »An wen soll das Buch gehen?«

»An die Herrin Miriam von Lillegolz, Magistra in der Bruderschaft der Seelenfänger. In Ardenau.«

3

Der Blickzard

Das Dorf, gelegen an der Grenze Udallens zu den Kantonsländern, hatte einen höchst zutreffenden Namen: Loch. Als Apostel das hörte, bekam er prompt einen derartigen Lachanfall, dass er sich wie ein Wahnsinniger auf der Wiese vorm Haus des Dorfältesten kugelte, einem Gebäude, das nach meinem Dafürhalten nicht einmal mehr den nächsten Winter überstehen dürfte.

Ich hatte mich in ebendieses Loch gerettet, nachdem ich Progance endlich hinter mir gelassen hatte und mich schweren Herzens auf den Weg nach Litavien begab. Dann musste ich überraschend in Erlenhof Station machen, um dort zwei Fleischvertilgerinnen zu vernichten, die sich in einem Kornspeicher eingenistet hatten. Eigentlich wollte ich danach durch den Eulenwald weiterziehen, weil ich so auf schnellstem Wege in dichter besiedelte Gegenden gelangte, wo ich irgendwo in eine Kutsche steigen konnte, die mich nach Livetta zu Gertrude brachte.

All diese Wünsche und Träume waren jedoch wie eine Seifenblase geplatzt, denn ein paar dunkle Kreaturen hatten ein Auge auf mich geworfen, ganz wie Sophia es vorausgesagt hatte. Bei meiner Flucht verschlug es mich in furchtbar unwirtliche

Gegenden, in denen es mehr Wälder und Grabhügel als irgendwas sonst gab. Insofern konnte ich von Glück sagen, nun in einem Kaff wie Loch gelandet zu sein.

»Ich würde glatt mit Scheuch um meine Soutane wetten«, spottete Apostel, »dass du hier nicht allzu lange verweilst.«

»Dazu würden mich keine zehn Pferde kriegen«, versicherte ich. »Denn angesichts meiner neuen, ach so anhänglichen dunklen Freunde würde ich damit glatt das Leben der Menschen in diesem Dorf aufs Spiel setzen.«

»Hier hausen doch höchstens fünfzehn Menschen. Es gibt nicht mal eine Kirche oder eine Schenke. Du hast es durch die Bank mit mürrischen Bauern zu tun. Wenn hier einer um sein Leben bangen muss, dann ja wohl du.«

Ein Blick auf die Burschen reichte übrigens, um zu wissen, dass Apostel recht hatte. Sie hatten sich in sicherem Abstand um mich herum aufgebaut und musterten meine Stiefel und meine Tasche in einer Weise, die mir überhaupt nicht gefiel. Wenn an meinem Gürtel nicht ein Dolch und über meiner Schulter nicht eine Armbrust gehangen hätte, würde ich vermutlich schon barfuß durch die Gegend humpeln. Und ganz ohne Gepäck, versteht sich. Im Übrigen hegte ich nicht die geringsten Zweifel daran, dass selbst meine Waffen mir diese Bauern nicht mehr lange vom Leib halten würden, fingen sie doch schon an, sich Heugabeln und Dreschflegel aus den umliegenden Scheunen zu besorgen und geflissentlich eine Miene reinster Unschuld aufzusetzen.

Bevor sie ihre kühnen Pläne in die Tat umsetzten, ließ ich einmal den Saphirknauf an meinem Dolch aufblitzen. Seelenfänger galten in dieser Gegend als eine Art Zauberer, allerdings mit dem feinen Unterschied, dass mit uns nicht zu spaßen war. Aberglauben konnte mitunter durchaus von Vorteil sein ...

Beim Anblick des Knaufs zogen die Männer jedenfalls im Nu ab, nur der Dorfälteste blieb, um mich auch weiterhin argwöhnisch zu beäugen.

»Was willst du hier eigentlich?«, murrte er. »Gibt hier doch überhaupt keine dunklen Seelen!«

»Verrat mir, wie ich nach Grifau komme, dann bin ich schon wieder weg.«

»Da lang.« Er deutete mit einer Kopfbewegung auf den düsteren Wald. »Vier Tage zu Fuß, immer an den Grabhügeln vorbei. Und an dem verlassenen Kloster. Recht unschöne Gegend. Besser, du gehst zurück nach Erlenhof. Von da aus bist du in einer Woche auch in Grifau.«

»Und warum ist die Gegend unschön?«

»Weil die Anderswesen sich da pudelwohl fühlen. Vor zehn Jahren haben sie zwei von uns geschnappt und denen ordentlich das Leder gegerbt. Seitdem gehen wir da nicht mehr hin.«

»Anderswesen gibt's doch überall«, brummte Apostel. »Wahrscheinlich wollten diese Halunken einem von ihnen auf die Pelle rücken, und das ist dann übel für die Burschen ausgegangen.«

»Dann brauche ich ein Kreuz«, teilte ich dem Dorfältesten mit.

»Hast du kein eigenes?«

Schweigend zog ich die Kette mit dem Kreuz aus meinem Hemdausschnitt.

»Wozu brauchst du dann noch eins?«

»Du hast doch selbst gesagt, dass es eine unschöne Gegend ist. Ich zahle auch für das Kreuz.«

Er zögerte noch kurz, ging dann aber ins Haus und kehrte mit einem Kreuz zurück, das so groß wie meine Hand war. Das Stück war von einem echten Könner angefertigt worden, hätte allerdings mal wieder poliert werden müssen, war das Silber doch schon schwarz angelaufen. Solche Kleinigkeiten brauchten mich jedoch nicht zu bekümmern, vor allem da das Kreuz ansonsten genau meinen Vorstellungen entsprach. Wie dieser Tunichtgut es in die Hände bekommen hatte, war klar: auf einem Weg, der nicht unbedingt den Gesetzen seines Landes entsprach. Dieses Stück war nämlich wertvoller als alles, was es in diesem Dorf gab, zusammengenommen!

»Passt das?«, fragte er.

»Durchaus.«

»Dann verlange ich zwei Groschen.«

Da ich das Kreuz wirklich dringend benötigte, hätte ich auch zwei Goldstücke hergegeben. Verzichtete ich jedoch aufs Feilschen, würde der Bursche mit Sicherheit annehmen, dass ich die Taschen voller Geld hätte. Und Gier überwand bekanntlich fast jede Furcht. Wenn das Dorf geschlossen gegen mich antreten würde, wäre ich ihm ausgeliefert.

»Du kriegst einen Groschen.«

»Daraus wird nichts.«

»Dann werde ich eben ohne dieses Kreuz auskommen«, erklärte ich und schulterte meine Tasche. »Gehab dich wohl!«

»Halt!«, knickte er sofort ein. Ihm war natürlich klar, dass er erst in hundert Jahren die nächste Gelegenheit haben würde, das Kreuz zu verkaufen. »Einverstanden. Du kannst es für einen Groschen haben.«

Endlich handelseinig geworden, gab ich ihm die Münze, nahm das Kreuz an mich und stapfte los, ohne mich erneut von dem Mann zu verabschieden. Ich hielt auf die Grabhügel in der Ferne zu, deren Spitzen über einem Birkenwald aufragten.

Nachdem ich bereits ein gutes Stück Weges zurückgelegt hatte, blickte ich noch einmal zurück. Die Bauern waren wie aus dem Nichts wieder aufgetaucht und starrten mir hinterher.

»Wir können von Glück sagen, dass das solche Feiglinge sind«, bemerkte Apostel. »Die Jammerlappen folgen dir bestimmt nicht.«

»Wenn du mich fragst, könnte es durchaus sein, dass sie sich doch noch ein Herz fassen. Bleib also besser hier!«

»Wieso das denn?«

»Wenn sie mich verfolgen sollten, holst du mich schnell wieder ein und warnst mich. Wenn aber selbst nach einer Stunde alles ruhig ist, haben wir keine Schwierigkeiten mehr zu erwarten. Einverstanden?«

»Nur weil du es bist«, tönte er. »Pass aber ja auf dich auf, solange ich nicht bei dir bin!«

Bei den ersten Birken stieß ich wieder auf Scheuch. Er plünderte gerade ein Vogelnest, das er mit einem geschickten Wurf seiner Sichel vom Baum geholt hatte. Ohne ein Wort zu sagen, stiefelte ich weiter. Nachdem er die Vogeleier verputzt hatte, folgte er mir und tauchte wie ein Gespenst mal zu meiner Rechten, mal zu meiner Linken auf.

Sooft ich mich auch umdrehte oder lauschte, nie fiel mir etwas Merkwürdiges auf. Aber das war leicht zu erklären: Zur Mittagzeit war diese Teufelsbrut viel zu schwach, um sich mir an die Fersen zu heften.

Gegen Abend sollte sich das dann flugs ändern. Ein Anderswesen in Gestalt eines Bären hätte mich beinah in Stücke gerissen, ich entkam nur mit knapper Not.

Der ganze Schlamassel hatte vor ein paar Tagen angefangen, als ich nachts an Brachland vorbeigekommen war, auf dem irgendwelche Mistviecher ihr Unwesen trieben. Normalerweise hätten sie mich ja gar nicht beachtet, aber wir hatten leider Vollmond. Das war eine wirklich unschöne Folge meiner Heilung. Immerhin war ich vorgewarnt und außerdem imstande, diese Kreaturen zu sehen.

Zwei der Biester konnte ich ausschalten, aber mindestens zwei weitere hatten meine Spur aufgenommen. Tagsüber gaben sie im Großen und Ganzen Ruhe, nachts jedoch sprengten sie mir in vollem Galopp hinterher. Meine einzige Chance bestand darin, wie wild Haken zu schlagen und dabei ein paar Gebete runterzurattern. Mit Letzteren hielt ich mir die dunklen Plagegeister zwar einigermaßen vom Leib, schlug sie aber nicht endgültig in die Flucht. Für die Hilfe eines Inquisitors hätte ich jetzt einiges gegeben, denn er wäre mit diesen Biestern spielend fertiggeworden.

Auch eine Kirche, mochte diese noch so heruntergekommen sein, und ein leibhaftiger Priester – und nicht nur die ruhelose Seele eines dieser Herren – wären nicht zu verachten gewesen. So etwas in dieser Ödnis zu entdecken würde freilich an ein Wunder grenzen.

Meine einzige Hoffnung bestand deshalb darin, die heutige Nacht zu überstehen. Ab morgen stünde am Himmel ein abnehmender Mond, dann hätte ich endlich wieder meine Ruhe …

Gerade als ich ein ausgetrocknetes Bachbett durchquerte, holte Apostel mich ein.

»Zwei Gierschlunde wollten dir tatsächlich hinterher, haben dann aber wieder kehrtgemacht.«

»Bist du dir da ganz sicher?«

»Ich habe sie bis nach Loch zurückverfolgt.«

Apostel entlockte der Name des Orts immer noch ein Grinsen, mir war jedoch überhaupt nicht zum Lachen zumute. In aller Eile setzte ich meinen Weg fort.

Zum Glück war es ungeachtet der Jahreszeit nicht besonders warm. Bereits seit einer Woche regnete es jede Nacht, zogen einzig bedeckte graue Tage herauf. Das machte diesen Marsch zumindest halbwegs erträglich. Würde sich der Sommer deutlicher bemerkbar machen, dürfte das offene Feld um die Grabhügel es mit jedem Schmiedeofen aufnehmen können.

Den Alten machte ich schon von Weitem aus. Der bucklige Kerl mit weißem Zottelbart lief um einen gewaltigen Stapel Brennholz herum, das er im Wald gesammelt hatte. Müde wischte er sich mit der knochigen Hand über die schweißbedeckte Stirn und wartete darauf, dass ich näher kam.

Die Narbe, die mir in den letzten Monaten nicht mehr zugesetzt hatte, hatte sich in den letzten Tagen häufiger mit Schmerzen zurückgemeldet. Auch jetzt hüllte mich wieder Kälte ein. Für den Bruchteil einer Sekunde fühlte ich mich sehr verwundbar.

»Du hast dich ja reichlich weit von deinem Dorf entfernt«, rief ich möglichst unbeschwert.

»Wenn man gutes Brennholz haben will, muss man schon ein paar Schritte gehen. Hilf einem alten Mann doch bitte, allein schaffe ich das nicht.«

Als ich Scheuch fragend ansah, zuckte er nur mit den Schultern, als wollte er mir sagen: Du musst schon selbst wissen, was du tust. Das war mal wieder typisch! Er sah sich lediglich als Beobachter meines Lebens, in das er seine Nase aus einer Laune heraus gesteckt hatte.

»Mach ich«, antwortete ich dem Alten daher. »Lass mich nur erst meine Tasche abstellen.«

Mit diesen Worten nahm ich die schwere Tasche von der Schulter und knöpfte den Riemen auf, an dem meine Armbrust hing. Mit strahlendem Lächeln gab ich einen Schuss auf ihn ab.

Der Bolzen traf den Alten mitten in der Brust und riss ihn zu Boden.

»Mach ihn fertig!«, spornte mich Apostel an, der aufgeregt auf der Stelle herumhüpfte. »Worauf wartest du denn noch?!«

Auf meine Kaltschnäuzigkeit durfte ich mir fraglos etwas einbilden. Meine Hände zitterten nicht eine Sekunde, und schnurstracks ging ich zum nächsten Angriff über. Wenn das eigene Leben an einem seidenen Faden hängt, empfahl es sich nun einmal, ruhig Blut zu bewahren.

Abermals spannte ich die Armbrust, legte den nächsten Bolzen ein und zielte. Diesmal traf der Schuss die Schläfe des Wiedergängers. Er verhinderte, dass der Alte sich hochrappelte. Ich zog den Dolch blank, stürzte mich auf ihn, ließ die Klinge auf den grauhaarigen Kopf mit den im Wahnsinn geweiteten Augen niedersausen und spaltete ihm den Schädel. Es schmatzte widerlich. Vorsichtshalber stieß ich noch mehrere Male zu, bevor ich endlich nach dem Kreuz griff.

Obwohl der Kopf des Burschen nur noch aus einer breiigen Masse mit einzelnen daraus hervorragenden Knochen und Zähnen bestand, versuchte er, mich mit seinen Händen zu packen. Diese erinnerten mit jeder Sekunde stärker an die Krallen eines Raubvogels.

»Sprich ein Gebet!«, befahl ich Apostel.

Trotz seiner gotteslästerlichen Natur war er in dieser Disziplin nämlich ungeschlagen. In einem unerschöpflichen Strom sprudelten nun erhabene Worte aus seinem Mund. Das Gebet kannte ich nicht, es stellte sich jedoch als äußerst wirksam heraus. Das Kreuz, das ich auf die dunkle Kreatur gerichtet hielt, fing in meiner Hand zu singen an. Mein Gegner bestand mittlerweile nur noch aus Federn, Krallen und Schleim. Grauer Rauch schlängelte sich aus ihm heraus.

Sobald Apostel endlich sein *Amen* ausgestoßen hatte, warf ich das Kreuz auf die qualmenden Überreste des Burschen, die sich daraufhin in schwarzen Sand auflösten, der wie Wasser im Boden versickerte.

Anschließend ließ ich mich erst einmal auf den Stapel Brennholz plumpsen und atmete tief durch.

»Was für eine Leistung meinerseits!«, schwoll Apostel die Brust. »Wahrlich! Ich hätte nicht gedacht, dass der Herr einem Sünder wir mir sein Ohr leiht!«

»Er leiht jedem sein Ohr, wenn man sich mit triftigem Grund an ihn wendet«, dämpfte ich seinen Stolz. »Aber wir beide sind mittlerweile wirklich gut aufeinander abgestimmt. Das ging schon wesentlich flotter als bei den letzten Malen.«

»Woher hast du eigentlich gewusst, dass es sich bei dem Burschen um einen Dämon handelt?«

»Wie kommst du auf die Idee, dass das ein Dämon war? Ein Dämon hätte mich in Stücke gerissen, ehe ich auch nur einmal mit der Wimper gezuckt hätte. Dieser Bursche war bloß ein harmloser kleiner Satansbraten. Vermutlich einer von denen, die uns schon die ganze Zeit an den Hacken kleben.«

»Dann hat er uns geschickt überholt. Wahrscheinlich als wir in dieses Loch geplumpst sind«, gickelte er. »Trotzdem verstehe ich nicht, woher du wusstest, was es mit ihm auf sich hatte?«

»Das habe ich der Oculla zu verdanken. Meine Narbe hat geschmerzt, sobald wir uns diesem Burschen genähert haben, das hat mich gewarnt. Außerdem muss Scheuch etwas geahnt haben. Anders könnte ich mir das verschlagene Grinsen, das er beim Anblick des freundlichen alten Herrn aufgesetzt hat, nämlich nicht erklären.«

Scheuch winkte jedoch bloß ab und machte sich daran, den ersten Grabhügel zu erklimmen. Ohne Frage hatte er auf ein richtig schönes Gemetzel gehofft und war nun enttäuscht, dass alles so schnell vorbei gewesen war.

»Wie stellst du dir das eigentlich in der Zukunft vor? Musst du bei Vollmond jetzt immer mit so liebreizenden Verehrern rechnen? Dann solltest du diese Nächte nur noch in Gesellschaft von Vater Mart verbringen.«

»Du weißt selbst, dass wir schon öfter Vollmond hatten, seit wir den Dunkelwald verlassen haben. Aber erst diesmal setzen mir die Mistviecher zu.«

»Es wird aber bestimmt nicht das letzte Mal gewesen sein«, beharrte er auf seiner Sicht. »Und vielleicht tauchen auch mal Kreaturen auf, die nicht ganz so harmlos sind. Zum Beispiel der … sonst was.«

Erstaunlicherweise schaffte meine gute alte, ruhelose Seele es, sich im letzten Moment auf die Zunge zu beißen. Aber er wusste eben bestens, dass mit diesen Dingen nicht zu scherzen war – und wie leicht man ungebetene Gäste herbeirief.

Ich stand wieder auf und lief weiter. Die Straße ließ sich kaum mehr ausmachen, sooft verschwand sie unter hohem Gras. Außerdem wurde diese Gegend von einer echten Heuschreckenplage heimgesucht, weshalb mich oft genug zahllose grüne, rote und gelbe Kreaturen umschwirrten. Die Grabhügel der Menschen, die früher hier gelebt hatten, jagten mir im Übrigen nicht den geringsten Schrecken ein. Sie waren schon jahrhundertealt, die Toten, die dort begraben waren, taten niemandem mehr etwas zuleide.

Ganz im Gegensatz zu den Kreaturen in meinem Rücken. Nach wie vor wollte sich keine Kirche zeigen. Wenn mich aber ein ausgewachsener Dämon auf offenem Feld erwischte, würde ich nicht darauf wetten, dass ich derjenige war, der diese Begegnung überlebte.

»Hat der Dorfälteste von diesem Loch uns nicht etwas von einem verlassenen Kloster erzählt?«, unterbrach Apostel meine Überlegungen.

»Mhm.«

»Vielleicht sollten wir dort die Nacht verbringen.«

»Mhm.«

»Vielleicht gibt es da ja sogar noch eine alte Kirche, in der wir völlig sicher wären.«

»Mhm.«

Daraufhin schwieg Apostel erst mal eine geschlagene Minute.

»Du brauchst dir überhaupt keine Sorgen zu machen, Ludwig«, behauptete er dann. »Du bist schon aus viel übleren Geschichten mit heiler Haut rausgekommen.«

»Nur habe ich es bei diesen Geschichten in der Regel mit dunklen Seelen zu tun gehabt, über die ich alles weiß«, entgegnete ich mit unfrohem Lachen. »Jetzt aber wollen irgendwelche Ausgeburten der Hölle etwas von mir – und über die weiß ich fast nichts.«

»Sie jagen dir also Angst ein?«

»Wesentlich weniger als du.«

»Bitte?«

»Angesichts deiner unerklärlichen Zuversicht und deines Wunsches mich aufzuheitern, wird mir angst und bange. Wo ist bloß der gute alte Apostel geblieben, der immer etwas zu meckern hatte? Hat dich heimlich jemand ausgetauscht?«

»Bestimmt nicht«, versicherte er und fuhr dann verlegen mit dem Finger unter dem Kragen seiner Soutane entlang. »Aber ich bin zu der Auffassung gelangt, dass meine Nörgeleien im Augenblick nicht ganz angebracht sind.«

»Welch Einsicht! Denn das waren sie noch nie – was dich jedoch früher nicht bekümmert hat. Was also hat sich geändert?«

Apostel musste erst einmal ein Weilchen grübeln, ob er mir den Grund nennen sollte oder nicht.

»Deine Hexe«, rückte er dann mit der Sprache heraus, »hat mich gebeten, ein Auge auf dich zu haben.«

»Gertrude hat *dich* gebeten, auf *mich* aufzupassen?! Die Welt muss völlig verrückt geworden sein. Vermutlich steht unser aller Ende eher bevor, als ich bislang dachte!«

»Nun, es wäre schließlich längst überfällig, die Welt von all den Sündern zu befreien.«

Ich schnaubte bloß und lenkte meine Schritte nach Süden, leicht verunsichert, ob ich die Straße, die schon wieder im Gras verschwunden war, je wiederfinden würde.

Scheuch holte uns ein, als der frühe Abend anbrach. Die Grab-hügel hatten wir mittlerweile ebenso hinter uns gelassen wie das hohe Gras. Uns umgab nun Tannenwald, der unmerklich in einen goldenen Kiefernwald überging. Überall auf dem Boden lagen noch die gelben Nadeln aus dem Vorjahr.

Irgendwann machte ich einen Zapfler aus. Das hochaufge-schossene Anderswesen mit den dürren Armen erklomm ge-rade in aller Gemütlichkeit einen Baum, um das Harz einzu-sammeln, das aus der Rinde ausgetreten und bereits erstarrt war. Als der Zapfler mich sah, stellte er die hölzernen Dornen auf seinem Rücken auf und ließ sie gegeneinanderschlagen, um auf diese Weise seine Artgenossen davon in Kenntnis zu setzen, dass ein Mensch in der Nähe war. Seine Freunde antworteten prompt.

»Sind diese Wesen gefährlich?«, wollte Apostel wissen, der offenbar nie zuvor einen Zapfler gesehen hatte.

»Aber nein. Allerdings solltest du in der Nähe ihrer Jungen kein Feuer entzünden, sonst werden sie ungemütlich.«

In der Tat ließen uns auch die anderen Zapfler, an denen wir noch vorbeikamen, in Ruhe. Sie klopften uns lediglich hinter-her, um ihre Artgenossen, die sich irgendwo in den Baumkro-nen versteckt hielten, vor uns zu warnen.

Scheuch ließ es sich gerade einfallen, einen Fuchs aufzustö-ren und ihm nachzujagen. Schon bald hatte er ihn eingeholt. Seine Sichel blitzte auf. Danach konnte unser eitler Herr Vogel-schreck seinen Strohhut mit einem leicht räudigen Fuchs-schwanz schmücken.

»Ein Wilderer, wie er im Buche steht!«, empörte sich Apos-tel.

Scheuch hatte für diese Bemerkung nur eine höchst abfällige Geste übrig. Nun kannte Apostel natürlich kein Erbarmen. Er geiferte in einem fort und versuchte, Scheuch eine Entschuldi-gung abzunötigen. Ich amüsierte mich köstlich. Eher würde es vierzig Tage lang in Araphien regnen, als dass unser schweig-samer Gefährte einmal den Mund aufmachte.

Als ich irgendwann eine kurze Rast einlegte, nahm ich

prompt Verwesungsgeruch wahr. Kaum dass ich mich ausgestreckt hatte, trug eine leichte Brise den unverwechselbaren süßlichen Gestank heran. Fluchend richtete ich mich wieder auf.

»Was ist?«, fragte Apostel sofort.

»Ganz in der Nähe muss jemand gestorben sein. Wir sollten uns ein anderes Plätzchen suchen.«

»Der Allmächtige sei gepriesen, dass ich schon längst nichts mehr rieche, weder den Gestank der Gosse noch das Odeur von Leichen.«

Selbstverständlich drehte in dieser Minute der Wind. Wie sollte ich nun noch bestimmen, wo die Leiche lag?! Dennoch stand ich drei Minuten später vor ihr. Es war ein riesiger Keiler mit langer Schnauze und verdrecktem rostfarbenem Fell, das fast durchgängig von einem Teppich aus mehlig weißen Würmern überzogen war. Ein ekelhafter Anblick, doch ich hatte schon Dinge gesehen, die weitaus widerwärtiger waren.

»Herr im Himmel!«, stieß Apostel aus. »Das fass ich einfach nicht!«

Das konnte er laut sagen. Nicht nur, dass es hier gottserbärmlich stank und zahllose Fliegen ein geradezu ohrenbetäubendes Surren hervorbrachten – dieser Keiler hatte im Sterben auch noch seinen Reiter unter sich begraben. Und der war zu schwach, um das tote Tier von sich hinunterzuwälzen.

Denn bei ihm handelte es sich um einen Blickzard, diesmal offenbar einen Vertreter männlichen Geschlechts. Doch auch bei diesem mageren Winzling standen die Knochen hervor, war der Schädel kahl geschoren und das Gesicht einfach abstoßend. An den Rändern seines schrecklichen Mundes klebte schwarzes Blut, aus dem blutigen Loch in seinem Kopf stieg feiner dunkelblauer Rauch auf. Er trug nur einen kurzen Lendenschurz, der aus Menschenhaut gefertigt war.

Obwohl der Keiler sein Leben schon vor einer ganzen Weile ausgehaucht hatte, lebte der Blickzard noch, selbst wenn er nur wie eine halbe Portion anmutete. Als ich näher herantrat, drehte er seinen Kopf in meine Richtung. Sofort wandte ich meinen

Blick ab, damit der Bursche mich ja nicht mit seiner Unterwerfungsmagie an den Haken bekam.

Weder die Würmer noch irgendwelche Raubtiere hatten ihn angeknabbert. Kein Wunder, schließlich gab es selbst unter Tieren nur eine begrenzte Zahl von Wirrköpfen, die sich an vergiftetem Fleisch zu laben gedachten.

Der Blickzard musterte mich schweigend. Gelbliche Haut umspannte seine magere Brust, die sich in schweren Atemzügen hob und senkte. Ich sagte ebenfalls kein Wort. Nur die Fliegen surrten, die in ganzen Heerscharen über dem Keiler schwirrten. Als ich mich umdrehte und davonging, versengte mir der Blick dieses schmächtigen Wesens fast den Rücken. Apostel schloss sich mir widerwillig an, Scheuch blieb aber: Er wollte sich um keinen Preis entgehen lassen, wie der zerquetschte Winzling starb.

»Sie mögen Menschen ja nicht besonders«, brachte Apostel vorsichtig heraus, nachdem wir schon ein ganzes Stück marschiert waren.

»Sie hassen uns. Und sie glauben, wir wären das fleischgewordene Böse.«

»Wenn jemand böse ist, dann sie«, hielt Apostel dagegen. »Denn sie fressen uns, wir sie aber nicht.«

Bisher waren mir erst vier Blickzards begegnet. Zwei von ihnen waren besonders angriffsfreudig gewesen, sodass ich sie töten musste, um nicht als ihr Abendbrot zu enden.

Den Erinnerungen an diese Begegnungen hing ich nach, während Apostel weiterplapperte. Ich hörte jedoch nicht mal mit halbem Ohr hin.

»Ludwig!«, ranzte mich Apostel schließlich an. »Willst du dich eigentlich in einen zweiten Scheuch verwandeln?! Ich habe dich etwas gefragt! He! Wo willst du denn jetzt schon wieder hin?«

Ohne auf sein Gezeter zu achten, machte ich kehrt.

Scheuch hebelte gerade mit seiner Sichel die gewaltigen Hauer aus dem Maul des Keilers. Ob er sich die Dinger auch noch an seinen Strohhut hängen wollte? Damit sich der Fuchs-schwanz nicht einsam fühlte … Der Blickzard beobachtete ihn so gebannt, als könnte er sich keinen Reim darauf machen, warum das tote Tier plötzlich das Maul aufsperrte und seine Zähne einbüßte.

Als ich den Dolch mit leisem Sirren aus der Scheide zog, rissen der Blickzard und Scheuch gleichzeitig die Köpfe zu mir herum.

»Wusst' ich's doch, dass du der Versuchung nicht widerstehen kannst, Menschlein«, gickelte der Blickzard. »Ich hätte das auch nicht gekonnt.«

Seine Stimme klang etwa so lieblich wie das Geräusch, das entsteht, wenn Eisen über Glas schrammt. Der Akzent war noch grauenvoller. Anscheinend musste diese Kreatur nicht häufig mit Menschen sprechen.

Ohne zu antworten, ging ich zu einer kleinen Tanne, die ich, neugierig beäugt von Apostel, Scheuch und dem Anderswesen, fällte. Anschließend hieb ich sämtliche Äste ab, sodass mir eine lange Stange zur Verfügung stand.

In der Nähe des Blickzards lag sein Stock, ein knorriger Ast mit Einlegearbeiten aus Knochen und buntem Federschmuck. Ich trat ihn so weit wie möglich weg, trieb dann meine Stange zwischen die lockere Erde und den verwesenden Wildschweinkörper und presste mich mit meinem ganzen Gewicht auf diesen Hebel. Tatsächlich klappte mein Vorhaben. Mit unendlicher Mühe hob ich den Körper nach und nach an, bis der Blickzard unter dem Kadaver herauszukrabbeln vermochte.

Als ich den Ast fallen ließ, hatte er an meinen Fingern bereits einen kräftigen Harzgeruch hinterlassen. Scheuch begriff sofort, dass nun nichts Spektakuläres mehr geschehen würde, und machte sich wieder an den Hauern zu schaffen. Ich setzte meinen Weg fort.

»Was bitte war das denn?«, fragte Apostel. »Warum hast du dieses Dreckstück befreit?«

»Weiß ich selbst nicht.«

»Ludwig! Das ist ein Blickzard! Diese Kreaturen hassen Menschen, das hast du gerade eben noch selbst gesagt. Beim Heiligen Petrus, das Biest wird uns bei der erstbesten Gelegenheit verschmausen!«

»Du hast völlig recht, es ist ein böses und gefährliches Wesen, aber ...«

Es stimmte: Ich wusste mir selbst nicht zu erklären, warum ich den Burschen gerettet hatte.

»Seit du im Dunkelwald warst, bist du nicht mehr der Alte«, stellte Apostel fest. »Was ist – willst du jetzt mit jedem Anderswesen freundschaftliche Bande knüpfen?! Offenbar bedeuten sie dir ja schon weit mehr als Menschen!«

»Betest du mir nicht ständig was von christlicher Nächstenliebe vor?!«

»Von Nächstenliebe, die Menschen gilt, ja, aber doch nicht von Nächstenliebe, die solch ekelhaften Kreaturen gilt!«

»Manchmal ist der Unterschied zwischen einem Menschen und einer *ekelhaften Kreatur* kaum zu erkennen, mein guter Apostel. Ist dir das tatsächlich noch nie aufgefallen?«

Die Westmauer des alten, verlassenen Klosters war teilweise eingestürzt. Schon aus der Ferne schlug mir muffiger Geruch entgegen. Als ich mich der Anlage näherte, stoben Krähen in die Luft auf.

Das Kloster war nicht sehr groß, offenbar gab es in dieser Gegend noch nie besonders viele Mönche. Ich konnte nicht einmal erkennen, zu welchem Orden es gehörte, vermutlich aber zu einem eremitischen, gerade sie finden sich ja an abgeschiedenen Orten wie diesem, inmitten von Wäldern oder hoch oben in den Bergen. Wenn sie aufgegeben wurden, bekam das kaum jemand mit, sodass über Jahrhunderte Eulen und Fledermäuse die einzigen Bewohner in den alten Mauern bildeten.

Zum Kloster gehörte tatsächlich auch eine Kirche, genauer gesagt deren Ruine. Dafür war das massive Haus, in dem die Zellen der Mönche und der Speisesaal untergebracht gewesen waren, noch recht gut erhalten. Reichlich grotesk muteten allerdings die verfallenen Wirtschaftsbauten an: Aus Bergen von verfaulten Holzbrettern ragte ein Ofenrohr auf und wies gleich einem stummen Vorwurf zum Himmel. Der Garten und der kleine Friedhof waren längst fest in der Hand des Unkrauts, im Brunnen faulte das Wasser.

»Warum man das Kloster wohl aufgegeben hat?«, fragte Apostel, der sich ängstlich nach allen Seiten umsah.

»Dafür kann es Hunderte von Gründen geben«, antwortete ich, während ich in die Kirche ging und meine Tasche auf dem Boden absetzte. In den Ritzen zwischen den Steinplatten spross Wegerich. »Vielleicht sind die Mönche in eine Gegend gezogen, die nicht ganz so unwirtlich war, vielleicht haben Räuber das Kloster überfallen, oder aber ein schwerer Winter hat alle Gläubigen dahingerafft.«

»Ich mag keine verfallenen Gebäude.«

»Verlassene Orte sind auch nicht gefährlicher als bewohnte«, versicherte ich Apostel, während ich mich daranmachte, Bretter und Zweige für ein Feuer zu sammeln. »In beiden Fällen kann dir dort sonst wer auflauern, angefangen von einem schlichten Taschendieb bis hin zu einem Anderswesen, das sich im Keller einer Bäckerei eingenistet hat. Und wenn du mich fragst, droht dir letztlich in einer großen Menschenmenge mehr Gefahr, denn da will so mancher auf Beutezug gehen. Aber hier? Wer sollte hier schon auf Beute lauern? Hier gibt es doch nichts als bemooste Steine.«

»Willst du wirklich in der Kirche bleiben?«

»Einen besseren Ort finden wir nicht.«

»Aber sie besteht nur noch aus zwei Mauern und drei Säulen! Wenn du tatsächlich annimmst, dass die dich schützen, dann…«

»Der Boden einer Kirche ist geweiht. Deshalb bin ich hier vor gewissen Kreaturen sicher.«

»In dem Fall solltest du das Feuer nicht neben dem Altar anzünden.«

»Wo siehst du denn hier noch einen Altar?! Außerdem hast du alter Gotteslästerer es gerade nötig, an den Christenmenschen in mir zu appellieren!«

»Trotzdem verstehe ich nicht, warum du es dir nicht lieber in einer der alten Mönchszellen gemütlich machst.«

»Stell dich nicht dümmer, als du bist. Die Ruine dieses Gotteshauses ist weitaus sicherer als die kargen Zellen. Wenn mich dort irgendeine unliebsame Kreatur an die Wand presst…« Bei diesen Worten schluckte Apostel schwer. »…bin ich ihr ausgeliefert. Deshalb bleibe ich hier. Aber du könntest dich nützlich machen und dich im Kloster umsehen. Wenn dir etwas komisch vorkommt, gib mir sofort Bescheid.«

Apostel blickte nachdenklich auf seinen Zeigefinger, brachte aber mit keinem Wort zum Ausdruck, ob er meine Bitte zu erfüllen gedachte oder nicht. Gerade als ich ausreichend Bretter für ein Feuer zusammengesammelt hatte, zog er jedoch ab, um unser Quartier zu untersuchen.

Ich knüpfte den zusammengerollten Umhang von meiner Tasche und breitete ihn auf dem Boden aus. Anschließend entzündete ich das Feuer. Dabei war ich die ganze Zeit auf der Hut. Im schummrigen Licht der Abenddämmerung war der südliche Teil der Mauer nur noch als dunkler Schemen zu erkennen, der sich gegen den Hintergrund des rasch dunkelnden Himmels abhob. Als mein Feuer aufloderte, wurde es jedoch gleich behaglicher.

»Alles ruhig!«, rief Apostel, als er zurückkehrte. »Das einzige Schreckgespenst in der Gegend ist Scheuch! Der steht übrigens gerade hinter dir.«

Unser Animatus hatte sich lautlos angeschlichen. Er setzte sich mit finsterer Miene neben mich ans Lagerfeuer, holte die Hauer aus der Tasche und zeigte sie mir.

»Beeindruckende Trophäen«, bemerkte ich. »Weißt du schon, was du damit machst?«

Natürlich beantwortete Scheuch die Frage nicht. Stattdessen begann er damit, einen der Zähne mit der Sichel zu bearbeiten und eine kleine Figur zu schnitzen. Er gab sich dieser Beschäftigung mit solcher Leidenschaft hin, dass er nicht einmal aufhörte, als die Nacht völlig hereingebrochen war und man kaum noch die Hand vor Augen sah. Er rückte bloß ein Stück näher ans Feuer, um mit erstaunlicher Geduld und anerkennenswerter Sorgfalt weiterzuarbeiten.

»Du, Ludwig!«, meinte Apostel irgendwann. »Ich habe übrigens die Vorratskammern entdeckt«

»Schön, aber ich brauche nichts.«

»Nicht mal Fackeln?«, stichelte er. »Ich habe da mindestens ein Dutzend gesehen. Und alle vorzüglich erhalten.«

Ich goss mir etwas Wasser aus der Trinkflasche in einen tönernen Becher, dessen Rand an einer Stelle abgebrochen war. Ich hatte ihn in der Nähe des Klostergartens entdeckt. Anschließend gab ich eine Prise Salz hinein und steckte das Kreuz in dieses Gemisch.

»Weihe dieses Wasser!«, bat ich Apostel.

»Äh…«

»Spricht da irgendwas dagegen? Du bist immerhin ein Priester, wenn auch ein toter, und wir sind in einer Kirche.«

»Warum hast du das Kreuz da reingetaucht? Das macht das Wasser auch nicht heiliger.«

»Schieb es auf meinen Aberglauben.«

Als ich noch ein Jüngling von neunzehn Jahren war, hatte eine in Weihwasser getauchte Kerze mir einmal geholfen, aus einer Falle zu entkommen, die ein Dämon aufgestellt hatte, weil er sich unbedingt den Spaß erlauben wollte, mich in einer Gruft einzumauern.

Ich klaubte eines der brennenden Bretter aus dem Lagerfeuer und ging zögernd zum Kloster hinüber. Bei dem muffigen Gestank hier bekam ich kaum noch Luft. Im Licht meiner behelfsmäßigen Fackel entdeckte ich rechts neben dem Eingang immerhin ein paar verrostete Eimer, Gartengeräte und auch die Fackeln, von denen Apostel gesprochen hatte. Selbstverständlich hatte er mal wieder schamlos übertrieben. Mit reichlich gutem Willen kamen nämlich höchstens vier von ihnen für mich infrage. Sofort zündete ich eine an und steckte sie in die verrostete Halterung am Eingang. Wunderbar. So würde ich jeden Besucher rechtzeitig bemerken.

Als ich wieder zur Kirche zurückging, wogte plötzlich eine

kalte Welle über meine Rippen. Ich wirbelte herum. Aus dem Dunkel sprang ein Reiter auf seinem Pferd in den Lichtkreis.

»Beim Teufel auch!«, entfuhr es mir. Sofort biss ich mir auf die Zunge. Ich hatte wahrlich nicht die Absicht, mir noch größere Schwierigkeiten einzubrocken, indem ich den Namen dieses Herrn im Munde führte. So schnell ich konnte, stürzte ich zurück zur Kirche.

Von dort aus feuerte mich Apostel an, einen Zahn zuzulegen. Das schwere Getrampel der Hufe kam immer näher. Mich trennten zwar nur noch zwanzig Schritte von der Ruine, doch ein Pferd war nun einmal schneller als ein Mensch. Der heiße Atem des Tiers streifte schon kurz darauf meinen Hals. Um einen Zusammenstoß zu vermeiden, hechtete ich kopfüber zur Seite, setzte die Hände auf, schlug unbeholfen ein Rad, dank dem ich dem Peitschenhieb des Reiters entkam, und rettete mich zum Feuer.

Der Reiter brauchte ein paar Sekunden, um sein Pferd wieder unter Kontrolle zu bringen. Dann ließ er es gemütlich weitertraben. Für ihn bestand jetzt kein Grund mehr zur Eile.

Ich eilte zu dem Becher und zog das Kreuz heraus.

»Hast du das Wasser geweiht?«, fragte ich Apostel.

»Selbstverständlich! Was ist das für eine Satansbrut?«

»Keine Ahnung!«

»Sieht irgendwie ganz harmlos aus.«

Kein Wunder, denn diese Höllenvertreter nahmen zu gern die Gestalt von Menschen an. Mich legten sie damit jedoch nicht rein, dazu sprach die Narbe an meiner Seite eine allzu klare Sprache.

»Keine Sorge, hier sind wir in Sicherheit«, brachte Apostel reichlich unruhig heraus. »Der Bursche traut sich niemals in die Kirche …«

In der Tat blieb das Pferd zunächst kurz vor den eingefallenen Mauern stehen. Dann aber trabte es weiter. Von seinen Hufen stieg kein Rauch auf, das Tier stand auch nicht plötzlich in Flammen, im Gegenteil, es schien sich ganz wohlzufühlen.

»Na wunderbar!«, stieß ich aus, schnappte mir den Tonbecher und schüttete dem Pferd das Wasser aufs Maul. Endlich! Dampf stieg auf, ein furchtbarer Schrei gellte durch die Ruine – und Pferd samt Reiter lösten sich in schwarzen Rauch auf, der unversehens in Richtung Brunnen kroch.

Mit dem Dolch in der rechten Hand und dem Kreuz in der linken nahm ich die Verfolgung auf, damit diese Kreatur gar nicht erst wieder zu Kräften kam. Der Rauch formte nämlich bereits die nächste Reiterfigur, der Unterkörper war schon recht klar zu erkennen.

Ich zerschmetterte dem Mann das Knie und hackte ihm das linke Bein ab, stürzte mich auf ihn und versenkte das Kreuz an der Stelle im Rauch, an der ich das Gesicht des Mannes vermutete. Daraufhin verwandelte sich das ganze Qualmgebilde in Sand, genau wie all die anderen dunklen Verehrer, deren ich mich in den letzten Nächten entledigt hatte, und sickerte mit einem Aufschrei in den Boden ein.

»Puh!«, stieß ich aus.

»Das verstehe ich nicht«, bemerkte Apostel mit brüchiger Stimme.

»Offenbar war die Erde in dieser Kirche nicht geweiht.«

»Aber eine Kirche ...«

»Wir haben uns das doch wohl nicht eingebildet«, fiel ich ihm ungehalten ins Wort, während ich wieder zum Lagerfeuer ging.

Ich schielte zu Scheuch hinüber. Der schnitzte unbeirrt weiter an seiner Figur.

»Vielen Dank auch für deine Hilfe!«

Scheuch grinste mich frech an. Ja klar, ich hatte das auch ohne ihn wunderbar hingekriegt. Mit einem Mal hob er jedoch den Kopf und starrte ins Dunkel. Noch im selben Moment trat ein hageres, knochiges Wesen in einem Lendenschurz aus Menschenhaut ins Licht, das einen knorrigen, mit Knocheneinlagen und Federn verzierten Stock in Händen hielt.

Meine Armbrust war zu weit weg, sodass ich mein Leben mit dem Dolch verteidigen musste. Noch unternahm der Blickzard jedoch keinen Versuch, mich anzugreifen. Er setzte sich fünf Schritt von mir entfernt auf die Steinfliesen und legte seinen Stock neben sich.

»Sind alle Menschen so verrückt, dass sie mit unsichtbaren Gesprächspartnern reden?«, stichelte er.

»Du bist schnell wieder zu Kräften gekommen«, überging ich seine Frage, wobei ich nach wie vor tunlichst jeden Blick in seine Augen vermied.

»Das liegt an meiner gesunden Ernährung«, erklärte er und bleckte die Zähne.

»Und hoffst du nun, dein Abendbrot einzunehmen?«

Auch ich ließ mir mit meinem Angriff Zeit, denn am liebsten hätte ich den Wicht mit meiner Armbrust ins Visier genommen. Da ich jedoch nicht wusste, ob Blickzards außer ihrer Unterwerfungsmagie noch mehr auf dem Kasten hatten, wollte ich mein Gegenüber nicht durch eine rasche Bewegung reizen.

»Vielleicht«, antwortete er auf meine Frage. »Vielleicht bin ich wegen des Abendbrots hier. Vielleicht aber auch nicht. Ich bin Keiler. Das ist mein Name. Wie heißt du?«

»Mensch.«

Der Blickzard stieß ein kurzes Lachen aus.

»Du hast mir das Leben gerettet, obwohl das leichtsinnig von dir war«, fuhr er dann fort. »Warum?«

»Ich habe so meine Grillen.«

Er lachte erneut.

»Ich habe deine Armbrust entladen, Mensch«, teilte er mir mit, als er meinen Blick auffing.

»Verschwinde jetzt besser, solange du dazu noch in der Lage bist.«

Der Blickzard stimmte daraufhin ein noch hemmungsloseres Gelächter an als bisher, stand dann auf, krallte seine Zehen um den Stock, warf ihn in die Luft und fing ihn mit der Hand wieder auf.

»Wenn du es sagst, Mensch«, gickelte der Bursche, bei dem im Oberstübchen mit Sicherheit nicht alles stimmte. »Aber ich will niemandem aus deinem Volk etwas schuldig sein. Du hast mich gerettet, diese Schuld begleiche ich.«

»Blickzards sind nicht gerade für ihre Dankbarkeit bekannt. Vor allem dann nicht, wenn es um Menschen geht.«

»Das ist mein Land«, erwiderte er. »Von den Grabhügeln bis zu den Türkisbrauenwäldern im Norden. Du bist hier ein ungebetener Gast. Unter anderen Umständen wärst du längst tot. Aber ich spüre, dass in deinen Adern das gleiche Blut fließt wie in meinen, auch wenn du nach Mensch stinkst. Deshalb werde ich dir verraten, was dich erwartet, wenn der Mond das Bein des Lanzenträgers erreicht. Nicht deinetwegen. Sondern wegen des Dunkelwalds in dir.«

»Hör einfach gar nicht auf ihn, Ludwig«, mischte sich Apostel ein.

Scheuch erteilte mir selbstverständlich keinen Rat, denn er war viel zu sehr in sein künstlerisches Schaffen vertieft, als dass er auf eine Nebensächlichkeit wie einen Menschenfresser hätte achten können.

»Und was erwartet mich?«

»Du stirbst.«

Apostel und ich warfen uns einen beredten Blick zu.

»Und zwar in einer Viertelstunde«, fuhr der Blickzard fort. »Wenn du in diesen Ruinen bleibst. Ich habe den Kadaver des Keilers wiedererweckt. Aber vielleicht schaffst *du* es ja, aus eigener Kraft unter ihm hervorzukriechen ...«

Nach diesen Worten verließ der Blickzard die Kirche und verschwand in der Dunkelheit.

»Siehst du mal nach, ob er wirklich weg ist?«, bat ich Apostel.

Während er mir die Bitte erfüllte, packte ich in aller Eile meine Sachen, wobei ich immer wieder zum Mond hinaufsah, der langsam und majestätisch seine Bahn am Himmel zog. Trotzdem würde er das Sternbild, von dem der Blickzard gesprochen hatte, bald erreicht haben. Scheuch belustigte mein überstürzter Aufbruch natürlich ungeheuer. Immerhin machte er aber keine Anstalten, mich davon abzubringen.

»Der ist weg«, teilte Apostel mir mit, als ich gerade meine Tasche zuknöpfte. »He, Ludwig, was hast du nun schon wieder vor?! Du glaubst diesem Satansbraten doch nicht etwa?!«

»Nein.«

»Warum verlässt du die Kirche dann?!«

»Aufgegangen ist tief in meiner Seele die Saat des Zweifels, und ich sehe das Korn und weiß, dass dies schlecht ist.«

»Diesen Satz findet man aber nicht in den heiligen Büchern.«

»Gestatte mir zuweilen etwas Eigenes«, konterte ich, während ich die Armbrust lud. »Im Übrigen bringst du mich nicht davon ab, diese Kirche zu verlassen.«

»Was, wenn das eine Falle ist? Wenn er dich hier bloß rauslocken wollte?«

»Dann wird er mich kennenlernen. Aber wie dir nicht entgangen sein dürfte, ist der Boden in dieser Kirche nicht geweiht. Irgendwas stimmt mit diesem Kloster und dieser Kirche nicht, deshalb werde ich die Nacht unter gar keinen Umständen hier verbringen.«

»Was ist mit diesen dunklen Verehrern?! Hast du die schon vergessen? Der Mond wird sich noch eine ganze Weile bei diesem Lanzenträger herumdrücken!«

»Wie oft muss ich dir das eigentlich noch sagen?! In dieser Kirche sind wir nicht sicher! Vor nichts und niemandem! Also – was ist: Begleitest du mich nun oder nicht?«

»Natürlich begleite ich dich.« Dann wandte er sich Scheuch zu. »Und du hast auch lange genug herumgesessen!«

Der Herr Künstler winkte uns jedoch bloß zum Abschied zu und blieb am Lagerfeuer hocken.

»Du glaubst wohl, dir kann keiner was anhaben, was?«, ätzte Apostel. »Aber gut, ich werde dir bestimmt keine Träne nachweinen.«

Inzwischen hatten wir einen kleinen Kiefernwald erreicht. Von hier aus wirkte das Kloster sehr klein, nicht größer als mein Handteller, ein dunkler Schatten, der sich gegen den wolkenfreien Himmel abzeichnete, mit einem einzigen orangefarbenen Lichtpunkt darin: meiner Fackel.

In diesem Augenblick fingen die Glocken zu läuten an. Die Töne klangen sehr gedämpft, zwischen den einzelnen Schlägen lagen merkwürdige Pausen. Einmal mehr sah ich zum Mond hoch, der nun das Bein des Lanzenträgers berührte.

»Im Kloster hab ich gar keine Glocke gesehen«, murmelte Apostel. »Nicht einmal einen Glockenturm gab es da!«

»Trotzdem hörst du das Läuten genauso deutlich wie ich.«

Mir schien es das Klügste, die Beine in die Hand zu nehmen, Apostel jedoch blieb immer wieder stehen, um beunruhigt zurückzublicken.

»Sieh dir das mal an!«, verlangte er plötzlich.

Am Kloster schimmerte ein gespenstisch grünes Licht auf. Wer auch immer dort die Glocke läutete und dieses Licht entfacht hatte, würde rasch dahinterkommen, dass er ungebetenen Besuch gehabt hatte, denn ich hatte weder das Feuer in der Kirche gelöscht noch die Fackel aus der Vorratskammer mitgenommen!

»Was ist das schon wieder für ein Teufelsspuk?!« Apostel sah mich völlig verängstigt an – obwohl er nun wahrlich keinen Grund dazu hatte, sich vor irgendetwas zu fürchten.

»Ich hab keine Ahnung, was das ist, aber ich will es auch gar nicht wissen.«

Ich versuchte, meinen Schritt noch stärker zu beschleunigen, was jedoch kaum möglich war. Der Boden war matschig, die Wiesen um mich herum vom Regen geradezu geflutet. Als ich noch einmal zum Kloster zurücksah, stellte ich entsetzt fest, dass sich die grüne Lichterkette inzwischen bis zu den Feldern spannte.

Bei Nacht durch einen Wald zu rennen war nun genau die Herausforderung, die mir noch gefehlt hatte, denn Wurzeln, Büsche und Steine zwangen mich zu allem Unglück, vor jedem Schritt den Boden gründlich zu untersuchen.

Aber angesichts dessen, was sich im Kloster zusammenbraute, musste ich unbedingt einen möglichst großen Abstand zwischen mich und diese Ruinen bringen. Es wäre höchst töricht, sich dieser Gefahr zu stellen – wohingegen es äußerst klug war zu fliehen.

Nach dem langen Tag war ich jedoch rechtschaffen müde. Trotzdem durfte ich nicht aufgeben, das würde meinen sicheren Tod bedeuten. Deshalb stapfte ich weiter, unverdrossen wie ein Uhrwerk, in der irren Hoffnung, dass mich niemand verfolgte.

Diese Hoffnung platzte, als ich inmitten der Kiefern die ersten fahlgrünen Lichter ausmachte.

»Welche Sünden habe ich bloß auf mich geladen?«

»Das kann ich dir auch nicht sagen«, knurrte Apostel. »Verrat mir aber mal, ob du noch die Absicht hast, dich zu verstecken, oder ob du hier Wurzeln schlagen willst?«

So licht, wie der Wald war, bot er nicht gerade viele Verstecke. Nirgends gab es dichte Sträucher, die Bäume standen weit auseinander, und der Mond schien auch viel zu hell. Die armen Kinder, die in diesem Wald Versteckspielen wollten …

Die grünen Lichter kamen immer näher. Ich fiel vom schnellen Schritt in wilde Rennerei, warf erst meine Armbrust, dann die Tasche ab. Den Riemen behielt ich allerdings in der Hand.

Aus ihm fertigte ich rasch ein Gehänge, sodass ich den Dolch nun auf dem Rücken tragen konnte. Wenn die Scheide ständig gegen meine Schenkel schlug, war das einem raschen Vorwärtskommen nicht gerade förderlich.

Schließlich entschloss ich mich zu einer völlig irrsinnigen Unternehmung. Die glatten Stämme ließen sich nicht gerade mühelos erklimmen – aber wie heißt es doch so schön: Angst verleiht Flügel. In einer Höhe von sieben oder acht Metern kraxelte ich auf einen kräftigen Ast und schlang meine Beine um diesen, damit ich sicheren Halt hatte, im Grunde natürlich ein hundsmiserables Versteck. Wer nur einmal den Kopf hob, würde mich sofort entdecken. Und dann könnte ich nicht mal mehr fliehen. Mir blieb also nichts anderes übrig, als auf mein Glück zu hoffen und zu beten.

Als die flackernden grünen Lichter sich näherten, hielt ich unwillkürlich den Atem an. Sie bewegten sich in einer langen

Kette vorwärts, der Abstand zwischen ihnen betrug etwa zwanzig, fünfundzwanzig Schritt. Das grüne Feuer loderte auf den schwarzen Handtellern von Mönchen in grauen Kutten, die sich die Kapuze über den Kopf gezogen hatten. Sie glitten entschlossen vorwärts und blickten sich ständig um. Einer hatte meine Armbrust aufgehoben, ein anderer trug meine Tasche. Ohne mich zu bemerken, zogen sie unter mir vorbei. Nur der Widerschein ihrer grünen Feuer war noch ein Weilchen zu erkennen.

Trotzdem ließ ich mich nicht sofort am Stamm hinunter. Nachdem ich es dann doch getan hatte, lief ich geduckt in eine andere Richtung davon. Apostel war wie vom Erdboden verschluckt. Jede Sekunde rechnete ich damit, im Wald erneut die grünen Lichter meiner Verfolger zu erspähen.

Zwanzig Minuten später gelangte ich zu einer Wiese, über der lautlos eine Eule kreiste. Es roch nach Honigblumen, Flusswasser und dem Rauch eines Lagerfeuers. Letzteres machte mich stutzig. Sollten tatsächlich Menschen in der Nähe sein?!

An einem Ende der Wiese plätscherte ein Fluss träge dahin. An seinem Ufer entdeckte ich hinter einem ungewöhnlich hohen Täubling das Lagerfeuer. Die warmen Flammen unterschieden sich derart wohltuend von den grünen Lichtern, dass ich gleich auf sie zustürzte. Sie konnten nur von Menschen stammen. Deshalb pirschte ich mich nicht vorsichtig an, sondern lief offen darauf zu, um die Menschen dort schnellstens zu warnen. Schließlich dürften sie kaum wissen, dass hier tote Mönche aus dem nahe liegenden Kloster durch die Gegend streiften.

Meine gute Absicht sollte mir jedoch nicht entgolten werden. Am Feuer saß kein Mensch, am Feuer saß dieser Blickzard. Er rührte mit einem langen Löffel Suppe in einem Kessel um. Neben ihm lag ein noch junger Eber.

»Ah ... das Blut aus dem Dunkelwald ...«, stieß der Winzling aus. »Wie ich sehe, bist du meinem Rat gefolgt und nicht in den alten Gemäuern geblieben. In den menschlichen Behausungen treibt sich ja immer allerlei Gewürm herum. Und das da ...«

Er deutete zum Waldrand, wo sich gerade die Kette grüner Lichter herausschlängelte. Sofort stürzte ich zum Fluss.

»Das würde ich dir nicht empfehlen«, gickelte der Blickzard. »In dieser Brühe tummeln sich ein paar Kreaturen, die Menschen nicht besonders gut leiden können. Für mich gilt das übrigens auch. Ich kann euch Menschen einfach nicht ausstehen.«

»Im Fluss habe ich immerhin eine geringe Chance zu überleben. Hier jedoch nicht.«

In dieser Sekunde platschte es laut im Wasser. Vielleicht war es ein Fisch. Vielleicht aber auch nicht.

Abermals blickte ich zu den grünen Lichtern hinüber, die bereits die halbe Wiese hinter sich gebracht hatten und sich nun in einem Halbkreis um das Lagerfeuer herum aufstellten.

»Was sind das für Gestalten?«

»Mönche, die glauben, dunkles Wissen schade niemandem. Ihr Menschen saugt das Böse ja nur zu gern auf, denn ihr träumt davon, ewig zu leben. Das Ergebnis siehst du da. Sie werden dich in ihren Keller schleifen. Das machen sie immer, wenn sich jemand in diese Gegend verirrt und nicht als mein Abendbrot endet. Auch die Herren da wissen frisches Menschenfleisch nämlich zu schätzen.« Der Blickzard stieß ein weiteres Mal sein widerliches Lachen aus, dann führte er den Löffel mit der Suppe an seinen Mund, schlürfte diese und schmatzte dabei genießerisch. »Die wird dir auch schmecken. Und dem Dunkelwald, der in dir lebt, erst recht. Das ist der Saft, der über die Wurzeln seiner mächtigen Bäume fließt. Probier mal!«

»Nein, danke!«

»Diese Suppe rettet dein Leben, du Narr! Trink also!«

»Nein!«, stieß ich entschlossen aus und sah dem Blickzard fest in die Augen. Sobald seine verfluchten Gedanken in meinen Kopf krochen, meinte ich, in Flammen zu stehen.

»Glaubst du wirklich, dass ich dich um deine Meinung frage, Menschlein? Als ob der Dunkelwald nicht viel wichtiger ist! Von ihm gibt es schon zu wenig in dieser Welt. Er darf nicht noch weiter schwinden! Also trink!«

Bezwungen von der Unterwerfungsmagie des Blickzards

nahm ich den Löffel an mich und schluckte die Flüssigkeit hinunter.

Im Kessel war ganz gewöhnliches, eiskaltes Wasser.

»Leb wohl, Blut aus dem Dunkelwald«, sagte der Blickzard noch, ehe der Himmel samt Sternen und dem vermaledeiten Vollmond über mir zusammenschlug.

Es war eine merkwürdige Welt, in die ich geraten war. Im Wasser spiegelte sich der Mond, am Himmel stand er jedoch nicht. Dort funkelten auch keine Sterne. Heißer Wind fegte über das hohe Gras. Immerhin roch es wie gerade eben noch nach Honig.

Ich saß barfuß mit hochgekrempelten Hosen und aufgeknöpftem Hemd da. Mein Gürtel mit dem schwarzen Dolch war weg, das beunruhigte mich aber überhaupt nicht. Mich beschäftigte ohnehin nur ein einziger Gedanke: Was war mit meinen Augen geschehen? Alles um mich herum schien grau: das Gras, das Wasser, der sich im Fluss spiegelnde Mond und der Himmel.

»Ist das ein Traum?«, wollte ich schließlich von Paul wissen.

»Das müsstest du eigentlich besser wissen als ich«, antwortete der alte Seelenfänger, der in Solesino gestorben war. »Denn ich bin gar nicht hier. Also, Ludwig, was meinst du? Ist das ein Traum?«

»Vermutlich schon.«

»Siehst du, so einfach ist das«, erwiderte er und zauste dem schwarzen Mastino, der neben ihm lag, das Fell. »Geht es Rosa besser? Hast du sie retten können?«

»Nein, sie ist gestorben.«

»Das tut mir leid.« Paul schloss kurz die Augen »Das hätte nicht geschehen dürfen. Wahrscheinlich gibt Shuco mir die Schuld an ihrem Tod?«

»Meinst du denn, Shuco hätte Grund dafür?«

Doch Paul antwortete nicht, sondern streifte bloß seine Stiefel ab und zog das Hemd aus.

»Willst du nicht auch baden?«, fragte er.

Ich sah auf das Wasser, in dem der Mond schwamm.

»Lieber nicht.«

»Wie du meinst«, sagte er und watete knietief in den Fluss. »Dabei ist es heute wie frische Milch. Shuco hat übrigens recht, wenn er mir die Schuld an Rosas Tod gibt. Ich hätte die beiden nicht trennen dürfen. Aber warum fühlst du dich schuldig, Ludwig? Du warst doch gar nicht in Rosas Nähe, als diese perlmuttfarbene Kreatur sie angegriffen hat!«

»Weil ich ihr die rettenden Reliquien nicht rechtzeitig gebracht habe.«

»Wir können nicht immer zur rechten Zeit am rechten Ort sein. Meist ist das nicht einmal unsere Schuld. Darüber solltest du einmal nachdenken!« Dann wandte er sich seinem Hund zu. »Tiger, komm ins Wasser!«

Paul tauchte unter, und der Hund stürzte sich, eine Fontäne grauer Spritzer erzeugend, ihm hinterher. Mit einem Mal packte mich eine unbändige Lust, es den beiden gleichzutun. Ich zog mein Hemd aus, stürmte in das warme Wasser und tauchte unter. Im Mondlicht sah ich sogar den sandigen Grund, der völlig nackt und leer war. Dann tauchte ich wieder auf.

Nach einigen Zügen hatte ich Paul und seinen schnaubenden Hund eingeholt, die sich bereits weit vom Ufer entfernt hatten. Der tote Seelenfänger schien mich nicht einmal zu bemerken. Kurz darauf lag plötzlich Nebel in der Luft und schluckte Paul. Gleichzeitig schälte sich aus dem bleichen Vorhang wie Leviathan in höchst eigener Ungeheuergestalt ein Floß heraus und glitt gemächlich auf mich zu. Darauf saß Rance, den Hut mit der Straußenfeder auf dem Kopf und eine Flasche Wein in der Hand.

»Danke, Ludwig«, rief er mir zu. »Das war hervorragende Arbeit. Aber ich hab gewusst, dass ich mich auf dich verlassen kann … Nein, nein, komm nicht her! Für dich ist es noch viel zu früh, auf mein Floß zu steigen. Schwimm weiter, denn du solltest dich in diesem Fluss nicht länger aufhalten, als unbedingt nötig.«

Dann schob sich der Nebel wieder über ihn. Ich schwamm weiter, war aber bald am Ende meiner Kräfte. Das andere Ufer war noch nicht einmal in Sicht, dieser Fluss so endlos wie das Meer. Ich drehte mich auf den Rücken. Es roch nach Honig, und Erdbeerwind vertrieb im Nu den Nebel, sodass der aschgraue Himmel wieder zutage trat. An ihm prangten Tausende plötzlich ergrauter Sterne, die sich zum Bild des Schwarzen Dolchs fügten, das eigentlich nur im Winter hoch oben in den Bergen zu erkennen ist.

Sobald ich wieder einigermaßen zu Kräften gekommen war, brachte ich mich erneut in Brustlage. Gerade als ich zu bedauern begann, überhaupt in diesen Fluss gerannt zu sein, verwandelte dieser sich in einen großen See. Nun sah ich das andere Ufer zwar, aber bis dorthin würde ich noch mehrere Stunden brauchen.

Da tauchte eine gewaltige Schlange mit silbrigen Schuppen und den Augen Sophias neben mir aus dem Wasser auf. Meine Hand berührte ihren kräftigen Körper, der den Duft von Zedernharz verströmte. Sobald ich aufsaß, schoss sie vorwärts, immer stärker an Geschwindigkeit gewinnend.

Der Wind pfiff mir fröhlich ins Gesicht und spielte mit meinen Haaren, die dadurch im Nu trockneten. Die Sterne zerflossen am Firmament, das Sternbild war nicht länger zu erkennen, genau wie in einem Traum. Aber das war es ja auch: ein Traum. Wir glitten durch die Nacht, bohrten uns durch unterirdische Gänge, ließen spiegelnde Seen und aschegraue Wälder hinter uns zurück, überquerten niedrige, aber sehr spitze Berge, auf deren Gipfeln silbrige Feuer brannten …

Dies trügerische Gefühl zu fliegen währte zwar nicht lange, doch ließ es mir den Atem stocken. Als ich wieder festen Boden unter mir verspürte, war ich mir ganz sicher: Wenn die Schlange nur noch ein bisschen weitergeflogen wäre, hätte ich es danach auch selbst geschafft zu fliegen. Ohne ihre Hilfe. Mit einer geschmeidigen Bewegung tauchte die Schlange wieder ins Wasser ein, bis nur noch die Kreise, die sich am schilfbestandenen Ufer ausbreiteten, von ihr zeugten.

Ich folgte einer Straße, an deren Rändern Kletterpflanzen wuchsen. Auf ihren Blättern schillerten winzige Blutstropfen. Am Straßenrand wartete Hartwig auf mich, die Hände in die Taschen gestopft, ein unsicheres Lächeln auf den Lippen.

»Wir zwei geben schon lausige Verschwörer ab«, begrüßte er mich. »Was wir anpacken, geht es mit Sicherheit schief.«

»Wer hat dich getötet?«

»Keine Ahnung. Das ist doch dein Traum, Ludwig.« In seinen Augen konnte ich jedoch lesen, dass er die Wahrheit durchaus kannte, sie mir aber nicht anvertrauen wollte. »Willst du aufwachen?«

»Könnte nicht schaden.«

»Dann folge dieser Straße bis zum Ende. Wenn du willst, begleite ich dich.«

Ich nickte. Wir gingen nebeneinander weiter. Ich und der Mensch, der die Welt hätte ändern können, wenn die Umstände nicht gegen ihn gewesen wären.

»Manchmal frage ich mich, ob ich der Erste war?«, teilte mir Hartwig überraschend mit.

»Der Erste?«

»Der erste Mensch, dem dieses Schicksal widerfahren ist. Schließlich gibt es viele Blitze, und immer wieder wird ein Mensch von einem getroffen. So wie ich eben. Aber nun stell dir einmal vor, dass ich gar nicht der Einzige gewesen bin. Dass es noch mehr Menschen wie mich gibt. Die imstande sind, eine Seele von allen Sünden zu befreien und sie zu reinigen.«

»Von anderen Menschen mit dieser Gabe habe ich noch nie gehört.«

»Hat denn jemand etwas von mir gehört?«, fragte er niedergeschlagen. »Außer dir und noch zwei Dutzend Menschen vielleicht, meine ich. Und wenn doch noch jemand von mir wissen würde, dürfte er inzwischen das gleiche Ende genommen haben wie ich. Eines Abends schläft er am Straßenrand ein, aber am nächsten Morgen wacht er nicht mehr auf. Weißt du, was ich wirklich bedauere? Dass ich damals so dumm war, mein Wissen und mein Können nicht mit dir zu teilen.«

»Das kannst du jetzt ja nachholen.«

»Leider nicht!«, erwiderte Hartwig. »Denn in diesem verfluchten Straßengraben habe ich meine Gutgläubigkeit eingebüßt. Deshalb ist mir inzwischen klar, dass du mit einem solchen Wissen nicht lange lebst. Dass du zu einem weiteren Glied in einer Kette namenloser Helden wirst. Soll meine Gabe also verkümmern, bis irgendwann ein weiterer Narr sie in sich entdeckt. Sieh mal da drüben, Ludwig. Du wirst bereits erwartet.«

Die Welt drehte sich im Uhrzeigersinn und blieb dann völlig unvermittelt stehen. Ich geriet zwar ins Torkeln, konnte mich aber auf den Beinen halten. Vor mir lag Ardenau, die Schule der Seelenfänger, der Hof, der Säulengang, die überdachte Galerie mit den roten Weinranken, die zu den Kirschgärten führte, und die geborstene Löwenstatue, auf der wir Schüler so gern gesessen hatten.

Im Moment hielt sich nur eine einzige Frau im Hof auf. Sie sah vor der Bibliothek silbrige Notenblätter durch, wobei sie immer wieder etwas mit einem Griffel anmerkte.

Die Frau war klein und schmal wie ein Mädchen, ihr schwarzes Haar völlig zerzaust. Ihre leicht orientalisch anmutenden Mandelaugen deuteten auf Vorfahren aus Iliatha.

Zunächst bemerkte sie mich überhaupt nicht. Erst als ich mich räusperte, sah sie auf und warf mir einen verärgerten Blick zu, weil ich sie bei ihrer Arbeit störte.

»Was willst du?«, fragte sie mürrisch.

»Du solltest nicht hier sein, Cristina.«

»Warum nicht? Habe ich … irgendetwas falsch gemacht?«, wollte die Frau wissen, mit der ich früher so oft zusammengearbeitet hatte.

»Nein. Es ist nur …« Ich verstummte. »Ich habe bisher nur Tote getroffen. Deshalb solltest du nicht hier sein.«

»Zerbrich dir darüber nicht den Kopf, Blauauge«, erwiderte sie völlig sorglos. »Das ist doch nur ein Traum, und in dem wolltest du mich sehen. Außerdem soll ich dir sagen, dass du schnellstens reingehen sollst.«

»Warum das?«

»Das wirst du dann schon begreifen. Beeil dich bitte.«

»Aber ich …«

»Wir sprechen nachher über alles.«

»Wir können schon seit vielen Jahren nicht mehr miteinander reden!«

»Das ist ein Traum, Blauauge.« Sie legte die Notenblätter auf den Boden. »Hier ist alles anders als im richtigen Leben. Alles. Geh jetzt! Es wird Zeit.«

Meine einstige Partnerin stupste mich mit der flachen Hand sanft gegen die Brust.

»Beeil dich!«, schärfte sie mir noch einmal ein.

Ich wollte das Gebäude nicht betreten. Doch als ich ihren sorgenvollen Blick auffing, tat ich es doch. Ich fand mich in einem Gang wieder, in dem eine sanfte Brise mit den einstmals weißen, seit Langem nicht mehr gewaschenen Vorhängen spielte. Merkwürdigerweise gab es nur eine sehr schlichte Tür. Vor ihr stand eine Fleischvertilgerin gleichsam Posten. An einem Fenster im Gang drückte sich Scheuch herum.

Ihn konnte auch jetzt nichts aus der Ruhe bringen. Auf dem Fensterbrett saß ein rundgesichtiger Mann, der wie ein Erlenzeisig pfiff. Seine braunen Augen lagen weit auseinander, über dem Mund prangte ein schwarzer Schnauzer, die Nase wies einen kaum zu erkennenden Höcker auf.

Mein guter, alter Freund Hans in höchsteigener Person.

»Gehört der zu dir?«, fragte er mich und zeigte auf Scheuch.

»Ja.«

»Er wollte schon in den Raum, konnte das dann aber ohne dich nicht.«

Ich blickte auf die Fleischvertilgerin, die hingebungsvoll auf einem Bein hüpfte.

»Weshalb sollte ich in diesen Raum reingehen?«

»Wenn du aufwachen willst, musst du das. Wenn du ewig schlafen willst, setz dich zu mir.« Hans klopfte neben sich auf das Fensterbrett. »Ich habe dir deinen Platz schon angewärmt.«

Statt zu antworten, sah ich ihn aufmerksam an, doch er hielt meinem Blick nicht stand.

»Bist du tot?«

»Das musst du mir schon sagen.«

»Ich weiß es aber nicht.«

»Und ich noch viel weniger. Hast du mein Grab gesehen?«

»Ja, das habe ich. Auf dem Friedhof der Seelenfänger hier in Ardenau. Aber da war dein Körper nicht drin. Nachdem du damals aufgebrochen bist, hat dich niemand je wiedergesehen.«

»Das sind ziemlich niederschmetternde Neuigkeiten, mein Freund. Aber du hast mich doch sicherlich gesucht, oder?«

»Ja. Wir alle haben nach dir gesucht. Gertrude, Wilhelm, Cristina und ich. Ein ganzes Jahr lang haben wir versucht, deine Spur aufzunehmen.«

»Was ist mit meinem Dolch?«

»Den haben wir auch nie gefunden.«

Hans stieß vor Enttäuschung einen Seufzer aus und sprang vom Fensterbrett.

»Diese überaus tragische Geschichte ist natürlich sehr spannend, aber deswegen bin ich nicht hier. Ich soll dir sagen, dass du den Raum betreten musst.«

»Aber dafür brauche ich einen Dolch. Den habe ich nicht.«

»Ich schon. Und den soll ich dir geben.« Er streckte mir die Hand entgegen, auf der ein Dolch lag.

Der Stein am Knauf war schwarz und erinnerte schon allein deshalb überhaupt nicht an einen Saphir, die Klinge glich der, die Rance und ich in dem Buch entdeckt hatten.

»Woher hast du ihn?«, wollte ich wissen.

»Spielt das irgendeine Rolle?«

»Das ist nicht die Waffe von uns Seelenfängern.«

»Aber es ist eine Waffe. Du musst jetzt eine Entscheidung treffen. Entweder du nimmst den Dolch, oder du setzt dich neben mich aufs Fensterbrett. Dann tschilpen wir vergnügt wie die Spatzen, stecken aber ewig in deinem Traum fest. Eine andere Wahl hast du nicht!«

Der Griff der Klinge war rau und noch dazu brennend heiß. In der Tiefe ihres dunklen Steins brodelte dieses milchige oder neblige Etwas und bildete seltsame Muster, die fast wie Buchstaben aussahen.

Als ich Hans noch etwas fragen wollte, war er wie vom Erdboden verschluckt. Scheuch trat ungeduldig von einem Fuß auf den anderen und blickte mich unzufrieden an. Ihm dauerte das alles viel zu lange.

»Du bist aber schon echt, oder?«, fragte ich. »Und du willst nicht, dass wir ewig in diesem Traum feststecken?«

Er nickte.

»Dann lass uns von hier verschwinden.«

Die Fleischvertilgerin stürzte sich mit ausgebreiteten Armen auf mich. Ich rammte ihr den Dolch in den Leib. Schon in der nächsten Sekunde schrie ich auf und ließ die Klinge fallen. Entsetzlicher Schmerz durchschoss meine Hand. Auf meiner Haut blieben Zeichen zurück, die diesen merkwürdigen Buchstaben in dem schwarzen Stein glichen.

»Soll dich doch das Dunkel holen!«, fluchte ich und stieß den Dolch weg.

Nachdem der Schmerz etwas abgeklungen war, lehnte ich mich mit der Schulter gegen die Tür und stieß sie auf. Scheuch und ich stolperten gleichzeitig in ein kleines Zimmer. Wie gebannt sah ich mich um.

Der Geruch von frischem Gebäck, den ich noch aus meiner Kindheit kannte, verlieh dem Raum etwas Anheimelndes. Im Kamin knisterte ein Feuer, das die im Winter so kostbare Wärme spendete, wenn draußen alles Weiß in Weiß war und die roten Dächer Ardenaus unter einer dicken Schicht flockigen Schnees schliefen. In einer Ecke stand ein alter Schrank, in dem ich meine Schätze aufbewahrte, über dem Tisch lag eine weiße Spitzendecke, eine Kerze brannte, mein Bett …

Meine Mutter beugte sich dort gerade über mich und zog die Decke hoch. Von der Tür aus sah ich nur ihren Rücken und ihr blondes Haar, das meinem so ähnelte.

Mir stockte der Atem. Nichts wünschte ich mir sehnlicher, als dass sie sich zu mir umdrehte, gleichzeitig fürchtete ich aber auch nichts mehr. Wie versteinert blieb ich stehen, wagte es nicht, einen weiteren Schritt in den Raum hineinzumachen. Der kleine Ludwig bat nun seine Mutter, ihm sein Lieblingslied vorzusingen, doch sobald es erklang, wurde es von den Schlägen eines Schmiedehammers übertönt. Ich verstand kein einziges Wort.

Als ich doch an das Bett herantreten wollte, packte mich Scheuch bei der Schulter. Er schüttelte den Kopf und deutete auf eine zweite Tür, deren Rahmen langsam zusammenschrumpfte, indem er sich immer mehr auf den schwarzen Stein des Dolchs zubewegte. Wie der wohl dorthin gekommen war?

Ich wollte Scheuch abschütteln, aber mein Animatus ließ sich nicht so einfach abschütteln. Er hatte auch nicht die Absicht, sich auf Verhandlungen einzulassen, sondern schnappte sich seine Sichel und zerschnitt, noch ehe ich Einspruch erheben konnte, das Zimmer. Das Bild aus meiner Kindheit zersprang, ging in Hunderte von rasiermesserscharfen Scherben auf. Dann stieß Scheuch mich in die sich zusammenziehende Tür. Dahinter klaffte ein Abgrund, aus dem das Gehämmere des Schmieds, das Zischen glühenden Stahls, das Heulen der Blasebalge und das Fauchen des Feuers in der Esse zu hören war.

Meine Füße fanden keinen Halt. Ich stürzte in die Tiefe und fiel. Fiel, bis ich endlich aufwachte …

Es war noch früh am Morgen. Der Tag zog so grau herauf wie alles, was ich meinem Traum gesehen hatte. Die Sonne kam gerade hinterm Horizont hervorgekrochen, die ersten Strahlen färbten die Wolken nur in einem sehr zarten Rosaton ein. Es war kalt wie im Spätherbst. Ich schaffte es kaum, mich aufzusetzen. Mir die tauben Hände gegeneinander reibend, lauschte ich dem Plätschern des Flusses, in dem sich muntere Fische vergnügten.

Auf den Kohlen des erloschenen Feuers lag graue Asche. Der Blickzard war ohne ein Wort des Abschieds gegangen, offenbar schon vor einer ganzen Weile.

»Der Herr sei gepriesen!«, stieß Apostel aus, sobald er bemerkte, dass ich aufgewacht war. »Wir haben uns solche Sorgen um dich gemacht.« Er schielte zu Scheuch hinüber, der am Flussufer saß und ein paar flache Steine befingerte. »Also, *ich* habe mir Sorgen gemacht. Dem da ist ja alles schnurz. Stell dir vor, der hat glatt eine Runde geratzt, während du bewusstlos warst.«

Als Scheuch diese Worte hörte, riss er sich von seinen Steinen los und warf mir einen fragenden Blick zu.

Er wusste, was geschehen war. Aber ich brauchte gar nicht erst zu versuchen, ihm irgendeine Erklärung zu entlocken. Doch was sollte man von einer Vogelscheuche denn auch schon erwarten?

Um das Lagerfeuer herum hatten die Mönche etliche Spuren hinterlassen. Sie waren um mich herumgeschlichen, hatten mich jedoch nicht angerührt. Im Grunde musste ich dem Blickzard dankbar sein. Oder besser gesagt, Sophia und ihrer Magie aus dem Dunkelwald.

»Was grinst du so?«, wollte Apostel wissen.

»Die Nacht ist vorbei, und ich lebe noch. Wenn das kein Grund zur Freude ist!.«

Ich ging hinunter zum Fluss, um mich zu waschen und die letzten Erinnerungen dieses Traums wegzuspülen, der eigentlich die Wirklichkeit gewesen war.

Scheuch sammelte noch ein paar flache Steine auf und gab sie mir. Offenbar wollte er, dass ich sie übers Wasser hüpfen ließ.

Ich bedeutete ihm mit einem Nicken, dass ich mich auf das Spiel einließ.

»Irgendwann kriege ich schon heraus, warum du mich nie im Stich lässt.«

Scheuch warf mir unter seinem Strohhut hervor einen völlig ungerührten Blick zu. Dann eröffnete er stumm wie immer die Partie.

4

Das Autodafé

»Gleich schnappen sie uns!« In seiner Angst hüpfte Apostel wild umher und schlug mit den Armen wie eine Krähe mit den Flügeln. »Leg gefälligst einen Zahn zu, Ludwig!«

Er hatte gut reden. Müdigkeit war für ihn mittlerweile schließlich ein Buch mit sieben Siegeln. Nachdem ich aber in der letzten Stunde nichts anderes gemacht, als um mein Leben zu rennen, spürte ich in meiner Seite einen stechenden Schmerz, brannten meine Lungen wie Feuer, rann mir Schweiß in die Augen und fuhrwerkte in meinen Ohren ein ganzes Orchester, in dem freilich alle das gleiche Instrument spielten: die Trommel.

Gleichwohl musste ich einräumen, dass ich den ganzen Tag über unglaublichen Massel gehabt hatte. Was sich schon allein darin zeigte, dass ich noch lebte, während alle anderen, mit denen ich unterwegs gewesen war, inzwischen tot sein dürften. Doch Glück währt niemals ewig. Und wenn ich jetzt schlappmachte, hieße dies, das Schicksal herauszufordern, denn meine Verfolger gehörten nicht zu der Spezies, die viel Federlesen mit ihren Opfern machte. Ich hegte aber nicht die geringste Absicht, sie mit meinem Blut zu füttern. Daher verfluchte ich innerlich bloß einmal mehr die Inquisition, die ein ganzes Nest von Stargas übersehen hatte.

Diese feine Einrichtung der Kirche rühmte sich nämlich, die letzte Starga hier im Westen bereits vor zwanzig Jahren vernichtet zu haben. Wenn man ihr glaubte, traf man diese Anderswesen heute nur noch in Solia oder Vitil an. Doch solche offiziellen Verlautbarungen und die Wirklichkeit klafften ja häufig weit auseinander, das hatte ich leider schon des Öfteren am eigenen Leib erfahren müssen. Deshalb glaubte ich grundsätzlich nicht alles, was ich hörte. Aber selbst ich alter Skeptiker hatte nicht mit einem solchen Starganest gerechnet.

»Steh nicht schon wieder rum wie angewurzelt«, schrie Apostel. »Flieh, solange du noch kannst!«

Fluchend rannte ich weiter. Der Wald mit seinen wenigen Espen und Birken war leider recht licht, außerdem wartete er mit zahlreichen Unebenheiten und regelrechten Gruben auf. Überall wuchsen kleine Blumen mit weißen Blüten, deren Namen ich nicht kannte. Vor allem aber wollte dieser verfluchte Wald einfach nicht enden. Zu allem Unglück schien ich auch noch im Kreis zu laufen, denn das Rauschen des Gebirgsbachs klang mal von rechts, mal von links an mein Ohr. Aber wahrscheinlich hätte sich hier selbst Satan höchstpersönlich verirrt …

Apostel, der nicht mit mir hatte Schritt halten können, war zurückgefallen, schrie mir aber noch nach, dass ich um mein Leben laufen solle. Am liebsten hätte ich ihm daraufhin einen Tritt in seinen leblosen Hintern verpasst, auch wenn er ja eigentlich recht hatte. Scheuch hatte mich auch schmählich im Stich gelassen, weil er unbedingt auf diesem Gehöft bleiben wollte, um das Schauspiel mitzuerleben, wie die Stargas meine unglücklichen Reisegefährten aussoffen.

Was war geschehen? Auf meinem Weg nach Litavien musste ich durch das waldige Kantonsland Vals, eine nicht ganz ungefährliche Gegend. Deshalb hatte ich mich nach einigem Zögern dazu durchgerungen, mich für einen Teil der Strecke einem Wagenzug anzuschließen, zu dem achtzehn Menschen gehörten: Händler, Begleitsoldaten und Pilger. Letztere wollten nach Narara, um dort jene Orte aufzusuchen, an denen die Heilige Marianne gelebt hatte.

Um Zeit zu sparen, wollten wir eine alte Straße nehmen. Einer der Einheimischen hatte sogar behauptet, diese sei wesentlich sicherer, trieben sich dort doch keine Wegelagerer herum. Das stimmte sogar. Allerdings trieben sich dort nur deshalb keine Wegelagerer herum, weil sie durch die Bank leergetrunken waren. Das war auch der Grund, warum weit und breit alles so still und ruhig war.

Als wir auf einem Gehöft mit nur fünf Häusern Rast einlegten, begannen unsere Schwierigkeiten.

Die freundlichen Menschen hatten uns starken Apfelwein angeboten. Bei der Hitze stillte dieses Getränk jeden Durst. Kaum jemand hatte also abgelehnt. Nur der Pferdeknecht war nicht in den Genuss des berauschenden Getränks gekommen, kümmerte er sich doch da gerade um die Tiere. Ferner war Winz, der Kommandant der Begleitsoldaten, leer ausgegangen, denn er überprüfte die Straße am anderen Ende des Gehöfts. Zudem hatte ein Pilger ein Gelübde abgelegt, nichts zu sich zu nehmen, was er nicht mit seiner eigenen Hände Arbeit hergestellt hatte.

Ich jedoch gehörte zu jenen Einfaltspinseln, die keinen Hinterhalt witterten und dem Apfelwein dankbar zusprachen. Allerdings sollte ich am Ende der einzige Glückspilz sein, der sich nicht in einen willenlosen Fleischbrocken verwandelte, dem man an einem heißen Sommerabend beim Gezirpe der Heuschrecken und dem Funkeln der Sterne genüsslich alles Blut aussaugte. Ich konnte Sophia gar nicht genug danken, hatte sie doch – wenn auch unbeabsichtigt – dafür gesorgt, dass mir kein Gift dieser Welt mehr etwas anhaben konnte.

Als mir dann sechs Stargas auf die Pelle rückten, sprang ich kurzerhand durchs Fenster und stürzte davon. Die drei Weinverächter taten es mir gleich – was sie indes nicht vor ihrem Schicksal bewahrte.

Den Pilger schnappten sich die Biester bereits am Waldrand. Danach schlossen die Mistviecher rasch zu uns auf. Winz trieb ein Messer in den Schenkel des Pferdeknechts, um die Stargas mit diesem Opfer von sich abzulenken.

Da der arme Kerl zu schwer für mich war, konnte ich ihn nicht mehr retten, denn hätte ich ihn Huckepack genommen, wäre das Ende vom Lied bloß gewesen, dass die Stargas neben ihrem Mittagessen auch ihr Abendbrot gesichert hätten. In meiner Wut stieß ich Winz den Hang hinunter, an dem wir gerade gestanden. Auch wenn es nicht sehr tief bergab ging, hatte er das verdient. Obendrein war ich den Widerling damit los. Nicht, dass ich am Ende auch ein Messer zwischen den Schulterblättern stecken hätte …

Da Apostel inzwischen mit seinem Gezeter endgültig zurückgeblieben war, umgaben mich nur noch die Geräusche des Waldes, den es freilich überhaupt nicht scherte, dass gleich ein paar wilde Stargas mein Blut trinken wollten. Die Hände auf die Schenkel gestemmt, hielt ich erneut an und rang nach Atem.

Da war ich ja mal wieder in einen schönen Schlamassel geraten! Im Umkreis von zwanzig Meilen gab es nicht eine einzige Sellerieknolle, mit der ich mir diese Biester vom Leib hätte halten können. Ich hatte nur meinen schwarzen Dolch, alle anderen Waffen waren zusammen mit meinem Pferd auf dem Gehöft zurückgeblieben. Mit einem Dolch aber richtete man gegen diese Kreaturen nichts aus. Nicht einmal dann, wenn es ein schwarzer Dolch war. Gegen sie half nur ein Bündel der besagten Pflanzen oder eine solide Eichenkeule.

Schon hörte ich hinter mir wieder die Stimmen der Stargas. Ihre Hartnäckigkeit leuchtete mir auf Anhieb ein, durften sie mich doch auf gar keinen Fall entkommen lassen: Nicht, dass ich am Ende mit Verstärkung zurückkehrte.

Fluchend raste ich weiter, kämpfte mich durch Sträucher, sprang über einen Bach, verschätzte mich dabei aber und landete in ihm. Als ich herauskrabbelte, hinterließ ich deutliche Spuren am Ufer. Sei's drum!

Dann sah ich vor mir bereits das nächste dieser lieblichen Anderswesen mit der rosafarbenen Haut, riesigen Ohren und einer bizarren Kreuzung aus Nase und Rüssel. Die Starga schlürfte gerade Winzens Blut. Der Mistkerl hatte sich nach dem Sturz noch ganz gut durchs Gelände geschlagen – hatte dann aber letztlich die Rechnung für sein mieses Verhalten ausgestellt bekommen, die er verdiente.

Als die Starga mich bemerkte, war klar: An ihr kam ich nicht vorbei. Da ich jedoch nicht die Absicht hegte, ihr auch noch meinen Hals hinzuhalten, stürmte ich mit unverminderter Geschwindigkeit auf sie zu, setzte zu einem Sprung an, bei dem ich die Beine weit vorstreckte, um der Kreatur meine Stiefelsohlen in die widerwärtige Fratze zu rammen und die Blutsäuferin so zu Fall zu bringen.

Gleichwohl gelang es der Starga noch, mein eines Bein zu fassen, sodass auch ich hinfiel. Dabei stieß ich mit meinem Fuß aber noch mal kräftig gegen ihr Kinn. Noch im selben Atemzug zog ich meinen Dolch und trieb ihr die Klinge mehrmals in die Brust. Eiskaltes braunes Blut spritzte mir ins Gesicht und auf die Hände, trotzdem klammerte ich mich an die Starga und hämmerte weiter auf sie ein. Als sie mich irgendwann abwarf, landete ich auf allen vieren, dicht bei Winzens kurzem Degen.

Obwohl dieser wesentlich schwerer und wirkungsvoller als mein Dolch war, würde ich auch mit ihm die Starga nicht ausschalten. Aber ich könnte sie damit ziemlich ärgern und vorübergehend aufhalten. Ich holte also aus und rammte meiner Widersacherin die Waffe direkt ins Auge. Die Starga schrie auf, jedoch nicht nur aus Schmerz, sondern auch aus Wut. Mit dem Gegröle dürfte sie leider auch all ihre Artgenossinnen angelockt haben. Daraufhin nahm ich mir noch ihr zweites Auge vor. Selbst blind blieb diese Kreatur aber gefährlich, weshalb ich nun tunlichst einen möglichst großen Abstand zwischen sie und mich brachte. Sollte sie erst mal mit ihrer – zugegebenermaßen beeindruckenden – Heilmagie ihre Wunden versorgen. Jede Verschnaufpause kam mir nur gelegen, denn diese Kreatur war nicht wie die gute alte Belladonna, eine Starga, die eine offizielle Erlaubnis der Kirche für ihr Tun vorweisen konnte und sich stets unter Kontrolle hatte, wie ich aus eigener Erfahrung wusste, denn Gertrude und ich hatten sie beim Hexenball auf Burg Cobnac getroffen. Nein, diese Kreatur war eine von der Kette gelassene wilde Hündin.

Natürlich verlief ich mich bei meiner Flucht auch noch und landete halb in einem Sumpf, einer schmalen Matschzunge, die an den Fluss angrenzte und mit Riedgras und mickrigen Bäumen bewachsen war. Wenn ich mich weiter vorwagte, würde das für mich vermutlich übel enden, denn wenn ich im Schlamm stecken blieb, würden mich die Stargas schnappen, noch ehe ich wieder festen Boden unter den Füßen hatte. Deshalb kehrte ich um und rannte weiter, dabei einen Hasen aufscheuchend, der in einem Gebüsch gekauert hatte.

Als ich irgendwann an den Fluss kam, fiel ich erschöpft zu Boden und fing gierig an zu trinken. Selbst dass das Wasser völlig verschlammt schmeckte, störte mich nicht, im Gegenteil, am liebsten hätte ich den ganzen Fluss leergetrunken. Doch schon nahm ich aus den Augenwinkeln eine Bewegung wahr. Ich sprang auf und wirbelte herum: Im Schilf stand jedoch zum Glück bloß Scheuch.

Er machte einen hochzufriedenen Eindruck, was mich nicht weiter erstaunte, denn an seinen Gürtel war der Kopf einer Starga geknüpft. An ihren eigenen grauen Haaren. In dem Schädel steckte immer noch Leben: Das Anderswesen klimperte mit den Augen und öffnete lautlos den Mund. Es könnte durchaus noch ein Weilchen dauern, bis dieses Biest endgültig tot war, denn Stargas waren zähe Kreaturen. Auf der Stelle erledigte sie man nur mit Sellerie.

Scheuch grinste und deutete mit seinem Finger auf einen Punkt in meinem Rücken. Ich konnte mich gerade noch umsehen und den Degen hochreißen, da lief auch schon eine weitere meiner Verfolgerinnen in dessen Spitze hinein. Selbst mit der Klinge im Bauch packte sie mich noch bei den Schultern und schleuderte mich in den Fluss. Statt wieder aufzutauchen, schwamm ich unter Wasser zum gegenüberliegenden Ufer davon.

Trotz der Hitze, die bereits in diesem ersten Sommermonat herrschte, war das Wasser ziemlich kalt, weshalb ich bald mit den Zähnen klapperte. Kurz bevor ich das Ufer erreichte, saß mir die Starga schon wieder im Nacken. Ich griff nach einer aus dem Boden herausragenden Wurzel, damit ich einen Widerstand hatte, als ich die Beine anzog und sie mit aller Wucht gegen den Schädel dieser Kreatur stieß. Die Blutsaugerin wurde tatsächlich ein Stück zurückgeschleudert. Ich kroch an Land und hielt auf ein paar Brombeerbüsche zu, wo Scheuch mich bereits erwartete.

»Du hättest mir auch helfen können«, maulte ich.

Er schüttelte nur den Kopf. Eine Trophäe reichte ihm offenbar, sodass er seine Sichel heute nicht noch einmal zu ziehen beabsichtigte.

Auch Apostel tauchte wieder auf.

»Ludwig?!«, schrie er. »Lebst du noch?!«

Dieses *noch* regte mich über alle Maßen auf, schließlich hatte mir niemand anders als Apostel ständig in den Ohren gelegen, mich dem Wagenzug anzuschließen. Wäre es nach mir gegangen, hätte ich meinen Weg allein fortgesetzt. Dann wäre ich vermutlich gar nicht erst in diesen Schlamassel geraten. Aber Apostel hatte nicht eher Ruhe gegeben, bis er mich überzeugt hatte. Mit der Frage nach meinem Wohlbefinden war das Fass nun endgültig zum Überlaufen gebracht worden. Rachsüchtig wirkte ich ein Zeichen, als hinter ihm weitere Stargas auftauchten, und schleuderte es eiskalt in Apostels Richtung.

Natürlich ging ich davon aus, dass er sich in Deckung bringen würde. Das tat er denn auch, selbstverständlich mit einem fürchterlichen Fluch auf den Lippen. Trotzdem war er schneller als jener Hase, den ich vorhin aufgeschreckt hatte. Das Zeichen bohrte sich wie von mir erwartet ins Ufer und explodierte. Eine orangefarbene Flammensäule bohrte sich in den Himmel. Schon in der nächsten Sekunde griff das Feuer auf die Bäume in unmittelbarer Nähe über und verleibte sich zu meiner unsagbaren Erleichterung vier der Stargas ein.

Meine Gefühle konnten jedoch bei Weitem nicht mit Scheuchs Begeisterung mithalten. Er hätte nämlich fast ein Freudentänzchen aufgeführt und spendete meinem Sinn für

Humor tüchtig Beifall. Etwas Komischeres als den panisch davonhoppelnden Apostel hatte er offenbar noch nie gesehen. In seiner Zufriedenheit ließ sich Scheuch sogar dazu herab, die Starga, die schon wieder aus dem Wasser krabbelte, mit einem kräftigen Tritt gegen den Schädel in den Fluss zurückzubefördern.

»Zu liebenswürdig«, murmelte ich, worauf Scheuch sich etwas ungelenk verbeugte.

Das Feuer am anderen Ufer verlosch allmählich. Verbrannter Boden und die kohlschwarzen Körper der Stargas traten zutage. Leider hatte ich nur eine dieser Kreaturen endgültig erledigt, die drei anderen Biester krochen schon wieder auf mich zu, fraglos in der Absicht, mich auszusüffeln.

»Soll euch doch der Teufel holen!«, stieß ich aus und wandte mich dann an Scheuch: »Was ist, erledigst du die auch?«

Doch nun drehte sich der werte Herr Vogelschreck nur noch gelangweilt um.

Drei Stargas bedeuteten eine echte Herausforderung. Mit einer hätte ich vielleicht noch fertigwerden können – aber mit dreien? Das käme Selbstmord gleich. Andererseits waren die Biester zwar nicht viel schneller als ich, hatten aber den längeren Atem. Früher oder später würde also jede Flucht meinerseits an jenem Ort enden, an dem nur noch die Würmer lebendig waren: im Grab.

Trotzdem nahm ich die Beine in die Hand und blieb erst an einem riesigen Ameisenhaufen voller geschäftiger roter Waldameisen stehen, um mich an der Sonne zu orientieren. Wenn meine Berechnungen stimmten, musste ich mich westlich halten. Dort würde ich irgendwann auf die Straße gelangen. Da konnte ich mir dann überlegen, wie weiter.

Als ich kaum noch Luft bekam, zog ich die Jacke aus und ließ sie fallen. Große Erleichterung brachte das nicht. Die Stargas waren mir schon wieder dicht auf den Fersen und riefen sich in meinem Rücken allerlei zu. Mein einziger Trost bestand darin, dass diese Anderswesen nicht auch noch über Kampfmagie verfügten. Gott oder der Teufel, wer wusste das schon so genau, hatte sie zwar mit starker Heilmagie ausgestattet, sich aber um ihre Angriffsfähigkeit keinerlei Gedanken gemacht.

Ein paarmal stolperte ich und fiel, tat mir aber nie etwas, sodass ich stets aufspringen und weiterrennen konnte. Ich war die Beute, sie die Jäger. Um das zu begreifen, war nicht viel Hirnschmalz nötig. Im Moment hörte ich in meinem Rücken nur noch eine Starga. Ihre beiden Spießgesellinnen mussten mich seitlich überholt haben.

Irgendwann ließ ich den Wald hinter mir und rannte mit letzter Kraft über ein Feld. Dahinter lag endlich die Straße. Was ich unternehmen sollte, wenn ich sie erreichte, war mir nach wie vor schleierhaft. Ich sah mich um. Keine zweihundert Yard trennten die Starga noch von mir. Dieser Anblick verlieh mir prompt neuen Schwung...

Nachdem ich eine wild wuchernde Klette umrundet hatte, bemerkte ich in der Ferne vier Männer. Ihre Pferde grasten in ihrer Nähe, sie selbst hatten offenbar eine Rast eingelegt. Ich machte mit lautem Geschrei auf mich aufmerksam, erreichte damit aber bloß, dass mir die Puste ausging. Einer der Männer, ein großgewachsener, breitschultriger Gigant, stand immerhin auf, schirmte die Augen gegen die Sonne ab und verfolgte, wie ich mich ihrer Gruppe näherte.

Obwohl er die Stargas sehen musste, blieb er völlig gelassen und warf lediglich seinen Freunden ein paar Worte zu. Zwei von ihnen erhoben sich nun ebenfalls, auch sie die Ruhe selbst. Erst jetzt fielen mir ihre pechschwarzen Mönchskutten und die purpurroten Schnüre auf, mit denen diese gegürtet waren. Hätte ich noch die Kraft dafür gehabt, hätte ich vor Freude lauthals geschrien. Brüder vom Caliquerorden, die treuesten aller Gotteskrieger. Ich war gerettet!

Der Gigant gab mir mit einer unmissverständlichen Geste zu verstehen, dass ich mich auf den Boden werfen sollte. Ich folgte der Aufforderung umgehend, presste mich flach in den Klee und atmete die nach Wiesenkräutern duftende Luft ein.

Niemand sollte Kirchenmagie unterschätzen. Den Choral, den die vier Mönche anstimmten, dürften sogar die Engel im

Himmel gehört haben – wie das Lied dann in meinen Ohren dröhnte, müsste damit klar sein. Als die Töne über mich hinwegwogten, blendete mich ein heißes Licht, welches mich mit einer solch gläubigen Ehrfurcht erfüllte, dass ich mich beinahe in ihm aufgelöst hätte.

Ich verlor jedes Zeitgefühl, sodass ich nicht zu sagen vermochte, ob eine ganze Stunde oder nur ein paar Minuten vergangen waren, als mir einer der Mönche hochhalf.

»Offenbar hat er trotzdem was abbekommen«, hielt ein anderer leicht amüsiert fest. »Du hast es ein wenig übertrieben, Bruder.«

»Von wegen«, erwiderte ein Bass. »Wann habt Ihr das letzte Mal die Beichte abgelegt, Ludwig?«

Ich murmelte eine völlig unverständliche Antwort, hörte in mir noch immer Choräle und kämpfte verzweifelt gegen den Wunsch an, mich auf die Knie fallen zu lassen und meine Stirn gegen den Boden zu pressen, bis mir meine Sünden vergeben worden waren. Es war ein recht unangenehmes Gefühl, den eigenen Willen zu verlieren und sich in einen fanatischen Gläubigen zu verwandeln. Etwas schnürte mir die Kehle ab, gleichzeitig wollte mir gegen meinen Willen ständig der Anfang eines Gebets über die Lippen schlüpfen.

»Felomicenzo«, verlangte jemand, »lass uns einmal nachsehen, was mit diesen Blutsaugerinnen geschehen ist. Titco, Ihr bleibt bei Bruder Corvus und kümmert euch um ihn.«

»Für Seelenfänger hatte ich noch nie etwas übrig«, knurrte dieser Titco, doch da führte mich Corvus schon zur Seite.

Kaum war der letzte Choral in meinen Ohren verklungen, verließ mich der Wunsch, Buße zu tun, auch schon wieder. In meinem Kopf tönte allerdings noch immer Orgelmusik, außerdem war nach wie vor alles um mich herum in strahlendes Licht getaucht. Corvus ließ mich auf dem Boden Platz nehmen und legte mir seine schwere Hand auf die Stirn. Es zischte, als würde Fleisch in das heiße Fett einer Pfanne gegeben, dann erlosch das Licht, und ich sah das Feld, das Gras, den Klee, die über den Wald ziehenden Wolken und die Sonne wieder klar vor mir.

»Ihr solltet wirklich öfter in die Kirche gehen, Meister van Normayenn, sonst kommt womöglich am Ende jemand auf die Idee, Ihr würdet Euren Glauben vernachlässigen.«

»Ich sündige zu selten, als dass ich in jede Kirche gehen müsste, die auf meinem Weg liegt, Bruder Corvus.« Mit jedem Wort fiel mir das Sprechen leichter. »Welche Überraschung, Euch hier zu sehen!«

»Dann erinnert Ihr Euch an mich?«

Wie sollte ich das nicht? Zwar hatte ich den Mönch aus dem Dorch-gan-Toynn-Kloster glatt rasiert kennengelernt, während nun ein echter Bär vor mir stand – ob er irgendein Gelübde abgelegt hatte? –, doch wäre es kaum möglich gewesen, Corvus nicht wiederzuerkennen. Einen Mann von dieser Größe und mit so breiten Schultern trifft man schließlich nicht alle Tage. Dazu noch das Schwert! Wann sieht man schon eine Klinge, in der ein lichter Animatus haust? Genauer gesagt der Engelssegen, der mit nichts zu verwechseln war.

»Bleibt noch ein bisschen sitzen«, empfahl mir Corvus nun. »In ein paar Minuten seid Ihr wieder ganz der Alte.«

Ich kam seiner Aufforderung nach. Kirchenmagie sollte man, wie gesagt, keinesfalls unterschätzen. Verhängnisvoll war sie zwar nur bei irgendwelcher Teufelsbrut, bei Anderswesen und Zauberern, aber auch bei gewöhnlichen Menschen vermochte sie zumindest kurzfristig und in weitaus harmloserer Weise Wirkung zu erzielen.

»Das ist übrigens Herr Titco Juwitschkow.«

Der Mann, den Corvus mir vorstellte, wirkte wie ein verarmter Adliger auf Reisen. Sein Name ließ darauf schließen, dass er aus Tschergien oder dem Olsker Königreich stammte. Er war schon in die Jahre gekommen, sehr mager und sehr blass.

»Ihr hattet Glück, dass Ihr uns noch angetroffen habt«, sprach er mich mit einem angedeuteten Lächeln unter dem dicken Schnauzer an. »Wir wollten nämlich gerade weiterreiten. Was hättet Ihr den Stargas dann wohl entgegenzusetzen gehabt?«

»Mein Fersengeld.«

Bei diesen Worten brach Titco in ein gehässiges Lachen aus.

Etwas, das ich nicht genau festmachen konnte, störte mich an diesem Mann.

Die beiden anderen Mönche untersuchten derweil die rauchenden Überreste der Blutsaugerinnen.

»Den Seinen gibt's der Herr im Schlaf«, zischte Titco mit Blick auf die Stargas. »Diese Anderswesen wurden Euch geradezu auf einem Silberteller serviert. Aber gut, das erspart mir einen Teil meiner Arbeit.«

»Ihr bekommt auch so noch genug zu tun, Herr Titco«, versicherte Corvus.

»Daran habe ich nicht die geringsten Zweifel«, giftete Titco weiter. »Deshalb sollten wir hier auch nicht länger rumstehen. Suchen wir lieber weiter nach unserem speziellen Freund. Der ist wenigstens interessanter als diese Kreaturen hier.«

»Ganz im Schlaf gibt es der Herr den Seinen dann wohl doch nicht«, mischte ich mich ein. »Vor einer Stunde waren mir nämlich noch sechs Stargas auf den Fersen.«

»Sechs? Wollt Ihr etwa behaupten, es gäbe hier ein ganzes Nest dieser Biester? Und was ist mit den anderen geschehen, schließlich haben Euch nur drei Stargas verfolgt!«

»Sie sind tot.«

»Ein gewöhnlicher Seelenfänger will also drei Blutsaugerinnen getötet haben…« Titco schüttelte den Kopf und gab mir mit seinem ganzen Gebaren zu verstehen, dass er mir kein Wort glaubte. »Ach ja…«

Scheuch und das Zeichen erwähnte ich an dieser Stelle lieber nicht.

»Wo sind sie Euch begegnet?«

»Auf einem Gehöft.«

»Das ist Greyndermeis. Bis dahin sind es allerdings fast zwei Meilen. Da müsst Ihr ja recht gut zu Fuß sein, Seelenfänger!«

»Wenn dort wirklich Stargas leben«, bemerkte nun Corvus, »und diese Biester jetzt auch noch im Blutrausch sind, dann könnten wir auf der richtigen Fährte sein.«

»Waren noch weitere Menschen in Eurer Begleitung, Seelenfänger?«

»Etliche.«

»Hat jemand überlebt?«

»Das kann ich nicht sagen, denn ich bin Hals über Kopf geflohen, schließlich waren mir sämtliche Stargas weit und breit auf den Fersen.«

»Wenn sämtliche Stargas Euch verfolgt haben, hat womöglich jemand überlebt.«

Womöglich – wenn er nicht vorher vergiftet worden wäre.

In dem Moment kamen die beiden anderen Mönche zurück. Der eine war schwarzhaarig und noch sehr jung, der andere älter, mit einem Gesicht voller Falten.

»Die werden niemandem mehr das Leben schwer machen«, erklärte uns der junge Mönch.

Bruder Corvus teilte den beiden mit knappen Worten mit, was er von mir erfahren hatte.

»Dann machen wir es wie folgt«, entschied der ältere Mönch. »Felomicenzo, Herr Titco und ich sehen uns in Greyndermeis um. Vielleicht stoßen wir dort noch auf eine Spur. Du, Bruder Corvus, reitest nach Bitzinin und setzt den Bischof mit einem Schreiben von dem Geschehnissen in Kenntnis. Wir kommen so schnell wie möglich ebenfalls in die Stadt zurück.«

»Ist das wirklich klug, Puglio?«, wandte Corvus ein. »Meiner Ansicht nach sollten wir besser zusammenbleiben.«

»Der Bischof besteht darauf, unterrichtet zu werden, sofern sich etwas Neues ergeben hat. Das ist jetzt der Fall«, entgegnete der ältere Mönch. »Und heute Abend sind wir ja schon wieder alle beisammen.«

Corvus nickte zögernd. Er machte keinen Hehl daraus, dass es ihm nicht schmeckte, allein nach Bitzinin zu reiten.

»Ich begleite Euch zum Gehöft, Brüder«, sagte ich. »Mein Pferd und meine Sachen sind noch dort.«

»Ihr würdet uns nur ins Gehege kommen, Seelenfänger«, teilte mir Felomicenzo unumwunden mit. »Bleibt besser bei Bruder Corvus und reitet mit ihm zur Stadt. Sofern der Herr es will, bringen wir Eure Sachen mit.«

Das waren klare Worte. Was auch immer sie in Greyndermeis

wollten – auf mich konnten sie dabei getrost verzichten. Sollte mir auch recht sein. Dann käme ich umso früher in eine Herberge und damit in ein anständiges Bett. Die heutige Flucht verlangte allmählich ihren Tribut.

Bitzinin lag drei Tagesritte von der Straße entfernt, die nach Litavien führte. Die Stadt war auf dem höchsten Berg im Umkreis errichtet worden und besaß gleich zwei Burgen.

Eine alte, die im Bürgerkrieg, als die Kantoner um einen vereinten Staat unter der Macht der eigentlich litavischen Herzöge aus dem Hause Biel rangen, stark gelitten hatte. Mit den gedrungenen Türmen und den dunklen Kellern diente sie heute nur noch Fledermäusen, Kindern und vermutlich auch ein paar Anderswesen als Versteck.

Über der zweiten Burg flatterte dagegen die grün-schwarze Standarte des Kantons Vals. Trotz ihrer drei Türme und der hohen Mauer wirkte sie ziemlich heruntergekommen. Welches Geschlecht hier überhaupt herrschte, wusste ich nicht, angesichts des Zustands der Burg konnte es aber kein besonders reiches sein. Der Gerechtigkeit halber sei jedoch angemerkt, dass man in Bitzinin kaum Einkünfte erzielte. Mit dem in dieser Gegend hergestellten Käse war schließlich kein großes Geld zu machen. Vor drei Jahren hatte man sich dann zwar auf die Stoffverarbeitung verlegen wollen, doch die Werkstätten waren selbst heute noch nicht fertiggestellt.

Bitzinin war ein beschauliches Städtchen, provinziell bis ins Mark. Sobald ich durch seine Gassen ritt, begriff ich überhaupt nicht mehr, wie sich bloß acht Meilen weiter unbeschwert Stargas tummeln konnten.

Bisher hatte Bruder Corvus kaum ein Wort von sich gegeben, sondern seinen eigenen Gedanken nachgehangen. Nun aber zeigte er sich beredter und schlug mir vor, bei ihm zu wohnen. Da mir seine Gesellschaft behagte, stimmte ich zu.

Scheuch erwartete mich vor einer Apotheke. Er säuberte seine Sichel vom Blut und beäugte die Städterinnen mit unverhohlener Wolllust. Glücklicherweise trug er seine Trophäe, diesen Stargakopf, nicht mehr bei sich. So wie ich ihn kannte, hätte es mich allerdings nicht gewundert, wenn er das widerliche Ding irgendjemandem ins Zimmer geschmissen oder den Schädel gar in einer Kirche abgestellt hätte. Er lachte sich nämlich halb schief, wenn Menschen in Panik gerieten. Und dafür brauchte es seiner Ansicht nach nicht viel. Bloß mal einen abgehackten Kopf …

Corvus bat mich, kurz auf ihn zu warten, und verschwand in einer von der Händlergilde unterhaltenen Poststation, um den Brief an den Bischof aufzugeben.

»Wär das auch erledigt«, erklärte er lächelnd, als er zurückkam.

Corvus wohnte in einem großen, hellen Haus. Einzig der Marktplatz davor machte den schönen Eindruck etwas zunichte, baumelte dort doch noch immer ein Gehenkter am Galgen. Scheuch musste sich den Toten natürlich sofort aus nächster Nähe ansehen.

»Dieses Gebäude hat mein Orden gemietet. Wir haben in etlichen Städten dauerhafte Unterkünfte«, erklärte Corvus, der mir den Vortritt überließ. »Fühlt Euch wie zu Hause.«

»Danke schön«, erwiderte ich. »Ich werde Euch sicher keine Umstände machen.«

»Die Brüder Felomicenzo und Puglio kommen später nach«, teilte Corvus dann der Haushälterin mit.

Scheuch, der heute offenbar zu Scherzen aufgelegt war, hatte es sich bereits in einem Sessel gemütlich gemacht, der neben einer alten Kommode mit Spitzendecke darauf stand. Diesmal musste er jedoch auf meine ungeteilte Aufmerksamkeit verzichten.

»Ich habe Euch noch immer nicht für meine Rettung gedankt«, wandte ich mich an Corvus.

»Das ist doch nicht der Rede wert«, wiegelte er ab und bedeutete mir, Platz zu nehmen. »Im Übrigen ist es Titco zu verdanken, dass wir in der Gegend waren.«

»Wer ist er eigentlich?«

Bevor wir losgeritten waren, hatte mich dieser Titco noch einmal eindringlich angesehen. Prompt war die Narbe an meiner Seite mal wieder von Kälte erfasst worden.

»Ein kleiner, harmloser Gast aus der Hölle«, legte Corvus die Karten auf den Tisch.

»Was habt Ihr dann mit ihm zu schaffen?«

»Wir sind leider in einer Lage, in der wir die Dienste selbst dieser Herren in Anspruch nehmen müssen«, brachte Corvus seufzend heraus. »Glücklicherweise hat der Oberinquisitor diesen Schritt bewilligt. Wenn es nach mir ginge, würde ich diesen Titco geradenwegs zurück in die Hölle schicken.« Er ließ seine Finger knacken. »Wie Ihr Euch sicher denken könnt, hilft uns der Bursche nicht aus freien Stücken.«

Ein kleiner Satansbraten, der Kirchenmännern Zwangsdienste ableistete … In unseren Zeiten brauchte man sich vermutlich nicht einmal darüber zu wundern.

Sobald die Haushälterin den Tisch deckte, bemerkte ich, wie hungrig ich war.

Sie stellte ein großes Glas mit dem hiesigen roten Bier vor mich, ein mit geschmolzenem Käse überzogenes Brot, eine ganze Schüssel mit gedünstetem Hammelfleisch sowie mit gebackenen Auberginen, aus denen Knoblauchzehen herauslugten. Corvus gab sich mit etwas Wasser zufrieden.

»Seid Ihr sicher, dass Ihr nichts essen wollt?«, fragte ich ihn, denn mir schien es unhöflich, ihm etwas vorzukauen.

»Ich esse schon seit langer Zeit nichts mehr.«

»Habt Ihr ein Gelübde abgelegt?«

»Dass die Menschen immer alles auf Gelübde zurückführen müssen!«, erwiderte er lachend. »Nein, habe ich nicht. Ich brauche einfach kein Essen mehr. Mich begleitet auf all meinen Wegen die Gunst der Engel, was einen Sterblichen in völlig ausreichender Weise sättigt.«

Mir war klar, dass er von seiner Klinge sprach, dem Engelssegen. Ich konnte sie nicht ansehen, wenn ich meine Gabe einsetzte. Mit diesem Schwert hatte er damals den Dämon auf der Teufelsbrücke bekämpft.

»Ich habe mich schon häufig gefragt, warum die Engel, die über die Macht verfügen, ganze Städte dem Erdboden gleichzumachen, Satan nicht zeigen, wo sein Platz ist.«

»Das haben sie doch längst getan«, hielt er dagegen. »Und der Feind ist gefallen mitsamt seinen Heerscharen.«

»Nur dass seine Diener heute wie Kakerlaken oder Ratten immer wieder in unsere Welt heraufkriechen. Ein Sünder, der all diese widerlichen Kreaturen sieht, will danach noch nicht mal im Fegefeuer landen! Und wer muss das ausbaden? Eben! Wir Seelenfänger!«

»Hinter allem steht der Wille des Herrn, Ludwig. Offenbar wünscht er nicht, dass Ihr ohne Aufgabe dasteht. Zudem beginnen die Qualen der dunklen Geschöpfe nicht erst in der Hölle, sondern bereits hier auf Erden, denn sie werden der Gnade des Herrn nicht teilhaftig. Um sie zu gewinnen, müssen sie einen beschwerlichen Weg zurücklegen. Am Anfang dieses Weges steht ihr Seelenfänger. Glaubt mir, ihr tut ein gutes Werk.«

»Das sieht leider nicht jeder so«, bemerkte ich, während ich mit halbem Auge Scheuch beobachtete, der unserem Gespräch lauschte.

»Wenn der Herr es nicht wollte, gäbe es schon längst keine Menschen mit Euren Fähigkeiten mehr. Und die Engel? In diesem Schwert wohnt ein Teil ihres Segens. Ein Bruchteil ihrer Kraft. Doch stellt Euch einmal vor, was geschähe, wenn die geflügelten Krieger in ihrer wahren Gestalt vom Himmel herabkämen.«

Das stellte ich mir lieber nicht vor. Selbst eine mächtige Stadt wie Ardenau dürfte nämlich angesichts einer solchen Kraft in Schutt und Asche gelegt werden.

»Es gibt aber doch auch Engel, die Menschen erscheinen.«

»Stimmt«, erwiderte Corvus. »Doch sie tragen nicht den Zorn des Herrn in sich. Als den Menschen das letzte Mal ein Engel erschien – das war während des ersten Kreuzzugs gegen die Chagzhiden –, da hatte er ihre Gestalt angenommen.«

Das war mal wieder typisch. Jedes Teufelsbiest konnte den Menschen als gehörntes Zottelwesen erscheinen, aber höchste

Wesen, die mit ihren eigenen Augen den Herrn geschaut hatten, saßen meist hoch oben im Himmel und zeigten sich nur selten in ihrer wahren Gestalt. Nur wenn die Menschen den Allmächtigen mal wieder aufs Äußerste erzürnt hatten, schickte er einen Engel vorbei, der mit den Flügeln schlug und mit dem Finger drohte – und danach gab es dann rundum nur noch verbrannte Erde.

»Nein, Ludwig, Ihr dürft nicht erwarten, dass ein paar Engel herabsteigen und das Paradies auf Erden schaffen. Das müssen die Menschen schon selbst aufbauen. Mit ihrem Glauben und mit den Gesetzen Gottes.«

»Nur halten sich nicht alle an diese Gesetze.«

»Das stimmt leider. Viele von uns Menschen sind schwach, ihr Glauben ist häufig nicht so rein, wie er sein sollte. In der Welt hat sich das Böse breitgemacht, aber früher oder später wird das Königreich Gottes dennoch obsiegen.«

»Wenn es vorher nicht zu einer Apokalypse kommt, bei der ein paar übereifrige Erzengel uns alle in Schutt und Asche verwandeln.«

»Das hängt einzig und allein von uns ab. Ich glaube indes fest, dass der Herr in seiner Weisheit es nicht so weit kommen lässt. Aber was schaut Ihr auf einmal so traurig drein?«

»Mir ist nur gerade etwas durch den Kopf gegangen.« Ich rang mir ein Grinsen ab. »Es ist doch bedauerlich, dass ich Engel nur von Fresken, Bildern und Buntglasfenstern kenne. Dabei würde ich sie brennend gern einmal leibhaftig sehen. Damit bekenne ich mich der Neugier schuldig.«

»Ich habe sie auch noch nie gesehen«, sagte Corvus, nachdem er mich lange aufmerksam gemustert hatte. »Aber als der heutige Abt meines Klosters noch ein Novize war, ist ihm einmal ein Engel begegnet. Allerdings kein himmlischer, sondern ein irdischer.«

»Ein irdischer Engel?« Scheuch und ich warfen uns einen verständnislosen Blick zu, mein Animatus zuckte noch zusätzlich die Schultern. »Wie soll ich das denn verstehen?«

»Sie werden auch die Ungebundenen genannt. Als der Krieg

am Firmament tobte und Luzifer vom Himmel gestoßen wurde, weigerten sich einige wenige Himmelsbewohner, an den Kämpfen teilzunehmen, weil sie nicht das Blut ihrer eigenen Brüder vergießen wollten, weder um der Menschen willen noch um der Liebe des Herrn oder der Treue gegenüber den Seraphim willen.«

»In der heiligen Schrift findet sich aber kein Wort über diese Ungebundenen.«

»Sprecht einmal mit einem Inquisitor darüber«, empfahl er mir deshalb. »Oder mit Vater Mart. Er weiß mehr über diese Geschichte als ich.«

Mit einem Inquisitor über Dinge zu sprechen, die nicht in der Bibel standen, noch dazu über Abweichler – auch wenn diese dann nicht aufseiten Luzifers gekämpft hatten –, schien mir nicht gerade klug.

»Mir wäre es lieber, mit Euch darüber zu sprechen«, gestand ich.

Corvus trank noch einen Schluck Wasser und klaubte vermutlich sein restliches Wissen zusammen.

»Angeblich lehnen beide Seiten die Ungebundenen ab, der Herr und der Satan gleichermaßen«, fuhr er schließlich fort. »Allerdings behauptet mein Abt, Satan würde sie unbändig dafür hassen, dass sie ihm die Unterstützung verweigert haben.«

So, wie Corvus diese Worte vortrug, hätte man fast den Eindruck haben können, der Teufel selbst hätte dem Abt diese Idee in den Kopf gesetzt. Aber ich wollte die Legende natürlich nicht mit meinen Zweifeln zunichtemachen. Scheuch dagegen zog sich ungeniert den Strohhut ins Gesicht, damit niemand sein Grinsen sah.

»Soll das heißen«, hakte ich nach, »Luzifer glaubt, mit den Ungebundenen auf seiner Seite hätte er den Sieg erringen können?«

»Keine Ahnung. Tatsache ist, dass sie weder im Himmel noch in der Hölle Unterkunft fanden, sondern auf der Erde leben müssen.«

Nun sah ich Corvus geradezu fassungslos an.

»Sie leben wohl sehr weit im Osten«, erklärte Corvus. »In einer Gegend, in der kaum jemand von uns gewesen ist. Dort bewachen sie das offene Tor zur Hölle und halten die dunklen Heerscharen davon ab, uns zu vernichten.«

Zu schade, dass Apostel nicht anwesend war. Er hätte zu dieser Geschichte einiges zu sagen gehabt.

»Wenn es so ist, tun sie ein gutes Werk. Deshalb hoffe ich, dass der Herr ihnen irgendwann verzeiht und sie wieder im Himmel aufnimmt. Verdient hätten sie es.«

»Einige dieser irdischen Engel sind bereits tot, gestorben in der Schlacht mit den Teufelshorden. Andere haben die Nähe zur Hölle nicht ertragen und sind darüber wahnsinnig geworden. Sie haben sich dem Bösen verschrieben, ihre Brüder verlassen und sich unter die Menschen gemischt. Der Engel, mit dem mein Abt gesprochen hat, war auf der Suche nach ebendiesen abtrünnigen Ungebundenen. Er wollte sie auslöschen.«

»Hat er viele von ihnen gefunden?«

»Das weiß ich leider nicht.«

»Stimmt es, dass noch niemand zum Tor der Hölle vorgedrungen ist? Beim letzten Versuch, der vor vielen Hundert Jahren unternommen wurde, sollen die Menschen angeblich das Justirfieber mitgebracht haben.«

»Selbst im Vorhof der Hölle haben die Menschen nichts verloren«, erwiderte der Mönch und erhob sich. »Lasst uns dieses Gespräch später fortsetzen, denn nun muss ich leider noch eine Kleinigkeit erledigen. Ach ja, noch etwas: Euer schwarzer Dolch hat bereits einige Aufmerksamkeit auf sich gezogen. Gegenwärtig sind zwei Angehörige des Ordens der Gerechtigkeit in Bitzinin. Wenn sie sich hier umsehen wollen, kann ich ihnen das nicht verwehren.«

An dieser Stelle hielt Scheuch es für angebracht, unter seinem Strohhut hervorzuspähen und mir einen fragenden Blick zuzuwerfen. Ich bedeutete ihm mit einem antwortenden Blick, dass mir dann ebenfalls die Hände gebunden waren. Worte brauchten wir beide wirklich nicht, um einander zu verstehen.

»Keine Sorge, Bruder Corvus«, wandte ich mich wieder an meinen Gastgeber, »ich habe nichts zu verbergen.«

Er nickte, verabschiedete sich und verschwand. Ich blieb zurück und sann darüber, dass man selbst dann mit dem Orden Schwierigkeiten bekommen konnte, wenn man nichts zu verbergen hatte.

»Judas! Gemeiner Verräter! Und das nach allem, was ich für dich getan habe! O ja, die Menschen sind blind und undankbar und spucken dir ins Gesicht! Selbst wenn du ihnen den Hintern gerettet hast, rammen sie dir ein Messer in den Rücken!«

Der selbstgefällige Zorn Apostels ermüdete mich in dem Maße, wie er ihn berauschte. Ungefähr so musste sich ein Verdurstender fühlen, der mitten in der chagzhidischen Wüste auf eine Oase stieß. Und den einen wie den anderen kriegte man so schnell nicht von der Quelle weg.

Meine kläglichen Rechtfertigungen, dass ihm doch wirklich keine Gefahr gedroht hatte, wurden kurzerhand abgeschmettert.

»Ja freust du dich denn gar nicht«, versuchte ich es auf anderem Wege, »dass die Stargas deinen besten Freund nicht verschmaust haben?«

»Du willst mein Freund sein?!«, giftete Apostel unbeeindruckt weiter. »Wenn ich jemanden wie dich meinen Freund nennen müsste, wäre es wahrlich schlimm um mich bestellt. Da bist du ja mit Judas noch besser dran. Bei allen heiligen Märtyrern! Wo hatte ich nur meine Augen, als ich dich getroffen habe?! Ich hätte mir meinen Seelenfänger wirklich besser aussuchen sollen!«

»Ich bin die Güte in Person. Jeder andere an meiner Stelle hätte dich längst über alle Berge gejagt.«

»Das sagt alles über deine Bruderschaft. Und was willst du schon wieder?«, wandte sich Apostel an Scheuch, der sich köstlich amüsierte. »Wenn dir ein Seelenfänger sein Zeichen über den Schädel ziehen würde, dann würdest du nicht so grinsen. Da hättest du ganz schnell deine Sichel zur Hand!«

Scheuch bedachte Apostel mal wieder mit einer unanständigen Geste, hörte aber nicht auf zu grinsen. Im Unterschied zu mir fiel ihm das Gezeter unserer ruhelosen Seele überhaupt nicht auf die Nerven.

Missmutig sah ich zum Fenster hinaus. Obwohl der Abend bereits heraufgezogen war, war Corvus noch nicht wieder aufgetaucht. Von seinen beiden Mitbrüdern fehlte auch jede Spur – und damit auch von meinem Pferd und meinen Sachen.

»Ich habe große Schuld auf mich geladen, Apostel«, sagte ich, woraufhin er tatsächlich den nächsten Zornesausbruch hinunterschluckte. »Verzeih mir bitte!«

Scheuch seufzte enttäuscht. Das Schauspiel hatte ein Ende.

In dieser Sekunde klopfte es sacht gegen die Tür.

»Herein«, rief ich.

Die Haushälterin steckte den Kopf ins Zimmer und lächelte schüchtern. »Ihr habt Besuch, Herr Seelenfänger. Der Stadtpräsident und zwei Angehörige vom Orden der Gerechtigkeit. Soll ich sie hereinlassen?«

Natürlich. Denn ließe ich es mir einfallen, diese Herren einfach zum Teufel zu schicken, würde das nur ihr Misstrauen wecken. Darauf jedoch konnte ich getrost verzichten.

»Bittet die werten Herren herein. Und falls es keine Umstände macht, bringt uns etwas Wein.«

»Gern. Eine Bitte hätte ich allerdings noch: Wenn Ihr auf eine Schlägerei in meinem Haus verzichten könntet … Der Orden des Heiligen Caliquius würde etwaige Unkosten in dem Fall nicht übernehmen.«

Ja, ja, ja. Seelenfänger hatten die Angehörigen vom Orden der Gerechtigkeit nicht gerade in ihr Herz geschlossen. Umgekehrt galt das genauso. Trotzdem war das ewige Gerede von den Schlägereien zwischen uns schlicht und ergreifend aus der Luft gegriffen. In der Regel lösen wir unsere Probleme unauffälliger und lenken die Aufmerksamkeit der Allgemeinheit, der Mächtigen und der Kirche nicht auf uns.

»Mich würde wirklich interessieren«, wandte ich mich an Scheuch, »warum *du* diese Burschen nicht ausstehen kannst.«

Diesmal zuckte er in einer Weise mit den Schultern, die ich für mich als »Na, irgendjemanden muss ich doch hassen« übersetzte.

»Und jetzt verschwinde lieber!«

Scheuch fuhr mit der Hand über die Sichel, was als eindeutiges Angebot zu verstehen war, sämtliche Probleme für mich aus der Welt zu räumen. Da ich dieses Angebot jedoch ablehnte, kroch er mürrisch in den Kleiderschrank und zog die Tür hinter sich zu.

Apostel nahm schnaubend den dadurch frei gewordenen Sessel ein.

Als es abermals an der Tür klopfte, trat der Bürgermeister – oder Stadtpräsident, wie er in den Kantonländern hieß – ein. Mit seiner prachtvollen Kleidung und dem kugeligen Bierbauch gab er eine durchaus imposante Erscheinung ab. Den Eindruck machte jedoch sein gehetzter Blick zunichte: Der Mann fühlte sich ganz und gar nicht wohl in seiner Haut. Das würde sich wohl erst ändern, wenn er diesen Besuch hinter sich gebracht hatte.

Bei den Ordensangehörigen handelte es sich um einen Mann von Anfang fünfzig mit spärlichem grauen Haar und einem klugen, offenen Gesicht, der seinen Blick einen Moment lang auf Apostel ruhen ließ, sowie um ein junges Mädchen, das noch keine fünfzehn Jahre alt war. Unter dem kurzen, zerzausten kastanienbraunen Haar schaute ein nicht sehr hübsches, dafür aber freundliches Gesicht hervor. Die Ordensangehörige sah mich mit großen Augen unverwandt an, wobei in ihrem Blick nacktes Entsetzen lag. Ja glaubte sie etwa, ich würde gleich über sie herfallen?!

»Womit kann ich dienen?«, fragte ich, woraufhin Apostel verächtlich griente, die Arme vor der Brust verschränkte und damit allen, die ihn sehen konnten, zu verstehen gab, dass sie hier nicht willkommen waren.

»Herr …«, setzte der Bürgermeister an.

»Ludwig van Normayenn.«

»Ich bin Simon Wertschel, das Oberhaupt dieser Stadt. Das ist Herr Nico Huber mit seiner Schülerin. Beide gehören dem Orden der Gerechtigkeit an.«

»Es ist mir ein Vergnügen.«

»Ich bin hier«, fuhr Wertschel fort, »damit gar nicht erst irgendwelche Missverständnisse aufkommen.«

»Welcher Art sollten diese Missverständnisse denn sein?«, fragte ich nach.

Der Bürgermeister schielte verlegen zu Huber hinüber, doch dieser machte keine Anstalten, ihm seine Aufgabe abzunehmen.

»Die Gesetze des Kanton Vals sehen vor, dass Angehörige des Ordens der Gerechtigkeit jeden Seelenfänger auf seine Gesetzestreue hin überprüfen.«

Dieses törichte Gesetz kannte ich. Vals hatte zwar stets aufseiten des Ordens gestanden, während es die Bruderschaft höchst misstrauisch beäugte, doch bezahlte uns das Land für unsere Dienste anstandslos.

»Und wie bitte schön soll meine Gesetzestreue festgestellt werden?«, erkundigte ich mich.

»Herr Huber wird Euren Dolch überprüfen.«

»Ach ja? Verzeiht mir bitte, Herr Wertschel, aber ich bin mit der hiesigen Gesetzgebung bestens vertraut. Zumindest soweit sie die Bruderschaft betrifft. Im Übrigen ist die Überprüfung eines schwarzen Dolchs nicht öfter als einmal im Jahr gestattet und hat in Anwesenheit eines Vertreters der Bruderschaft zu erfolgen, der sich die Klinge ebenfalls ansieht.«

»Dies ist ein neues Gesetz, das erst vor vier Monaten erlassen wurde. Es trägt die Unterschrift Baron von Saubergs. Wenn Ihr es verlangt, kann ich Euch gern das Schriftstück mit dem Wappensiegel zeigen.«

»Ich ziehe Eure Worte nicht in Zweifel, Herr Wertschel«, antwortete ich kalt, denn dieses Schriftstück konnte mir nun wirklich gestohlen bleiben. »Aber ich muss Euch diese Bitte abschlagen. Ich kann es mir nicht leisten, vier Tage in Eurer Stadt zu bleiben.«

»Die Überprüfung wird keine vier Tage in Anspruch nehmen, denn auf Wunsch der Stadt werde ich nur eine etwas einfachere Kontrolle vornehmen«, schaltete sich der Mann des Ordens ein. »Diese unterscheidet sich grundsätzlich von der sonst üblichen Standardprozedur.«

Glaubte er wirklich, er könnte mich auf diese Weise in die Enge treiben?

»Und wie lange würde diese *einfachere Prüfung* dauern?«

»Noch nicht mal eine Stunde. Mein Bericht verbleibt in Bitzinin, denn ich bin nicht bevollmächtigt, ihn dem Orden zu übergeben.«

Das kaufte ich ihm selbstverständlich nicht ab. Andererseits wollte ich auch nicht mit unnötigem Widerstand sein Misstrauen wecken.

»Dann sehe ich in der Tat keinen Grund, warum ich mich der Bitte widersetzen sollte«, erklärte ich. »Wenn Ihr mir jetzt noch Eure Plakette zeigen würdet!«

Schweigend hielt er mir seine Silberplakette hin mit der Aufschrift *Lex prioria* und der Nummer, die mir verriet, dass dieser Mann kein hohes Tier im Orden war, sondern bloß ein gewöhnlicher Angehöriger dieser lieblichen Gesellschaft. Genau wie ich in der Bruderschaft. Seine Schülerin hüstelte und zog ihre Plakette ebenfalls hervor. Sie war aus Bronze und trug noch keine Aufschrift, geschweige denn eine Nummer. Nur ein Kreis mit dem schwarzen Dolch des Seelenfängers darin war eingraviert. Sie stand also in der Hierarchie noch etwas weiter unten.

»Damit hat in der Tat alles seine Richtigkeit«, sagte ich.

Da meine Gäste bei ihrem Eintritt die Zimmertür nicht geschlossen hatten, trat die Haushälterin nun ein, ohne vorher anzuklopfen. Sie stellte eine Flasche Weißwein, einen Krug mit Saft für das Mädchen, Gläser und ein paar Happen zu essen auf den Tisch.

»Wollen sich die Herrschaften vielleicht setzen?«, fragte ich. »Und darf ich Euch etwas Wein anbieten?«

»Danke, aber mich ruft die Pflicht«, lehnte der Bürgermeister ab. »Wenn denn alle Fragen geklärt wären, würde ich gehen, da ich mich zugegebenermaßen gern von Magie fernhalte, selbst wenn diese von der Kirche gebilligt wird.«

»Hier geht es nicht um Magie«, widersprach Huber, »sondern um eine Gabe.«

»Hinter der aber auch der Teufel steckt«, grummelte Wertschel nur und bekreuzigte sich rasch. »Doch lassen wir das. Morgen lese ich dann Euren Bericht. Es warten übrigens zwei Stadtsoldaten vor dem Haus auf Euch, Herr Huber.«

Diese Worte waren vermutlich eher für meine Ohren bestimmt. Falls ich doch noch Sperenzchen machen sollte ...

»Möchtest du Saft?«, fragte ich das Mädchen. Bevor es antwortete, blickte es fragend zu Huber hinüber.

Als dieser nickte, erhielt ich ein »Ja« und nach kurzem Zögern sogar noch ein »Danke« zur Antwort.

Huber schenkte uns beiden Wein ein.

»Was habt Ihr dem Mädchen bloß über die Bruderschaft erzählt?«, wollte ich im Flüsterton von ihm wissen. »Ich wäre Euch dankbar, wenn Ihr diesem Kind klarmachen würdet, dass ich es nicht gleich anfalle.«

»Ich habe dem Mädchen eingeschärft, stets wachsam zu sein«, antwortete Huber lächelnd. »Man muss bei einem Menschen immer mit dem Schlimmsten rechnen.«

»Wie oft haben Seelenfänger denn schon versucht, Euch die Kehle aufzuschlitzen, dass Ihr Eurer Schülerin eine solche Wachsamkeit einschärfen müsst?«

»Es geht hier nicht um Seelenfänger, es geht um Menschen, Herr van Normayenn«, erwiderte er freundlich. »Und diese lassen sich, wie gesagt, nicht über einen Kamm scheren. Die Straßen und die Städte sind gefährlich, das wisst Ihr besser als ich, denn Ihr seid viel unterwegs. Ein Mensch ist oft gefährlicher als eine dunkle Seele, ein Höllenfinsterling oder ein Anderswesen. Verzeiht Hanna, wenn sie Euch beleidigt haben sollte, denn Ihr seid erst der zweite Seelenfänger, dem sie begegnet.«

Bei diesen Worten wurde Hanna noch verlegener. Der zweite Seelenfänger in ihrem Leben. Wenn das Schicksal es anders gewollt hätte und wir dieses Mädchen entdeckt hätten, dann hätte sie in Ardenau inzwischen etliche Seelenfänger gesehen. Doch der Orden hatte sie zuerst gefunden. Und wer ihm anhing, hielt uns Seelenfänger für seinen Erzfeind. Selbst wenn bloß ein Zufall die Entscheidung getroffen hatte …

»Ich habe keinen Grund, Hanna etwas zu verübeln.« Dann legte ich meinen Dolch auf den Tisch. »Bitte!«

Der Ordensangehörige streifte sich Handschuhe über und nahm die Klinge an sich. Warum auch immer, aber es behagte mir nicht, dass dieser Mann meinen Dolch anfasste. Hanna stierte auf den Schrank, in dem sich Scheuch versteckt hielt. Was sie wohl erst zu ihm sagen würde? Allerdings hoffte ich, dass mein Animatus so viel Verstand besaß, sich ruhig zu verhalten, selbst wenn er seine Sichel noch so gern hätte sprechen lassen.

»Sag mal, Mädchen«, sprach Apostel Hanna an. »Hast du schon einmal eine dunkle Kreatur gesehen?«

Er sprach so leise, dass sie einen Schritt auf ihn zu und damit vom Schrank weg machen musste, um ihn zu verstehen.

»Nein«, antwortete sie.

Wäre Apostel ein Mann der dummen Scherze, hätte er in diesem Moment vermutlich den Schrank geöffnet und sie mit Scheuch bekannt gemacht, um diese Wissenslücke zu schließen.

»Das ist eine hervorragende Klinge, geschaffen von einem hervorragenden Waffenschmied. Von einem der besten, würde ich sagen«, urteilte Huber. Die behandschuhten Finger des Mannes glitten über den Griff. »Eine Klinge von tiefstem Schwarz, ein Saphir, wie ich ihn reiner kaum gesehen habe, und ein sehr klarer Stern. Eine aparte, höchst anspruchsvolle Arbeit, die zugleich von bestechender Schlichtheit ist. Solche Klingen kenne ich sonst nur von Euren Magistern. Ich kann Euch also nur zu Eurer wunderbaren Waffe gratulieren. Wisst Ihr, wer sie angefertigt hat?«

»Jemand mit viel Schweiß und Geduld.«

Der Ordensangehörige grinste, begriff jedoch, dass ich keinen Wunsch verspürte, diese Frage zu vertiefen. Über die

Schmiede unserer Klingen gab es zahllose Legenden. Sie stammten aus Familien, die ihre Wurzeln bis zur Zeit Christi zurückverfolgen konnten und ihr Wissen von Generation zu Generation weitergaben, wobei sie es nur mit ihren Erben teilten. Niemand außer ihnen wusste, wie man jene Klingen herstellte, mit denen man dunkle Seelen in die Hölle schickte, wobei der Dolch dann ihre Kraft aufnahm und damit die Lebenszeit der Seelenfänger verlängerte.

Es durften nur einmal im Jahr von den Magistern Klingen für die Absolventen der Schule in Ardenau in Auftrag gegeben werden, dieser Auftrag wurde dann von Kirchenleuten an die Meister überbracht. Wo diese überhaupt lebten, war meiner Ansicht eines der bestgehüteten Geheimnisse der Welt. Obendrein hatte sich die Kirche noch zu Zeiten Kaiser Konstantins dazu verpflichtet, die Schmiede zu beschützen und zu bewachen.

»Wie schade, dass Ihr nicht mehr über Eure Waffe wisst, Herr van Normayenn.«

»Was ich weiß, reicht, um zu verstehen, dass ich mich nicht eingehender mit ihrer Geschichte beschäftigen sollte.«

»Habt Ihr etwas dagegen, wenn meine Schülerin den Dolch untersucht?«

»Diese Klinge ist zu wertvoll, als dass man sie einem unerfahrenen Menschen anvertrauen soll!«, empörte sich Apostel. »Lass dich also ja nicht darauf ein, Ludwig!«

Hanna wäre bei diesen Worten anscheinend am liebsten im Boden versunken.

»Glaubt mir, Hanna ist sehr erfahren in diesen Dingen«, verteidigte Huber sie. »Sie hat eine solche Prüfung schon mehr als einmal durchgeführt. Ihr braucht Euch um Eure Waffe daher nicht zu sorgen. Darüber hinaus vermag selbst eine gründliche Prüfung einer solchen Klinge nichts anzuhaben, von einer einfachen Untersuchung wie dieser ganz zu schweigen.«

Mit einem Achselzucken gab ich ihm zu verstehen, dass es mir nur auf eines ankam: dass die ganze Sache schnell vorbei war und ich wieder meine Ruhe hatte. Dieser Wunsch war vor allem Scheuch geschuldet. Ich würde meine Hand nicht dafür ins Feuer legen, dass er sich noch lange brav verhielt.

Sobald Hanna meine Erlaubnis hatte, holte sie aus ihrer Tasche einen Spannblock aus Messing mit einem feinen Fuß heraus, den sie auf den Tisch stellte. Sie legte den Dolch ein und drehte an einem kleinen Rad, um die Waffe auf Augenhöhe zu bringen. Dann fuhr sie mit einem feinen roten Pinsel behutsam über die Klinge, als wischte sie nicht vorhandenen Staub ab.

Sobald sie sich an die Arbeit gemacht hatte, war sie wie ausgewechselt, konzentriert, entschlossen und beherzt. Ihren Bewegungen haftete nichts Fahriges an, ihre Figuren wirkte sie äußerst geschickt. Obwohl diese sehr schlicht waren, kannte ich sie nicht.

Als die Schneide noch dunkler schimmerte als gewöhnlich und sie ein für unser Auge nicht wahrnehmbarer Kraftstrom umwogte, entnahm Hanna ihrer Tasche ein kleines Holzkästchen, öffnete es und holte eine Linse aus grünlichem Glas heraus. Eine zweite Linse, die einen feinen Rahmen besaß, setzte sie in ihr linkes Auge. Dann beugte sie sich vor und betrachtete den Dolch.

Apostel beobachtete sie aufmerksam, Huber ließ einen stolzen Blick auf seiner Schülerin ruhen. Mich beeindruckte die ganze Prozedur weniger. Hanna wusste, was sie tat, ich brauchte mir also keine Sorgen um meinen Dolch zu machen, und alles andere konnte mir egal sein.

»Dieses Haus haben die Caliquere gemietet«, wandte sich Huber an mich. »Seid ihr ein Gast der Mönche, Herr van Normayenn?«

»Ja.«

»Helft Ihr ihnen?«

»Bräuchten sie meine Hilfe denn?«

»Jeder braucht mitunter Hilfe. Ich habe gehört, dass zwei Seelenfänger in Derfeld einmal Kirchenleuten geholfen haben, als es um irgendeine Teufelsbrut ging.«

»Und stellt Euch vor, ich habe gehört, dass damals auch eine

Vertreterin des Ordens in Derfeld war. Vermutlich hat sie Euch diese Geschichte erzählt?« Er lachte bloß, sagte aber sonst kein Wort. Weder Wilhelm noch ich hatten ein Geheimnis daraus gemacht, was auf der Teufelsbrücke geschehen war. Und dass Francesca ihrem Orden Bericht erstattet hatte, lag auf der Hand. Wilhelm und ich hatten es den Magistern der Bruderschaft gegenüber nicht anders gehalten.

Über dem Dolch bildete sich ein kleiner blauer Funke, der jedoch fast augenblicklich erlosch, nur um dann wieder aufzuglimmen und sein Licht einmal über die gesamte Klinge wandern zu lassen. Hanna saß reglos da und schien von unserem Gespräch, das allerdings schon bald versiegte, nicht ein Wort mitzubekommen.

Apostel wurde langsam zappelig. Er linste in einem fort besorgt zum Schrank hinüber, dies noch dazu mit einem derart unmissverständlichen Gesichtsausdruck, dass ich ihm am liebsten meinen Schuh an den Kopf geworfen hätte. Was musste er die Aufmerksamkeit unserer Gäste denn unbedingt auf dieses Möbelstück lenken?! Scheuch saß schließlich ganz ruhig im Schrank und machte zu meiner unsagbaren Erleichterung nicht die geringsten Anstalten, wie ein Springteufel daraus hervorzuschnellen.

Nach zwanzig Minuten rannen Hanna Schweißtropfen über die kreidebleichen Schläfen. Diese Prüfung kostete sie viel Kraft. Doch sie beklagte sich nicht, diese hartnäckige junge Frau. Wirklich zu bedauerlich, dass wir sie nicht als Erste entdeckt hatten.

»Es steht Euch ins Gesicht geschrieben«, ergriff Huber nun wieder das Wort, »dass Ihr bedauert, Hanna nicht für die Bruderschaft gewonnen zu haben.«

»Verzeiht, wenn ich Euch zu nahe getreten sein sollte.«

»Aber ich bitte Euch! Im Grunde ist es eine Ehre, zeigt dieser Wunsch doch, wie hoch Ihr meine Schülerin einschätzt.«

Meine Gedanken mussten ja in großen Lettern auf meiner Stirn prangen …

»Ich bedauere stets«, entgegnete ich, »wenn ich sehe, wie

eine Gabe vergeudet wird, weil sie dem Orden der Gerechtigkeit in die Hände fällt.«

»Ihr habt uns nicht gerade ins Herz geschlossen.«

»Dafür gab es bisher keinen Grund. Im Übrigen bringt auch ihr der Bruderschaft nicht gerade herzliche Zuneigung entgegen. Bisher habe ich es erst einmal erlebt, dass eine Angehörige des Ordens Seite an Seite mit mir gegen einen gemeinsamen Feind gekämpft hat. Ansonsten legt der Orden mir ständig Steine in den Weg, sobald wir uns an die Arbeit machen.«

»Das tun wir durchaus nicht. Wir behalten euch Seelenfänger lediglich im Auge, denn ihr habt die weltlichen Gesetze, aber auch die des Herrn leider schon zu oft missachtet. Dies in Zukunft zu verhindern ist unsere Aufgabe.«

»Wir Seelenfänger haben selbst Vorkehrungen getroffen, damit sich besagte Fälle von Machtmissbrauch nicht wiederholen – und das wisst Ihr ganz genau!«

»Ich kenne die Menschen, Herr van Normayenn«, hielt er mit einem schweren Seufzer dagegen. »Sie sind heute die gleichen wie gestern und werden auch morgen nicht anders sein. Sobald sie über ein wenig Macht verfügen, wollen sie noch mehr davon an sich bringen. Und Seelenfänger treibt zusätzlich der Wunsch an, ihr Leben zu verlängern.«

»Dieser Gedanke lässt Euch keine Ruhe?«, fragte ich grinsend zurück. »Der an das lange Leben, meine ich. In dem Fall habt Ihr die falsche Seite gewählt. Dann hättet Ihr ein Seelenfänger werden sollen.«

»Ich danke dem Herrn dafür, dass er mir dieses Schicksal erspart hat«, versicherte er. »Ob Ihr das nun glaubt oder nicht. Jeder Mensch hat präzise die Lebenszeit zugewiesen bekommen, die der Herr für richtig erachtete. Ihr handelt damit gegen seinen Willen.«

»Die Kirche sieht das anders.«

»Das stimmt«, gab Huber zu und rieb sich über die unrasierten Wangen. »Trotzdem wollte ich nicht länger leben, als es mir bei meiner Geburt vorbestimmt wurde.«

»Lasst mich Euch ein Geheimnis verraten, Herr Huber. Nur

wenige von uns leben überhaupt bis zu dem Tag, der ihnen eigentlich vorbestimmt war. Die meisten finden ihren Platz weit früher im Grab. Denn unsere Arbeit ist etwas gefährlicher als Eure.«

»Dafür können Euch Krankheiten nichts anhaben«, hielt er dagegen. »Obendrein altert Ihr langsamer. Wollt Ihr etwa behaupten, Ihr würdet diese Vorteile Eures Daseins nicht genießen?«

»Ich bin der Letzte, der abstreiten würde, dass ich nicht froh darüber bin, nicht zu erkranken. Denn stellt Euch vor, ich hatte noch nie etwas für einen Schnupfen übrig. Alles andere indes schert mich nicht.«

»Macht Euch doch nicht auch noch selbst etwas vor!«

»Dann macht Ihr endlich einmal die Augen auf! Was wisst Ihr denn von den Seelenfängern von heute?! Uns sind in der Vergangenheit Fehler unterlaufen, das stimmt. Aber wir wiederholen sie nicht! Kein einziger Seelenfänger verfügt heute noch über einen zweiten schwarzen Dolch, niemand darf lichte Seelen auslöschen, um mit ihnen das eigene Leben zu verlängern. Kein einziger Seelenfänger lebt drei- oder vierhundert Jahre!«

»Am Anfang unseres Ordens standen Seelenfänger, die genau die gleiche Ansicht wie Ihr vertreten haben. Weil sie es für verabscheuungswürdig hielten, lichte Seelen auszulöschen, um dadurch das eigene Leben zu verlängern, haben sie die Bruderschaft verlassen.«

»Ich werde sie für diesen Verrat nicht verurteilen. Sie haben getan, was sie für richtig hielten und dabei ein lobenswertes Ziel verfolgt. Doch selbst wer in der festen Absicht handelt, Gutes zu tun, erreicht nicht immer auch Gutes. In diesem Fall hat sich die Bruderschaft nur zu ihrem Vorteil entwickelt, der Orden aber zu seinem Nachteil.«

»Wieso das, wenn ich fragen darf?«

»Ganz einfach: Es war ursprünglich das Ziel des Ordens, gegen Verfehlungen der Seelenfänger vorzugehen. Mit Unterstützung der Kirche und der weltlichen Machthaber in verschiedenen Ländern ist ihm das auch gelungen. Sobald dieses Ziel jedoch erreicht war, begannen die üblichen kleinkarierten Auseinandersetzungen. Der Orden hat Intrigen geschmiedet, uns hinterhältig angegriffen und Steine in den Weg gelegt. Deshalb können wir unsere Arbeit nicht mehr in wünschenswerter Weise erledigen und …«

»Haltet Euch an die Gesetze, dann legt Euch auch niemand Steine in den Weg.«

»Entweder seid Ihr ein unverbesserlicher Idealist«, erwiderte ich lachend. »Oder blind. Ich halte mich an die Gesetze, Ihr aber mischt Euch dennoch in meine Arbeit ein. Und die Menschen zahlen den Preis dafür. Denn sie sterben, weil ich ihnen nicht rechtzeitig helfen konnte. Weil der Orden ja in jedem von uns Seelenfängern einen Verbrecher sieht! Aber beenden wir das Gespräch darüber, wer denn nun eigentlich schlimmer sei, die Bruderschaft oder der Orden.«

»Ihr solltet auch mich verstehen. Dafür, dass Ihr dunkle Seelen in die Hölle schickt und lichten auf ihren Wunsch hin zum Eintritt ins Paradies verhelft, gebührt Euch ohne Frage Lob und Anerkennung. Doch erhaltet Ihr mehr als das, nämlich auch noch die Kraft dieser Seelen. Sobald sie in Euren Dolch sickert, wächst Eure Lebenszeit wieder um ein paar Tage an. Ihr müsst zugeben, dass Euch solcher Lohn für Eure Arbeit nicht gerade als einen uneigennützigen Christenmenschen dastehen lässt.«

»Ich habe diesen Lohn nicht festgesetzt«, erwiderte ich. »Und ich erledige meine Arbeit auch nicht, um mir ein paar zusätzliche Lebensjahre unter den Nagel zu reißen.«

In dieser Sekunde nahm Hanna die Linse aus dem Auge, rieb sie mit einem Lappen ab, setzte sie nochmals ein, runzelte die Stirn, warf mir einen kurzen Blick zu, in dem blankes Entsetzen lag, und drehte sich dann verstört ihrem Lehrer zu.

»Hast du etwas entdeckt?«, wollte Huber wissen.

»Er hat lichte Seelen ausgelöscht«, hauchte sie. »Dieser Dolch hat die Kraft sehr vieler lichter Seelen in sich aufgenommen …«

»Was habt Ihr dazu zu sagen, Herr van Normayenn?«, wandte sich Huber an mich.

Im Schrank quietschte etwas, Apostel hickste.

»Dass Eure Schülerein ein gutes, aber kein ungetrübtes Auge hat.«

»Wie soll ich das verstehen?«

»Wenn Ihr selbst einen Blick auf den Dolch werfen wolltet, werdet Ihr wissen, was ich meine.«

»Lässt du mich kurz an deinen Platz, Hanna?«

Er nahm ihr das Vergrößerungsglas ab und betrachtete den Dolch. Dass ich unmittelbar neben ihm stand und ihm damit jederzeit die halb leere Flasche Wein über den Schädel ziehen könnte, schien ihm nicht einmal in den Sinn zu kommen. Hanna dagegen wich prompt vor mir zurück. Voller Furcht und Ekel.

Wundern tat mich das nicht, hatte sie mich doch gerade ebenjenes niederträchtigen Verhaltens überführt, das ihr während ihrer bisherigen Ausbildung als typisch für jeden Seelenfänger geschildert worden war.

»Und? Verachtest du mich jetzt, junge Ordensangehörige?«

Am liebsten hätte sie sich um die Antwort gedrückt. Huber war zudem dermaßen in die Untersuchung meines Dolchs vertieft, dass er ihr diesmal nicht beispringen konnte.

»Ja«, stieß sie am Ende aber tapfer aus.

»Und warum?«

»Ihr habt lichte Seelen ausgelöscht! Das ist ein Verbrechen!«

Apostel seufzte schwer und reckte schicksalsergeben die Hände ob solcher Einfalt.

»Du hast, wie gesagt, ein gutes Auge. Aber du musst lernen, genauer hinzusehen«, entgegnete ich. »Allzu oft trügt der erste Eindruck. Und du musst unvoreingenommener werden. Miss uns Seelenfänger nicht einzig und allein an den Maßstäben, die dir während deiner Ausbildung beigebracht werden! Steck uns nicht alle in eine Schublade!« Dann wandte ich mich an Huber. »Und?«

Er legte die Linse auf den Tisch, nahm den Dolch aus dem Spannblock und reichte ihn mir.

»Es hat alles seine Richtigkeit«, versicherte er. »Ihr habt Euch nichts zuschulden kommen lassen.«

Als Hanna diese Worte hörte, sah sie Huber fassungslos an. Zweifellos vermeinte sie, sich verhört zu haben.

»Die lichten Seelen sind aus freien Stücken aus dieser Welt gegangen«, erklärte er ihr. »Da sie diesen Schritt jedoch nicht aus eigener Kraft haben vollbringen können, hat Herr van Normayenn ihnen geholfen.«

»Aber nichts deutet darauf hin, dass sie freiwillig gegangen sind«, widersprach Hanna. »An dieser Klinge sind bloß Verzweiflung und Schmerz zu erkennen!«

»Deshalb bist du ja auch noch in der Ausbildung und trägst noch keine Silberplakette, Hanna. Heute hast du wieder etwas Wichtiges gelernt und wertvolle Erfahrungen gesammelt. Herr van Normayenn hat dir einen klugen Rat gegeben, als er dir empfohlen hat, genau hinzusehen. Hättest du das getan, hättest du nicht nur die Gefühle wahrgenommen, die am stärksten ausgeprägt sind, eben den Schmerz und die Verzweiflung dieser lichten Seelen, sondern auch die Erleichterung, als sie Hilfe erhielten. Glaub mir, diese Seelen sind freiwillig gegangen. Dass du das übersehen hast, ist aber kein Grund, den Kopf hängen zu lassen. Mit der Zeit wirst du lernen, auch die Gefühle auszumachen, die nicht so offen zutage liegen.«

Als Hanna daraufhin ansetzte, etwas zu fragen, fiel er ihr gleich ins Wort.

»Wir beenden diese Stunde zu Hause, denn die Gastfreundschaft des Herrn van Normayenn haben wir inzwischen bereits über Gebühr beansprucht. Außerdem dürfte er müde sein. Lass uns also aufbrechen.« Abschließend wandte er sich noch einmal an mich. »Ich werde meinen Bericht an die entsprechenden Stellen der Stadt weiterleiten, ganz wie es die hiesigen Gesetze verlangen. Habt Dank für die Zusammenarbeit.«

»Eine gute Nacht«, wünschte ich den beiden.

Hanna eilte daraufhin sofort hinaus, Huber zögerte aber noch.

»Gestattet mir eine letzte Frage«, sagte er. »Diese lichten Seelen, denen Ihr im letzten Jahr geholfen habt, unsere Welt zu verlassen, die Gefühle, die noch von ihnen zeugen … Ihr wart während des Justirfiebers in Solesino, nicht wahr?«

»Richtig.«

»Viele meiner Freunde sind damals gestorben, allerdings beim Erdbeben. War es wirklich so stark?«

»Es hat unzählige Gebäude in Ruinen verwandelt«, antwortete ich. »Darunter auch das, in dem der Orden der Gerechtigkeit seinen Sitz gehabt hatte. Keiner Eurer Brüder hat überlebt, so leid es mir tut.«

Nun verabschiedete er sich endgültig.

Schon in der nächsten Sekunde sprang ein äußerst unzufriedener Scheuch aus dem Schrank. Er warf mir einen vernichtenden Blick zu, setzte sich an den Tisch und fuhr langsam mit seiner Sichel vor Apostels Nase herum, damit dieser jetzt ja keinen Ton von sich gab.

Von dergleichen ließ sich Apostel jedoch nicht beeindrucken.

»Solesino erregt die Gemüter noch immer«, bemerkte er.

»Du hast dieses Grauen nicht gesehen«, erwiderte ich. Der Verwesungsgestank fiel mir wieder ein, die unzähligen Fliegen, die Ruinen, die Straßen, in denen sich Panik und Verzweiflung breitgemacht hatten. Und das Grinsen dieser perlfarbenen Seele, die mich fast getötet hätte.

»Dafür besitze ich eine hervorragende Vorstellungskraft! Und was geschehen ist, wirft ein merkwürdiges Licht auf die Bruderschaft, jedenfalls aus Sicht des Ordens. Denn ihr habt zwei Seelenfänger verloren, was schlimm genug ist. Aber der Orden? Wie viele Angehörige hat er verloren? Zehn? Zwanzig?«

»Wie viele auch immer, es war ein schmerzlicher Verlust.«

»Rance – Friede seiner Asche! – hat gesagt, wenn Gott nicht für dieses Erdbeben gesorgt hätte, dann hätte irgendjemand sonst es tun müssen.«

»Rance hat nicht gewusst, was er da sagte. Durch dieses Beben ist das Justirfieber wieder ausgebrochen, das zahllose

Opfer verlangte... Rosa und Paul sind gestorben. Glaube mir, ich nähme die Existenz des Ordens in Solesino mit Freuden in Kauf, wenn dafür all diese Menschen noch leben würden.«

Scheuch schüttelte bloß den Kopf. Er ertrug es nur schwer, wenn ich mich weich zeigte.

Jemand packte mich an der Schulter und rüttelte mich wach. Als ich die Augen aufschlug, sah ich Apostel im fahlen Dämmerlicht vor mir.

»Was ist?«

»Corvus ist vor einer Stunde zurückgekommen und will jetzt wieder fortreiten. Ich habe gedacht, du würdest dich von ihm verabschieden wollen. Er wirkt übrigens ziemlich beunruhigt.«

Brummend rieb ich mir die Augen, warf mir eine Jacke über und eilte nach unten. Corvus packte in der Tat gerade seine Sachen.

»Ludwig!«, rief er, als er mich sah. »Habe ich Euch geweckt? Tut mir leid.«

»Wohin wollt Ihr so früh am Morgen?«

»Felomicenzo und Puglio sollten schon seit Stunden zurück sein. Ich muss sie suchen.«

Ich warf Scheuch einen fragenden Blick zu, doch er zuckte nur die Achseln. Was sollte den Caliqueren schon zugestoßen sein? Die Stargas hatten sich mir an die Fersen geheftet, im Dorf gab es keine dieser Kreaturen mehr.

»Vielleicht wollten sie nicht durch die Dunkelheit reiten und haben im Wald übernachtet.«

»Das glaube ich nicht. Ich vermute viel eher, dass derjenige, dem wir auf der Spur sind, meine Brüder zuerst entdeckt hat.«

»Dann begleite ich Euch, Bruder Corvus.«

»Das müsst Ihr nicht.«

»Ich weiß, wo das Gehöft liegt.«

Damit platzten freilich all meine Pläne. Ich sollte eigentlich schnellstens nach Livetta, wo Gertrude mich erwartete. Aber ich schuldete Corvus noch etwas. Auf der Teufelsbrücke hatte er sein Leben für Wilhelm, Francesca und mich aufs Spiel gesetzt.

»Wenn Ihr darauf besteht, kann ich Euch natürlich nicht daran hindern. Aber ich warne Euch: Es kommen noch weitere Begleiter mit, darunter auch Huber samt seiner Schülerin.«

Scheuch riss den Kopf hoch, Apostel starrte Corvus an, und auch ich verbarg meine Verblüffung nicht.

»Wenn Ihr unter diesen Umständen doch lieber hierbleiben wollt, würde ich das verstehen. Ihr seid schließlich nicht verpflichtet, den Soldaten des Herrn zu helfen.«

»Ein jeder ist verpflichtet, den Soldaten des Herrn zu helfen, gerade wenn es um Mord und Teufelsspuk geht«, erwiderte ich lapidar. »Die Ordensangehörigen werden mich nicht davon abhalten, Euch zu begleiten. Ich bin nur etwas erstaunt, dass Huber mitreitet.«

»Felomicenzo ist sein Freund. Gut, Ludwig, ich warte im Hof auf Euch.«

»Dann hole ich nur schnell meine Sachen!«.

»Das gefällt mir nicht«, verkündete Apostel. Als ob ich ihn um seine Meinung gefragt hätte. »Ich schwöre es beim Blut Christi und bei seinem Dornenkranz noch dazu, dass du diese Entscheidung noch bereust! Du hättest dein Angebot zurückziehen sollen! Schließlich hast du genug eigene Aufgaben!«

»Warum regst du dich eigentlich so darüber auf?«

»Weil ich, obwohl ich mein ganzes Leben auf dem Lande verbracht habe, im Unterschied zu dir, einem einfältigen Narren aus der Stadt, selbst mit meinem toten Hirn begreife, dass die beiden Caliquere nicht ohne Grund verschwunden sind. Außerdem hat uns niemand um Hilfe gebeten. Wer glaubst du eigentlich, der du bist, dass du meinst, einem Mönch mit dem Engelssegen am Gürtel helfen zu können?! Zu meinen Lebzeiten hätte ich mich ganz bestimmt niemals auf eine solche Geschichte eingelassen!«

»Ich bin halt nicht so ein Feigling wie du.«

»Bitte?! Wenn ich eins ja wohl nicht bin, dann das!«, fuhr Apostel mich an. »Du weißt genau, warum ich gestorben bin.«

Das wusste ich in der Tat. Damals waren Söldner in sein Dorf eingefallen. Apostel hatte sich vor der Kirche aufgebaut und ihnen den Zugang versperrt. Die Burschen hatten ihm noch vorgeschlagen, aus dem Weg zu gehen, doch Apostel hatte seinen Überzeugungen und seinem Glauben einen höheren Wert als seinem Leben beigemessen und war entschlossen stehen geblieben. Seitdem hatte er sich zu einem furchtbaren Schandmaul entwickelt.

»Tut mir leid.«

»Schon verziehen«, gab sich Apostel großzügig. »Im Übrigen begleite ich dich natürlich, schließlich möchte ich dir unbedingt ein ›Hab ich's dir nicht gleich gesagt!‹ unter die Nase reiben. Dieses Vergnügen werde ich mir auf gar keinen Fall nehmen lassen!«

Na, von mir aus...

»Aber du musst hierbleiben«, wandte ich mich an Scheuch. »Die Ordensangehörigen sollten dich besser nicht sehen.«

Daraufhin holte Scheuch bloß eine Heilige Schrift aus einem Versteck, riss wütend die erste Seite heraus und begann, einen Vogel daraus zu falten.

»Was fällt dir eigentlich ein?!«, fuhr Apostel ihn an. »Aus gelehrten Worten Tierchen zu basteln?! Mönche haben im Schweiße ihres Angesichts Seite um Seite abgeschrieben, und du Banause zerstörst dieses Werk! Als ob du nicht jedes andere Blatt Papier für deine Knickerei hättest nehmen können!«

Während Apostel noch weiterzeterte, schnappte ich mir kurz entschlossen die Heilige Schrift und packte sie in meine Tasche. Auf dem Einband prangte in silbernen Buchstaben der Name des Kopisten. Scheuch hatte das Werk offenbar aus dem Kloster des Heiligen Hieronymus stibitzt, an dem wir vor einer Woche vorbeigekommen waren. Aber wo hatte er es eigentlich die ganze Zeit über versteckt?

Nachdem ich noch rasch etwas Milch getrunken und die Tasche mit Proviant, die uns die Haushälterin vorbereitet hatte, an mich genommen hatte, trat ich aus dem Haus.

Obwohl es noch früh am Morgen war und die Sonne die

Spitze des Glockenturms erst in ein zartes rosafarbenes Licht tauchte, war es bereits sehr warm. Corvus saß auf einem riesigen Mausfalben, der den Mönch, auch nicht gerade ein Federgewicht, mühelos trug. Mein Tier war etwas kleiner, ein freundlicher Brauner.

»Wo sind unsere Begleiter?«, fragte ich, nachdem ich aufgesessen war.

»Sie warten am Stadttor auf uns.«

»Verratet Ihr mir, was das für ein Mann ist, dem ihr auf der Spur seid?«

»Das werde ich, aber erst am Stadttor, dann brauche ich die Geschichte nicht zweimal zu erzählen.«

»Das hört sich ja noch schlimmer an, als ich befürchtet habe«, murrte Apostel. »Wahrscheinlich hätte ich gut daran getan, bei Scheuch zu bleiben oder ein Freudenhaus aufzusuchen. Abtrünnige Ehegatten zu beobachten ist immer eine Wonne.«

Am Stadttor warteten bereits Huber und Hanna auf uns. Sie ritten Pferde aus Hungien. Diese Tiere waren nicht sehr groß, hatten aber lange Mähnen.

»Wer hätte gedacht, dass wir uns noch einmal wiedersehen, Herr van Normayenn?«, begrüßte Huber mich. »Es freut mich, dass wir uns gemeinsam auf die Suche nach den beiden Caliqueren machen. Bruder Corvus hat uns allerdings bisher immer noch nicht darüber in Kenntnis gesetzt, warum ihn das Ausbleiben seiner Mitbrüder so verstört.«

Genau diese Frage beschäftigte mich auch.

»Was wollen drei Soldaten Christi überhaupt im Kanton Vals?«, fuhr Huber fort. »Drei Caliquere! Schließlich liegt das nächste Kloster Eures Ordens erst jenseits der Berge in Litavien.«

»Wir suchen einen gefährlichen Ketzer.«

»Wollt Ihr etwa behaupten«, hakte ich nach, »dieser Ketzer ist derart gefährlich, dass sogar ein Mönch mit dem Engelssegen am Gürtel an der Jagd nach ihm teilnehmen muss?«

Drei Caliquere könnten jedem Dämon gefährlich werden –

was sollte ihnen da also ein Mensch entgegensetzen, der einer ketzerischen Überzeugung anhing?

»An meinem Gürtel mag der Engelssegen hängen«, erwiderte Corvus, wobei sich an seiner Miene nicht ablesen ließ, was er eigentlich dachte, »aber unser Gegner erfreut sich der Unterstützung der Hölle. Er ist ein sehr gefährlicher Mann, den die Kirche unbedingt in die Hände zu bekommen wünscht. Deshalb müssen meine Mitbrüder und ich seiner habhaft werden. Leben und Tod hängen davon ab.«

»Der legt die Karten einfach nicht auf den Tisch!«, giftete Apostel weiter. »Bei der Heiligen Jungfrau Maria, da wird schon irgendwo ein Feuer für den Scheiterhaufen geschürt. Auf dem am Ende allerdings Ihr verbrennen werdet, nicht dieser kreuzgefährliche Ketzer!«

»Ihr habt da ja einen ganz bemerkenswerten Burschen in Eurer Gesellschaft, Herr van Normayenn«, sagte Huber.

»Wenn ich Euren Orden bloß etwas mehr ins Herz geschlossen hätte – was mir einige Priester immer nahegelegt haben –, würden mir diese Worte durchaus schmeicheln«, kam mir Apostel mit einer Erwiderung zuvor. »Aber wie Ihr Euch sicher denken könnt, habe ich den Herren ihre Bitte bislang nicht erfüllt.«

Hanna verzog daraufhin bloß das Gesicht.

»Aber ich verlange ja gar keine überschwängliche Liebe, mein Bester«, versicherte Huber jedoch. »Offen gestanden, kann ich darauf sogar verzichten. Aber Eure Überlegungen erheitern mich und verdienen es, zu Gehör genommen und gewürdigt zu werden.« Dann wandte er sich an Corvus. »Ist das unsere Begleitung?«

»Ja.«

Vier bewaffnete Reiter sprengten auf uns zu. Da sie keine Uniform trugen, hätte man sie jederzeit mit einfachen Städtern verwechseln können.

»Guten Morgen, die Herren«, begrüßte uns der Älteste von ihnen, dessen Schnurrbart durch allzu häufigen Tabakgenuss bereits gelb war. »Jotko Walzoff der Name. Der Stadtpräsident hat uns gebeten, Euch zu begleiten und notfalls zur Seite zu stehen. Eure Brüder wollten nach Greyndermeis, oder?«

»Ganz genau.«

»Eigentlich merkwürdig. Das Gehöft ist im letzten Herbst aufgegeben worden.«

Damit war mir auch klar, warum die Stargas dort ihre Falle aufstellen konnten. Blieb die Frage, warum dieser ach so kluge Einheimische unbedingt wollte, dass wir dort übernachteten – und damit direkt in die Falle tappten.

»Ist es weit bis zu diesem Gehöft?«

»Wenn wir uns durch den Wald schlagen und dann den Fluss durchqueren, brauchen wir zwei Stunden. Aber in dem Fall müssten wir auf die Pferde verzichten. Deshalb sollten wir die Straße nehmen, auch wenn uns das vier Stunden kostet.«

Daraufhin ritten Jotko sowie einer seiner Gefährten los und setzten sich an die Spitze, die beiden anderen Männer des Bürgermeisters bildeten den Abschluss unserer kleinen Prozession. Ich ließ erst Huber und Corvus, dann auch Hanna an mir vorbei. Wir hielten auf den Wald zu. Hinter mir saß Apostel, der in einem fort Gebete vor sich hin murmelte, dabei aber so stark nuschelte, dass ich nicht erkannte, welche.

Irgendwann bogen wir auf einen schmalen Waldpfad ein, der sich zwischen jungen Ahornbäumen dahinzog. Plötzlich löste sich ein Blatt von einem Ast und fiel mir direkt auf die Schulter. Zumindest dachte ich im ersten Moment, es wäre ein Blatt. Bei genauerem Hinsehen erkannte ich jedoch, dass es sich um eine aus Papier gefaltete kleine Taube handelte.

Selbstverständlich stieß Apostel einen Fluch aus, doch diesmal fuhr ich ihn an, er solle ja den Mund halten, und schnappte mir den Papiervogel, ehe Huber oder Hanna ihn sahen. Ihnen hätte ein Blick genügt, um zu begreifen, wessen Werk das Täubchen war – für dessen Erschaffung obendrein auch noch eine Seite aus der Heiligen Schrift verwendet worden war.

Scheuch hatte also nicht die Absicht, sich im Verborgenen zu halten, sondern mir diesen kleinen Animatus als seinen Stellvertreter geschickt. Obwohl sich dessen dunkles Wesen kaum erahnen ließ, hegte ich nicht die Absicht, die Papiertaube auf der Schulter zu tragen wie ein Seemann einen Papagei. Auf neugierige Fragen zu dem Gebilde konnte ich nämlich getrost verzichten.

»Wenn du das Schauspiel unbedingt mit ansehen willst, dann mach das aus den hinteren Reihen«, flüsterte ich dem Vogel zu. »Aber komm ja niemandem unter die Augen.«

Daraufhin flog die Taube empört von meinem Handteller auf und verschwand in den Zweigen. Anscheinend hatte niemand sonst sie bemerkt.

»Scheuch muss völlig den Verstand verloren haben!«, flüsterte mir Apostel zu. »Früher oder später bringt er dich in ernste Schwierigkeiten! Und dann kriegst du es mit den Ordensangehörigen zu tun!«

»Der Umgang mit Animati ist nicht verboten, selbst wenn ihr Wesen nicht von idealer Reinheit ist.«

»Nur dass du bei unserem Scheuch getrost von idealer Dunkelheit sprechen darfst!«

»Das stimmt nicht, denn wäre es so, hätten er und ich uns nie friedlich ins Benehmen setzen können. Selbst wenn Huber oder Hanna ihn entdecken, können sie mir also daraus keinen Strick drehen, denn ich verstoße wie gesagt gegen kein Gesetz.«

»Weil vor dir noch nie ein Seelenfänger auf die Schnapsidee gekommen ist, einen derart seltsamen Umgang zu pflegen.«

»Schon etliche meiner Kollegen haben Scheuch gesehen. Aber keiner von ihnen hat darauf bestanden, ihn auszulöschen.«

»Meiner Ansicht hat er einen Weg gefunden, euren Verstand zu verhexen. Bei mir glückt ihm das selbstverständlich nicht, denn ich bin seit Langem tot.«

Diese Auseinandersetzungen könnten wir bis zum Sankt-Nimmerleins-Tag führen. In der Regel ertrug Apostel unseren Scheuch ja, manchmal hatte er sogar regelrecht Sehnsucht nach ihm. An anderen Tagen aber ließ er kein gutes Haar an ihm, dann durfte ich mir Stunde um Stunde anhören, dass die Seele in unserem guten alten Vogelschreck bloß auf eine günstige Gelegenheit warten würde, die ganze Welt in den Abgrund zu stoßen.

In solchen Momenten grübelte Apostel auch darüber nach, warum sich Scheuch uns eigentlich an die Fersen geheftet hatte. Die Antwort lag meiner Ansicht nach auf der Hand: Zum einen hatte ich ihm angeboten, sich uns anzuschließen – was allemal besser war, als wenn er auf dem Roggenfeld geblieben wäre und seine Sichel ungehindert hätte sprechen lassen können –, zum anderen hatte er sich gelangweilt.

Genau wie Apostel einst, der ja mittlerweile auch zu einer festen Größe in meinem Leben geworden war. In dieser Hinsicht unterscheiden sich ruhelose Seelen nämlich kaum von Menschen. Auch sie sehnen sich nach Gesellschaft.

Apostel hätte mir vermutlich noch endlose Vorträge gehalten – die ich tatsächlich mit halbem Ohr wahrnahm –, wenn Hanna nicht ihr Pferd gezügelt hätte, damit ich zu ihr aufschloss. Dies ließ Apostel tatsächlich von jeder weiteren Erörterung delikater Themen absehen. Er schielte noch einmal zu dem Mädchen hinüber und sprang dann vom Pferd.

»Ich vertret mir mal die Beine«, erklärte er. »Aber keine Sorge, ich hol dich schon wieder ein.«

Wir ritten eine Weile schweigend weiter, bis Hanna sich endlich ein Herz fasste.

»Ich möchte mich bei Euch entschuldigen«, sagte sie.

»Wofür?«

»Für den Fehler, der mir bei der Überprüfung Eures Dolchs unterlaufen ist. Und dafür, dass ich mich von Vorurteilen und Gerüchten habe leiten lassen. Hätte ich gegenüber Seelenfängern nicht diese Vorbehalte gehabt, dann hätte ich Euch vermutlich nicht gleich für schuldig gehalten, sondern erst nach anderen Erklärungen für die lichte Kraft in Eurem Dolch gesucht. Deshalb möchte ich Euch um Verzeihung bitten.«

Jung, wie sie war, konnte und wollte sie sich noch entschuldigen.

»Deine Entschuldigung ist angenommen.«

Sie lächelte unsicher.

»Aber du solltest dich allmählich an uns Seelenfänger gewöhnen.«

»Und an den offenen Hass, den ihr uns entgegenbringt?«

»An ihn auch«, erwiderte ich, wobei ich ihr fest in die ungewöhnlich ernsten Augen blickte. »Der Orden hat verschiedene Entscheidungen getroffen, die letztlich zum Tod etlicher Seelenfänger geführt haben. Deshalb haben wir die meisten von euch nicht ins Herz geschlossen, auch wenn sie früher einmal an unserer Seite standen.«

»Ich werde fortan immer daran denken, dass nicht alle Seelenfänger Verbrecher sind. Doch auch Ihr solltet begreifen, dass nicht alle Angehörigen des Ordens der Gerechtigkeit Eure Feinde sind.«

»Da hast du recht. Und deswegen muss ich mich bei dir entschuldigen«, erwiderte ich. »Auch wir Seelenfänger werden ja leider zum Hass gegen den Orden angehalten. Manchmal lasse ich mich auch dazu verleiten.«

»Ich hoffe, Hanna hat Euch nicht verärgert?«, mischte sich Huber ein, der sich schon wiederholt zu uns umgedreht hatte. Nun konnte er seine Neugier offenbar gar nicht mehr zügeln und wartete, bis wir zu ihm aufgeschlossen hatten.

»Wir haben uns angenehm unterhalten«, sagte ich.

Ich sah nach oben und machte einen am Himmel dahinziehenden Vogel aus. Einen kleinen Flatterer aus Papier, das jemand höchst geschickt zurechtgefaltet hatte...

Auf dem Gehöft fanden wir sowohl die Pferde als auch die Waren vor. Aber auch die Leichen.

Corvus ging neben einem der Toten in die Hocke, vertrieb mit einer Hand die Fliegen und fuhr mit den Fingern über die dunklen Lippen des Mannes.

»Die meisten sind an Gift gestorben«, teilte er mir mit. »Nur einige wurden von den Stargas völlig leergetrunken.«

»Kein Wunder, die Blutsaugerinnen haben sich ja gleich auf

die Jagd nach all denen begeben, die nicht dem Apfelwein zugesprochen hatten.«

Die Männer des Bürgermeisters untersuchten derweil die Wagen. Die kostbaren Waren fesselten sie weit mehr als zwei Dutzend Leichen.

»Aufgrund der Farbe ihrer Lippen würde ich vermuten, dass man ihnen Schlafrebe gegeben hat. Das ist ein starkes Gift. Zunächst schläft man ein, dann stirbt man. Ihr könnt von Glück sagen, Ludwig, dass Gott seine Hand über Euch gehalten habt und Ihr nicht von dem Wein getrunken habt.«

Dass er mit dieser Ansicht einem Irrtum aufsaß, tat nichts zur Sache. Einen ganzen Becher Apfelwein hatte ich gestern Abend nämlich geleert, noch dazu in einem Zug. Einmal mehr konnte ich Sophia und ihrem Gift nur danken.

»Hat schon Vorteile, wenn man nicht mehr vergiftet werden kann«, murmelte Apostel, der in meiner Nähe stand und mal wieder meine Gedanken gelesen hatte. »Vielleicht solltest du dir überlegen, als Vorkoster in irgendeines Fürsten Dienste zu treten.«

Na klar. Während ich noch irgendein Stück Kuchen mümmelte und nicht einmal die Schwarze Rose herausschmeckte, würde Seine Durchlaucht sich bereits mit Schaum vorm Mund in Krämpfen winden. Äußerst spaßig …

»Wollt Ihr mir nicht endlich verraten, was genau es mit diesem Ketzer auf sich hat?«

»Er ist auf Blut erpicht«, antwortete Corvus nach einer Weile. Dabei hielt er den Blick auf Hanna gerichtet, die in eines der Häuser spähte. »Wir gehen davon aus, dass er sich Anderswesen oder irgendwelche Ausgeburten der Hölle zunutze macht, um daran zu gelangen. Wie Ihr wisst, ist für bestimmte dunkle Rituale Blut der entscheidende Bestandteil. Der Todeskampf der Opfer, ihre Angst und ihre Schmerzen machen es noch wertvoller. Ein Becher dieses Elixiers dürfte für diesen Ketzer von unschätzbarem Wert sein.«

»Und deshalb hat er sich mit den Stargas zusammengetan, um …«

»Eher wird er sie vor seinen Karren gespannt haben«, fiel mir Corvus ins Wort.

Mit einem Mal schrie Hanna auf. Huber, der gerade eine der Leichen untersuchte, stürzte zu dem Haus, aus dem der Schrei gekommen war. Ich war sofort an seiner Seite. Er hatte längst die Klinge blankgezogen.

Corvus folgte uns ebenfalls. Jotko erteilte aufgelöst einige Befehle. Hanna kam bereits auf uns zugestürzt, fiel Huber um den Hals, vergrub ihr Gesicht an seiner Brust und schluchzte furchtbar.

»Herr im Himmel!«, flüsterte Huber.

»Bringt sie von hier weg«, sagte Corvus. »Und lasst Jotko und seine Männer gar nicht erst herkommen. Sie müssen das nicht sehen.«

Huber tat, wie ihm geheißen. Apostel gesellte sich kurz zu uns, fluchte dann aber sofort los, stieß wilde Verwünschungen aus und krächzte am Ende etwas, das überhaupt nicht mehr zu verstehen war. Mit angeekeltem Gesicht trat er den Rückzug an.

»Eines kann ich jedenfalls mit Sicherheit sagen«, knurrte ich, den Blick auf Puglio gerichtet. »Das waren keine Stargas. Mein Beileid!«

Jemand hatte Corvus' Glaubensbruder an seinem purpurfarbenen Gürtel am Eingang zur Scheune aufgehängt. Noch vor seinem Tod waren ihm die Augen ausgebrannt und der Unterkiefer samt Zunge und einem Teil der Luftröhre herausgerissen worden. Seinen Bauch hatte man aufgeschlitzt, die Eingeweide herausgezerrt. Diese lagen in einer Blutlache auf dem Boden, über der zahlreiche Fliegen schwirrten.

»Darf ich kurz um Euren Dolch bitten, Ludwig?«

Corvus schnitt den Gürtel durch, packte den gemarterten Körper und bettete ihn behutsam auf den Boden. Ich hob das blutverschmierte Kreuz auf, das noch immer an der Kette baumelte. Allerdings war es angeschmolzen. Corvus nahm es mir ab und seufzte schwer.

Ich verzichtete vorerst auf jede Frage und trat in die Scheune. Hier drinnen roch es noch stärker nach Blut und verbranntem

Fleisch. Felomicenzo klebte kopfüber an die Wand, die Arme fast wie bei einer Kreuzigung ausgebreitet. Sämtliche Rippen waren aus seinem Brustkorb gezogen worden, um sie gleich einer Krone aus Knochen in seinen Schädel zu rammen.

»Möge der Herr seiner Seele Frieden schenken«, murmelte Huber, der lautlos in die Scheune getreten war. »Lasst uns ihn abnehmen.«

»Rührt ihn nicht an!«, befahl Corvus streng. »Sein Körper ist mit einem Fluch belegt. Auf weitere Leichen können wir getrost verzichten.«

»Was haltet Ihr davon, Ludwig?«

»Abgesehen davon, dass hier eine erbarmungslose Bestie wie ein durchgeknallter Fleischer gewütet hat? Es wurde ein Ritual durchgeführt, und zwar ein sehr, sehr dunkles. In dieser Form der Magie bin ich zwar nicht besonders beschlagen, trotzdem würde ich sagen, dass wir ein Anderswesen als Täter ausschließen können. Auch eine Hexe, die sich zu solchen Abscheulichkeiten hinreißen ließe, ist mir noch nie begegnet.«

»Lasst uns von hier fortgehen«, bat Huber.

Ein kluger Vorschlag, denn der Verwesungsgestank war kaum auszuhalten. Wer das angerichtet hatte, musste einen abartigen Sinn für Humor haben. Scheuchs Streiche waren im Vergleich dazu geradezu harmlos.

»Wieso haben sich die beiden nicht zur Wehr gesetzt?«, fragte Huber erschüttert. »Schließlich waren es Caliquere.«

»Die Frage ist doch eher, wer eigentlich zwei Mönchen dieses Ordens dergleichen anzutun vermochte.« Mein Blick ruhte ausschließlich auf Corvus. »Was muss das für ein Mensch sein?«

»Es kann nur unser Ketzer gewesen sein«, antwortete dieser und blickte zum Himmel hinauf, als würde er gleich einen Wolkenbruch erwarten. »Dem wir schon so lange auf der Spur sind.«

»Kein Ketzer, von dem ich je gehört habe, wäre dazu imstande.«

»Es ist kein gewöhnlicher Ketzer«, presste Corvus heraus. »Menschen wie er wurden früher Hockser genannt.«

»Aber Hockser sind seit Jahrhunderten ausgerottet!«

»Nicht alle.«

Hockser waren die gefährlichsten aller Zauberer, die sich durchaus mit Dämonen messen konnten. Und für ihre Magie benötigten sie in der Tat Blut.

Der letzte dieser Dreckskerle war, wie ich bisher dachte, vor langer Zeit in Saron getötet worden. Dabei hatte man auch gleich all die Machwerke, aus denen er sein Wissen geschöpft hatte, verbrannt. Der offiziellen Version zufolge gebot seitdem niemand mehr über diese Form von Magie. In unseren Tagen einem waschechten Hockser zu begegnen, musste daher, gelinde gesagt, als echte Überraschung bezeichnet werden. Falls Bruder Corvus sich nicht täuschte, versteht sich. Die Toten auf dem Gehöft unterstützten seine Behauptung jedoch.

»Wenn dieser Ketzer tatsächlich ein Hockser ist, würde es erklären, was er mit den Stargas zu tun hatte. Das Blut, an das er durch sie kommt, verfügt über gewisse magische Eigenschaften und verleiht große Kraft.«

»Richtig.«

Doch da die Stargas ausgeflogen waren, um Jagd auf mich zu machen, hatte er kurzerhand die beiden Mönche gemeuchelt.

»Bruder Felomicenzo wurde nicht in der Scheune umgebracht«, bemerkte Corvus nachdenklich. »Könntet Ihr vielleicht herausfinden, wo er zu Tode gekommen ist? Dort muss eine auffällige Kette liegen. Ihr findet mich dann bei den Pferden.«

»Was für ein widerwärtiger Tag!«, murmelte Huber. »Leider habe ich den Eindruck, dass uns das Schlimmste erst noch bevorsteht.«

Ich erwiderte jedoch kein Wort, denn ich hatte gerade Spuren entdeckt, die mir verrieten, wo Felomicenzo entlanggeschleift worden war. Als ich ihnen folgte, stieß ich auf Apostel, der gerade ein Gebet für die Toten sprach, beäugt von einem Papiervogel, der in einer Baumkrone hockte.

Von der Scheune bis zu der Stelle, an der Felomicenzo abgeschlachtet worden war, waren es nur knapp fünfzig Meter. Am

Ort des Verbrechens zeugte ein Dreieck aus verbranntem Gras, dessen Mitte eine Blutlache zierte, von der Tat. Im Boden entdeckte ich außerdem drei Kuhlen.

»Hier muss ein Opferaltar gestanden haben«, teilte ich Huber mit, der mir leise gefolgt war. »Oder ein Becken, in dem das Blut gesammelt wurde. Und da wäre ja auch die Kette …«

Sie war fast zwei Yard lang und bestand aus funkelnden kleinen Gliedern. Auf der einen Seite gab es eine Öse, auf der anderen einen Haken, der fast wie ein Z aussah und aus graublauem Stahl bestand. Die Kette mutete beinahe wie eine Waffe an, wenn auch wie eine äußerst seltsame.

Ich war nicht gerade erpicht darauf, sie aufzuheben, denn neben ihr lag etwas, das besonders widerlich war: eine abgetrennte Hand. Sie war aufgedunsen und schwarz angelaufen, das Fleisch löste sich bereits von den Knochen.

Huber beugte sich trotz des strengen Geruchs darüber.

»Am Handteller lassen sich Abdrücke der Kettenglieder erkennen«, sagte er. »Es sieht so aus, als wären sie ins Fleisch eingebrannt worden.«

»Damit müssen alle Ungläubigen rechnen«, mischte sich Corvus ein, der sich uns mit einem gewaltigen Reisesack auf der Schulter näherte. »Der Hockser hat die heilige Reliquie berührt und sich dabei die Pfote verbrannt.«

»Wollt Ihr mir etwa weismachen, ein Hockser, der zwei Caliquere massakriert hat, sollte wie irgendein lausiger Schwarzmagier nach dieser Kette gegrapscht haben?«, entgegnete Huber. »Das glaube ich nie im Leben!«

»Hier sind Spuren von drei Menschen«, überging Corvus den Einwand und deutete mit dem Finger auf die aufgewühlte Erde. Meiner Ansicht nach konnte dort jedoch bloß ein erfahrener Spurenleser etwas erkennen. »Das hier sind die Halbstiefel von Bruder Felomicenzo. Es sind die gleichen wie meine, die Nägel an der Sohle bilden ein Kreuz. Dann sind da noch die Abdrücke von weiteren Halbstiefeln und von Stiefeln. Der Hockser war also nicht allein. Wahrscheinlich hatte er einen Schüler bei sich.«

»Wusst ich's doch, dass der Hockser nicht nach der Kette gegriffen hat«, stieß Huber aus und hob die Kette auf, um sich die Glieder genau anzusehen. »Und sein Schüler hat mit dem Verlust der Hand für seine Unwissenheit bezahlt. Was ist das für eine Reliquie, die einen Menschen derart zu verstümmeln vermag?«

»Da drüben kreisen Krähen«, überging Corvus die Frage. »Ich denke, derjenige, den sie da verschmausen, hat uns noch einiges zu sagen.«

Wir stapften durch hohes und feuchtes Gras. Da es letzte Nacht stark geregnet hatte, war der Boden matschig. Als wir unser Ziel erreichten, nahmen die Vögel unter wütendem Gekrächze Reißaus.

Kaum hörte Titco unsere Schritte, hob er den Kopf. Die eine Hälfte seines Gesichts war bereits mit schwarzem Fell zugewachsen. Aus ihr funkelte uns ein gelbes Auge mit vertikaler Pupille hasserfüllt an. Statt Beinen ließen sich unter der von den Krähenschnäbeln zerfetzten Hose nur noch dürre, mit kurzem Fell überzogene Auswüchse erkennen. Titcos Maske war abgefallen. Sein Anblick war so ekelhaft wie der Gestank von Schwefel und Fäulnis, den diese Ausgeburt der Hölle ausdünstete.

»Habt Ihr gedacht, Ihr könntet mir mithilfe der Krähen entkommen?«, höhnte Corvus. »Daraus wird nun leider nichts mehr.«

Titco stieß nur einen derben Fluch aus und wand sich, schien aber wie am Boden festgenagelt.

»Meine Brüder haben gute Arbeit geleistet.«

»Dafür dienen sie jetzt den Würmern als Fraß!«

»Nur ihre Körper. Sie selbst sind längst ins Paradies eingegangen. Aber auf dich wartet nicht einmal die Hölle.«

»Du hast versprochen, mir zu helfen!«

»Ich habe dir versprochen, dich dahin zurückzubringen, woher du gekommen bist, wenn du uns hilfst, den Hockser zu schnappen. Aber das hast du nicht. Sonst wären Felomicenzo und Puglio jetzt nicht tot.«

»Sie sind tot, weil er so stark ist! Viel stärker als sie!«

»Das glaube ich nicht. Wenn du mich fragst, hast du dabei deine widerliche Hand im Spiel gehabt«

Titco fauchte, wand sich und spie seinen Schwefelgeifer aus, bis er schließlich um Verzeihung bettelte und, als ihm klar wurde, dass all das nichts brachte, höhnisch auflachte.

»Natürlich habe ich ihn gewarnt«, stieß er aus. »Deshalb konnte er Eure Brüder ja auch wie Ferkel abstechen. Bis hierher habe ich ihr Gewinsel und ihre Gebete gehört!«

Ich schüttelte bloß den Kopf. Wie hatten sich die Caliquere bloß dieses Widerlings bedienen können?! Es vermag zwar tatsächlich niemand besser Blut zu wittern als ein Abgesandter der Hölle, weshalb die Suche nach dem Hockser mit einem solchen Gehilfen eigentlich ein Kinderspiel hätte sein müssen – aber sosehr man einen Dämon auch zähmte, er blieb den Menschen doch spinnefeind. Sobald sich ihm eine Möglichkeit bot, würde er sie verraten. Die Rechnung für diesen Fehler hatten die beiden Mönche zahlen müssen.

»Der Hockser war aber nicht gerade dankbar«, knurrte Corvus. »Schließlich hat er keinen Finger gerührt, um dich zu retten.«

»Dazu hast du ja jetzt die Gelegenheit«, entgegnete Titco in ätzendem Ton. »Willst du nicht einen Exorzismus durchführen, weil ich so böse war? Ich bereue auch alles! Ganz bestimmt!«

Huber, der die in schrilles Gelächter ausbrechende Ausgeburt der Hölle voller Abscheu ansah, bekreuzigte sich bloß. Titco wand sich daraufhin noch stärker in Krämpfen und überzog den Ordensangehörigen mit üblen Flüchen.

»Ich werde hier keinen Exorzismus vornehmen, Herr Titco«, erklärte Corvus. »Geschweige denn, dass ich dich in die Hölle schicke. Du solltest dich schon mal mit dem Gedanken anfreunden, kein Zuhause mehr zu haben und von allen vergessen zu werden.«

»Halt!«, brüllte Titco, als Corvus das Schwert aus der Scheide zog. »Tu das nicht!«

Doch Corvus trieb ihm die Klinge mit aller Kraft in die Brust. Titco stieß einen markerschütternden Schrei aus. Während ich mir die Ohren zuhielt, beobachtete ich, wie der Körper dieser Satansbrut zu stinkendem gelben Glibber zerfloss.

Genau in dieser Sekunde winkte mich Apostel zu sich. Auf dem Weg zu ihm schüttelte ich in einem fort den Kopf, um den Nachhall dieses schrecklichen Gekreischs aus meinen Ohren zu vertreiben.

»Was ist?«, erkundigte ich mich bei Apostel, der aufgeregt herumzappelte.

»Unser Vögelchen will ein Ei legen.«

»Drück dich gefälligst etwas klarer aus«, fuhr ich ihn an.

»Unser Vogel ist nicht mehr bei Sinnen«, wiederholte Apostel stur. »Du solltest dringend nach ihm sehen, bevor er völlig die Kontrolle über sich verliert und sich am Ende in diesen legendären Sagenvogel aus Chagzhid verwandelt, diesen Chur, der alle Menschen abmurkst.«

»Dann bring mich mal zum Nest«, strich ich die Segel.

Wir kehrten zu den Pferden zurück. Hanna weinte immer noch, die Männer des Bürgermeisters redeten aufgeregt miteinander. Ständig schielten sie zu den Toten aus dem Wagenzug und zu den verlassenen Häusern hinüber.

»Was ist geschehen, Herr Seelenfänger?«, fragte mich Jotko Walzoff. »Wer hat da so geschrien?«

»Rührt Euch nicht von der Stelle«, antwortete ich ausweichend, »dann habt Ihr nichts zu befürchten.«

»Die Kleine da weint, als wäre ihr der Leibhaftige begegnet. Und was sollen wir mit all den Waren machen? Die sind doch wertvoll. Und die Pferde ...«

Ja hielt der mich denn für den Besitzer von dem Kram? Aber gut, in dem Fall hatte ich das Recht, eine Entscheidung zu treffen.

»Tragt alles zusammen, denn diese Sachen müssen in die Stadt gebracht werden. Genau wie die Pferde«, ordnete ich an. »Die Händlergilde zahlt immer eine Belohnung aus, wenn jemand verloren geglaubte Waren zurückbringt. Damit könnt Ihr also ein hübsches Sümmchen verdienen.«

Prompt hellten sich ihre Gesichter auf. Mein Blick wanderte

zu Hanna, die das verweinte Gesicht in den Händen verbarg. Sie würde sich an einen solchen Anblick gewöhnen müssen. Wenn sie gegen das Böse kämpfen wollte, würde sie noch öfter grausam gemarterte Körper zu Gesicht bekommen. Aber sie war stark, sie würde das schaffen.

»Ludwig, du hast da lange genug rumgestanden!«, fuhr mich Apostel an. »Beweg deine müden Beine! Und zwar hurtig, meine Güte, du schläfst ja im Gehen ein!«

Nach einem wirklich sehr kurzen Blick hinauf zum Himmel und der Frage an den Herrn, womit ich das eigentlich verdient hatte, eilte ich Apostel nach.

Vierzig Yard vom Gehöft entfernt hockte in undurchdringlichem Gebüsch ein Papiervogel von der Größe einer gut gemästeten Taube.

»Was um alles in der Welt ist das schon wieder?«

Auf dem Boden hatte jemand eine aus sieben Dreiecken bestehende Figur gewirkt, die mit einer gestrichelten Linie verbunden waren, eigentlich völliger Humbug, noch dazu höchst primitiv in der Ausführung. Eine solche Figur dürfte nicht mal ein paar Sekunden überdauern. Diese hier leistete aber schon seit Stunden erstaunliche Arbeit und dachte gar nicht daran, sich aufzulösen. Und mitten in diesem kolossalen Strom dunkler Energie badete nun Scheuchs Vogel, als wäre es Blut.

»Bist du hier der Seelenfänger oder ich?«, giftete Apostel, der sich von der papiernen Glucke möglichst fernhielt. »*Ich* erwarte von *dir,* dass du *mir* erklärst, was es mit diesem Ding da auf sich hat!«

»Hier hat ein Mensch eine Figur gewirkt, der nicht über unsere Gabe verfügt.«

»Ja und?! Offenbar hat er ja wohl ganze Arbeit geleistet!«

»Diese Zeichnung widerspricht allen Regeln. Diese Figur kann jeder sehen. Außerdem muss sie mit Blut in Berührung gekommen sein, das in die Ecken fließt. Hier, hier und hier. Das ist dunkle Magie, noch dazu sehr starke. Wenn du mich fragst, trägt die Figur die Handschrift des Hocksers. Das wiederum bedeutet, dass die alten Sagen nicht gelogen haben.«

»Bitte?!«

»Angeblich können Hockser sich auf diese Weise mit Kraft vollpumpen. Das Blut dient als Kanal, durch den die Höllenkraft geleitet wird. Scheuch – oder vielmehr sein Stellvertreter – macht gerade nichts anderes.«

»Willst du das denn nicht auf der Stelle unterbinden?«

»O doch, das will ich. Dieser Vogel ist nämlich schon fett genug, nicht dass er am Ende noch platzt. Deshalb werden wir den Strom jetzt kappen.«

Mich erwartete eine heikle Arbeit. Wenn ich die Verbindung zur Hölle mit einem einzigen Streich kappte, würde die Kraft ungebremst in die Gegend schießen und das Gehöft dem Erdboden gleichmachen. Deshalb musste ich um die sichtbare Figur herum eine ganze Schar unsichtbarer Figuren schaffen, über die sich der Kraftstrom nach und nach ableitete, bis er schließlich völlig versiegte.

Der Vogel war inzwischen so groß wie ein gut gemästetes Huhn. Gerade auf seinen Flügeln konnte man die einzelnen Buchstaben bestens lesen. Ich wischte mir den Schweiß von der Stirn, rammte den Dolch in den Boden und leitete die dunkle Magie ab. Gertrude hätte die Aufgabe sicher eleganter gelöst als ich. Trotzdem war ich mit meinem Werk ganz zufrieden.

Unter zwanzig Minuten hatte ich für die Lösung des Problems gebraucht.

»Ich hoffe bloß, dass du nach dieser Sauferei ein Jahr lang keine Nahrung brauchst«, sagte ich zu dem Papiervogel, der sich nur noch mühevoll in die Luft erhob.

»Und an den Klapperstorch glaubst du wahrscheinlich auch!«, polterte Apostel. »Scheuch kriegt nie genug, selbst nach den tollsten Blutgelagen verlangt er nach mehr!«

Ich ging zu den anderen zurück. Huber sprach gerade mit Hanna, Jotko und seine Männer spannten die Pferde vor den Wagen und bereiteten alles vor, um in die Stadt zurückzufahren.

»Wo habt Ihr denn gesteckt, Herr van Normayenn? Wir haben uns schon Sorgen gemacht. Alles wartet nur auf Euch, denn wir wollen aufbrechen.«

»Wo ist Bruder Corvus?«

»Er hat die Spur des Hocksers aufgenommen, davon konnte ich ihn beim besten Willen nicht abbringen. Zuvor hat er mich gebeten, dem Stadtpräsidenten von den Vorfällen hier zu berichten. Wir beide sollen darauf achten, dass der Bürgermeister seinerseits einen Boten zum bischöflichen Legaten nach Vazen schickt und Bischof Karl eine Abschrift des Briefes erhält.«

»Das erledigt Ihr, Herr Huber. Mich rufen dringendere Aufgaben.«

»Dein Schweigen ist äußerst beredt«, sagte ich zu Apostel.

Er linste mich an, wischte sich das nie versiegende Blut von der Wange und stierte anschließend auf seinen Handteller. Natürlich war dieser völlig unbefleckt.

»Weißt du was, Ludwig, ob ich mir nun den Mund fusslig rede oder dem Teufel ein Bier anbiete, das Ergebnis ist das Gleiche: Du holst ihn nicht ein!«

Apostel traktierte mich schon den ganzen Tag mit den wildesten Vergleichen. Trotzdem verstand ich ihn mühelos.

»Das stimmt nicht«, widersprach ich ihm denn auch. »Ich gebe viel auf dein Wort, denn mitunter sind deine Ratschläge von unschätzbarem Wert.«

»Aber die Ratschläge, die ich dir einzig und allein gebe, um deinen dummen Kopf zu retten, lehnst du stets ungeprüft ab. Und du sieh zu, dass du fortkommst!«

Er verscheuchte mit einer wilden Handbewegung den Papiervogel, der inzwischen an eine gewaltige Fledermaus erinnerte und um seinen Kopf flatterte. Scheuch war noch immer nicht aufgetaucht, sondern überließ es weiterhin seinem Stellvertreter, uns zu begleiten. Ich sprang über einen schmalen Graben, in dem noch Regenwasser stand, umrundete ein paar Sträucher, an denen bereits die ersten Himbeeren leuchteten, und lauschte dem Tschilpen der Vögel.

»Deine Bestrebungen, meinen Hals zu retten, erkenne ich uneingeschränkt an«, nahm ich unser Gespräch wieder auf.

»Aber meine Arbeit bringt nun einmal gewisse Gefahren mit sich.«

»Deine Arbeit besteht aber nicht darin, einen Zauberer zu jagen, der den Verstand verloren hat.«

»Wir jagen keinen schlichten Zauberer, sondern einen Hockser, der in der Lage ist, sich selbst und alle möglichen ruhelosen Seelen mit Höllenkraft vollzupumpen. Bruder Corvus braucht gegen diesen Feind dringend meine Hilfe.«

»Hast du dich inzwischen zum großen Caliquerretter aufgeschwungen, ja?«

»Corvus hat immerhin zusammen mit Vater Mart auf der Teufelsbrücke mein Leben gerettet. Und Wilhelms auch.«

Doch Apostel wetterte weiter gegen mein Vorhaben, Corvus zu folgen, und lag mir unablässig damit in den Ohren, dass ich diesen Kanton endlich verlassen müsste.

Ich stapfte durch den sonnendurchfluteten Wald, vorbei an den alten, golden schimmernden Kiefern. Mein Weg führte mich immer weiter zu den Bergen im Südwesten. Obwohl Corvus nur einen geringen Vorsprung hatte, wollte es mir partout nicht gelingen, ihn einzuholen. Aufzugeben kam für mich dennoch nicht infrage.

Man setzte sein Leben ja bereits aufs Spiel, wenn man sich mit einem gewöhnlichen Zauberer anlegte. Ließ man sich dagegen auf einen Hockser ein, standen die Chancen noch schlechter. In Ardenau hatte ich während der Ausbildung etliche Geschichten über diese legendären Finsterlinge gehört. Kaiser Septimius hatte noch vor Eroberung der Barbarenländer im Norden gegen den eigenen Senat gekämpft, in dem drei Hockser saßen. Wie die Geschichtsschreiber berichteten, fielen dabei binnen einer halben Stunde zwei Legionen. In Livetta musste es damals zugegangen sein wie in der Hölle.

Deshalb wusste ich genau, worauf ich mich einließ. Obendrein konnte dieser Dreckskerl ruhelose Seelen oder Animati vor seinen Karren spannen. Diese Kreaturen sah Corvus nicht einmal. Und sie fielen in meinen Zuständigkeitsbereich, denn es war meine Aufgabe, die Welt von dunklen Wesen zu befreien.

Eine innere Stimme sagte mir obendrein, dass der Hockser längst ein paar Seelen um sich geschart hatte, die auf gar keinen Fall in die Hölle wollten, wo Gesellen wie dieser Titco oder jener Dämon von der Teufelsbrücke sie mit offenen Armen in Empfang nehmen würden.

Endlich trat Bruder Corvus hinter einer Kiefer hervor und baute sich fünf Schritte vor mir auf der Straße auf. Er hatte das Schwert blankgezogen und richtete es auf meine Brust. Erklären musste er mir nichts mehr.

Ich blieb sofort stehen und griff nach meinem Dolch. Corvus war sehr angespannt, bereit, sich jederzeit auf mich zu stürzen und zuzuschlagen, falls ich nur eine einzige unüberlegte Bewegung machen sollte.

»Was für eine bemerkenswerte Wendung«, giftete Apostel. »Was hast du jetzt vor?«

»Ihn davon überzeugen, dass ich ich bin«, erwiderte ich, um Corvus dann zuzurufen: »Ich bin Ludwig van Normayenn, von Beruf Seelenfänger.«

Meine Worte schmälerten seinen Argwohn leider nicht, ja, er befand mich nicht einmal einer Antwort für würdig. Nur das schwere Kreuz, das er in der linken Hand gepackt hielt, leuchtete an den Rändern auf.

»Wir haben uns Ende vergangenen Jahres kennengelernt. Das erste Mal sind wir uns in der Schlucht an der Teufelsbrücke begegnet, in der Nähe eines Wasserfalls. Dort war ein anderer Seelenfänger zu Tode gekommen. In Eurer Begleitung befand sich Vater Mart, ein Inquisitor, der auch der Hexenhammer genannt wird.«

»Was war auf dem Stein in der Schlucht zu sehen?«, fragte Corvus nach einer Weile.

»Das Symbol des Algol. Damit sollte unsere Aufmerksamkeit auf die Hexe des Ortes gelenkt werden. In ihrem Haus sind wir uns dann das zweite Mal begegnet.«

»Mit wem habe ich das Haus verlassen?«

»Mit Wilhelm, der auch Löwenjunges genannt wird«, antwortete ich. »Wilhelm de Clure.«

»Wohin sind wir gegangen?«

»Zu einem Maler.«

Grinsend senkte Corvus endlich das Schwert.

»Vor wem seid Ihr gestern geflohen, Ludwig?«, fragte er zum Abschluss.

»Vor Stargas.«

»Gut, ich bin überzeugt, Ihr seid es wirklich.« Daraufhin steckte er das Schwert in die Scheide zurück und warf mir das Kreuz zu.

Ich fing es mit der rechten Hand auf.

»Wie Ihr seht, habe ich mich weder verbrannt noch in einer Schwefelwolke aufgelöst.«

»Tut mir leid, Ludwig, aber der Hockser kann nun einmal jede beliebige Gestalt annehmen. Daran hatte ich nicht gedacht. Außerdem habe ich wirklich nicht erwartet, Euch hier zu sehen. Warum seid Ihr mir gefolgt?«

»Um Euch zu helfen. Und um Euch zu warnen. Ich bin mir sicher, dass der Hockser sich ruhelose Seelen zu Hilfe holen wird. In der Nähe des Gehöfts habe ich eine Figur entdeckt, die er gewirkt hat. Sie pumpt ruhelose Seelen oder Animati mit Kraft voll.«

»Ich weiß.«

»Ach ja?«, entfuhr es mir. »Warum habt Ihr das bisher dann mit keinem Wort erwähnt?«

»Weil ich Euch nicht noch weiter in diese Geschichte hineinziehen wollte. Es gibt Grenzen, die nicht überschritten werden sollten. Und ein Hockser fällt nicht in Euren Zuständigkeitsbereich.«

»Ha!«, frohlockte Apostel. »Hast du das gehört, Ludwig? Er und ich, wir sind doch glatt einer Meinung! Lass uns also umkehren, bevor es zu spät ist! Scheuch vermisst uns sicher schon!«

»Ich kehre nicht um.«

»Wenn ich gegen diesen Hockser kämpfe, kann ich Euch nicht auch noch beschützen!«

»Er wirkt Figuren, und das fällt in den Zuständigkeitsbereich der Bruderschaft.«

»Na gut, Seelenfänger, dann begleitet mich also«, gab Corvus nach. »Ich hoffe, Ihr wisst, welches Risiko Ihr damit eingeht.«

Apostel blieb nichts anderes übrig, als einen schicksalsergebenen Seufzer auszustoßen.

»Seid Ihr schon lange hinter diesem Hockser her?«, fragte ich, als der Abend anbrach und wir am steilen Ufer eines schmalen Waldflusses rasteten.

»Seit Frühlingsbeginn«, antwortete Corvus, während er auf das dunkle Wasser starrte. Nachdem ein abtauchender Trünkler es in Aufruhr versetzt hatte, schlug es noch immer kleine Wellen. »Seine Spur hat uns von Leserberg über Friengbour hierher geführt. Dieser Dreckskerl hat äußerste Vorsicht walten lassen und sich das Blut selten selbst besorgt, sondern meist irgendwelche Ausgeburten der Hölle oder Anderswesen mit dieser Aufgabe betraut. Aber eine Sache hat ihn doch verraten: die totgeborenen Kinder.«

»Es kommen doch aber auch Kinder tot zur Welt, ohne dass ein Hockser dabei seine Finger im Spiel hätte.«

»Völlig richtig. Aber wenn in einem Monat vier Kinder tot geboren werden, noch dazu alle im selben Stadtviertel, gibt das doch zu denken.«

»Das kann in der Tat kein Zufall mehr sein.«

»Der Kanonikus der dortigen Kirche, der Herr sei ihm gnädig, war der gleichen Ansicht, weshalb er sich an die heilige Inquisition gewandt hatte. Dort hat man die Angelegenheit an uns weitergeleitet. Seitdem sind wir hinter dem Hockser her. Dieser Kerl ernährt sich von den Seelen ungeborener Kinder. Sie sind für sein Überleben genauso wichtig wie das dunkle Blut für seine Magie. Wir haben seine Spur mehrmals verloren, einmal sogar für einen ganzen Monat. Damals mussten wir etliche Städte und Dörfer abklappern, bevor wir seine Fährte wieder aufnehmen konnten. Das letzte tote Kind kam in Bitzinin zur Welt. Sein Äußeres ließ darauf schließen, dass dem Hockser allmählich das Blut ausgeht.«

»Dadurch wusstet Ihr also, dass er seine Vorräte aufstocken muss...«

»Ganz genau. Wir haben vermutet, dass er sich dafür eines Anderswesens bedient. An Stargas haben wir allerdings nicht gedacht, eher an harmlosere Kreaturen. Deshalb haben wir uns dann mit Herrn Titco in Verbindung gesetzt. Er wittert alle möglichen Blutsauger und hätte uns zu ihnen bringen können. Wir hatten gehofft, auf diese Weise auf den Hockser zu stoßen. Leider hat es nicht sollen sein.«

Ich verscheuchte eine Mücke, die um mein Ohr herumschwirrte, und wechselte einen Blick mit Apostel.

»Was ich überhaupt nicht begreife, ist, woher dieser Hockser plötzlich kommt«, gab ich zu. »Diese Kreaturen sind doch vor langer Zeit ausgelöscht worden, all ihre Schriften und Bücher wurden vernichtet, die Kirche hat der ganzen Welt erklärt, dass es keine Hockser mehr gibt. Und nun sind wir hinter einem von ihnen her. Wie kann das sein? Wieso taucht so unvermittelt wieder einer von denen auf?«

»Wissen ist erstaunlich langlebig. Wie viele Bücher auch verbrannt oder weggeschlossen wurden, in irgendeiner alter Truhe, in einem Schrank oder auf dem Dachboden findet sich immer ein vergessenes Werk. Dann dauert es meist nicht lange, bis diese Bücher in die falschen Hände gelangen. Genauso dürfte es auch bei diesem Hockser gewesen sein.«

Mit einem Mal wirbelte er herum und starrte in die Richtung, aus der wir gekommen waren.

»Habt Ihr das auch gehört?«, fragte er, wobei seine Hand bereits auf dem Schwertgriff lag.

Ich schüttelte bloß den Kopf.

»Da kommt jemand. Ich höre Stimmen.«

Seine Klinge glitt lautlos aus der Scheide. Doch es waren bloß Huber und Hanna, die aus dem Wald heraustraten.

»Ich wüsste nicht zu entscheiden«, murmelte ich, »was schlimmer wäre: wenn der Hockser in einem von den beiden steckt oder wenn es tatsächlich zwei leibhaftige Ordensangehörige sind.«

Corvus' Antwort bestand in einem schiefen Grinsen. Ich zog meinen schwarzen Dolch und stellte mich seitlich neben den Caliquer.

»Das ist kein besonders freundlicher Empfang für jemanden, der Euch zu Hilfe eilt«, bemerkte Huber und machte einen Schritt zur Seite, um Hanna Deckung zu geben. »Habt Ihr eine Erklärung für die gezückten Klingen?«

»Bruder Corvus hat mich mit seinem Misstrauen angesteckt. Er glaubt, dass Ihr womöglich nicht der seid, für den Ihr Euch ausgebt.«

»Ich verstehe zwar kein Wort von dem, was Ihr da von Euch gebt, aber ich kann Euch versichern, dass ich ich bin und Hanna Hanna ist«, erwiderte er in freundlichem Ton. Seine Hand mit der schweren Pistole darin sprach indes eine andere Sprache.

»Was hat du gestern Abend in meinem Zimmer getrunken, Hanna?«

»Saft. Apfelsaft, um genau zu sein«, antwortete sie mit finsterer Miene. »Spielt das irgendeine Rolle?«

»Das tut es. Leider. Und Ihr, Herr Huber? Erinnert Ihr Euch noch an den Fehler Eurer Schülerin?«

»Was soll diese Farce?«

»Antwortet einfach«, fuhr Corvus ihn an und unterstrich die Worte mit der Bewegung seines Schwerts. »Wir würden auch gern etwas über das Gespräch hören, das Ihr letzten Mittwoch mit Bruder Felomicenzo geführt habt.«

»Das Gespräch hatten wir am Dienstag, also vorgestern. Wir haben den Aufsatz von Meister Alberutto erörtert, genauer die zweite Auflage *Alchimie minor,* die letztes Jahr in Panua erschienen ist und bei der Kapitel 17 bis einschließlich Kapitel 26 verboten worden sind. Und meine Schülerin Hanna hat nicht erkannt, dass die lichten Seelen, deren Kraft in den Dolch des Herrn van Normayenn eingegangen ist, freiwillig aus dieser Welt geschieden sind.«

»Meiner Ansicht nach sind sie es wirklich«, wandte ich mich etwas enttäuscht an Corvus und steckte den Dolch weg. »Es hat mich gefreut, einmal Eure Rolle einzunehmen, Herr Huber.

Es geht doch nicht an, dass stets Ihr es seid, der mir Fragen stellt.«

Huber rang sich ein höfliches Lächeln ab, obwohl ihm auf der Stirn geschrieben stand, wie zornig er war.

»Es ist an der Zeit, dass Ihr mir erklärt, wieso Ihr uns mit einem derartigen Misstrauen begegnet, Bruder Corvus. Wärt Ihr so freundlich, mir diesen bescheidenen Wunsch zu erfüllen?«

»Nur zu gern.«

»Wunderbar«, bemerkte ich. »Ich gehe derweil unsere Wasserflaschen auffüllen.«

Ich kraxelte zum Fluss hinunter. Da der Sand locker und der Weg steil war, geriet ich immer wieder ins Schlittern. Apostel begleitete mich mit einem Lied zur Lobpreisung Mariens auf den Lippen. In seiner Zufriedenheit, dass wir Angehörige des Ordens der Gerechtigkeit derart ins Schwitzen gebracht hatten, kannte er kein Halten mehr.

»Wo ist unsere fette Henne?«, unterbrach ich sein Geschmetter.

»Ich habe keinen blassen Schimmer. Aber ich sehne mich nach dem Vogel ebenso wenig wie nach Scheuch.«

»Wem willst du da eigentlich einen Bären aufbinden? Du hängst an Scheuch, selbst wenn er nie ein Wort von sich gibt.«

Natürlich ging Apostel daraufhin in die Luft und bestritt, irgendein warmherziges Gefühl für unseren Animatus übrig zu haben. Ich schnaubte an den Stellen, an denen es mir notwendig erschien, und seufzte auch ein-, zweimal schuldbewusst, sobald die Anklage gegen mich besonders scharf wurde.

»Ich habe genug von diesen Wäldern und Straßen! Seit du den Dunkelwald verlassen hast, bist du wie ein Hund, der einen Floh in seinem eigenen Schwanz jagt, ständig in Bewegung. Nicht eine ruhige Minute gönnst du uns!«

»Im Sommer geht es immer hoch her, verschnaufen kannst du im Winter, wenn die Straßen vereist sind. Jedenfalls wenn wir das Glück haben, abseits der großen Strecken ein Quartier gefunden zu haben, sodass uns niemand ein Schreiben überbringen kann. Sonst denkt sich die Bruderschaft nämlich selbst in dieser Zeit noch eine Aufgabe für uns aus. Frei nach der Losung: Wer essen will, soll auch wandern.«

»Du hast ausreichend Geld zusammengerafft, um einen beschaulichen Lebensabend zu genießen, Ludwig. Und das solltest du auch, bevor es zu spät dafür ist! Aber nein, dergleichen kommt bei euch Seelenfängern ja generell nicht infrage.«

»Ich glaube«, entgegnete ich, während ich die letzte Wasserflasche zuschraubte, »bei so einem beschaulichen Lebensabend würde ich an Langeweile sterben.«

»Das ist ja wohl ein Witz. Das heißt, dir kaufe ich das ja noch ab, du würdest bestimmt vor Langeweile eingehen! Aber andere Seelenfänger? Glaubst du allen Ernstes, die sind alle so wie du?!«

»Mhm, schließlich wurden alle in der Schule in Ardenau ausgebildet. Dort hat man uns allen eingebläut, dass du nur lebst, um dunkle Seelen auszulöschen. Um mit dieser gottgefälligen Arbeit Menschen zu retten! Unsere ganze Ausbildung war von diesem Geist geprägt. Und zumindest ich gehe die Wände hoch, wenn ich nichts zu tun habe.«

»Du bist also auf ein Leben voller Abenteuer erpicht?«

»Ich bin auf ein Leben mit einem gewissen Sinn erpicht. Den finde ich in meiner Arbeit. Ob diese wichtig ist oder nicht, kann ich nicht entscheiden, aber ich glaube, ich brauche mich ihrer nicht zu schämen. In einer ruhigen Stunde solltest du dich vielleicht einmal fragen, ob an dieser Sicht der Dinge nicht etwas Wahres dran ist.«

»Warum sollte ich das? Für mich ist es eh zu spät, mein Leben zu ändern, denn ich bin tot!«

»Wie wir beide nur zu gut wissen, bedeutet der Tod längst nicht, dass dein Dasein jeden Sinn verliert. Im Übrigen habe ich schon etliche ruhelose Seelen getroffen, die weit lebendiger waren als die meisten Menschen. Darüber könntest du gleich noch mit nachdenken!«

In den frühen Abendstunden stießen wir, umschwirrt von zahllosen Mücken, auf einen riesigen Kohlenmeiler, der unerträgliche Hitze verströmte. In seiner Nähe fand sich jedoch kein einziger Mensch, der das Feuer beobachtet hätte.

Wir blieben hinter Büschen verborgen am Rand der Lichtung stehen und hielten nach einer etwaigen Gefahr Ausschau.

»Wahrscheinlich wurde der Kohlenmeiler ohne Genehmigung der Stadt angelegt«, bemerkte Huber. »Er ist zu weit von jedem Haus entfernt und bestens versteckt. Den entdeckt doch niemand.«

»Außer einem Hockser«, brummte Corvus. »Seine Spuren führen hierher.«

Plötzlich nahm ich eine Bewegung wahr.

»Wer auch immer hier gearbeitet hat«, sagte ich, »ist tot.«

»Wie kommt Ihr darauf? Ich sehe nirgends Leichen.«

»Dafür sehe ich die Seele eines Mannes. Das verrußte Gesicht und die Kleidung deuten darauf, dass er ein Köhler war.«

Ich trat aus unserem Versteck heraus und umrundete die Hütte aus dicken Ästen und Segeltuch, in der die Arbeiter im Sommer wohnten. Hanna und Apostel folgten mir.

Bruder Corvus und Huber liefen zur gegenüberliegenden Seite der Lichtung. Man bekam hier kaum Luft, das glühende Holz spuckte irgendetwas in die Luft, das furchtbar in der Kehle kratzte.

»Du hast wohl kein Glück gehabt, was, mein Junge?«, murmelte Apostel voller Mitgefühl, den Blick auf die aufgeschlitzte Kehle der ruhelosen Seele gerichtet, aus der unablässig Blut sickerte.

»Was ist mit mir?«, fragte der Mann, dessen Gesicht der Kohlenstaub geschwärzt hatte und dessen Augen rot geädert waren. »Bin ich…?«

»Ja, du hast den Löffel abgegeben«, stellte Apostel mit kaum zu überbietendem Taktgefühl klar. »Gott deine Seele überantwortet. Na ja, das heißt, nicht ganz, denn dieser Teil von dir streift noch immer durch unsere sündige Welt. Bei mir ist es übrigens genauso. Was gefällt dir denn am Paradies nicht? Dort soll es ja die schönsten Kohlefelder geben.«

»Könntet Ihr vielleicht wenigstens einmal den Mund halten?!«, fuhr Hanna ihn an. »Der arme Mann hat es so schon schwer genug!«

»Als ob ich es leicht hätte!«, empörte sich Apostel.

»Wer hat dir das angetan?«, fragte ich.

»Zwei Männer«, presste er hervor. »Sie sind aus dem Wald gekommen, aus derselben Richtung wie Ihr auch. Vor ein paar Stunden. Ich habe überhaupt nichts begriffen ... und dann war ich tot.«

»Ludwig!«, rief Corvus. »Seht Euch das einmal an!«

Hanna blieb bei Apostel und der ruhelosen Seele zurück, während ich zu dem Caliquer und Huber eilte.

Fünf weitere Köhler lagen mit aufgeschlitzter Kehle neben dem Lagerfeuer. Der Kessel, in dem sich die Männer ihr Essen zubereitet hatten, war umgekippt. In unmittelbarer Nähe von ihnen saß ein goldlockiger junger Mann an eine Birke gelehnt da. Der Kopf war ihm auf die Brust gesackt, außerdem fehlte ihm die rechte Hand. Der Stumpf war verbunden und bis zum Ellbogen schwarz, ein Knochen lugte aus dem verfaulten Fleisch heraus.

»Offenbar hat unser Herr Hockser keinen Schüler mehr«, hielt ich ungerührt fest. »Das macht uns die Arbeit wenigstens etwas leichter.«

Huber trat an den Toten heran, packte ihn am Haar und zog den Kopf hoch, damit wir das anmutige Gesicht sehen konnten.

»Er ist nicht aus Bitzinin. Vermutlich stammt er aus Leserberg, nur dort haben die Menschen so helle Augen.«

»Seine Lippen und sein Kinn sind blutig«, sagte ich und ging neben dem Toten in die Hocke. »Auch auf dem Hemd finden sich überall rote Flecken. Ob der Hockser versucht hat, ihm Blut einzuflößen?«

»Wahrscheinlich«, sagte Huber. »Und zwar das Blut aus dem Hals dieser armen Männer! Vermutlich wollte der Hockser seinen Handlanger auf diese Weise retten.«

»Ihm dürfte aber klar gewesen sein, dass er damit kaum Aussicht auf Erfolg hat«, gab Corvus zu bedenken. »Denn er hat den Köhlern kurz entschlossen die Kehle aufgeschlitzt, um seinem Schüler zu helfen. Damit sind sie aber einen schnellen Tod gestorben. Ihr Blut hatte keine Zeit, sich mit Schmerz aufzuladen. Es taugte also nicht für ein dunkles Ritual.«

»Wenn er zu derart überstürzten Maßnahmen greift, ahnt er vielleicht, dass wir ihm auf den Fersen sind.«

»Wenn er das täte, hätte er längst versucht, uns in einen Hinterhalt zu locken.«

»Aber wenn er von uns nichts weiß«, sagte ich, »hätte er die Köhler doch auch sehr langsam töten können. Dann hätte er geeignetes Blut für sein Ritual gehabt.«

»Das hatte er sowieso, denn er hat das Blut der Brüder Felomicenzo und Puglio dabei, die keinen so leichten Tod gestorben sind wie diese unglücklichen Burschen hier. In ihrem Blut dürfte genug Magie für etliche dunkle Rituale gespeichert sein, aber der Hockser hatte keinen Gedanken daran verschwendet, es zu verwenden. Denn dieses Blut will er für sich haben.«

»Und wenn der Hockser das Blut Eurer Brüder eingesetzt hätte«, hakte Hanna nach, die sich inzwischen zu uns gesellt hatte, »hätte er seinen Schüler dann retten können?«

»Vermutlich nicht«, antwortete Corvus mit strenger Miene. »Denn über solche Kreaturen hält der Herr nicht seine schützende Hand. Deshalb sollten wir ihn auch verbrennen, sonst geschieht womöglich noch ein Unglück.« Corvus hob die Leiche mühelos auf. »Am besten werfe ich ihn in den Kohlenmeiler, dann bleibt von ihm kein einziger Knochen übrig.«

»Ludwig«, sprach mich Apostel an, während ich Corvus nachblickte, »dieser arme Kerl hat mich gebeten, das Totengebet für ihn und seine Gefährten zu lesen. Und er möchte dich um einen Gefallen bitten.«

»Was willst du?«, fragte ich die Seele des Köhlers.

»Erlöse mich. Ich habe auf dieser Welt nichts mehr verloren, ich möchte sie verlassen.«

Ich drehte mich um und sah, dass Hanna und Huber mich beobachteten.

»Ist es dein freier Wille zu gehen?«, wandte ich mich wieder an die Seele. »Oder zwingt dich jemand?«

»Mich zwingt niemand.«

»Gut, ich werde dich erlösen«, versprach ich. »Aber erst beantworte mir noch eine Frage. Wohin kommen wir, wenn wir dorthin gehen?«

Ich zeigte in die Richtung, in die der Hockser verschwunden war.

»Dort liegen einige Gehöfte. Bis zum nächsten ist es ein Fußmarsch von sechs Stunden. Es ist aber verlassen, genau wie die drei benachbarten. Nach einem Tag erreicht Ihr dann die Straße nach Swilow.«

Daraufhin tat ich der Seele den Gefallen und erlöste sie. Als ich den schwarzen Dolch wegsteckte, sah ich Huber an.

»Habt Ihr mir irgendetwas vorzuwerfen?«, fragte ich ihn.

»Nein.«

»Umso besser für uns alle.«

»Wisst Ihr, Herr van Normayenn, ich habe schon von Euch gehört. Niemand behauptet, dass Ihr gegen irgendein Gesetz verstoßt, aber dennoch gereicht Euch all das Gerede nicht gerade zur Ehre.«

»Gerede hat noch niemanden an den Galgen gebracht.«

»Das nicht, aber es bleibt doch in Erinnerung. Und wie heißt es so schön? Wo Rauch ist, da ist auch Feuer. Ich mische mich zwar nicht in die Geschäfte weltlicher Herrscher ein, doch höre selbst ich immer wieder, dass Ihr in der Nähe des Markgrafen Valentin gewesen seid, als dieser gestorben ist.«

»Das sind Gerüchte, verehrter Herr Huber. Denn was sollte ein einfacher Mann wie ich in der Nähe eines so edlen Herren verloren haben? Noch dazu an seinem Sterbebett...«

»Ich möchte ja auch nur festhalten, dass der Markgraf einflussreiche Freunde hatte, die sich womöglich daran erinnern, wer in den letzten Minuten an Valentins Seite war. Dann werden sie vielleicht unliebsame Fragen stellen. Zum Beispiel könnten sie wissen wollen, wie seine letzten Worte lauteten.«

»Mir ist nicht ganz klar, warum Ihr mir all das sagt.«

»Weil wir einander recht ähnlich sind, Herr van Normayenn«, erwiderte er. Nur mit Mühe konnte ich mir ein Grinsen verkneifen. »Und es gefällt mir nicht, wenn Menschen, die nur ihre Arbeit erledigen, Steine in den Weg gelegt werden. Deshalb möchte ich Euch davon in Kenntnis setzen, dass sich einige … einige meiner Kollegen gern mit Euch unterhalten würden.«

»Vielen Dank für diese Warnung. Auch wenn sie mich erstaunt.«

»Ihr müsst wissen, dass ich diesen Menschen nicht traue. Schlechten Menschen traue ich nie, mögen es nun meine eigenen Leute sein oder nicht. Wenn es die eigenen sind, macht es die Angelegenheit nur noch schlimmer, dann geraten alle in ihrer Nähe in Schwierigkeiten.«

Mein Blick huschte zu dem Vogel hinüber, der in den Zweigen versteckt unserem Gespräch lauschte.

»Ich werde Eure Worte nicht vergessen, Herr Huber. Aber zunächst sollten wir uns um den Hockser kümmern. Und am Leben bleiben.«

»Der Glaube feit uns«, bemerkte Corvus, der nun zurückkehrte. Er wischte sich die von der Kohle schwarzen Hände ab. »Der Herr schützt uns, denn unser Tun gereicht ihm zum Ruhme. Wir müssen von hier verschwinden und uns einen Ort suchen, an dem wir unser Nachtlager aufschlagen können. Morgen jagen wir den Hockser dann weiter.«

Niemand widersprach, denn wir waren alle hundemüde.

In einem lichten Kiefernwald fanden wir dann eine passende Stelle. Hanna zog ihre Jacke fest um sich, schob sich die Tasche unter den Kopf und schlief sofort ein. Sie war wesentlich erschöpfter als wir, der lange Tag hatte sie förmlich ausgezehrt.

»Warum seid Ihr zurückgekommen?«, wollte ich von Huber wissen.

»Weil es unsere Pflicht war. Und weil auch ich diese seltsame Figur entdeckt habe, nachdem Ihr aufgebrochen wart.« Er lächelte. »Wenn ruhelose Seelen auf die eine oder andere Art in ein Verbrechen verwickelt sind, tritt nun einmal der Orden der Gerechtigkeit auf den Plan.«

»Ich kann nachvollziehen, warum Ihr mir gefolgt seid. Aber warum habt Ihr Hanna mitgenommen? Das Mädchen ist noch viel zu jung für diese Geschichte.«

»Sie ist sechzehn, und sie ist eine Angehörige des Ordens.«

»Sie ist noch eine Schülerin.«

»Das ändert rein gar nichts. Im Übrigen wird sie ihre silberne Plakette bekommen, sobald wir zu Hause sind. Haltet sie also nicht für ein Kind, denn Hanna hat ihren eigenen Kopf und trifft ihre eigenen Entscheidungen. Ich habe kein Recht, ihr in einer Situation wie dieser Vorschriften zu machen.«

Ich vertiefte diese Frage nicht. Wenn Huber der Ansicht war, dass Hanna ausreichend Erfahrung besaß, um es mit einem Hockser aufzunehmen, dann konnte ich ihn nur zu seiner Schülerin beglückwünschen. Mir selbst war nämlich durchaus mulmig zumute bei dem Gedanken, meine Kräfte mit einer solchen Kreatur messen zu müssen. Im Übrigen fiel auch der Ordensangehörige schon in den Schlaf der Gerechten.

Nachdem Corvus lange gebetet hatte, setzte er sich zu mir.

»Legt Euch schlafen, Ludwig, wir müssen morgen früh noch vor Tagesanbruch aufbrechen.«

»Glaubt Ihr, dass wir den Hockser erwischen?«

»Da er auch nur ein Mensch ist, muss er ebenfalls schlafen.«

»Habt Ihr eine Idee, wie wir ihn bezwingen könnten?«

»Er weiß immer noch nicht, dass wir ihm auf den Fersen sind. Und er muss verschiedene Rituale durchführen, bevor ihm das Blut, das er sich besorgt hat, die gewünschte Kraft verleiht. Dafür benötigt er drei oder vier Tage. Danach wäre er dann allerdings so stark, dass wir ihm kaum mehr gewachsen sein würden.«

»Aber noch wären wir das?«

»Ja. Er vermag uns zwar Probleme zu bereiten, doch letztlich dürften wir ihn überwinden können. Die Vergangenheit hat schließlich bewiesen, dass man jeden Hockser auslöschen kann.«

»Verlangt die Inquisition denn nicht, ihm den Prozess zu machen?«

»Die Inquisition verbrennt für ihr Leben gern in aller Öffentlichkeit Ketzer, Hexen und Menschen, die sich mit dem Teufel eingelassen haben«, erwiderte er unter schallendem Gelächter. »Aber bei gefährlichen Kreaturen wie einem Hockser zieht auch sie es vor, dass sie stillschweigend ausgelöscht werden. Für diese Burschen wird also kein Scheiterhaufen auf einem Marktplatz errichtet. Es wird keine Prozession durch die Straßen geben, keinen Sarg mit den Knochen des toten Ketzers und keine Gaffer. Jedes öffentliche Autodafé entfällt. Der Hockser stirbt hier, in dieser abgeschiedenen Gegend. Ich werde ihn mit dieser Klinge zerhacken und Salz vom Ufer des heiligen Araphischen Meers auf ihn streuen.«

»Dagegen habe ich bestimmt nichts einzuwenden«, beteuerte ich. Auch Apostel nickte entschieden. »Gestattet noch eine andere Frage. Diese Kette … wirkt sie auf den Hockser genauso wie auf seinen Handlanger?«

»Die Berührung dürfte ihm Schmerzen verursachen, die jedoch vermutlich nicht so stark sind, dass er ihretwegen den Kampf aufgibt. Deshalb vertraue ich auf das Schwert. Die Kette gehörte Bruder Felomicenzo. Der Heilige Stuhl in Livetta hat sie ihm für diese Aufgabe überlassen. Wenn wir diese Geschichte hinter uns haben, muss ich sie zum Grab des Heiligen Petrus zurückbringen.«

»Sie wird in den Palästen des Heiligen Stuhls aufbewahrt?«

»Ja, denn sie gehörte einst einem Soldaten, der Kaiser Tiberius gedient hat«, antwortete Corvus. »Er hat damit Christus gegeißelt.«

»Mit dieser Kette?«

»Mit Gerten, Peitschen und Haken, aber auch mit dieser Kette. Sie ist also mit dem Blut Christi in Berührung gekommen.«

»Er musste Schläge mit *dieser* Kette über sich ergehen lassen?«

»Das musste er. Aber er hat all das ertragen und ist für unsere Sünden gestorben, um den Menschen den rechten Weg aufzuzeigen und ihnen Glauben zu schenken. Diese Kette hat seine Heiligkeit in sich aufgesogen.«

»In den Kellern des Heiligen Stuhls werden wahrlich erstaunliche Stücke aufbewahrt, Bruder Corvus. Ob sich da vielleicht auch der Heilige Gral findet?«

»Er ist leider im Land der Chagzhiden verblieben«, antwortete der Caliquer ernst. »Und nun schlaft. Morgen wartet ein schwerer Tag auf uns.«

Über dem Haus aus nachgedunkelten Balken stieg Rauch auf. Der Geruch von gebratenem Fleisch breitete sich über der Lichtung aus und kitzelte mich in der Nase. Um den lauschigen Eindruck zu vervollkommnen, hätten nur noch ein paar grasende Kühe sowie um den Brunnen herumtollende Kinder gefehlt. Nur lebte in diesem Haus schon seit Jahren niemand mehr. Dafür lauerte jetzt der Hockser darin.

Wir hielten uns am Waldrand versteckt. Von dem Gehöft trennten uns dreihundert Schritt, die über eine Wiese zu bewältigen waren. Der Hockser müsste blind sein, um uns nicht zu bemerken, sollten wir offen auf ihn zustürmen.

Gerade kam Apostel von seinem Erkundungsausflug zurück. Er hatte sich doch tatsächlich ohne jedes Gemurre und Gezeter dazu herabgelassen, uns diesen Gefallen zu erweisen.

»Dieses Miststück hat sich tatsächlich auf dem Gehöft verschanzt«, berichtete er. »Aber nicht im Haus, sondern in der Scheune.«

»Wieso steigt dann über dem Haus Rauch auf?«

»Und wieso kommt Krach aus der Scheune?«

»Hast du ihn dort auch *gesehen*?«

»Nein. Diesen Dreckskerl müsst ihr euch schon selbst angucken, ich habe nicht einen Fuß in die Scheune gesetzt.«

Ich teilte Corvus mit, was Apostel berichtet hatte.

»Wenn noch jemand einen Rückzieher machen möchte«, sagte er dann, »ist dies die letzte Gelegenheit. Der Hockser ist nicht der Teufel, deshalb schalte ich ihn allein mit Gebeten und meiner Magie leider nicht aus. Wie dieser Kampf ausgeht, kann ich also nicht sagen.«

»Euer Glauben wird uns schützen, Bruder Corvus«, behauptete Hanna mit fester Stimme.

Der Glauben eines Caliquers gegen die Kraft eines Hocksers. Es würde hart auf hart gehen. Blieb nur zu hoffen, dass Corvus am Ende härter war. Denn er hatte recht: Das Ende des Kampfes war offen.

»Wir bleiben«, erklärte Huber für uns alle. »Ihr wisst genau, dass wir Euch nicht im Stich lassen!«

»Ich ziehe es allerdings doch vor, hier zu warten«, schob Apostel hinterher. »Aber ich werde alles ganz genau beobachten.«

»Der Hockser bezieht seine Kraft aus dem Blut. Wenn er damit sein Ritual durchführt, werden wir kaum noch etwas gegen ihn ausrichten können. Deshalb müssen wir das Blut vernichten. Das solltet Ihr übernehmen, Ludwig.«

»Einverstanden.«

»Das dürfte aber nicht leicht werden«, gab Huber zu bedenken.

»Deshalb werde ich ihn ablenken, indem ich ihn in ein Duell verwickle«, erwiderte Corvus. »Solange er mit mir kämpft, wird er seinen Altar sicher nicht im Auge behalten.«

»Was für ein ungemein gescheiter Plan!«, giftete Apostel. Wenigstens sprach er so leise, dass niemand ihn hörte. »Was, wenn der Hockser den Caliquer abmurkst, bevor du den Altar entdeckt hast? Dann hängt dieser Drecksbursche dich am Ende noch an deinen eigenen Eingeweiden auf!«

»Halt den Mund!«, zischte ich. »Bete lieber für unser aller Erfolg. Vielleicht bringst du ja damit sogar mal was zustande.«

Apostel schnappte sofort ein und verschränkte die Arme vor der Brust.

»Als Altar kann im Grunde jedes Möbelstück dienen«, fuhr Corvus fort. »In seiner Nähe müsste der Hockser jedoch eine Zeichnung angefertigt haben. Sie bildet das Tor, durch das die Kraft aus der Hölle zu ihm strömt. Das Blut könnte sich in einem Becher, einem Krug oder Eimer befinden. Ihr müsst es ausgießen und anschließend das hier darauf streuen.«

Er holte aus seiner Tasche einen Beutel, der mit einer einfachen Schnur geschlossen war.

»Es ist Salz vom Araphischen Meer, das von Ludwig dem Heiligen gesammelt worden ist, dem König von Progance während des ersten Kreuzzuges. Damit wird die Kraft des Bluts vernichtet.«

Ich steckte den Beutel in meine Jackentasche.

»Dann sollten wir uns ans Werk machen. Der Hockser wird nicht lange auf diesem Hof bleiben, sondern seinen Weg über die Straße von Swilow fortsetzen. Ludwig, Ihr schleicht Euch am besten durch den Wald zur anderen Seite des Gehöfts. Sobald Ihr dort seid, greifen wir den Hockser an. Zuvor lasst uns aber noch ein Gebet sprechen!«

Corvus ließ sich auf die Knie nieder und bekreuzigte sich.

»Wer unter dem Schirm des Höchsten wohnt, wer im Schatten des Allmächtigen ruht, der darf sprechen zum Herrn«, hob Corvus an. »›Meine Zuflucht, meine Feste, mein Gott, auf den ich vertraue!‹ Denn er errettet dich aus der Schlinge des Jägers, vor Tod und Verderben. Mit seinem Fittich bedeckt er dich, und unter seinen Flügeln findest du Zuflucht.«

Corvus betete inbrünstig, und in seinen Augen loderte die Flamme des Glaubens. Die Kraft des Gebets, die von ihm ausging, erfasste auch uns, sodass ich eine Gänsehaut bekam und mir der Atem stockte.

Das schwere Kreuz in Corvus' Hand verströmte mit jedem seiner Worte größere Hitze. Um uns herum erblühten Maiglöckchen, deren Zeit eigentlich längst verstrichen war.

»Denn seine Engel wird er für dich entbieten, dich zu behüten auf all deinen Wegen. Sie werden dich auf Händen tragen, dass dein Fuß nicht an einen Stein stoße. Über Löwen und

Ottern wirst du schreiten, wirst zertreten Leuen und Drachen. ›Weil er an mir hängt, will ich ihn erretten, will ihn schützen, denn er kennt meinen Namen …‹«

Über Hannas Wangen rannen Tränen. Uns alle hüllte das Gebet mit Wärme ein, es schenkte uns Kraft und Mut, vertrieb die verdammten Zweifel. Irgendwann meinte ich, dass ich dem Hockser mit bloßen Händen den Hals umdrehen könnte.

Was für ein ungestümer, klarer und nicht zu brechender Glaube doch in Corvus' Herzen lebte! Mit ihm hätte er glatt die Welt verändern können – und alle, die in ihr lebten, gleich mit!

Apostel sprach die Worte im Flüsterton nach und bekreuzigte sich, als das Gebet endete.

»Nun kannst du gehen, Ludwig«, sagte Corvus und wandte sich damit zum ersten Mal mit einem Du an mich. »Möge der Herr dich beschützen.«

Ich nickte ihm noch einmal zu und lief dann schnellen Schrittes durch den Wald. Die Papierhenne entdeckte ich nirgends, offenbar hatte sie beschlossen, dem Gebet eines Mönches auf gar keinen Fall beizuwohnen. Keine fünf Minuten später befand ich mich hinter der Scheune.

Nun trennten mich nur noch wenige Schritte und ein Zaun vom Gehöft. Wenn der Hockser nicht in meine Richtung sah, dürfte es ein Kinderspiel sein, an das Blut zu gelangen.

Plötzlich verspürte ich einen Atemzug in meinem Rücken. Ich fuhr herum und holte mit dem Dolch aus. Viel hätte nicht gefehlt, und ich hätte Hanna das Gesicht aufgeschlitzt.

»Was machst du denn hier?«, fuhr ich sie an.

»Ich komme mit Euch mit!«, teilte sie mir in herausforderndem Ton mit.

»Wer hat das beschlossen?«

»Mein Lehrer und Bruder Corvus! Ihr braucht womöglich Hilfe.«

Ich könnte ihr jetzt sagen, dass sie mir ganz bestimmt nicht würde helfen können. Oder dass Huber sich gewaltig irrte, wenn er glaubte, Hanna wäre bei mir sicherer.

»Du bleibst hier«, sagte ich jedoch stattdessen. »Dein ganzes

Leben liegt noch vor dir, du stehst erst am Anfang deines Weges. Deshalb wirst noch oft genug Gelegenheit haben, jemandem zu helfen. Aber heute würdest du dein Leben leichtsinnig aufs Spiel setzen.«

»Ich mag zwar jung sein, aber ich bin nicht dumm, Herr van Normayenn!«

»Ich habe auch nicht behauptet, dass du dumm bist.«

»Dann nehmt zur Kenntnis, dass ich Euch in diesem Kampf zur Seite stehe und mir völlig klar ist, welches Risiko ich eingehe.«

»Wenn du es sagst«, erwiderte ich zögernd. »Ich bin nicht dein Lehrer und habe nicht das Recht, dir etwas vorzuschreiben. Aber du kannst jederzeit umkehren und ...«

Sie packte mich fest bei der Schulter und zeigte mit weit aufgerissenen Augen auf den offenen Türspalt. Aus dem Haus trat ein ziemlich beleibter Mann. Sein Gesicht konnte ich von unserem Versteck aus nicht erkennen. Er trug eine Reitjacke und die Kniebundhosen eines Adligen. An seinem Gürtel hing ein langes Schwert, in den Händen hielt er einen schwarzen, in sich gedrehten Stock.

Sobald er den Arm hob und den Zeigefinger bewegte, begannen über seinem Kopf blutrote Klumpen eines Zaubers zu kreisen. Dann holte er mit dem Stock aus. Auf der gegenüberliegenden Seite der Lichtung kam es zu einer Explosion. Noch in derselben Sekunde erklang das silberne Horn der Kirchenmagie. Prompt ließ ein unsichtbarer Schlag den Hockser zurücktaumeln.

»Es geht los«, sagte ich zu Hanna. »Halte dich bereit!«

Es heulte und jaulte allenthalben. Immer wieder erschütterten magische Explosionen das Gehöft. Mit einem Mal aber sträubten sich mir die Nackenhaare: Aus der Scheune kamen dunkle Seelen herausgekrochen.

Es waren so viele, dass ich sie nicht mehr zu zählen vermochte. Sie alle ähnelten einander, verstümmelte schwarze Gestalten mit entstellten Köpfen. Es waren die Seelen der toten Kinder – nur dass jeder gewöhnliche Mensch sie sehen konnte.

Die meisten bewegten sich ungeschickt in die Richtung, aus welcher der Radau kam. Fünf blieben allerdings in der Nähe der Scheune.

Der gedrungene Bau war solide und hatte so schmale Fenster, dass ich in ihnen stecken bleiben würde, wollte ich hindurchkriechen Die Tür stand zwar sperrangelweit offen, war aber ebenfalls nicht sehr breit.

»Wir müssen in die Scheune, nicht ins Haus«, sagte Hanna. »Bestimmt ist da das Blut. Warum sollten die Seelen sonst davor Wache stehen?«

Das stimmte.

»Warte hier!«, befahl ich ihr. »Mit Zeichen und Figuren richtet man gegen diese Geschöpfe nichts aus, denn das sind keine gewöhnlichen ruhelosen Seelen. Gegen sie hilft nur der schwarze Dolch. Und den trägst du nicht.«

Der Hockser hielt nun auf Corvus und die anderen zu. Inzwischen bebte der Boden bereits.

Erst als ich den Zaun erreicht hatte, bemerkte ich, dass mir Hanna doch gefolgt war.

Na gut, ich würde ihr später die Leviten lesen, jetzt zählte jede Sekunde.

Ich verschlang meine Finger ineinander, damit Hanna eine Räuberleiter hatte. Sobald sie über den Zaun war, folgte ich ihr.

Hanna musste meine Ausführungen, dass hier mit Magie nichts zu erreichen war, völlig vergessen haben, denn sie griff die Scheune mit einer Figur an, die ich nicht einmal kannte. Daraufhin stieg von vier dieser merkwürdigen Seelen schwarzer Dampf auf. Die Magie des Ordens griff also noch, obwohl die von uns Seelenfängern längst versagt hatte. Als ich es daraufhin mit einem Zeichen versuchte, scheiterte ich.

Die dunklen Seelen beachteten mich nicht einmal, sondern stürzten sich allesamt auf Hanna. Sofort sprang ich vor sie und zog den Dolch blank.

Eines dieser Geschöpfe wollte glatt mein Gesicht bearbeiten, aber Hanna vertrieb es mit einer weiteren Figur, während ich mit aller Kraft auf den kleinen Kopf einhieb, um diesem Diener des Hocksers die Knochen zu brechen und ihn anschließend für immer und ewig auszulöschen. Drei weitere Kreaturen tauchten bereits vor uns auf. Ich rammte einem der Burschen den Dolch in den Leib. Die Klinge nahm seine Kraft restlos auf.

Mit einem wilden Schrei schleuderte Hanna eine rubinrote Figur auf ein weiteres der Biester und vernichtete es. Ich trat einen Quälgeist weg, trieb der nächsten dunklen Seele die Klinge in den Hals und eilte zu Hanna, die sich verzweifelt gegen den letzten Angreifer wehrte.

»Überlass ihn mir!«, rief ich.

Sie wirbelte herum, um das Wesen, das sich in ihrer Schulter verbissen hatte, abzuschütteln, fiel auf die Knie und presste eine Hand auf die Wunde. Ich brauchte einen Augenblick, um das Mistvieh mit der goldenen Schnur zu erwürgen und mit dem Dolch endgültig auszuschalten. Jene dunkle Seele, die ich vorhin mit einem Tritt aus dem Weg geräumt hatte, wollte mir nun unbedingt die Augen auskratzen. Ich duckte mich jedoch, sodass mir ihre Krallen nur die Haut vom rechten Augenwinkel bis zur Stirn aufkratzten, dann erledigte ich auch diese Schreckenskreatur.

»Was war das?!«, wollte ich von Hanna wissen. »Wieso bist du mit diesen Widerlingen fertiggeworden?«

Sie war kreidebleich, aus ihrer aufgebissenen Lippe tropfte Blut, über ihre Wangen rannen Tränen.

»Das haben wir so gelernt!«

Sollte das heißen, der Orden brachte seinen Schülern bei, gegen sichtbare dunkle Seelen zu kämpfen?! Obwohl man diese nur mit dem schwarzen Dolch auslöschen konnte?! Jedenfalls hatte ich das bisher immer angenommen … Aber wie heißt es doch so schön: Wirst alt wie 'ne Kuh und lernst immer dazu.

»Wenn wir das hier hinter uns haben«, sagte ich, »musst du mir unbedingt mehr davon erzählen.«

Die Erde bebte schon wieder, auf der anderen Seite der Wiese stand der Wald in Flammen. Hellgrauer Rauch stieg zum Himmel auf. In meinen Ohren dröhnte Choral um Choral. Corvus leistete dem Hockser erbitterten Widerstand.

»Jetzt bleibst du aber wirklich hier.«

»Den Teufel werd ich!«, giftete sie. »Ich bleibe bestimmt nicht hier! Dafür wird der Dreckskerl mir bezahlen!«

Wir stürzten zur Scheune, wobei Hanna einen deutlichen Vorsprung herausarbeitete.

In dem schummrigen Gebäude stank es nach verschimmeltem Heu. Ein Blick genügte, um den Topf mit Blut auf dem Boden in der Mitte des Raums zu entdecken. Daneben befand sich auch die Figur, die der Hockser gewirkt hatte. Mit ihr sicherte er den Kraftzustrom.

Sofort schoss Hanna auf den Topf zu.

»Halt!«, schrie ich, denn ich hatte einige kaum erkennbare Zeichnungen auf dem Boden entdeckt. »Nicht!«

Aber da war es schon zu spät.

Hanna trat in den gezeichneten Kreis und packte den Topf. Noch in der nächsten Sekunde schälte sich aus der Luft eine mit purpurnen Muskeln bepackte Hand und verpasste ihr einen Schlag. Hanna wurde gegen die Wand geschleudert und ließ den Topf fallen. Der Inhalt spritzte auf die Figur des Hocksers.

»Verflucht aber auch!«, stieß ich aus, umrundete den Kreis, ohne mich im Geringsten um den Dämon zu scheren, der nun immer weiter Gestalt annahm, und kniete mich neben Hanna, die noch bleicher geworden war. »Ich habe dir doch gesagt, du sollst stehen bleiben!«

»Mit mir ist alles in Ordnung«, hauchte sie. »Kümmert Euch um das Blut! Bitte! Sonst schaffen es die anderen nicht gegen den Hockser!«

Ich holte den Beutel heraus, den Corvus mir gegeben hatte, und streute das Salz auf das Blut und die Zeichnung. Es zischte, der beißende Rauch von verbrannten Federn schlug mir ins Gesicht, und fast unmittelbar danach trat draußen Grabesstille ein.

Hanna saß gegen die Wand gelehnt da, atmete schwer, schluchzte und presste die rechte Hand gegen die Seite, wo der Dämon sie erwischt hatte. Ich ließ mich neben ihr auf den Boden sacken.

»Lass mich mal deine Wunde sehen«, bat ich.

Hanna zog die Hand weg. Sofort sprudelte das Blut heftiger heraus. Der dunkle Fleck auf ihrer Kleidung wuchs zusehends. In meiner Tasche hatte ich etwas gewachstes Papier. Ich riss ein Stück mit den Zähnen ab und presste es auf die Verletzung.

»Ich drücke es jetzt ziemlich fest auf die Wunde«, kündigte ich ihr an. »Das tut vielleicht etwas weh.«

Hanna stöhnte.

»Ist es schlimm?«, fragte sie.

»Du wirst es überstehen. Mich hat's schon oft noch viel schlimmer erwischt. Pass auf, es vergeht kein Monat, dann bist du wieder ganz die Alte«, log ich, während ich verzweifelt über die Blutung nachdachte, die ich ungeachtet meiner Bemühungen nicht stillen konnte.

»Beim Orden sagen alle, Seelenfänger sind die reinsten Lügenbolde«, flüsterte Hanna. Als sie zu lächeln versuchte, verzerrte Schmerz ihr Gesicht.

Ich griff nach Hannas Hand, die sich sofort um meine blutverschmierten Finger schloss.

»Es ist alles so ruhig«, flüsterte sie nach einer Weile. »Ist der Kampf vorüber?«

»Ja«, versicherte ich. »Du warst fabelhaft. Ohne deine Hilfe hätten wir das nie geschafft.«

»Gut. Sehr gut ... Sag mal ... was meinst du ... wir haben doch ein gottgefälliges Werk getan, da wird er uns doch gnädig sein. Ich habe keine Angst ... glaub das ja nicht ... aber der Weg ins Paradies ... ist der offen ...?«

»Mach dir deswegen keine Sorgen«, presste ich mit aller Mühe heraus. »Wir haben alles richtig gemacht.«

Hanna seufzte.

»Gut«, sagte sie dann noch einmal.

Ich öffnete ihre Hand erst, nachdem sie ihr Leben ausgehaucht hatte. Meine Finger waren ganz glitschig von all dem Blut. Mit etwas Wasser aus meiner Flasche wusch ich mir die Hände, bevor ich ihr die Augen schloss. Dann hob ich sie auf, um sie aus der Scheune zu tragen. Ich würde Hanna nicht in diesem stinkenden Schuppen zurücklassen.

Der Dämon hockte noch immer in dem Kreis, der ihm nun zu einem Käfig geworden war.

»Überlass sie mir, Mensch«, verlangte er. »Du brauchst sie doch eh nicht.«

Ich verkniff mir jede Erwiderung.

»Überlass mir diesen Kadaver!«, keifte er. »Ich schwöre, wenn ich hier rauskomme, zerreiße ich dich in Stücke!«

Er hämmerte mit der Faust auf eine unsichtbare Wand ein, richtete aber nichts aus, weshalb er mir nur weitere Flüche und Drohungen hinterherschickte, die ich jedoch allesamt überhörte. Ich brachte Hanna hinaus und bettete sie inmitten von zartblauen Veilchen auf die Wiese. Als ich aufsah, stand Apostel vor mir.

»Herr im Himmel, Ludwig! Ich habe schon gedacht … es hätte dich erwischt«, stieß er erleichtert aus. »Heilige Jungfrau Maria, wie siehst du überhaupt …«

Erst jetzt bemerkte er Hanna.

»Nein!«, entfuhr es ihm.

»Sprich das Totengebet für sie. Sie hätte das gewollt. Ich gehe zu Corvus.«

»Sie sind …«

»Das Totengebet, Apostel«, brüllte ich ihn an. »Ist das wirklich zu viel verlangt?!«

»Ich fange sofort an«, versicherte er, von meinem Tobsuchtsanfall eingeschüchtert.

Ich stapfte über die Wiese zu der Stelle, wo der Kampf stattgefunden hatte.

Der Hockser lag auf dem Rücken. Corvus' Schwert hatte ihm den Brustkorb aufgerissen. Neben ihm entdeckte ich seinen zerhackten Stock. Der Caliquer war in unmittelbarer Nähe zu Boden gegangen. Die rechte Hälfte seines Gesichts war völlig verkohlt. Selbst nach dem Tod hielt der Mönch das Schwert noch fest gepackt.

Huber fand ich tot in einem tiefen Trichter. Um den Ordensangehörigen herum lagen die vernichteten dunklen Seelen.

Einen Sieg konnte man das wahrlich nicht nennen. Dazu war der Preis zu hoch.

Ein lautes Stöhnen ließ mich zusammenfahren. Der Hockser stemmte sich mit schmerzverzerrtem Gesicht auf den linken Ellbogen, presste voller Mühe die blutigen Ränder seines Brustkastens zusammen und sackte wieder zu Boden.

»Was bist du bloß für ein langlebiges Mistvieh«, zischte ich.

Hinter Hubers Gürtel steckte noch immer die Pistole. In Sekundenschnelle zündete ich eine Lunte an und gab einen Schuss auf den Hockser ab, als dieser sich abermals aufrichten wollte. Die schwere Kugel traf ihn jedoch bloß an der Schulter.

Fluchend stiefelte ich auf ihn zu. Ich würde nicht eher Ruhe geben, als bis ich diesen Widerling in der Hölle wusste. Warum er überhaupt noch lebte, war mir ein Rätsel.

»Hör mal!«, krächzte der Hockser, der jetzt sogar langsam auf mich zugekrochen kam. »Ich erkenne deinen Dolch. Du bist doch ein Seelenfänger, nicht wahr? Warum setzen wir uns also nicht ins Benehmen? Ich biete dir eine Kraft, von der du noch nie gehört hast! Ein Blick in meine Augen reicht, um dir zu sagen, dass ich nicht lüge!«

Wie auch? Ein Blickzard war nichts gegen dieses Teufelsgeschmeiß! Ich kannte all die Geschichten über Hockser genau und wusste, dass ich nach einem Blick in seine Augen ein toter Mann wäre.

»Ich verrate dir, was du um jeden Preis wissen willst!«

Ich blieb neben Corvus' Leiche stehen, öffnete seine Tasche und zog die Kette heraus. Sie würde mir in diesem Fall bessere Dienste leisten als das Schwert, denn der Engelssegen würde vielleicht nicht tun, was ich von ihm verlangte. Als der Hockser diese neue Waffe in meinen Händen sah, jaulte er auf.

»Ich habe ein Buch«, ratterte er dann weiter. »Das kannst du haben. Wenn du mich nicht tötest!«

Mit zitternden Händen zog er ein kleines, weiß eingebundenes Buch aus dem Hemdausschnitt. Darauf prangte sein Blut.

»Nimm es und geh weg! Wenn ich wieder zu Kräften komme, bist du längst über alle Berge! Tu mir nur diesen winzigen Gefallen! Ich bin doch kein Feind der Seelenfänger! Und das Buch macht dich zu einem mächtigen Mann! Zum allermächtigsten! Du brauchst es bloß zu lesen!«

Ich hob das Buch auf und steckte es hinter meinen Gürtel.

»Sind wir im Geschäft?«, fragte der Hockser, der noch immer begierig versuchte meinen Blick aufzuschnappen.

Statt ihm zu antworten, ließ ich die Kette über meinem Kopf kreisen und gab ihr etwas Spiel. Der spitze, z-artige Haken bohrte sich mit einem schmatzenden Geräusch in den Hockser, bis er hinter einer Rippe Halt fand. Ohne auf sein Gekeife zu achten, drehte ich mich um, legte mir die Kette über die Schulter und zog den Hockser wie ein Treidler sein Schiff zur Scheune.

Selbst als ich ihn neben den Kreis mit dem immer noch tobenden Dämon darin packte, schrie er noch. Und da der Dämon genau wusste, was der Hockser noch nicht wusste, bekam ich ein zweistimmiges Gezeter zu hören.

»Nein!«, jammerte der Dämon. »Nicht! Lass mich frei, du widerwärtiger Fleischbrocken!«

»Macht!«, keifte der Hockser. »Unsterblichkeit! Was willst du? Ich geb dir alles! Alles gebe ich dir! Aber lass mich nicht mit dem allein! Sei barmherzig, Seelenfänger!«

Ich riss die Kette mit einem Ruck zu mir, damit der Haken sich seinen Weg aus dem Körper des Hocksers herausbahnte. Dieser Widerling war nun glücklicherweise so schwach, dass ich keine Mühe hatte, ihn mit meinem Gürtel an einen der Holzpfeiler zu fesseln.

»Du bekommst ein Autodafé, Hockser! Mehr Barmherzigkeit hast du von mir nicht zu erwarten!«

Ich verließ die Scheune, schloss die Tür hinter mir und legte die Riegel vor, rüttelte aber trotzdem noch einmal vorsichtshalber daran, um ganz sicher zu sein, dass der Hockser nie wieder herauskäme. Apostel verfolgte mein Tun mit billigendem Schweigen.

Neben ihm stand Scheuch, der vor Genugtuung strahlte. Er

schien sich bestens zu unterhalten und begeisterte sich vor allem für meinen Umgang mit der Kette.

In der Scheune schrie der Hockser wie am Spieß. Natürlich war er nicht auf seinen Tod erpicht. Da war selbst dieser Widerling genau wie alle anderen Menschen.

Wie flinke kleine Eidechsen huschten die Flammen über die Wände, wie wütende Löwen fauchten sie oben auf dem Dach. Ich trat ein paar Schritte zurück, um mich am Anblick der schillernden Farbpracht zu weiden. In letzter Sekunde fiel mir ein, dass ich etwas vergessen hatte. Ich rannte zu einem offenen Fenster und warf das weiß gebundene Buch ins Feuer.

5

Des Meisters Klinge

Als die Kutsche mal wieder förmlich über ein Loch sprang, wachte ich auf. Die Straße von Scandici befand sich in einem erbärmlichen Zustand. Die letzte Ausbesserung musste noch zu Zeiten der Ersten Stadtrepublik vorgenommen worden sein, als niemandem auch nur der Gedanke an einen Kaiser in den Sinn gekommen wäre. Mir war völlig schleierhaft, wieso noch immer sämtliche Räder auf den Achsen saßen. In Litavien klappte mir oft genug und in jeder Hinsicht des Wortes der Unterkiefer runter, wenn ich auf den Straßen durchgerüttelt wurde – aber diese war nur eine Stunde von Livetta entfernt, der Hauptstadt des Glaubens und einer der größten und schönsten Orte der zivilisierten Welt!

Ich war immer noch hundemüde, denn da das Geschüttel bereits in Antella, wo ich die Kutsche kurz nach Mitternacht bestiegen hatte, angefangen hatte, war ich weitgehend um meinen wohlverdienten Schlaf gebracht worden.

Das kalte Licht der Morgensonne fiel auf die Felder der schönen Provinz Toverda mit all den Bauern, die ihr Tagewerk bereits aufgenommen hatten, sowie den Zypressen, Platanen und Weinstöcken.

Der Morgen war erstaunlich kühl für die Jahreszeit. Im Juli

sengte in Litavien die Sonne in der Regel derart stark, dass der Landstrich häufig unter Dürre litt. In diesem Sommer schien das Wetter jedoch einiges wiedergutmachen zu wollen. Die Bauern dankten Gott für den wunderbaren Regen, der die Saat gedeihen ließ und für angenehm kühle Luft sorgte.

Von Apostel abgesehen hatte ich die Kutsche für mich allein, denn die beiden anderen Mitreisenden waren für eine weitaus geringere Summe oben auf dem Dach mitgefahren. Um auch diese noch zu sparen, waren sie tief in der Nacht bei einem kleinen Dorf abgesprungen und hatten sich schnell verdrückt, das wilde Gefluche des Kutschers im Nacken.

»Was meinst du?«, fragte Apostel mich nun. »Ob wir in Livetta schon erwartet werden?«

»Zumindest auf einen von uns wartet mit Sicherheit jemand«, antwortete ich, während ich mir den steifen Nacken rieb. »Und das schon seit geraumer Zeit. Ohne diese Geschichte mit dem elenden Hockser wäre ich längst in Livetta. Wahrscheinlich hat Gertrude schon einen Suchtrupp nach mir ausgeschickt.«

»Nun bild dir mal nichts ein! Als ob die werte Dame nichts Besseres zu tun hätte, als tagein, tagaus am Fenster zu stehen und voller Sehnsucht nach dir Ausschau zu halten!«

Bei diesen Worten brach ich in schallendes Gelächter aus.

»Was bitte habe ich so Komisches gesagt?«, brummte Apostel.

»Voller Sehnsucht also, ja?«

»Sicher! Schließlich liebt ihr euch und wollt gern beieinander sein!«

»Hat Scheuch dir das eingeredet?«

»Scheuch bringt bekanntlich kein Wort über die Lippen. Im Übrigen frage ich mich, ob du andeuten willst, dem sei nicht so?«

»Gertrude und ich kennen uns inzwischen seit fünfzehn Jahren«, antwortete ich gelassen. »Wenn wir wirklich zusammen sein wollten, dann wären wir das auch. So wie Shuco und Rosa es waren. Aber du wirst dich vielleicht erinnern, wie unser letztes Zusammensein geendet hat … Nach drei Monaten hätten wir uns beinah gegenseitig den Hals umgedreht.«

»Die Liebe ist und bleibt nun einmal ein seltsames Spiel.«

»Du musst es ja wissen«, murmelte ich. »Bei allem, was uns verbindet, ziehen wir es jedoch vor, von Freundschaft zu sprechen.«

»Und diese Freundschaft lässt euch dann bei jeder Begegnung geradenwegs im Bett landen?!«

»Nur mit einem echten Freund kann man auch das Bett teilen!«

»Was für ein Schandmaul!«, spie Apostel aus. »Wenn ich dich nicht besser kennen würde, könnte ich ja meinen …«

Er ließ den Satz unvollendet.

»Glaub mir«, fuhr ich grinsend fort, »mit niemandem verbindet mich eine solch tiefe Freundschaft wie mit Gertrude.«

»Und was ist mit Wilhelm?«

»Er ist natürlich auch mein Freund«, gab ich zu. »Aber kein so enger.«

»Klar – weil er dir keine Ringe schenkt!«, giftete er. »Nebenbei bemerkt: Mir ist natürlich nicht entgangen, dass du unterwegs in all diesen wunderbaren Herbergen und möblierten Zimmern bisweilen Damen empfängst, darunter auch höchst liebreizende. Nur bleibst du nicht bei denen. Früher oder später kehrst du immer wieder zu deiner Hexe zurück.«

»Was glaubst du denn, weshalb sie eine Hexe ist?«

Die Kutsche blieb stehen. Ein korpulenter Mann im Mantel eines Händlers stieg ein, nahm mir gegenüber Platz und erkor mich auf der Stelle zu seinem dankbaren Zuhörer. Apostel verdrehte bei dem nicht enden wollenden Wortschwall bloß die Augen. In seine Rede flocht der Mann unablässig Ausdrücke aus dem Litavischen ein, das außer in Litavien selbst auch in Cavarzere und der Pholotischen Republik gesprochen wurde.

Der Kaufmann schwadronierte irgendwas von den Olivbergen, die sich westlich von Livetta bis zur Straße von Avia hinzögen. Dieser Weg sei ja noch unter dem ersten Kaiser angelegt worden, verlaufe durch das ganze Land und so weiter und so fort.

»Der Teufel muss mich geritten haben, Messere, meine Waren über diese vermaledeite Straße zu schaffen, noch dazu in den Abendstunden. Schon meine alte Großmutter – möge ihre Seele in den Gärten des Paradieses Frieden gefunden haben! – hat immer Irrlichter in den Olivbergen gesehen. Da soll es ja sogar einen direkten Zugang zur Hölle geben. Durch einen alten Brunnen, der in irgendeinem gottverdammten Tal liegt. Das muss man sich mal vorstellen: Nur einen Steinwurf vom Heiligen Stuhl und dem Grab des Petrus entfernt feixt sich der Teufel eins!«

Es folgte – haarklein, versteht sich – die Geschichte seines Abenteuers: Er hatte drei Begleitsoldaten angeheuert, um Neuhorter Pelze »vom Feinsten!« von der Küste durch die Wälder zu bringen. Unterwegs war er von gespenstischen Blutsaugern überfallen worden, die furchtbar geheult und mit nicht allzu frischen menschlichen Überresten gefuchtelt hätten. Beim Anblick dieser grauenvollen Kreaturen hätten die Söldner selbstverständlich Fersengeld gegeben. Hals über Kopf hätten sie sich in die Flucht gestürzt! Die Waffen hatten sie fallen lassen, den Namen der Heiligen Jungfrau Maria dafür aber um so lauter im Munde geführt! Trotzdem war der korpulente Kaufmann schneller als seine Begleiter und erreichte mit großem Vorsprung als Erster das Fastnachtstor der Stadt Livetta.

»Mich aber, Messere, trieb nicht die Furcht vorwärts! O nein! Ich wollte meine Ware schützen! Wollte Soldaten und den Prälaten aus der Kirche der Heiligen Clara am Wege zusammentrommeln, die direkt beim Stadttor liegt. Aber die Soldaten, diese käuflichen Taugenichtse – mögen sie alle innerlich verdorren und von der Progancer Krankheit heimgesucht werden! – haben mir doch allen Ernstes gesagt, sie würden nachts keinen Fuß vor die Stadtmauern setzen! Und der Prälat – dieser Nichtsnutz, der seinesgleichen sucht – war überhaupt nicht zu Hause, sondern hat sich irgendwo rumgetrieben. Als ich am Morgen zum Ort des Geschehens zurückkehrte, fand ich natürlich nur noch den leeren Wagen vor. Von den Pferden und meiner Ware keine Spur! Stellt Euch doch nur einmal meinen Verlust vor! Die Händlergilde verlangt ihren Anteil, schließlich hatte ich einen Platz auf ihrem Schiff gekauft! Und wenn es um Geld geht, sind sie wie die Ungläubigen aus Chagzhid, da nehmen sie es von den Lebendigen!«

»Der will uns wohl weismachen, er sei das reinste Unschuldslamm«, giftete Apostel. »Als ob Gespenster irgendwelche Pelze bräuchten! Da pfeifen die doch drauf, selbst wenn es die feinsten aus ganz Neuhort sind!«

»Glaubt mir, Messere, diese Gespenster muss der Teufel selbst geschickt haben! Dieser Hundesohn!«, polterte der Kaufmann weiter. »Dieser durchtriebene Satansbraten! Aber wozu braucht dieses verfaulte Stück Pelze?! Will er die Kirche ärgern?! Will er vor dem Heiligen Stuhl mit seinem nackten Hintern herumwackeln?!«

»Was hat der Heilige Stuhl damit zu tun?«, wollte ich wissen.

»Na, die Pelze waren doch für ihn! Die verehrten Kirchenmänner wissen Ware aus Neuhort zu schätzen, vor allem in der kalten Jahreszeit, wenn es in den Palästen in Riapano zieht wie Hechtsuppe. Die geschätzten Herren zahlen mir dafür harte Florins. Da können in Neuhort noch so freche Ketzer leben, da können die Menschen dort noch so sehr auf unseren Heiligen Vater – möge er allen guten Christenmenschen Frieden und Wohlergehen bringen! – pfeifen, die Kirche kauft mir meine Pelze gern ab. Aber was mache ich Narr?! Ich fliehe vor ein paar Gespenstern, statt dass ich ihnen tapfer mit Kreuz und Gebet entgegentrete!«

Er lamentierte weiter und weiter, obwohl ich längst nicht mehr zuhörte und sogar einige Minuten einschlummerte. Als ich wieder aufwachte, hatten wir die Mühlenstraße bereits erreicht. Sie führte zum nördlichen Stadttor, das in der Nähe der Adelspaläste aus der Zeit Kaiser Alexanders lag. Heute war dieses Viertel jedoch völlig verfallen und bestand im Grunde nur noch aus Bergen wunderbaren Marmors. Von ihm gab es allerdings so viel, dass die Bauern daraus ihre Ziegenställe, die um Livetta herum stationierten Soldaten ihre Kasernen erbauten.

Es herrschte reger Verkehr. Karren, Kutschen, Reiter und Menschen zu Fuß verstopften die Straße. Unser Kutscher fluchte lauthals, weil wir kaum noch vorankamen – und das ausgerechnet auf den letzten fünfzehn Minuten vor dem Ziel.

Der Kaufmann kam nun vom Geschimpfe auf den vermaledeiten Teufel, der ihn um seine Ware gebracht hatte, zum frischgebackenen Heiligen Vater, der den Namen Adrian V. angenommen hatte. Dessen erste Christenpflicht sei es nämlich, doch bitte in höchsteigener Person zu den Olivbergen zu wandern und dort kraft seines Amtes als Gottes Stellvertreter auf Erden alle Teufelsbrut außer Landes zu jagen.

Kurz nachdem ich das Herzogtum Udallen verlassen hatte – zwei Tage vor dem Gedenktag des Heiligen Antonius Mitte Juni –, war das Konklave endlich zu einer Einigung gelangt. Bis zuletzt hatte ich nicht daran geglaubt, dass Gertrudes Onkel sich wirklich würde durchsetzen können. Doch am Ende war tatsächlich er es, dem man den Ring des Fischers über den Finger streifte und die Tiara auf den Kopf setzte.

»Wie kann man nur einen Mann auf den Heiligen Stuhl setzen, dessen Großnichte eine echte Hexe ist?!«, hatte Apostel geätzt und die Hände zum Himmel gereckt. »Empörend ist das Mindeste, was es dazu zu sagen gibt!«

»Was glaubst du denn, wie viele Menschen überhaupt wissen, dass Gertrude mit ihm verwandt ist? Oder wird das neuerdings an jeder Straßenecke verkündet?«

»Das wird schon noch geschehen!«

»Der Mann war Kardinal in Barburg, und alle Welt weiß, dass man getauften Hexen dort recht wohlwollend gegenübersteht! Und sogar die bisherigen Pontifexe haben diesen Frauen das Recht zugestanden, ihre Magie auszuüben, sofern sie das Kruzifix bei sich tragen und gegen diejenigen vorgehen, die dem wahren Glauben und allen guten Christenmenschen schaden. Selbst die heilige Inquisition ist toleranter als du.«

»Dieses *tolerant* klingt äußerst beleidigend, Ludwig. Könntest du mir vielleicht genauer erklären, was du darunter verstehst?«

»Darunter verstehe ich, dass die Herren Inquisitoren und alle anderen Kirchenleute durchaus mit einer getauften Hexe zusammenarbeiten können. Das gilt übrigens schon seit sechshundert Jahren, seit einige Hexen Pius I. vor Nekromanten gerettet haben, die seine Sommerresidenz gestürmt haben. Nicht alle Kirchenleute tragen so große Scheuklappen wie du, mein Freund, sondern wissen sehr wohl, wo man Verbündete suchen muss und wie man sich seinen Vorteil sichert.«

Trotzdem hatte sich Apostel noch tagelang mit der Frage beschäftigt, welche Sünden wohl die anderen Kandidaten für den Heiligen Stuhl auf sich geladen haben mussten, wenn jemand mit einer Hexe in der Verwandtschaft zum Pontifex gewählt wurde. Mich brachte das keineswegs auf, und zwar nicht nur aus den Gründen, die ich Apostel unter die Nase gerieben hatte. Nein, das war hohe Politik, und von der ließ ich grundsätzlich die Finger. Was in Riapano, dieser Stadt mitten in der Stadt, vor sich ging, begriff nur, wer dort lebte. Selbst Gertrude, die fast jede Intrige durchschaute und in der großen Politik zu Hause war, musste passen, wenn es um Entscheidungen derjenigen ging, die in unserer Welt eigentlich das Sagen hatten, wie auch immer die weltlichen Fürsten, Herzöge und Könige das sehen mochten …

Der Pelzhändler war unterdessen schon beim nächsten Thema angelangt, nur um jetzt völlig unvermittelt zu seinen geliebten Gespenstern zurückzukehren und mich in das Geheimnis einzuweihen, dass eben heute, an diesem Mittwoch, der stellvertretende Bürgermeister des Viertels, zu dem das Fastnachtstor gehörte, wo diese nichtsnutzigen und feigen Soldaten ihren Dienst versahen, Beschwerden entgegennahm. In seiner erstaunlichen Einfalt hoffte der Mann allen Ernstes darauf, die Stadt Livetta würde ihm seine Verluste ersetzen, denn schließlich »trifft sie eine enorme Schuld an der Angelegenheit und ihre Kassen sind voll, das weiß jeder, die hohen Herren halten ja schließlich nur zu gern die Hand auf. In dieser Hinsicht stehen sie jenen Blutsaugern, die nachts durch die Gegend flattern, in nichts nach.«

»Wenn der das dem stellvertretenden Bürgermeister an den Kopf knallt, wirft dieser ihn achtkantig raus«, versicherte Apostel, dieser unschätzbare Kenner der menschlichen Seele. »Dann kann er noch froh sein, wenn er nicht im Kerker landet.«

Obwohl ich das unablässige Genörgel meines Reisegefährten – das jeden anderen an meiner Stelle längst in den Wahnsinn getrieben hätte – recht gelassen ertrug, war ich froh, als die Kutsche durch das Nordtor in die Stadt einfuhr, auf dem Fizzi-Platz anhielt und wir endlich aussteigen konnten.

»Derherrseigepriesendaswärgeschafft«, ratterte Apostel los. »Wir sollten uns endlich eine eigene Kutsche zulegen, Ludwig, sonst müssen wir bis ans Ende unserer Tage mit irgendwelchen Schwatzschnäbeln durch die Gegend ziehen, uns die Märchen von Söldnern oder das Gejammer irgendwelcher Kretins anhören. Deshalb nimm dir meine Worte zu Herzen, ich verstärke sie sogar, indem ich im Namen des Herrn bitte, und kaufe endlich eine Kutsche, damit wir fürderhin in wohlverdienter Ruhe reisen können.«

»Ich kann mich beherrschen, mir etwas zuzulegen, das ich partout nicht brauche«, sagte ich – woraufhin mich der Pelzhändler völlig verständnislos anstierte.

Ohne ihn eines Blickes zu würdigen, sprang ich noch vor ihm aus dem Wagen, schob mir Corvus' in Tuch gewickeltes Schwert auf den Rücken und zog unter dem Sitz meine schwere Reisetasche hervor.

»Das solltest du dir noch einmal reiflich überlegen«, beharrte Apostel auf seiner Sicht der Dinge. »Und wie sich Scheuch erst freuen würde! Bestimmt gibt er sich als Kutscher für dich her! Erinnerst du dich noch, wie geschickt er die Pferdchen damals nach dem Hexenball gelenkt hat?«

Als Scheuch, der auf dem Bock neben dem Kutscher saß, das hörte, nahm er sofort Haltung an und hätte durchaus als forscher, wenn auch schlachtengebeutelter Kämpe durchgehen können.

»Sieh ihn dir doch nur an!«, kam Apostel immer mehr in Fahrt. »Was mich allerdings wundert, ist, wie er so aufrecht dasitzen kann, wo wir doch gerade in die heilige Stadt eingefahren sind …«

Mich wunderte das weniger. Ein dunkler Animatus war schließlich keine dunkle Seele, seine Natur war von gänzlich anderer Art. Scheuch nahm ja nicht einmal Reißaus, wenn Glocken in voller Lautstärke losbimmelten. Davon hatte ich mich bereits selbst überzeugen können.

»Herr im Himmel!«, stieß Apostel nun aus, ging ihm offenbar doch endlich auf, dass wir unser Ziel erreicht hatten. »Wir sind tatsächlich in Livetta, Ludwig! In Livetta!«

Ich wechselte einen Blick mit Scheuch, der jedoch bloß gelangweilt die Achseln zuckte und beim Anblick unseres guten alten Apostels, der juchzte und hüpfte und sich bekreuzigte, bloß einen Finger an die Schläfe legte und ihn hin und her drehte, was eben so beredt war, als hätte er mir des Langen und Breiten dargelegt, dass der Dritte in unserem Bunde nicht mehr alle Tassen im Schrank hatte.

»Die heilige Stadt, Ludwig! Die Heimat der größten Kaiser, das Königreich und die feste Burg des Glaubens, der Ort, an dem Petrus, Paulus, Lukas und etliche andere Heilige waren. Diese Steine erinnern sich noch an sie! Und all die Reliquien, die es hier gibt! Niemals hätte ich mir träumen lassen, dass ich einst die bedeutendste aller Städte sehen würde! Zu schade, dass ich dafür erst sterben musste. Jetzt werd ich erst mal zur Petruskirche eilen!«

»Die ist noch nicht fertig.«

»Was spielt denn das für eine Rolle! Da sind die Gräber der Heiligen – und vor denen möchte ich mich verneigen.«

»Jetzt gleich?«, fragte ich. »Wir haben schließlich noch Verschiedenes zu erledigen.«

»*Du* hast noch Verschiedenes zu erledigen. Aber ich, ein gläubiger Christenmensch, werde nun durch jene Straßen schlendern, durch die schon so viele große Menschen gewandelt sind, die Wissen in diese Welt gebracht haben, wie Blumen, die ihren Blütenstaub über die Wiese tragen.«

Eigentlich waren es zwar die Bienen, die den Blütenstaub über die Wiese trugen, aber gut.

»Folge dieser Straße«, erklärte ich Apostel, »dann kommst du an eine Kreuzung. Dort biegst du links ab und überquerst den Platz. Halte dich immer rechts, bis du zum Fluss kommst. Da brauchst du nur noch über die Engelschutzbrücke, danach würde selbst ein Blinder die Petruskirche finden. Wir sehen uns dann später.«

»Ich komme erst zurück, wenn ich einhunderttausendmal ein *Confiteor* gebetet habe, um für all deine Sünden um Vergebung zu bitten.«

Mitunter erstaunte mein guter alter Gotteslästerer selbst mich. Was für Ausbrüche!

Er raffte seine Soutane und preschte im Galopp davon. Scheuch sah mich bloß tadelnd an. Wenn es nach ihm gegangen wäre, hätte ich Apostel unbedingt mit einer falschen Wegbeschreibung losschicken sollen ...

Obwohl ich das letzte Mal vor über zehn Jahren in Livetta gewesen war, erinnerte ich mich noch gut an sämtliche Straßen, sodass ich mich nicht verlief. Die Stadt war in ihrer tausendjährigen Geschichte derart angewachsen, dass die einstige Mauer längst nicht mehr alle Teile erfasste. Nur in wenigen Vierteln – vor allem in den ältesten, die noch zur Blütezeit des Kaiserreichs entstanden waren – stand sie noch. Feinde brauchte sie jedoch nicht mehr abzuhalten. Man führte zwar auch in Litavien häufig genug Krieg, doch verschonte man dabei stets die Hauptstadt.

Denn die Kaisermauer, das Mondkastell, die Burg des Verkündigungsengels, die Befestigungen von Riapano und die Augustzitadelle, die noch immer das Bild der Stadt prägten, waren in ihrer Schutzfunktion von zwei anderen Festen abgelöst worden: vom Glauben und der Macht der Kirche. Und die Kirche sah es nicht gern, wenn jemand mit einer Waffe in ihre Stadt kam.

Die Zweigstelle von *Fabien Clement & Söhne* war in einem Haus untergebracht, das im Viertel der Gerechten lag. Selbst nach all den Jahren erkannte man mich wieder. Zwei Diener in schmucken Livreen, jedoch mit äußerst breiten Schultern und einem Gesicht voller Narben, verbeugten sich ehrerbietig vor mir.

»Guten Tag, Herr van Normayenn!«, begrüßte mich der eine von ihnen. »Uns wurde bereits angekündigt, dass Ihr zu uns kommt. Wenn Ihr gestattet, bringe ich Euch hinein.«

Scheuch, der mich zum ersten Mal zu *Fabien Clement & Söhne* begleitete, riss den Kopf neugierig von einer Seite zur anderen und verschwand dann in einem Nebenraum. Apostel hatte ihm immer wieder vorgesäuselt, wie viel Gold es in den Kellern jeder einzelnen Vertretung dieses Hauses gebe. Offenbar wollte er diese Worte nun einmal auf ihren Wahrheitsgehalt hin überprüfen.

Hinter dem Ladentisch erwartete mich ein durch und durch unauffälliger Mann mit trübem Blick. Neben ihm schwirrte sein Gehilfe herum. Sobald der Mann mich sah, wandte er sich kurz an den jungen Burschen. Dieser nickte ernst und verschwand.

»Herr van Normayenn«, richtete er das Wort dann an mich. »Mein Kollege wird nun diejenigen in Kenntnis setzen, die schon seit Langem auf Euch warten. Es dürfte ein Weilchen dauern, bis sie eintreffen. Wenn Ihr es Euch also einstweilen bequem machen wollt … Darf ich Euch vielleicht einen Weinbrand aus Narara anbieten? Oder etwas anderes?«

»Für einen Weinbrand ist es noch ein wenig früh am Tage, aber zu einem erfrischenden Getränk würde ich nicht Nein sagen.«

»Wäre euch ein mit Früchten versetzter Wein aus Narara genehm?«

»Durchaus.«

Auf einen entsprechenden Blick des Mannes verschwand auch der Diener, um mir meinen Wunsch zu erfüllen.

»Ich möchte Euch gern mitteilen, dass jenes Päckchen, das

Ihr vor einigen Wochen abgeschickt habt, seinen Bestimmungsort mittlerweile erreicht hat.«

Also hatte Miriam ihr Buch bekommen. Wunderbar. Ich wünschte, Rance wüsste noch davon …

»Zudem wartet auch auf Euch ein Päckchen. Ich werde es gleich holen.«

Der Mann ging hinaus und kehrte mit einem schmalen, gut verschnürten Bündel zurück.

»Bitte sehr.«

»Habt Dank«, erwiderte ich, als ich das Päckchen in meiner Tasche verstaute. »Könnte ich vielleicht noch um etwas Geld von meinem Konto bitten?«

»Aber gern. Welche Summe darf es sein?«

»Fünf litavische Florins.«

»Wartet kurz, ich hole das Geld.«

Er verschwand hinter einem Samtvorhang. Noch in derselben Sekunde tauchte der Diener wieder auf und stellte ein Tablett mit einer Karaffe, einem Becher und einigen Happen zu essen auf dem Tisch ab. In der Karaffe funkelte mit Orangen, Zitronenscheiben und Äpfeln angereicherter Rotwein. Dieses Erfrischungsgetränk war mir zwar höchst willkommen, dennoch sprach ich ihm bloß in Maßen zu. Es trank sich sehr leicht, zeigte aber im Nu Wirkung, sodass man sich schnell auf dem Boden unterm Tisch wiederfand.

Als der Geldverleiher von *Fabien Clement & Söhne* wiederkam, hatte er Scheuch im Schlepptau. Mein Animatus dürfte damit einer der wenigen sein, die eines der bestgehüteten Geheimnisse dieser Welt kannten: den Ort in einer Filiale, an dem das Haus das Geld aufbewahrte. Scheuch nahm auf dem Fensterbrett Platz, wobei er fast einen Blumentopf heruntergerissen hätte, und beobachtete, wie der Mann mir das Geld abzählte.

»Das sind zehn Dukaten, sie entsprechen fünf litavischen Florins. Ich hoffe, Ihr seid mit dieser Art der Auszahlung einverstanden?«

»Sie ist sogar noch besser.«

»Wenn Ihr mir dann bitte Eure Hand reichen würdet«,

fuhr er fort, während er den Betrag in ein dickes Buch eintrug.

Sobald er mein Handgelenk mit einem Weidenzweig berührte, veränderten sich die Zahlen, die nur er und seine Kollegen erkennen konnten.

»Wenn mich nicht alles täuscht, wart Ihr in den letzten zwölf Jahren nicht bei uns.«

»Und dennoch habt Ihr mich wiedererkannt.«

»Man legt bei uns Wert auf Menschen mit einem guten Gedächtnis«, erklärte er lächelnd. »Kann ich sonst noch etwas für Euch tun?«

»Nein, vielen Dank!«

»Dann genießt Euer Getränk und macht es Euch bequem, bis man Euch abholt.«

Das war vierzig Minuten später der Fall. Da hatte Scheuch es längst aufgegeben, gegen die Versuchung anzukämpfen, die Schärfe seiner Sichel an einer Blume zu erproben.

Der Mann in Diensten Seiner Heiligkeit stand im Rang eines Leutnants. An seiner schwarzen Jacke funkelten silberne Knöpfe, in seinen Degen war das Siegel Riapanos eingraviert. Genau wie ich stammte er aus Albaland, denn nur mein Volk genoss das Vorrecht, den Heiligen Stuhl verteidigen zu dürfen. Der helläugige Gardist tippte zur Begrüßung mit dem Finger an den Zweispitz mit lilafarbener Feder.

»Herr van Normayenn«, sagte er. »Ich bin Marc van Lauth, Leutnant des Dritten Turms von Riapano. Ich soll Euch in die heilige Stadt bringen, wo man Euch zu einer Audienz zu empfangen wünscht. Dürfte ich noch einen Blick auf Euren Dolch werfen, bevor wir aufbrechen?«

»Aber gern, Leutnant van Lauth«, erwiderte ich in meiner Muttersprache und hielt ihm die Klinge hin.

Er nahm sie an sich und musterte sie eingehend. Seine besondere Aufmerksamkeit galt dem Sternsaphir am Griff.

»Es ist alles in Ordnung«, teilte er mir mit, als er mir den Dolch wieder aushändigte. »Es freut mich, einem Landsmann zu begegnen. Wie stehen die Dinge in Ardenau?«

»Ich bin leider schon seit zwei Jahren nicht mehr in der Stadt gewesen.«

»Bei mir sind es fünf.« Daraufhin wandte er sich noch einmal an den Geldverleiher. »Habt Dank für Eure Unterstützung in dieser Angeleinheit.«

»Es ist *Fabien Clement & Söhne* stets ein Vergnügen, Euch behilflich zu sein, Herr«, versicherte er, ehe er sich zurückzog.

Auf der Straße warteten vier berittene Gardisten auf uns. Neben ihnen standen zwei weitere gesattelte Pferde. Das eine Tier gehörte dem Leutnant, das andere war für mich bestimmt.

»Ich weiß gar nicht mehr, wann ich zuletzt so viele Albaländer gesehen habe«, gestand ich. »Und ich hätte nie gedacht, mich einmal derart darüber zu freuen.«

»In Riapano leben insgesamt vierhundert unserer Landsleute, Herr van Normayenn«, teilte van Lauth mir freundlich mit.

Insgesamt überraschte mich diese Ehrengarde doch ein wenig. Warum handhabte man meinen Besuch derart offiziell? Aber gut, beschweren wollte ich mich nicht. Wir kämpften uns durch die Straßen, in denen es von Menschen nur so wimmelte. Trotzdem kamen wir recht schnell voran. Die lilafarbene Feder am Zweispitz schlug uns gleichsam eine Bresche. Augenscheinlich schätzte man die Garde des Heiligen Vaters in Livetta.

Scheuch trottete in der festen Absicht neben mir her, nach Riapano vorzudringen, um sich einmal mit eigenen Augen anzusehen, wie das Oberhaupt der Kirche so lebte.

An zahlreichen Häusern waren Fahnen gehisst, auf den Balkonen erfreuten Blumen den Blick mit ihrer Farbenpracht. Für all die Aufregung gab es einen schlichten Grund: Die Stadt feierte ihren Schutzheiligen – und das nun schon seit über einer Woche.

»Es leben die Bianchi!«, rief die in weiße Gewänder gehüllte Menschenmenge immer wieder. »Ein Hoch auf San Spirito!«

In der Di-Prosero-Straße versperrte uns ein Wagen mit gebrannten Ziegeln, der langsam zum schönsten Bau unserer Zeit – der Petruskirche – zuckelte, den Weg.

»Wir müssen die Gerberstraße nehmen«, teilte der Leutnant einem seiner Soldaten mit. Dieser nickte mürrisch.

»Ihr Hundekinder!«, keifte in dieser Straße eine verrückte Alte. »Christus habt ihr verkauft! Vergessen habt ihr, dass der Antichrist nicht schläft! Statt zu beten und zu fasten und auf diese Weise gegen den Teufel zu kämpfen, verlustiert ihr euch! Aber passt bloß auf, die Apokalypse naht!«

Dieses wüste Zeug schrie sie jedem ins Gesicht, der ihr zu nahe kam. Ihre Schulter war zertrümmert, die Rippen hatten die Begegnung mit einem Wagenrad nicht überstanden. Natürlich antwortete ihr niemand. Denn niemand hörte sie. Und niemand sah sie.

Als sie sich auf uns stürzte, setzte sie uns von ihrem Wunsch in Kenntnis, wir mögen doch vom göttlichen Blitz getroffen werden und aus dem Sattel fallen. Dann aber bemerkte sie meinen Dolch.

»Der dreckige Diener des Teufels ist bereits unter uns!«, wetterte sie noch, ehe sie rasch in der Menge verschwand. Zurückgeworfen von den Fassaden in dieser engen Gasse, klang mir ihr Gekeife allerdings noch eine volle Minute in den Ohren.

Scheuch legte mal wieder den Zeigefinger an die Schläfe, um mir zu verstehen zu geben, was er von der Alten hielt. Diese Geste musste ihm zu gut gefallen. Da es sich bei der Keiferin jedoch um eine lichte Seele handelte, hatte ich kein Recht ihr zu folgen oder sie zum Schweigen zu bringen.

Die breite Brücke über den Iberio verband zwei Teile der Stadt miteinander. Von ihr aus waren bereits die runde Burg des Verkündigungsengels und die hellbraunen Mauern Riapanos zu erkennen. An sie grenzten Tannen, die schon zur Zeit der ersten Kreuzzüge hier gestanden hatten. Über ihren Gipfeln ragten die quadratischen Wachttürme der Garde auf, deren weiß-goldene Flaggen im Wind knatterten. Rechter Hand waren auf dem Gelände des einstigen Circus die Arbeiten zu jenem gewaltigen Werk im Gange, das alle Gemüter erregte.

An der Petruskirche baute man nun schon seit dreihundert Jahren. Sie sollte die alte Kirche über dem Grab Petrus' ersetzen, die während eines Erdbebens zerstört worden war. Gemeinhin gut unterrichtete Menschen versicherten, allein der Bau der Mauern und der Türme würde noch zweihundert Jahre in Anspruch nehmen, doch all diejenigen, die das vollendete Werk in seiner unübertrefflichen Größe schauen würden, dürften sich schon jetzt glücklich preisen. Bislang waren vier hoch über der Stadt aufragende Glockentürme, das Mittelschiff und die Grotten des Heiligen Vaters fertig. Bei Letzteren handelte es sich um unterirdische Anlagen, die über ebenjenen Gräbern lagen, in denen zusammen mit früheren Pontifexen auch Petrus bestattet worden war. Ja, sein Grab galt sozusagen als Grundstein dieses Prachtbaus.

In den zwölf Jahren, in denen mich meine Wege nicht nach Livetta geführt hatten, war die Kirche tüchtig angewachsen. Mittlerweile war sie höher als jedes Bauwerk, das ich in meinem Leben bereits gesehen hatte. Die Arbeit ruhte nicht eine Minute, Tag und Nacht hämmerte und klopfte es hier. Aus der ganzen Welt flossen Gelder für diesen prächtigsten Bau in der Geschichte der Menschheit nach Livetta. Der verstorbene Heilige Vater hatte erklärt, dass alle, die vom schnöden Mammon für die edle Sache opfern, gerettet und erlöst werden, was angesichts der Tatsache, dass kaum jemand seine Hände in Unschuld wusch und noch seltener jemand gern in die Hölle wanderte, den Menschen durchaus die eine oder andere Münze entlockte. Und zwar Armen wie Reichen. Einer gab einen Kupferling, einer tausend pholotische Florins. So machte der Bau mit größtmöglicher Geschwindigkeit Fortschritte, auch wenn noch längst kein Ende in Sicht war.

Apostel und Gertrude hatten einmal zu überschlagen versucht, welche Summen, weitergeleitet durch *Fabien Clement & Söhne*, in den Taschen der Kirchenleute landeten und welcher Teil davon tatsächlich für die Bauarbeiten verwendet wurde, sie waren daran aber fulminant gescheitert.

»Hoch die Rossi!«, rief da eine weitere Menschenmenge, die am Ufer entlangzog, Trommeln schlug und rote Fahnen schwenkte. »Es lebe San Giovanni!«

»Findet gerade ein Quilcioturnier statt?«, erkundigte ich mich bei van Lauth.

»Ja. Gestern ist die vorletzte Spielrunde ausgetragen worden. Dabei hätten sich die Anhänger aus den beiden Stadtvierteln beinahe gegenseitig gelyncht. Morgen kommt es dann zur abschließenden Begegnung. Wenn Ihr mich fragt, ist das ein völlig kopfloses Spiel ohne jede Schönheit. Als ein Mann, der nicht aus dieser Gegend ist, werde ich nie begreifen, welche Schläge und Tritte bei den Raufereien erlaubt sind und welche nicht.«

Wir bogen in eine von Zypressen gesäumte Allee ein und ritten an einer kleinen Kirche des Malisserordens vorbei, die an die Nordmauer Riapanos anschloss. Schließlich gelangten wir zum Tor des Heiligen Michaels, also sozusagen zum Hintereingang, der weit vom prachtvollen Haupttor entfernt lag, aber trotzdem sorgsam bewacht wurde.

Am Tor standen neben den Gardisten aus Albaland zwei Caliquere Wache. Ein Kruzifix strahlte weithin sichtbar. Da ich kein Höllenvertreter war und keine Vorbehalte gegen den Glauben hegte, vermochte ich es mir aufmerksam anzusehen.

Das Artefakt war ohne Frage stark. Selbst ich bekam eine Gänsehaut. Scheuch taumelte zurück, als hätte man ihm eine saftige Ohrfeige verpasst, senkte dann aber bloß den Blick, zog den Hut tief in die Stirn und stapfte entschlossen weiter, vornübergebeugt, als kämpfte er gegen Windböen an. Und er schaffte es tatsächlich am Kreuz vorbei.

Aber gut, wundern tat mich das nicht. Animati, die frei durch die Gegend streifen konnten, hielt man nur auf, wenn man ihnen ein wirklich solides Hindernis in den Weg stellte. Zum Beispiel einen von Konstantins Kriegern. Oder wenn man sie mit der Klinge eines Seelenfängers attackierte. Man schlug sie nicht wie irgendein Teufelsgeschmeiß mit einem schlichten Kruzifix in die Flucht. Denn ein Animatus und ein Dämon mochten zwar beide dunkle Kreaturen sein, doch fürchteten sie sich vor unterschiedlichen Dingen.

Der Heilige Stuhl bekam gerade Waren geliefert. Der Kastellan hatte sich mit einem Buch bewaffnet und hakte ständig etwas ab. Seine Gehilfen trieb er unerbittlich an, doch bevor sie Säcke und Fässer wegschleppen konnten, mussten sie darauf warten, dass zwei Gardisten sie überprüften. Der Inhalt meiner Tasche wurde übrigens ebenfalls mit einem aufmerksamen Blick bedacht.

»Wir sind hier im Außenhof, dort drüben liegen die Lager, da hinten die Kasernen und dort die Waffenkammer.« Van Lauth deutete auf die jeweiligen Gebäude. »Dort seht Ihr die Gärten, den Westflügel und die innere Mauer. Bis zu ihr könnt Ihr ohne Begleitung, in den Haupthof dürft Ihr aber nicht allein. Habt Ihr noch Fragen?«

»Nein.«

»Dann sollten wir uns hier nicht länger aufhalten. Ihr werdet schließlich erwartet.«

Ich rückte den Riemen des Schwerts zurecht, der mir bereits in die Schulter schnitt, und folgte van Lauth über einen mit Fliesen ausgelegten Weg durch die schönen Gärten, in denen es nach chagzhidischer Myrrhe duftete. Wir kamen an Orangenbäumen und Zypressen vorbei, in deren Schatten eine Kapelle für den Heiligen Georg lag. Mein Blick wanderte über die Paläste von Riapano, von denen fast jeder schon gehört, die aber kaum jemand je zu Gesicht bekommen hatte.

Van Lauth führte mich über breite Marmortreppen und durch einige Säle mit hoher Gewölbedecke und Darstellungen biblischer Motive, die sich zu einem gewaltigen Gemälde fügten, in einen großen Raum, in dem zwei Männer auf mich warteten.

Der eine trug eine schlichte Soutane, ohne jeden Hinweis auf seinen Rang. Vater Mart. Er nickte mir mit einem offenen Lächeln zu. Ich begrüßte ihn ebenfalls mit einem freundlichen Nicken.

Den zweiten Mann wies das purpurne Zingulum, das seine Soutane gürtete, als Kaplan des Heiligen Vaters aus.

»Welch Freude, Messer van Normayenn«, ergriff er das Wort, »dass der Herr Eure Schritte endlich zu uns gelenkt hat.«

»Es ist nur zu verständlich, dass er uns nicht eher beehren

konnte, Vater Lucio«, bemerkte Mart müde. »Die Ereignisse in Vals sind uns schließlich allen nur zu gut bekannt.«

»Das sind sie. Das bedeutet indes nicht, dass ich alter Mann nicht ein wenig klagen und murren darf. Ihr habt uns etwas mitgebracht, Messere?«

Ich knüpfte das Gehänge auf und reichte Vater Mart das Schwert von Bruder Corvus. Der Inquisitor gab es an den Kaplan des Heiligen Vaters weiter, der sanft über den schlichten Griff strich.

»Der Abt des Klosters Dorch gan Toynn wird der Bruderschaft sehr dankbar sein für die Rückgabe dieses … dieses Gegenstandes«, sagte Lucio. »Aber soweit ich es begriffen habe, habt Ihr noch etwas für uns?«

Seine Augen blieben fragend auf meiner Tasche ruhen. Ich holte die in ein Tuch gewickelte Kette mit dem spitzen Haken aus blaugrauem Stahl heraus und hielt auch sie Vater Mart hin. Mit unverhohlener Ehrfurcht nahm er die Reliquie an sich.

»Der Hockser ist tot?«, wollte Vater Lucio wissen.

Warum stellte eigentlich er mir all diese Fragen, ein Kirchenmann, zu dessen Pflichten es sicher nicht gehörte, sich mit dunklen Zauberern zu befassen? Warum übernahm Vater Mart das nicht? Offenbar war ich in einer verkehrten Welt gelandet, in der sich ein Inquisitor in Schweigen hüllte und einem Kaplan unterordnete, obwohl er eigentlich weit über ihm stand …

»Ja, der Hockser ist tot.«

»Seid Ihr da ganz sicher?«

»Ja. Er ist verbrannt.«

»Das ist gut«, lobte Vater Mart. »Feuer ist das beste Mittel gegen Kreaturen wie ihn. Wer hat ihn getötet?«

»Bruder Corvus.« Ich wollte lieber nicht als Held und unerschrockener Kämpfer gegen das Böse dastehen. Weiß der Teufel, wozu das führen würde. Abgesehen davon war ja nicht auszuschließen, dass dieser Bursche irgendwelche rachsüchtigen Freunde besaß. »Leider wurde er im Kampf verletzt und ist an seinen Wunden gestorben. Dies gilt auch für zwei Angehörige des Ordens der Gerechtigkeit, die uns begleitet haben.«

»Sie haben ein gottgefälliges Werk vollbracht und ihre mutige Tat wird nicht in Vergessenheit geraten. Und Ihr, Messer van Normayenn, könnt wahrlich von Glück sagen, dass Ihr noch am Leben seid.«

»Der Hockser war sehr stark«, holte ich aus, und gegen meinen Willen schwang in meiner Stimme ein strenger Unterton mit. »Warum hat die Inquisition ihn nicht auch verfolgt, Vater Mart?«

»Drei Caliquere sind nicht zu unterschätzen, sie hätten die Aufgabe eigentlich bewältigen müssen. Aber ich kann Euch versichern, dass diejenigen, die die Entscheidung getroffen haben, auf Inquisitoren zu verzichten, bereits für diesen Fehler zur Rechenschaft gezogen wurden«, antwortete der Kaplan an Marts Stelle in nicht weniger strengem Ton. »Was ist mit dem persönlichen Besitz des Hocksers geschehen?«

»Er ist zusammen mit ihm verbrannt.«

»Auch das Buch? Denn er hatte doch ein Buch, aus dem er sein Wissen bezog, bei sich, nicht wahr?«

»Das habe ich eigenhändig ins Feuer geworfen.«

»Wie töricht!«, stieß Lucio enttäuscht aus. »Seht Ihr, Vater Mart, das geschieht, wenn die Inquisition sich nicht um alles selbst kümmert, sondern wichtige Angelegenheiten einem Menschen überlässt, der nicht der Kirche dient und von Gefühlen übermannt wird!«

»Die heilige Inquisition hätte nicht anders gehandelt, denn ihre Pflicht besteht darin, verbotene Bücher zu vernichten«, stellte sich Vater Mart zu meiner Überraschung auf meine Seite. »Deshalb kann ich das Tun des Herrn van Normayenn nur im Namen aller Inquisitoren billigen.«

»Ihr braucht mich nicht darüber zu belehren, was zu den Pflichten der Inquisition gehört!«, ereiferte sich Lucio. »Zumal all das nicht geschehen wäre, wenn Ihr ihnen nachgekommen wärt!«

Dieser Kaplan musste wirklich ein hohes Tier sein, wenn er es sich herausnehmen durfte, einen geachteten Inquisitor abzukanzeln wie einen Bauernlümmel.

»Wenn Ihr Euch beschweren wollt, wendet Euch an Kardinal Urban«, erwiderte Mart völlig gelassen. »Ich bin nur ein bescheidener Mann, der den Willen der Kirche ausführt.«

»Stellt Euer Licht nicht unter den Scheffel«, brummte Lucio. »Und wer bin denn ich, einen Kardinal zu behelligen? Doch ich bedaure den Verlust dieses Buchs, das will ich nicht leugnen. Mit ihm wurde ein einmaliger Text vernichtet, womöglich der letzte seiner Art. Sein Platz wäre mithin in den Archiven Riapanos gewesen, nicht in irgendwelchen Flammen.«

»In dieser Frage werden wir wohl nie einer Meinung sein, Vater Lucio, denn meiner Ansicht nach müssen verbotene und den Menschen sowie dem Glauben abträgliche Bücher vernichtet werden, bevor aus ihnen Böses erwächst.«

Scheuch, der das Gespräch mit feixender Miene verfolgte, gönnte sich an dieser Stelle das Vergnügen, nachdrücklich zu nicken.

»Das ist einzig Eure Jugend, die da aus Euch spricht. Kommt in mein Alter, dann werdet Ihr begreifen, dass jedes Schriftstück die Geschichte der Menschheit, der Wissenschaft und der Magie widerspiegelt und es deshalb verdient, aufbewahrt zu werden. Bücher treffen nicht die geringste Schuld an irgendeinem Übel. Es dürfen nur diejenigen keinen Zugang zu ihnen haben, deren Glaube an den Herrn nicht fest genug ist. Doch den Soldaten Christi könnten sich nach dem Studium dieser Texte neue Formen im Kampf gegen das Böse auftun. Es ist indes zu spät, Reue wegen des Verlusts zu empfinden.« Der Kaplan seufzte. »Verzeiht mir, Messer van Normayenn, dass Ihr ein unfreiwilliger Zeuge unserer kleinen Auseinandersetzung geworden seid. Vater Mart und ich vertreten leider häufig unterschiedliche Auffassungen, was jedoch in der Natur der Sache liegt. Lasst mich Euch nun aber im Namen von ganz Riapano danken, dass Ihr der Kirche zurückgebracht habt, was der Kirche gehört. Diese Reliquie und diese Waffe. Beides wird uns im Kampf gegen das Böse in Zukunft sicher noch oft gute Dienste leisten. Seine Heiligkeit ist ein viel beschäftigter Mann, deshalb kann er Euch nicht selber danken, doch bat er mich, dies in seinem

Namen zu tun und Euch ein Zeichen seiner Wertschätzung zu übergeben.«

Er zog eine Tischschublade auf und holte einen in Platin gefassten Ring mit einem länglichen dunkelblauen Saphir heraus.

»Richtet Seiner Heiligkeit bitte meinen Dank aus«, sagte ich, als ich den Ring an mich nahm.

»Gern. Und jetzt werde ich Euch Vater Mart anvertrauen, denn mich ruft die Pflicht.«

Damit war die Audienz beendet. Mart, Scheuch und ich verließen den Raum.

»Ihr werdet bald so viele Ringe von Kirchenfürsten haben wie ein General Orden«, witzelte der Inquisitor. »Allerdings habe ich bemerkt, dass Ihr das Geschenk von Kardinal Urban gar nicht tragt ...«

»Ich ziehe es vor, den Ring als Reliquie in einer der Zweigstellen von *Fabien Clement & Söhne* aufzubewahren. Es wäre doch zu schade, ein solches Stück zu verlieren.«

»Eine kluge Überlegung. Ich bedaure sehr, dass wir nicht länger miteinander plaudern können, doch auf mich wartet Arbeit. Der Krieg zwischen Tschergien und dem Olsker Königreich zieht zahlreiche dunkle Kreaturen an. Lasst mich Euch jedoch noch sagen, wie froh ich bin, dass Ihr an der Seite von Bruder Corvus wart«, gestand mir Mart. »Er war mein Freund, und wir haben häufig gemeinsam gegen die Ausgeburten der Hölle gekämpft. Auch wir Inquisitoren müssen uns dem Bösen oft stellen, ganz wie ihr Seelenfänger. Und wir sterben ebenso oft wie die Angehörigen der Bruderschaft.«

Was sollte ich darauf erwidern?

»Ihr wisst, warum man Euch nach Riapano gebeten hat?«, wechselte Mart das Thema.

»Ich sollte die Stücke der Kirche zurückbringen und hier eine Magistra der Bruderschaft treffen, mehr weiß nicht.«

»Angeblich will man mit Euch über den Markgrafen Valentin sprechen.«

»Ach ja?«

»Nun, es ist allgemein bekannt, dass Ihr auf irgendeine Art in seinen Tod verstrickt seid. Zumindest *uns* ist das bekannt, denn die Bruderschaft hat die Kirche gebeten, ihr bei Eurer Rettung Hilfe zu leisten.«

»Nur hat die Kirche sich geweigert, der Bruderschaft zu helfen, und den Seelenfängern sogar verboten, den Markgrafen zur Rede zu stellen.«

»Ihr werdet von mir dafür weder Rechtfertigungen noch Entschuldigungen hören. Ich bin damals leider nicht hinzugezogen worden und kenne die Hintergründe der Entscheidung nicht. Aber als der Markgraf tot aufgefunden wurde, haben ein paar kluge Köpfe zwei und zwei zusammengezählt und sich daran erinnert, dass Ihr zu dieser Zeit in seiner Burg eingekerkert gewesen wart.«

»Das war reiner Zufall. Ich war nicht an der Seite von Valentin dem Schönen, als dieser starb.«

»Dann gibt es ja erst recht keinen Grund zur Sorge«, erwiderte Mart lächelnd. »Dass Ihr überhaupt in diese Geschichte verwickelt seid, weiß nur eine begrenzte Zahl von Menschen. Sie dürften Euch keine Schwierigkeiten bereiten.«

»Was ist mit dem Orden der Gerechtigkeit? Ihr werdet doch sicher wissen, dass er in meine Gefangennahme verstrickt war?«

»Das sind Angelegenheiten, welche die Bruderschaft und der Orden unter sich klären müssen. Die Kirche wird sich da nicht einmischen. Sie wird niemanden verurteilen oder bestrafen, sondern allenfalls beide Seiten ermahnen, nicht gegeneinander zu kämpfen, sondern sich gemeinsam dem Feind entgegenzustellen und die Welt vor Ketzern und Teufeln zu beschützen.«

»Und Ihr selbst, Vater Mart? Würdet auch Ihr eine solche Ermahnung aussprechen? Selbst nachdem der Orden in Vion beinahe Bischof Urban ermordet hätte?«

Mart bedachte mich mit einem Lächeln, das überhaupt nicht zu seinem Blick passen wollte.

»Wir hatten keine Beweise, von der verstümmelten Leiche des abtrünnigen Ordensangehörigen abgesehen. Der Orden der Gerechtigkeit versichert, sich bereits vor langer Zeit von diesem

Mann abgewandt zu haben. Aber glaubt mir, die wahren Schuldigen sind ihrer gerechten Strafe nicht entkommen, und der Orden muss sich gewaltig anstrengen, um die Wogen wieder zu glätten. Und da wären wir auch schon.« Er zeigte auf eine Tür. »Man wartet schon sehr lange auf Euch. Lebt wohl, Ludwig. Oder vielmehr, auf baldiges Wiedersehen! Möge Gott es fügen, dass sich unsere Wege noch einmal kreuzen.«

Ich drückte ihm zum Abschied die Hand. Dann durfte ich endlich die Tür öffnen.

Gertrude saß auf dem Fensterbrett und klaubte Schwarzkirschen aus einer Schale. Die Steine spuckte sie unbekümmert zum Fenster hinaus. Sie landeten auf den blutroten Dachziegeln der angrenzenden Bauten. Jedes Mal begannen ein paar Tauben, die vom größten Platz in ganz Livetta, dem des Heiligen Petrus, hier heraufgeflogen waren, wild mit den Flügeln zu schlagen.

»Warum guckst du mich so an?«, fragte sie, bevor sie sich die nächste Kirsche in den Mund steckte.

»So habe ich dich noch nie gesehen.«

Entgegen ihren Angewohnheiten trug Gertrude keine weiße Kleidung, sondern ein graubraunes Kleid aus festem Stoff. Schlicht und farblos, wie es war, hätte sie es niemals freiwillig angezogen. Obendrein war es am Rücken derart festgeschlossen, dass sie selbst darüber witzelte, als ich ihr später half es aufzuknöpfen.

»Hast du etwa noch nie davon gehört, dass Frauen Gefäße der Sünde sind? Das haben wir der guten alten Eva zu verdanken. Weiße Männerkleidung durfte ich in Riapano daher keinem Mann zumuten. Ich stelle ja für die Herren hier ohnehin schon eine Herausforderung dar, ist eine Hexe – und selbst eine getaufte – doch ein äußerst seltener Gast in der heiligen Stadt.«

Ich nickte bloß. Man sah Gertrude hier nicht gern, duldete sie aber, weil sie eine Magistra war, eine Vertreterin der Bruderschaft. Und natürlich weil sie eine Verwandte des Mannes war, der nun den Ring des Fischers am Finger trug.

Aber selbst wenn Adrian V. Gertrudes Großonkel war, musste sie sich an die in Riapano geltenden Regeln und Gesetze halten. Das betraf im Übrigen nicht nur ihre Kleidung: Weder ihre verwandtschaftlichen Beziehungen noch das Amt der Magistra schützten sie vor dem scharfen Auge der Inquisition. Deshalb war ihr stets ein unscheinbarer Angehöriger dieser Einrichtung auf den Fersen. Gegenwärtig hielt er im Gang Wache. Damit sie sich ja keinen Hexenschabernack erlaubte.

Obwohl all das sie furchtbar aufbrachte, hatte sie am Ende zähneknirschend zugestimmt.

»Gestern ist ein Brief für dich gekommen, mein holdes Blauauge.«

Als sie ihn mir reichte, bemerkte ich, dass sich mittlerweile ein Schleier goldenen Ockers über ihre Iris gelegt hatte. Das war eine Besonderheit ihrer Gabe: Im Sommer und Herbst leuchteten Gertrudes Augen braun, im Frühjahr und Winter blau, dies in verschiedenen Zwischentönen von Dunkelviolett bis Azur.

Das grüne Papier war mit einem perlmuttfarbenen Siegel versehen, welches das Wappen der Bruderschaft trug. Ich erbrach es, entfaltete das Schreiben und las den unverschlüsselten Text. Er entlockte mir ein kräftiges Schnauben.

»Was wollen sie?«

»Als ob du das nicht selbst wüsstest.«

»Es entzückt mich zwar, dass du mich für allwissend hältst, aber in dem Fall muss ich dich enttäuschen: Ich habe nicht die geringste Ahnung. Man hat mich lediglich gebeten, dir das Schreiben zu übergeben.«

Ich hielt ihr den Brief hin, schnappte mir nun auch ein paar Kirschen und beobachtete, wie Gertrudes Augen über die Zeilen huschten.

»Miriam dankt dir also für die Arbeit, die du geleistet hast. Rance' Tod hat sie sehr traurig gestimmt.« Gertrude seufzte. »Wieder einer von uns, der vor der Zeit abberufen wurde. Konntest du ihn bestatten?«

Ich schüttelte bloß den Kopf.

»Was ist mit seinem Dolch?«

Ich kramte in meiner Tasche, holte die in ein Tuch gewickelte Klinge heraus und legte das verschnürte Päckchen vor Gertrude.

»Der ist hier«, sagte ich. »Ich habe ihn über *Fabien Clement & Söhne* hierherkommen lassen, denn ich wollte nicht mit einem zweiten schwarzen Dolch durch die halbe Welt reisen. Wer weiß, was mir der Orden sonst womöglich unterstellt hätte.«

»Eine kluge Überlegung. Ich werde mich sofort mit dem Orden in Verbindung setzen, der Dolch muss in Anwesenheit von Zeugen vernichtet werden. Hast du den Zusatz am Ende des Schreibens gesehen? Dein alter Freund Kardinal Urban hat bei den Magistern angefragt, ob er dich hier in Riapano zu einer Audienz empfangen darf.«

»*Er* fragt, ob er *mich* zur Audienz empfangen darf?! Das klingt ja geradezu lächerlich!«

»Wie auch immer es klingt, die Bruderschaft hat selbstverständlich zugestimmt.«

»Nur ist Urban zurzeit in Vion, hundert League von hier entfernt.«

»Wäre der Brief mit der Anfrage abgefangen worden, wäre immerhin niemand misstrauisch geworden, wenn dich der Bischof sprechen will, dem du das Leben gerettet hast.«

»Und wer will mich eigentlich sprechen?«

»Einige Vertreter der Kirche«, antwortete Gertrude. »Genaueres weiß ich auch nicht. Ich könnte mir vorstellen, dass di Travinno dazugehört, denn er arbeitet seit Jahren mit der Bruderschaft zusammen. Vielleicht aber auch der Dekan der Kardinäle oder jemand von der Inquisition. Jedenfalls will man hier in Riapano gern mehr über den Tod des Markgrafen erfahren.«

»Ich wüsste zu gern, was Valentin gegen die Kirche in der Hand hatte, um ihr verbieten zu können, mich zu retten.«

»Das kann ich dir leider auch nicht sagen.«

»Harren wir also in aller Ruhe der Dinge, die da kommen. Das dürfte ja nicht so schwer sein.«

»Beschrei es nicht«, hielt sie dagegen. »In Riapano sollte man den Tag nie vor dem Abend loben.«

Sie wischte sich die Hände ab, kam mit geschmeidigen Schritten auf mich zu, setzte sich neben mich, beugte sich dicht zu mir und betrachtete mit gerunzelter Stirn mein Gesicht.

Die Narbe, die ich in Erinnerung an eines der Geschöpfe dieses Hocksers an der rechten Schläfe trug, konnte natürlich nicht mit jener mithalten, die mir die Oculla so großzügig hinterlassen hatte. Sie bereitete mir aber dennoch ein paar Unannehmlichkeiten. Die Enden waren flammend rot und entzündet, obwohl irgendein Pferdedoktor die Wunde versorgt hatte. Aber nicht das ließ Gertrude so ernst dreinschauen.

»Sogar in diesem Kleid«, versuchte ich sie deshalb abzulenken, »siehst du hinreißend aus.«

»An diesem Kleid ist nichts Besonderes, von dem Gürtel, an dem mein Dolch hängt, einmal abgesehen«, erklärte sie bloß, um dann zu verlangen: »Zieh dein Hemd aus!«

»Ein Vorschlag ganz nach meinem Gusto.« Ich versuchte, ihre Taille zu umfassen, doch Gertrude fing meine Hände ab.

»Kannst du wenigstens einmal ernst sein! Ich muss mir deinen Oberkörper ansehen.«

Seufzend zog ich das Hemd aus. Sie betrachtete aufmerksam die Narbe, flüsterte etwas und wog nachdenklich den Kopf.

»Könnte schlimmer sein«, brachte sie schließlich hervor. »Wesentlich besser als beim letzten Mal. Aber das …« Sie berührte die Narbe der Oculla. »Das ist merkwürdig.«

»Aua!«

»Tut das weh?«

»Nein, wie kommst du denn darauf!«, zischte ich. »Autsch! Verflucht aber auch!«

»Sitz still!«

»Verflucht noch mal, aua! Jetzt reicht's aber!«

»Du solltest im Hause des Heiligen Vaters nicht ständig fluchen! Damit lässt du es am gebotenen Respekt mangeln. Und jetzt sitz still, Ludwig! Ich gebe eh keine Ruhe, bevor ich mir das nicht richtig angesehen habe.«

»Ist mir klar«, versicherte ich schicksalsergeben. »Was machst du? Setzt du irgendein Artefakt ein?«

»Nein, nur ein wenig Magie, aber darauf hat die Narbe angesprochen. Bist du in letzter Zeit einer Ausgeburt der Hölle begegnet?«

»Mhm. Sie spüren das Gift der Oculla in mir, deswegen folgen sie mir.«

»Die Narbe hat diese Kreaturen ebenfalls gespürt. Aber da können wir Abhilfe schaffen, ich habe ein Mittel, das dir für eine gewisse Zeit Ruhe vor diesen Biestern verschafft. Eine ganz vorzügliche Salbe, die eine bekannte Zauberin aus dem Kaiserwald hergestellt hat.«

»Klingt nicht gerade verlockend.«

Gertrude hörte jedoch schon gar nicht mehr auf meine Worte, sondern kramte in ihrer Tasche.

»Ich weiß«, murmelte sie, als sie meinen mürrischen Blick auffing, »dass du nicht gerade für Salben und dergleichen zu haben bist.«

»Schon gar nicht, wenn diese Salben irgendwie mit Magie verbunden sind.«

»Du hast dich doch auch von Sophia behandeln lassen. Vor ein paar Tagen habe ich mit ihr gesprochen. Sie, Cuervo und ein gewisser Zif – keine Ahnung, wer das sein soll – lassen dich herzlich grüßen.«

Sie öffnete das Fenster und schraubte den Deckel des Döschens ab.

»Und jetzt halt still!«, verlangte sie.

»Puh! Musste für diese Salbe irgendjemand verrecken?« Der Verwesungsgestank, der im Zimmer hing, ließ mich erschaudern. »Musste dafür eine Katze dran glauben?!«

»In einer Minute hat sich der Geruch verzogen, solange wirst du ihn schon aushalten«, erklärte Gertrude und tunkte den Zeigefinger in die dunkelgrüne Masse.

»Was ist das?«

»Das spielt keine Rolle. Und zapple bitte nicht so rum!« Gertrude schmierte die Salbe auf die Narbe. Sie war eiskalt. »Das ist schon besser.«

»Apostel würde an dieser Stelle anmerken, dass du grausam bist«, presste ich heraus, denn mittlerweile standen mir Tränen in den Augen.

»Wenn man einen Mann behandeln will, muss man grausam sein. Denn ihr seid alle wie kleine Kinder und versucht ständig, dem Unvermeidlichen zu entkommen.«

»Ja wie denn auch nicht!« Ich würde es nicht zulassen, dass Gertrude das gesamte männliche Geschlecht beleidigte. »Wenn diese Salben stinken wie vergammelte Leichen!«

»Du übertreibst, der Geruch hat sich längst verzogen. Hat dir eigentlich schon jemand gesagt, was es hier in Riapano alles zu beachten gilt?«

»Mir wurde nur gesagt, dass ich nicht ohne Begleitung in den Haupthof darf.«

»Richtig. Weiter: keine Frauen!«

»Die Regel haben wir bereits erfolgreich gebrochen«, entgegnete ich. »Was für Gebäude befinden sich eigentlich in diesem geheimnisvollen Gebiet, in das man nicht ohne Aufpasser darf?«

»Die Privatgemächer der Kirchenleute und des Heiligen Vaters, die noch im Bau befindliche Kapelle und die Archive. In die solltest du wirklich keinen Fuß setzen!«

»Was für eine Geheimniskrämerei!«

»Hielten sie es anders, wären es längst keine Geheimnisse mehr. Vor einer Woche hat jemand versucht, in die Archive einzudringen. Er hat es sogar geschafft, einen Gardisten zu ermorden, bevor er mit einem Gebet gezügelt und anschließend in die Kerker der Inquisition gebracht wurde. Auf dem Weg hat er sich selbst die Zunge abgebissen, damit er ja nichts preisgeben kann.«

»Das nenne ich Entschlossenheit! Aber keine Sorge, ich habe nicht die Absicht, meine Nase irgendwo reinzustecken, wo niemand sie sehen will.«

»Das hat Shuco auch gesagt. Nur durfte ich dann erst vorgestern Leutnant van Lauth davon überzeugen, ihm die Handfesseln wieder abzunehmen.«

»Shuco ist hier?«

»Ja. Schon seit zwei Wochen. Er ist noch immer so hitzköpfig und aufbrausend wie früher. Eigentlich soll er mir zur Seite stehen, aber wenn du mich fragst, hat sich die Bruderschaft damit selbst über den Löffel barbiert. Ein Zigeuner und eine Hexe – was für ein Pärchen!«

»Wie geht es ihm?«

»Du meinst, ob er die Geschehnisse in Solesino verkraftet hat? Nun, er versucht, sich tapfer zu halten. Wenn es nicht unbedingt sein muss, solltest du Rosa in seiner Gegenwart nicht erwähnen, denn dann geht er in die nächste Schenke, haut sich die Hucke voll und fängt eine Schlägerei an.«

»Das heißt, er leidet wie ein Hund.«

»Er hat seine Frau verloren. Und bis heute gibt er sich die Schuld daran. Und Paul.«

Ich nickte bloß. Selbst mich suchten noch immer Albträume heim. In Solesino hatte damals das Justirfieber gewütet. Aber in der Regel machen uns Seelenfängern Krankheiten nichts aus. Nur war Rosa trotzdem daran gestorben …

»Ich würde ihn gern sehen.«

»Davon bin ich ausgegangen. Man hatte ihn zunächst bei den Gardisten in der Kaserne untergebracht, inzwischen hat er sich aber in der Waffenkammer häuslich niedergelassen. Angeblich ist die Luft dort besser. Wenn du ihn gleich besuchst, musst du auf mich leider verzichten.«

»Bist du inzwischen eine derart viel beschäftigte Frau?«

»Da mein Großonkel sein neues Amt noch nicht lange bekleidet, wimmelt es in der Stadt natürlich von Gesandten, die ihm die Aufwartung machen wollen«, antwortete sie. »Etliche von ihnen haben auch allerlei Fragen oder Vorschläge mit der Bruderschaft zu besprechen. Insofern bin ich in der Tat eine viel beschäftigte Frau.«

Gertrude verzog das Gesicht. In gewisser Weise hatte ich sie sogar in diese Bredouille gebracht, denn sie hatte das Amt der Magistra nur angenommen, damit mir die Spitze der Bruderschaft keine Schwierigkeiten bereitete. Die Großnichte des – damals noch mutmaßlich neuen – Heiligen Vaters hatte sich auf den Handel eingelassen, meine Sünden waren in Vergessenheit geraten …

Selbstverständlich war dies nur einer der Gründe, warum Gertrude heute zu den führenden Köpfen in Ardenau zählte. Hinzu kam, dass sich ihre Familie über Generationen hinweg mit großer Politik befasste. Wenn um sie herum Intrigen geschmiedet wurden, schmiedete sie mit. Und Geheimniskrämerei machte ihr nicht das Geringste aus – ganz im Gegensatz zu mir.

»Bedauerst du deine Entscheidung, das Amt der Magistra angenommen zu haben?«

»Nein, bestimmt nicht. Aber manche Dinge missfallen mir. Beispielsweise wenn ich gewisse Personen mit einem freundlichen Lächeln empfangen muss, obwohl ich sie mit Wonne in Blutegel verwandeln würde. Glaub mir, das entspräche ihrem Naturell wesentlich besser, denn im Grund sind sie Blutegel, die nur rein zufällig in die Hülle eines menschlichen Körpers geschlüpft sind.«

Sie sprach nur selten mit mir über diese Dinge. Als ich sie kennengelernt hatte, war ich deswegen noch die Wände hochgegangen. Mittlerweile hatte ich jedoch verstanden, dass ihre Verschwiegenheit einzig ihrer Sorge um mich geschuldet war. Gertrude kannte mich gut genug, um zu wissen, dass ich in manchen Fragen keine Kompromisse einging. Nicht einmal dann, wenn ich mir selbst damit schadete.

Gertrude musste sich deshalb ständig wie auf einem Hochseil bewegen, damit einerseits die hohe Politik in Ardenau nicht das Ende eines einfachen Seelenfängers herbeiführte, andererseits dieser einfache Seelenfänger der hohen Politik nicht einen Strich durch die Rechnung machte. Sie schützte mich im Grunde vor mir selbst, auch wenn ich sie nie darum gebeten hatte. Und letztlich hatte ich den Eindruck, dass ich von den meisten Fällen, in denen sie meinen Kopf schon gerettet hatte, gar nichts wusste.

»Übermorgen treffe ich einen Mann vom Orden der Gerechtigkeit« sagte sie, als sie schon fast zur Tür hinaus war.

»Soll ich dich begleiten?«

»Schlag dir das ja aus dem Kopf. Die kriegen allein bei deinem Anblick Sodbrennen.«

»Mir behagt aber nicht, dass du einem Ordensangehörigen allein gegenübertrittst. Und Shuco dürfte in Anwesenheit dieser Herren auch nicht gerade sanft wie ein Lämmchen bleiben.«

»Deshalb wird Nathan mich begleiten.«

»Heute jagt wahrlich eine Überraschung die nächste«, stieß ich aus. »Was hat unseren Meister nach Riapano verschlagen?«

»Er ist zusammen mit Shuco nach Livetta gekommen. Die beiden haben sich in Saron getroffen und drei Monate zusammengearbeitet. Du hast Nathan lange nicht mehr gesehen, oder?«

Ich überschlug, wann ich das letzte Mal mit diesem Seelenfänger aus Neuhort gesprochen hatte.

»Schon seit vier Jahren nicht«, teilte ich Gertrude dann mit. »Zuletzt sind wir uns bei einer Versammlung der Bruderschaft in Ardenau begegnet. Da habe ich ihn auch nach Hans gefragt. Nathan war einer der Letzten, der ihn noch gesehen hat. Dann sind jetzt also vier Seelenfänger in Livetta?«

»Es sollten eigentlich fünf sein. Aber Cristina ist immer noch nicht eingetroffen.«

»Cristina?«, fragte ich verwundert.

»Ja. Ich habe ihr bereits vor einer Weile geschrieben, dass wir uns hier treffen müssen, aber sie ist nicht erschienen. Mir ist völlig schleierhaft, wo sie steckt, schließlich ist sie in der Regel die Pünktlichkeit in Person.«

»Fördert Miriam sie immer noch?«

»Selbstverständlich, sie war schließlich Cristinas Lehrerin. Genau wie deine ja auch.«

»Dann frag Miriam doch einmal, wohin es Cristina verschlagen hat. Vielleicht weiß sie etwas.«

»Miriam ist nicht mehr in Ardenau«, erwiderte Gertrude. »Und wohin sie aufgebrochen ist, weiß ich auch nicht. Aber es ist ja nicht das erste Mal, dass man von einem von uns längere Zeit nichts hört. Und die beiden sind erfahren genug, sie können auf sich aufpassen.«

»Oder auch nicht«, murmelte ich, während meine Gedanken zu den Verliesen in Burg Fleckenstein zurückwanderten.

»Ich verstehe ja, dass du dir um deine einstige Partnerin Sorgen machst. Sobald ich weiß, wo Miriam sich aufhält, schreibe ich ihr und erkundige mich nach Cristina.«

Ich nickte ihr dankbar zu. Cristina und ich hatten ein paar Jahre lang zusammengearbeitet. Mit Hans hatte ich bereits einen Freund und Partner verloren. Das reichte.

Ich fragte den Gardisten, der vor der Kaserne Wache schob, wo die Waffenkammer war. Er wies auf ein einstöckiges Haus im Schatten der Festungsmauer von Riapano.

Als ich es betrat, empfingen mich auf Hochglanz polierte Brustharnische, Ständer mit Harkebusen, Hellebarden und rasiermesserscharfe Guisarme, die entlang der hellgrauen Wände aufgereiht waren. Neben der in den Keller führenden Treppe hing ein Schild mit der Aufschrift *Pulver*. Dort unten spielte jemand auf einer Laute.

Und zwar hundsmiserabel. Die einzelnen Töne wollten sich zu keiner Melodie fügen. Shuco, kräftig und braun gebrannt wie immer, neuerdings aber mit einem dichten schwarzen Bart, saß in einem Korbstuhl, hatte die in Kanonenstiefeln steckenden Füße auf den gipsernen Kopf irgendeines Philosophen aus der Vergangenheit gelegt und strich über die Saiten.

»Hör endlich auf, das arme Instrument so zu malträtieren, du Grobian«, rief ich anstelle einer Begrüßung.

Als er den Kopf hochriss, funkelte sein rubinroter Ohrring auf.

»Ja hol mich doch der Teufel! Ludwig!«, rief er und sprang auf. »Endlich!«

Er schüttelte mir freudestrahlend die Hand.

»Du ahnst ja nicht, wie Gertrude mich auf Trab gehalten hat. Aber von heute an spielst du ihren Laufburschen!«

»Bist du nur deshalb froh, mich zu sehen?«, fragte ich unter schallendem Gelächter.

»Nicht nur, aber auch. Warum hat sie nicht Löwenjunges als Begleiter gewählt?! Übrigens! Ob du's glaubst oder nicht, aber seit einem Geplänkel mit einer Hexe vom See, die ihn mit einer anderen Tochter Evas erwischt hat, läuft er mit kahlem Kopf herum. Stell dir das mal vor! Der alte Wilhelm mit einer spiegelblanken Glatze!«

Die Hexe hatte Wilhelms Haar zwar tatsächlich mit einem Fluch belegt, abgeschnitten hatte er es sich aber selbst. Nach dem Kampf gegen den Dämon an der Teufelsbrücke. Davor hatte er nämlich irgendein kreuzdämliches Gelübde abgelegt.

»Wo hast du ihn getroffen?«

»Ich – nirgends. Aber Nathan. »

»Wo steckt der Meister eigentlich?«

Shuco sparte sich jede Antwort und trat stattdessen gegen einen Berg Decken, der vorm Fenster lag.

»Wenn Ihr bitte aufstehen würdet, hochverehrter Sir Nathan! Mittag ist längst rum!«

Der Deckenberg rührte sich und gab in starkem Neuhorter Akzent ein paar Worte von sich, die man beim besten Willen nicht als gottgefällig bezeichnen konnte.

Shuco grinste, nahm einen Krug mit Wasser vom Tisch und goss ihn auf den Deckenberg.

Bei dem Geschrei, das daraufhin zu hören war, nahm ich an, ein Bär würde darunter stecken. Dann schob sich eine kräftige Pranke hervor und versuchte, Shucos Fußgelenk zu packen, doch dieser zog sein Bein rasch zurück.

»Hoch mit dir!«, verlangte er. »Wir haben Besuch!«

Noch immer fluchend kroch Nathan ans Tageslicht und richtete sich zu seiner ganzen beeindruckenden Größe auf. Mit seinen zwei Yard – oder sieben Fuß in Neuhorter Messung – ging er hier im Süden als echter Riese durch. Leider war sein Knochenbau kräftiger als seine Eignung zum Seelenfänger. Die gerötete Nase wies Pockennarben auf. Rötliches Haar und ein Schnauzer von derselben Farbe rahmten blasse, eng beieinanderstehende Augen. Wenn er grinste, zeigte sich, dass ihm oben bereits drei Zähne fehlten. Nathan behauptete gern, ein Söldner habe sie ihm mit dem Schaft seiner Pike ausgeschlagen. Ein reines Lügenmärchen, wie ich wusste. Diese Zähne hatte er bei seiner letzten Abschlussprüfung verloren, als ihn eine äußerst agile dunkle Seele beinahe getötet hätte.

Er wühlte kurz in den Decken und beförderte ein Gehänge mit einem gewaltigen Degen sowie seinen schwarzen Dolch zutage.

»Ich dürste nach Blut!«, knurrte er.

»Tut mir leid, darauf wirst du verzichten müssen. Genau wie auf Wein. Wir haben gestern Abend die letzten vier Flaschen geköpft.«

Diese Eröffnung dämpfte Nathans Eifer merklich.

»Shuco!«, rief er bei meinem Anblick dann aber wieder munter. »Wir sind gerettet! Gertrude hat ein neues Opfer!«

»Mir ist schon aufgefallen, dass ihr hier ein echt hartes Leben führt.«

»Du hattest schon immer eine scharfe Beobachtungsgabe, Ludwig! Und was du eben gesagt hast, trifft exakt zu! Vor allem da diese Magistra sieben Jahre jünger ist als unsereins! Aber wir können dir unser Leid gern in aller Ausführlichkeit klagen – und zwar in der nächsten Bierstube!«

»Das heißt hier Taverne.«

»Von mir aus auch das! Also Abmarsch!«

Mit Nathan hatte ich nur einmal zusammengearbeitet, als meine Wege mich nach Iliatha geführt hatten, davor hatte ich kaum etwas mit ihm zu tun gehabt, denn er hatte die Schule in Ardenau einige Jahre vor mir abgeschlossen und war danach meist in Saron und der Pholotischen Republik unterwegs gewesen. Beide Länder kannte er wie seine Westentasche. Überhaupt vergötterte er den Süden und versicherte ständig, er habe die ewigen Heidekrautfelder seiner Heimat satt und deshalb nicht die geringste Absicht, in den nächsten ein-, zweihundert Jahren nach Neuhort zurückzukehren.

Schon während seiner Ausbildung hatte er den Spitznamen Meister verpasst bekommen, führte doch niemand den Degen so gut wie er. Er übertraf sogar Rance, der mit der Klinge Wunder vollbracht hatte, die selbst Könnern aus Progance und Litavien Respekt abnötigten. Obendrein hätte niemand Nathan solch eine Anmut zugetraut, solch eine Beweglichkeit, aber auch solch eine Raffinesse, wenn es darum ging, die Position zu wechseln. Sobald er die Klinge blankzog, wurde dieser Bär zu einem anderen Menschen. Im Alter von sechzehn Jahren hatte er es bereits mit vier Streithähnen gleichzeitig aufgenommen, die es gewagt hatten, ihn einen Haferbreifresser und karottenköpfigen Magerwurm zu nennen. Zwei von ihnen hatte Nathan in diesem Duell getötet, einen für den Rest seines Lebens zum Krüppel gemacht. Nur beim vierten hatte er die Gnade des Siegers walten lassen, selbst wenn in diesem Sieger zu dem Zeitpunkt bereits zwei Einschusslöcher und ein tiefer Schnitt im Schenkel geklafft hatten …

Gegen Abend führte Nathan Shuco und mich sicher durch die engen Gassen von San Giovanni. Sobald Reiter in eine von ihnen bogen, mussten wir uns gegen die Fassaden pressen, um nicht an den Steigbügeln hängen zu bleiben. Die Häuser waren mit roten Flaggen geschmückt, und an jeder Ecke wurde das morgige Quilciospiel erörtert.

Die Schenke *Zur Pomeranze* war in einem massiven Gebäude untergebracht, dessen Fundament noch aus Zeiten Augusts des Prächtigen stammte, des Großvaters von Kaiser Konstantin. Im Keller bediente man inmitten von Weinfässern das anspruchslosere Publikum. Handwerker und Soldaten beispielsweise. Das Erdgeschoss war im Grunde ein Durchgangslager. Im ersten Stock kredenzte man bereits etwas erlesenere Rebensäfte. Im zweiten Stock gab es dann regelrecht lauschige Zimmer und sogar Schwimmbecken. In ihnen tummelten sich, wie Shuco mir mitteilte, sogar Herzöge.

Die *Pomeranze* erfreute sich enormer Beliebtheit, sodass sie stets gerammelt voll war. Genau wie ich es erwartet hatte, stürmte Shuco die Kellertreppe hinunter. Von dort unten drang Lärm herauf sowie der Geruch von Wein und gegrilltem Fleisch.

»Da unten ist es viel lustiger«, rechtfertigte er seine Entscheidung.

Mir war es eh völlig einerlei, wo wir unseren Wein tranken. Immerhin hielt man im Keller für Shuco und Nathan, mittlerweile längst Stammgäste, stets einen Tisch frei.

Dieser stand mit der Stirnseite zur Wand, in der an verschiedenen Stellen der Marmor des alten Fundaments durchschimmerte. Den Nebentisch hatte eine feierfreudige Gesellschaft mit Beschlag belegt. Zehn Männer in weißen Hemden und kostbar bestickten Westen, mit Degen und mit edelsteinbesetzten Schulterketten. Mit einem Wort: Dort saßen Adlige. Sie fuchtelten eifrig mit den Händen herum, während sie sich unterhielten. In dem allgemeinen Radau bekam ich aber leider nicht mit, worum es überhaupt ging.

»Drei... nein, bring uns fünf Flaschen Valpolicella. Aus Cavarzere natürlich. Von vor zwei Jahren, falls es den noch gibt, denn das war ein famoses Jahr für den Wein«, bestellte Nathan. Dann wandte er sich an mich. »Isst du gern Hammel?«

»Mhm«, antwortete ich und zog die Bank etwas näher an den Tisch. »Warum habt ihr euer Quartier eigentlich in die Waffenkammer verlegt?«

»Weil wir nur winzige Zellen bekommen haben. Dieser Albaländer, also der Leutnant, hat uns aber erlaubt umzuziehen, wenn wir ihm versprechen, dass wir uns anständig aufführen«, antwortete Shuco.

»Und selbstverständlich benehmen wir uns tadellos«, beteuerte Nathan noch, der gerade die erste der wie durch Zauberhand auf unserem Tisch aufgetauchten Flaschen entkorkte und uns die großen Tonkrüge fast bis zum Rand füllte. »Das Schlimmste an den ersten Tagen in Riapano war, dass Freund Shuco den miesepetrigen Zeitgenossen gemimt hat. Jetzt dagegen haut er sich derart die Hucke voll, dass ich ihn oft genug nach Hause schleppen muss. Dann schnarcht er die ganze Nacht, um tagsüber alle mit seinem Lautenspiel zu quälen.«

»Auf unser Wiedersehen!«, überging ich Nathans Sticheleien.

Der Wein war wie jeder Rebensaft aus Cavarzere exzellent und die Silbermünze, die er kostete, mehr als wert.

»Du solltest nicht so viel trinken, Nathan«, warnte eine junge Frau mit schwarzer Korsage, rotem Rock und einer roten Rose in der schwarzen Lockenpracht unseren Meister.

»Das macht mir doch nichts aus, Mila«, erwiderte Nathan gelassen, nachdem er für die Schönheit zur Seite gerückt war, sodass sie sich zu uns setzen konnte. »Du weißt, dass ich niemals einen Rausch habe.«

Sie seufzte traurig, beschloss aber, keinen Streit vom Zaun zu brechen.

»Wo kommen nur plötzlich all die Seelenfänger her«, wunderte sie sich. Bei den Worten lächelte sie mich freundlich an. »Und noch dazu so hübsche … Willst du ihn mir nicht vorstellen, Nathan?«

»Mila, das ist Ludwig. Ludwig, das ist Mila. Sie begleitet mich seit zwei Jahren auf meinen Reisen.«

»Sehr angenehm«, sagte ich zu Mila. »Zwei Jahre an der Seite Nathans sind eine lange Zeit.«

»Ich weiß, dass ihm in eurer Bruderschaft nicht gerade der beste Ruf vorauseilt, aber er ist eigentlich ein ganz vortrefflicher Mann.«

»Oh, sein Ruf ist noch weit besser als der Shucos«, erwiderte ich grinsend. »Von meinem ganz zu schweigen.«

Shuco führte daraufhin seinen Krug an die Stirn, als wollte er mir ein Salut entbieten und meinem schlechten Ruf alle Ehre erweisen.

»Mila hat eine einmalige Stimme«, teilte Nathan uns mit. »Wenn sie bei einer Feier singt, liegt ihr jeder zu Füßen.«

»Das war einmal«, verbesserte ihn Mila lächelnd. »Heute singe ich nur noch für dich. Und für die wenigen, die mich noch hören können.«

Unwillkürlich wanderte mein Blick zu dem Fleck auf ihrer Korsage, der unmittelbar unter ihrer linken Brust prangte. Mila fing meinen Blick auf.

»Das war ein eifersüchtiger Verehrer. So ist das ja immer mit euch Männern. Erst vergöttert ihr eine Frau, dann hasst ihr sie!«

»Das tut mir leid«, sagte ich.

Was hätte ich auch sonst sagen sollen?

»Mir auch. Aber der Herr wird schon gewusst haben, was er tat, auch wenn er mir bisher noch nicht mitgeteilt hat, was er sich wirklich dabei gedacht hat«, erwiderte sie. »Bleibt ihr den ganzen Abend hier?«

»Wir bleiben, bis uns der Wein oder das Geld ausgeht«, antwortete Nathan für uns alle. »Mach dir um mich keine Sorgen, mein Schatz. Wann hätte ich denn je in Schwierigkeiten gesteckt?«

»An jedem Tag, den Gott werden lässt, Nathan. Auf Shuco kann ich mich leider auch nicht verlassen. Ludwig! Behältst du diese beiden Burschen im Auge?«

»Das mache ich«, versprach ich.

Sie warf mir eine Kusshand zu und verschwand in der Menge.

»Frauen«, stieß Nathan aus, während er ihr hinterhersah. »Ist doch immer das Gleiche mit ihnen, egal ob sie tot sind oder leben.«

»Aus irgendeinem Grund umschwirren dich aber nur tote Schönheiten«, witzelte Shuco und wandte sich dann an mich. »Wenn er es mit lebenden zu tun bekommt, läuft er puterrot an und bringt nicht einen zusammenhängenden Satz heraus.«

Für diese Bemerkung hatte Nathan nur ein mürrisches Brummen übrig.

»Im ersten Moment wollte ich gar nicht glauben, dass du hier bist«, gestand ich Shuco. »Wolltest du nicht nach Araphien?«

»Ich wollte sogar noch weiter«, entgegnete er. »Aber daraus wurde nichts.«

»Natürlich nicht«, mischte sich Nathan ein. »Weil unser Freund es nämlich faustdick hinter den Ohren hat. In Saron wäre er beinah im Gefängnis gelandet.«

»Die dortigen Machthaber sind halt etwas hitzig«, bemerkte Shuco sorglos.

»Es zeugt natürlich ungemein von Hitzköpfigkeit, dich einzusperren, nachdem dein Rasiermesser im Gesicht des Lieblingskindes vom zweiten Sohn des Sultans eine gewaltige Wunde hinterlassen hatte. Ohne mich würdest du heute noch im Kerker schmoren.«

»Würde ich nicht.«

Als Rosa noch gelebt hatte, da hatte sie Shuco stets gezügelt. Nach ihrem Tod war er jedoch wie ein Schiff ohne Anker. Früher oder später würde er sich mit Sicherheit derart in die Nesseln setzen, dass ihm niemand mehr helfen konnte.

Während wir die erste Flasche leerten, erörterten wir die Frage, was die Bruderschaft vom frischgebackenen Pontifex zu erwarten hatte.

»Für uns einfache Seelenfänger spielt es nicht die geringste Rolle, an wessen Finger der Ring des Fischers steckt«, behauptete Shuco. »Die Magister hoffen aber darauf, dass er ihnen mehr Einfluss einräumt und den Orden etwas stärker an die Kandare nimmt. Wenn du mich fragst, sollten die mal aus ihren süßen Träumen aufwachen! Es wird sich nicht das Geringste ändern, wer auch immer auf dem Heiligen Stuhl hockt. Nicht mal dann, wenn sich da der Teufel lümmelt!«

»Sprich etwas leiser!«, zischte ihm Nathan zu. »Ich hab nicht die Absicht, mir Schwierigkeiten mit der Inquisition einzubrocken. Und deren Spitzel lauern überall.«

»Die Inquisition dürfte Wichtigeres zu tun haben, als unter unserem Tisch zu hocken und unsere Gespräche mitzuschreiben«, widersprach Shuco, dies aber immerhin mit gesenkter Stimme. Dann beugte er sich zu mir vor. »Hast du zufällig davon gehört, dass der alte Pontifex trotz seiner Krankheit und seines hohen Alters etwas Nachhilfe bekommen hat, damit er diese Welt verlässt?«

»Wär ja nicht das erste Mal.«

»Aber weißt du auch, warum man diesmal nachgeholfen hat?«

»Komm schon, Shuco, du kennst mich. Ich habe mich noch nie dafür interessiert, was in Riapano geschieht.«

»Aber die Geschichte ist gut! Angeblich hat der alte Pontifex nämlich nicht ganz richtig getickt. Deshalb haben irgendwelche Untergebenen alles für ihn entschieden. Das hat vielen Kardinälen aber nicht geschmeckt. Als Seine Heiligkeit dann von heute auf morgen den für nächstes Jahr geplanten Kreuzzug gegen Vitil abgeblasen hat, obwohl doch schon Fürsten aus aller Welt Geld gesammelt hatten, wurde immer stärker Front gegen ihn gemacht. Das Fass zum Überlaufen hat dann das Tribunal gebracht, das er ins Leben rufen wollte und das … «

»Nicht ins Leben rufen, sondern zu neuem Leben erwecken«, unterbrach Nathan ihn. »Vor Ewigkeiten hat es dieses Tribunal nämlich schon einmal gegeben. Es erkannte Zauberei nicht an, sondern ließ nur kirchliche Wunder gelten.«

»Soll das heißen«, fragte ich leise nach, »man wollte alle Menschen mit magischer Gabe für vogelfrei erklären? Selbst dann, wenn sie eine Genehmigung der Kirche für ihr Tun vorweisen konnten und getauft waren?«

»Wie viel Reisig wohl für all die Scheiterhaufen nötig gewesen wäre, kannst du dir unschwer vorstellen.« Shucos Augen verrieten nicht, was er dachte. »Mit den Hexen und Zauberern sollten nämlich auch all jene Menschen verbrannt werden, die sie unterstützt hatten. Und welcher Fürst hätte das nicht? Einige von denen lesen ja selbst gern aus der Hand!«

»Es war also kein besonders kluger Gedanke, dieses Tribunal auferstehen zu lassen«, hielt Nathan fest. »Folglich kam es allen recht, dass die Engel seine Heiligkeit unter schönstem Harfengeklimper hoch zu sich in den Himmel getragen haben. Ihm folgten dann auch all diejenigen, die ebenfalls etwas gegen Magie und Zauberei unternehmen wollten. Drei Tage nach dem Tod des Heiligen Vaters verstarb der Kardinalgroßpönitentiar. Bis dahin hatte er sich bester Gesundheit erfreut und am Pontifex sogar noch die Letzte Ölung vollzogen. Doch dann findet man seine bereits erkaltete Leiche ganz plötzlich in den Gärten Riapanos, mitten in den Margeriten.«

»Und der Dekan des Kardinalskollegiums ist, umgeben von ehrwürdigen Vätern, während des Konklaves gestorben. Angeblich hat er alle Entscheidungen des alten Kirchenoberhaupts leidenschaftlich unterstützt«, fügte Shuco hinzu. »Damit hat er natürlich einen krassen Widersacher zum heutigen Heiligen Vater dargestellt.«

»Euch beiden entgeht von all diesem Gerede aber auch nicht der geringste Mucks. Ich habe nicht ein Wort von diesem Geschwätz gehört.«

»Du spitzt deine Ohren nicht an den Orten, wo man etwas zu hören bekommt, Ludwig. Erstaunen dich diese Gerüchte?«

»Ich habe schon vor sehr langer Zeit aufgehört, mich über Geschichten dieser Art zu wundern. Außerdem befinden wir uns hier in Livetta, wo man jeden umbringt, der einem nicht genehm ist. Der Gerechtigkeit halber muss man aber sagen, dass der gegenwärtige Heilige Vater wenigstens versucht, seine Ziele durchzusetzen, indem er die Gegenseite mit Worten überzeugt.«

»Du hast eben gerade selbst gesagt, dass man in Livetta jeden aus dem Weg räumt, der ein Hindernis darstellt«, bemerkte Nathan und öffnete die nächste Flasche Wein. »Wenn Adrian ein Weilchen auf seinem Heiligen Stuhl bleiben will, muss er stets auf der Hut sein. Noch ist er ja beliebt, weshalb seine Gegner sich allesamt verkrochen haben. Aber sobald er auch nur die geringste Schwäche zeigt, werden sie wieder auftauchen.«

»Das kannst du laut sagen«, pflichtete Shuco Nathan bei, während dieser Wein einschenkte. »Es gab Päpste, die haben den Ring des Fischers nicht länger als einen Monat getragen. Wie kann ich Euch behilflich sein, guter Mann?«

Die letzten Worte galten jemandem in meinem Rücken. Ich drehte mich um und sah hoch. Einer der Männer vom Nebentisch war zu uns gekommen. Er hatte graue Schläfen, sein Stirnhaar lichtete sich bereits. Und er strahlte mich geradezu an.

»Es tut mir leid, wenn ich Euer Gespräch störe, Signori«, sagte er. »Aber ich wollte unbedingt diesen Seelenfänger begrüßen. Erinnert Ihr Euch an mich, Herr van Normayenn?«

»Lanzo di Trabia, Cavaliere des Duca di Sorza«, antwortete ich, stand auf und reichte ihm die Hand. »Begegnen wir uns also doch noch einmal wieder. Dabei habt Ihr mir versichert, dieses Glück würde Euch sicher nicht zuteil.«

»Der Herr hat offenbar beschlossen, mich doch noch nicht zu sich zu holen. Es freut mich sehr, Euch zu sehen.«

»Das Vergnügen ist ganz auf meiner Seite. Darf ich Euch meine Freunde vorstellen? Herr Shuco und Herr Silber. Und das ist Lanzo di Trabia.«

»Setzt Euch doch zu uns«, lud Nathan ihn ein. »Ihr seid aus Cavarzere, oder? Wir spendieren uns gerade ein Fläschchen Wein aus Eurer schönen Heimat. Lasst uns auf die Begegnung trinken!«

»Die Narben auf Euren Händen deuten darauf hin, dass das Justirfieber auch Euch nicht verschont hat«, bemerkte Shuco. »Stammen sie aus dem letzten Jahr?«

»Ganz richtig, Signore. Ich habe mir die Krankheit in Solesino zugezogen. Dort habe ich auch Signor Ludwig kennengelernt.«

»Diese verdammte Stadt«, stieß Shuco aus. »Ihr hattet Glück, di Trabia. Nicht viele Menschen haben die Seuche überlebt. Ich vertret mir mal kurz die Beine!«

Er stand auf, nickte uns zu und hielt auf die Treppe zu.

»Habe ich etwas Falsches gesagt?«, wollte di Trabia von mir wissen.

»Nehmt ihm das nicht übel«, kam mir Nathan mit einer Antwort zuvor. »Er hat in Solesino seine Frau verloren.«

»Das tut mir leid.«

Im letzten Herbst war mir Lanzo di Trabia auf meinem Weg nach Solesino begegnet, auch er bereits von der schlimmsten Krankheit gezeichnet. Als wir uns voneinander verabschiedeten, war ich tief in meinem Herzen nicht davon ausgegangen, ihn je wiederzusehen.

»Wie geht es dem Duca?«, erkundigte ich mich.

»Er hat das Justirfieber nicht überlebt. Einen Tag nachdem wir uns voneinander verabschiedet hatten, ist er in seinem Jagdsitz gestorben. Damit stand ich ohne Herrn da. Deshalb bin ich ja auch hierher gekommen, denn in der Umgebung von Solesino gab es für mich nichts zu tun.«

»In Cavarzere herrschen Unordnung und Gesetzlosigkeit«, teilte mir Nathan mit. »Di Sorza hat nämlich keine Erben hinterlassen.«

»Aber auch die Felder werden nicht bestellt, weshalb im letzten Winter viele Menschen Hunger gelitten haben. Händler meiden die Gegend ebenfalls noch. Denn es stimmt, die Adligen bekämpfen sich gegenseitig, die alten Streitigkeiten sind neu entflammt. Und diese Flamme wird sicher nicht so schnell zu löschen sein!«

»Lanzo!«, rief ein junger Mann vom Nebentisch. Bei dem blonden Haar und den hellen Augen musste er altem litavischem Adel angehören. »Wo bleibst du eigentlich? Bring deine Freunde einfach mit rüber!«

»Mir gefällt es eigentlich an diesem Tisch recht gut«, bemerkte Nathan. »Wir haben auch noch drei Flaschen Wein.«

»Das ist der Duca di Cosiro, Herr in Ulvetta und Loviringien«, erklärte Lanzo. »Wollen wir ihn wirklich beleidigen?«

»Wir gesellen uns gleich zu Euch, Signor di Trabia«, versprach ich. Sobald er uns verlassen hatte, wandte ich mich an Nathan. »Wir können dem Duca die Bitte nicht abschlagen.«

»Das sieht dir gar nicht ähnlich, Ludwig. Du gehst diesen großsprecherischen Pfauen doch sonst nicht um den Bart. Aber ich will kein Spielverderber sein«, brummte Nathan, stand auf, nahm die restlichen Flaschen an sich und stiefelte zum Nachbartisch.

»Ich habe mir schon zu viele dieser einflussreichen Herren zu Feinden gemacht. Es besteht für mich also kein Grund, die Sammlung um einen weiteren zu ergänzen. Es kann nämlich nicht schaden, außer Feinden ab und an auch einen Freund zu haben.«

»Das ist sehr weise gesprochen, Ludwig. Wirklich sehr weise. Gertrude wäre stolz auf dich.«

Der Duca di Cosiro war einer der mächtigsten Männer Nordlitaviens, ein reicher Taugenichts, Spieler und Duellant. Weit nach Mitternacht, als sein Hemd bereits über und über mit Weinflecken besprenkelt war und in seinen Augen ein verräterisches Funkeln lag, umarmte er Nathan und erzählte ihm in gebrochenem Neuhortisch, wie sein Großvater, ein Schattenseher, einmal versucht hatte, eine ruhelose Seele aus dem Familienschloss zu jagen.

Es begeisterte di Cosiro über die Maßen, drei Seelenfänger auf einen Streich kennenzulernen. Im Grunde war dieser junge Mann von Anfang zwanzig aber kein schlechter Kerl.

Als Shuco wieder in den Keller kam, saßen außer Nathan und mir, di Trabia und dem Duca bloß noch vier weitere Männer am Tisch. Shuco machte eine sauertöpfische Miene, gab nur selten und dann sehr einsilbige Antworten, starrte in seinen Becher und hatte ganz offensichtlich den Wunsch, sich hemmungslos zu betrinken.

Giuseppe Merisi war Maler und Dichter in Diensten seiner Heiligkeit. Er hatte ein freundliches, rundes Gesicht, das ein Bart zierte, wie er in Vetetien gerade gern getragen wurde. Die giftige Farbe, mit der er seine Gemälde anfertigte, hatte sich in die Haut seiner langen Finger gefressen, obendrein verströmte er einen strengen Geruch nach Lösungsmittel, dies ungeachtet der teuren Duftwässer aus Progance, die er benutzte. Notfalls konnte er in jedem Satz, jeder Geste und jedem Blick eine Beleidigung sehen. Als Shuco brummte, er könne Gedichte nicht ausstehen, fühlte er sich folglich zutiefst in seiner Ehre verletzt. Nur ein sehr lautstark vorgebrachtes Wort di Cosiros und ein kräftiger Schlag mit der Faust auf den Tisch verhinderten eine Schlägerei.

»Merisi hat viele Probleme«, raunte mir di Trabia vertraulich mit. »Er ist höllisch begabt und muss im Grunde als Genie gelten. Er steht den Künstlern aus dem letzten Jahrhundert in nichts nach, und diese haben immerhin für drei Pontifexe und fünf Könige gearbeitet. Aber leider ist Merisi weitaus häufiger mit der Klinge als mit dem Pinsel in der Hand anzutreffen. Oder er zecht, statt zu dichten. Wenn er bislang noch nicht im Kerker gelandet ist, dann nur, weil er den Schutz des Heiligen Vaters genießt. Aber auch dessen Geduld ist nicht unerschöpflich.«

»Kann er gut mit dem Degen umgehen?«, fragte Shuco und sah den schwarzhaarigen Mann auf der gegenüberliegenden Tischseite verstohlen an.

»Es ist nicht gelogen, wenn ich behaupte, dass er einer der Besten ist, die ich kenne. Ich bin bisher sechsmal gegen ihn angetreten und habe nur einmal gewonnen. Und ich war in der Truppe des Duca nicht der schlechteste Fechter.«

»Dann solltet Ihr mal Nathan sehen«, brummte Shuco.

Bei einem weiteren Freund di Cosiros handelte es sich um einen blutjungen Mann, der von allen nur Küken genannt wurde, eine Anrede, die er niemandem verübelte. Dabei trug er eine Schulterkette mit drei großen Rubinen und dem Zeichen der Weinrebe. Mit anderen Worten: Es handelte sich bei ihm um einen Visconte, der sich im Krieg durch seine Kühnheit ausgezeichnet hatte.

Als dieser Merisi ihn zu einer Schlägerei anstacheln wollte, knallte Küken ihm jedoch bloß die Aufforderung an den Kopf, sich zum Teufel zu scheren. Daraufhin forderte ihn der streitsüchtige Künstler in aller Form zum Duell.

»Den Teufel werd ich tun, dich abzustechen, Giuseppe!«, antwortete Küken bloß lachend. »Schließlich schuldest du mir noch zwanzig Florins! Bis du mir die nicht gezahlt hast, brauchst du gar nicht auf ein Duell zu hoffen!«

»Dass du dich aus jeder Forderung herauswindest!«, knurrte Merisi.

»Und dass du nicht einen Abend in Ruhe und Frieden verbringen kannst«, mischte sich nun ein kräftiger Adliger ein, der Einzige am Tisch ohne Waffe. »Warum kannst du nicht ein ebenso eifriger Künstler wie Duellant sein? Hast du nicht versprochen, den Speisesaal im Sommerpalast noch bis zu den Osterfeierlichkeiten auszumalen?«

»Wo hast du eigentlich deine Ohren, Gianni? Ich habe oft genug wiederholt, dass ich mit diesem Werk nicht vor Weihnachten nächsten Jahres fertig sein werde!«, polterte Merisi. »Erst muss ich noch ein Pferdegemälde für Seine Heiligkeit und das Fresko für die Händlergilde beenden.«

»Bleibt zu hoffen, dass du vorher niemanden tot pikst«, stichelte Küken. »Und dann Hals über Kopf fliehen musst «

»Wenn du schon nicht mit dem Degen gegen mich antreten willst«, konterte Merisi, »dann versuch es halt mit Worten.«

»Verschone uns mit deinen Versen!«, bat Küken. »So grausam kannst du dich deinen besten und letzten Freunden gegenüber nicht zeigen.«

Schallendes Gelächter brach aus.

»Ich wende mich nun an die Herren Seelenfänger!«, übertönte plötzlich die Stimme des Duca den Lärm. »Würdet ihr mir eine kleine Gefälligkeit erweisen? Morgen tragen die Mannschaften aus San Giovanni und San Spirito das Abschlussspiel im Quilcio aus. Zwei Spieler meiner Mannschaft können aufgrund ihres unerwarteten Ablebens infolge eines Duells leider nicht teilnehmen. Ihr seid kräftige und erfahrene Männer. Die Rossi wären euch daher für eure Unterstützung dankbar. Messer Nathan hat bereits sein Einverständnis gegeben. Wir bräuchten also nur noch einen weiteren Spieler.«

»Gestatten die Quilcioregeln es denn überhaupt«, hakte ich nach, »dass jemand der Mannschaft angehört, der nicht in der Stadt lebt?«

»Sofern der Kapitän der Mannschaft diesen Spieler einlädt schon. Und der Kapitän bin ich. Die Einzigen, die nicht in meiner Mannschaft spielen dürfen, sind Männer aus dem Viertel unserer Gegner. Wie sieht es aus – erweist Ihr mir die Ehre, Messer Ludwig?«

Eine klare Frage verdient eine klare Antwort.

»Gern.«

»Wunderbar!«, rief der Duca aus. »Lanzo! Die Vorsehung selbst muss deine Freunde zu uns geschickt haben!«

»Nun müsst Ihr aber auch mich in die Mannschaft aufnehmen, Euer Durchlaucht«, verlangte Shuco. »Den Spaß will ich mir nicht entgehen lassen.«

»Ich überlasse Euch gern meinen Platz«, erklärte Gianni. »Meine Knochen sind nämlich schon zu alt, um den Prüfungen dieses Spiels unterzogen zu werden.«

»Dann ist es abgemacht!«, trumpfte di Cosiro auf. »Für San Giovanni werden nicht nur einfache Menschen, Adlige und Kirchenmänner kämpfen, sondern auch Seelenfänger!«

»Ihr nehmt also an diesem Quilciospiel teil?«, fuhr Gertrude uns an, sobald sie bei unserer Rückkehr von dem Plan hörte. »Ja habt ihr völlig den Verstand verloren?!«

»Als ob das so schlimm ist«, bemerkte Nathan.

»Natürlich ist es das. Das ist das letzte und entscheidende Spiel! Dabei treffen die Mannschaften aus zwei Vierteln aufeinander, die sich seit jeher nicht ausstehen können. Da geht es nicht gerade zimperlich zu, da wird hart zugeschlagen!«

»Du tust ja fast so, als sollten wir einer Horde Oculli gegenübertreten«, hielt Nathan dagegen. »Die paar Kratzer und blauen Flecken werden uns schon nicht umbringen.«

»Eure Kratzer und blauen Flecken bereiten mir weit geringere Sorge als die Kratzer und blauen Flecken eurer Gegner. Hat di Cosiro euch etwa nicht gesagt, dass Messer Claudio Marchette zur Mannschaft von San Spirito gehört?«

»Nein«, antwortete Nathan, der so tat, als würde er sich gerade außerordentlich für die Schärfe seines Degens interessieren. »Wer soll das sein?«

»Ein Mann vom Orden der Gerechtigkeit.«

Shuco war sturzbetrunken von uns auf eine Sitzliege verfrachtet worden. Jetzt hob er den Kopf.

»Soll ihn der Teufel holen!«

»Wir wissen dein gewichtiges Wort in dieser Angelegenheit zu schätzen«, erklärte Gertrude süffisant. »Aber was glaubst du geschieht, wenn ihr ihm während des Spiels eine ordentliche Tracht Prügel verpasst?«

»Nur ein nachtragender Kläffer könnte uns aus ein paar blauen Flecken einen Strick drehen!«

»Marchette ist ein nachtragender Kläffer, genau wie alle Ordensmitglieder. Ich muss mit ihm demnächst einige Fragen zu den Rechten der Seelenfänger in Iliatha und Sigisien besprechen. Der Orden hat sich endlich dazu bereit erklärt, uns auf den Inseln größere Handlungsfreiheit einzuräumen. Sollte das in letzter Sekunde an einem Ballspiel dummer Jungen scheitern, werde ich euch euren Ball höchstpersönlich in den Rachen stopfen! Das dürfte ich gerade noch schaffen, bevor die Magister mir das gleiche Vergnügen angedeihen lassen, weil ich die Gespräche mit dem Orden in den Sand gesetzt habe.«

»Keine Sorge, Gertrude«, sagte Nathan und hob wie zur Kapitulation die Hände. »Wir rühren den Ordensmann nicht an!«

»Ganz bestimmt nicht!«, brummte sogar Shuco.

»Das will ich hoffen! Mir ist völlig egal, wie ihr das anstellt, aber Marchette muss dieses Spiel unverletzt überstehen. Notfalls müsst ihr halt verlieren.«

»Wir sollen ein Spiel verlieren?«, knurrte Nathan. »So was hasse ich.«

»Ich mag das auch nicht. Aber hier geht es um die Bruderschaft! Nach etlichen Jahren bietet sich uns endlich die Möglichkeit, auf den Inseln anständige Arbeit zu leisten. Die sollten wir uns auf gar keinen Fall entgehen lassen.« Dann wandte sich Gertrude an mich. »Begleitest du mich noch?«

Shuco schickte mir ein mitfühlendes Schnalzen hinterher.

»Bringt euch ja nicht gegenseitig um«, murmelte Nathan.

Das lag nun in der Tat nicht in unserer Absicht. Gertrude hüllte sich allerdings in hartnäckiges Schweigen.

»Kennst du die Regeln dieses Spiels?«, fragte sie mich nach einer ganzen Weile.

»Man muss den Ball über die Begrenzungslinie der gegnerischen Hälfte bringen. Dabei ist jedes Mittel erlaubt.«

»Eben! Lass dich also ja nicht in eine Schlägerei verwickeln, denn du bist nicht unverwundbar.«

»Ich werd mir Mühe geben«, versprach ich. »Du solltest jetzt erst einmal ausschlafen.«

»Dafür gäbe ich einiges. Aber ich muss noch den Kardinal aus Lagoniege treffen.«

»Um vier Uhr nachts?«

»Die Politik kennt den Begriff der nachtschlafenden Zeit nicht. Der Kardinal bricht in einer Stunde auf. Es wäre viel umständlicher, ihn später in Lagoniege zu besuchen. Es dauert aber sicher nicht lange. Wartest du auf mich?«

»Selbstverständlich.«

Sie rieb sich müde die Augen, lächelte mich noch einmal an und verabschiedete sich.

Ich betrat mein Zimmer. Das Fenster stand weit offen, sodass der Geruch des Sommers hereinwogte. Die Steine gaben die im Laufe des Tages gespeicherte Wärme ab, die Zikaden saßen offenbar direkt unterm Dach und lärmten erbarmungslos.

Apostel lag auf dem Bett, Scheuch hatte es sich auf dem Fußboden gemütlich gemacht. Voller Stolz zeigte er mir seine neueste Trophäe.

»Welchen Engel hast du denn da geköpft?«, fuhr ich ihn an.

Scheuch deutete mit der Sichel zum Fenster, was man wohl als vage Antwort bezeichnen musste.

»Wo auch immer du den Kopf herhast, du bringst ihn zurück.«

Mit einer Grimasse gab er mir zu verstehen, dass er nicht willens war, diese völlig überzogene Forderung zu erfüllen.

»Stell dir doch mal bitte vor, irgendein Kirchenmann findet diesen Kopf in meinem Zimmer. Dem werde ich nicht erklären können, woher er stammt. Bring das Ding also bis morgen früh zurück!«

Nach einigem Zögern nickte Scheuch. Dann schnappte er sich den Engelskopf, verschwand im Kleiderschrank und knallte die Tür hinter sich zu.

»Ich gönn dir ja dein Plätzchen«, erklärte ich dem Schrank. »Aber meinst du nicht, es gäbe gemütlichere Orte, um die Nacht zu verbringen?«

Der Schrank antwortete mir mit einem Geräusch, bei dem Metall über Glas zu schrammen schien.

»Offenbar ist er nicht dieser Ansicht«, hielt Apostel fest.

»Falls du es dir überlegst«, fuhr ich fort, »vergiss nicht, den Kopf mitzunehmen, bevor du gehst.«

Doch diesmal bekam ich keine Antwort mehr.

»Was hast du dir in der Stadt denn so alles angesehen?«, erkundigte ich mich bei Apostel, während ich die Stiefel auszog und sie in die hinterste Ecke schleuderte.

Sofort setzte meine gute alte, ruhelose Seele ein entrücktes Lächeln auf. All seine Träume, so versicherte er mir, seien in Erfüllung gegangen, und was er alles gesehen habe, welche Herrlichkeit, einfach unvergleichlich, und dann …

»Du hörst mir ja überhaupt nicht zu!«, beschwerte er sich nach einer Weile.

»Doch, tu ich«, brummte ich und forderte ihn mit einer Handbewegung auf, mein Bett zu räumen. »Der Schrank und ich, wir sind beide ganz Ohr.«

Apostel schnaubte bloß wütend.

»Kommt Gertrude noch?«, wollte er wissen.

»Später schon, ja.«

»Dann sperrt ihr mich wieder die ganze Nacht aus«, maulte er. »Scheuch hat sich wenigstens in Sicherheit gebracht, denn aus dem Schrank wird deine Hexe ihn nicht ziehen, er ist darin so sicher wie ein Einsiedlerkrebs in seinem Schneckenhaus.«

»Scheuch ist längst weg.«

Apostel runzelte die Stirn und steckte nach kurzem Zögern den Kopf in den Schrank.

»Stimmt«, gab er zu. »Du, Ludwig, darf ich dich mal was fragen?«

Das war etwas derart Neues, dass ich mich sogar auf den Ellbogen hochstemmte. Apostel bat nie um Erlaubnis, wenn er mich mit seinen Fragen löchern, mir seine klugen Gedanken darlegen, die Leviten lesen oder ein *Ave Maria* um drei Uhr nachts in mein Ohr schmettern wollte.

»Nur zu«, forderte ich ihn auf.

»Du sprichst nie von Miriam. Ihren Namen höre ich dauernd, aber immer von anderen, nie von dir. Ist irgendwas zwischen euch beiden vorgefallen?«

»Das würde jetzt zu weit führen. Und morgen beim Spiel muss ich ausgeschlafen sein.«

Apostel versuchte noch eine Weile, mir irgendeinen Hinweis zu entlocken, begriff dann aber, dass es aussichtslos war, und gab beleidigt auf.

Die Glocken der Kirche des Heiligen Antonius schlugen zehn Uhr morgens. Shuco knackte mit bloßen Händen eine Walnuss und steckte sich den Kern in den Mund.

»Gestern Abend war ich di Trabia gegenüber vermutlich etwas schroff«, murmelte er.

»Ist mir auch aufgefallen.«

»Keine Sorge, ich werde mich gleich heute bei ihm entschuldigen.«

»Mach das.«

»Aber warum musste er auch ausgerechnet Solesino erwähnen? Warum hat er das Justirfieber überlebt, aber Rosa nicht? Den ganzen Abend habe ich über diese Frage nachgegrübelt. Rosa ist gestorben, als ob sie keine Seelenfängerin gewesen wäre, sondern eine gewöhnliche Frau.«

»Am Ende sind wir eben auch nur gewöhnliche Menschen. Mit dem einzigen Unterschied, dass wir über etwas verfügen, das manche einen Fluch, andere eine Gabe nennen.«

»Tolle Gabe«, brummte er. »Nicht einmal ihren Tod hat sie verhindert! Und ich habe sie nicht beschützt! Ich wollte nicht nach Solesino und hätte die Magister am liebsten zum Teufel gejagt! Ich wollte einfach mit Rosa auf und davon. Aber sie hat mich überzeugt, nach Solesino zu gehen. Dabei hätten wir unbedingt fliehen müssen! Die Welt ist groß genug, da hätten wir schon irgendwo ein Plätzchen gefunden, wo uns niemand aufspürt!«

»Aber wenn Menschen wie wir sich verstecken wollen, ist die Welt viel zu klein«, widersprach ich. »Außerdem konntest du nicht ahnen, was passieren würde. Wir können schließlich nicht in die Zukunft blicken.«

»Ich hätte wissen müssen, was geschieht, als sie mit Paul in die Kirche gegangen ist, nicht mit mir. Deshalb ist ihr Tod allein meine Schuld.«

»Unsinn! Paul war ein erfahrener Seelenfänger und noch dazu älter als du. Du musstest ihm gehorchen.«

»O nein!«, ereiferte sich Shuco. »Dieser alte Widerling hat Rosas Tod auf dem Gewissen! Wäre ich bei ihr gewesen, würde sie heute noch leben! Weißt du, was ich aufrichtig bedauere? Dass der Kerl in diesen unterirdischen Gängen verreckt ist! Ich hätte ihm zu gern eigenhändig den Hals umgedreht!«

Aber auch das würde Rosa nicht wieder lebendig machen …

»Dein Schuldgefühl lässt dich zu einem schwachen Mann werden«, hielt ich Shuco deshalb vor. »Früher oder später bringt es dich um. Das hätte Rosa aber bestimmt nicht gewollt.«

»Spar dir diese Spielchen, Ludwig!«

»Das sind keine Spielchen! Mir ist klar, dass du eine schwere Zeit durchmachst, Shuco. Aber du wirst elendig sterben, wenn du dich jetzt nicht zusammenreißt! Du musst aufhören, über die Frage nachzugrübeln, wen die Schuld an Rosas Tod trifft!«

»Wenigstens hast du kein falsches Mitleid mit mir«, presste er heraus. »Und hältst mit deiner Meinung nicht hinterm Berg.«

»Ich bin kein Diplomat wie Nathan. Und ich bin auch nicht wie Gertrude, die fürchtet, sie könnte dich noch weiter verletzen. Rosa war eine einmalige Frau, ihr Tod schmerzt auch mich. Ich mache mir nämlich ebenfalls Vorwürfe, weil ich damals eine halbe Stunde zu spät gekommen bin. Wäre ich früher zurück gewesen, hätten die Reliquien sie gerettet. Aber sie ist tot, während du lebst. Du kannst dich also weiterhin in den Schenken derart betrinken, dass deine Freunde – wenn du denn noch welche hast – dich nach Hause schleppen müssen. Oder du kannst wieder das machen, worauf du dich am besten verstehst: dunkle Seelen auslöschen.«

Er klappte sein Rasiermesser auf, das ihm den schwarzen Dolch ersetzte, und betrachtete in der dunklen Schneide sein Abbild.

»Ich werde über deine Worte nachdenken, Ludwig.«

»Lass dein Messer besser hier«, riet ich ihm und ging ihm mit gutem Beispiel voran, indem ich meinen Dolch in die Tischschublade steckte. »Beim Quilcio sind Waffen verboten, du müsstest das Messer also sowieso abgeben. Wir sollten unsere Klingen aber keinen Fremden anvertrauen.«

»Da hast du recht«, erwiderte Shuco, schloss das Rasiermesser wieder und reichte es mir. »Und jetzt lass uns aufbrechen. Mich juckt es in den Fingern, jemanden zu verprügeln. Zu schade, dass dieser verschwatzte Schnösel, dieser Maler di Cosiros, auf unserer Seite steht. Da werde ich ihm wohl kaum eins hinter die Löffel geben können.«

»Er kann nun einmal nicht für San Spirito spielen.«

»Eben – zu bedauerlich!«

Apostel verdrehte bloß die Augen.

Das Spielfeld war auf dem im Zentrum Livettas gelegenen Torplatz abgesteckt worden. An diesen grenzten vier Stadtviertel an. Die Westseite nahm die Kirche Santa Maria dell'Angelo Falcone ein, neben der ein Denkmal für Kaiser Konstantin stand. Es zeigte ihn, wie er die Stadt betrachtete, die sich gerade zu der aus Araphien gekommenen Religion bekannte und sich folglich von den Götzen verabschiedete, die man in der Vergangenheit angebetet hatte.

Das Feld hatte eine Länge von mehr als einhundert Yard und eine Breite von fünfzig Yard. Auf das Pflaster war eine dicke Schicht Sand gestreut worden. Um das Feld herum hatte man Tribünen für die Zuschauer errichtet. Auf ihnen hatte sich mittlerweile halb Livetta versammelt. San Giovanni nahm zum ersten Mal seit sechs Jahren am Schlussspiel teil. Nach Siegen über die Verdi und die Azurri standen ihnen nun die Bianchi gegenüber. Die Männer aus San Spirito hatten das Turnier in den letzten vier Jahren stets für sich entschieden.

Die Menge johlte und grölte bereits. Der Geruch von warmem Sand vermischte sich mit dem von gebranntem Zucker, menschlichem Schweiß und einem in der Ferne heraufziehenden Gewitter.

Letzteres trübte die Stimmung der Zuschauer übrigens nicht im Mindesten. Was war schon ein bisschen Regen gegen das wichtigste Ereignis im Rahmen der zweiwöchigen Feierlichkeiten zu Ehren des Schutzheiligen – das Schlussspiel im Quilcioturnier. In Livetta liebte man dieses Spiel seit den Zeiten Wilhelms des Erdbezwingers. Notfalls trug man eine Partie auch aus, wenn ringsumher Seuchen wüteten, so geschehen im Pestjahr 1285. Oder wenn Livetta belagert wurde, wie damals von den Söldnerarmeen Leonids des Hochnäsigen. Der Kampf um den Ball wurde höchstens kurz unterbrochen, um einen Angriff des Gegners auf die Mauern der Stadt abzuwehren.

Livetta wäre ohne Quilcio also gar nicht denkbar, die Stadt ging vor dem Spiel in die Knie, vergötterte es und lebte nur dafür. Und die Zuschauer, gewandet in die roten und weißen Farben ihrer Mannschaften, aalten sich bereits in der Vorfreude auf ein unvergessliches Spiel.

»Stell dir vor«, raunte Nathan mir zu, nachdem wir den Raum verlassen hatten, in dem wir die roten Hosen mit den Längsstreifen im selben, allerdings etwas heller gehaltenen Farbton angezogen hatten, »Merisi hat mich zum Duell herausgefordert.«

»Und? Hast du die Herausforderung angenommen?«, fragte Shuco, während er seine Muskeln lockerte, die sich in festen Strängen unter seiner Haut abzeichneten.

»Der Duca hat es mir verboten.«

»Schade. Hätte mich gefreut, wenn du den Burschen abgestochen hättest.«

»Shuco ist heute ziemlich blutdürstig«, setzte ich Nathan ins Bild. »Hat der Duca dir schon gesagt, wo du stehst?«

»Ja, bei den Fäustlingen in der ersten Reihe. Was ist mit euch? Steht ihr auch in der Verteidigung?«

»Mhm«, sagte Shuco. »Der Duca hat uns zu den Schilden verbannt. Also in die zweite Verteidigungsreihe.«

»Das ist keine Schande«, mischte sich Lanzo di Trabia ein. »Denn wenn die Rammer des Gegners bei den Fäustlingen durchbrechen, müssen wir um jeden Preis verhindern, dass sie bis zu unseren Schnappern durchkommen.«

»Wo hast du heute morgen eigentlich gesteckt?«, wollte ich noch von Nathan wissen. »Wenn Mila nicht gewesen wäre, würden wir dich immer noch in ganz Riapano suchen.«

»Tut mir leid, ich hätte euch das sagen sollen. Ich habe noch etwas Geld gesetzt, das hat länger gedauert als vermutet.«

»Viel Geld?«, fragte Shuco.

»Zwanzig Dukaten. Wir werden nicht als Sieger gehandelt, deshalb würde ich fünfundvierzig Dukaten bekommen, wenn wir doch gewinnen.«

»Ein stattliches Sümmchen«, bemerkte Shuco, ließ seine Fingerknochen knacken und ruderte mit den Armen. »Dann wollen wir doch mal dafür sorgen, dass du es nach Hause trägst. Allerdings sind unsere Gegner nicht gerade schmächtige Burschen.«

»Hast du etwa gedacht, San Spirito würde lauter Versehrte gegen uns aufstellen?«, wieherte Nathan. »Aber gut, nehmen wir unsere Plätze ein!«

»Möge San Giovanni den Ball über die Linie bringen, damit wir was zu feiern haben«, rief Shuco ihm nach. »Wer von diesen Burschen ist jetzt vom Orden?«

Ich sah mir die Männer auf der gegnerischen Seite an.

»Keine Ahnung«, gab ich zu. »Sag mal, weißt du zufällig, wo Apostel steckt?«

»Er hat Mila entdeckt und ist prompt dahingeschmolzen. Wird diese Kreatur, die aussieht wie eine vergammelte Vogelscheuche, das Spiel auch verfolgen?«

Da er mit dem Rücken zur Tribüne stand, sah er Scheuch nicht, der in der ersten Reihe aufragte und bis über beide Backen grinste, weil er hoffte, dass sich gleich ein paar Menschen unter dem Gejohle etlicher Zuschauer windelweich prügeln würden.

»Ja«, antwortete ich. »Ist das schlimm?«

»Für mich bestimmt nicht. Für dich vielleicht schon, mein Freund.«

Die erste Begegnung zwischen Shuco und Scheuch hatte leider unter keinem guten Stern gestanden. Es hätte nicht viel gefehlt, und die beiden hätten sich gegenseitig abgemurkst. Als Shuco nun meinem Blick folgte, entdeckte auch er Scheuch. Dieser begrüßte ihn mit einem amüsierten Nicken.

»Offenbar hat er mich nicht vergessen.«

»Glaub mir, er hat ein hervorragendes Gedächtnis.«

Shuco spuckte in den Sand und kehrte Scheuch wieder den Rücken zu. Dieser arbeitete sich noch weiter vor und baute sich unmittelbar hinter unseren Schnappern auf, damit er das Geschehen noch besser verfolgen konnte. Fluchend stapfte ich an den Spielfeldrand und beugte mich in einer Weise vor, als wollte ich den Sand anbeten.

»Wenn du zugucken willst, verschwinde in die letzte Reihe der Tribüne«, zischte ich Scheuch zu. »Die Gegner haben einen Ordensangehörigen in ihrer Mannschaft, der sollte dich besser nicht sehen.«

Anscheinend teilte ich ihm damit nichts Neues mit. Im Gegenteil. Doch obwohl Scheuch höchst erpicht auf die Begegnung mit dem Mann war, zeigte er sich brav und tauchte in der Menge unter.

»Was war das denn?«, wollte Shuco wissen, als ich zu ihm zurückkehrte.

»Ein kleines Gespräch unter Freunden.«

Beim Quilcio stellte jede Seite siebenundzwanzig Mann. Ganz vorne lauerten die Rammer für den Angriff über die Mitte, die linke und die rechte Flanke. Sie waren die schnellsten und wendigsten Männer auf dem Feld. Ihre Aufgabe war höchst schlicht den Ball um jeden Preis über die gegnerische Linie zu bringen. Di Cosiro, Merisi und Küken gehörten bei uns zu den Rammern.

Fäustlinge bildeten die erste Verteidigungsreihe, die den Vorstoß des Gegners vereiteln sollte.

Shuco, Lanzo di Trabia, der Diakon von San Clement und ich gehörten als Schilde zur nächsten Schutzkette. Hinter uns gab es dann nur noch die Schnapper, die letzte Hoffnung, wenn der Gegner uns überwinden sollte.

Denn hinter den Schnappern lag das sogenannte Siegfeld. In ihm musste der eiförmige Ball landen. Man musste ihn dorthin tragen und dann ablegen, ein Wurf zählte nicht. Ruhte der Ball im Siegfeld, rief der Schiedsrichter zehn Sekunden später den Sieg aus – sofern der Ball nicht von der Gegenseite wieder herausgeholt wurde. Wie man sich unschwer vorstellen konnte, waren es für die Mannschaft, die schon fast gewonnen hatte, die längsten zehn Sekunden ihres Leben, für die Gegenseite die kürzesten.

Manchmal dauerte ein Spiel keine zehn Minuten, manchmal zog es sich mehrere Stunden hin. In so einem Fall entschied über Sieg oder Niederlage die Anzahl der noch auf dem Feld verbliebenen Spieler und die reine Körperkraft, ansonsten gaben Taktik und Erfahrung den Ausschlag.

Unsere Kampfeinheit, wie Nathan es ausdrückte, musste als höchst buntscheckige Schar bezeichnet werden. Sechs Adlige, drei Seelenfänger, zwei Kirchenleute, dazu Handwerker, Apotheker, Blumenverkäufer und Schornsteinfeger. Beim Quilcio gab es keine Schichten und Ränge, da waren alle gleich.

Wir bauten uns in unserer Hälfte des Spielfelds auf. Erst die fünfzehn Rammer, dahinter die fünf Fäustlinge, dann die vier Schilde und schließlich die drei Schnapper.

Unter den Hunderten von gewöhnlichen Zuschauern gab es auch – wenn ich mich nicht verzählt hatte – neun ruhelose Seelen. Die Tribünen für den Adel waren überdacht und mit einer hohen Brüstung gesichert. Dort schillerten Gewänder in den herrlichsten Farben, funkelten Geschmeide aus Gold und Edelstein. An den Lanzen knatterten Bänder im heißen Wind. Die armen Soldaten der Stadtwache kamen bei der gewitterschwülen Hitze in ihren rot-weißen Paradeuniformen bestimmt um …

»Worauf warten wir eigentlich noch?«, schrie mir Shuco ins Ohr.

»Auf das Gebet.«

Sobald der Bischof auf der Adelstribüne die ersten Worte vortrug, ließen sich sämtliche Spieler aufs Knie nieder. Die magisch verstärkte Stimme flog über das Feld und die Zuschauer hinweg und verstummte exakt in dem Moment, da die Kirchenglocken zwei Uhr nachmittags läuteten.

Sobald der letzte Ton verklungen war, riss der in goldenen Hosen steckende oberste Schiedsrichter die purpurne Fahne hoch. Daraufhin warf sein Gehilfe den eiförmigen Ball aus braunem Leder in die Luft.

Die Rammer beider Seiten stürzten augenblicklich dem zu Boden fallenden Leder entgegen. Die Rempelei wuchs sich sofort zu einer regelrechten Prügelei aus. Die Menge tobte vor Begeisterung. Ich wich zusammen mit den anderen Verteidigern etwas zurück.

In den nächsten zwei Minuten blitzte der Ball inmitten all der verknäuelten Arme und Beine mal hier und da ganz kurz auf, verschwand dann aber stets wieder im Gemenge. Beide Seiten versuchten clevere Ausfälle, doch keine schaffte es, den Ball mehr als zehn Schritt über die Feldmitte hinauszutragen.

Ich frohlockte bereits, von den Rempeleien verschont geblieben zu sein, als plötzlich Lanzo di Trabia rechts von mir »Diese Hurensöhne!« schrie. »Das dürfen wir uns nicht bieten lassen!«

Die Fäustlinge der Bianchi bewegten sich über die rechte Flanke auf unsere Rammer zu, trieben sie auseinander und gaben damit ihren Angreifern die Möglichkeit zu einem Vorstoß in die feindliche Hälfte. Tatsächlich konnten sich auf einmal sechs Gegner aus dem Menschenknäuel herausschälen.

Am rechten Spielfeldrand raste plötzlich ein weißer Rammer mit dem Ball in beiden Händen auf uns zu. Zwei seiner Mitspieler gaben ihm Deckung, parallel dazu stürmten auf der linken Seite drei Bianchi vorwärts.

Drei unserer Fäustlinge sowie ein Schild, ebendieser Diakon, setzten an, das Trio mit dem Ball aufzuhalten. Sie keilten sich mit verbissener Wut zwischen die Gegner, doch bevor sie angreifen konnten, warf der Rammer mit dem Ball das Leder einem Mitspieler auf der linken Flanke zu. Zwei unserer Angreifer hatten sich zwar ebenfalls aus der allgemeinen Schlägerei befreit und die Verfolgung auf der Linken aufgenommen, konnten die gegnerischen Rammer aber nicht mehr einholen.

Nathan stürzte sich nun entschlossen auf den Ballträger und seine zwei Mitspieler, holte einen des Trios im Vorbeilaufen von den Beinen und warf sich auf den anderen.

Shuco und ich eilten ihm zu Hilfe, während di Trabia zu unseren Schnappern zurückrannte, um diese notfalls zu unterstützen. Die Keilerei in der Feldmitte dauerte an, sodass die vorstürmenden weißen Rammer wenigstens nicht auch noch von der Mitte Verstärkung erhalten konnten.

»Der Bulle mit Ball gehört mir!«, brüllte Shuco begeistert.

Doch der Rammer warf den Ball bereits geschickt einem etwas kleineren schwarzhaarigen Mitspieler zu, um Shuco unmittelbar danach einen Schwinger mit seiner riesigen Faust zu verpassen. Mein Freund duckte sich jedoch weg und schleuderte stattdessen den Bianchi zu Boden.

Der schwarzhaarige Kerl hatte sich den Ball fest an die Brust gepresst und stand plötzlich genau vor mir. Mit einem überraschenden Haken nach rechts wäre er fast an mir vorbeigeschlüpft. Doch in letzter Sekunde trat ich ihm mit voller Wucht gegen den Unterschenkel. Er schrie auf, geriet ins Stolpern und stürzte. Sofort sprang ich ihm auf den Rücken. Als er versuchte, sich unter mir herauszuwinden, fing er sich von mir einen Faustschlag in die Rippen ein, der seinen Eifer deutlich dämpfte.

Küken tauchte auf, der bereits ein herrliches Veilchen zur Schau trug, und schnappte sich den Ball.

»Gute Arbeit, Seelenfänger!«, lobte er mich noch, bevor er wie der Blitz davonstürmte.

Zwanzig Minuten später, als meine Lippen blutig und meine Fingerknöchel aufgeschlagen waren, das Gewitter über Livetta grollte und der Himmel kurz davor schien, seine Schleusen zu öffnen, hätten wir fast den Sieg errungen. Doch dann wurden wir erneut in die Feldmitte zurückgetrieben. Sieben unserer Männer konnten das Spiel danach nicht mehr fortsetzen, sie wurden unter dem Beifall der Menge auf Tragen vom Feld gebracht. Die Bianchi hatten bei dieser Auseinandersetzung leider nur einen Verlust von fünf Spielern zu beklagen.

Nun setzten uns die Burschen natürlich ordentlich zu, griffen mal über die linke, mal über die rechte Flanke an. Zwei weitere unserer Fäustlinge fielen aus. Shuco und ich nahmen ihre Plätze ein.

»Der Bursche, dem du vorhin die Rippen zertrümmert hast«, teilte mir Nathan rasch mit, »das war übrigens der Ordensangehörige.«

»Gertrude wird entzückt sein …«

»Was hättest du denn machen sollen?«, schimpfte Shuco, der noch immer keine einzige Schramme davongetragen hatte. »Ihm freie Bahn lassen und den Weg mit Blumen bestreuen? Aber von jetzt an solltest du vorsichtiger sein!«

Shuco selbst hatte diese Absicht offenbar nicht, denn er rempelte kurz darauf den Ordensangehörigen um, entriss ihm den Ball und setzte sich dann an die Spitze unseres Angriffs. Als ihn nur noch ein paar lächerliche Meter von der Ziellinie trennten, wurde aber auch er überrannt.

Sofort gingen die Bianchi zum Gegenangriff über. Merisi brachte den Ballträger mit einem Hechtsprung zu Fall. Sobald dieser den Ball losließ, schnappte ihn sich umgehend di Cosiro und warf ihn mir zu. Nathan und di Trabia hinderten zwei gegnerische Fäustlinge daran, sich auf mich zu schmeißen, sodass ich den Ball ungehindert fangen und mit dem Ei davonstürmen konnte.

Nach fünfzehn Schritt erwischten mich die Bianchi dann aber doch. Einer von ihnen riss mich um und pflanzte sich auf mich.

»Ludwig!«, schrie mir Apostel da auch noch zu.

»Verschwinde von hier!«

Schon fegte Shuco den auf mir thronenden Kerl weg, wobei er ihm gleich noch die Nase brach.

»Das ist wichtig!«

»Hol dich doch der Teufel!«, brüllte ich. »Nicht jetzt!«

Ich spuckte den Sand aus und versuchte aus dem Gewusel von roten und weißen Spielern klug zu werden.

»Aber du musst sofort ...«

Ich winkte bloß ab und eilte Küken zu Hilfe, der sich mit mehreren Bianchi auseinandersetzen musste. Genau in diesem Moment öffnete der Himmel seine Schleusen ...

Die Menge auf den Tribünen tobte. Heulte und johlte, schlug Trommeln und wedelte, so gut es ging, mit den klatschnassen Fahnen.

Ich saß am Ende meiner Kräfte im völlig verschlammten Sand. Dieses verteufelte Spiel hatte sich zum Schluss in eine entsetzliche Schlägerei verwandelt, wie man sie sonst nur aus Bierschenken kannte. Der einzige Unterschied hatte darin bestanden, dass nirgends ein Messer aufgeblitzt war.

Apostel, der doch so dringend mit mir hatte reden wollen, war wie vom Erdboden verschluckt.

»Wenigstens hatten wir unseren Spaß!«, stieß Nathan aus.

»Einen echt blöden Spaß!«, brummte Shuco. »Den wir auch noch verloren haben!«

»Am Ende standen einfach mehr Gegner auf dem Platz«, bemerkte Küken, der sich zu uns gesellte, nachdem er den Zuschauern für ihren Beifall gedankt hatte. »Außerdem kann man den Bianchi eins nicht absprechen: Die sind erste Klasse. Aber immerhin haben sie ordentlich Prügel bezogen.«

Als ich aufstehen wollte, streckte mir Nathan die Hand hin.

»Eigentlich ganz gut, dass in Livetta nicht die Regeln gelten, nach denen man weiter unten im Süden spielt«, murmelte Shuco. »Da muss man nämlich die Gegner nach dem Spiel küssen. Wenn mich dieser Ordensangehörige abschmatzen würde, dann würde ich ihm wahrscheinlich auf seine weißen Hosen kotzen. Ach ja, wenn man vom Teufel spricht ... «

Obwohl wir Messer Claudio Marchette ziemlich die Visage poliert hatten, sah er hochzufrieden aus.

»Für Seelenfänger, die zum ersten Mal einen Quilcioball in der Hand hatten, habt ihr euch recht wacker geschlagen«, begrüßte er uns.

Bevor Shuco irgendetwas erwidern konnte, schob sich Nathan zwischen die beiden und drängte unseren Freund mit der Schulter etwas ab.

»Soll er doch an seiner Siegesfreude verrecken!«, brummte Shuco, doch da war Marchette glücklicherweise schon außer Hörweite.

»Das war ein hervorragendes Spiel, Messeri!«, rief uns di Cosiro zu. Er saß auf einer Bank in der ersten Reihe der Tribüne und hatte den Kopf mit der gebrochenen Nase in den Nacken gelegt. Ein Arzt vom Hofe versuchte verzweifelt, die Blutung zu stillen. »Mein Doktor steht euch zur Verfügung. Anschließend lade ich alle in die *Pomeranze* ein. Ihr schließt euch uns doch an, nicht wahr?«

»Ich werde mir mit Freuden die Kehle anfeuchten«, versicherte Shuco.

»Wusst' ich's doch, dass ich mich auf euch verlassen kann!«, rief er. Dann riss er den Kopf hoch und stieß den Arzt von sich. »Das reicht, Domenico, Schluss jetzt!«

Daraufhin begaben wir uns alle zu dem Haus am Torplatz, in dem der Herzog Räume angemietet hatte, in denen wir uns umkleiden konnten. Als wir es betraten, wollten wir unseren Augen kaum trauen.

»Küken!«, brüllte di Cosiro. »Hol sofort die Stadtwache!«

Die fünf Diener des Duca waren mit Armbrüsten oder Degen getötet worden. Messer Gianni, jener Adlige, der seinen Platz in der Mannschaft an Shuco abgetreten hatte, saß gegen eine blutverschmierte Wand gelehnt da und starrte uns aus gebrochenen Augen an.

»Merisi«, erteilte di Cosiro den nächsten Befehl. »Überprüfe die anderen Zimmer!«

Shuco schnappte sich einen schweren bronzenen Kerzenständer vom Tisch und folgte dem Künstler. Nathan war kreidebleich geworden und augenblicklich auf den Schrank mit den weit aufgerissenen Türen zugestürzt.

»Zum Teufel aber auch!«, schrie er. »Alle Waffen sind weg!«

»Halb so wild!«, meinte di Cosiro. »Ich kaufe Euch so viele neue Degen, wie Ihr wollt!«

»Sämtliche Degen dieser Welt können mir gestohlen bleiben! Mein Dolch ist geklaut worden!«

Nathan saß am Tisch, das Gesicht in seine Pranken vergraben, und wollte auf der Stelle sterben. Ich verstand ihn. Ohne Dolch fühlte man sich, als wären einem beide Hände abgehackt worden. Oder als hätte man einen alten Freund verloren.

»Wir finden deinen Dolch«, versicherte ich ihm. »Das verspreche ich dir.«

Er zog die Hände vom Gesicht und lächelte mich traurig an. Ihm war ebenso klar wie mir, dass eine große Stadt wie Livetta jedem Dieb unzählige Möglichkeiten bot, sich zu verstecken. Und wer den Dreckskerl gesehen hatte, war tot.

»Ich werde alles tun, was in meinen Kräften steht, um den Dieb zu fassen«, erklärte Gertrude entschlossen, »aber Ludwig muss ich euch jetzt erst einmal entführen. Er wird zu einer Audienz erwartet.«

»Jetzt?«, fragte ich verwundert. »Nach allem, was hier geschehen ist?!«

»Man lässt die Herren der Kirche nicht warten. Bringen wir das Gespräch also so schnell wie möglich hinter uns, damit wir uns auf die Suche nach dem Dieb machen können.«

»Geht von mir aus ruhig zu eurer Audienz«, brummte Nathan. »Auf eine Stunde mehr oder weniger kommt es jetzt auch nicht mehr an. Außerdem hat der Duca ein paar Männer auf den Kerl angesetzt. Allerdings glaube ich nicht, dass sie Erfolg haben werden.«

»Du kannst Ludwig nicht mitnehmen, Gertrude!«, brauste Shuco jedoch auf. »Denn es zählt jede Sekunde!«

»Was willst du überhaupt unternehmen?«, polterte sie wütend zurück. »Was?! Willst du durch die Gassen streifen und jeden, der dir begegnet, fragen, ob hier jemand vorbeigekommen ist, der mit einem schwarzen Dolch herumgefuchtelt hat? Sämtliche Waffenläden der Stadt durchsuchen? Hehler ausfragen? Hast du auch nur die geringste Ahnung, wo du suchen musst?! Glaub mir, wenn du Hals über Kopf losstürzt, vergeudest du nur sinnlos deine Zeit. Und wenn wir dich wirklich brauchen, treibst du dich vielleicht gerade auf der Suche nach dem Dieb in irgendwelchen Spelunken rum. Deshalb werde ich mit den Kirchenleuten sprechen. Sie werden uns helfen.«

»Ein Wunder könnten wir jetzt in der Tat gut brauchen«, stimmte ich ihr zu.

»Wo kommt der denn auf einmal her?«, fragte Shuco, als Claudio Marchette in die Waffenkammer kam.

»Ich habe den Orden über eure Schwierigkeiten in Kenntnis gesetzt«, antwortete Gertrude. »Ganz wie es unsere Gesetze verlangen.«

»Du musst es ja wissen«, knurrte Shuco.

In dem Fall blieb Gertrude jedoch wirklich keine Wahl: Beim Verlust eines Dolches musste die Bruderschaft dem Orden davon Mitteilung machen.

»Guten Abend, die Herrschaften«, begrüßte Marchette uns, wobei Shuco ins Gesicht geschrieben stand, wohin er den Ordensangehörigen wünschte. »Der Verlust Eurer Klinge tut mir aufrichtig leid.«

»Was habt Ihr deswegen unternommen?«

»Wir haben die nötigen Personen davon in Kenntnis gesetzt, Herrin von Rüdiger. Wenn der Dolch zum Verkauf angeboten werden oder irgendwo zum Einsatz kommen sollte, ja, wenn es auch nur entsprechende Gerüchte gibt, werden wir es Euch umgehend wissen lassen. Die Stadtwache hält ebenfalls Augen und

Ohren offen. Wir alle gehen davon aus, dass es bei dem Diebstahl einzig und allein um den schwarzen Dolch ging.«

»Ach nee!«, stieß Shuco mit einem Grinsen aus, das nichts Gutes verhieß. »Aber wer auf einen solchen Dolch erpicht ist, liegt ja wohl auf der Hand.«

»Ergeht Euch bitte nicht in vagen Anschuldigungen, Messere. Wenn Ihr einen Verdacht habt, rückt offen mit der Sprache heraus.«

»Wenn Ihr es unbedingt so haben wollt! Die größten Vorteile hätte selbstverständlich der Orden. Der fährt der Bruderschaft ja ohnehin gern an den Karren!«

»Manche Menschen sind wirklich besessen von der Vorstellung, alle Welt hätte sich gegen sie verschworen«, entgegnete Marchette unter schallendem Gelächter. »Dass an dem heutigen Spiel auch Seelenfänger teilnehmen würden, die ihre Waffen und ihre Kleidung in den von di Cosiro angemieteten Räumlichkeiten zurücklassen, wusste die halbe Stadt.«

»Ich bitte darum, dem Herrn Shuco seine unbedachten Worte zu verzeihen«, mischte sich Gertrude, ganz Diplomatin, ein. »Er nimmt sich die Niederlage im heutigen Quilciospiel schwer zu Herzen.«

»Die Entschuldigung ist angenommen«, gab sich Marchette großherzig. »Ich bräuchte nun von Herrn Silber eine genaue Beschreibung des Dolchs. Ich habe auch den Maler zu uns gebeten, damit er eine Skizze der Klinge anfertigt.«

»Herr Silber wird Euch nur zu gern behilflich sein«, versicherte Gertrude und wandte sich Nathan zu, um ihn mit Nachdruck zu fragen: »So ist es doch, oder?«

»Natürlich.«

»Damit wäre das auch geklärt«, sagte Gertrude. »Dann gestattet, dass wir Euch allein lassen, denn ich habe mit den Herren van Normayenn und Shuco noch verschiedene Dinge zu erledigen, die keinen Aufschub dulden.«

Als sie die Waffenkammer verließ, hatte sie einen derartigen Schritt am Leibe, dass Shuco und ich kaum mit ihr mithielten. Sobald wir im Garten einen Platz gefunden hatten, an dem wir vor fremden Ohren sicher sein konnten, drehte sie sich zu Shuco um.

»Welche Laus ist dir eigentlich heute über die Leber gelaufen?«

»Ich bin mir ganz sicher, dass der Orden hinter der Geschichte steckt.«

»Und das musst du einem seiner Mitglieder völlig unverblümt an den Kopf knallen, ja? Selbst wenn du recht hättest, können wir den werten Herren nichts nachweisen. Wenn du dich aber täuschst, dann hätte Marchette guten Grund, die beleidigte Leberwurst zu spielen. Damit wären die Verhandlungen zu unserem Status auf Iliatha und Sigisien gescheitert, noch bevor sie richtig geführt wurden. Obendrein zwingst du mich mit deinem unbedachten Geschwätz, mich vor diesem Hundesohn zu erniedrigen und vor ihm zu Kreuze zu kriechen!«

»Tut mir ja leid.«

»Kann ich dich eigentlich allein lassen, während ich Ludwig begleite?«

»Ich werde lammfromm sein.«

Sie schüttelte bloß schicksalsergeben den Kopf und bedeutete mir, ihr zu folgen. Der Inquisitor, der Gertrude im Auge behalten sollte, folgte uns in einem Abstand von zwanzig Schritt. Am Tor zum Haupthof schloss er rasch zu uns auf.

»Sie gehören zu mir«, teilte er den Posten mit.

Vorm Eingang des Papstpalasts stand der nächste Posten. Er ließ uns, ohne uns eine Frage zu stellen, in den dunkelbraunen Bau mit den Balkonen in den oberen Stockwerken und den gewaltigen Fenstern eintreten. Ein Wandelgang mit einem Glasdach wurde von der bereits wieder auftrumpfenden Sonne in strahlendes Licht getaucht. Die Marmorstatuen von Engeln, die sich zu beiden Seiten dahinzogen, schienen geradezu von innen zu leuchten. Scheuch, der sich uns angeschlossen hatte, blieb wie angewurzelt stehen und starrte fassungslos auf die Figuren. An ihnen würde er nicht vorbeikommen, denn jeder Engel war ein lichter Animatus. Noch schliefen diese Geschöpfe, aber vermutlich würden sie aufwachen, sobald mein dunkler Animatus an ihnen vorbeihuschen wollte. Dann dürfte ein Radau losbrechen, der die halbe Stadt anlocken würde.

Immerhin zeigte sich Scheuch so klug, es nicht mit einem Dutzend Engeln aufnehmen zu wollen. Er winkte bloß ab und verdrückte sich in andere Gänge, dabei nach weiteren Überraschungen Ausschau haltend.

»Er kann ja richtig vorsichtig sein«, flüsterte Gertrude mir zu.

In den Sälen sahen uns in all der funkelnden und glänzenden Pracht allenthalben unsere verzerrten Abbilder entgegen. Herrliche Fresken, farbsatte Gemälde in schweren Goldrahmen, kristallene Lüster, marmorne Statuen, Säulen und teure chagzhidische Teppiche ließen mir den Atem stocken.

Allerdings argwöhnte ich, dass meine Ergriffenheit nicht ausschließlich auf die Kunstwerke zurückging, sondern auch auf lichte Magie, die im Übermaß durch den Palast wogte.

Dass Gertrude ebenfalls seltsam ergriffen schien, fasste ich als Bestätigung meines Verdachts auf. Nur der Inquisitor, der nach wie vor wie ein Schatten hinter uns herhuschte, wirkte völlig ungerührt.

»Wohin gehen wir?«, fragte ich Gertrude.

»Zu den Wohnbereichen.«

»Und wer nimmt nun eigentlich an dem Gespräch teil?«

»Kardinal Gennaro di Travinno, dem die Kirchenarchive unterstehen und der für die Bruderschaft die Dolche bei den Schmieden in Auftrag gibt.«

»Ich weiß, wer er ist.«

Vor der hohen Flügeltür aus Nussholz stand kein Gardist, doch sobald wir uns ihr näherten, ging sie auf und ein Priester mit einer Mappe unter dem Arm trat heraus.

»Seid gegrüßt! Mein Name ist Hieronymus, ich bin der Sekretär und Sachwalter Seiner Eminenz. Mein Herr erwartet euch.«

In dem vor uns liegenden Raum herrschte ein fast undurchdringliches Dämmerlicht, hingen doch dicke Gardinen vor den Fenstern. Unentschlossen blieben wir an der Tür stehen.

»Meine Kinder«, ertönte da von drinnen ein voller Bariton. »Kommt nur herein!«

Der Sekretär führte uns an mehreren Bücherregalen vorbei zu einer Sitzliege, legte seine Mappe ab und zog sich zurück.

Nachdem sich meine Augen an das Halbdunkel gewöhnt hatten, konnte ich die Anwesenden bereits unterscheiden, als wir aufgefordert wurden Platz zu nehmen. An einem dreibeinigen Tisch rührte der mir bereits bekannte Kaplan, Vater Lucio, mit einem Löffel einen kräftigen orientalischen Aufguss um.

Der feiste Mann auf der Sitzliege trug ein purpurnes Zingulum aus moiriertem Gewebe. Bei ihm musste es sich um den Kardinal handeln. Das schwammige Gesicht, das Doppelkinn und die dicken Hände ließen ihn älter scheinen, als er eigentlich war.

Der dritte Anwesende war kein Mann der Kirche. Oder zumindest der Kleidung nach nicht. Eine leichte Sommerjacke, ein graues Hemd, schwarze Hosen und Kanonenstiefel. Dazu ein strenges Gesicht, ohne irgendwelche Auffälligkeiten. Was er, der mit seiner schlichten Kleidung eher an einen Söldner denken ließ, wohl in Gesellschaft des Kardinals verloren hatte?

»Setzt euch«, forderte uns der Kardinal mit seinem vollen Bariton auf. »Wie Ihr wisst, Herrin von Rüdiger, habe ich mit Herrn van Normayenn ein vertrauliches Gespräch zu führen. Gleichwohl erhebe ich gegen Eure Anwesenheit keine Einwände.«

»Ich danke Euch, Euer Eminenz.«

»Darf ich Euch Vater Lucio vorstellen. Er ist der Kaplan Seiner Heiligkeit, die er in diesem Gespräch auch vertreten wird. Herr van Normayenn hat ihn bereits kennengelernt. Und dieser Herr…« Di Travinno deutete mit der einen onyxfarbenen Rosenkranz umfassenden Hand auf den Mann in weltlicher Kleidung. »Ihn sollten wir wohl am besten namenlos belassen…«

»Seine Heiligkeit«, ratterte Vater Lucio los, nachdem der Kardinal ihm mit einem Nicken das Wort erteilt hatte, »hätte

Euch gern persönlich um Verzeihung für jenes Missverständnis gebeten, zu dem es im Frühjahr gekommen ist und das dazu führte, dass sich die Bruderschaft nicht offiziell mit Eurer Befreiung aus Burg Fleckenstein befassen durfte.«

Missverständnis war gut! Diese Entscheidung hätte mich fast das Leben gekostet! Glaubte Lucio allen Ernstes, ich würde auf sein Gesäusel hereinfallen?!

»Um den erlittenen Schaden wiedergutzumachen, erklärt sich Seine Heiligkeit bereit, der Bruderschaft in den nächsten fünf Jahren in allen Gestaner Fürstentümern freie Hand zu gewähren und die an die Kirche abzuführenden Abgaben für sie in den nächsten drei Jahren um zwanzig Prozent herabzusetzen. Was würdet Ihr dazu sagen?«

»Die Bruderschaft nimmt dieses Angebot dankend an«, erwiderte Gertrude.

Auch sie musste gute Miene zum bösen Spiel machen.

In der Stille, die sich daraufhin ausbreitete, war deutlich zu hören, wie in dem großen Eckschrank etwas raschelte. Wir alle wandten den Kopf. Der Kardinal runzelte die Stirn und nickte dem namenlosen Mann zu. Er ging daraufhin zum Schrank, riss die Türen auf, warf einen Blick hinein, entdeckte jedoch nur Gewänder, zuckte die Achseln, schloss die Türen wieder und kehrte zu seinem Platz zurück. Dass nichts seine Aufmerksamkeit erregt hatte, erstaunte mich nicht weiter. Ein Blick auf Gertrude verriet mir aber, dass auch sie zwischen den Stiefeln und Schuhen in der linken unteren Ecke einen breitkrempigen Strohhut bemerkt hatte…

»Es wird eine Maus gewesen sein«, vermutete Vater Lucio.

»Wahrscheinlich«, erwiderte di Travinno, von dessen Fingern in dieser Sekunde einige türkisfarbene Funken herabsegelten. »Ich werde Hieronymus bitten, hier gründlich sauber zu machen und eine Katze durch den Raum zu schicken.«

Scheuch dürfte sich im Schrank mal gerade wieder eins feixen…

»Vater Mart hat sich sehr wohlwollend über Euch geäußert, Ludwig«, fuhr der Kardinal fort. »Und aus seinem Mund hört man selten ein Lob. Ich gebe viel auf sein Urteil, insbesondere wenn es um Seelenfänger geht. Nun würden wir gern von Euch wissen, was sich tatsächlich in Burg Fleckenstein zugetragen hat.«

»Ich habe der Bruderschaft bereits einen ausführlichen Bericht über die Ereignisse vorgelegt.«

»Den wir selbstverständlich längst gelesen haben«, teilte mir der Kaplan mit und klopfte auf die Mappe, die nun vor ihm auf dem Tisch lag. »Doch wir alle wissen um die Unzulänglichkeiten solcher Berichte. Die eine oder andere Einzelheit will man lieber nicht schwarz auf weiß festhalten … Manches fällt einem auch erst später wieder ein …«

»Es könnte viel Zeit in Anspruch nehmen, Euch diese Geschichte noch einmal zu erzählen.«

»Die werden wir gern erübrigen«, versicherte di Travinno. »Schenkt Euch also ruhig etwas Wein ein und dann beginnt!«

Dieser Kardinal mochte ja Zeit im Überfluss haben, aber ich musste Nathans Dolch suchen. Es würde jedoch keinen Sinn haben, mich stur zu stellen: Am Ende würde ich tun, was er verlangte.

Deshalb kam ich gleich zur Sache. Ich fing damit an, wie ich in die Burg gelangt war, und endete damit, wie ich sie wieder verlassen hatte, wobei ich nur ausließ, woran der werte Herr Markgraf gestorben war.

»Habt Ihr ihn getötet?«, fragte der Kardinal, und der Rosenkranz in seiner feisten Hand glitt langsam zwischen seinen pummeligen Fingern hindurch. Als ich mit der Antwort zögerte, ergänzte er: »Diese Sünde wäre verzeihlich, und ich verspreche Euch, dass Euch niemand wegen des Todes an dem Ketzer behelligen wird. Weder die Kirche noch weltliche Herrscher.«

Valentin war also ein Ketzer gewesen, hört, hört! Dann konnte die Wahrheit natürlich auf den Tisch.

Nachdem ich berichtet hatte, wie Valentin in dem Duell mit mir zu Tode gekommen war, hing angespanntes Schweigen im Raum.

»Sagt, mein Sohn, wonach strebt Ihr?«, fragte mich der Kardinal nach einer halben Ewigkeit. »Was versucht Ihr zu erreichen?«

Seltsame Fragen.

»In der Schule der Seelenfänger hat man mir immer eines eingebläut«, brachte ich hervor. »Unsere wesentliche Aufgabe besteht in der Vernichtung dunkler Seelen, denn sie wollen nicht freiwillig ins Fegefeuer verschwinden, sondern sie bleiben auf der Erde, hassen alle Menschen, schikanieren sie und fügen ihnen Schaden zu.« Gertrude bekräftigte diese Worte mit einem entschlossenen Nicken. »Folglich trachte ich danach, diese Aufgabe gut zu erledigen. Möglicherweise ist das kein sehr hoch gestecktes Ziel, trotzdem halte ich es für wichtig, denn von meiner Arbeit hängt das Leben von Menschen ab, da diese sich nicht aus eigener Kraft gegen das Böse wehren können.«

»Gegen das Böse zu kämpfen ist nie ein geringes Ziel«, erwiderte der Kardinal. »Glaubt Ihr, dass Ihr Erfolg bei Eurem Kampf habt?«

»Ich bemühe mich nach Kräften, Euer Eminenz. Doch über meinen Erfolg kann allein der Allmächtige urteilen.«

Die Antwort entlockte dem Kardinal ein Lächeln: Den Köder des Eigenlobs würde ich also schon mal nicht schlucken.

»Ich bin froh, dass es Seelenfänger gibt, die redliche Christenmenschen vor dunklen Kreaturen schützen«, sagte er dann. »Das Böse indes hat viele Gesichter, weshalb Seelenfänger stets nur gegen eine seiner Formen kämpfen. So mancher Narr behauptet, Wissen sei der Feind des Glaubens. Diese Ansicht teile ich nicht. Seid so gut, mein Sohn, und schenkt mir etwas Wein ein.«

Ich erfüllte ihm die Bitte.

»Da Ihr offenbar zu den Menschen gehört, die Wissen nicht schreckt, frage ich Euch freiheraus: Was wisst Ihr von denjenigen, die Klingen schaffen wie die, die an Euerm Gürtel hängen?«

»Nicht mehr als jeder einfache Seelenfänger.«

»Man nimmt an, dass der erste Schmied ein Schüler Christi war«, ergriff Gertrude nach kurzem Zögern das Wort. »Oder von Petrus zum Glauben bekehrt wurde. Dieser Schmied hat Klingen, mit denen ruhelose Seelen ausgelöscht werden können, in die Hände von Menschen mit unserer Gabe gelegt. Angeblich gibt es heute nur noch zwei Familien, die den schwarzen Stahl anzufertigen verstehen. Ihr kennt sie besser als wir, denn ihr erhaltet einmal im Jahr von uns eine Liste mit den Namen der Schüler, die eine Klinge brauchen, und leitet diesen Auftrag an die Schmiede weiter. Wir bekommen dann von euch die fertigen Klingen ausgehändigt.«

»Aber sonst wisst ihr nichts über die Schmiede?«, hakte Lucio nach.

»Wie sollten wir das? Vor Gründung des Ordens der Gerechtigkeit haben sich die Magister noch selbst zu den Schmieden begeben, danach haben die Meister es jedoch abgelehnt, sich mit uns zu treffen und ihre Esse verlegt. Wo sich die Werkstatt heute befindet, weiß nur Riapano.«

»Ihr müsst auch die Schmiede verstehen«, erwiderte Lucio. »Sie fürchten, von gewöhnlichen Menschen mit Bitten oder Drohungen behelligt zu werden. Viele Menschen wollen mit einem schwarzen Dolch lediglich ihr Leben verlängern. Zu diesem Zweck würden sie mit der Klinge auch dunkle Rituale durchführen. Deshalb schützt die Kirche die Schmiede und hütet das Geheimnis ihres Aufenthaltsortes wie ihren Augapfel.«

»Die Geschichte der Bruderschaft hat leider gezeigt«, ergänzte der Kardinal, »dass auch Seelenfänger nur Menschen sind, die mitunter Sünde auf sich laden. Behält man sie nicht im Auge, würden sie an ihrer Eitelkeit und dem Wunsch, ihr Leben über die ihnen zugestandene Zeit hinaus zu verlängern, zugrunde gehen. Dann würde uns niemand mehr vor dunklen Seelen retten. Ludwig hat uns heute vom Markgrafen Dinge berichtet, von denen wir bislang nicht wussten. Sie betreffen die Schmiede. Jemand muss etwas über die Klingen wissen, und dieses Wissen könnte die Welt in ihren Grundfesten erschüttern und dem Bösen zum Triumph verhelfen.«

»Und dieser Jemand«, hakte ich nach, »steckt eigentlich hinter der Sammlung schwarzer Dolche, die der Markgraf auf Burg Fleckenstein aufgebaut hat?«

»Vermutlich.«

»Es gibt Menschen, die vermögen diese Klingen einzuschmelzen und die in ihnen gespeicherte Kraft für jedweden Mann und jedwede Frau nutzbar zu machen, auch wenn diese nicht über die Gabe verfügen«, fuhr mir das durch den Kopf, was mir Valentin damals gesagt hatte. »Der Markgraf hat behauptet, auf diese Weise würde er ein langes Leben erhalten und er bräuchte deshalb unbedingt fünfundzwanzig schwarze Dolche.«

»Also wollte er ein ketzerisches Ritual durchführen. Das haben wir immer vermutet«, sagte di Travinno. »Ihr habt diese Überlegungen bestätigt und uns gesagt, wie viele Klingen genau dafür nötig sind. Aus diesen fünfundzwanzig Dolchen wird nämlich eine neue Klinge geschmiedet.«

»Man kann die Klinge eines Seelenfängers nicht umschmieden«, widersprach Gertrude ihm. »Versuche dieser Art wurden bereits mehrfach unternommen, doch waren sie alle zum Scheitern verurteilt. Man kann den Stahl zerschlagen, aber nicht mehr zum Glühen bringen, geschweige denn schmelzen.«

»Zeig es ihnen«, bat der Kardinal den namenlosen Mann.

Daraufhin stellte dieser ein längliches, schwarz lackiertes Holzkästchen auf den Tisch.

»Dann werft einen Blick auf das Unmögliche!«, forderte der Kardinal uns auf.

Gertrude ließ das Schloss aufschnappen, klappte den Deckel auf und starrte auf den Dolch, der in dem Kästchen lag. Die dunkle Schneide war in zwei Teile gebrochen, der Griff endete in einem schwarzen Stein. In seinem dunklen Herzen wogte langsam etwas hin und her, das wie Nebel oder Milch aussah. Diesen Stein kannte ich, den hatte ich schon gesehen.

»Dieser Dolch wurde vor vielen Hundert Jahren geschaffen. Wir bewahren ihn schon lang in unseren Archiven auf«, sagte Lucio. »Und diese Klinge hier ist unserer Meinung nach nicht älter als zehn Jahre.«

Daraufhin legte der namenlose Mann ein Stoffbündel auf den Tisch, schlug es auf und wies auf einen weiteren Dolch. Seine Klinge war in fünf Teile zerbrochen, der Griff etwas gröber gearbeitet als bei der ersten Waffe. Und auch er zeigte am Ende diesen merkwürdigen schwarzen Stein.

»Habt ihr dergleichen schon einmal gesehen?«, wollte der Kardinal wissen.

Ich schüttelte den Kopf, obwohl ich eine entsprechende Klinge erst vor einem Monat in Händen gehalten hatte. Inzwischen war sie längst bei Miriam in Ardenau.

»Nein«, antwortete Gertrude. »Was für ein seltsamer Stein. Was ist das – Onyx?«

»Man nennt ihn das Seraphimauge«, antwortete der Kaplan auf ein Nicken des Kardinals hin. »Man findet diesen Stein in den Wüsten Chagzhids, allerdings nur mit viel Glück. Obendrein eilt ihm ein übler Ruf voraus. Die dortigen Heiden glauben nämlich, dass man Stücke aus diesem Material nicht zu lange ansehen darf. Tut man es doch, wird der Engel des Todes auf dich und deine Familie aufmerksam.«

»Und Ihr vermutet, dass diese beiden Klingen aus den schwarzen Dolchen der Seelenfänger gefertigt wurden?«, fragte ich.

»Ja.«

»Aber für unsere Klingen ist unbedingt ein Saphir vonnöten.«

»Anscheinend nicht.«

»Dann halten wir einmal fest, was wir an der Hand haben«, bemerkte Gertrude. »Für diese beiden Seraphindolche wurden die Waffen von insgesamt fünfzig Seelenfängern umgearbeitet. Um aber an fünfundzwanzig Dolche zu gelangen, müssen Jahre vergehen, denn die meisten Seelenfänger sterben im Beisein eines Kollegen. Ihr Dolch wird dann auf der Stelle in Anwesenheit eines Ordensangehörigen vernichtet.«

»Wahrscheinlich wären sogar Jahrzehnte nötig, um die gewünschte Zahl zusammenzutragen. Wir gehen zudem davon aus, dass man für eine Klinge die Dolche erfahrener Seelenfänger braucht, nicht die Waffen von Anfängern. Die Dolche müssen bereits die Kraft zahlloser dunkler Seelen in sich aufgenommen haben, damit sie fürs Umschmieden infrage kommen.«

»Was genau kann man mit diesen neuen Seraphindolchen vollbringen?«, wollte Gertrude wissen.

»Das haben wir noch nicht herausgefunden«, behauptete der Kardinal. Aber durften wir ihm das glauben? »Herr van Normayenn hat uns heute gesagt, diese Klingen würden seinem Besitzer ein langes Leben schenken. Aber ob das auch zutrifft, können wir bislang nicht mit Sicherheit sagen. Hat die Bruderschaft schon einmal von diesen umgeschmiedeten Klingen gehört?«

»Ich sehe einen solchen Dolch heute zum ersten Mal. Und ich habe noch nie von einer Klinge mit einem schwarzen Stein gehört. Wenn Ihr wollt, erstatte ich dem Rat der Magister von diesem Gespräch Bericht. Vielleicht weiß dort jemand etwas.«

»Das würde ich in der Tat begrüßen, Frau von Rüdiger.«

»Wir dürfen jedoch zwei Dinge nicht vergessen«, ergriff ich noch einmal das Wort. »Erstens: Man braucht einen Schmied, um eine solche Waffe anzufertigen. Zweitens: Wenn irgendjemand so erpicht auf schwarze Dolche ist, schweben alle Seelenfänger in Gefahr.«

»Das tut ihr leider ohnehin«, erwiderte di Travinno. »Im Übrigen glaube ich nicht, dass jemand Jagd auf euch macht, denn das hätten wir längst bemerkt. Vielmehr scheint der Schmied in aller Ruhe abzuwarten, bis Menschen wie der Markgraf ihm das Material in die Hände spielen, das er für seine Arbeit braucht. Verfügt er darüber, fertigt er eine Klinge mit schwarzem Stein an.«

»Darf ich noch eine Frage stellen?«, wandte sich Gertrude noch einmal an di Travinno.

Dieser nickte.

»Wie seid ihr an die beiden Seraphindolche gelangt?«

»Die eine Klinge wurde viele Hundert Jahre lang im Kloster des Heiligen Clarin in Disculta aufbewahrt. Wie Ihr vielleicht wisst, sammelte man dort einst wertvolle, wiewohl verbotene

Schriften und Bücher. Nachdem im Land aber die Pest gewütet und zum Tod nahezu der gesamten Bevölkerung geführt hatte, wurde die Bibliothek unter unserem Heiligen Vater Johann II. nach Riapano verlagert. Damals gelangte auch diese Klinge zu uns. Den zweiten Dolch hat uns Vater Mart vor drei Jahren mitgebracht. Er hat ihn in der Tasche eines Boten entdeckt, der vom Teufel besessen war. Bedauerlicherweise ist der Mann während des Exorzismus gestorben, weshalb wir nie erfahren haben, wo er die Klinge herhatte und wohin er sie bringen sollte. Gemäß den Gesetzen haben wir den Dolch zerschlagen. Darüber hinaus haben wir versucht, mehr über diese Klinge herauszufinden.«

Der Kardinal stellte seinen geleerten Krug auf den Tisch und bedeutete dem Kaplan, das Ende der Geschichte zu erzählen.

»Wir brauchten ein Jahr, um den Weg des Boten bis zu dem Punkt, an dem er Vater Mart begegnet war, nachzuzeichnen. Dann stießen wir auf einen Zeugen, der sich erinnerte, wo er diesen Mann häufiger gesehen hatte. In einem Dorf nahe Burg Fleckenstein.«

»Er hat für den Markgrafen gearbeitet!«, rief ich aus.

»Das haben wir auch vermutet. Deshalb haben wir die Burg im Auge behalten.«

Die Kirche wusste also ganz genau, was für eine Sammlung der Herr Markgraf zusammentrug. Und sie wusste, wohin einige von uns Seelenfängern verschwunden waren. Aber sie dachte nicht eine Sekunde daran, uns davon in Kenntnis zu setzen!

»Mit der Zeit«, fuhr Lucio fort, »zeichnete sich immer klarer ab, dass auch der Markgraf nur ein Glied in der Kette war. Von allein wäre er nämlich mit Sicherheit nicht auf den Gedanken gekommen, sich diese Sammlung zuzulegen. Daher wollten wir abwarten, bis derjenige auftaucht, der hinter alldem steckt.«

Mit anderen Worten: Die Kirche hatte gelassen zugesehen, wie Seelenfänger nach Fleckenstein verschleppt wurden – eine Kaltschnäuzigkeit, die selbst ich ihr kaum zugetraut hätte.

»Die Bruderschaft hat stets mit der Kirche zusammengearbeitet, Euer Eminenz«, brachte Gertrude hervor. »Warum habt ihr es da nicht für nötig gehalten, uns davon in Kenntnis zu setzen, dass der Markgraf unsere Seelenfänger entführt?«

»So leid es uns tat, aber das konnten wir nicht«, antwortete di Travinno. »Das Schicksal unserer Welt hängt schließlich davon ab, dem unbekannten Schmied auf die Spur zu kommen. Deshalb haben wir auch nicht eingegriffen, als Valentin Bischof Urban ermorden wollte. Glaubt mir, der Markgraf hätte für seine Untaten bezahlt – aber erst nachdem wir den Schmied geschnappt hätten.«

»Musstet ihr wirklich tatenlos auf diesen Unbekannten warten?«, fragte ich und schloss das Behältnis mit dem zerbrochenen Dolch. »Die Inquisition versteht sich hervorragend auf die Kunst des Verhörs. Sie hätte von dem Markgrafen im Nu in Erfahrung bringen können, was immer sie wissen wollte.«

»Und wenn er selbst zu wenig wusste? Dann hätten wir alles verdorben und wären am Ende mit leeren Händen dagestanden.«

Und nun hatte ich wohl alles verdorben, denn schließlich hatte ich Valentin umgebracht, bevor er seine fünfundzwanzig Klingen beisammen hatte …

»Nach dem Tod des Markgrafen sind wir daher gezwungen, die Bruderschaft um Hilfe zu bitten.«

Nach allem, was geschehen war, wagten sie es, uns um Hilfe zu bitten?! Doch Gertrude zeigte sich nicht nachtragend.

»Hilfe welcher Art?«, fragte sie.

»Jeder Art. Berichtet uns, was ihr über eure Dolche und ihre Schmiede wisst, teilt uns mit, wenn Seelenfänger verschwinden. Nennt uns auch den Ort, an dem sie das letzte Mal gesehen wurden, möglicherweise können wir sie dann ausfindig machen. Und mit etwas Glück stoßen wir dabei auf den Schmied.«

»Versprechen kann ich Euch nichts«, erwiderte Gertrude, »aber ich werde die Bitte an die Magister weiterleiten. Ich bin mir sicher, dass wir Euch in den genannten Fragen hilfreich zur Seite stehen können.«

»Habt Dank für Euer Entgegenkommen. Noch etwas, Herr

van Normayenn. Dass Ihr in Burg Fleckenstein gewesen seid, ist kein Geheimnis. Ferner ist bekannt, dass der Markgraf wiederholt mit Euch gesprochen hat und Ihr in seiner Nähe wart, als er starb. Viele Leute würden zu gern wissen, was er Euch alles gesagt hat. Möglicherweise plagt diese Neugier auch unseren Mann. Das solltet Ihr fortan im Hinterkopf behalten.«

Ich kochte vor Wut. Wenn der Kardinal recht hatte, konnte die Bruderschaft nicht über die Klingen mit dem schwarzen Stein hinwegsehen, stellten sie doch ganz klar eine Bedrohung für alle Seelenfänger dar.

Der Kardinal hatte all das gewusst – aber uns nicht gewarnt. Mehr noch, sie hatten mich in Fleckenstein schmoren lassen und den Tod etlicher Seelenfänger in Kauf genommen. Das hatten di Travinno und dieser Lucio sogar offen zugegeben. Weil sie ja unbedingt das kleinere Übel wählen mussten, um das größere Übel zu bekämpfen … Ja was bildeten sich diese Herren eigentlich ein?! Stellten sich blind, wenn in den Kerkern von Burg Fleckenstein Seelenfänger starben – und verlangten dann noch von uns, dass wir ihnen halfen!

»Woran denkst du, Ludwig?«, fragte Gertrude, kaum dass Hieronymus uns aus dem Zimmer gelassen hatte.

»Dass ich dir was sagen muss«, antwortete ich. »Aber erst mal sollten wir uns schnellstens auf die Suche nach dem Dieb machen …«

Doch dann stießen wir in einem der Räume auf einen älteren Mann, dessen Haar weiß wie Schnee war. Er trug eine reich bestickte Stola, ein Rochett und eine dunkelrote Samtmozzetta mit Hermelinbesatz. Selbst der dümmste Bauer hätte in diesem Mann den Episcopus Livettus, Vicarius Christi, Successor principis apostolorum, Caput universalis ecclesiae, Pontifex Maximus, Prim Litaviae, Archiepiscopus et metropolitanus provinciae ecclesiasticae Toverdae, Princeps sui iuris civitatis Riapano und Servus Servorum Dei – kurz und gut: den Papst – erkannt.

»Eure Heiligkeit«, begrüßte Gertrude ihn, den Blick streng zum Boden gerichtet und mit einer tiefen Verbeugung. »Wir wollten Euch nicht stören.«

Ich folgte ihrem Beispiel und verneigte mich ebenfalls. Sobald sich der Pontifex uns näherte und uns die Hand mit dem Ring des Fischers zum Küssen entgegenstreckte, berührte erst Gertrude, dann ich das kalte Gold.

Den Heiligen Vater begleiteten vier Männer. Der Kleidung nach zu urteilen handelte es sich bei ihnen um einen Prälaten, zwei Bischöfe und den Präfekten von Riapano.

»Du störst mich nicht, vielmehr wollte ich dich abpassen«, erwiderte Adrian. »Ich habe auf dich gewartet. Der Dekan des Kardinalskollegiums hat sich einige Gedanken zur Zukunft Ardenaus gemacht. Ich möchte, dass du als Vertreterin der Bruderschaft dabei bist, wenn er sie vorträgt, und etwas aus Sicht der Seelenfänger dazu sagst. Soll ich deinem Gefährten jemanden mitgeben, oder findet er den Weg hinaus allein?«

»Er wird sich nicht verlaufen, Eure Heiligkeit.«

»Fangt mit der Suche an«, raunte sie mir noch zu. »Sobald dieses Gespräch vorüber ist, stoße ich zu euch.«

Ich nickte ihr bloß zu. Die hohe Politik, in die sie hineingeraten war wie eine Fliege in ein Spinnennetz, verlangte ihren Tribut.

Shuco stapfte wie ein Tiger durch den Raum, während Nathan am Tisch saß und seine Zähne in die samtartige Haut eines Pfirsichs grub. Er wirkte zutiefst niedergeschlagen, gleichzeitig aber auch stinkwütend.

»Zum Teufel aber auch, Ludwig! Wo hast du bloß so lange gesteckt?! Und wo ist Gertrude?«, brüllte mich Shuco an. »Wir können schließlich nicht ewig hier rumsitzen! Wann jagen wir endlich diesen Widerling?!«

»Gertrude wurde aufgehalten«, antwortete ich, ohne weiter auf Shucos Wut einzugehen. »Wir müssen also ohne sie zurechtkommen.«

»Wo wollen wir anfangen?«

Ich hatte verschiedene Ideen, schaffte es aber nicht, sie vorzutragen, weil in dieser Sekunde Marc van Lauth in die Waffenkammer kam.

»Herr van Normayenn«, sagte er. »Der Cavaliere di Trabia wünscht Euch zu sehen.«

Daraufhin trat dieser auch schon ein, und Lauth zog sich zurück.

»Der Duca macht sich schwere Vorwürfe«, berichtete di Trabia. »Hätte er euch nicht gebeten, an der Quilciopartie teilzunehmen, wäre der Dolch nicht gestohlen worden. Außerdem klagt er sich an, euer Eigentum nicht ausreichend geschützt zu haben. Aus diesem Grund hat er mich zu euch gesandt, damit ich euch behilflich bin. Unterdessen versuchen seine Männer ebenfalls, die Klinge wiederzufinden. Sie hören sich in den einschlägigen Kreisen um, unter Schmugglern und Waffenhändlern. Di Cosiro hat zudem eine hohe Belohnung für denjenigen ausgesetzt, der ihm den Dolch zurückbringt.«

In dieser Sekunde fing der alte Schrank mit den lackierten Türen, der vermutlich seit dem Niedergang des Kaiserreichs verschlossen in der Ecke stand, derart heftig an zu beben, dass über ihm eine dicke Staubwolke aufstieg.

Alle Anwesenden rissen die Köpfe zu dem Möbelstück herum. Die rechte Tür zerfiel nach einer weiteren Erschütterung in zwei Teile. Aus dem dunklen Inneren schob sich eine Hand heraus, die ich nur zu gut kannte. Sie packte die linke Tür und riss sie heraus. Damit war der Weg ins Zimmer für meinen Scheuch frei.

Shuco sah ihn so angewidert an, als hätte er eine Giftschlange vor sich. Nathan stieß einen derben Fluch auf Neuhortisch aus, langte unwillkürlich zum Dolch an seinem Gürtel – und griff ins Leere. Di Trabia sah nichts und niemanden, weshalb er verständnislos auf den Schrank stierte, der aus heiterem Himmel in sich zusammengefallen war.

»Ganz ruhig, Nathan«, bat ich meinen Freund, denn er wirkte bereits ein Zeichen. »Der Bursche gehört zu mir.«

Nathan stieß zwar einen Fluch aus, der noch gröber war, sah aber immerhin von seinem Plan ab, magisch gegen Scheuch vorzugehen. Dieser drehte sich nun um und hielt Mila galant den Arm hin, bevor sie aus dem Schrank herausstieg.

»Gott sei Dank, dass ihr alle hier seid«, stieß sie aus. »Ich weiß, wo dein Dolch ist, Nathan.«

»Bitte?!« Er glaubte, seinen Ohren nicht zu trauen.

»Ich war ja in dem Raum, als die vier Schurken eingedrungen sind. Natürlich habe ich sie verfolgt und Apostel zu euch geschickt. Aber ihr schlauen Köpfe musstet ja unbedingt Quilcio spielen!«

Sie wusste im ersten Moment gar nicht, wie ihr geschah, als Nathan sie bei der Taille fasste und mit ihr durch den Raum tanzte, brach dann aber in glockenhelles Lachen aus.

Di Trabia starrte Nathan mit großen Augen an. Seiner Ansicht nach wurde er gerade Zeuge, wie jemand den Verstand verlor.

»Wir unterhalten uns bloß mit einer ruhelosen Seele«, erklärte Shuco ihm. »Und sie weiß, wer den Dolch gestohlen hat und wo er jetzt ist.«

»Wie … wie bemerkenswert«, stieß di Trabia aus.

»Sie sind im Augustoviertel«, sagte Mila. »In der Taverne *Zu den Königen*. Apostel behält sie im Auge.«

Ich teilte di Trabia mit, was ich eben erfahren hatte.

»Im Augustoviertel treibt sich nur Abschaum herum«, setzte er uns ins Bild. »Gemeinstes Gesindel. Und in den *Königen* treffen sich die Schirmer.«

Wir sahen ihn etwas verständnislos an.

»Schirmer – so nennen sich die großen Diebe, die mit ihren Banden den gesamten Süden Livettas unter ihrer Kontrolle haben. Ich könnte mich an den Duca wenden. In ein paar Stunden hätten wir genügend Männer zusammen, um alle Fragen mit den Herren dort zu klären.«

»Das dauert zu lange«, widersprach ich. »Abgesehen davon würde eine solche Einheit in diesem Viertel auffallen. Selbst wenn nur wir vier dorthin gehen, wird man uns neugierig beäugen. Deshalb sollten wir dringend zerlumpte Kleidung auftreiben.«

Nathan schielte sofort begehrlich zu Scheuch hinüber.

»Er war mir eine große Hilfe«, ergriff Mila Partei für meinen Animatus. »Ohne ihn wäre ich nicht schon wieder bei euch.«

Um ihre Worte zu unterstreichen, schmatzte sie Scheuch sogar einen Kuss auf die Wange. Er wich zurück und legte die Hand auf die Stelle, an der Mila ihn geküsst hatte. So verlegen hatte selbst ich meinen Animatus noch nie gesehen.

Das Augustoviertel lag am rechten Ufer des Iberio, unmittelbar hinter der Flussgabelung. Die beiden Arme des Iberios vereinigten sich übrigens erst jenseits der Stadtmauern wieder.

Das Viertel war berüchtigt. Kaum dass die Sonne untergegangen war, riegelte man die Türen fest ab und sicherte die Fenster mit soliden Läden. Wir sahen nur noch Betrunkene und zwielichtige Gestalten, als wir vierzig Yard von der Schenke entfernt in einer dunklen, stinkenden Toreinfahrt auf Milas Rückkehr warteten. Sie wollte sich zunächst noch einmal in den *Königen* umsehen.

Sobald sich uns der nächste üble Halunke näherte, ließ Shuco das Falchion aufblitzen.

»Diese Schakale«, stieß er aus. »Was machen wir, wenn in der Schenke eine ganze Meute von denen lauert?«

»Abstechen«, erklärte Nathan erbarmungslos. »Wenn es sein muss, erwürge ich sie auch mit bloßen Händen. Einen nach dem anderen, bis die meinen Dolch rausrücken.«

»Das dürfte kaum nötig sein«, zügelte ich ihn. »Schließlich weiß Mila genau, wer deinen Dolch geklaut hat. Wir können uns also ganz gezielt um die Burschen kümmern.«

Statt Mila tauchte nun aber Apostel auf.

»Anscheinend habe ich einen fürchterlichen Fehler begangen«, hechelte er völlig aufgelöst. »Ich habe gedacht, ich hätte sie alle an der Nase herumgeführt, aber eigentlich …«

»Sülz nicht rum!«, fuhr Shuco ihn an, »sondern komm zur Sache!«

»Mila sagt, dass die Diebe gar nicht mehr da sind.«

Fluchend wollte Nathan sofort zur Wirtsstube stürzen, doch Shuco und ich packten ihn bei den Schultern.

»Ganz ruhig!«

»Wenn sie wirklich verschwunden sind, findest du sie erst recht nicht wieder, wenn du da wie ein Berserker reinstürmst!«

»Im Gegenteil, dann verpfuschst du alles.« Daraufhin wandte ich mich an Apostel. »Und du verrat mir mal, wo du eigentlich deine Augen hattest!«

»Wahrscheinlich hat er wieder nur die Weibsbilder angegafft!«, kam ihm Shuco mit einer Antwort zuvor. Sein Ton ließ nicht den geringsten Zweifel daran, was er von meiner guten alten, ruhelosen Seele hielt: Nicht mal die schlichtesten Aufträge durfte man ihr anvertrauen.

Zu meiner Überraschung widersprach Apostel nicht einmal, sondern seufzte nur schwer.

»Was ist geschehen?«, fragte di Trabia verständnislos.

Ich berichtete in knappen Worten von dem Vorfall.

»Noch gibt es keinen Grund, den Kopf hängen zu lassen. Wenn sie in der Schenke waren, haben etliche Menschen sie gesehen. Einer wird schon wissen, wohin sie gegangen sind.«

»Bei dem Publikum in der Schenke…« Shuco ballte die Fäuste. »…bin ich aber doch der Ansicht, dass wir Grund haben, den Kopf hängen zu lassen.«

»Mit Höflichkeit kommt man erstaunlich weit«, beharrte di Trabia auf seiner Sicht der Dinge. »Ludwig! Wir beide gehen rein, ihr wartet hier.«

Daraufhin stapfte er entschlossenen Schrittes zur Schenke rüber. Wie nicht anders zu erwarten, überprüfte uns beim Eintreten niemand. Denn niemand betrat diese Schenke zufällig, jeder wusste, wie sein Besuch enden konnte, falls sich jemand an seiner Nase störte.

Die Schenke war nicht sehr groß und erstaunlich sauber. An fünf langen Tischen saßen rund dreißig Mann. Sie machten nichts anders als alle Gäste in sämtlichen Schenken dieser Welt: Sie aßen, tranken, würfelten und unterhielten sich. Allerdings gab sich jeder einzelne Anwesende äußerste Mühe, uns geflissentlich zu übersehen. Nur der Wirt, ein grauhaariges Kraftpaket mit Weste über dem reich bemalten nackten Oberkörper, warf uns einen abschätzenden Blick zu.

»Nichts als Schurken und Meuchelmörder«, flüsterte ich di Trabia zu. »Die Hälfte von denen müsste längst in Ketten gehen.«

»So einfach kriegt man die Burschen leider nicht dran«, erwiderte er. »Eher füttern sie nämlich Krähen und Würmer.«

An einem Tisch saßen besonders breitschultrige Schauerböcke und vollbusige Schönheiten zusammen. Letzteren musste Apostel auf den Leim gegangen sein. Ein gebeugter Alter mit spärlichem Bart wollte zwar so gar nicht in diese Gesellschaft passen, schien aber letztlich hier das Sagen zu haben.

»Reden wir mal mit denen«, schlug di Trabia vor.

Als wir uns der Runde näherten, ließen zwei der Kraftbolzen die Hände unterm Tisch verschwinden, um zu ihren Stiefeln zu gelangen. Mit Sicherheit steckten dort Messer. Eine Bewegung des Alten genügte jedoch – und schon umschlossen die Pranken wieder die Gläser.

Di Trabia knallte einen Florin auf den Tisch. Die lebenserfahrenen Gäste, die sich in dieser Schenke versammelt hatten, erkannten den Klang der schweren Goldmünze auf Anhieb. Sämtliche Gespräche verstummten, alle Köpfe drehten sich zu uns um.

Di Trabia ließ seinen Blick betont langsam durch die Schenke wandern, hielt einen schweren Beutel deutlich sichtbar in die Höhe und ließ dann dessen Inhalt klimpern.

»Wir alle sind viel beschäftigte Männer, sodass ich ohne Umschweife zur Sache komme«, ergriff er das Wort. »In diesem Beutel sind fünfundzwanzig Florins. Die kriegt derjenige, der mir etwas über jenen Spaßvogel erzählt, der heute einem Seelenfänger den Dolch gestohlen hat.«

»Wie kommt Ihr darauf, Messere, dass wir etwas über diese

Geschichte wissen?«, fragte der Wirt, nachdem er einen Blick des Alten aufgefangen hatte. »Bei mir verkehren nur Männer, die ihr Geld mit rechtschaffener Arbeit verdienen. Mit Diebstahl macht sich keiner von ihnen die Hände schmutzig.«

»Verschwenden wir unsere Zeit doch nicht damit, uns gegenseitig Märchen zu erzählen«, entgegnete di Trabia ruhig. »Fünfundzwanzig Goldmünzen sind ein kleines Vermögen. Wer mir etwas sagen kann, kriegt sie.«

»Ihr habt es hier nicht mit Ratten zu tun, Messere«, bemerkte jemand an einem der anderen Tische. »Zieht ab und stört ehrliche Menschen nicht, wenn sie in aller Ruhe ihr Bier trinken.«

»Wir haben hier alle unseren Verstand beisammen«, erklärte nun der Alte. »Niemand von uns würde sich am Dolch eines Seelenfängers vergreifen. Das bringt nur Unglück, denn diese Klingen sind verflucht.«

In den Worten steckte ein Körnchen Wahrheit. Ein Mensch, der einen schwarzen Dolch an sich gebracht hatte, wurde danach häufig vom Unglück verfolgt. Mitunter ereilte ihn sogar ganz überraschend der Tod. Die Bruderschaft fand an diesen Gerüchten durchaus Gefallen und verbreitete sie gern. Die Folge davon war, dass wir manchmal sogar Leichen von Seelenfängern fanden, die völlig ausgeraubt worden waren – aber den Dolch mit dem kostbaren Saphir am Griff noch immer bei sich hatten.

»Da muss ich widersprechen«, mischte ich mich ins Gespräch ein. »Wenn ihr mich fragt, seid ihr alle völlig verrückt. Ihr habt jetzt nämlich die Bruderschaft, den Orden, die Stadtwache, die Inquisition und weiß der Teufel noch wen am Hals. Die werden alle hier reinschneien. Wir sind nur die Ersten. Sagt uns, was ihr wisst, und ihr habt eure Ruhe. Lasst es, und euch werden noch sehr viele Abende versaut.«

»Wir wissen doch aber wirklich nichts«, wiederholte der Alte so geduldig, als spräche er mit einem unverständigen Kind. »Deshalb werden all die Männer, die Ihr eben genannt habt, genauso unverrichteter Dinge abziehen müssen wie ihr beide.«

»Die Männer haben an dem Tisch dort gesessen«, gab ich weiter, was ich von Mila wusste. »Vier Männer, um genau zu sein. Sie haben die Schenke vor zehn Minuten durch den Hintereingang verlassen.«

»Wenn da jemand war, müssen wir passen. Wir können uns schließlich nicht an jeden erinnern, der hier reinkommt und wieder rausgeht. Deshalb können wir Euch auch nicht helfen, sosehr wir das natürlich bedauern.«

Di Trabia packte mich am Arm und bedeutete mir, ihm hinauszufolgen. Unter johlendem Gelächter und aufgeregtem Getuschel verließen wir die Schenke.

»Warum habt ihr so rasch aufgegeben?«, brummte Shuco.

Wir standen wieder in der stinkenden Tordurchfahrt und warteten auf ein Wunder.

»Der Duca hat mir fünfundzwanzig Florins gegeben, das sind etwas über dreißig Silberlinge. In der Schenke wimmelt es von Menschen, die ihre eigene Mutter für weitaus weniger Geld verkaufen würden.« Di Trabia konnte offenbar rein gar nichts aus der Ruhe bringen. »Wartet es ab, es wird ein Spitzel auftauchen!«

Zwanzig Minuten später verließ ein Mann die Schenke und spähte die nachtschwarze Straße in beide Richtungen hinunter. Trotzdem musste Shuco ihn mit einem Pfiff auf uns aufmerksam machen. Sich nach allen Seiten umsehend hielt der Mann auf die Tordurchfahrt zu. Da er bisher nur zwei von uns gesehen hatte, stellte unser Quartett eine etwas unangenehme Überraschung für ihn dar.

»Nur keine Panik«, verlangte Shuco und versperrte dem Mann den Weg zurück. »Wir wollen dir nicht ans Leder, denn uns interessiert nur der Dolch! Du weißt, wo wir ihn finden?«

»Ja.«

Di Trabia ließ den Beutel mit den Münzen in die Hand des Spitzels fallen.

»Die Burschen hocken in der Straße der Weißen Steine, im

Haus mit dem aufgemalten Zirkel. In dem ist auch die Apotheke untergebracht. Die Wohnung unterm Dach.«

»Kannst du uns sonst noch was sagen?«

»Sie sind nicht von hier, sondern erst vor anderthalb Jahren bei uns im Viertel aufgetaucht. In den *Königen* haben sie die entsprechenden Leute geschmiert, damit sie bleiben konnten. Kann ich dann wieder gehen?«

»Nicht so hastig«, brummte Shuco, der nicht die geringsten Anstalten machte, dem Mann den Weg freizugeben. »Erst führst du uns zu den Leuten.«

»Das war nicht abgemacht, Messere!« Seine Hand fuhr zu seiner Waffe, aber Nathan fing sie ab und quetschte sie derart zusammen, dass der Mann vor Schmerz zischte.

»Es war auch nicht abgemacht, dass wir dir blind vertrauen. Aber du wirst unbescholten mit dem hübschen Sümmchen deines Weges gehen können, wenn du uns die Wahrheit gesagt hast«, erklärte ich ihm, wobei ich ihm gleichzeitig das Stilett abnahm, das hinter seinem Gürtel steckte. »Mila, Apostel! Wir brauchen eure Hilfe!«

Der Bursche hatte uns keinen Bären aufgebunden. In dem Haus mit dem Zirkel brannte im obersten Stock tatsächlich Licht. Mila sah sich die Leute rasch an.

»Das sind sie!«, stieß sie schon aus, als sie die Treppe noch nicht ganz wieder unten war.

»Du kannst gehen!«, teilte Shuco dem Spitzel daraufhin mit.

Der Kerl ließ sich nicht lange bitten, sondern verschwand im Dunkeln, dabei nur noch ein paar Ratten aufstörend, die im Müll unterwegs waren.

»Einer der vier schläft, die drei anderen bechern Wein.«

»Ich hab nicht die Absicht zu warten, bis sie besoffen sind und nicht mehr auf meine Fragen antworten können«, erklärte Nathan und erklomm als Erster von uns die Treppe zum Dach.

Diese war bereits ziemlich alt. Auf einigen Stufen standen Blumentöpfe mit längst verwelkten Pflanzen. Bei jedem Schritt knarzte das verfluchte Holz. Aber das störte niemanden, der in diesem Haus wohnte. Letztlich verhielten wir uns eh leiser als alle, die hier sonst ein und aus gingen, grölten nicht, schimpften nicht und schrien nicht um Hilfe.

Apostel und Mila schlüpften in die Wohnung, um die Tür von innen für uns aufzuriegeln. Nathan stürmte mit blankgezogenem Degen in den Raum und trat einem Mann mit aller Wucht gegen die Brust. Als dessen Tischnachbar nach einem Messer griff, musste er es gleich wieder fallen lassen. Schreiend presste er die andere Hand auf den Stumpf, aus dem hochaufschießend Blut sprudelte: Shuco hatte ihm die Hand mit dem Falchion abgehackt. Di Trabia presste dem dritten Burschen die Spitze seines Degens gegen den Hals. Der vierte Kerl, der abseits auf einer Strohmatratze schlief, wachte auf und hob freiwillig beide Hände.

»Kann den mal jemand verbinden?«, fragte ich und deutete auf den Verletzten.

Mit einem entschlossenen Streich schlitzte Shuco ihm die Kehle auf.

»Hier gibt's eh kein Verbandszeug«, erklärte er.

Die übrigen drei Schurken zeigten sich dadurch nicht besonders beeindruckt, im Gegenteil: Kaum ließ Nathan seinen Blick auf der Suche nach seinem Dolch durch den Raum schweifen, schleuderte der Dreckskerl auf der Matratze ein Messer nach ihm, dies aber derart unbeholfen, dass selbst ich die Klinge mit dem Dolch noch in der Luft wegschlagen konnte. Nathan packte den Übeltäter beim Kragen und presste ihn gegen die Wand.

»Wo ist mein Dolch, du Kanaille?«, schrie er den Kerl an. »Spuck's aus!«

»Von mir hörst du nichts, du Kanalratte!«, spie dieser aus.

Nathan bleckte die Zähne, schleifte den Burschen zum Fenster, wuchtete ihn mit dem Oberkörper hinaus und hielt ihn nur noch an einem Fuß fest.

Der Mann fluchte wild. Di Trabia und Shuco durchsuchten die beiden anderen, während ich mich aufs Fensterbrett setzte und in den engen Hinterhof guckte.

Dort unten drückte sich Scheuch herum, der immer mal wieder neugierig zu mir hochlinste.

»Du verrätst meinem Freund jetzt, wo der Dolch ist«, schlug ich dem Zappler in Nathans Händen vor, »dann zieht er dich wieder rein!«

»Fahr doch zur Hölle!«, knurrte der Mann. »Ihr mistigen Hurensöhne seid doch auch nicht besser als...«

Er hatte den Satz noch nicht beendet, als er schreiend in die Tiefe stürzte. Mit einem schmatzenden Geräusch schlug er auf. Das Blut aus seinem zerschmetterten Schädel spritzte nach allen Seiten. Nathan betrachtete etwas verwundert den Stiefel, den er noch in Händen hielt, warf ihn dann aber kurz entschlossen seinem einstigen Besitzer hinterher.

»Bei allen heiligen Märtyrern!«, murmelte Apostel, als er aus dem Fenster spähte. »Eine zermatschte Birne ist nichts dagegen!«

Scheuch reckte neben der Leiche den Daumen zu uns hoch. Dass dies eine Nacht nach seinem Herzen war, stand außer Frage.

Nathan knöpfte sich unterdessen bereits den nächsten Burschen vor. Mit einem Faustschlag in den Magen brach er seinen Widerstand und schleifte ihn zum Fenster.

»Entweder verrätst du mir, wo mein Dolch ist, oder du lernst das Fliegen«, sagte er, wobei er den Burschen diesmal am Gürtel festhielt, als er ihn schon mal die frische Luft schnuppern ließ.

Der Kerl brüllte wie am Spieß und schrie um Hilfe, doch in keinem der Nachbarhäuser ging ein Licht an. Wie gesagt, für dieses Viertel war ein solcher Radau durchaus nicht ungewöhnlich. Deswegen verließ niemand das Bett, geschweige denn, dass irgendwer die Stadtwache gerufen hätte.

»Der Dolch!«, brüllte Nathan. »Sag mir, wo er ist, oder du kannst deine Knochen unten im Hof einsammeln!«

Sofort fing Scheuch an, aufgeregt herumzuhüpfen. Bestimmt hoffte er inständig, der Dreckskerl möge sich weiterhin widersetzen.

»Mach die Schnauze auf!«, verlangte Nathan. »Da hinten wartet noch einer von euch darauf, mir zu antworten. Es gibt für mich also keinen Grund, meine Zeit mit dir zu vertrödeln. Schon gar nicht, nachdem ihr einen Freund des Duca gemeuchelt habt!«

»Ich weiß es nicht!«, wimmerte der Kerl erneut. »Ehrenwort!«

»Wir haben den Dolch verkauft, Messere!«, mischte sich plötzlich der Dritte im Bunde ein.

Nathan ließ seinen Mann los. Ein Aufschrei, ein dumpfer Aufprall und begeistertes Daumenrecken von Scheuch. Wenn es nach ihm ginge, hieße es unbedingt: Aller guten Dinge sind drei.

»Wunderbar, mein Junge!«, sagte Nathan und ging zu dem Burschen hinüber, den di Trabia mit dem Degen in Schach hielt. »Offenbar bist du der Klügste von euch. An wen habt ihr den Dolch verkauft?«

»Das weiß ich nicht. He! Lass das!«, schrie er, als Nathan ihn unter Shucos schallendem Gelächter am Kragen packte und zum Fenster schleifte. »Ich weiß es wirklich nicht! Gestern Morgen hat uns jemand den Auftrag gegeben! Das war ein Adliger, das schwöre ich, aber er trug 'ne Maske!«

»Die Schwüre von Dieben und Mördern haben nur wenig Bestand! Wer hat euch an ihn vermittelt?!«

»Niemand! Er kannte uns, denn wir haben vor drei Jahren schon mal einen Auftrag für ihn übernommen. Aber nicht hier. Diesmal ist er von sich aus zu uns gekommen und hat uns gut bezahlt.«

»Das heißt in Zahlen?«

»Fünfzig Florins.«

»Ein halbes Vermögen für Gesindel wie euch«, knurrte Shuco.

»Wann habt ihr ihm den Dolch gegeben?«

»Vor einer Stunde. In den *Königen*.«

»Mila! Apostel! Habt ihr jemanden bei ihnen am Tisch gesehen?«

Apostel hielt Scheuch zwar gerade einen lautstarken Vortrag darüber, dass mein Animatus ein furchtbar blutrünstiger Zeitgenosse sei, schenkte uns aber kurz seine Aufmerksamkeit, um den Kopf zu schütteln.

»Bis ich sie verlassen habe«, sagte Mila, »waren sie allein.«

»Auf Apostels Wort dürfen wir nichts geben«, hielt ich fest. »Er hat ja nicht mal bemerkt, wie diese Vögel abgeflattert sind. Da ist ihm der Käufer mit Sicherheit entgangen.«

»Vielen Dank für dein Vertrauen, Ludwig«, schnappte meine gute alte, ruhelose Seele sofort ein.

»Vertrauen muss man sich verdienen«, hielt Shuco ihm vor. »Das hast du nicht. Jedenfalls nicht heute.«

»Und was ist mit dieser Wohnung?!«, empörte sich Apostel. »Ohne mich würdet ihr jetzt immer noch vor der Tür stehen!«

»Hier ist Geld«, rief di Trabia, der unter der Strohmatratze einen schweren Münzbeutel hervorgezogen hatte.

»Schon mal ganz gut. Aber wie sollen wir jetzt den Auftraggeber finden?«, stöhnte Nathan.

Anschließend nahm er den letzten Dieb erneut ins Verhör. Die nächsten zehn Minuten brachte dieser jedoch kein vernünftiges Wort heraus. In seiner Wut stieß Nathan den Mann gegen die Wand.

»Wir gehen noch mal in die *Könige*«, verkündete er. »Aber diesmal stelle ich die Fragen!«

»Ich glaube nicht, dass wir das müssen«, murmelte Shuco nachdenklich, als er sich die Goldmünzen ansah, die er aus dem Beutel auf den Tisch geschüttet hatte.

Er hielt eine von ihnen ins Licht. Ein zufriedenes Grinsen breitete sich auf seinem Gesicht aus, und er warf di Trabia den Florin zu. Dieser runzelte sofort die Stirn und – da er seinen Augen offenbar nicht traute – schnupperte sogar an der Münze.

»Das ist der Abdruck eines Fingers«, teilte er mir mit. »Irgendeine Ölfarbe…«

»Völlig richtig«, bestätigte Shuco. »Und von all den Menschen, die ich in meinem langen Leben schon kennengelernt habe, hat nur eine Sorte ständig beschmierte Finger.«

»Glaubst du etwa«, fragte Nathan, »dass Merisi hinter dem Diebstahl steckt?«

»Ja wer denn sonst?!«, erwiderte Shuco. »Der Kerl hat mir von Anfang an nicht gefallen! Dann die Farbe, die an der Münze klebt! Natürlich steckt er dahinter!«

»Signori!«, mischte sich di Trabia ein. »Ich verstehe ja, dass Ihr einen schweren Verlust erlitten habt, aber zieht bitte keine voreiligen Schlüsse!«

»Dem kann ich mich nur anschließen.«

»Sieh der Wahrheit doch bitte ins Gesicht, Ludwig!«, fuhr mich Shuco wütend an. »Dieses Aasgesindel hat Geld unter der Matratze! Auf den Münzen sind Farbspuren! Merisi wusste, wo eure Sachen aufbewahrt werden!«

»Das reicht nicht aus, um ihn als Schuldigen zu überführen«, widersprach ich. »Riapano ist eine große Stadt. Hier wimmelt es von Malern. Merisi ist nur einer von vielen. Dieser Florin kann von sonst wem stammen!«

»Ludwig hat recht«, mischte sich Nathan ein. »Und über das Haus wusste auch die halbe Stadt Bescheid. Es hat sich auch wie ein Lauffeuer rumgesprochen, dass Seelenfänger am Spiel teilnehmen.«

»Statt dass wir uns hier den Kopf zerbrechen«, grummelte Shuco, »sollten wir lieber diesen Hund Merisi in die Zange nehmen!«

»Du bist voreingenommen«, bemerkte ich und hielt seinem bohrenden Blick stand. »Wir reden mit Merisi, das ja. Aber nicht, weil wir ihn für schuldig halten, sondern weil er uns vielleicht sagen kann, was das für Farbe ist. Wir Seelenfänger kennen die Eigenheiten unserer Kollegen. Womöglich gilt das auch für Maler.«

»Wenn ich am Ende recht behalte«, entgegnete Shuco, »werde ich mir das Vergnügen nicht nehmen lassen, schallend über euch zu lachen!«

Von mir aus.

»Schon wieder ein Künstler!«, stieß Apostel aus. »Findest du das nicht auch reichlich komisch?«

»Nein«, murmelte ich, während Shuco mit einer magischen Figur das Türschloss zerstörte.

»Aber das ist schon der zweite schurkische Künstler in knapp einem Jahr!«

»Stimmt nicht ganz. Auf der Teufelsbrücke hatten wir es mit einem Dämon zu tun, der lediglich in die Gestalt eines Künstlers geschlüpft war.«

»Ja kannst du denn sagen, dass dieser Künstler ein echter Künstler ist?! Vielleicht steckt in dem ja auch der Teu...«

»Hältst du wohl den Mund!«, brüllten Nathan und ich gleichzeitig.

»Wie oft soll ich dir eigentlich noch sagen«, schob ich nach, »dass man diese Herren bei Nacht nicht namentlich nennt!«

»Als ob die irgendeine kreuzdämliche Einladung bräuchten!«, hielt Apostel sorglos dagegen. »Ich frage mich aber, ob...«

»Hör mal, du hast schon für die ganze nächste Woche genug Fragen an dich selbst. Tu mir also den Gefallen und verschone mich damit«, fuhr Shuco ihn an. »Noch besser wäre es, du würdest abzischen und Scheuch Gesellschaft leisten. Der lungert irgendwo in der Nähe rum.«

»Ja – weil er hofft, dass Nathan noch ein paar Burschen aus dem Fenster schmeißt. Im Übrigen habe ich nicht die Absicht, euch zu verlassen.«

»Vorwärts!«, rief Shuco und riss die Tür auf.

»Lass mich vor«, verlangte Nathan, packte Shuco bei der Schulter, zog ihn zurück und schlüpfte mit der Hand am Degen an ihm vorbei. »Der Mann versteht die Klinge zu führen.«

Merisi entdeckten wir nirgends. Ein verschlafener Diener behauptete, sein Herr würde in den Räumen der Händlergilde ein Fresko beenden. Anschließend wollte er zum Anwesen des verstorbenen Signor Gianni. Damit mussten wir noch einmal durch die halbe Stadt jagen, um den Maler endlich zu erwischen.

In den Räumen der Händlergilde war es stockdunkel. Es roch so stark nach Farben, chemischen Salzen und Lösungsmitteln, dass ich Kopfschmerzen bekam. Wie man in einem solchen Raum schlafen konnte, ohne am nächsten Morgen weiße Teufel zu sehen, die über die Wände springen, war mir ein Rätsel.

Ich stieß eine Leiter um, die vor der Wand stand. Shuco fluchte, noch im selben Augenblick zündete jemand eine Öllampe an. Sobald der Raum in Licht getaucht war, ließen sich die mit Walen, Delphinen, Narwalen, Kraken und anderem Meeresgetier ausgemalten Wände erkennen. Einige Kreaturen bliesen auch mit aller Kraft in die Segel der wuchtigen Handelsschiffe.

Merisi saß barfuß und mit aufgeknöpftem Hemd auf einer Decke, die er auf dem Fußboden ausgebreitet hatte, und hielt einen Scheibendolch in der einen Hand. Obwohl er den Schlaf sehr schnell abgeschüttelt hatte, erkannte er uns im ersten Moment nicht. Als er jedoch Lanzo sah, zeichnete sich Erleichterung auf seinem Gesicht ab, doch wich diese rasch Verständnislosigkeit und Wut.

»Messeri, meint ihr nicht, ihr hättet euch eine andere Zeit für euren Besuch aussuchen können?«, knurrte er uns an. Dann sah er die Klinge in Shucos Hand. »Offenbar beehrt ihr mich nicht mitten in der Nacht, um mit mir über die Vorzüge von Pflanzenöl gegenüber Eigelb, das Genie Micottos und die Besonderheiten der Pigmentablagerung in feuchtem Putz zu plaudern.«

»Das Gespräch über die Altarfresken Duccios und Meister Cemabusos müssen wir leider auch verschieben«, erwiderte ich. »Wir haben einige Fragen an Euch, Herr Künstler.«

Inzwischen war Merisi aufgestanden und hatte sich zusätzlich mit einem Degen bewaffnet.

»Ich weiß nicht, womit ich mir eure Verärgerung zugezogen haben könnte, aber ich werde jedem, der es darauf anlegt, mit Freuden das Leben nehmen!«

»Ich will dir nicht ans Leder«, versicherte Nathan. »Mein Dolch ist gestohlen worden, deshalb sind wir auch hier.«

Einen Moment lang sah Merisi Nathan entgeistert an.

»Ihr wirkt nicht, als seid ihr sturzbetrunken, Messere«, bemerkte er dann grinsend. »Trotzdem faselt Ihr völligen Unsinn. Was habe ich mit Eurem Dolch zu tun?!«

»Du hast ihn klauen lassen!«, spie Shuco aus.

»Du sollst nichts überstürzen«, zischte ich ihm zu.

»Ich überstürze was?! Lass mich dem Burschen das Beinchen aufschlitzen, danach reden wir in aller Gemütlichkeit mit Hinkefuß!«, erklärte Shuco völlig ungerührt. »Dann singt er süß wie eine Nachtigall!«

»Ich möchte nur zu bedenken geben, dass ich den Scheibendolch jedem Seelenfängerdolch vorziehe. Haut also ab oder greift mich an, wo ihr mich nun schon mal um meinen verdienten Schlaf gebracht habt!« Dann wandte er sich an di Trabia. »Was hält eigentlich der Duca von eurem Blutdurst?«

»Er weiß überhaupt nicht, dass wir hier sind.«

»Hab ich's mir doch gedacht«, entgegnete Merisi, machte überraschend einen Schritt nach vorn und senkte den Degen. »Bevor wir ihm durch unser vergossenes Blut den Tag verderben, könnte mir vielleicht einer von euch darlegen, weshalb ihr wegen des Diebstahls ausgerecht zu mir gekommen seid.«

»Deshalb«, antwortete di Trabia und schnippte Merisi eine farbbeschmierte Goldmünze zu.

Dieser fing sie geschickt auf.

»Mhm, stimmt, das ist meine Farbe, die habe ich angerührt.« Er wies mit dem Finger auf einen Wal, um sie uns an der Wand zu zeigen. »Und das ist mein Geld. Wie ist es zu euch gelangt?«

»Ich hab's doch gesagt«, trumpfte Shuco auf und drehte sich wieder Merisi zu. »Du gibst also alles zu?«

»Den Teufel werd ich! Ich gebe zu, dass das meine Farbe ist und dieser Florin sich irgendwann einmal in meinem Geldbeutel befunden hat. Was mich aber interessieren würde, ist, wo *ihr* ihn herhabt?«

»Von Dieben«, antwortete di Trabia. »Diese Münze haben sie für ihre Arbeit erhalten.«

»Dann kann ich ja nur von Glück sagen, dass das Geld jetzt

wieder bei mir ist«, bemerkte Merisi, warf die Münze auf die Decke und steckte seinen Degen zurück in die Scheide. »Das ist mein Geld, mit dem ich gestern, genauer gesagt vorgestern, meine Schulden bezahlt habe.«

»Willst du uns jetzt etwa weismachen«, spie Shuco aus, »dass wir bei dir an der falschen Stelle sind?«

»Goldrichtig seid ihr bei mir, denn ich werde euch nur zu gern zu demjenigen bringen, den ihr sucht.«

»Und wer ist das, Giuseppe?«, fragte di Trabia.

»Habe ich etwa vergessen, das zu erwähnen?«, erwiderte Merisi verwundert, während er in seine Hosen stieg und in keiner Weise darauf achtete, dass Shuco immer noch das Falchion in der Hand hielt. »Ich habe eine alte Spielschuld beglichen. Ich stand mit lächerlichen hundert Florins beim Baron di Ormanni in der Kreide. Angeblich brauchte er das Geld plötzlich furchtbar dringend. Seine Männer wollten partout nicht gehen, bevor ich ihnen das Geld nicht ausgehändigt hatte. Jetzt bringe ich euch aber erst mal zu ihm.«

»Wer hätte damit gerechnet?«, höhnte Apostel und sprang um die Geißblattbüsche herum. »Dass ihr die ganze Nacht wie die Straßenköter durch Livetta jagen würdet, um dann mit der ersten Morgensonne die Mauern der Stadt hinter euch zu lassen und Wald und Flur zu genießen! Aber wie heißt es doch so schön in einer Redensart aus Solia? Es rennt der Teufelshund, bis es ihn treibt in die Hölle Schlund ...«

»Warum unterhältst du dich nicht mit Mila?«, fragte ich. »Sie ist bestimmt eine weitaus dankbarere Zuhörerin als ich. Ich bin nämlich *hundemüde*.«

»Mila trägt ihr Herz aber nicht gerade auf der Zunge.«

»Dann trag Scheuch deine Gedanken vor. Er streift hier irgendwo durch den Wald.«

»Zum Teufel mit Scheuch! Der hat noch immer daran zu knabbern, dass Nathan den Maler nicht zum Fenster rausgeschmissen hat.«

»Ich habe immer angenommen«, gestand Merisi, nachdem er mir eine Weile zugehört hatte, »dass jemand, der mit sich selbst spricht, den Verstand verloren hat. Jetzt wird mir klar, dass dies nicht unbedingt der Fall sein muss. Aber euch wird sicher häufig unterstellt, verrückt zu sein, oder?«

»Halt den Mund und zeig uns den Weg!«, befahl Shuco.

»Meine Stinklaune vertreibst du mit deiner Grobheit bestimmt nicht, Zigeuner. Aber auf eins kannst du Gift nehmen: Wenn diese Geschichte vorbei ist, schlitz ich dir nicht nur das Beinchen auf, sondern gleich den ganzen Schädel!«

»Das wird nicht klappen«, gab Apostel zu bedenken. »Der Schädel ist zu hart.«

»Er hört dich nicht«, rief Shuco ihm in Erinnerung.

Der Baron di Ormanni lebte in einem zweistöckigen, von Olivenhainen umgebenen Palast, etwa zwanzig Minuten vorm Stadttor. Wir wussten nicht, ob er überhaupt zu Hause war und ob er den Dolch nicht längst verkauft hatte. Merisi hatte uns berichtet, dass der Mann viele Jahre außer Landes gewesen war, vor allem in Leserberg oder Vierwalden gelebt hatte und erst vor Kurzem in seine Heimatstadt Livetta zurückgekehrt war.

Nathan trieb uns unablässig an und hörte nicht auf, darüber zu klagen, dass wir keine Pferde hatten. Aber noch vor Tau und Tag fünf Reittiere aufzutreiben, diese obendrein gesattelt und gezäumt, das war selbst in Livetta nicht einfach.

»Wieso deine Hexe wohl nicht auftaucht?«, fragte Apostel mich. »Dass sie euch so hängen lässt…«

»Gertrude kommt schon noch!«, fertigte Shuco ihn ab.

»Hört mal!«, platzte es nun aus Merisi heraus. »Könntet ihr nicht einfach damit aufhören?«

»Womit denn?«, säuselte Shuco.

»Mit Toten zu reden. Es ist immerhin grob unhöflich, dies in Anwesenheit von Menschen zu tun, die der Hälfte des Gesprächs nicht folgen können. Außerdem entzückt es mich nicht gerade zu wissen, dass sich neben mir noch jemand rumtreibt, den ich nicht sehen kann.«

Mila lächelte sanft, Apostel schnitt eine Grimasse, Scheuch, gerade zur rechten Zeit aus dem Unterholz aufgetaucht, um ebenfalls seinen Senf dazuzugeben, fuchtelte unheilverkündend mit seiner Sichel herum.

»Hast ja recht«, erwiderte Nathan. »Ist das da vorn die Villa?«

»Ja.«

Das Anwesen war von hohen Mauern umgeben.

»Was machen wir jetzt?«, erkundigte sich Lanzo.

»Ganz einfach«, antwortete Merisi. »Wir erledigen die Diener von di Ormanni. Das müssen vier oder fünf Mann sein. Dann nehmen wir uns di Ormanni selbst zur Brust und bitten ihn in aller Form darum, uns den Dolch zurückzugeben.«

»Shuco«, sagte Nathan daraufhin. »Versuch doch mal, einen Blick aufs Gelände zu werfen. Nicht, dass da am Ende eine ganze Streitmacht auf uns wartet.«

Shuco nickte und stapfte in Richtung Mauer davon.

»Da ist niemand«, murmelte Merisi. »Ich bin erst vor Kurzem in der Villa gewesen. Wovor also fürchtet ihr euch?«

Auf die Frage bekam er keine Antwort, denn wir alle wollten hören, was Shuco zu berichten hatte. Als er zurückkam, blickte er noch finsterer drein als bisher.

»Fünf Diener – ja?«, blaffte er Merisi an. »Allein im Hof lungern vierzehn Mann herum, ob im Haus noch mehr sind, konnte ich nicht erkennen. Die laden allerlei Zeug in eine Kutsche und satteln die Pferde. Und alle sind bewaffnet.«

»Ja – mit meinem Dolch!«, ätzte Nathan. »Wir können ihre Zahl vielleicht etwas verkleinern, ich habe nämlich zwei Pistolen dabei.«

»Ich auch«, grinste Shuco. »Und Ludwig und di Trabia je eine, außerdem haben sie auch noch Lunten. Was ist mit dir, Pinsler?«

»Ich trage ein paar Gedichte vor, danach fallen sie tot um«, brummte Merisi. »Ansonsten habe ich meinen Degen dabei – und den kann ich führen!«

»Wir haben also sechs Pistolen«, hielt Nathan fest. »Mit

etwas Glück bleiben nach dem ersten Angriff von den vierzehn Mann noch acht übrig. Acht gegen fünf, das geht.«

»Du willst also da reingehen und gleich das Feuer eröffnen?«, fragte Shuco ungläubig. Scheuch dagegen führte schon fast wieder ein Freudentänzchen auf. »Was, wenn der hochverehrte Messer Merisi uns gar nicht zum Käufer gebracht hat?«

»Und ob ich das habe!«

»Wir gehen rein und sehen dann weiter«, schlug ich vor. »Wenn möglich, sollte der Baron am Leben bleiben, schließlich müssen wir herausfinden, warum zum Teufel er unbedingt einen schwarzen Dolch haben wollte. Also – wollen wir?«

Merisi betätigte den Türhammer.

»Verhaltet euch erst einmal völlig ruhig«, raunte er uns noch zu.

Das Guckfenster in der Metalltür wurde aufgerissen.

»Messer Merisi?«, fragte ein Diener erstaunt, während er aufmerksam unsere Gesichter betrachtete. »Seine Gnaden hat gar nicht gesagt, dass Ihr noch kommt.«

»Müssen Freunde sich etwa lange vorher ankündigen?«

»Seine Gnaden ist erst spät heimgekehrt und hat darum gebeten, nicht gestört zu werden.« Er trippelte immer noch unsicher auf der Stelle. »Kommt am besten noch einmal wieder!«

»Sag ihm, dass wir da sind, die Angelegenheit duldet keinen Aufschub. Es geht um ein Bild, das dein Herr bei mir in Auftrag gegeben hat.«

Erneut huschte der Blick des Mannes misstrauisch über uns. »Sind diese Messeri auch Freunde des Barons?«

»Selbstverständlich! Wir waren gerade alle bei Visconte di Veglietto, den du wahrscheinlich als Küken kennst. Da sind wir auf dem Rückweg hier vorbeigekommen, deshalb wollte ich die Sache gleich mit dem Baron klären.«

»Könntet Ihr nicht doch morgen wiederkommen? Ich habe meine Befehle.«

»Dann richte dem Baron aus, dass du an meiner Stelle malst!«, wütete Merisi und machte auf dem Absatz kehrt.

»Wartet!«

Das Guckfenster wurde zugeschlagen, der Riegel zurückgeschoben, die Tür aufgerissen.

»Tretet bitte ein, Messere!«

Shuco hatte recht, im Hof wimmelte es von bewaffneten Männern. Sie alle luden Kisten und Kästen in eine Kutsche und spannten Pferde davor.

»Seine Gnaden verlässt uns schon wieder?«, wollte Merisi wissen.

»Nein. Er hat gestern Gäste gehabt, die heute abreisen. Ich werde Seine Gnaden über Eure Ankunft unterrichten«, sagte der Diener und eilte in Richtung Haus davon.

»Wir müssen ihm hinterher«, flüsterte ich Merisi zu, wobei ich hoffte, die brennende Lunte würde nicht auffallen. »Sonst zählt der Baron eins und eins zusammen!«

»Wer hat die hier reingelassen?!«, schrie da schon einer der Diener, der sich mit den Pferden abmühte. »Bettito, der Teufel soll dich holen! Was steht ihr da wie angewurzelt rum?! Tötet diese Kerle! Auf der Stelle!«

Nathan und Shuco eröffneten gleichzeitig das Feuer und erledigten zwei Gegner. Während di Trabia und ich die Lunten an unsere Pistolen hielten, konnten die beiden weitere Schüsse abgeben, die einen Mann verwundeten, einen töteten. Jemand schrie, ein anderer brachte sich hinter der Kutsche in Deckung, aber die meisten stürzten sich auf uns. Ich zielte und traf den Kopf des Dieners, der eben Alarm geschlagen hatte. Di Trabia zögert noch eine Sekunde, dann riss seine Kugel dem Mann, der auf dem Kutschbock stand und eine Armbrust lud, den Bauch auf.

In dem beißenden Pulverdampf steckte ich die abgefeuerte Pistole hinter den Gürtel und holte meinen Dolch raus.

»Siehst du, Seelenfänger«, sagte Merisi lachend zu Shuco und zog seinen Degen. »Manche Fragen klären sich doch im Handumdrehen. Denn so, wie man sich hier über unseren Besuch freut und kurzen Prozess mit uns machen möchte, dürfte ja wohl inzwischen selbst dir klar sein, dass wir es nicht mit Unschuldslämmern zu tun haben!«

»Halt hier keine Maulaffen feil«, knurrte Shuco und ließ das Falchion mit einer geschickten Bewegung des Handgelenks kreisen.

»Bestimmt nicht. Der mit dem Schnauzer gehört mir, das ist ein hervorragender Fechter! He, Neuhorter, der da drüben ist was für dich! Und jetzt los! Wir müssen zum Haus, bevor sie uns eingekesselt haben! Jeder gibt jedem Deckung!«

Er stürmte vor, durchbohrte die Brust eines Gegners, wehrte mit dem Scheibendolch in der linken Hand einen Angriff ab und zog den Degen wieder aus der Brust des getöteten Dieners. Da ich in seiner Nähe war, eilte ich auf einen seiner Angreifer zu und zertrümmerte ihm mit dem Dolch das Knie. Sobald er am Boden lag, rammte ich ihm die Klingenspitze unterm Kinn ins Fleisch. Blut spritzte mir ins Gesicht.

Shuco und di Trabia kämpften Seite an Seite. Das Falchion und der Degen führten praktisch die gleichen Bewegungen aus. Eine Leiche lag bereits im Gras, zwei Verwundete versuchten mit letzter Kraft, sich in Sicherheit zu bringen.

Nathan stand auf den Stufen vorm Haus und parierte die Angriffe der Männer, die von der Kutsche her auf ihn zustürmten. Stahl klirrte, immer wieder fluchte jemand. Merisi gebärdete sich wie ein wütender Keiler, drehte sich wild um sich selbst und führte blitzschnelle Stiche und Hiebe aus, sodass ich lediglich flink über die Leichen und Verwundeten springen musste, um ihm Rückendeckung zu geben. Als wir Nathan erreichten, kamen aus dem Pferdestall noch weitere Diener angestürmt.

»Ins Haus!«, schrie Nathan und hielt uns mit seinem Degen alle Feinde vom Leib. »Durchsucht es! Findet meinen Dolch!«

»Und du?«, fragte ich.

»Ich halte die Burschen schon auf. Aber das Haus ist groß, und acht Augen sehen mehr als vier!«

»Du gefällst mir immer besser, Neuhorter«, bemerkte Merisi grinsend und drückte ihm noch seinen Scheibendolch in die Hand. »Viel Glück!«

Wir schlüpften ins Haus. Nathan baute sich so vorm Eingang auf, dass ihn höchstens zwei Mann gleichzeitig angreifen konnten. Die Tür an sich stellte leider kein Hindernis dar, war sie doch aus vetetischem Glas und hätte einem Ansturm keine Sekunde lang standgehalten.

Im Haus lauerte auf der Treppe ein Armbrustschütze auf uns. Zum Glück zielte er hundsmiserabel und verfehlte uns. Shuco stürmte zu ihm hoch, schlug ihn mit dem Falchion nieder und warf ihn übers Geländer, wo er exakt vor Scheuchs Füßen landete. Mein Animatus war auf das Gepolter hin natürlich sofort herbeigeeilt.

»Willst du dich nicht auch ein wenig vergnügen?«, fragte ich ihn. »Ich erteile dir die Erlaubnis, dich mal im ersten Stock umzusehen. Wenn du jemanden mit einer Waffe in der Hand siehst, gehört er dir.«

Begeistert griff er nach seiner Sichel und eilte die Treppe hinauf.

»Di Trabia und ich sehen uns auch oben um«, teilte Shuco uns mit. »Deinen Animatus sollte man nicht so lange allein lassen!«

»Macht alle kalt, die Widerstand leisten«, riet ihm Merisi. »Sonst greifen diese Kanaillen Nathan hinterrücks an.«

»Wir wissen schon, was wir zu tun haben, Giuseppe«, versicherte di Trabia und nickte Shuco zu, um ihm zu bedeuten, dass sie sich weiter nach oben vorkämpfen konnten.

Merisi und ich untersuchten im Erdgeschoss Raum für Raum, entdeckten jedoch niemanden. Daraufhin wollte ich so schnell wie möglich zu Nathan, der uns noch immer die Diener vom Leib hielt. In meiner Hast hätte mir aber beinahe ein hochgewachsener Mann mit einem breitkrempigen Hut seinen Degen in den Bauch gerammt. In letzter Sekunde fing Merisi die Hand meines Angreifers ab, trat dicht an ihn heran und knallte ihm die Stirn gegen die Nase.

Ein weiterer Feind im offenen Hemd und Hosen der Reiterei stürmte plötzlich aus dem Nachbarzimmer auf uns zu. Während Merisi noch mit dem ersten Gegner über den Boden rollte und ihn mit Fausthieben bearbeitete, nahm ich mir den Reiter vor.

Er war ebenfalls mit einem Dolch bewaffnet. Nachdem er die Waffe über seinem Kopf hatte kreisen lassen, hieb er auf meine Wange ein. Ich wich kurz zurück und ging dann zum Gegenangriff über. Mit der linken Schulter eine Attacke vortäuschend, fing ich einen Stoß des Mannes ab, machte einen Ausfallschritt und wollte erneut angreifen, musste mich dann aber vor dem nächsten Hieb in Sicherheit bringen.

»Nicht schlecht für einen Anfänger«, lobte mich der Mann.

»Nicht schlecht für einen Reiter ohne Pferd«, parierte ich und zielte mit dem Dolch auf sein Gesicht.

Er fing meinen Arm ab, woraufhin ich ihm den anderen Handteller flach auf die Nase knallte. Ächzend ließ er mich los und taumelte benommen zurück. Während er noch blind vor Schmerz war, zerschmetterte ich ihm den Schädel.

»Brauchst du Hilfe, Merisi?«, fragte ich keuchend.

Der Maler und sein Gegner waren wieder auf den Beinen und umkreisten sich nun.

»Von einem Schlächter wie dir werde ich mir gerade helfen lassen«, antwortete er und bohrte seinem Gegner mit einem eleganten Ausfallschritt den Degen ins Herz. »Hast du den Umgang mit der Klinge in der Holzfällerschule gelernt?« Er grinste mich schief an. Seine Lippen waren aufgeschlagen. »Wenn der Kerl einen Degen gehabt hätte, wärst du jetzt ein toter Mann.«

Ich verkniff mir jede Erwiderung, denn schon betrat der nächste Mann den Raum. Ein Blick reichte, damit wir uns wiedererkannten.

»Zurück, Merisi!«, rief ich. »Das ist ein Zauberer!«

Der Maler stürzte mir sofort in die Bibliothek nach. Flugs schlug ich die Tür hinter uns beiden zu.

»Lass uns den Schrank davorstellen!«

Mit letzter Kraft drehten wir das wuchtige Möbelstück zur Tür und kippten es um. Die Bücher förmlich ausspuckend, versperrte es nun den Zugang zum Zimmer.

»Kennst du den Burschen?!«

»Mhm.«

Wenn ich mit einem nicht gerechnet hätte, dann mit einer

Begegnung mit dem Herrn Walter, dem einstigen Zauberer des Markgrafen Valentin.

Schon im nächsten Augenblick explodierte die Tür, und wir wurden Richtung Fenster geschleudert. Kaum gelandet, setzte ich mich wieder auf, schüttelte kurz den Kopf und zog fluchend einen langen Span aus meiner Schulter. Graublauer Rauch hüllte den Eingang ein. Eine Barrikade.

»Van Normayenn!«, klang es spöttisch hinter dem Qualm hervor. »Wie kommst du denn hierher? Das nenne ich mal eine Überraschung!«

»Das kann er laut sagen«, murmelte Gertrude, die durch ein angrenzendes Zimmer in die Bibliothek trat. Zwei Kirchenmänner und ein Ordensangehöriger begleiteten sie.

Sie schlug sofort auf das Hindernis ein. Ihre Magie ließ die Wände und die Decke bersten, Walter schrie im Rauch schmerzgepeinigt auf.

Die ehrwürdigen Väter schickten Gertrudes Zauber noch die Kraft ihrer Gebete hinterher. Diese wurden jedoch von der Barrikade zurückgeworfen, woraufhin sich zu dem Rauschen in meinen Ohren auch noch Glockengeläut gesellte. Der nächste magische Angriff ließ mich ohnmächtig werden. Als Gertrude dann meine Schulter berührte und ich die Augen wieder öffnete, sah ich außer ihr und dem Ordensangehörigen, der sich über Merisi beugte, niemanden mehr in der völlig demolierten Bibliothek. Offenbar hatten die Kirchenmänner die Jagd nach dem Zauberer aufgenommen.

»Hat dich der Heilige Vater etwa die ganze Nacht aufgehalten?«, murmelte ich. »Allerdings kommst du gerade recht.«

»Du kannst von Glück sagen, dass du meinen Ring trägst, sonst hätte ich dich nie gefunden.«

»Was ist mit Merisi?«

Der Ordensangehörige begriff auf Anhieb, dass ich mich nach dem Mann erkundigte, den er gerade untersuchte.

»Er atmet noch«, antwortete er. »Aber er hat das Bewusstsein verloren. Was hat Euch eigentlich in diese Villa verschlagen, Herr Seelenfänger?«

»Ein gestohlener Dolch, Herr Ordensangehöriger.« Nach diesen Worten wandte ich mich wieder Gertrude zu. »Hast du Nathan gesehen?«

»Ja. Er ist gesund und munter und hat nicht mal einen Kratzer davongetragen. Wer auch immer überlebt hat, wurde von den beiden Kirchenleuten gefangen genommen.«

»He! Wo seid ihr?!«, erklang da Shucos Stimme. »Ludwig!«

»Wir sind hier!«

Shuco betrat die Bibliothek wie eine Katze, die den Angriff eines im Hinterhalt lauernden Hundes erwartet, und schnupperte in der verqualmten Luft.

»Du musst ja eine Stinklaune haben, Gertrude«, stellte er dann fest. »Denn dass hier alles in Schutt und Asche liegt, ist doch dein Werk, oder?«

»Nur zum Teil. Was ist mit den anderen?«

»Di Trabia ist leicht verwundet. Er hat den Baron leider getötet. Im Moment sitzt er mit Nathans Dolch auf der Treppe und verlangt nach einem Tresterbranntwein.«

»Auf welcher Treppe genau?«, fragte der Ordensmann. »Ich muss mich sofort davon überzeugen, dass ihr den richtigen Dolch gefunden habt.«

Shuco sah Gertrude an, die kurz nickte.

»Ich zeige es Euch«, sagte er dem Ordensangehörigen daraufhin. »Oh! Wurde Merisi doch das Licht ausgeblasen?«

»Nein, er hat sich nur den Kopf gestoßen.«

»Wie schade«, grummelte Shuco und verließ die Bibliothek.

»Kardinal di Travinno hatte recht«, stieß Gertrude mit einem Seufzer aus. »Der Markgraf ist zwar tot, aber jemand sammelt weiterhin fleißig schwarze Dolche. Selbst Herr Walter spielt nach Valentins Tod immer noch eine Rolle in dieser Geschichte ... Lass uns jetzt erst mal diesen Merisi aus seiner Ohnmacht holen, anschließend befreien wir Nathan aus Milas Klauen. Apostel ist dieser Aufgabe nämlich überhaupt nicht gewachsen.«

»Was soll das heißen – wir müssen Nathan aus Milas Klauen retten?«

»Mila hat ihn in ihre Arme geschlossen und erklärt allen, sie würde ihn nun nie wieder freigeben, denn dann würde er ja doch bloß leichtfertig sein Leben aufs Spiel setzen. Zumindest war es noch so, als ich an den beiden vorbeigegangen bin.«

Gertrude saß mit einem Becher Weißwein auf dem weinumrankten Balkon. Wir beide starrten schweigend auf die Mauern Riapanos, auf den gedrungenen Wachturm und die von Gerüsten umgebene Petruskirche, wo immer noch gearbeitet wurde.

»Erinnerst du dich noch an den Moment, kurz bevor wir den Heiligen Vater getroffen haben und du zu dieser Besprechung musstest?«, durchbrach ich schließlich das Schweigen. »Da habe ich dir angekündigt, dass ich dir noch etwas sagen muss. Ich habe den Kardinal angelogen – denn ich habe schon einmal einen Dolch mit diesem schwarzen Stein gesehen.«

»Und wo?«

»In Progance.«

Sie stellte den Becher ab und hatte jedes Interesse am Rebensaft verloren.

»Deshalb hat Miriam dich und Rance also dorthin geschickt. Wo habt ihr diesen Seraphimdolch gefunden?«

»Im Geheimarchiv. Die Bruderschaft muss schon vor wer weiß wie viel Jahren an ihn herangekommen sein.«

»Und jetzt ist er also in Händen deiner Lehrerin. Was für ein Zufall. Denn wenn ich mich nicht irre, hat sie jahrelang nach den Schmieden gesucht. Sie war regelrecht besessen von der Idee, diese Menschen zu finden. Was ich nicht verstehe, ist, wie sie von diesem Dolch mit dem schwarzen Stein erfahren hat.«

»Mich würde viel eher interessieren, wozu sie ihn braucht.«

»Keine Ahnung«, erwiderte Gertrude. »Du hast vorhin ja selbst gehört, dass nicht mal die Kirche weiß, was das Besondere an diesen Klingen ist. Aber so, wie ich Miriam kenne, wird sie sich etwas dabei gedacht habe.«

»In der letzten Zeit sind auffällig viele Seelenfänger spurlos verschwunden. Denk nur an Hans, Jeanette oder Michael. Auch von Cristina haben wir lange nichts gehört. Weißt du zufällig genau, wie viele Seelenfänger wir in den letzten zwei Jahren verloren haben?«

»Sechs, in den letzten drei Jahren waren es neun. Möglicherweise ist ja nicht nur der Markgraf von dieser Sammelleidenschaft gepackt worden ... Aber eines steht außer Frage: Die Jagd auf uns Seelenfänger wurde eröffnet. Ich werde schnellstmöglich nach Ardenau zurückkehren, den Rat der Magister einberufen und ihnen berichten, was wir hier erfahren haben. Wir müssen Maßnahmen ergreifen, bevor es zu spät ist. Die Bruderschaft darf die Hände jetzt nicht in den Schoß legen! Vor allem sollten wir diesen Herrn Walter schnappen, er hat uns sicher eine Menge zu erzählen.«

»Nur fürchte ich, er wird jetzt noch vorsichtiger sein als bisher.«

»Vermutlich schon«, erwiderte Gertrude. »Deshalb sollte ich wohl auch mit der Inquisition reden. Die Kirche muss endlich handeln. Wenn sie noch länger abwartet und beobachtet, schadet sie sich selbst. Für uns wäre ihr Eingreifen übrigens auch von Vorteil. Wer ein wenig Mumm in den Knochen hat, legt sich ja vielleicht noch mit der Bruderschaft an. Aber mit der Inquisition? Das überlegt sich jeder zweimal.«

»Das ist ja alles gut und schön, aber die Sache hat einen entscheidenden Haken: Bisher gibt es keinen offenen Kampf, folglich wissen wir nicht, wer unser Feind ist!«

»Das wird sich ändern, sobald wir diesen Walter in Händen haben! Vermutlich kommen wir über ihn auch diesem Schmied auf die Spur.«

»Vielleicht könnten wir aber auch über die Bruderschaft weiterkommen. Warum hat sie einen Dolch mit diesem schwarzen Stein aufbewahrt? Wer hat ihn geschmiedet? Und wer hat nun seine Nachfolge angetreten?«

»Du weißt, dass die Bruderschaft nicht mit den Schmieden in Verbindung tritt, denn wir haben keine Ahnung, wer sie überhaupt sind und wo sie leben. Trotzdem habe ich bereits einen Brief an die Magister auf den Weg gebracht, um sie über all das ins Bild zu setzen, was wir hier erfahren haben. Im Übrigen frage ich mich, ob di Travinno seine Karten offen auf den Tisch gelegt hat. Ich könnte mir vorstellen, dass er mehr weiß, als er uns gesagt hat. Ich treffe ihn heute Abend noch einmal. Du wirst an dem Gespräch ebenfalls teilnehmen.« Dann stand sie auf. »Aber jetzt sollten wir uns erst einmal von Nathan und Shuco verabschieden.«

Vor der Tür stand nach wie vor der schweigsame Inquisitor Posten. Er folgte uns auf unserem Weg zu den Gärten wie ein Schatten. Wenigstens zog er sich dort zurück und gönnte uns bis zur Waffenkammer ein wenig Zweisamkeit inmitten von duftenden Rosensträuchern, herrlichen Statuen und sanft plätschernden Springbrunnen.

Nathan brachte gerade Mila mit einem Scherz zum Kichern.

»Gertrude!«, rief er begeistert aus. »Wie gut, dass du kommst! Du musst unseren Streit schlichten!«

»Da werde ich doch gern Richterin spielen«, sagte sie zu mir. »Geh du schon mal zu Shuco.«

Dieser packte mit der Tabakpfeife zwischen den Lippen in aller Ruhe seine paar Sachen.

»Auf dem Tisch steht noch Wein«, begrüßte er mich. »Gieß dir was ein. Wann verlässt du Livetta?«

»Morgen. Ich reite nach Osten und nehme dort ein Schiff hoch nach Pry. Dann geht es weiter nach Norden. Genauer gesagt nach Schossien. Und wo willst du hin?«

»Die Entscheidung überlass ich Nathan«, antwortete er. »Solltest du di Trabia und Merisi noch sehen, richte ihnen einen Gruß von mir aus.«

»Di Trabia ist schon gestern mit dem Duca nach Süden aufgebrochen«, teilte ich ihm mit. »Aber Merisi will heute Abend noch einmal vorbeikommen.«

»Ich hoffe, wir sehen uns bald mal wieder«, murmelte Shuco, während er die Tasche schloss. »Wo ist dein Gefolge?«

»Irgendwo in der Nähe.«

»Ich wollte dich noch was zu Scheuch fragen. Hat er irgendeine besondere Eigenschaft? Etwas, das du sonst bei Animati nicht findest?«

»Schwer zu sagen, denn eigentlich habe ich nicht viel mit dunklen Animati zu tun. Du dürftest letzten Ende mehr über sie wissen als ich.«

»Rosa kannte sich mit den Biestern aus. Aber ich habe einiges von ihr aufgeschnappt. Wenn ich es richtig sehe, ist dein Scheuch für einen Animatus außergewöhnlich stark. Er streift frei durch die Gegend, stellt allerlei Kunststücke mit Schränken an...«

»Und lässt sich weder von geweihter Erde, Kruzifixen noch Glockengeläut in die Flucht schlagen«, fiel ich ihm ins Wort. »Und wo wir schon dabei sind: Er hat einen etwas verdrehten Sinn für Humor.«

»Wenn Reliquien ihn nicht aufhalten, dann ist er kein dämonisches Wesen, sondern etwas anderes. Und was seinen Sinn für Humor angeht – über seine Scherze kann ich einfach nicht lachen. Aber ich habe ihn in diesen Tagen ein wenig beobachtet. Von einer Kreatur wie ihm habe ich noch nie etwas gehört! Das hat mich neugierig gemacht, und ich habe ein wenig in einschlägigen Werken geschmökert. Da findest du auch nichts! Ich glaube aber, wenn man die Vogelscheuche, in der er entstanden ist, zerstören würde, überstünde er vermutlich sogar das. Vielleicht wäre er ein bisschen geschwächt, aber er ginge nicht ein! Ich bin mir jedoch ziemlich sicher, dass du ihn notfalls mit dem Dolch auslöschen könntest.«

»Bisher habe ich nicht die Absicht, ihn auszulöschen.«

»Vielleicht solltest du es zumindest mal in Erwägung ziehen. Das Leben hält mitunter die komischsten Überraschungen für einen bereit, denn es hat fast den gleichen Sinn für Humor wie dein Scheuch. Du weißt nie, was das Schicksal noch für dich in der Hinterhand hat.«

»Willst du damit andeuten, Scheuch könnte mir gefährlich werden?«

»Auch da fragst du mich zu viel. Ich bin mir sicher, dass er dich längst umgebracht hätte, wenn er das gewollt hätte. Aber er scheint dich für irgendwas zu brauchen.«

»Mhm, zur Unterhaltung.«

»Dann hätte er sich wohl eher einem Wanderzirkus angeschlossen! Schon allein deshalb, weil Schausteller ihn nie so streng an die Kandare genommen hätten, wie du es tust, und er sich deshalb den einen oder anderen kleinen Spaß mit seiner Sichel hätte erlauben können. Nein, glaub mir, er braucht dich.«

»Und wofür bitte?«

»Keine Ahnung, wie gesagt. Aber solange er dich braucht, wird er immer in deiner Nähe sein.«

»Aber warum hat er mich dann nicht öfter mal aus irgendeinem Schlamassel herausgepaukt?«

»Das musst du ihn schon selbst fragen. Übrigens wissen mittlerweile ziemlich viele Seelenfänger von ihm. Noch sind es nur Freunde, deshalb brauchst du dir deswegen keine Sorgen zu machen. Aber wenn die Gerüchte über deinen ungewöhnlichen Gefährten irgendwann den Magistern zu Ohren kommen ...«

»Selbst wenn! Wir Seelenfänger müssen nicht einmal dunkle Animati auslöschen, solange sie Menschen keinen Schaden zufügen.«

»Genau das tut deiner aber!«

»Nur wenn es um Widerlinge und Mörder geht! Und nur mit meiner ausdrücklichen Erlaubnis! Außerdem entscheidet nicht die Bruderschaft über die Auslöschung eines Animatus, sondern die Inquisition.«

»Beschäftigst du dich in deiner Freizeit neuerdings mit Gesetzestexten?«

»Man sollte wenigstens die Bestimmungen kennen!«

»Die Kenntnis der Regelungen dürfte deine Probleme aber nicht aus der Welt schaffen.«

»Dann löse ich sie halt!«

»Wenn du es sagst«, erwiderte Shuco bloß. »Aber bei den älteren und konservativeren Magistern darfst du nicht unbedingt auf Unterstützung hoffen.«

»Die haben doch eh immer was zu meckern.«

»Was, wenn sie von dir verlangen, deinen Animatus zu vernichten? Keine Sorge, mir musst du auf diese Frage keine Antwort geben«, meinte Shuco, während er seine Tasche schulterte und ein letztes Mal nach dem Becher mit dem Wein griff. »Mach's gut, mein Freund, ich hoffe, wir sehen uns noch einmal wieder.«

»Das werden wir bestimmt.«

Nun kehrten wir zu den anderen zurück.

»Bis zum nächsten Mal«, sagte Nathan lächelnd zu mir und streckte mir die Hand hin. »Pass auf dich auf!«

»Du auch – denn wir leben in gefährlichen Zeiten!«

»Ist mir auch schon aufgefallen.«

Er klopfte mit der Hand auf den Griff seines Dolchs, saß auf und wandte sich Shuco zu: »Ich bin so weit.«

Der Zigeuner ritt als Erster durch das Tor von Riapano, hob zum Abschied noch einmal die Hand, drehte sich aber nicht mehr um. Er war der festen Überzeugung, diese Geste würde einem Unglück bringen. Nathan zwinkerte uns noch einmal zu. Mila saß hinter ihm und hatte ihre Arme um seine Taille geschlungen. Sie strahlte Gertrude und mich zum Abschied noch einmal an, dann bettete sie ihren Kopf auf Nathans Schulter.

Gertrude und ich blieben allein zurück.

»Morgen fährst du auch«, meinte Gertrude niedergeschlagen.

»Aber heute Nacht gehöre ich nur dir.«

6

Der Staub der Straße

Wenn Apostel einschnappte, war das kein Zuckerschlecken – aber wenn er auf Rache sann, war das die Hölle. Letzteres tat er, seit ich mich geweigert hatte, einen Tag in Edeltoft zu bleiben, wo man gerade das Erdbeerfest beging.

Was er an diesen kreuzdämlichen Erdbeeren fand, war mir ohnehin ein Rätsel, schließlich konnte er sie schon seit geraumer Zeit weder riechen noch schmecken. Trotzdem wollte er unbedingt an diesem Fest teilnehmen. Auf mich wartete jedoch Arbeit in Leichster, einer der drei größten Städte an der Nordküste Schossiens. Deshalb kam es für mich nicht infrage, mich am Anblick der Erdbeeren in den Körben hübscher Händlerinnen zu ergötzen. Mein Vorschlag, sich von uns abzusetzen und allein in Edeltoft zu bleiben, hatte Apostel als *niederträchtig* abgeschmettert. Seitdem sann er wie gesagt auf Rache.

Dergleichen kannte ich schon von ihm. Vor allem im Juli, wenn der Tag des Heiligen Hippolyt, der am 26. dieses Monats begangen wurde, näher rückte. An diesem Tag hatte irgendein schurkischer Söldner meine gute alte, ruhelose Seele vor vielen Jahren niedergestreckt. Noch heute verwandelte sich Apostel deswegen im Vorfeld des Feiertages in ein kaum zu ertragendes Scheusal, das ständig fluchte, mäkelte und stänkerte. Irgendwann kapselte sich Apostel von allen ab. Da ich ihn verstand, sah ich über diese Schrullen hinweg, selbst wenn das nicht immer einfach war.

Im Rahmen seines gegenwärtigen Rachefeldzugs trompete mir Apostel mal wieder im unpassendsten Moment ein Gebet ins Ohr: Ich unterhielt mich nämlich gerade. Apostels Gejaule während dieses Gesprächs zu ertragen, stellte eine gewisse Herausforderung dar, denn eine Grimasse meinerseits hätte meine Reisegefährtin womöglich missverstanden und fälschlicherweise auf sich bezogen. Sobald Apostel sich die Kehle aus dem Leib gesungen hatte, gab er Geräusche von sich, als würde er gerade einen Wind fahren lassen. So ging es geschlagene zwanzig Minuten weiter, dann platzte Scheuch die Hutschnur. Ohne viel Federlesens kletterte er vom Kutschbock herunter, drängte sich zu uns in den Wagen und expedierte Apostel auf die staubige Straße hinaus.

Selbst da verzog ich keine Miene.

Meine Reisegefährtin war die Baroness von Hadsten, die Gattin des Landrats von Opper Storford, die sich nach einer Pilgerfahrt zum Geburtsort der Heiligen Clarissa auf dem Heimweg befand. Sie war so freundlich, mir einen Platz in ihrer prachtvollen Kutsche anzubieten. Seit Beginn des Sommers gab es in Schossien immer wieder Schwierigkeiten, einen Wagen zu bekommen, denn weil die Straßen in der Küstengegend nicht mehr sicher waren, war die Zahl der Reisenden – und damit das Angebot an Fahrgelegenheiten – stark zurückgegangen.

Die Baroness von Hadsten reiste mit zuverlässigem Schutz, dafür hatte ihr Gatte gesorgt. Die fünfzehn bis an die Zähne bewaffneten Haudegen hätten wohl jeden von irgendwelchen düsteren Plänen abgebracht. In dieser Kutsche war ich deshalb sicher wie in Abrahams Schoß. Die Baroness war weit über fünfzig, hatte ihr Herz an die Klöppelei verloren und plauderte von Sonnenaufgang bis Sonnenuntergang. Worüber, spielte nicht die geringste Rolle, das Einzige, was sie wollte, war ein Zuhörer. Diese Rolle hatte sie nun mir zugewiesen, wogegen ich auch gar nichts einzuwenden hatte. So erfuhr ich allerlei über ihre Kindheit und ihre Mädchenjahre, ihre Ängste und Sorgen, Ansichten und Überlegungen, letztlich ein geringer Preis für eine Fahrt in schönster Sicherheit.

An einer Kreuzung, die eine alte Kapelle des Heiligen Joachims bewachte, stieg ich aus. Die Baroness wünschte mir noch viel Glück und lud mich auf ihren Familiensitz ein, sollte es mich je in ihre Gegend verschlagen, traf man derart »höfliche junge Männer doch nicht alle Tage«.

»Was hast du mit ihm angestellt?«, wollte ich von Scheuch wissen, sobald die Kutsche außer Hörweite war.

Er bedeutete mir jedoch bloß, dass kein Grund zur Sorge bestehe.

»Du solltest dich trotzdem lieber in Sicherheit bringen«, riet ich ihm. »Apostel verzeiht dir das nie im Leben.«

Ein Blick in Scheuchs Gesicht verriet mir jedoch, dass ich mir diesen Rat hätte sparen können: Wenn ihm jemand keine Angst einjagte, dann unsere gute alte, ruhelose Seele. Ich hielt kurz nach Apostel Ausschau, doch war er wie vom Erdboden verschluckt. So weit das Auge reichte machte ich nur Sonnenblumen aus.

Aber gut, wenn er sich beruhigt hatte, würde er mich schon finden, das wusste ich aus reicher Erfahrung. Ich rückte meinen Dolch zurecht, warf mir die Tasche über die Schulter und marschierte in Richtung Leichster los.

Die Hafenstadt mit dem Sommersitz des Königs verlor sich geradezu inmitten all der Sonnenblumenfelder. Leichster wurde vom Meer und einem uralten Wald samt königlicher Jagdreviere eingerahmt. Das Königsgehölz erinnerte sich noch an all die Andersswesen und Menschen, die einst aus Neuhort herübergesegelt waren, um die mächtigen Eichen anzubeten.

Als ich an den zahllosen flachen Mündungsseen vorbeiwanderte, stieg mir der Geruch von Salz, Jod, warmem Schlamm, Algen und etwas Verfaultem in die Nase. Man konnte sich angenehmere Flecken Erde vorstellen als die Meeresküste von

Leichster, insbesondere bei Nordwind. Im August stand in den Seen kaum Wasser. Der Gestank, der dann in der Luft hing, schlug einen fast in die Flucht. Im Winter war es freilich nicht viel besser: Stürme ließen gewaltige Wellen ans Ufer krachen, die erste Kälte überzog alle Häuser an der Küste mit einer Eiskruste. Hielt der Frost, wuchsen diese Eishauben rasch an und brachten das Dach zum Einsturz.

Scheuch stapfte durch den Schlamm, schreckte Silberreiher auf und »pflanzte« Vogelscheuchen, die er auf allen möglichen Feldern eingesammelt und bisher über der Schulter getragen hatte. Den sieben Schreckensgesellen hatte er ein derart furchtbares Äußeres gegeben, dass mit Sicherheit jeder, der daran vorbeikam, die Beine in die Hand nehmen würde. Vor allem in der Abenddämmerung.

»Dein Humor ist wirklich einmalig«, stellte ich fest. »Aber ich will doch hoffen, dass aus ihren Augen nicht irgendein Höllenfeuer leuchtet und sie nachts ruhig bleiben und nicht etwa ein dumpfes Lachen von sich geben, das die gesamte Stadt in Angst und Schrecken versetzt.«

Schon in der nächsten Sekunde bedauerte ich meine Worte, denn Scheuch blieb nachdenklich stehen und umrundete dann noch einmal sein Vogelschreckensemble. Ohne Frage überlegte er verzweifelt, wie er seine Kunstwerke in dieser Weise vervollkommnen könnte.

»Du solltest von allen gewagten Ideen Abstand nehmen«, rief ich, »verzichte also auf allzu anspruchsvolles Künstlertum. In Leichster hält sich nämlich eine Seelenfängerin auf, die nicht gerade zu Scherzen aufgelegt ist. Wir wollen doch nicht, dass sie auf dich aufmerksam wird. Und wenn sie dahinterkommt, dass wir zusammengehören, wäre das auch für mich nicht gerade angenehm.«

Daraufhin zeigte sein Finger abwechselnd auf mich und auf sich. Ja, gut, ich hatte es verstanden: Wir zwei gehörten zusammen wie Pech und Schwefel.

»Aber ich habe dich gewarnt. Mit Miriam ist wirklich nicht gut Kirschen essen.«

Doch Scheuch lachte bloß.

»Sie ist stärker als ich oder die anderen Seelenfänger, die du bisher kennengelernt hast. Wenn ihr aneinandergeratet, kann ich sie womöglich nicht aufhalten. Nimm dich also in Acht, sonst weist deine Uniform am Ende noch mehr Löcher auf als bisher.«

Die Warnung beeindruckte ihn nicht unbedingt, aber gut, das musste er selbst wissen. Jetzt verschwand er erst mal im Schilf, über dem etliche Libellen surrten.

Als wir das Rohrtor endlich erreichten, knöpfte man mir dort ein Heidengeld ab. Dergleichen kannte ich schon, denn die Stadtherren hier oben im Norden füllten sich auf diese Weise gern ihre Kassen. Kaum hatte ich den Betrag bezahlt, trat ein Sergeant an mich heran, der einen Schreiber mit ausgemachter Sauerbiermiene im Schlepptau hatte.

»Was führt Euch zu uns?«, wollte er wissen, wobei er derart hingebungsvoll in der Nase popelte, als hoffte er, dort einen Diamanten zu entdecken, der mindestens einen Platz in einer Königskrone verdiente.

Der Mann hatte nicht das geringste Recht, mich mit solchen Fragen zu behelligen, sondern wollte sich bloß die Zeit vertreiben. Vielleicht spekulierte er auch auf ein paar Münzen, mit denen er sich ein Bier spendieren könnte. Bevor er sich also in allzu kühnen Träumen verlor, zeigte ich ihm meinen schwarzen Dolch.

Daraufhin gab der Skribent sofort Fersengeld, während der Sergeant mich nur durchwinkte.

Im nächsten Viertel fragte ich einen Schuster nach dem Weg.

»Das Feld der Verbrannten?«, wiederholte er den Namen meines Ziels. »Da musst du quer durch die ganze Stadt, immer der Nase nach Richtung Königsgehölz.«

Das war eine tüchtige Strecke, weshalb ich rechtschaffen müde war, als ich den großen Platz vorm Hirschtor erreichte. Seinen Namen trug er, weil die Inquisition hier vor über dreihundert Jahren an einem einzigen Tag mehr als zweihundertundfünfzig Hexen und Zauberer verbrannt hatte. Den Gaffern sollte das freilich genauso wenig bekommen. Wie Geschichtsschreiber nämlich festgehalten hatten, überlebte die Hälfte der Schaulustigen dieses Spektakel nicht. Darüber hinaus verloren zahlreiche Menschen den Verstand und stürzten sich in ihrem Wahn auf ihre Nachbarn – so verhängnisvoll wirkten die Flüche der Verbrannten selbst über ihren Tod hinaus.

Das Feld der Verbrannten galt seitdem als Ort, den man besser mied. Niemand baute hier mehr Häuser, niemand trieb hier Handel. Die Zufahrtsstraßen wurden von drei Kirchen aus unterschiedlichen Jahrhunderten versperrt. Das Gebäude, in dem einst der Magistrat seinen Sitz gehabt hatte, war nach besagten Ereignissen selbstverständlich umgehend aufgegeben worden und hatte lange leer gestanden – bis die Bruderschaft es gemietet hatte.

Hinter dem Platz der Verbrannten befand sich nur noch das Hirschtor, vor dem ein paar Soldaten Wache standen. Ihre Furcht vor dem Ort hatten sie in Schnaps ertränkt.

Jenseits der Stadt erstreckte sich eine Lichtung und das Königsgehölz. Auf der Wiese hatte man ein Lager aufgeschlagen: Zelte in leuchtenden Farben, im Kreis aufgestellte Wagen, angebundene Pferde, bunte Bänder und eine herumtollende Kinderschar. Vor den Mauern Leichsters hatten Zigeuner haltgemacht.

Dieses Volk ließ man nicht in die Stadt, die Gesetze kannten da kein Erbarmen. Trotzdem musste Schossien noch als recht mild gelten, vor allem im Vergleich mit Progance oder Narara, wo man Zigeuner ohne Umschweife auf den Scheiterhaufen zerrte.

Nach einem letzten Blick auf das fahrende Volk stapfte ich zu dem Haus der Bruderschaft und hämmerte mit dem Eisenring gegen die Eingangstür.

Ein beleibter Diener in nicht allzu sauberem Hemd öffnete mir und maß mich mit einem recht unfreundlichen Blick.

»Hast du dich in der Adresse geirrt, oder was?«, blaffte er mich an.

»Leider nicht.«

»Ich bin nicht zum Scherzen aufgelegt, denn ich muss den

Hof noch fegen. Also verschwinde lieber, solange du noch alle Zähne zwischen den Kiefern hast.«

Damit musste ich bereits zum zweiten Mal am heutigen Tag meinen Dolch vorzeigen.

»Oje, nehmt mir dieses Missverständnis bitte nicht übel«, wechselte er sofort den Ton. »Wenn der Herr bitte eintreten wollen.« Er machte einen Schritt zur Seite. »Ich bin Tobias. Die Herrin von Lillegolz hat mich und meine Familie angeheuert, damit wir uns hier um alles kümmern. Habt Ihr Hunger?«

»Gegen eine Mahlzeit hätte ich nichts einzuwenden«, sagte ich und spähte neugierig den Flur mit den grün verputzten Wänden hinunter.

»Dann sag ich meiner Schwester sofort Bescheid, dass sie den Tisch deckt.«

»Ich bräuchte auch frische Kleidung.«

»Nennt mir Eure Größe und Wünsche, dann besorgen wir Euch alles, was Ihr wollt. Die Herrin von Lillegolz bezahlt das.«

»Sie ist ja sehr großzügig.«

»In der Tat!«, versicherte Tobias. »Wir haben eine gute Herrin.«

Redeten wir tatsächlich von derselben Miriam?

»Ist zufällig sonst noch ein Seelenfänger hier?«

»Ja, der Herr Karl. Er übt sich im Innenhof mit der Klinge. Wenn Ihr durch diese Tür und über die Veranda geht, gelangt Ihr zu ihm.«

»Habt Dank, Tobias.«

»Doch nicht dafür, Herr ... Verzeiht, aber ich habe Euren Namen nicht richtig verstanden ...«

»Ludwig.«

»Sehr angenehm, Herr Ludwig.«

Der Innenhof war so klein, dass man kaum zehn Schritt in eine Richtung machen konnte. Karl war ganz der Alte, gesund und muskulös, mit einem schwarzen Bart und der Sturheit eines Keilers. Wer ihn aufhalten wollte, brauchte schon eine Kanone. Er trug einen kurzen Rock, wie die Männer aus Neuhort, und war bereits schweißüberströmt. Schnaufend sog er die Luft durch die aufeinandergepressten Zähne ein. Seine Bewegungen waren geschmeidig wie die einer Katze und wollten daher nicht ganz zu seiner Bärenstatur passen. Binnen einer Minute wechselte er viermal die Stellung. Anschließend versuchte er sich in verschiedenen Hockstellungen, wie sie die Meister aus dem Süden Vetetiens so lieben, deren Angriffe meist auf Beine, Leistengegend oder Bauch und nur selten auf Herz oder Halsschlagader zielen.

Auf einer der Stufen, die in den Innenhof hinunterführten, stand eine Flasche Wein. Ich setzte mich auf die kleine Treppe, besah mir die Flasche, schnupperte daran und nahm einen Schluck. Weißwein, natürlich vom Feinsten. Etwas anderes hätte Karl nämlich nicht angerührt.

Schließlich bemerkte er mich und beendete seine Übungen.

»Ludwig!«, strahlte er mich an. »Da soll mir der Teufel doch Schwefel ins Ohr streuen! Was für eine Freude, dich zu sehen!«

Das empfand ich genauso. Unser gemeinsamer Aufenthalt in den Kerkern von Burg Fleckenstein hatte uns zwar nicht zu Freunden gemacht, doch die Vorbehalte, die ich lange gegen ihn gehegt hatte, waren überwunden. Nach der Geschichte mit Hartwig, in der er eine ziemlich unschöne Rolle gespielt hatte, hätte ich das eigentlich nicht für möglich gehalten.

Nachdem er sich zu mir gesellt hatte, machten wir dem Wein den Garaus.

»Als ich endlich aus diesen verfluchten Höhlen heraus war«, berichtete Karl, der sich ein Handtuch um den schweißfeuchten Hals gelegt hatte, »habe ich noch fünf Tage auf dich gewartet.«

»Und ich hatte schon gedacht, du seist tot. Die Oculla hat nämlich irgendwas von einer alten Falle gebrabbelt.«

»Die war so alt, dass sie erst zugeschnappt ist, nachdem wir schon an ihr vorbei waren. Hunnus und Maria haben es ebenfalls geschafft. Ich wollte eigentlich wieder zu dir zurück, aber der Weg war völlig verschüttet. Hat diese Furie dir arg zugesetzt?«

»Wie du siehst, leb ich ja noch.«

»Was allerdings an ein Wunder grenzt!«

»Ich hatte eben verdammtes Glück.«

»Du ahnst nicht, wie mich das freut.« Dann wechselte er das Thema. »Was hat dich eigentlich aufgehalten? Wir haben schon letzte Woche mit dir gerechnet.«

»Es ist ein langer Weg von Litavien hierher, außerdem war die See stürmisch. Und dann find in Schossien mal eine Kutsche! Unterwegs habe ich übrigens allerlei merkwürdige Gerüchte gehört. Kannst du mir vielleicht sagen, was in diesem Land vor sich geht?«

»Und ob ich das kann!«, stieß er aus. »Ich bin nämlich schon seit dem Frühling hier, wahrscheinlich übernehme ich bald ihren idiotischen Dialekt. Kaum war ich in diesem grauenvollen Land eingetroffen, durfte ich schon Zeuge eines ekelhaften Totentanzes in Gliederg werden! Da haben rund achthundert Gerippe auf dem Rathausplatz den Kohlkönig aufgeführt! Bevor irgendjemand wusste, wie ihm geschah, haben sie fünfzehn Menschen fortgeschleift, darunter den Priester der Heiligkreuzkirche und den Grafen Ogavo, dem das Land hier gehört.«

»Oh...«

»Es kommt noch besser! Am nächsten Tag wollten die Gerippe es sich in den Häusern der Stadt gemütlich machen. Die konnte nur der Inquisitor kaltstellen.«

»In Gliederg gibt es einen Inquisitor, der mit einer derart wildgewordenen Horde von ruhelosen Seelen fertig wird?!«

»Nein, natürlich nicht. Der Bursche von hier hat sein Glück versucht und ist kläglich gescheitert. Das war Vater Mart, der auch der Hexenhammer genannt wird. Er hat die fröhlichen Tänzer wieder ins Grab getrieben, ohne dass sie groß gemurrt hätten. Vier der Städter, die entführt worden waren, konnte er auch retten.«

»Da hatten sie Glück, dass ausgerechnet er geholfen hat.«

»Danken können sie ihm dafür aber nicht mehr. Sie haben nämlich alle völlig den Verstand verloren. Das Einzige, was sie jetzt noch zustande bringen, sind hysterische Schluchzer und täppische Ballettschritte. Wahrscheinlich landen sie demnächst im Irrenhaus.«

»Wer hat den Tanz heraufbeschworen?«

»Eine Hexe, eine Kreatur von einer Boshaftigkeit, wie ich sie selten erlebt habe. Vater Mart und ich sind kaum mit ihr fertig geworden. Von Gliederg aus bin ich dann hierher. Paul, Joseph und Margarita waren bereits in Leichster. Wir vier haben dann zweieinhalb Monate lang den gesamten Norden Schossiens durchkämmt, um einer ganz neuen Sorte von dunklen Seelen auf die Spur zu kommen. Leider ohne jeden Erfolg!«

»Und was sind das für Biester?«

»Diese dunklen Seelen tauchen wie jene Reiterstämme, die Städte in Solia überfallen, aus heiterem Himmel auf und greifen Menschen an. Wenn wir dann an den Ort des Geschehens kommen, ist weit und breit keine dieser Kreaturen mehr anzutreffen. Beim ersten Vorfall haben wir sogar noch an gewöhnliche Räuber gedacht. Bis wir dann die Leichen gesehen haben! Danach hatten wir irgendeinen Gast aus der Hölle in Verdacht. Doch dann ist Paul einmal mit den Biestern zusammengestoßen, und danach wussten wir es besser. Wir haben es mit dunklen Seelen zu tun – aber mit völlig verdrehten! Die haben sich in einem Körper eingenistet und fühlen sich dort pudelwohl. Das Schlimmste ist, dass du sie für einen lebenden Menschen hältst. Sobald man ihren neuen Körper vernichtet, fahren sie aber heraus und gehen in die zweite Runde des Kampfs. Damit hatte Paul wie gesagt nicht gerechnet – und dafür hätte er beinahe teuer bezahlt. Damit keine Panik ausbricht, halten wir alle Hinweise auf die Existenz dieser merkwürdigen Biester bisher strikt unter Verschluss.«

»Soll das heißen, nicht mal die Inquisition ist darüber im Bilde?«

»So ist es. In Ardenau sind die Magister rein zufällig gerade anderweitig beschäftigt. Darüber hinaus befürchten sie, dass uns eingeheizt wird, weil wir ja alle ach so miese Arbeit leisten. Deshalb würde die Bruderschaft diese verdrehten Seelen gern aus eigener Kraft ausschalten.«

»Aber dafür sind etliche Seelenfänger nötig!«

»Genau das ist das Problem«, gab Karl zu. »Wir können ja

schlecht die gesamte Bruderschaft nach Schossien verlegen, denn das würde sofort Misstrauen wecken. Außerdem stünden die anderen Länder dann ohne jeden Schutz da. Schon jetzt streifen zwanzig von uns durchs Land – aber bisher sind nur zwei von ihnen auf ein Trio dieser verdrehten Seelen gestoßen und konnten sie unschädlich machen.«

»Was haben sie über diese Seelen berichtet?«

»Dasselbe wie Paul. Bevor sich diese Biester auf sie gestürzt haben, hatten sie nicht den geringsten Verdacht, dass es überhaupt dunkle Seelen sind. Du hältst sie für ganz gewöhnliche Menschen.«

»Gibt es Vermutungen, woher sie kommen und warum sie gerade hier in Schossien zuschlagen?«

»Nein. Glaub mir, das ist wirklich eine verzwickte Geschichte. Den ersten Überfall hat es im September letzten Jahres gegeben, auf einer Straße in der Nähe der Hauptstadt. Damals glaubte man aber, ein paar Menschen wären von einem Tag auf den anderen verrückt geworden, hätten sich auf ihre Nachbarn gestürzt, sie zerfleischt und mit bloßen Händen in Stücke gerissen, um sie zu verschlingen.«

»Das hört sich in der Tat nicht nach dem üblichen Verhalten schlichter dunkler Seelen an, sondern tatsächlich eher nach irgendeinem Dämon, der sich in einem Menschen eingenistet hat und ihn zwingt, über seine Nachbarn herzufallen.«

»Mit dieser Meinung stehst du nicht allein da. Deshalb hat anfangs ja auch die Inquisition die Sache übernommen. Wir haben uns erst nach der Geschichte mit Paul eingeschaltet. Diese dunklen Seelen lenken die fremden Körper wie ein Puppenspieler seine Marionetten.«

»Aber warum zerfallen diese fremden Körper nach dem Tod ihrer ursprünglichen Besitzer nicht?«

»Keine Ahnung. Das Einzige, was ich weiß, ist, dass du diese dunklen Seelen nicht von einem gewöhnlichen Menschen unterscheiden kannst. Um sicher zu sein, mit wem du es zu tun hast, musst du nachprüfen, ob ihr Herz schlägt. Aber versuch das bei diesen Biestern mal!«

»Wie viele Überfälle hat es bereits gegeben?«

»Mehr als ein Dutzend, davon vier seit ich in Schossien bin. Und zwar an den unterschiedlichsten Orten. Es scheint fast so, als könnten diese Biester überall im Land auftauchen. Im Winter war es etwas ruhiger, doch nun geht es wieder los. Das letzte Mal haben diese Kreaturen vor sechs Tagen zugeschlagen, dreißig League von hier entfernt.«

»Weisen diese Angriffe irgendeine Gemeinsamkeit auf?«

»Nicht einer wurde innerhalb einer Stadt oder eines Dorfs verübt – aber das ist auch leider schon die einzige Verbindung. Wir Seelenfänger ziehen deshalb allein oder höchstens mit einem Partner als Köder über die Straßen, aber die Biester beißen nicht an.«

»Wir treten in dieser Sache also auf der Stelle.«

»Ganz genau.«

»Von einer solchen Geschichte habe ich noch nie gehört. Andererseits bekommen wir es ja jedes Jahr mit neuen Formen ruheloser Seelen zu tun, je nachdem welche Sünden ein Mensch auf sich geladen hat. Erinnere dich doch nur einmal daran, dass es sogar Zeiten ohne Oculli gab!«

»Diese verdrehten Biester sind genauso angriffsfreudig wie Oculli, lassen sich aber wenigstens recht einfach vernichten. Du brauchst bloß ein Zeichen zu wirken, damit ihr Körper zerfällt, danach vollendest du dein Werk mit dem Dolch.«

»Immerhin etwas«, erwiderte ich und erhob mich, denn nun wollte ich erst mal aus den staubigen Kleidern raus. »Das Problem ist und bleibt aber, dass selbst wir ihnen sozusagen als gewöhnliche Menschen gegenüberstehen. Früher oder später kommt außerdem die Inquisition sicher dahinter, dass es sich bei ihnen nicht um den Teufel handelt. Dann geht es uns an den Kragen. Vor allem da der Orden wieder allen das alte Lied vorträllern wird, dass wir bestimmte Seelen entweder nicht aus dem Weg räumen wollen oder ihnen schlicht und ergreifend nicht gewachsen sind.«

»Und in den Chor stimmen mal wieder etliche Könige und Fürsten ein«, brummte Karl und schnappte sich zwei Scheibendolche. »Die Menschen werden wieder zu ihren alten Vorurteilen zurückkehren. Schon bald wird sich der Hass auf uns ausbreiten, und es wird heißen, wir seien dunkle Zauberer. Irgendjemand wird sich an die Fehler erinnern, die die Bruderschaft in der Vergangenheit gemacht hat, und die alten Geschichten aufkochen, dass wir die Menschen gar nicht beschützen wollen, sondern bloß auf ein bisschen mehr Lebenszeit erpicht sind. Dann wird man für uns wieder Nägel vorbereiten und uns entlang der Straßen ans Kreuz schlagen. Genau wie früher... Aber gut, lassen wir das. Ich übe noch ein wenig, wir reden heute Abend weiter.«

»Gab es eigentlich einen besonderen Grund, mich nach Schossien zu rufen?«

»Meiner Meinung nach bist du nur hier, weil es an allen Enden und Ecken an Seelenfängern fehlt, vor allem seit Paul und zwei seiner Schüler in die Gestaner Fürstentümer aufbrechen mussten und Margarita nach Ardenau zurückgekehrt ist. Joseph ist inzwischen in Tschergien, weil dort ein blutiger Krieg tobt und ebenfalls verzweifelt Seelenfänger gebraucht werden. Das Olsker Königreich heizt dem Land nämlich gewaltig ein. Es gibt zahllose Tote – und damit jede Menge ruhelose Seelen.«

»Ich habe schon davon gehört, dass etliche Menschen nach Westen flüchten. Broberger nimmt sie noch auf, aber Hungien hat seine Grenzen bereits dicht gemacht. Überall soll es daher von Räubern, Gesocks aus dem Osten und Fahnenflüchtigen wimmeln.«

»Das sind Kinder des Krieges – was willst du dagegen machen?«

Kaum hatte ich das Haus wieder betreten, hörte ich durch ein offenes Fenster wütendes Geschrei.

Als ich ihm folgte, gelangte ich in den äußeren Hof, wo es mehrere Schuppen und einen kleinen Pferdestall gab. Tobias versuchte gerade fluchend, sich einem Schwarzbraunen zu nähern, einem Hengst aus Rowalien, der nur darauf brannte, den Mann zu beißen oder mit seinen Hufen zu traktieren.

»Bist du jetzt wohl ruhig!«, stieß Tobias aus. »Ich will hier doch bloß sauber machen!«

»Er lässt nur selten jemand an sich ran«, sagte ich zu Tobias, während ich das prachtvolle Tiere mit dem glänzenden Fell und der kurz geschnittenen Mähe betrachtete. »Geh also besser kein Risiko ein, sonst trampelt er dich zu Tode.«

Als der Hengst meine Stimme hörte, drehte er seinen Kopf in meine Richtung, schnaubte und stieß mehrmals mit den Hufen auf. Er hatte mich ebenfalls erkannt.

»In dem hat sich mit Sicherheit irgendein Dämon eingenistet«, knurrte Tobias und stellte die Harke gegen die Wand.

»Ausschließen würde ich es nicht«, erwiderte ich. »Hat dich denn vor dem Tier niemand gewarnt?«

»Doch, schon. Aber meine Arbeit muss ich trotzdem erledigen. Die Herrin von Lillegolz bezahlt mich schließlich nicht dafür, dass ich Maulaffen feilhalte.«

»Wenn er dich zu Hackfleisch zerstampft«, sagte ich, schnappte mir einen Apfel aus Tobias' Korb und ging auf das Tier zu, »wird sie sicher mit Freude für deine Totenmesse zahlen.«

»Herr Ludwig ...«

»Ruhe jetzt!«, brummte ich, während mein Blick ausschließlich auf dem Pferd ruhte. »Guten Tag, Lurch!«

Er streckte den biegsamen Hals vor, näherte sich dann meinem Gesicht und schnupperte vorsichtig am Apfel. Lurch war groß und kräftig. Wenn er gewollt hätte, konnte er mich glattweg zertrampeln. Trotzdem hatte ich keine Angst vor ihm.

Er klaubte sich mit den Lippen den Apfel aus meiner Hand, zerbiss ihn krachend und ließ sich dann von mir streicheln.

»Tobias«, sagte ich, »wenn du hier noch etwas zu erledigen hast, dann wäre das jetzt die passende Gelegenheit.«

Er machte sich hektisch daran, das Stroh zusammenzuharken. Das Pferd schielte immer wieder zu ihm hin, wollte ihn aber nicht mehr angreifen.

»Wo ist seine Herrin?«, fragte ich Tobias.

»Ihr meint die Herrin Miriam?«

»Miriam hat dieses Tier geritten?«

»Nein, geritten hat sie ein anderes Pferd. Dieses hat sie nur am Zügel geführt.«

»Wo steckt bloß deine Herrin, Lurch?«, raunte ich ebenso enttäuscht wie besorgt.

Ich hatte Cristina dieses Pferd geschenkt, als wir beide Schüler Miriams gewesen waren. Sie trennte sich nur sehr selten von ihm. Wo also war sie jetzt …?

In diesem Moment kam auch Scheuch in den Pferdestall, lehnte sich gegen eine Wand und beobachtete eifersüchtig, wie ich Lurch über die Schnauze strich. Auch Apostel ließ sich dazu herab, sich zu uns zu gesellen. Offenbar hatte er völlig vergessen, dass er sauer auf mich war.

»He«, stieß er aus. »Gehört dieses Teufelspferd etwa jener Cristina, von der ich schon so viel gehört habe?«

»Das tut es.«

»Ist sie auch hier?«

»Nein.« Ich drehte kurz den Kopf zu Tobias. »Achte nicht weiter auf mich, ich unterhalte mich gerade mit einer Seele.«

Wenigstens jagte diese Mitteilung ihm keine Angst ein. Unbekümmert zuckte er bloß die Achseln, schleppte einen Eimer Wasser heran und griff erneut nach seiner Harke.

»Als du damals in Burg Fleckenstein eingekerkert warst, hat Gertrude auch diese Cristina davon unterrichtet. Warum hat sie – und ich spreche hier von der Gertrude, die wir beide kennen, also von einer Hexe, der man nicht den kleinen Finger in den Mund stecken sollte, weil sie ihn dir sonst zusammen mit dem Kopf abbeißt – deine einstige Partnerin eigentlich von deinem Unglück unterrichtet?«

»Weil Seelenfänger eine große Familie bilden. Und in einer Familie gibt man schlechte Nachrichten ebenso weiter wie gute. Und Cristina und ich, wir waren immer gute Freunde.«

»Wieso *waren*?«

»Weil sich unsere Wege getrennt haben«, antwortete ich. »Und jetzt verschwinde, du machst das Tier nervös.«

Das musste ich Apostel lassen: Diesmal war er wirklich im

Handumdrehen auf und davon. Und er blieb sogar weg, denn da Scheuch ihm gefolgt war, hatte er beschlossen, sich bei ihm über meine Unhöflichkeit zu beschweren. Unser Dritter im Bunde würde ihm nämlich mit keinem einzigen Wort widersprechen.

Im Schrank rumpelte und polterte es, denn Scheuch bereitete gerade sein Nachtlager vor. Tobias und seine Schwester hatten den Tisch fürs Abendessen gedeckt, dann waren sie verschwunden und hatten Karl und mich allein gelassen.

Karl hatte den Teller bereits zur Seite geschoben, um mit finsterer Miene eine Karte Schossiens zu studieren. Immer wieder kreuzte er mit einer Feder eine Stelle darauf an. Ich dachte unterdessen an Gertrude. Sie befand sich auf dem Weg nach Albaland, und die Straßen waren zurzeit nicht ungefährlich. Schon jetzt sehnte ich mich nach ihr. Ohne sie fühlte ich mich nur wie ein halber Mensch, denn ihr aufbrausendes Naturell rettete mich vor meiner eigenen Verschlossenheit ebenso zuverlässig wie Wasser einen Verdurstenden in den chagzhidischen Steinwüsten.

»Verstehe das wer will!«, stieß Karl irgendwann verzweifelt aus. »Ich habe auf dieser Karte alle Angriffe dieser Biester, von denen ich weiß, eingetragen. Du kannst eine Verlagerung von Osten nach Westen erkennen, außerdem haben diese verdrehten Biester die Menschen immer auf Straßen überfallen, die recht weit von großen Städten entfernt liegen. Meist gegen Abend. Mehr Gemeinsamkeiten gibt es nicht. Oder entdeckst du noch etwas?«

Ich stand auf und sah mir die Karte an.

»Nein. Es ist ja nicht mal ein Friedhof in der Nähe, von dem die dunklen Seelen ausgebüxt sein könnten«, murmelte ich. »Weißt du, wie die Menschen gestorben sind, in deren Körper sie sich eingenistet haben?«

»Damit sprichst du schon das nächste Problem an«, erwiderte Karl seufzend. »Wenn du diese Menschen tötest, zerfällt

414

der Körper auf der Stelle, und du hast nur noch Knochen vor dir. Deshalb wissen wir einfach nicht, um wen es sich bei ihnen handelt. Mit einer Ausnahme. Als diese verdrehten Biester einen Wagenzug von Händlern überfallen wollten, war Joseph gerade in der Nähe und konnte sie ausschalten. Da hat der Kutscher einen der Angreifer erkannt. Angeblich ein Mann aus seiner Straße. Auf unsere Bitte hin hat jemand von der Stadt mit der Witwe des Verstorbenen geredet. Die Frau hat behauptet, ihr Mann sei ein paar Tage vor dem Überfall auf den Wagenzug plötzlich verschwunden.«

»Litt er an einer Krankheit?«

»Nein.«

»Dann dürfte er keines natürlichen Todes gestorben sein.«

»Wahrscheinlich nicht«, sagte Karl und warf die Feder auf die Karte. »Aber was heißt das? Hat er sich selbst getötet? Wurde er ermordet? Ist er durch ein Unglück, ein Anderswesen oder irgendeinen Satansbraten zu Tode gekommen? Bisher konnten wir trotz all unserer Bemühungen nicht eine dieser Möglichkeiten mit Sicherheit ausschließen.«

Als nun im Erdgeschoss die Eingangstür ins Schloss fiel, erklang umgehend Tobias' Stimme. Er schwatzte in äußerst servilem Ton los, bekam aber bloß einsilbige Antworten. Dabei war selbst für uns hier im ersten Stock deutlich zu spüren, wie sehr die Sprecherin bemüht war, ihren herrischen Ton zu zügeln, und wie fulminant sie an dieser Aufgabe scheiterte.

»Miriam wäre also zurück«, murmelte Karl. »Hoffentlich bringt sie mal gute Neuigkeiten mit. Ständig ziehen wir über die Straßen, kommen aber keinen Schritt voran.«

Doch dann trat nicht Miriam ein, sondern ein junger Mann in einem Reitkostüm, an dem noch der Staub der Straße haftete. Über seine linke Schulter hatte er sich einen grauen Umhang geworfen, an seinem Gürtel baumelte ein schwarzer Dolch. Ein grüner Junge von höchstens siebzehn Jahren, der aber betont selbstsicher und ungezwungen aufzutreten versuchte.

Er hatte ein schmales, gerötetes Gesicht und dunkle Augen. Die Wangen zierte erster Flaum, und unter seinem Barett lugte das schmutzig braune Haar genauso störrisch hervor wie das Werg unter Scheuchs Strohhut.

»Guten Abend«, begrüßte er uns, und sein Blick blieb auf mir ruhen, denn mich sah er zum ersten Mal.

»Ludwig, das ist Albert«, stellte Karl mir den Jungen vor. »Er hat die Schule in Ardenau vor einem Jahr beendet. Und zwar mit Auszeichnung. Miriam bildet ihn nun weiter aus. Albert, das ist Ludwig van Normayenn. Du hast vermutlich schon von ihm gehört.«

»Aber ja!« Albert schüttelte mir überschwänglich die Hand. »Jede Menge sogar! Es freut mich sehr, Euch kennenzulernen! Ihr seid ein Vorbild für uns alle!«

»Ein Vorbild?«, murmelte ich und warf Karl einen fragenden Blick zu, denn eine solche Begeisterung hatte ich noch nicht erlebt.

»Du solltest öfter nach Ardenau kommen«, sagte Karl. »Dann wüsstest du, dass etliche Seelenfänger als Vorbild gehandelt werden. Einige gelten sogar als Inbegriff von Tapferkeit, weil sie sich allen Prüfungen stellen, die das Leben außerhalb von Ardenau für uns bereithält.«

»Und da soll ich einer von sein?!«

In Anbetracht der Tatsache, dass ich mit den meisten Magistern nicht gerade auf freundschaftlichem Fuß stand und mir obendrein der Ruf vorauseilte, ein Prinzipienreiter mit allzu idealistischem Blick aufs Leben zu sein, blieb mir fast die Spucke weg.

»Die Herrin Miriam versichert mir immer wieder«, ergriff Albert erneut das Wort, »dass Ihr weit begabter seid als ich.«

Er teilte mir das ohne jeden Vorwurf mit, ohne Kränkung oder Hass, sondern voller Begeisterung und in dem Wunsch, mir eine Freude zu bereiten.

»Habt ihr euch irgendwie gegen mich verschworen?«

»Behagt dir die Anerkennung nicht, Ludwig?«, fragte Miriam, die entschlossen wie der Wind in den Raum hereingefegt kam.

In den sechs Jahren, in denen wir uns nicht gesehen hatten,

hatte sie sich kaum verändert: Sie war bereits siebenundachtzig, sah aber aus wie sechsunddreißig. Das schmale schwarze Stilett hatte Hunderte von Seelen in sich aufgenommen und seiner Herrin dadurch das Äußere einer sehr viel jüngeren Frau bewahrt. Die tadellose Haltung verlieh ihr etwas Herrschaftliches, fast als wäre sie eine Herzogin.

Bei unserer ersten Begegnung hatte mich die kalte, nahezu überirdische Schönheit Miriams derart betört, dass ich fast gemeint hatte, tatsächlich die Schneekönigin aus dem Märchen getroffen zu haben.

Sie war kaum kleiner als ich, für eine Frau also sehr groß. Ihre klassischen Gesichtszüge ließen keinen Zweifel daran, dass sie aus dem Norden stammte: volle Lippen von zartem Rosa und eine gerade Nase mit winzigen, raubtierhaften Nasenlöchern, wie man sie von den Barbaren auf den Wolfsinseln kannte. Und dann die Augen! Sie waren es, die das Gesicht dieser schönen, strengen und machthungrigen Seelenfängerin letztlich prägten, die Aufmerksamkeit eines jeden bannten, sich in den anderen hineinbohrten. Diesen Augen entging nichts. Weder deine Wünsche, noch all deine Schwächen, deine Fehler und lächerlichen Hoffnungen.

Blaue, kalte und meist völlig gleichgültige Augen. Sie erinnerten an die Gletscher Neuhorts, die von innen mit einem reinen, eisblauen Licht leuchteten.

Es gab Zeiten, da hatte ein einziger Blick aus diesen Augen mir eine Gänsehaut über den Rücken gejagt. Es gab auch flüchtige Momente, da Miriams Blick voller Anerkennung auf mir ruhte und das Eis in diesen Augen für den Bruchteil einer Sekunde schmolz.

Das flachsblonde Haar war zu einem – recht koketten, wie ich behaupten würde – Zopf gebunden. Um ihren Hals trug sie wie eh und je nur eine Silberkette mit einem Kreuz daran, in ihren Ohren funkelten kleine, in sich gedrehte Ringe aus einem blauen Metall, dessen Namen ich nicht kannte. Gertrude hatte mir einmal gesagt, es handle sich bei diesen Schmuckstücken um starke Schutzamulette. In all den Jahren, die ich Miriam nun schon kannte, hatte sie diese Artefakte jedoch nicht ein einziges Mal eingesetzt – obwohl es mehr als eine Gelegenheit dazu gegeben hätte.

»Dass man mich als Vorbild hinstellt?«, entgegnete ich. »Du musst zugeben, das klingt völlig absurd.«

»Nicht absurder als manches, was man sonst noch hört. Wann bist du eingetroffen?«

»Heute früh.«

»Albert!«, fuhr sie ihren Schüler plötzlich an. »Wie wäre es, wenn du endlich mal deinen Hintern in Bewegung setzen würdest, statt Ludwig die ganze Zeit dämlich anzustarren?!«

»Verzeiht mir, Lehrerin!«, brachte Albert verlegen heraus. »Ich wollte niemandem zu nahe treten.«

»Dann zieh dich jetzt um! Du bist völlig verdreckt und stinkst nach Pferdeschweiß! Beim Wind, der über die Felder streift – womit habe ich einen solchen Schüler bloß verdient?! Selbst die banalsten Dinge muss ich diesem Nichtsnutz haarklein auseinanderklamüsern!!«

Albert murmelte eine weitere Entschuldigung und verließ den Raum.

»Du hast dich kein bisschen verändert«, bemerkte ich.

»Wenn man seine Schüler verzärtelt, als wäre man ihre Mutter, wird aus ihnen nichts Gescheites«, erwiderte sie kalt. »Schon gar nicht, wenn es Männer sind. Erst hängt ihr an unserem Rockzipfel, dann landet ihr bei der erstbesten Gelegenheit im Straßengraben und verreckt. Meine Seelenfänger sind davor gefeit. Ich nehme sie hart ran, dafür gehören sie am Ende zu den besten.«

Ich hasste die Art, wie sie ihre Schüler formte. Vor allem wenn sie einen in Anwesenheit Dritter herunterputzte. Man fühlte sich dann wie der letzte Dreck, zumal sie meiner Ansicht nach – und nicht nur meiner – den Bogen in der Regel überspannte.

»Hast du irgendwas herausgefunden?«, erkundigte sich Karl nun.

»Nein«, antwortete Miriam, während sie an ihn herantrat

und die Karte mit seinen Kreuzen betrachtete. »Das war nur ein weiterer verlorener Tag. Morgen durchkämmen wir dann das Gebiet im Nordwesten, bis hin nach Olwerg. Tobias!«

»Ja, Herrin?« Der Diener steckte den Kopf zur Tür herein.

»Bring Albert etwas zu essen. Er hat heute den ganzen Tag noch nichts gehabt.«

»Selbstverständlich. Wollt Ihr auch etwas zu Euch nehmen?«

»Wenn das Essen fertig ist, hole mich! Ludwig, könntest du gleich zu mir kommen, ich möchte dich unter vier Augen sprechen?«

Hatte ich mich da eben verhört? Offenbar nicht, denn Miriam wartete bis ich genickt hatte, bevor sie wie ein Wirbelwind aus dem Zimmer stürmte.

»Wenn du irgendwelchen Radau hörst«, wandte ich mich daraufhin an Karl, »komm sofort mit einem Eimer kaltem Wasser und lösche das Feuer.«

»Den Teufel werd ich tun! Dein Mütchen zu kühlen – das hat noch nie geklappt. Und Miriam zu übergießen – das verbietet mir mein Selbsterhaltungstrieb. Nein, das muss Tobias übernehmen. Er ist ein gewitzter Bursche, der mit solch delikaten Aufgaben bestens zurechtkommt.«

»Du bist mir eine schöne Hilfe«, murmelte ich und wandte mich Apostel zu. »Und du solltest besser nicht im Zimmer auftauchen. Miriam reißt dir sonst womöglich den Kopf ab und behauptet, du hättest ihn schon immer unterm Arm getragen.«

Apostel zuckte bloß mit den Achseln, wischte sich das nie versiegende Blut von der Schläfe und blieb, wo er war.

Miriams Zimmer lag direkt neben meinem. Da die Tür einen Spalt offen stand, klopfte ich nur kurz gegen den Rahmen und trat ein.

Miriam wies auf einen Stuhl und bedeutete mir Platz zu nehmen.

»Ich bin stolz auf dich und deine Erfolge.«

»Ach ja?«, fragte ich kalt zurück. »Ich könnte mir vorstellen, dass du eher stolz auf deine Fähigkeiten als Lehrerin bist.«

»Hätte ich dazu etwa keinen Grund?«

»Doch, den hast du. Du hast mir zwar oft genug an den Kopf geworfen, dass ich ein hirnloser Kretin bin, der zu nichts taugt. Vielleicht hast du damit ja sogar recht, aber undankbar bin ich bestimmt nicht. Alles, was ich kann, hast du mir beigebracht.«

»Wenn du das sagst, weiß ich, dass es keine leeren Worte sind. Aber deine Erfolge sind in der Tat beeindruckend, das war kein leeres Geschwätz meinerseits.« Plötzlich stand Miriam auf und schloss die Tür fest zu. »In Vion hast du vorzügliche Arbeit geleistet. Der Kampf gegen den Ocullus in den Kupferschächten, den ihr beide, Karl und du, ausgefochten habt, war ebenfalls nicht zu verachten. Und was du zusammen mit Shuco in Solesino vollbracht hast, grenzt an ein Wunder.«

»Es gab Zeiten, da hätte ich dein Lob wirklich gebraucht, habe aber keines gekriegt. Jetzt brauche ich es nicht mehr, und du musst mir keinen Honig ums Maul schmieren. Spar dir also diesen Schmus und komm zur Sache!«

»Mich interessiert alles, was auf Burg Fleckenstein geschehen ist und was du bisher in den Berichten verschwiegen hast«, legte sie die Karten auf den Tisch, ohne mir meine Worte zu verübeln. »Und auch alles, was diesen Schmied angeht, der heimlich Seraphimdolche anfertigt.«

»Wie verschwatzt Gertrude doch mitunter sein kann...«

»Sie hat mir die Geschichte lediglich in groben Zügen erzählt. Nicht einmal Zahlen hat sie mir anvertraut. Ich brauche aber Einzelheiten!«

»Wo soll ich anfangen?«

»Ganz vorn.«

»Ich hätte aber auch ein paar Fragen an dich.«

»Ich beantworte sie, sobald du mir meine beantwortet hast.«

»Gut«, erwiderte ich. »Aber eine musst du mir gleich beantworten. Was macht Lurch hier? Und wo ist Cristina?«

»Das Pferd wäre in Ardenau eingegangen, deshalb habe ich es hierher mitgenommen, denn Cristina sollte mich eigentlich in Schossien treffen. Aber sie ist nicht gekommen.«

»Weißt du, wo sie ist?«

»Nein. Und ich mache mir deswegen Sorgen um sie, genau

wie du. Vor anderthalb Monaten musste sie nach Narara. Seitdem haben wir nichts mehr von ihr gehört.«

»Was wollte sie in Narara?«

»Sie hat einen Auftrag der Bruderschaft ausgeführt.«

»Der Bruderschaft?«, hakte ich kalt nach. »Oder von dir?«

»Als ob das nicht dasselbe wäre! Ich bin Magistra, Ludwig, ich handle im Namen der gesamten Bruderschaft! Du weißt genau, womit ich mich seit nunmehr vierzig Jahren beschäftige.«

»Du suchst nach den Schmieden, denn du willst das Rad der Geschichte zurückdrehen.«

»Früher haben wir ihnen unsere Aufträge selbst erteilt, aber dieses Vorrecht mussten wir abtreten, wenn auch aus gutem Grund, das gebe ich gern zu. Die Seelenfänger von einst haben zu viele Fehler begangen – die sie heute aber nicht wiederholen würden.«

»Hast du da nicht eine allzu hohe Meinung von den heutigen Magistern?«

»Den Dolch aus den Händen der Schmiede zu erhalten ist seit Konstantin unser verbürgtes Recht.«

Das wir, wie sie selbst eben zugegeben hatte, leichtfertig verwirkt hatten. Doch seit ich Miriam kannte, war sie besessen von dem Gedanken, die Schmiede aufzuspüren. Sie hatte sogar mich für diese Idee gewinnen wollen und war furchtbar enttäuscht gewesen, dass ich nicht das geringste Interesse an dieser Suche gezeigt hatte.

»Dieser neue Schmied, der jetzt aufgetaucht ist … Wir müssen ihn um jeden Preis finden!«

»Weil du hoffst, dass er dich zu den alten Schmieden führt?«

»Unter anderem.«

»Und sonst? Soll er für uns Dolche schmieden?«

»Zwing mich nicht dazu, dich einen hirnlosen Kretin, der zu nichts taugt, zu nennen«, fuhr sie mich an. »Die Bruderschaft kann getrost auf ihn verzichten! Es würde kein Jahr vergehen, dann wären die ersten Gerüchte in Umlauf, dass wir diesen Schmied an der Hand haben. Den könnten wir aber nie so verstecken, dass niemand ihn findet, schließlich werden wir rund um die Uhr beobachtet! Vom Orden, von der Inquisition, von weltlichen Machthabern. Wenn wir Seelenfänger plötzlich anfangen, mit Dolchen herumzufuchteln, die uns nicht von di Travinno überreicht wurden, reißen uns all diese Hyänen in Stücke. Dann wäre es aus und vorbei mit der Bruderschaft! Noch einmal würde man uns einen solchen Fehler nicht verzeihen!«

Sie atmete mehrmals tief durch.

»Dieser neue Schmied stellt eine Gefahr für die Bruderschaft dar«, fuhr sie dann fort. »Für seine Arbeit braucht er unsere Klingen. Deshalb müssen wir etwas gegen ihn unternehmen, bevor es zu spät ist! Wir müssen diesen Schmied schnappen!«

»In dem Fall würden die Bruderschaft und die Kirche dasselbe Ziel verfolgen. Die will den Burschen nämlich auch in die Finger kriegen und unschädlich machen.«

»Ja, heute! Aber morgen, wenn der Wind sich dreht, werden sie etwas anderes wollen. Ich lege meine Hand nicht für andere ins Feuer! Vielleicht verbannt die Kirche diesen Schmied in irgendein ödes Kaff, damit er Fürsten mit seinen Klingen gar nicht erst in Versuchung führt und keine Schüler ausbildet – vielleicht aber auch nicht! Wir sollten also auf die Worte der Kardinäle nichts geben, sondern einzig und allein das Wohl der Bruderschaft im Auge haben. Und nun sag mir endlich, was du weißt!«

»Unsere Abmachung war Wissen gegen Wissen!«

»Ich bin sprachlos, wie sich der kleine Ludwig gemausert hat! Also – was willst du wissen?«

»Alles über Hartwig!«

»Über wen?«

»Über jenen jungen Mann aus Triens, der über eine sehr interessante Gabe verfügte. Er ist vor einem Jahr gestorben. Du willst mir ja wohl nicht weismachen, du würdest dich nicht an ihn erinnern!«

»An diese Geschichte erinnere ich mich sogar hervorragend, vor allem weil du damals derart viel Mist gebaut hast, dass selbst ich gestaunt habe. Einige Magister haben sich damals schon gefragt, ob wir dich überhaupt noch in unseren Reihen dulden können, schließlich hast du dich strikt geweigert, klare Befehle auszuführen. Was also möchtest du jetzt wissen?«

»Hinter dieser Geschichte steckt ein kluger Kopf, der alles von Anfang bis Ende geplant hat. Bis hin zu den Mördern, die Hartwig am Straßenrand aufgelauert haben. Das konnte nur jemand aushecken, der mich gut kennt. Sehr gut kennt.«

Miriam legte den Kopf auf die Seite und musterte mich mit einem Lächeln auf den Lippen.

»Gertrude hast du vermutlich nicht im Verdacht«, stichelte Miriam. »Cristina dürfte wohl auch aus dem Rennen sein, bleibe also nur ich. Unter den drei Frauen, die dich gut kennen, hast du damit die richtige Wahl getroffen. Meine Hochachtung! Denn es stimmt, ich habe diese Geschichte damals eingefädelt. Es war mein Plan, du hast darin deine Rolle gespielt. Dafür habe ich sogar meine schützende Hand über dich gehalten, als die anderen Magister dir ans Leder wollten. Deine weiße Zauberin und ich waren uns in dieser Frage einmal einig. Aber wenn du schon ein derart schlaues Kerlchen bist, dass du durchschaust, wer die Schurkin war, dann solltest du auch begriffen haben, warum ich all das getan habe.«

»Weil du das Wohl der Bruderschaft im Auge hattest.« Das glaubte ich tatsächlich.

Denn Miriam scherte sich einen Dreck darum, ob sie die Welt um eine neue Gabe gebracht hatte, die das Leben der Menschen von Grund auf hätte verändern können – aber sie würde nie etwas tun, was der Bruderschaft schadete.

»Völlig richtig«, sagte sie. »Was ist – willst du mir deswegen eine Moralpredigt halten? Willst du mir vorwerfen, den Tod eines guten Menschen herbeigeführt zu haben? Dann würde ich dich freiheraus bitten, mich damit zu verschonen, denn in solchen Momenten bist du höllisch langweilig. Was ich getan habe, mag verwerflich sein – aber es hat die Bruderschaft gerettet! Sie darf einfach nicht auf dem Schrotthaufen der Geschichte landen!«

»Ich habe nicht die Absicht, mich mit dir über irgendwas zu streiten, Miriam.«

Sie klatschte höhnisch in die Hände.

»Welch erstaunliche Entwicklung!«, ätzte sie. »Früher hättest du in einem solchen Fall nämlich keine Ruhe gegeben!«

»Glaub nicht, dass ich dein Vorgehen billige, ich versuche nur nicht mehr, dich dazu zu bringen, deine Fehler einzusehen. Das sind zwei völlig unterschiedliche Dinge.«

»Du erstaunst mich schon wieder, wahrlich, du bist ja ein echter Musterschüler.«

»Ich bin schon lange nicht mehr dein Schüler, Miriam.«

»Gott sei Dank nicht! In meinem Alter könnte ich dich nicht tagtäglich ertragen, denn ich bin längst nicht mehr so geduldig wie früher. Was ist? Habe ich deine Frage damit beantwortet?«

»Ja.«

»Erzählst du mir dann endlich, was ich wissen möchte?«

»Ja.«

Ich berichtete ich ihr in allen Einzelheiten von meiner Gefangenschaft auf Burg Fleckenstein, obwohl mir die Geschichte längst zum Hals raushing, und gab ihr das Gespräch mit di Travinno wieder.

»Wie aufschlussreich«, stieß sie aus, sobald ich geendet hatte. »Auch wenn ich bislang noch nicht einzuschätzen vermag, welche Schlussfolgerungen wir daraus ziehen können. Aber dir brennt doch noch eine Frage unter den Nägeln, oder?«

»Ja. Weshalb sollte ich wirklich nach Progance? War dieser Auftrag wirklich Rance' Tod wert?«

»Es tut mir leid, dass er gestorben ist.«

»Meine Güte, was hast du denn erwartet, wenn du uns in dieses Land schickst?«

»Ich habe inständig darauf gehofft, dass alles ein gutes Ende nimmt. Das tue ich immer.«

Miriam ging zu ihrer Tasche, schnürte sie auf und holte vorsichtig die Klinge heraus, die wir in Progance entdeckt hatten. Sie bewahrte sie in einer neuen, offenbar nach ihren Wünschen angefertigten Scheide auf.

»Das, was ich dir jetzt sagen werde, muss unter uns bleiben«, brachte sie in ernstem Ton hervor, nachdem sie die Klinge auf den Tisch gelegt hatte. »Versprichst du mir das?«

»Ja.«

»Ich werde bald sterben.«

Wenn ich mit einem nicht gerechnet hatte, dann mit dieser Eröffnung. Ich brauchte eine Weile, um das zu verdauen. Miriam behielt mich die ganze Zeit scharf im Auge.

»Du hast eine seltsame Art zu scherzen.«

»Das ist kein Scherz«, beteuerte sie.

»Das ist wie ein Donnern am strahlend blauen Himmel«, hielt ich dagegen. »Bist du sicher?«

»Ich mache keine Fehler, wenn es um mein Leben geht. Außerdem war ich bei einer Starga, sie hat meine Ansicht bestätigt. Und sie irren sich in Fragen der menschlichen Gesundheit nie.«

»Seelenfänger werden nicht krank.«

»Aber sie sterben, wenn ihre Zeit heran ist. Genau wie alle Menschen. Mittlerweile bin ich einhundertzweiundsechzig Jahre alt.« Als sie sah, wie ich erstaunt die Augenbrauen hochzog, musste sie lächeln. »Auch wenn ich deutlich jünger aussehe. Aber in diesem Alter lebst du nur noch seinetwegen.«

Miriam berührte den Saphir am Griff ihrer Stiletts.

»Bisher haben die Seelen, die in diese Klinge eingegangen sind, meinen Tod gestundet. Aber früher oder später wird ihre Kraft nicht mehr ausreichen, um mein Leben noch weiter zu verlängern. Mein Weg ins Grab ist vorgezeichnet, ich werde ihm nicht entkommen.«

Irgendwie hatte ich immer geglaubt, wenn jemand ewig leben würde, dann sie.

»Alle Seelenfänger rechnen damit, jederzeit ihr Leben zu verlieren«, sagte ich. »Schon in Ardenau bereitet man uns auf den Tod vor. Wenn du dir plötzlich den Kopf darüber zerbrichst, muss mehr dahinterstecken. Deshalb solltest du jetzt endlich mit der Sprache rausrücken, warum du mich nach Schossien beordert hast.«

»Der eigentliche Grund ist der Dolch, der da vor dir liegt«, sagte sie mit sanftem Lächeln. »Ich weiß nicht, wie viel Zeit mir noch bleibt. Aber ich muss mit jemandem über das sprechen, was ich herausgefunden habe. Du weißt, dass ich jahrelang nach den Schmieden gesucht habe, die unsere Dolche herstellen. Ich möchte, dass du mein Werk fortsetzt.«

»Es gehört nicht zu meinen Vorstellungen von der Zukunft, Gespenstern hinterherzujagen. Im Übrigen hast du mir diesen Vorschlag schon einmal gemacht – und schon einmal habe ich ihn abgelehnt.«

»Inzwischen hat sich die Lage von Grund auf geändert«, entgegnete sie. »Für unsere Zukunft ist es von entscheidender Bedeutung, dass du bei dieser Suche meine Nachfolge antrittst.«

»Nicht einmal du kannst in die Zukunft sehen.«

»Mein ganzes Leben lange habe ich Seelenfänger ausgebildet. Dich, Cristina oder Albert. Ich hatte viele Schüler. Jeden Einzelnen von ihnen habe ich abgerichtet wie einen Jagdhund. Diese Aufgabe habe ich vorbildlich erfüllt. Daneben hat mich aber immer noch etwas umgetrieben. Ich wollte der Bruderschaft zurückgeben, was sie verloren hat. Das werde ich nicht mehr schaffen. Deshalb wirst du das für mich übernehmen.«

»Warum ausgerechnet ich?«

»Weil du dein Ziel immer erreichst, selbst wenn du noch so große Hindernisse überwinden musst. Von dieser Klinge im Geheimarchiv habe ich vor Jahren erfahren.« Sie berührte den Dolch mit dem schwarzen Stein. »Den Sagen zufolge besaß Kaiser Konstantin zwei Seraphimdolche. Sie sollen weitaus wirkungsvoller gewesen sein als unsere heutigen Klingen. Mit ihrer Hilfe wurde Konstantin zweihundertundfünfzig Jahre alt. Unmittelbar nach seinem Tod ist einer der beiden Dolche verloren gegangen. Meiner Ansicht nach hast du ihn in Riapano gesehen. Die Bruderschaft erhielt die andere Klinge.«

»Warum das?«

»Das kann ich dir nicht sagen, denn ich habe keine Aufzeichnungen darüber gefunden, keine Gerüchte gehört, wozu diese Dolche imstande sind.«

»Ich habe überhaupt noch nie von diesen Klingen Konstantins gehört.«

»Das ist kein Schulstoff«, sagte sie und deutete ein Lächeln an. »Davon wissen nur diejenigen, die sich für die ferne Vergangenheit interessieren. Und die Kirchenleute, versteht sich. Ich bin mir sicher, dass Kardinal di Travinno darüber im Bilde ist, dass die Bruderschaft den zweiten Dolch Konstantins erhielt. Das dürfte wohl auch der Grund gewesen sein, warum er dich gefragt hat, ob du eine solche Klinge schon einmal gesehen hast.«

»Aber wenn die Kirche annehmen würde, dass wir die Klinge immer noch besitzen, hätte sie längst auf die Herausgabe des Konstantinschatzes gepocht.«

»Vermutlich geht auch die Kirche davon aus, dass wir sie bei unserem Abzug aus Progance eingebüßt haben.« Miriam deutete auf den Dolch. »Ohne ihn hätte die Geschichte der Bruderschaft mit Sicherheit einen anderen Verlauf genommen.«

Ich sah sie nur fragend an.

»Diese Klinge hat Konstantin der Bruderschaft hinterlassen«, fuhr sie deshalb fort. »Das ist in seiner Familie nicht auf ungeteilte Zustimmung gestoßen. Sein letzter Nachfahre hat von uns verlangt, diesen Dolch zurückzugeben. Als wir dies abgelehnt haben, ließ er die Seelenfänger in seinem Land verfolgen.«

»Das ist mal wieder typisch für die Bruderschaft. Statt sich von einem Stück Metall zu trennen, überwirft sie sich mit einem König.«

»Niemand gibt bedeutende Symbole leichten Herzens weg.«

»Nicht einmal dann, wenn man sich damit selbst schadet?«

»Den Schaden hatte zunächst einmal der König, denn als sein Hof von einer dunklen Seele heimgesucht wurde, hat ihm kein Seelenfänger geholfen. So ist der letzte Nachfahre Konstantins gestorben, und danach gab es im ganzen Land Unruhen. Uns blieb nichts anderes übrig, als überstürzt zu fliehen, die Bruderschaft musste noch einmal von vorn anfangen.«

»Inzwischen sind Jahrhunderte vergangen, aber wir zahlen

noch immer für diese Geschichte. Warum hat die Bruderschaft bei ihrer Flucht diesen Dolch zurückgelassen?«

»Eine alte Chronik behauptet, einige Seelenfänger hätten noch versucht, ihn zu bergen, sie seien dabei jedoch in einen Hinterhalt geraten. Glücklicherweise hatte man den Dolch aber im Geheimarchiv verstecken können. Davon wusste kaum jemand. Folglich galt der Dolch als verloren.«

»Wie hast du dann von dem Versteck erfahren?«

»Durch hartnäckige Nachforschungen. Vor achtzig Jahren war ich sogar selbst im Geheimarchiv. Damals führte der Weg noch durch die alten Stadtkloaken. Da dieser Zugang heute aber verschüttet ist, musstet ihr durch die Universität.«

»Warum hast du den Dolch vor achtzig Jahren nicht einfach mitgenommen? Wo du ihn doch so heiß begehrt hast!«

»Weil ich zu dieser Zeit der Ansicht war, er würde der Bruderschaft schaden.«

»Aber dieser Ansicht bist du heute nicht mehr?«

»Diese Klinge könnte meinen Tod erneut hinausschieben!«

»Ach, plötzlich geht es also um dein Leben, ja? Plötzlich spielt das Wohl der Bruderschaft keine Rolle mehr«, giftete ich. »Um dein Leben zu retten, haben wir unseres aufs Spiel gesetzt – und Rance hat seines verloren. Was haben denn die anderen Magister zu diesem Auftrag gesagt?«

»Denen habe ich eine Lüge aufgetischt«, gestand Miriam völlig offen. »Im Übrigen geht es nicht nur um mich. Vielmehr bin ich der felsenfesten Überzeugung, dass uns diese Klinge zu den Schmieden führen wird. Und das wäre zum Wohl der Bruderschaft!«

»Und wie soll uns diese Klinge bitte zu den Schmieden führen?«

»Das weiß ich noch nicht.«

»Weißt du wenigstens, wodurch sich diese Klinge von unseren sonstigen unterscheidet?«

»O ja, das tu ich«, zischte sie. »Ich wäre nämlich fast gestorben, als ich sie in eine dunkle Seele gerammt habe – denn sie richtet bei diesen Kreaturen nicht das Geringste aus!«

Ich sah sie an, brachte aber keinen Ton heraus. Miriam hatte uns eine völlig nutzlose Klinge aus Progance holen lassen …

»Willst du mir nicht damit drohen, dass du die Bruderschaft von dieser Geschichte in Kenntnis setzt?«

»Ich habe nicht die geringste Absicht, irgendwen von irgendwas in Kenntnis zu setzen! Du hast einen Fehler gemacht, den du nicht aus der Welt schaffen kannst, denn Rance ist tot. Du hast ihn auf dem Gewissen. Aber ich wünsche dir, dass der Dolch dich tatsächlich zu den Schmieden führt. Dann wäre er wenigstens zu etwas nützlich.«

»Was, wenn mir nicht genug Zeit bleibt, sie zu suchen?«

»Komm mir nicht schon wieder damit!«

»Ich brauche deine Hilfe, Ludwig, sonst wäre mein Lebenswerk vernichtet. Versprich mir, dass du wenigstens darüber nachdenkst!«

Als ich ihr in die Augen blickte, entdeckte ich dort eine unbändige Lebensgier.

»Gut«, brachte ich zögernd heraus, »ich verspreche es dir.«

»Du hirnloser Kretin, der zu nichts taugt!«

Sofort war ich aus dem Bett. Miriam, meine Königin und Göttin, meine Herrin und Henkerin, war wütend auf mich, die Hölle auf Erden ausgebrochen …

Ich brauchte einen Moment, um zu begreifen, dass ich nicht mehr der kleine Junge war, den seine Lehrerin gerade zusammenstauchte. Miriam hatte längst ein neues Opfer gefunden, an dem sie ihre Wortkunst erproben konnte.

Durch das offene Fenster lauschte ich ihrem Auftritt. Der arme Albert!

»Beim Wind, der über die Felder streift! Diese Nichtsnutze aus Ardenau, die sich Lehrer schimpfen, sollte man endlich auf einen Ameisenhaufen schmeißen! Sieht eine Figur zur Blockierung fuchsteufelswilder Seelen etwa wie ein Igelarsch aus?! Was hast du dir bloß bei dieser Krakelei gedacht?! Wie soll ich mich in einem Kampf auf dich verlassen, wenn du fünfzehn Sekunden für eine simple Zeichnung brauchst und in sie auch noch zwei Fehler einbaust?!«

Miriam übertrieb natürlich maßlos, denn diese Figur der Blockierung war nicht gerade einfach zu wirken.

»Noch nie ist einer meiner Schüler so langsam aus dem Mustopf gekommen wie du!«, giftete sie weiter. »Welcher Dämon hat mich bloß beschwatzt, ausgerechnet dich Saumpinsel als Schüler anzunehmen, wo sich ganz Ardenau darum reißt, von mir ausgebildet zu werden?!«

»Hat sie mit dir auch in diesem Ton geredet?«, wollte Apostel wissen.

»Wenn du je gehört hättest, wie sie mit mir geredet hat, würdest du wissen, dass sie jetzt nur freundlich summt.«

»Dann wundert es mich nicht, dass sich eure Wege irgendwann getrennt haben.«

»Junge Männer können sehr nachtragend sein«, murmelte ich bloß. »Aber lassen wir das. Für heute habe ich mir übrigens etwas ganz Besonderes als Zeitvertreib ausgedacht: Ich will über die Straßen ziehen und auf ein Wunder hoffen. Möchtest du dich mit eigenen Augen davon überzeugen, ob es eintritt?«

»Ich habe Besseres zu tun!«

»Lass mich raten! Du willst dir die Bordelle in Leichster ansehen«, erwiderte ich. »Und dir ein Bild davon machen, wie es in den hiesigen Hafenspelunken zugeht.«

»All das ist besser, als unter sengender Sonne über eine staubige Straße zu ziehen. Aber ich werde für deinen Erfolg beten.«

»Wie bringst du das bloß unter einen Hut?«, fragte ich grinsend.

»Was bitte bringe ich unter einen Hut?«

»Die Gebete und die Beobachtung ehebrecherischen Verhaltens.«

Apostel schnitt mir bloß eine Grimasse, sparte sich aber jede Erwiderung. Bevor ich das Zimmer verließ, sah ich noch einmal in den Schrank. Scheuch, der dort übernachtet hatte, war bereits weg. Ich machte mir keine Sorgen um ihn. Auf dem Weg hierher hatte ich ihn auf einem Feld, auf dem zwei Finsterlinge mit Armbrüsten in der Hand höchst erpicht auf meine Stiefel, meine Tasche, meinen Geldbeutel und mein Leben gewesen waren, von der Leine gelassen, denn es war mir nicht geglückt, mich friedlich mit diesen Burschen zu einigen.

Das war, so zynisch das auch klingen mag, für uns beide von Vorteil. Ich behielt meine Stiefel, meine Tasche, meinen Geldbeutel und mein Leben, er bekam frisches Blut.

Im Erdgeschoss traf ich Karl.

»Ich seh mal nach unseren Pferden«, teilte er mir mit. »Tobias kriegt sie nie ordentlich gezäumt. Miriam ist heute übrigens in Hochform. Albert kann einem leidtun.«

»Hab ich auch schon mitbekommen.«

Während Karl zu den Ställen hinüberging, betrat ich den Innenhof.

Albert war kreidebleich, ertrug die Tiraden Miriams aber tapfer.

»Willst du den Jungen retten?«, erkundigte sich Apostel, der mir nachgesprungen war.

»Das ist nicht nötig. Wenn ich in meiner Ausbildung der Ansicht war, Miriam habe unrecht, habe ich Streit mit ihr angefangen. Albert ist viel klüger als ich, wenn er schweigt.«

»Wann hörst du endlich auf, deine Figuren zu schließen?! Sie werfen dann nämlich die Zeichen zurück – und die säbeln dir dann mühelos deinen Kopf ab!«

»Miriam!«, sagte ich nun.

»Was ist?!« Sie drehte sich zu mir um, wütend wie ein Schneeluchs vorm Sprung.

»Es wird langsam Zeit für uns aufzubrechen.«

»Dann schnapp dir diesen Nichtsnutz und reite mit ihm die Straße nach Olwerg ab. Ich übernehme mit Karl die Straße nach Brieend. Er folgt euch dann nach Olwerg, und ihr kehrt an der Küste zurück nach Leichster. Gibt es irgendwelche Einwände deinerseits?«

»Nein.«

Ich hatte wirklich nichts dagegen, wenn Albert mein Partner war. Selbst wenn er noch keine Erfahrungen gesammelt hatte.

»Nimm Lurch. Er braucht mal wieder Auslauf.«

Daraufhin drehte sie sich um und ging zu den Pferdeställen, während Albert bei mir blieb und auf die durchgestrichene Figur starrte, die noch immer in der Luft hing.

»Das ist eine interessante Lösung«, sagte ich zu ihm. »Du hast eine gute Technik, aber es mangelt dir noch an Übung, da hat Miriam ausnahmsweise recht. Wenn nur ein Zeichen auf deine Figur getroffen wäre, hätte es dich beim Abprall weggefegt.«

»Wenn sie neben mir steht und mich anschreit«, murmelte Albert, »geht mir immer alles schief.«

»Glaub mir, Miriams Geschrei und Gezeter ist noch nichts gegen das von Kreklern und Julern. Wenn dir diese Anderswesen ins Ohr winseln, kannst du dich kaum noch auf deine Aufgabe konzentrieren. Insofern schult Miriams Gemaule dich.«

»Hat sie an Euch auch so viel herumgemeckert?«

»Meistens schon«, antwortete ich lachend. »Vergiss aber eins nicht: Miriam nimmt nur die Besten unter ihre Fittiche. Wenn du ihr Schüler bist, heißt das, dass sie eine Menge von dir hält. Und Miriam unterläuft bei der Wahl ihrer Schützlinge niemals ein Fehler.«

»Trotzdem komme ich mir wie der reinste Tölpel vor«, nuschelte er. »In Ardenau dagegen ist mir alles völlig leicht von der Hand gegangen.«

»Aber in der Schule werden leider nur Grundlagen vermittelt. Nun brauchst du jemanden, der dich anleitet, auch im reißenden Wasser zu schwimmen. Und da ist Miriam die erste Wahl.«

»Obwohl Ihr sie nicht mögt, verteidigt Ihr sie.«

»Dass ich sie überhaupt nicht mag, würde ich nicht unbedingt sagen«, widersprach ich. »Aber wir sehen viele Dinge anders und haben verschiedene Vorstellungen davon, was guten Unterricht ausmacht. Trotzdem muss ich zugeben, dass sie eine ausgezeichnete Lehrerin ist. Wie lange bist du schon bei ihr?«

»Ein halbes Jahr.«

»Das ist noch nicht lange. Wenn du die nächsten fünf Jahre

an ihrer Seite überstehst, kann man dich ohne Bedenken auf die meisten dunklen Seelen loslassen.«

»Mich *loslassen?* Das klingt ja, als wäre ich ein Hund!«

»Wir Seelenfänger *sind* Hunde. Wir werden aus dem Zwinger der Bruderschaft auf dunkle Seelen losgelassen. Wir nehmen ihre Fährte auf und erlegen sie. Doch das ist nichts, dessen wir uns schämen müssten.«

»Und wenn ich die nächsten fünf Jahre bei Miriam nicht überstehe?«

»Dann musst du dir entweder alles selbst beibringen, oder du stirbst.«

»Aber Ihr seid doch auch keine fünf Jahre bei ihr geblieben, oder?«, fragte er leise, denn er wusste, dass er sich jetzt auf dünnes Eis vorwagte. »Das habe ich jedenfalls gehört ...«

»Ich bin viereinhalb Jahre bei ihr gewesen«, antwortete ich ihm. »Dann habe ich sie verlassen, weil ich ... mit einigen Entscheidungen von ihr nicht einverstanden war. Ich habe mich dann kopfüber ins Wasser gestürzt. Aber an mir solltest du dir kein Beispiel nehmen. Und jetzt lass uns aufbrechen!«

Wir gingen zum Stall. Ich sattelte Lurch, der bereits vor Ungeduld jaulte, und führte ihn hinaus. Tobias wich in seiner Furcht einen Schritt zurück. Karl und Miriam warteten bereits auf uns.

»Ich brauche noch Wasser«, wandte ich mich an Tobias, nachdem ich einen Blick in meine Satteltaschen geworfen hatte. »Das wird heute wieder ein heißer Tag.«

Während er welches besorgte, lenkte Miriam ihr Pferd zu mir.

»Ich hoffe, dass wir jetzt endlich Fortschritte erzielen. Keiner gerät so zielsicher in Schwierigkeiten wie du, da bist du ein echtes Naturtalent. Aber diesmal hoffe ich genau darauf.«

»Das sind ja wirklich aufmunternde Worte.«

»Hab ein Auge auf Albert.«

»Viel Glück euch beiden!«, wünschte ich zum Abschied.

Wir verließen Leichster durch das Hirschtor. Das Zigeunerlager war noch immer da, sogar ein neues Zelt war hinzugekommen. Mittlerweile hatten sich auf der Wiese vor dem Königsgehölz rund zweihundert Angehörige des fahrenden Volks versammelt. Entlang der Straße hatten sie Stände aufgebaut, die etliche Menschen aus der Stadt anzogen.

Vorbehalte gegen Zigeuner hatte man zwar auch in dieser Stadt, aber sie wurden hintangestellt, konnte man beim fahrenden Volk doch allerlei Gewürze für sehr wenig Geld erwerben. Auch bunte Stoffe und Tücher, Perlenketten und Armreife aus Halbedelsteinen, Bücher und Schriftrollen – meist gestohlene –, gekrümmte Messer mit Wolfs- oder Pferdeköpfen am Ende, magische und pseudomagische Amulette – Letztere allerdings nur unter der Hand – kauften die Städter den Zigeunern gern ab.

Irgendwo in diesem Gewusel würde man sicher auch eine Frau finden, die Karten legte, aus der Hand las oder die Zukunft mithilfe einer magischen Kristallkugel voraussagte. Die Kirche billigte diese Albernheiten nicht, doch die Frauen konnten nicht über ausbleibende Kundschaft klagen. Im Gegenteil.

Am Rand der Lichtung bot man Pferde feil. Für drei reinrassige Füchse, interessierten sich ein paar Adlige, von denen sich selbstverständlich keiner danach erkundigte, woher die Zigeuner eigentlich diese prachtvollen Hengste hatten und warum sie die Tiere im Grunde verhökerten.

Lurch zog sofort die Aufmerksamkeit einiger Händler auf sich. Ein schwarzhaariger junger Mann in leuchtend rosafarbenem Hemd mit offenem Kragen wollte von mir wissen, wie viel ich für das Pferd verlangte. Ich würdigte ihn nicht einmal einer Antwort.

Wenn ich mich nicht täuschte, hatte man bereits mindestens viermal versucht, Cristinas Liebling zu stehlen. Zweimal hatten die verhinderten Pferdediebe für ihr Vorhaben mit dem Leben bezahlt, zweimal hatten sie es tatsächlich geschafft, das Tier zu entführen. Allerdings war das Pferd ihnen dann entschlüpft und schon nach einer Stunde wieder zurück im Stall, über und über mit Menschenblut bespritzt und in der wildesten seiner Pferdelaunen.

Die Straße verlief mitten durchs Königsgehölz, bohrte sich förmlich in das dunkelgrüne Schummerlicht hinein. Hinter einer Lichtung gabelte sie sich. Der eine Zweig führte am Meeresufer entlang, der andere am Hundertjährigen Hochland vorbei nach Olwerg.

Es war brütend heiß, die Sonne brannte unbarmherzig vom frühen Morgen bis zum späten Abend. Immer wieder mussten wir rasten, damit die Pferde verschnaufen, sich an einem Bach satt trinken und mit Wasser bespritzen konnten.

Unter ihren Hufen stieg der Staub auf, zu dem sich all das gesellte, was die Menschen, Wagen, Kutschen, Reiter und Kuhherden – die natürlich ausgerechnet jetzt über die Straße ziehen mussten – in die Luft wirbelten. Ein dichter Vorhang entstand, hinter dem man den Horizont kaum noch erkennen konnte. Wir mussten uns Tücher vor Mund und Nase binden, sonst wären wir erstickt.

Abends stiegen wir in der Herberge *Zum blauen Todesblick* ab.

»Ihr habt ein wildes Pferd«, bemerkte der Wirt, als er uns das Zimmer zeigte. »Es hätte meinem Knecht fast den Schädel zertrümmert. Besser, Ihr kümmert Euch selbst um das Tier.«

»Mach ich«, erwiderte ich. »Und noch etwas. Wie ich sehe, verkehren hier alle möglichen Leute. Einige könnten sich mein Tier vielleicht näher anschauen wollen. Sag ihnen, dass ihre Neugier sie leicht das Leben kosten kann.«

»Niemand wird sich am Pferd eines Seelenfängers vergreifen, Herr«, beruhigte mich der Mann. »Zumindest nicht unter meinem Dach. Vor zwölf Jahren ist mal ein Seelenfänger hier gewesen, der hat mich von irgendeinem Mistding befreit, das sich hier eingenistet hatte, und nicht mal Geld dafür verlangt. Deshalb macht Euch keine Sorge. Weder Eurem Pferd noch dem Jungen wird irgendjemand auf die Pelle rücken. Dafür sorge ich höchstpersönlich. Wer nicht spurt, kriegt kein Bier. Glaubt mir, das ist für die Burschen hier schlimmer als die Todesstrafe.«

Am nächsten Morgen wachte ich beim ersten Hahnenschrei auf. Nachdem ich nach unten gegangen war, weckte ich den Diener und bat ihn, uns Frühstück zu machen. Danach ging ich zum Stall hinüber. Lurch streckte sofort den Kopf zu mir vor, gab mir einen sanften Stups zur Begrüßung und wieherte zufrieden.

Als ich in die Herberge zurückkehrte, hatte Albert sich bereits über sein Essen hergemacht.

»Heute Abend sind wir in Olwerg«, sagte er.

»Hoffen wir es.«

Auch dieser Tag brachte keine Abkühlung. Heißer Wind fegte über die fast menschenleere Straße, wirbelte den Sand auf und machte uns das Leben zur Hölle.

Als endlich die Türme von Olwerg auftauchten, atmeten wir beide erleichtert durch. Der anstrengende Ritt, der noch dazu völlig nutzlos gewesen war, lag hinter uns. Karl erwartete uns in der vereinbarten Herberge bei einem Krug Milch. Dieses Getränk schätzte er bei Weitem nicht so wie Weißwein, gegenwärtig hatte er es aber dringend nötig.

»Endlich!«, stieß er aus.

»Was ist geschehen?«

»Eine League von hier entfernt hatte sich auf einem Gehöft ein Gaukelbold eingenistet. Bis ich ihn endlich erledigt hatte, hat er mich dreimal mit irgendeiner Plörre übergossen und ein Schaf auf mich geschmissen, zum Glück aber nicht getroffen. Was ist mit euch? Habt ihr irgendwas entdeckt?«

»Nein.«

Karl fluchte.

»Ob Miriam wohl vor Wut in die Luft geht«, murmelte er, »wenn ich sie bitte, mich zu Joseph nach Tschergien zu schicken?«

»Sie wird dich an den Saum ihres Kleids nageln«, antwortete ich ihm. »Und wenn alles vorüber ist, verbannt sie dich nach Neuhort, damit du da in den Heidefeldern dunkle Seelen jagst. Schweig also und genieße lieber deine langen Ausritte.«

»Bei der Hitze und dem Staub? Wirklich entzückend!«

»Erzählt doch ein wenig von Eurer Arbeit«, bat Albert, als wir gerade die Karten mischen wollten.

Karl sah mich kurz an.

»Warum eigentlich nicht?«, brummte er dann.

Die nächsten Stunden vergingen wie im Fluge. Wir erinnerten uns an unsere Jahre in Ardenau und die Übungen auf dem alten Friedhof von Cellburg. Ich erzählte, wie Wilhelm und Hans die Magister einmal aufgebracht hatten, indem sie versehentlich das Manuskript der Rede verbrannten, die bei der feierlichen Entlassung ihres Jahrgangs gehalten werden sollte. Wir berichteten von Straßen, Bergen, Flüssen, Feldern und Wäldern, die wir schon gesehen hatten. Karl gab die Geschichte zum Besten, wie er einmal vor einigen Schurken über Lavendelfelder fliehen, anschließend mitten in einer stürmischen Nacht den Pass am Einbeinigen überqueren und dabei auch noch gegen wildgewordene Seelen kämpfen musste. Das brachte mich darauf, wie irgendein Höllenvertreter Cristina in einem Zufluss des Greyn beinah in einen Strudel hinabgezogen hätte. Joseph und ich hatten sie nur mit Müh und Not seinen Klauen entreißen können. Das war in der Nähe des Klosters der Aussätzigen gewesen, in dem Nathan der Struppige gestorben war, der lustigste Seelenfänger, den wir je gekannt hatten.

Albert lauschte uns mit offenem Mund und schlief nach einer Weile ein, völlig beseelt von dem Gedanken, was man als Seelenfänger alles erleben konnte.

»Wie der Junge sich auf all die Abenteuer freut«, murmelte Karl.

»Vielleicht erlebt er sie ja tatsächlich«, erwiderte ich. »Gut möglich, dass er sie sogar überlebt. Wir erzählen ihm also lieber nicht, wie viele von uns bei solchen Abenteuern schon gestorben sind.«

Als sich das Königsgehölz vor uns abzeichnete, fassten wir alle neuen Mut. Bis Leichster waren es nun nur noch wenige Stunden. Bei der Hitze begegnete uns kaum noch jemand. In den letzten zwei Stunden waren wir bloß auf drei Menschen gestoßen. Zwei hatten sich bei unserem Anblick sofort verdrückt. Bei dem dritten Mann handelte es sich um einen Boten der Armee, der uns kaum zur Kenntnis nahm, sondern wie der Blitz an uns vorbeiflog.

Als wir dann in das dunkelgrüne Halbdunkel des Waldes eintauchten, ging es uns gleich besser. Selbst die Pferde schritten in dieser kühlen Luft munterer aus.

Irgendwann bemerkte Karl eine Kutsche, die stark auf die rechte Seite gekrängt am Straßenrand stand. Die Fahrgäste waren ausgestiegen und schimpften und gestikulierten wie wild. Der Kutscher und sein Gehilfe, der in einer viel zu engen Uniform steckte, spannten in aller Eile die Pferde aus.

Drei von ihnen drehten sich zu uns um, alle anderen lamentierten weiter darüber, mitten im Wald liegen geblieben zu sein.

»Da kommen wir wohl gerade recht«, sprach Karl den Kutscher an. »Ist Euch ein Rad von der Achse gesprungen?«

»Mhm«, antwortete dieser. »So ist es, Euer Gnaden. Wann fällt man hier bloß endlich ein paar Bäume und bessert die Unebenheiten aus? Dann könnte unsereins vielleicht sogar darauf hoffen, sicher über diese Straße zu kommen...«

»Ich seh's mir mal an«, bot Karl an.

Da sein Vater Wagner war, stellte er jetzt eine echte Hilfe dar. Ich saß ab, denn ich wollte mir die Beine vertreten. Lurch befahl ich, sich ja nicht von der Stelle zu rühren.

»Karl!«, rief ich nach einer Weile ungeduldig. »Wir müssen weiter!«

»Gleich!«, antwortete er, während er zusammen mit einem Adligen das Rad untersuchte. »Ich will mir nur noch die Speichen ansehen!«

Einer der Mitreisenden, ein Hieravitermönch, stellte sich mir so in den Weg, dass ich nicht an die Kutsche herantreten konnte, doch da ich seine Absicht durchschaute, stieß ich ihn kurz entschlossen mit der Schulter zur Seite. Als ich den Schlag öffnete, sah ich vor mir zwei Herren mit blutverschmierten Gesichtern, die gerade die Überreste irgendeines Pechvogels abnagten.

438

»Nichts wie weg hier!«, schrie ich meinen beiden Kameraden zu und griff nach meinem Dolch.

Albert wurde daraufhin sofort von vier dieser werten Reisenden eingekreist, während sich der Adlige in Karls Schulter verbiss. Mehr bekam ich nicht mit, denn als ich mich vor den blutigen Fingern der Menschenfresser in der Kutsche in Sicherheit brachte, landete ich ausgerechnet in den Armen des Mönchs. Da ich kräftiger war als er, konnte ich mich jedoch mühelos befreien und ihn mit einem Kinnhaken zu Boden strecken.

Ein erstes Zeichen flog durch die Luft und erschreckte alle Pferde bis auf Lurch, der solche Spielereien natürlich kannte und unbeirrt weiter voller Wut auf ein blutiges Stück Fleisch eintrat.

Zu meiner Überraschung blieb Albert völlig ruhig. Er griff nach seinem Säbel und hieb allen Burschen, die sich ihm näherten, vom Pferd aus die Hände ab. Als er einen Feind köpfte, schlängelte sich aus dem toten Körper eine dunkle Seele heraus. Ich sandte dem Jungen zur Unterstützung die Figur der Entkräftung zu, schlitzte dem Gehilfen des Kutschers die Kehle auf und spürte, wie die Kraft der dunklen Seele in meinen Dolch sickerte. Dann griff ich mit einem Zeichen die Menschenfresser in der Kutsche an.

Karl hatte es übel erwischt. Schon mit dem ersten Biss hatte dieser Adlige ihm ein großes Stück Fleisch aus dem Oberarm gerissen. Blutüberströmt wankte er zu einem Baum, die linke Hand auf die Wunde gepresst, die rechte mit dem Dolch abwehrbereit erhoben.

Der Kutscher stapfte zähneklappernd auf mich zu. Ich packte ihn, wirbelte ihn herum, warf ihn über mich und trieb ihm den Dolch in den Rücken. Auch diese Seele nahm meine Klinge auf.

Jetzt konnte ich Karl endlich helfen, dem sein Adliger nachgesetzt war.

Der Dreckskerl thronte bereits auf Karl, als ich ihn mit dem Dolch erledigte.

»Albert!«, schrie Karl jetzt. »Schalte erst den Körper aus! Dann ist es mit der Seele ein Kinderspiel!«

Sofort wirkte der Junge das erste Zeichen.

»Ich brauche eine Figur der Verstärkung!«, schrie er, während er absaß und sich auf die Feinde stürzte.

Ich half ihm mit dem magischen Gebilde aus. Albert jagte seine Zeichen durch die Figur hindurch und verstärkte auf diese Weise ihre Kraft.

Trotzdem würde er sich gegen die Angreifer nicht lange halten. Ich schnappte mir etwas Verbandsmaterial aus meiner Tasche, warf es Karl zu, rannte zu Albert und trat einen seiner Angreifer, der dem Jungen in den Rücken springen wollte, zur Seite. Albert wirbelte herum und nagelte den Dreckskerl mit einem Zeichen an den Boden, sodass mein Dolch die nächste dunkle Seele aufnehmen konnte.

Dann endete mit einem Mal alles, und über dem Wald breitete sich Grabesstille aus. Der Geruch von Blut und Rauch hing in der Luft.

»Bist du verletzt?«, fragte ich Albert und half ihm aufzustehen.

Er schüttelte den Kopf.

»Karl! Was ist mit dir?«

Keine Antwort. Als ich an ihn herantrat erkannte ich, dass er bewusstlos war. Rasch verband ich seine Wunde.

»Er braucht Hilfe«, rief ich Albert zu. »Am besten eine Hexe. Kennst du in der Stadt eine?«

»Miriam hat mir von einer erzählt.«

»Dann bring ihn auf der Stelle hin.«

»Und Ihr?«

»Wir haben nur noch ein Pferd. Lurch. Du bist leichter als ich, deshalb wird er nur mit dir und Karl schneller am Ziel sein als ich. Ich komme schon zurück, keine Sorge.«

Die übrigen Pferde waren alle davongesprengt. Um sie einzufangen, wäre enorm viel Zeit nötig gewesen. Die hatte ein verwundeter Seelenfänger nicht.

Ich führte Lurch zu Albert und übergab ihm die Zügel.

»Lurch!«, wandte ich mich an das Tier. »Leg dich auf den Boden!«

Das Pferd gehorchte natürlich nicht aufs Wort, denn es wollte partout keinen blutigen Mann auf seinen Rücken gepackt bekommen.

»Reite so schnell du kannst!«, schärfte ich Albert ein. »Jede Sekunde zählt.«

Trotz des Gewichts fiel Lurch mühelos in schnelle Gangart. Sobald er meinem Blick entschwunden war, sah ich mir das Schlachtfeld an.

In einem der Körper, die Albert mit seinen Zeichen an den Boden genagelt hatte, steckte noch immer eine dunkle Seele. Das brachte mich auf eine Idee. Diese Geschöpfe konnten doch sprechen! Jedenfalls hatten sie das bis vor ihrem Angriff noch munter getan. Deshalb würde diese Kreatur mir jetzt einiges erzählen. Gleich würde ich wissen, wer sie waren, woher sie kamen und was zum Teufel hier eigentlich vor sich ging.

Die unterschiedliche Kleidung deutete darauf, dass diese Menschen vor ihrem Tod nichts miteinander verbunden hatte. Handwerker, wohlhabende Bürger, ein Kaufmann, ein Soldat, der Adlige und der Mönch. Erst der Tod hatte sie zusammengebracht. Den dunklen Seelen, die in ihnen gesteckt hatten, war es gelungen, selbst uns Seelenfängern vorzugaukeln, dass es sich bei den Leichen um lebende Menschen handelte. Sie waren clever genug, die Kleidung des Kutschers und seines Gehilfen anzuziehen, die Leichen der beiden in der Kutsche zu verstecken, ein Rad von der Achse zu ziehen und mit dem vermeintlichen Missgeschick freundliche Zeitgenossen anzulocken …

Gerade als ich mich zu der letzten dunklen Seele vorbeugte, strich eine Windböe über sie dahin. Der Staub wurde zu einer wahren Säule aufgewirbelt, die sich sofort zu drehen begann. Ohne zu zögern schleuderte ich meinen Dolch in die Windhose, verfehlte sie aber, weil der Staub sich längst wieder gelegt hatte. Mein Dolch landete folglich in einem Strauch.

»Verflucht!«, schrie ich aus voller Kehle. »Soll dich doch der Teufel holen!«

Aber derjenige, der sich hinter dieser Windhose verbarg, war vermutlich längst über alle Berge und hörte mich nicht mehr.

Völlig mühelos hatte er dabei auch die letzte dunkle Seele mitgenommen. Auf meine Fragen würde ich also keine Antworten bekommen.

Doch wenn ich mich jetzt wie ein Berserker aufgeführt hätte, hätte das alles nur noch schlimmer gemacht. Deshalb hob ich bloß den Dolch auf und ging unter dem Gekreisch von ein paar Dohlen, die von den Bäumen aufgestiegen waren, zu einer der anderen Leichen zurück.

Nachdem ich das Hemd aufgeschlitzt und den Körper auf den Rücken gedreht hatte, fand ich endlich, was ich gesucht hatte: eine kleine Wunde und eingetrocknetes Blut. Ich rammte meinen Dolch direkt neben dieser Verletzung in den Körper. Beide Stiche ähnelten sich wie ein Ei dem anderen. Das brachte mich allerdings kaum weiter, denn es gab zu viele Dolche auf dieser Welt. Den Mörder würde ich anhand dieser Wunde also wohl kaum finden …

Als Nächstes nahm ich mir den Mönch vor. Die Haut in seinem Gesicht fing schon an sich aufzulösen, sodass die verfaulten Muskeln zutage tragen. Da die Zeit drängte, suchte ich bloß geschwind nach der Wunde. Auch sie stammte von einem Dolch. Als ich zur nächsten Leiche eilte, ahnte ich bereits, wie ihre Wunde aussehen würde.

Ich untersuchte insgesamt vier Tote, wobei die letzte Leiche buchstäblich unter meinen Fingern zerfiel. Die anderen hatte dieses Schicksal ereilt, bevor ich sie mir ansehen konnte. Über der Straße hing inzwischen ein derart widerwärtiger Gestank, dass ich mich in den Wald verdrücken musste. Auf dem Weg nach Leichster grübelte ich darüber nach, dass diese Menschen alle an der gleichen Verletzung gestorben waren. An einem Stich mit einer kurzen Klinge, entweder ins Herz oder in den Rücken. Doch selbst als ich das Königsgehölz hinter mir gelassen hatte, konnte ich mir darauf keinen Reim machen.

Dass im Gebäude der Bruderschaft ein Seelenfänger seine Gabe einsetzte, begriff ich, sobald ich das Hirschtor hinter mir gelassen hatte. Auf dem Feld der Verbrannten war noch alles ruhig, ein Außenstehender wäre nie auf den Gedanken gekommen, dass in unmittelbarer Nähe gerade eine echte Schlacht ausgetragen wurde. Mich erstaunte nur, dass bei all den magischen Explosionen das Dach noch nicht eingestürzt war. Ich selbst bekam von den Kraftausstößen jedenfalls schon Zahnschmerzen.

Ich rannte über den Platz und hämmerte gegen die Tür. Tobias riss sie sofort auf. Er war so verängstigt, dass er nur noch stotterte. Da es völlig aussichtslos war, auch nur ein vernünftiges Wort aus ihm herauszubringen, schob ich ihn zur Seite und eilte den Gang hinunter.

»Ludwig, Gott sei Dank!«, schrie Apostel, der in Panik aufgelöst unten an der Treppe stand. »Miriam und Scheuch gehen sich an den Kragen!«

Diese Worte führten dazu, dass ich in der Hälfte der sonst benötigten Zeit vor meiner Zimmertür stand – die bereits aus den Angeln gehoben worden war.

Sämtliche Möbel hatten sich in Späne verwandelt, die Gardinen und Vorhänge waren verbrannt, die steinernen Fußbodenfliesen geborsten. Die Decke zeigte Risse, die Wände waren teilweise völlig verkohlt. Von meinen Sachen war mir nur die Erinnerung geblieben. Wirklich erstaunlich fand ich, dass die Scheiben noch nicht gesprungen waren und die Blumentöpfe noch auf den Fensterbrettern standen.

Miriam wirkte mit zerzaustem Haar und angekokeltem Kleid ein Zeichen, mit dem sie den in einer Ecke stehenden Scheuch angreifen wollte. An seinem Körper hafteten bereits mindestens drei Figuren, die ihn verlangsamten, eine, die ihn in Luft auflösen, und etliche, die ihn durchbohren, schwächen und weiß der Teufel noch was mit ihm anstellen sollten. Die Flecke an den Wänden und in der Uniform deuteten darauf hin, dass er sich auch schon einige Zeichen eingefangen hatte, die ihn hätten auslöschen sollen. Theoretisch.

Praktisch stand Scheuch jedoch noch immer in meinem Zimmer und dachte gar nicht daran, zu seinem Roggenfeld in Vierwalden zu entfleuchen und dort in seine Hülle zu schlüpfen. Ihm konnte man wirklich nur mit einem Dolch etwas anhaben – nur hatte Scheuch das Wunder vollbracht, Miriam ihr Stilett zu entwenden.

Dieses lag vor Scheuchs Füßen – und Miriams eigene Figuren hinderten sie daran, sich ihrer Klinge zu nähern. Diese Zeichnungen waren derart stark, dass selbst gewöhnliche Menschen sie sehen konnten. Dennoch musste sie Scheuch unablässig angreifen, um ihn ja in seiner Ecke zu halten. Warum dieser seine Sichel noch immer nicht hinterm Gürtel hervorgezogen hatte oder zum Gegenangriff übergegangen war, konnte ich beim besten Willen nicht sagen. Immerhin schien es ihm ein gewisses Vergnügen zu bereiten, die Mühen und Qualen meiner einstigen Lehrerin zu beobachten.

Da ich nicht die Absicht hatte, darauf zu warten, dass Scheuch die Hutschnur platzte, schnappte ich mir Miriam und zerrte sie ungeachtet ihres wütenden Geschreis aus dem Zimmer.

»Geh da bloß nicht rein!«, warnte ich Tobias, der sich inzwischen auch hochgetraut hatte.

»Was fällt dir ein?!«, herrschte Miriam mich an. »Lass mich sofort los!«

Sie hätte in ihrer Wut vermutlich am liebsten alles in Schutt und Asche gelegt, doch da packte ich sie mir kurzerhand über die Schulter, stieß die Tür zu ihren Räumen auf, trug sie hinein und stellte sie erst wieder ab, nachdem ich die Tür geschlossen und mich davor aufgebaut hatte.

»Geh mir aus dem Weg!«, brüllte sie. »Sonst bring ich dich um!«

»Du beruhigst dich jetzt erst mal wieder!«, entgegnete ich. »Dieser Animatus gehört zu mir. Ich lasse nicht zu, dass du ihm aus einer Laune heraus etwas antust.«

»Du hirnloser Kretin, der zu nichts taugt!«

»Lass dir mal was Neues einfallen«, erwiderte ich ruhig, auch wenn mir das nicht leichtfiel, schließlich stehe selbst ich nicht jeden Tag einer wütenden Bärin gegenüber, die nach meinem Blut giert. »Das kenne ich nämlich schon.«

»Beim Wind, der über die Felder streift – du musst den Verstand verloren haben, dich mit einem solchen Animatus abzugeben!«

»Der Schattenkodex wurde nicht verletzt.«

»Das ist ein dunkler Animatus, der seine Hülle verlassen kann!«

»Als hirnloser Kretin danke ich dir für den Hinweis auf einen Umstand, der mir bereits vor einem Jahr aufgefallen ist. Hast du sonst noch etwas an meinem Animatus zu beanstanden?«

»Er ist gefährlich!«

»Warum das?«

»Weil er ein *dunkler* Animatus ist!«

»In dem Fall möchte ich dich an die gesetzlichen Bestimmungen für uns Seelenfänger erinnern, die nach Gründung des Ordens erarbeitet wurden. Wir haben uns vornehmlich um ruhelose Seelen zu kümmern, nicht um Animati, mögen diese nun dunkel oder licht sein. Darüber hinaus ist selbst ein dunkler Animatus nur dann zu vernichten, wenn er Menschen Schaden zufügt oder wenn er ohne jede Kontrolle durch die Gegend zieht. Da ich ihn jedoch im Auge behalte, bliebe für deinen Angriff auf ihn nur die Erklärung, dass er irgendjemandem Schaden zugefügt hat. Ist das der Fall?«

Miriam ging mit finsterer Miene zum Tisch, goss sich etwas Wasser ein und trank es gierig.

»Du bist trotzdem ein Kretin«, erklärte sie mir. »Für solche Mätzchen kann ich dich nach Solia schicken.«

»Tu dir nur keinen Zwang an!«

»Weißt du, was er will?«

»Sein Vergnügen. Das kann er auch gern haben, denn er steht wie gesagt unter meiner Beobachtung«

»Von wegen! Was glaubst du denn, was du gegen ihn ausrichten kannst?! Ich habe ihn mit neun Figuren überzogen – aber er stand immer noch auf seinen zwei Beinen vor mir! Und ein Zeichen hat ihn allenfalls kurz zusammenzucken lassen.« Miriam sackte auf einen Stuhl. »So einem Animatus wie ihm bin ich noch nie begegnet. Deshalb werde ich ihn auf der Stelle vernichten.«

»Du bist bereits völlig ausgelaugt. Wenn du ihn jetzt vernichtest, kannst du dir gleich dein eigenes Grab schaufeln, denn sein Tod würde dich deine letzten Kräfte kosten.«

»Mein Tod ist kein Grund, einen Animatus am Leben zu lassen.«

»Du verstößt gegen den Schattenkodex.«

»Der kann mir gestohlen bleiben.«

»Das dürfte die anderen Magister interessieren.«

»Dein Animatus ist dir also wichtiger als die Tatsache, dass ich dich nach Progance geschickt habe, um einen Dolch zu besorgen, mit dem man noch nicht mal dunkle Seelen auslöschen kann«, bemerkte sie mit einem gemeinen Grinsen. »Denn davon wolltest du Ardenau nicht in Kenntnis setzen. Ist diese Vogelscheuche dein Opa – oder warum nimmst du ihn so in Schutz?«

»Diese Vogelscheuche hat mir schon ein paarmal das Leben gerettet, außerdem möchte ich nicht, dass du dich wieder einmal in mein Leben einmischst. Wenn du meinen Animatus anrührst, reiche ich beim Rat der Magister Beschwerde über dich ein.«

»Nimm den Mund nicht so voll. Ich bin schließlich auch Magister, während du nur ein einfacher Seelenfänger bist, der ...«

»... der die Gesetze sehr gut kennt. Wie viel Lebenszeit beschert dir die Vernichtung eines derart starken Animatus? Drei, vier Monate?«

»Bist du wirklich so dumm, wie du dich gerade darstellst?«, fragte sie mit einem schweren Seufzer. »Manche Kreaturen sind derart gefährlich, dass man sie auf gar keinen Fall zu dicht an sich herankommen lässt!«

»Doch manchmal erweisen sich selbst sehr gefährliche Kreaturen als sehr hilfreich.«

»Ich habe nicht die Absicht, mich in einen sinnlosen Streit mit dir zu verstricken.«

»Dann würde ich dir raten, Scheuch fernzubleiben«, entgegnete ich. »Denn beim nächsten Mal holt er vielleicht zum Gegenschlag aus.«

»Ich brauche mein Stilett«, presste sie heraus. »Außerdem soll er mir ja nicht mehr unter die Augen kommen. Darüber, was ich mit dir mache, zerbreche ich mir später den Kopf.«

Ich ging in mein Zimmer zurück, wo Apostel bereits um Scheuch herumschwirrte, und zerstörte die Figuren.

»Danke, mein Freund!«, sagte ich zu Scheuch. »Jetzt stecken wir wirklich bis über beide Ohren in Schwierigkeiten! Aber vielleicht gefällt es dir ja in Solia. Gib mir ihr Stilett!«

Scheuch tätschelte mir mitfühlend die Schulter und reichte mir Miriams Klinge.

»Du solltest vielleicht für ein Weilchen verschwinden«, fuhr ich fort. »Apostel, verrätst du mir, wie es überhaupt zu diesem Tohuwabohu gekommen ist?«

»Miriam ist ins Zimmer gekommen, als Scheuch gerade aus … Wie riechst du eigentlich? Das ist ja widerlich! … Also, als Scheuch gerade aus dem Schrank gekrochen ist. Aus dem, der früher dort in der Ecke gestanden hat. Da hat er ihr dann in den Hintern gezwickt.«

Als ich zu Miriam zurückging, bedachte sie mich mit einem angewiderten Blick. Ich warf das Stilett auf den Tisch.

»Was hast du in meinem Zimmer zu suchen gehabt?«

»Ich bin nur an ihm vorbeigegangen. Ist dieses Biest weg?«

»Ja.«

»Wir kommen auf das Gespräch über diesen Widerling zurück, wenn ihr mir erzählt habt, was der Ritt nach Olwerg gebracht hat. Wo sind eigentlich Karl und Albert?«

»Sind sie etwa noch nicht wieder zurück?«, fragte ich alarmiert, denn seit dem Kampf an der Kutsche waren bereits mehr als drei Stunden vergangen.

»Nein. Was ist geschehen?«

»Diesmal hat jemand den Köder geschluckt. Wir wurden im Königsgehölz angegriffen. Karl ist ernsthaft verwundet worden, deshalb sollte Albert ihn zu einer Hexe hier in Leichster bringen.«

»Dann statten wir dieser Hexe ebenfalls einen Besuch ab!«, beschloss sie und erhob sich.

Kaum waren wir nach unten geeilt, ging jedoch die Tür auf, und Albert brachte mit Tobias' Hilfe Karl herein, der sich kaum auf den Beinen zu halten vermochte.

»Jeder Tote sieht besser aus als du«, stieß Miriam aus.

»Die Hexe hat ihr Bestes gegeben«, presste Karl heraus. »Wenn ich eine Woche durchschlafe, bin ich wieder der Alte. Allerdings hat mir die gute Frau irgendeinen Mist eingeflößt, von dem mir der Kopf platzt.«

Wir brachten ihn in sein Zimmer und legten ihn ins Bett. Er schlief sofort ein.

»Er muss alle vier Stunden einen Aufguss hiervon trinken«, sagte Albert und holte aus seiner Tasche eine Handvoll Zehen, die an Erdnüsse erinnerten. Dann fiel ihm der Geruch auf, der in der Luft hing. »Was ist hier geschehen?«

»Ludwig hat einen dunklen Animatus ins Haus geschleppt, den er für seinen Freund hält. Wir zwei haben uns vorhin kennengelernt«, berichtete Miriam. »Und jetzt will ich hören, was euch unterwegs passiert ist.«

Ich überließ es Albert, den Anfang der Geschichte zu erzählen, und steuerte selbst nur das Ende bei.

»Wenn eine Windhose im Spiel ist, haben wir es mit einer Hexe zu tun«, nuschelte Miriam nachdenklich. »Oder mit einem Zauberer. Was ich dabei nicht verstehe, ist, dass diese Menschen nur in Ausnahmefällen dunkle Seelen wahrnehmen. In unserem Fall scheint aber jemand diese Seelen nicht nur zu sehen, sondern sich ihrer sogar zu bedienen.«

Mir fiel natürlich sofort der Hockser ein – aber der konnte ja nicht mehr hinter dieser Geschichte stecken.

»Das Messer in die Windhose zu werfen war der richtige Weg, um den Zauberer oder die Hexe aufzuhalten«, murmelte Miriam. »Schade, dass du nicht getroffen hast. Einen winzigen Schritt sind wir dennoch weiter, denn nun wissen wir, wer hinter diesen merkwürdigen Seelen steckt.«

»Dann sollten wir jetzt unbedingt diesen Zauberer finden«, sagte Albert.

»Richtig«, bestätigte Miriam. »Allerdings dürfte das nicht

leicht werden. Normalerweise befasst sich die Inquisition mit Zauberern, nicht wir Seelenfänger. Was glaubst du, Ludwig? Wurden eure Angreifer vorher umgebracht?«

»Gut, dass du das erwähnst. Ich habe an vier Leichen eine alte Stichwunde entdeckt. Wenn du mich fragst, hat der Zauberer sie umgebracht, um dann die dunklen Seelen in sie einzupflanzen.«

»Dann sollten wir diesen Zauberer sehr schnell ausfindig machen«, bemerkte Miriam seufzend.

Karl fing trotz der Behandlung zu fiebern an, sodass wir eine Pflegerin hinzuziehen mussten, die seinen Verband wechselte und ihm den bitteren Aufguss einflößte. Ich holte Lurch ein paarmal aus dem Stall. Er hatte furchtbar schlechte Laune und wollte diese unbedingt an der ganzen Welt auslassen, doch die kurzen Ritte an der Stadtmauer, den Mündungsseen und durchs Königsgehölz taten uns beiden gut. Ein zweites Mal stieß ich aber nicht auf Staub, der sich plötzlich in einem Wirbel erhob. Das Zigeunerlager war weiter nach Südwesten gezogen. Miriam suchte die Inquisition auf, um dort die Liste mit den Namen aller Hexen und Zauberer einzusehen, die im Dienst der Kirche standen oder aber von ihr beobachtet wurden. Nur Albert langweilte sich und bat mich irgendwann, ihm zu zeigen, wie man während eines Kampfes bestimmte Figuren wirkte.

»Du hast das im Königsgehölz doch sehr schön geschafft«, sagte ich.

»Aber ich weiß gar nicht mehr, was ich da gemacht habe.«

Da er ein aufgeweckter Bursche war, brachte ich ihm gern ein paar Dinge bei. Miriam hatte wirklich hervorragende Arbeit an dem Jungen geleistet. Seine Grundkenntnisse waren tadellos, es mangelte ihm einzig an Übung. Aber das war kein Wunder. Was mir besonders an ihm gefiel, war, dass er nie davor zurückschreckte, etwas Neues zu versuchen, und nicht aufgab, wenn ihm etwas nicht auf Anhieb glückte. Eines Abends überredeten wir Apostel, für uns die dunkle Seele zu mimen. Zähneklappernd und mit weit aufgerissenen Augen stürzte er sich auf Albert, der ihn mit einer aus höchstens zwei Dolchstrichen bestehenden Figur aufhalten sollte. Es klappte tadellos.

»Sehr schön«, lobte ich Albert. »Die Handschrift Miriams ist bei deiner Arbeit mit dem Dolch deutlich zu erkennen. Genau wie bei allen ihren Schülern. An deiner Handhaltung musst du noch arbeiten. Wenn du deine Zeichnungen ausführst, müssen die Finger locker bleiben, sonst werden die Linien viel zu grob. Unsere Angreifer im Wald hast du leicht aufhalten können. Aber wenn du es mit stärkeren Gegnern zu tun bekommst, würde dir das bei deinen steifen Fingern noch nicht gelingen.«

Nachdem Albert mir gedankt hatte und ins Haus gegangen war, setzte ich mich neben Apostel.

»Ich bin bei Karl gewesen«, sagte er zu mir. »Das Fieber geht allmählich zurück. Die Seelen, deren Kraft in seinem Dolch stecken, heilen ihn genauso gut wie die Kräuter einer Starga. Außerdem hat er eine echte Pferdenatur. In einer Woche hüpft er wieder durch die Gegend. Behauptet er zumindest.« Dann verstummte er kurz. »Ich wollte dich schon die ganze Zeit etwas fragen ... Bedauerst du es eigentlich, dich mit Miriam überworfen zu haben?«.

Darüber hatte ich oft nachgedacht.

»Selbst wenn, wäre es dafür jetzt zu spät. Damals war ich halt sehr wütend auf sie. Aber wie heißt es doch so schön: Die Zeit heilt alle Wunden.«

»Und weshalb warst du sauer?«

Ich spielte an dem Ring herum, den Gertrude mir geschenkt hatte.

»Wie du weißt, hat sie Cristina und mich ausgebildet. Einige Magister fürchteten deshalb, Miriam könnte zu mächtig werden, wenn sie gleich zwei der besten Absolventen aus Ardenau unter ihre Fittiche nahm.«

»Wieso das denn?«

»Wir hatten gute Aussichten, Magister zu werden. Dem Rat saß zu dieser Zeit Miriam vor. Man glaubte, durch uns bekäme sie neue Unterstützer. Deshalb hat man ihr klipp und klar gesagt, dass nur einer von uns Magister werden kann. Entweder Cristina oder ich.«

»Und dann hat sie sich gegen dich entschieden?«

»Nein, gegen Cristina. Miriam hat angenommen, ich hätte bessere Aussichten, Magister zu werden. Als ich das gehört habe, habe ich meine Sachen gepackt und bin gegangen. Das war für sie, als hätte ich ihr vor dem versammelten Rat eine Ohrfeige verpasst.«

»Kann ich mir vorstellen!«

»Cristina ist bei Miriam geblieben. Grund zur Klage hatte sie nie, denn aus ihr ist eine hervorragende Seelenfängerin geworden. Wir haben später eine Zeit lang zusammengearbeitet, doch Miriam hat Cristina selbst dann noch eingeschärft, dass es nicht nur eine große Ehre sei, zur Magistra ernannt zu werden, sondern dass sie damit auch dem Wohl der Bruderschaft dienen könne. Sie wollte sie von mir loseisen und für Ardenau gewinnen.«

»Gibt es daran etwas auszusetzen?«, giftete Miriam, die plötzlich in der Tür stand und mich scharf musterte.

»Es ist der Ton, der die Musik macht«, entgegnete ich und hielt ihrem Blick durchaus stand.

»Mit dir wäre Cristina letztlich untergegangen, denn du bist begabter als sie. Wenn ihr weiterhin miteinander gearbeitet hättet, wäre sie bald von dir abhängig gewesen. Das geschieht immer, wenn zwei Seelenfänger auf die Dauer ein Paar bilden. Denk nur an Rosalinda. Arbeiten sie dann einmal ohne ihren Partner, ist ihr Weg ins Grab vorgezeichnet. Davor wollte ich Cristina bewahren.«

»Dann hast du dein Ziel ja erreicht«, erwiderte ich lachend. »Cristina ist eine hervorragende Seelenfängerin geworden, die von niemandem abhängig ist. Allenthalben hört man, dass sie bestimmt in zwei Jahren zur Magistra ernannt wird. Für sie würde mich das freuen. Deshalb versichere ich dir noch einmal: Ich bin nicht wütend auf dich.«

»Ich habe sie nicht gezwungen, die Zusammenarbeit mit dir aufzugeben.«

»Das weiß ich. Aber du hast ihr eingeredet, sie müsse unbedingt Magistra werden. Cristina hat es geschafft, sich von mir zu trennen, aber sie hat es leider nicht geschafft, sich auch von dir zu trennen. Manchmal ertappe ich mich daher schon bei dem Gedanken, dass ich meine, aus ihrem Mund deine Stimme zu hören.«

»Das ist Unsinn«, widersprach Miriam. »Cristina hat ihren eigenen Kopf. Auch wenn sie Entscheidungen trifft, mit denen ich in höchstem Maße einverstanden bin. Im Übrigen erwarte ich dich beim Abendessen. Ich habe dir einiges zu berichten.«

Nachdem sie gegangen war, saßen Apostel und ich eine Weile schweigend da.

»Was meinte sie damit, dass Cristina ihren eigenen Kopf hat?«

»Dabei ging es um die Frage, ob Fürsten und Könige persönliche Seelenfänger an ihrem Hof haben sollten«, antwortete ich. »Damit immer jemand von der Bruderschaft in der Nähe derjenigen ist, die in dieser Welt das Sagen haben. Einige Magister versprachen sich davon enorme Erfolge im Kampf gegen dunkle Seelen, und auch etliche Länder fanden Gefallen an der Idee. Deshalb wurden schon verschiedene Seelenfänger ausgesucht. Cristina, Wilhelm, Hans und ich sollten auch dazugehören. Cristina hielt die Idee für gut, wir anderen sahen darin reine Zeitverschwendung. Wieso sollten wir bei Hofe rumsitzen, wenn dunkle Seelen über die Straßen ziehen? Deshalb haben wir abgelehnt. Du glaubst nicht, was das für einen Aufruhr gegeben hat. Auch Cristina war der Meinung, wir hätten einen Fehler begangen. Wir beide haben uns furchtbar darüber gestritten. Ich bin in die erste Kutsche gestiegen und in irgendein Provinznest abgehauen, während Cristina nach Broberger gegangen ist. Nach einem Jahr hat Miriam Cristina nach Ardenau zurückgeholt, denn es hat sich herausgestellt, dass die Seelenfänger bei den werten Herrn tatsächlich nur die Hofnarren spielten. Seitdem habe ich Cristina nicht mehr gesehen. Und jetzt lass uns zum Abendessen gehen, damit Miriam uns ihre Neuigkeiten berichten kann.«

Der Tisch war schon gedeckt, Albert und Miriam hatten bereits Platz genommen.

»Ich habe mit einem Inquisitor gesprochen«, eröffnete Miriam das Gespräch. »Niemand weiß etwas über einen Zauberer, der in der Lage ist, sich mithilfe einer Windhose vorwärtszubewegen. Da mich mit dem Kirchenmann jedoch das Interesse an den Büchern des Thomas aus Saron verbindet und ich ihm versprochen habe, ihm die Abschrift eines seltenen Textes zukommen zu lassen, hat er rein zufällig fallen lassen, dass in den Kerkern der Inquisition ein Mann aus Schlögentarg festgehalten wird. Man beschuldigt ihn der Zauberei. Angeblich kann er mit dem Blick unterschiedliche Gebilde aus Sand und Staub erschaffen.«

»Scheint zu passen ...«, murmelte ich.

»Richtig. Deshalb werden wir uns morgen früh kurz mit dem Gefangenen unterhalten.«

»Und warum sollte er mit uns reden?«

»Weil ich eine gottlose Lügnerin bin«, antwortete sie völlig gelassen. »Wenn nötig, werde ich behaupten, dass er nicht auf dem Scheiterhaufen landet, dass man bei ihm Gnade walten lassen würde, wenn er mir nur sagt, was ich wissen will.«

»Und wenn er dich darum bittet, seine Mutter zu werden?«, fragte ich mit einem Blick auf Albert.

»Dann würde ich ihn vorübergehend adoptieren. Ich brauche diese Informationen, ich will diese Geschichte so schnell wie möglich beenden, damit ich zurück nach Ardenau kann.«

Die Inquisition hielt Ketzer in einem finsteren Turm außerhalb der Stadt gefangen. Bei dem Bau hatte es sich einst um einen Wehrturm gehandelt, welcher der Verteidigung Leichsters im Nordosten gedient hatte, wo auf einer Landzunge häufig Soldaten aus Neuhort gelandet waren. Mittlerweile musste der Turm längst nicht mehr gegen Feinde von außen herhalten. Um ihn herum waren einige Steinbauten errichtet worden, dann hatte man noch eine Mauer hochgezogen und die ganze Anlage der

Inquisition übergeben, damit sie den Glauben verteidigen und Ketzerei in all ihren Erscheinungsformen auslöschen konnte.

In den Grauen Kuckuck, wie die Einheimischen den Gefängnisturm nannten, kam man meiner Ansicht nach ziemlich leicht hinein, aber kaum je wieder heraus. Und das obwohl weit und breit keine Posten zu sehen waren. Der Pförtner mit einer speckigen Schürze vorm Bauch würdigte Miriam kaum eines Blickes und deutete auf ein Haus gleich neben dem Turm.

»Dann wollen wir mal«, raunte sie mir zu.

Albert hatte sie nicht mitgenommen. Angeblich empfing die Inquisition nur zwei Seelenfänger gleichzeitig.

Die Tür war so niedrig, dass sie den Kopf einziehen musste, um sich nicht zu stoßen. Wir gelangten in einen Raum, in dem keine Schutzzeichen an der Wand hingen und keine Medaillons zum Aussaugen der magischen Kraft bei den Befragten von der Decke baumelten, geschweige denn dass hier Kohlebecken, Streckbänke oder Folterbirnen untergebracht gewesen wären.

Das Einzige, was es gab, war ein Tisch, dessen Füße am Boden festgeschraubt waren. Jemand hatte ein hellblaues Tuch über ihm ausgebreitet, darauf lagen einige beschriebene Blatt Papier. Um den Tisch herum standen drei Stühle, von denen einer allerdings ebenfalls am Boden festgeschraubt war. Von der Decke hing ein Reif mit Kerzen, die jedoch nicht brannten. Das weit offen stehende Fenster rahmten Gardinen, auf dem Fensterbrett standen zwei Blumentöpfe mit jungen Geranien. Zwischen ihnen hatte sich ein dicker rot-weißer Kater eingerollt, um sein Sonnenbad zu nehmen. Bei unserem Eintreten öffnete er träge ein Auge.

Der Inquisitor, ein hochgewachsener Mann in grauer Soutane und mit auffallend langen Fingern, nickte Miriam zu, richtete den Blick seiner grünen Augen auf mich und nickte erneut.

»Der gottlose Mann wird umgehend gebracht«, teilte er uns dann so leise mit, dass ich einen Schritt auf ihn zu machen musste, um ihn überhaupt zu verstehen. »Ihr werdet mit ihm sprechen können, dies jedoch in meiner Anwesenheit. Ich hoffe, Ihr erhebt keine Einwände dagegen.«

»Die Bruderschaft hat vor der heiligen Inquisition nichts zu verbergen, Vater Cloos«, versicherte Miriam freundlich und nahm auf einem der Stühle Platz.

»Davon bin ich ausgegangen.«

»Wie gefährlich ist dieser Mann?«, wollte ich wissen.

»Alle Ketzer sind gefährlich, denn sie vertreten die irrige Ansicht, es dürfe in dieser Welt Bauernmagie geben und diese berge nichts Böses in sich.«

»Hat das Tribunal ihn schon verurteilt?«, wollte Miriam beiläufig wissen. Wahrscheinlich überlegte sie, ob sie den Burschen mit seiner Freilassung ködern konnte.

»Weshalb sollten wir das Tribunal in dieser Angelegenheit bemühen? Der gottlose Mann hat längst gestanden, seiner Zauberei abgeschworen und den wahren Glauben angenommen. Die Verbrechen, die er begangen hat, können mit einer recht milden Strafe geahndet werden. Zehn Jahre in Gefangenschaft, wobei jeden Monat überprüft wird, ob er sich mit Wahrsagerei beschäftigt hat, und weitere fünfzehn Jahre in einem unserer Klöster. Wird seine Läuterung danach anerkannt, wird er in Freiheit entlassen. Wenn nicht, berufen wir das Tribunal ein. Aber nicht eher.«

Offenbar behagte Cloos die Erörterung des inquisitorischen Vorgehens nicht, weshalb Miriam von weiteren Fragen absah.

Ein feister Inquisitor mit dem gutmütigsten Gesicht der Welt brachte den Gefangenen herein. Unter den hochgekrempelten Ärmeln der Kutte des Kerkermeisters ließen sich Unterarme von den Ausmaßen einer Schweinskeule erkennen. Den Gefangenen bedachte er stets mit strahlendem Lächeln. Doch als Cloos den Ketzer mit einer Geste aufforderte, auf einem Stuhl Platz zu nehmen, ließ sich der Mann eindeutig mit großer Erleichterung auf diesen fallen.

»Warte vor der Tür, Sepp«, befahl Cloos, worauf der Kerkermeister mit nach wie vor strahlender Miene hinausging.

Bei dem Zauberer handelte es sich um einen bereits in die Jahre gekommenen Mann mit schütterem mausgrauem Haar,

Bartstoppeln in der gleichen Farbe, einer leicht geröteten, himmelwärts zeigenden Nase und Augen, in denen der Blick eines getretenen Hundes lag. Als er uns ansah war klar, dass er sich von dieser Begegnung nichts Gutes versprach.

»Man hat einige Fragen an dich, Heimo«, eröffnete Cloos das Gespräch, wobei er immer noch so furchtbar leise sprach. »Ich gehe davon aus, dass du ehrliche Antworten gibst. Du willst mich und Vater Sepp doch nicht enttäuschen, oder?«

Seinen fetten Kerkermeister wollte Heimo allem Anschein nach auf gar keinen Fall enttäuschen.

»Warum sollte ich mit freundlichen Menschen nicht offen reden, Vater Cloos?«, murmelte er deshalb bloß.

Mir schien er völlig harmlos, ein einfacher Mann, der im Nachbargarten beim Klauen von Mohrrüben erwischt worden war. Dieser Eindruck verschwand jedoch sofort, als Heimo aus dem Fenster sah. Die Katze, die dort lag, legte prompt die Ohren an, fauchte und sprang hinaus auf die Straße.

»Ein Tier kannst du nicht täuschen, Heimo. Genauso wenig wie mich«, stellte Cloos klar. »Überlege also gründlich, bevor du antwortest, und sage die Wahrheit.«

»Was wollt Ihr wissen?«, wandte sich Heimo an uns, mied dabei allerdings jeden Blick auf uns.

»Wir haben gehört, dass du ohne Einsatz deiner Hände Häuser aus Sand, Staub und Lehm schaffen kannst«, sagte Miriam. »Stimmt das?«

»Nur aus Sand und Staub.«

Dass er auf Lehm verzichtet hatte, erstaunte mich nicht, denn ihn für magische Zwecke einzusetzen war strikt verboten. Angeblich brauchte man das Blut eines Menschen, um sich dieses Material gefügig zu machen, noch dazu in ziemlichen Mengen. Die Inquisition ging gnadenlos gegen jeden vor, der irgendwelche Tonblödel, wie diese Kreaturen im Volksmund hießen, schuf. Eher ließ sie noch einen kleinen Höllenvertreter laufen als einen Menschen, der einen Golem geschaffen hatte. Selbst wenn Heimo lediglich einen harmlosen Hausgeist aus Lehm geschaffen hätte, musste er beteuern, dieses Material nie benutzt zu haben, da er sonst geradenwegs auf dem Scheiterhaufen gelandet wäre.

»Ich habe von Zauberern gehört, die sich mithilfe eines Staubwirbels fortbewegen können«, sagte ich. »Gehörst du zu ihnen?«

Er grinste mich kurz traurig an, sah dann aber wieder zum Fenster raus.

»Wenn ich das könnte«, brummte er, »wäre ich ja wohl kaum noch hier, oder?«

»Wenn du das könntest, Heimo, hättest du längst mit den Folterbänken der Inquisition Bekanntschaft geschlossen«, warf Cloos ein. »Und die reinigende Kraft des Feuers kennengelernt.«

»Ich habe vor ein paar Tagen einen Staubwirbel auf der Straße im Königsgehölz gesehen«, sagte ich. »Weißt du etwas darüber?«

»Nein, schließlich sitze ich bereits seit zwei Monaten hier im Kerker.«

»Aber weißt du vielleicht, wer in der Lage ist, einen solchen Wirbel heraufzubeschwören?«

»Ein Mann, der etwas von seiner Sache versteht. Aber ich bin nicht aus der Gegend und weiß deshalb nicht, wer dafür infrage kommt.«

»Was kannst du uns sonst noch sagen?«

»Man braucht viel Erfahrung, um sich in einem Staubwirbel vorwärtszubewegen.«

»Weiter!«

»Das war eigentlich schon alles.«

Vater Cloos maß ihn mit einem langen Blick, die Lippen dabei enttäuscht aufeinandergepresst.

»Sepp!«, schrie er.

Der feiste Kerkermeister hatte sich inzwischen eine Lederschürze vor den Bauch gebunden.

»Bring ihn zurück in seine Zelle.« Sobald die beiden den Raum verlassen hatten, drehte Cloos sich Miriam zu. »Ich bedaure aufrichtig, dass Ihr mit diesem Burschen nur Eure Zeit vergeudet habt. Hättet Ihr mir gegenüber jedoch vorab erwähnt, dass Ihr einen Zauberer sucht, der imstande ist einen Staubwirbel heraufzubeschwören, wäre das vielleicht nicht geschehen.«

»Das ist ja nur einer von zahlreichen Hinweisen, denen wir nachgehen«, erwiderte sie. »Noch können wir gar nicht mit Sicherheit sagen, wen wir suchen.«

»Dennoch hattet Ihr Euch von diesem Gespräch vermutlich mehr versprochen.«

»Selbstverständlich.«

»Solange sich die Bruderschaft nicht mit Ketzern beschäftigt, geht es mich eigentlich nichts an, was sie tut. Allerdings verstehe ich nicht, warum Ihr Euch auf einmal für Zauberer interessiert, noch dazu für dunkle, und die Inquisition nicht davon in Kenntnis setzt, dass im Königsgehölz jemand einen Staubwirbel heraufbeschworen hat. Wir kennen uns lange genug, Herrin Miriam, sodass ich freiheraus zu sagen wage, was ich von einer solchen Geheimniskrämerei halte: Sie missfällt mir. Könntet Ihr mir vielleicht also erklären, warum sich Seelenfänger für einen Zauberer interessieren?«

»Wir vermuten, dass die Überfalle, zu denen es nun schon seit geraumer Zeit auf den Straßen Schossiens kommt, von dunklen Seelen verübt werden«, legte Miriam die Karten auf den Tisch. »Möglicherweise steht mit diesen ein Zauberer im Bunde, der einen Staubwirbel heraufbeschwören kann.«

»Wart Ihr selbst schon einmal Zeugin eines solchen Überfalls?«

»Ich war es«, mischte ich mich ein.

»Gab es bis auf den Staubwirbel noch etwas, das Euch aufgefallen wäre?«

Ich versuchte, mich an alle Einzelheiten zu erinnern.

»Nein.«

»War das Gras am Straßenrand verwelkt?«

»Nein.«

»Sind Euch nach dem Abzug des Zauberers Insekten aufgefallen? Vielleicht Ameisen, die über die Straße gezogen sind? Käfer in auffällig großer Zahl? Fliegen?«

»Bemerkt habe ich sie nicht.«

»Und Vögel?«

»Vögel waren da schon.«

»Spatzen? Raben? Dohlen?«

»Dohlen, ein ganzer Schwarm sogar.«

»Ihr hättet eine Menge Zeit gespart, hättet Ihr offen mit mir gesprochen«, trumpfte der Inquisitor auf. »Staubmagie ist vor allem bei Völkern aus dem Osten beliebt, Solianern, Rowaliern und Menschen aus dem Olsker Königreich. Dohlen wiederum sind typisch für ... «

»Zigeuner!«, platzte es aus Miriam heraus, und sie sprang vom Stuhl auf. »Diese verfluchten Zigeuner! Über ihrem Lager kreisen ständig diese Vögel!«

»In der Tat, Herrin Miriam, Dohlen sind typisch für Zigeuner. Wenn Ihr nun die Freundlichkeit besäßet, mir Eure Geschichte noch einmal in allen Einzelheiten zu erzählen«, forderte er Miriam lächelnd auf.

Wir machten einen kurzen Abstecher ins Haus der Bruderschaft, um rasch das nötigste Gepäck zusammenzupacken und Albert zu holen. Bevor wir wieder zur Tür hinausstürzten, schleppte sich Karl aus seinem Zimmer. Er war noch immer bleich, auf seiner Stirn glänzte Schweiß. Und hätte er keinen Stock gehabt, wäre er längst zusammengebrochen.

»Ab ins Bett mit dir!«, befahl Miriam ihm. »Oder willst du all die Mühen der Pflegerin zunichtemachen?!«

»Ich reite mit euch.«

Miriam bedachte ihn mit einem vernichtenden Blick.

»Schon gut«, strich er sofort die Segel und schlurfte in sein Zimmer zurück. »Viel Glück dann ... «

»Hätten wir Vater Cloos vielleicht doch schon eher von allem unterrichten sollen?«, durchbrach ich das Schweigen, das sich zwischen uns ausgebreitet hatte, nachdem wir das Gefängnis der Inquisition verlassen hatten. »Er kocht immerhin vor Wut ... «

»Das ist halb so wild, Cloos ist kein hohes Tier.«

»In der Inquisition heißt das nicht viel, denn auch ein nicht ganz so hohes Tier dieser Einrichtung kann uns enorme Schwierigkeiten bereiten. Er wird sich beim Tribunal von Schossien über uns beschweren. Man wird sich wegen uns an die Bruderschaft wenden ...«

»Keine Sorge, ich habe noch gestern Abend ein Schreiben an die Bruderschaft aufgesetzt, in dem ich ihr alle notwendigen Erklärungen gegeben habe. Im Übrigen hätten wir uns den Besuch im Grauen Kuckuck sparen können, wenn du mir etwas von diesen Dohlen berichtet hättest!«

Die Zigeuner waren inzwischen weitergezogen. Wir jagten ihnen anhand der Spuren, die sie hinterlassen hatten, nach: Stellen, an denen sie über Nacht geblieben waren, oder Geschichten, die Bauern zu berichten wussten.

Wir hatten nicht die geringste Vorstellung davon, wie wir unter den rund zweihundert Menschen den Zauberer entdecken wollten. Wenn wir es aber schafften, durften wir den Burschen auf keinen Fall töten, denn er sollte mit uns ja noch über diese verdrehten Seelen plaudern. Auch das würde nicht einfach werden. Im Gegenteil, wir würden länger ungeschoren davonkommen, würden wir einem Tiger, dem ein paar Dummköpfe mit einem Stock gerade den Hintern vertrimmten, das Kinn kraulten.

Bei dunklen Zauberern musste man nämlich immer mit dem Schlimmsten rechnen. Gutherzig waren sie in der Regel nur dann, wenn sie bereits im Grab lagen.

Miriam hüllte sich die ganze Zeit in Schweigen. Wenn Albert oder ich das Wort an sie richteten, brummte sie bloß mürrisch, denn sie hasste das Reiten.

Albert war ruhig und machte einen recht gelassenen Eindruck.

»Hast du Angst?«, fragte ich ihn.

»Nein, Herr Ludwig.«

»Gut.«

»Ich folge bloß Eurem Beispiel«, schob er grinsend hinterher, um dann in ernstem Ton zu fragen: »Aber die Schule hat uns doch wirklich gut auf unsere Aufgabe vorbereitet, nicht wahr?«

»Mit Sicherheit nicht, sonst hätte sie dir ein neues Hirn verpasst«, mischte sich Miriam ein. »Ich habe eine Heidenangst vor dem, was uns erwartet – aber möglicherweise werde ich einzig wegen dieser Angst morgen noch leben. Furchtlosigkeit führt nämlich sehr schnell zum Tod. Und niemanden vergisst man so rasch wie einen unerschrockenen Narren. Sei also so gut, und leg dir entweder etwas Angst oder etwas Hirn zu.«

»Sie macht sich Sorgen um dich«, übersetzte ich Albert diesen Wutausbruch, was mir natürlich ein verächtliches Schnauben vonseiten Miriams eintrug.

In Tribbdorf verloren wir die Spur der Zigeuner. Fluchend riss Miriam ihr Pferd herum und sprengte zurück zur letzten Kreuzung, um dort auf die Straße nach Süden einzubiegen. Sie führte zum Muser Wald, in dem sich nicht nur unsere Zigeuner, sondern notfalls eine ganze Armee mühelos hätte verstecken können.

Auf der Straße erwarteten uns vierzig Mann – der Kleidung nach Söldner –, zwei mir unbekannte Inquisitoren und natürlich Vater Cloos.

»Herrin Miriam«, hauchte er, »es wird Zeit, dass Ihr zu uns stoßt.«

»Ich habe nicht damit gerechnet, erwartet zu werden«, antwortete sie freundlich, obwohl an ihren Schläfen die Adern hervortraten.

»Die Inquisition ist immer dort, wo sie gebraucht wird. Dieser Zauberer interessiert uns ebenso sehr wie Euch. Deshalb schlage ich vor, dass wir den Rest des Weges gemeinsam hinter uns bringen. Wie meine Männer behaupten, trennt uns nur noch eine halbe Stunde vom Zigeunerlager.«

»Ihr seid der einzige Inquisitor, der über Magie gebietet, stimmt's?«

»Die Magie ist nur eines unserer Werkzeuge«, antwortete

Cloos. »Ihre wahre Kraft bezieht die Inquisition aus anderen Quellen.«

»Das heißt hoffentlich nicht, dass Ihr Euch einzig und allein auf diese Raufbolde verlasst«, knurrte Miriam mit einem Blick auf die Söldner.

»Dies sind treue Männer der Inquisition, die uns mit Sicherheit helfen werden. Schließt Ihr Euch uns nun an oder nicht?«

Da wir nicht die Absicht hatten umzukehren, schlossen wir uns ihnen natürlich an und ritten am Ende dieser merkwürdigen Prozession weiter. Staub hing über der Straße. Ich zog mir das Halstuch vor die Nase.

Die Zigeuner hatten ihr Lager dreihundert Yard abseits der Straße auf einer Lichtung aufgeschlagen. Selbstverständlich hatten sie uns längst bemerkt. Schweigend beobachten sie, wie wir uns ihnen näherten. In ihren Gesichtern spiegelte sich zwar keine Ablehnung und kein Hass, angespannt waren sie aber alle. Das Leben hatte sie gelehrt, Kirchenleute zu fürchten und Söldnern nicht über den Weg zu trauen.

»Seltsam«, sagte ich und saß ab.

»Was?«, wollte Albert wissen, während er beobachtete, wie sich die Söldner in Gruppen von drei oder fünf Mann zwischen den Zelten aufbauten.

»Dass sie ihr Lager aufgeschlagen, aber keine Feuer entzündet haben.«

»Wahrscheinlich sind sie noch nicht dazu gekommen.«

Mir schoss der ziemlich unpassende Gedanke durch den Kopf, dass die Söldner völlig schutzlos waren, wenn sich das ganze Lager auf sie stürzte.

»Halte ja die Augen offen«, schärfte ich Albert ein. »Diese Burschen sind ziemlich flink mit dem Messer.«

»Glaubt Ihr, wir könnten Schwierigkeiten bekommen?«

»Das Leben hat mich gelehrt, dass man immer Schwierigkeiten bekommen kann.«

Vater Cloos sprach unterdessen mit einem grauhaarigen Zigeuner. Als ich meinen Blick durchs Lager wandern ließ, entdeckte ich auf dem Zelt am äußersten Rand eine einsame Dohle.

»Wir sind friedliche Menschen, ehrwürdiger Vater«, versicherte der Zigeuner mit voller Stimme. »Wir haben keinen Zauberer bei uns.«

»Wahrscheinlich willst du mir auch weismachen, dass da drüben keine Dohle auf dem Zelt hockt«, fuhr ihn der Inquisitor an. »Gebt uns den Mann, und wir ziehen wieder ab.«

»In meinem Volk gibt es wirklich keine Zauberer.«

»Dann müssen wir ihn suchen.«

»Wenn Ihr das müsst«, erwiderte der Zigeuner mit finsterer Miene, »dann tut das.«

»Dass mir ja niemand von denen entkommt«, befahl Cloos dem Hauptmann der Söldner, ehe er sich abermals an den Zigeuner wandte. »Deine Leute sollen sich bei den Wagen versammeln, ich will feststellen, ob jemand in letzter Zeit Magie eingesetzt hat.« Daraufhin zog er ein dreikantiges Amulett mit einer Kette aus dem Ärmel seiner Soutane. »Das wird eine Weile dauern.«

Miriam bat Albert, ihr ein Skizzenbuch und einen Griffel aus der Tasche zu reichen. Ob sie das Geschehen zeichnerisch festhalten wollte?

Sobald die drei Inquisitoren die ersten Zigeuner überprüften, schlug die Stimmung um, und Ablehnung machte sich breit. Als eine Frau im geblümten Rock meinen Blick auffing, spuckte sie verächtlich aus. Ich tätschelte Lurch beruhigend den Hals, denn auch ihm entging die in der Luft hängende Spannung nicht.

Die Dohle saß inzwischen nicht mehr auf dem Zelt.

»Wer wohnt da?«, fragte ich einen Zigeuner, doch der Mann sah mich bloß finster an, stieß einen Fluch in seiner Sprache aus, den ich schon von Shuco gehört hatte, und stapfte davon.

»Ludwig!«, rief Albert und nickte zur Straße hinüber.

Scheuch stapfte auf uns zu.

»Was hat er denn hier verloren?«

»Keine Ahnung. In der Regel weiht er mich nicht in seine Pläne ein.«

»Und die Herrin Miriam will offenbar auch etwas von Euch.«

In der Tat winkte sie mich lächelnd zu sich. Eine lächelnde

Miriam, die mich fröhlich heranwinkte – das war ungefähr so erstaunlich wie ein Apostel, der nicht nörgelte, oder ein Scheuch ohne Sichel. Mit anderen Worten: Es war ein Ereignis nicht von dieser Welt und verdiente mithin ungeteilte Aufmerksamkeit.

»Bleib ganz ruhig, Lurch«, bat ich das Pferd, bevor ich zu Miriam hinüberging.

»Sieh dir doch mal an, was ich aufs Blatt geworfen habe«, säuselte sie. »Hübsch, nicht wahr?«

»Ganz allerliebst«, bestätigte ich, wobei ich nicht ein einziges Mal zu der Zigeunerin mit der Halskette aus Münzen hinüberschielte, die unserem Gespräch lauschte. »Du hast einfach ein Händchen für Landschaften.«

»Mir gefällt das Bild auch«, sagte Albert, der mir gefolgt war.

Die Zeichnung erinnerte an eine Windrose, wie man sie aus den Karten von Seeleuten kennt, und loderte am Rand silbern – ein untrügliches Zeichen dafür, dass es um uns herum von dunklen Seelen nur so wimmelte.

Diese verdrehten Biester umgaben uns und mimten Menschen. Wenn der Puppenspieler erst einmal begriff, dass wir ihm auf die Schliche gekommen waren, würde er die dunklen Seelen von der Kette lassen …

»Vom Waldrand eröffnet sich dir übrigens eine ganz beeindruckende Perspektive«, sagte ich. »Vielleicht solltest du es dort mit einem zweiten Bild versuchen …«

»Guter Gedanke«, erwiderte Miriam und ging zu den Pferden zurück. »Würdet ihr Vater Cloos bitte sagen, wo ich bin?«

In der Tat mussten wir den Inquisitor warnen und ihm mitteilen, dass wir in ein wahres Nest dunkler Seelen geraten waren.

Deshalb begab ich mich zu dem Wagen hinüber, wo Vater Cloos mithilfe seines Amuletts noch immer die Zigeuner überprüfte.

»Lasst uns endlich in Ruhe!«, fuhr mich ein wütender Alter an. »Wir haben uns schließlich nichts zuschulden kommen lassen.«

Das sah ich genauso. Schuld konnte er längst keine mehr auf sich laden – denn er war kaltblütig umgebracht worden.

Vater Cloos überprüfte eine junge, rothaarige Frau und winkte anschließend einen sehnigen Zigeuner mit pechschwarzen Koteletten, einem bunten Kopftuch und einem prachtvoll bestickten Gürtel heran. Für den Bruchteil einer Sekunde lenkte mich seine Erscheinung ab, doch das reichte, damit der Mann ein Messer aus dem Ärmel zog und es dem Inquisitor ins Herz rammte.

Schon in der nächsten Sekunde brach im Lager die Hölle los.

Am Waldrand donnerten Zeichen, Menschen schrien und heulten. Vor meinen Augen verschwamm alles. Die Erde bebte, Zelte stürzten ein, ein Wagen ging in Flammen auf. Doch nun wichen die Feinde zurück.

Miriam überzog die Lichtung mit Zeichen und Figuren. Sie barst schier vor Kraft. Neben ihr standen in einem von ihr gewirkten Schutzkreis drei Söldner mit blankgezogenen Klingen, die alle Angreifer erledigten. Sobald sich aus den Leichen die dunklen Seelen herausschlängelten, vernichtete Miriam sie mit ihrem Stilett.

Eine alte Zigeunerin wollte sich Albert schnappen. Im letzten Moment riss ich den Jungen von ihr weg und stieß der Frau den Dolch ins Gesicht. Während die dunkle Seele in ihn sickerte, fiel die leere Körperhülle zu Boden.

Albert schleuderte ein Zeichen auf einen Punkt in meinem Rücken. Es riss dem Angreifer hinter mir die Brust auf. Ich fuhr herum, mein Dolch nahm die nächste dunkle Seele auf.

»Die Figur der Zerschmetterung!«, rief ich. »Und gib mir Rückendeckung!«

Alle Zigeuner aus dem Lager waren seit Langem tot. In ihre Körper waren dunkle Seelen geschlüpft. Doch mit vereinten Kräften erwehrten Albert und ich uns dieser toll gewordenen Hunde. Er erledigte das Fleisch mit seinen Zeichen, ich übernahm mit meinem Dolch die Seelen.

Auf diese Weise arbeiteten wir uns zu vier Söldnern vor, die sich Rücken an Rücken aufgebaut hatten, um die Feinde zurückzuschlagen. Als mich nur noch fünfzehn Yard von ihnen trennten, wirbelte vor mir Staub zu einer hohen Säule auf. Aus dieser trat ein hochaufgeschossener Zauberer heraus. Er trieb seinen Dolch in einen der völlig verdatterten Söldner – der daraufhin einen seiner Kameraden mit der Klinge niederstreckte.

Den schwarzen Stein am Griff des Dolchs in den Händen des Zauberers hatte ich ganz deutlich gesehen. Alles in mir erstarrte.

Nun wusste ich, wozu diese Klinge imstande war. Miriam hatte recht, sie löschte keine dunklen Seelen aus, nein, diese Klinge brachte sie hervor! Ein Stich mit diesem Teufelsmesser – und in einem Menschen entstand eine dunkle Seele.

»Vorsicht!«, warnte ich Albert, als ich ein Zeichen unter einen Wagen warf.

Es ging in die Luft, durch die Explosion wurden etliche dieser verdrehten Biester getötet.

Doch der Zauberer entkam. Er ließ sich schlicht und ergreifend Staubflügel wachsen und brachte sich hinter seinen zahllosen Dienern in Deckung.

Miriam vernichtete eiskalt etliche Feinde, die sich ihr in den Weg stellten, und hielt langsam, aber sicher auf uns zu, eingehüllt in sie schützende Zeichen. Für derartige Kunststückchen musste man ungeheuer stark sein. Ich wüsste nicht zu sagen, ob mein Dolch in hundert Jahren so viel Kraft gespeichert haben würde …

»Wir müssen zu ihr«, schrie ich Albert zu. »Der Zauberer kann jeden Moment zurückkommen!«

Er nickte mir zu und wischte sich das Blut, das aus seiner gebrochenen Nase lief, mit dem Ärmel ab.

»Vorwärts!«, sagte ich und stieß ihn sanft in den Rücken. »Ich geb dir Deckung!«

Er schoss los. Ich sicherte seinen Weg mit Figuren, die alle Angreifer langsamer werden ließen oder an einem Fleck festnagelten. Unglücklicherweise hatte ich nicht bedacht, dass dadurch ein regelrechter Wall aus diesen verdrehten Biestern entstehen würde, der mich von Albert trennte. Kurzerhand zog ich meine geliebte goldene Schnur aus der Luft, holte damit eine dunkle Seele aus einem Körper, schleuderte sie in die Menge, warf ein Zeichen zur Verstärkung hinterher und schlug auf diese Weise eine Bresche in das Hindernis. Ich stürmte weiter, entkam Klauen und Kiefern, sprang aufs Trittbrett eines Wagens, schlüpfte in ihn hinein, rannte zum vorderen Ende – und wäre fast in dem Staubwirbel gelandet, der sich dort erhob.

Diesmal glückte mir, was mir im Königsgehölz missglückt war: Mein Dolch bohrte sich in die Windhose. Sand rieselte zu Boden und gab den Blick auf einen Mann mit schmerzverzerrtem Gesicht frei, der gerade meinen Dolch aus einer Wunde in seiner Seite zog. Als ich mich auf ihn stürzen wollte, schoben sich jedoch zwei dunkle Seelen schützend vor ihn.

Albert schickte mir ein Zeichen zu Hilfe, das die beiden Kreaturen lähmte. Der Zauberer ließ meinen blutverschmierten Dolch fallen und rannte davon, eine Hand auf die Wunde gepresst. Hinter ihm bildete sich sofort ein neuer Wall aus dunklen Seelen. Wenn ich mich durch ihn hindurchkämpfen wollte, würde mich das viel Zeit kosten. Ich würde den Kerl nie einholen … Deshalb beschloss ich, mich zuerst zu Miriam vorzuarbeiten.

Ich stieß mit dem Fuß eine dunkle Seele weg, die sich im Körper eines kleinen Jungen eingenistet hatte, und sprang über die Barrikade aus Figuren, die Miriam errichtet hatte. Albert hatte es bereits an ihre Seite geschafft. Die beiden erhielten Unterstützung von sechs Söldnern, ein weiterer Mann zog gerade einen verwundeten Kameraden aus der Schusslinie.

Miriam stand aufrecht wie eh und je. Nicht einmal ihr Haar war während des Kampfes zerzaust worden. Dennoch erkannte ich, dass ihre Kräfte nun am Versiegen waren.

»Dieser Dreckskerl von Zauberer!«, schrie sie. »Er hat dieses ganze Zigeunerlager gemeuchelt! Schnappen wir uns den Aasgeier und erledigen ihn!«

»Wenn er lebt, hat er wenigstens die dunklen Seelen unter seiner Kontrolle«, gab Albert zu bedenken. »Wenn wir ihn töten, wissen wir nicht, was mit diesen Kreaturen geschieht!«

»Darüber zerbrechen wir uns den Kopf, wenn wir diesen Widerling kaltgemacht haben«, erklärte Miriam entschlossen. »Albert, du bleibst bei mir. Ludwig, bist du bereit, die Verfolgung aufzunehmen?«

»Wie soll ich mich durch diesen Wall aus verdrehten Biester schlagen?«

»Ich lenke sie mit Figuren ab und baue dir eine Brücke aus Zeichen.«

»Dafür reichen deine Kräfte nicht mehr!«

»Unterschätz meine Reserven nicht!«, herrschte sie mich an. »Und jetzt vorwärts!«

Daraufhin ließ Miriam einen Regen aus Zeichen niedergehen. Es donnerte so heftig, dass die Erde bebte. Diese verdrehten Biester! Wagen, Fässer, Kisten und Pferde – alles wurde in Stücke gerissen. Rund ein Dutzend dunkler Seelen hatte aus ihren Hüllen schlüpfen können und stürzte sich heulend auf Miriam, rannte aber gegen ihren Schutz aus Zeichen und Figuren an.

Ich kniff die Augen zusammen, um abzuschätzen, wie viel Vorsprung der Zauberer mittlerweile herausgeschunden hatte. Jeder Sprung mit seiner Staubwolke brachte ihn gut fünf Yard vorwärts. Offenbar wollte er den Fluss überqueren und sich in den Wald am gegenüberliegenden Ufer schlagen.

Nachdem ich die Stellung dieser verdrehten Biester noch einmal überprüft hatte, raste ich über Miriams Brücke los. Sofort setzte sie zu einem neuen, grauenvollen Angriff an, um die Aufmerksamkeit dieser Kreaturen ausschließlich auf sich zu lenken. Ich hoffte inständig, dass sie sich damit nicht übernahm und sich bis zu meiner Rückkehr würde halten können.

In der Tat stellten sich mir nur wenige dieser Geschöpfe in den Weg, obendrein konnte ich sie mühelos mit dem Dolch erledigen. Meine Klinge zitterte bereits, weil heute fast zu viel Kraft in sie floss.

Endlich war der Weg für mich frei. Verzweifelt nahm ich die Verfolgung auf, denn der Zauberer vergrößerte den Abstand zusehends, bewegte er sich doch trotz seiner Verletzung weitaus schneller als ich. Ein paarmal drehte er sich nach mir um, aber wir wussten beide, dass ich ihn niemals einholen würde.

Endlich kam mir eine Idee. Im Laufen stieß ich einen Pfiff auf zwei Fingern aus. Zunächst trug er mir nur die Aufmerksamkeit einer dunklen Seele ein, die ihren Körper bereits verlassen hatte. Sie heftete sich mir an die Fersen, sodass ich zu allem Überfluss auch noch stehen bleiben musste, um sie zu erledigen.

Dann aber kam endlich Lurch angaloppiert. Er war über und über mit fremdem Blut beschmiert und roch nach Feuer. Doch dieser Pfiff hätte ihn aus jedem Kampf gelockt. So hatte Cristina es ihm einst beigebracht. Ich sprang in den Sattel und sprengte im Galopp Richtung Fluss.

Der Zauberer war bereits am gegenüberliegenden Ufer. Alle paar Sekunden hüllte Staub seine Beine ein und trug ihn einige Yard vorwärts, doch eine regelrechte Windhose wollte ihm in seinem Zustand nicht gelingen.

Als ich ihn eingeholt hatte, drehte er sich zu mir um und schmiss mir eine Handvoll Sand entgegen. Gertrudes Ring an meinem Finger heulte auf. Lurch wieherte verängstigt und blieb wie angewurzelt stehen. Der Zauberer jedoch kochte vor Wut. Anscheinend hatte er sich von seinem Tun ein etwas anderes Ergebnis erhofft.

»Woher hast du diesen Dolch?«, fragte ich und saß ab.

»Das würdest du wohl gern wissen!«, giftete er. »Aber von mir erfährst du nichts!«

Die Wunde, die mein Dolch ihm kürzlich zugefügt hatte, schloss sich beängstigend schnell. Der Zauberer hielt sich auch schon wieder recht aufrecht und machte keine Anstalten mehr zu fliehen. Stattdessen begann er mich langsam zu umkreisen.

»Du verfügst nicht über die Gabe des Seelenfängers«, sagte ich. »Wieso kannst du dann dunklen Seelen etwas befehlen?«.

»Wer braucht schon eure dämliche Gabe?! Glaub mir, Seelenfänger, schon bald wird nichts mehr so sein, wie es einst war. Dann gehört eure Macht für immer der Vergangenheit an! Meine Waffe ist die erste, aber bestimmt nicht die letzte ihrer Art.«

»Diese Dolche sollen dunkle Seelen auslöschen, sie aber nicht hervorbringen! Du hättest deine Klinge nie einsetzen dürfen! Das war ein unverzeihlicher Fehler!«

»Das hat mein Leben verlängert«, erwiderte er und war, vom Staub herangetragen, schon in der nächsten Sekunde vor mir, um mich mit einem Ausfall anzugreifen.

Ich stieß ihn weg, ging zum Gegenangriff über und hätte ihm beinah das Ohr abgeschlagen.

»Jede Seele bedeutet Leben!!!«, brüllte der Zauberer und fuchtelte mit der schwarzen Klinge vor meiner Nase herum. »Körperkraft! Macht! Stärke!«

»Dafür hast du deine Landsleute gemordet!«

»Nicht nur sie!«

»Genau das war dein Fehler, Zigeuner. Du hast dir zu viele dunkle Seelen zugelegt, um sie noch alle unter Kontrolle zu halten. Da sind einige unabhängig von dir über die Straßen gezogen und haben Menschen überfallen. Erst das hat die Aufmerksamkeit von uns Seelenfängern auf dich gelenkt. Deine Gier hat dich umgebracht.«

Brüllend stürzte er sich auf mich. Mit der Klinge vollbrachte er wirklich wahre Wunder. Unerbittlich setzte er mir zur, ließ mir keine Möglichkeit zum Gegenangriff.

»Ihr habt mein Werk vernichtet! Aber ich werde neue dunkle Seelen, neue Sklaven haben! Und ein Seelenfänger macht den Anfang!«

Beim nächsten Angriff fing ich seine Hand ab und versuchte, ihn über die Schulter zu schleudern. Doch er zerfiel zu Staub und ließ nur Sand an meinen Fingern zurück, nur um in der nächsten Sekunde hinter mir zu stehen und mir den Seraphimdolch in den linken Oberarm zu bohren.

»Das hast du nun davon, Seelenfänger«, raunte er mir mit hochzufriedener Stimme ins Ohr.

Ich ließ meinen Kopf nach hinten schnellen und brach ihm die Nase, drehte mich um, holte aus und schlitzte dem Zigeuner den Bauch auf. Noch als er fiel, sah er mich völlig verständnislos an.

»Das überrascht dich, nicht wahr?«, höhnte ich. »Hast du etwa nicht gewusst, dass Seelenfänger sich nicht in eine ruhelose Seele verwandeln können? Weder in eine lichte noch in eine dunkle. Wir sterben zwar – aber selbst dafür ist etwas mehr nötig als eine lächerliche Schnittwunde am Arm.«

In der Hitze des Kampfes hatte ich selbst nicht mehr daran gedacht…

Ich trat an den Zauberer heran, der noch immer völlig benommen war und nicht glauben wollte, dass seine Wunderwaffe versagt hatte. Selbst jetzt leistete er noch Widerstand. Irgendwann reichte es mir. Ich packte seine Hand mit dem Dolch und lenkte sie auf das Herz seines Besitzers. Als sich in der Hülle des Menschen die dunkle Seele herausbildete, schickte ich sie mit meinem Dolch geradenwegs in die Hölle.

Über dem einstigen Zigeunerlager stieg noch immer Rauch auf. Ein widerwärtiger Geruch hing in der Luft. Unter Zuhilfenahme meiner Zähne verband ich meinen Oberarm.

Die Söldner, eigentlich gestandene Männer, führten klaglos die Befehle des grünen Jungen Albert aus. Sie hatten die Pferde bereits vor einen Wagen gespannt, der wie durch ein Wunder nicht den Flammen zum Opfer gefallen war, sondern lediglich einen Teil seines Dachs eingebüßt hatte.

Miriam lag in dieser Kutsche und fieberte. So schwach und schutzlos hatte ich sie noch nie erlebt. Ich deckte sie mit Fellen zu, die ich in irgendeiner Truhe gefunden hatte. Neben sich hatte sie die beiden Dolche mit schwarzem Stein am Ende gelegt. Klingen, geschaffen von unbekannten Meistern. Die eine hatte dem Zigeuner gehört, die andere war über Jahrhunderte von der Bruderschaft aufbewahrt worden.

»Das ist die neue«, stieß sie zitternd aus und richtete den Blick auf ihre Trophäe. »Sie ist mit einer ganz anderen Technik geschmiedet als die aus Progance.«

»Damit gibt es schon zwei Klingen, die in jüngerer Zeit geschaffen wurden«, murmelte ich. »Die eine ist im Besitz der

Kirche und wurde zerschlagen, die andere haben wir. Fünfundzwanzig schwarze Dolche waren nötig, um auch nur eine zu schmieden. Aber wir haben doch nicht fünfzig erfahrene Seelenfänger verloren ...«

»Doch«, widersprach Miriam. »Sogar wesentlich mehr. In den letzten hundert Jahren sind mehr Seelenfänger verschwunden, als du denkst. Und wer auch immer diese Seraphimdolche herstellt, hat viel Zeit.«

»Nach diesem Kampf wissen wir immerhin, wozu eine solche Klinge imstande ist«, sagte ich und grinste unfroh.

»Ich wette, dass die Kirche das von Anfang an wusste. Aber selbstverständlich hielt sie es nicht für ihre Pflicht, uns auch nur ein Sterbenswörtchen davon mitzuteilen. Aber soll ich dir was sagen? Letzten Endes verstehe ich sie sogar. Dieses Wissen ist ein allzu verlockender Schatz. Allerdings ist es auch gefährlich.«

»Wenn Konstantin sein Leben mit diesen Klingen verlängert hat, wissen wir wenigstens, warum er der Bruderschaft so gewogen war. Sie sollte überzählige dunkle Seelen aus dem Weg schaffen.«

»Wahrscheinlich hast du recht. Damit hat er sich immerhin als klüger erwiesen als dieser Widerling, den du getötet hast. Wenn Konstantin nicht bei einem Unglück umgekommen wäre, hätte er ewig leben können. In der linken Hand den Dolch mit dem schwarzen Stein, um eine dunkle Seele entstehen zu lassen, in der rechten den mit dem Saphir, um die Kraft dieser Seele aufzunehmen. Das Einzige, was er noch brauchte, waren genug Menschen, die er töten konnte.« Sie erschauderte. »Grausam! Und es bringt das ganze Weltengefüge durcheinander! Stell dir das doch bloß mal vor: Dein ganzes Leben lang tust du nur Gutes, hegst deshalb berechtigte Hoffnungen auf den Eintritt ins Paradies – und dann wirst du gemeuchelt, und in dir entsteht eine dunkle Seele, sodass du am Ende in der Hölle landest, obwohl du nicht eine einzige Sünde auf dich geladen hast. Wer sollte sich in einer solchen Welt noch an Gebote halten oder seinem Nächsten helfen wollen? Und zu allem Überfluss braucht dieser Dreckskerl, der da mit zwei Dolchen herumfuchtelt,